THIS IS MY BEST

这是我最好的作品

[法] 阿尔贝·加缪 等 著
梅江中 梅江海 鄢宏福 译

江苏凤凰文艺出版社

虚构篇

图书在版编目（CIP）数据

这是我最好的作品.虚构篇/（法）阿尔贝·加缪等著；梅江中，梅江海，鄢宏福译.——南京：江苏凤凰文艺出版社，2022.12（2023.4重印）

ISBN 978-7-5594-7030-0

Ⅰ.①这… Ⅱ.①阿…②梅…③梅…④鄢… Ⅲ.①短篇小说-小说集-世界-近现代 Ⅳ.①I14

中国版本图书馆CIP数据核字(2022)第126900号

这是我最好的作品（虚构篇）

［法］阿尔贝·加缪 等著　梅江中 梅江海 鄢宏福 译

策　　划	尚　飞
责任编辑	曹　波
特约编辑	俞延澜
装帧设计	墨白空间·Yichen
出版发行	江苏凤凰文艺出版社
	南京市中央路165号，邮编：210009
网　　址	http://www.jswenyi.com
印　　刷	河北中科印刷科技发展有限公司
开　　本	889毫米×1194毫米　1/32
印　　张	22.5
字　　数	504千字
版　　次	2022年12月第1版
印　　次	2023年4月第2次印刷
书　　号	ISBN 978-7-5594-7030-0
定　　价	98.00元

江苏凤凰文艺版图书凡印刷、装订错误，可向出版社调换，联系电话025-83280257

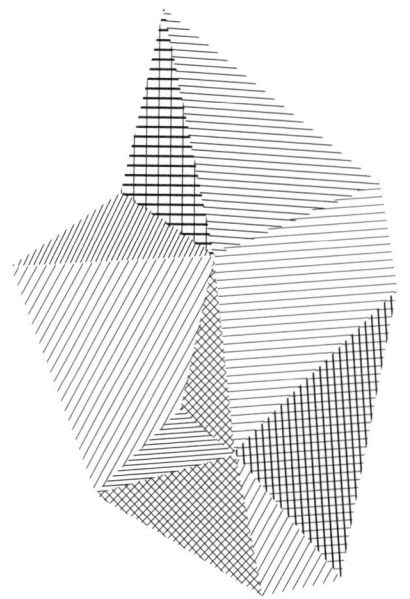

# 目 录

蒂洛森晚宴	[英]阿道司·赫胥黎	1
死刑判决	[法]阿尔贝·加缪	32
布里德沃特的半美元	[美]布斯·塔金顿	48
鹅卵石之夜	[美]多萝西·坎菲尔德·费舍尔	76
生活标准	[美]多萝西·帕克	94
审判	[英]爱德华·摩根·福斯特	103
旅店无房	[美]埃德娜·费伯	122
巴黎的黑暗	[德]埃里希·玛利亚·雷马克	133
弗朗西斯·麦康伯短暂的幸福生活	[美]欧内斯特·海明威	152
泰蕾兹和医生	[法]弗朗索瓦·莫里亚克	191
丰收节的夜晚	[芬兰]弗兰斯·埃米尔·西兰帕	215
内与外	[德]赫尔曼·黑塞	228
暴风雨	[苏联]伊利亚·爱伦堡	244
珍珠	[丹麦]伊莎·丹尼森	263
旧金山来的绅士	[俄]伊凡·蒲宁	283
幽灵进入的那天晚上	[美]詹姆斯·瑟伯	311
哥伦布在信风中	[丹麦]约翰内斯·威廉·延森	320
逃向无产阶级	[美]约翰·多斯·帕索斯	339
一个波士顿人的最后时光	[美]约翰·菲利普斯·马昆德	356

人民的首领	[美]约翰·斯坦贝克	378
在学院的房顶上	[法]朱尔·罗曼	399
神奇的新机器	[挪威]克努特·汉姆生	420
印度之雨	[美]路易斯·布罗姆菲尔德	433
春之祭	[美]路德威·白蒙	456
在底层的人们	[墨西哥]马里亚诺·阿苏埃拉	464
百岁老人之死	[加拿大]梅佐·德·拉·罗切	478
失去和治愈	[挪威]西格丽德·温塞特	492
与巴比特夫妇共进晚餐	[美]辛克莱·刘易斯	508
我的了不起的叔叔	[加拿大]斯蒂芬·里柯克	526
魔鬼和丹尼尔·韦伯斯特	[美]斯蒂芬·文森特·贝尼特	538
手	[美]西奥多·德莱塞	558
布登勃洛克一家	[德]托马斯·曼	581
屠杀猪群	[美]厄普顿·辛克莱	628
公爵夫人的晚礼服	[英]薇塔·萨克维尔-韦斯特	643
邻居罗西基	[美]薇拉·凯瑟	652
夕阳西下	[美]威廉·福克纳	688

致读者	713

蒂洛森晚宴

作者 | 阿道司·赫胥黎

阿道司·赫胥黎（Aldous Huxley，1894—1963），英国作家。1939年获詹姆斯·泰特·布莱克纪念奖。

主要作品：《美丽新世界》(*Brave New World*)、《重返美丽新世界》(*Brave New World Revisited*)、《知觉之门》(*The Doors of Perception*) 等。

要在我最好的故事里选个篇幅短于通常的小说的作品收入这本选集,每个故事都会显得太长。可是,要在我的几个绝对短的作品中挑一篇,《蒂洛森晚宴》的故事较之其他或许不相上下。这故事写于近三十年前,所以算是我的"早期作品"。其实,我所有的短篇小说都是"早期作品",因为我已有二十多年不想写篇幅短于小说的创作性作品了。再次阅读《蒂洛森晚宴》使我充满怀旧之情,不禁回想起那段介于第一次世界大战末和大萧条初两大灾难之间的遥远时期。那是个令人激动的时期。当时,现代艺术依旧是名副其实地现代。它不像现在这样,已变成一种全无新意的学术传统。人们当时还相信国际联盟,并仍对俄国革命满怀希望。借用英国诗人威廉·华兹华斯[1]的诗句,"幸福啊,活在那个黎明时分"。每个少年步入成年,融入当代文化的时刻都标志着幸福的黎明。但是,在历史的某些时刻,当某些急剧分离和复兴发生时,少年及青年的幸福会较之平常更为强烈。华兹华斯最初步入成年时,曾经历过这样一个历史时刻。我们中所有在二十世纪二十年代年轻过的人也曾经历过这样一个历史时刻。然而,无论是个人成长过程中的,还是历史上的黎明,接踵而至的是上午、下午、晚间,乃至最终的夜晚。在那两大灾难的间隙里出现的激奋消失以后,取而代之的是在三四十年代出现的一种意识。若用英国作家伊夫林·沃[2]的言语表述,那种意识向人揭示:人类的状况"极度不开心"。

我故事里的主人公蒂洛森在现实生活中没有一模一样的原型。他的身世近似于菲利普·詹姆斯·贝利。贝利二十三岁就发

---

[1] 威廉·华兹华斯(1770—1850),英国浪漫派诗人。——译者注(下同,除特殊标注外均为译者注)
[2] 伊夫林·沃(1903—1966),英国作家、评论家。

表了诗作《费斯特斯》,并作为鼎鼎有名的哲学诗人蜚声大西洋两岸。可到了1906年(近七十年后)他去世时,已在世上无人知晓,他的名字已完全被世人忘却。并且,整个故事笼罩在本杰明·罗伯特·海登的阴影之下。那位怀才不遇的画家具备伟大天才的全部特征,但缺乏他们的才能。我童年时最早的读物就是海登的日记,所以他的身世一直萦绕在我的想象之中。之后,海登又以一个现代人物(利皮艾特)的身份出现在我的小说《嬉戏的舞蹈》里。那小说的写作时间比《蒂洛森晚宴》晚一两年。

阿道司·赫胥黎

加利福尼亚州洛杉矶

蒂洛森晚宴

一

年轻人斯波德聪慧善思,为人正派,绝非势利之徒。尽管如此,他每每想到自己将单独地、亲密无间地与巴杰瑞男爵共进晚餐,就不胜愉快。这在他生活中的确是件大事。他感到,这是自己朝着社会、物质以及文学上的最后成功向前迈了一步。他来伦敦正是为了这个目的。征服并掌控巴杰瑞伯爵便是他在此次战役中几乎必不可少的战略步骤。

埃德蒙,第四十七世巴杰瑞男爵,是那位曾跟随"征服者"威廉一世[1]踏上英国土地的埃德蒙·勒布莱罗的嫡传后代。经威廉·鲁弗斯封爵之后,巴杰瑞家族是为数不多的历经玫瑰战争[2]以及英国历史上诸多的变故和磨难而不衰的贵族家族之一。这是个理智而又子孙满堂的家族。巴杰瑞家族没人打过仗,也没人参过政。他们满足于生活在一座巨大的、设有枪眼的诺曼式城堡里,并在那里悄然无声地繁衍后代。他们的城堡周围有一道三重护城河。他们只有在种地和收租时才走出城堡。到了十八世纪,生活变得相对安全,巴杰瑞家族开始冒险性地迈进文明社会。因

---

[1] 威廉一世(1028—1087),英国诺曼王朝的第一位君主。
[2] 英国兰开斯特家族(家徽为红玫瑰)与约克家族(家徽为白玫瑰)为争夺英国王位的断断续续的内战。

而，他们由粗俗的乡村绅士摇身一变，成了大巨头，成了艺术的赞助人以及古玩收藏家。他们的地产巨大，家财万贯。工业化的发展也使他们的财富水涨船高。不仅位于他们地产上的村庄变成了以制造业为主的城镇，而且在原本是不毛之地的沼泽滩下面意外地挖掘出了煤块。时至十九世纪中叶，巴杰瑞家族已成为英国贵族家庭中数一数二的大户。第四十七世巴杰瑞男爵的年收入至少有二十万英镑。他恪守伟大的巴杰瑞传统，拒绝参与政治及战争。他沉浸于名画收藏，关注戏剧表演，成为文人、画家及音乐家的朋友和赞助人。一句话，他在年轻人斯波德想做一番事业的世界里成为举足轻重的名流。

斯波德最近刚大学毕业。《世界评论》（号称"最佳世界的评论"）的编辑西蒙·高洛弥结识了他。那位总在不停地寻找有才的年轻人的编辑发现斯波德很有潜力，聘他做了该报的艺术评论人。高洛弥喜欢身边能有些一点就通的年轻人。手下有几个徒弟能满足他的虚荣心，而且在他看来，办报时与顺从的人合作比与固执己见、资深老道的人共事更得心应手。斯波德新官上任，干得不错。不管怎么说，他写的文章才思敏捷，足以引起巴杰瑞男爵的兴趣。正是那些文章最终给他带来今晚能成为巴杰瑞庄园餐厅里的座上客的荣誉。

多种美酒外加一杯陈年白兰地下肚之后，斯波德的胆子更壮，信心更足，变得越来越自在了。而巴杰瑞却是个让人不得安宁的主人。他会在谈论一个主题两分钟之后，突然改换话题，让人措手不及。比如，当斯波德正兴致勃勃地就巴洛克艺术发表一番极其微妙而又具有洞察力的评论时，主人却会用眼睛环视房间之后，冷不防地问他是否喜欢鹦鹉。这使斯波德感到非常困窘。

他脸红了，满脸疑惑地看着主人，怀疑问话人是在有意侮辱他。可事实显然不是如此，此时巴杰瑞那张属于白种人的、多肉的德国汉诺威脸庞上正挂着一脸完美的诚信。他那双小小的绿眼睛里也绝无恶意。显然，他是真心想知道斯波德是否喜欢鹦鹉。年轻人只好咽下恼怒，回答说他喜欢鹦鹉。之后，巴杰瑞就讲了一个有关鹦鹉的好玩儿的故事。可当斯波德正要讲一个更动听的鹦鹉故事时，他的主人却开始谈起贝多芬。谈话游戏就这样继续下去，主人想谈什么，斯波德就跟着谈什么。十分钟之内，斯波德居然对一系列话题（诸如：本韦努托·切利尼、维多利亚女皇、体育、上帝、斯蒂芬·菲利普斯及摩尔式建筑）作了机智精辟的评论。巴杰瑞男爵认为他聪明过人，是最具魅力的年轻人。

"假如你咖啡喝得差不多了，"男爵说，说着就站起身来，"我们就去看看我的画吧。"

斯波德满怀兴致地跳了起来。这时他才发现自己喝得有点多了。他必须小心从事，慎重出言，一步步稳重地向前。

"这房子里塞满了画，"巴杰瑞男爵抱怨道，"上个星期我已叫人把满满一车画儿运到乡下去了。可是这里还有这么多。我的祖先就是要让罗姆尼[1]给他们画肖像。他真是个让人震惊的画家！你说呢？他们为什么不能选庚斯博罗，甚至雷诺兹呢？我现在已把所有罗姆尼的画儿都挂在仆人的大厅里了。一想到再也看不见那些画了真让人舒心。我猜你一定对古老的赫梯帝国[2]了如指掌吧？"

"还行吧……"年轻人答道，他的谦虚甚为贴切。

---

[1] 罗姆尼（1734—1802），英国肖像画家。
[2] 亚洲古国，鼎盛期为公元前十四世纪中叶。

"你再看看这个，"男爵指着餐厅门旁的一个柜子里石头做的大人头说，"这个不是来自希腊，也不是来自埃及，也不是来自波斯或其他什么地方。所以，如果它不来自古老的赫梯帝国，我就不知道是哪儿来的了。它使我想起那个关于乔治·桑格勋爵（马戏团之王）的故事。"没等斯波德仔细查看那件来自赫梯的藏品，男爵便径直领他走上那巨大无比的楼梯。他一边走，一边讲述着奇闻逸事，并时常停下来，向斯波德介绍一些新的古玩及美妙的藏品。

"你一定知道德布劳哑剧吧？"男爵的故事刚讲完，斯波德就赶紧问。他急于透露他所知道的有关德布劳的信息。巴杰瑞刚才提到可笑的桑格，给斯波德提供了一个绝好的机会。"他这人太完美了。不是吗？他过去曾经……"

"这里是我的主画廊，"巴杰瑞男爵推开高高的折叠门的一叶说，"我必须向你道歉。这里看上去像是个旱冰场。"他胡乱地拨弄了几下电灯开关，灯忽然亮了，眼前展现出一个很大的画廊。那画廊遵循所有的透视原理，恰当地向远处扩开。"我可以断定你听说过我可怜的父亲，"男爵继续说，"你知道，他头脑有点不正常。真可谓是一位机械天才，但有个螺丝松动了[1]。他曾在这个房间里有条玩具铁路。为了追赶他的火车，他满地爬，玩得开心极了。而所有的藏画都堆在地下室里。我实在难以描述当时我们找到那些画时的状况。波提切利[2]的画卷里长出了蘑菇。现在我真为普桑[3]的这幅画感到自豪。它是普桑专为斯卡龙[4]而绘

---

[1] 意为"头脑不正常"。
[2] 波提切利（1445—1510），文艺复兴早期意大利画家。
[3] 普桑（1594—1665），法国巴洛克时期画家。
[4] 斯卡龙（1610—1660），法国诗人、作家。

制的作品。"

"精美之作!"斯波德惊呼道,并做了个手势,好像他正在空气中表现一个纯正的形状。"那些树和人的造型一道向前倾真美!它们像是受到那个单一的上帝般的形体用相反的动作对它们的阻挠!再看那窗帘……"

但此时巴杰瑞男爵已走到前面,正站在一尊十五世纪的小型圣母木雕像前。

"兰斯派的作品。"他解释说。

他们飞速地"走完了"画廊。巴杰瑞没让他的客人在任何一件艺术品前停留四十秒钟以上。斯波德倒真想在这些可爱的艺术品前平静地回想一会儿[1],可惜,没人允许他那样做。

看完画廊之后,他们走进画廊外的一个小房间。看到强烈的光线下显露出的场景时,斯波德惊讶地吸了口气。

"这真像是巴尔扎克小说里的场景。"他惊呼道,"好一个金碧辉煌的客厅,里面正在展出夸张的堕落[2]。这你是知道的。"

"这是我的十九世纪画室,"巴杰瑞解释道,"不夸张地说,除去温莎城堡里国家套房的展品,这儿的藏品独占鳌头。"

斯波德蹑手蹑脚地在画室里走着,惊奇地凝视着用玻璃、镀金青铜、陶瓷、羽毛、刺绣及彩印丝绸、珠子和蜡制成的诸多物品。那房间里堆满了各种形状奇异、色彩迷人的藏品,一个腐朽传统的怪异产物琳琅满目。墙上还挂有很多画:有一幅马丁的作品、一幅威尔基、一幅早期的兰西尔、好几幅埃蒂、一幅海登[3]

---

[1] 作者在这里有意使用了英国浪漫派诗人所推崇的"回想(recollection)"和"平静(tranquility)"两个原则,借以讥讽当时在画廊里匆匆忙忙走马看花的情形。
[2] 原文为法文。当时在社交场合夹用法语词句不仅顺应时尚,而且附庸风雅。
[3] 本杰明·海登(1786—1846),英国诗人、画家。

的大幅作品和一幅温赖特[1]的小水彩画，画的是一个女孩儿，色彩宜人（温赖特曾是布莱克[2]的学生）。此外，还有二十来幅其他画家的作品。但是，最吸引斯波德注意力的是一幅中等大小的油画。那画描绘的是特洛伊罗斯被敬慕的人群用鲜花和赞美簇拥着骑马进入特洛伊的场景。从特洛伊罗斯的表情里可以看到，除去克瑞西达的眼睛，他已忘却了一切。画面里克瑞西达从一扇窗户里朝下看着特洛伊罗斯；与此同时，潘达罗斯在克瑞西达的身后微笑。

"一幅多么荒诞而又迷人的画！"斯波德大声说道。

"哈哈，你发现了我的特洛伊罗斯。"巴杰瑞男爵很高兴地说。

"多么鲜亮和谐的色彩！就像是埃蒂的画，只是色彩更强。但很明显，它不如埃蒂的画那么秀气。同时这画里有一种能量，叫人想起海登。可惜海登永远画不出如此具有无懈可击的品位的作品。这是谁的作品？"斯波德问他的主人，满脸充满疑问。

"你觉得画中有海登的风格是对的，"巴杰瑞男爵回答说，"这幅画是他的学生蒂洛森的作品。我希望能有更多的蒂洛森的作品。但是，好像没人知道他的情况。并且，他完成的作品似乎很少。"

这次，倒是那年轻人插话了。

"蒂洛森，蒂洛森……"他把手放在自己的额头上。他皱了下眉头，很不恰当地使他那泛红而有线条的圆脸有些变形。"不对……对了，我想起来了。"他得意地抬起头，那对眉毛宁静而

---

[1] 托马斯·温赖特（1794—1847），英国画家、作家。他曾用砒霜毒死数人，被流放澳洲。毫无疑问，他的身世丰富了当时一些著名作家（诸如狄更斯、王尔德等）的想象力。
[2] 威廉·布莱克（1757—1827），英国诗人、画家。

具孩子气。"蒂洛森,沃尔特·蒂洛森——此人还活着。"

巴杰瑞微笑着说:"你知道,这幅画是1846年完成的。"

"对啊,一点不错。就说他1820年出生,画这幅杰作时他二十六岁。今年是1913年,也就是说,他现在只有九十三岁,还没提香[1]当时的年龄大。"

"但是,从1860年起他就杳无音信。"巴杰瑞男爵反对道。

"一点不错。您刚才提到他的名字使我想起那天我在查找《世界评论》的讣告档案时的一个新发现。(我们必须每年更新那些信息的准确性。你总不希望哪只老鸟趁你打盹时突然飞走了。)在那些档案中我发现了沃尔特·蒂洛森的生平,感到很吃惊。1860年之前,他的活动都填得挺满,而后便出现了空白。不过,在二十世纪早期有个铅笔写的字条,大体上是说他已从东方回来。他的案卷里从未出现过讣告,之后也没人加进去。我得出的结论显然是:这老家伙还没死。但不知什么原因,他只是被疏忽了。"

"可是,这事太奇妙了!"巴杰瑞男爵惊呼道,"你必须找到他,斯波德——你必须找到他。我要委托他在这个房间的四壁画上壁画。我一直渴望让一名真正的十九世纪的艺术家为我装饰这个地方。是的,我们必须立刻找到他——必须马上。"

巴杰瑞男爵极为兴奋地在房间里大步走来走去。

"我可以想象出如何能把这个房间装饰得相当完美,"他接着说,"我们要搬走所有这些展柜,在那边的整面墙上用三四十年代的华丽风格画上一幅描述赫克托耳和安德洛玛刻[2]的英雄事

---

[1] 提香(约1488—1576),威尼斯画家。
[2] 系希腊神话中的人物:特洛伊的王子和他的夫人。

迹的壁画，或者画上《为房租而做的抵押》[1]那幅画，或是表现范妮·肯布尔[2]在《威尼斯得免于难》一剧里扮演贝尔维黛拉的那一类的壁画。这里呢，我会放上一幅体现可爱的透视画法的风景画，或是一幅表现建筑的画，其风格之华丽能与《伯沙撒的盛宴》[3]相媲美。我们要把这个亚当风格的壁炉拆除，换上莫罗-哥特风格的装饰。这边墙上要装上镜子。噢，不对！让我再想想……"

他陷入沉思，一言不发。然后，终于大声喊道：

"那老头，那老头！斯波德，我们必须找到这个让人吃惊的老东西。这事不要向任何人透露一个字。蒂洛森要成为我们的秘密。啊，这太完美了，真让人难以置信！想想那些壁画。"

巴杰瑞男爵的脸整个活了起来。他已就这个单一的主题谈了将近一刻钟。

二

三周之后，一份电报把巴杰瑞男爵从通常的午餐后小憩中唤醒。电文很短："找到了。——斯波德"。巴杰瑞男爵的脸上露出愉悦和智慧，使他那黏土似的、富足的脸庞上现出了人气。"无须回信。"他说。男仆便悄然无声地离去。

巴杰瑞男爵闭上眼睛，开始沉思。找到了！他将会有个什么样的展厅！一定是世界上独一无二的。那些壁画、壁炉、镜子、天花板……有个干瘪的小老头在脚手架上爬来爬去，像动物园里

---

[1] 大卫·威尔基 1815 年完成的一幅油画，现收藏并展出在苏格兰国家艺术院里。
[2] 范妮·肯布尔（1809—1893），英国作家、演员。
[3] 指的是荷兰著名画家伦勃朗的巨幅油画《伯沙撒的盛宴》。

的一只长着胡须的小猴子敏捷而又迅速地画着,不停地画着……范妮·肯布尔扮演的贝尔维黛拉,赫克托耳和安德洛玛刻,要么,还该画上酒桶中的克拉伦斯公爵、马尔姆西公爵、克拉伦斯的酒桶[1]……巴杰瑞男爵已步入梦乡。

电报刚到不久,斯波德本人便前来报到。他六点钟来到巴杰瑞公馆。男爵正在十九世纪展馆里,忙着亲手搬走那里的小装饰品。斯波德见到他时,他看上去浑身燥热,气喘吁吁。

"嘿,你来了,"巴杰瑞男爵说,"你看,我已经在为那位伟人的到来作准备了。好,现在你必须告诉我关于他的全部情况。"

"他比我原先想得要老,"斯波德说,"他今年九十七岁。生于1816年。让人难以置信!不是吗?不对,我把重述事件的顺序弄乱了。"

"你爱怎么讲就怎么讲吧。"巴杰瑞和颜悦色地说。

"那我就略去寻找他的细节吧。您可不知道我是费了多少周折才把他找到的。这就像是个福尔摩斯侦探故事,有很多细节,非常复杂。我总有一天会就这事写本书。不管怎么说,我最后找到他了。"

"在哪儿找到的?"

"在霍洛威[2]的一个还算体面的贫民窟里,他比您所能想象的更老、更穷、更孤单。我还发现了他是如何被人忘却,如何从生活中突然消失的。六十年代前后,他忽然想到要去巴勒斯坦,去为他的宗教画寻找当地的色彩(诸如替罪羊一类的)。不过,他去了耶路撒冷,随后又去了黎巴嫩山,并且继续往前走。然后,

---

[1] 据传第一任克拉伦斯公爵乔治·金雀花在马尔姆西葡萄酒桶里淹死。
[2] 伦敦市内的一个区。

他在小亚细亚中部不得不停下来。这一停就是四十年。"

"那些年，他做了些什么呢？"

"哦，他作画，还创建了一个传教团，使三个土耳其人改变宗教信仰，还教当地的帕夏人基础英语、拉丁语、透视画法，还有上帝才知道的其他什么。后来，大约到了1904年，他似乎想到自己越来越老，离家已相当久了。因此他就回到了英国。可回来后却发现他认识的人都死了，画商们从来没听说过他，不愿购买他的画。他只不过是个滑稽可笑的老头。然后，他受雇在霍洛威的一所女子学校里做图画老师。这些年，他就一直在那儿，变得越来越老，越来越虚弱，越来越瞎，越来越聋，总体而言头脑越来越糊涂，直到最后那学校不得不把他解雇。我找到他时，他的全部财产只有差不多十英镑。他住在一个爬满蟑螂的、像黑洞似的地下室里。我想等仅有的十英镑用光了，他就会悄悄地就地死去。"

巴杰瑞举起一只白皮肤的手。"别说了，别再说了。我发现文学已经够让人沮丧的了。所以，我坚信生活至少应该让人开心点。你告诉他我想要他在我的展厅里画壁画的事了吗？"

"可是他不能再画了。他的眼睛快瞎了，手脚抖得不能自已。"

"不能再画了？"巴杰瑞恐怖地大叫起来，"那要这老东西有什么用？"

"如果您这么说……"斯波德争辩道。

"我永远也不可能有我的壁画了。你按下铃，行吗？"

斯波德按了下铃。

"如果不能继续绘画了，蒂洛森还有什么权利继续存在？"巴杰瑞男爵气急败坏地说，"绘画毕竟是他在阳光下占据一块歇息地的唯一理由。"

"他住的地下室里可没什么阳光。"

这时男仆出现在门口。

"叫人把这些东西都放回原处。"巴杰瑞男爵命令道。他用手一挥指着那些破损的展柜和他已在地上胡乱放了一大堆的玻璃和瓷器,还有那些从墙上拿下的画。"我们到图书馆去,斯波德,那里更舒服些。"

他带头走过长长的走廊,下了楼。

"对不起,老蒂洛森如此让人失望。"斯波德同情地说。

"我们还是谈谈其他事吧。我对他已不再感兴趣了。"

"但是你不认为我们应该为他做些什么吗?他离济贫院只差十个英镑了。再者,想想他地下室里的蟑螂!"

"好了,别说了。你认为我该干什么我就干什么。"

"我认为我们可以在艺术爱好者中发起认捐。"

"没有那样的艺术爱好者。"巴杰瑞说。

"您说得对。但是出于势利的考虑,想要认捐的人大有人在。"

"除非是由他们出钱,你回赠一些好处。"

"这倒不假。不过,这点我过去倒没想过。"斯波德沉默了一会儿。"我们可以他的名义开个晚宴,取名为'庆祝英国艺术的老前辈——伟大的蒂洛森——晚宴'。这样就与过去有了联系。你是否可以想见这样的标题出现在报纸上?我会在《世界评论》报上弄得非常招人显眼,一定能招徕势利之徒。"

"我们要请很多艺术家和艺术评论家,要请那些相互不能容忍的。看着他们争吵不休一定很有趣。"巴杰瑞笑起来,可一会儿脸又沉了下来。"不过,"他补充说,"这招还是远远比不上我的壁画。当然啰，你一定要来参加这个晚宴。"

"行啊，既然您已提出了。不胜感谢。"

三

已定下蒂洛森晚宴大约在三周以后举行。负责做具体安排的斯波德证明了自己无愧为一名优秀的组织者。他订下了蓬巴酒店的大宴会厅，并软硬兼施，说服了大厅经理同意以每人十二先令（包酒水）的标准操办这个五十人的晚宴。他发出了请柬，收集了认捐款。他还在《世界评论》报上写了篇有关蒂洛森的文章，就是那种充满魅力、妙趣横生的文章。其语调既表达了喜出望外的恩赐态度，又不乏人们谈论1840年的伟人时的鄙夷。他还对蒂洛森本人倍加关注。他几乎每天去霍洛威听那老头喋喋不休地讲述有关小亚细亚、1851年的万国工业博览会以及本杰明·罗伯特·海登的故事。他对这位旧时的古董着实感到怜悯。

蒂洛森先生住在南霍洛威，他的房间比地面低大约十英尺[1]。一缕细细的灰光透过街面的栅栏，强行挤进被灰尘弄得模糊的玻璃窗，就像掉入墨汁瓶里的一滴牛奶，消失在地牢里固有的黑影之中。这地方充满了潮湿的石灰和已从芯里悄悄开始腐烂的木头所散发出的酸味儿。房间里有一些杂乱的家具，其中包括一张床、一个脸盆架、一个衣橱、一张桌子和一两把椅子。它们有的躲在黑暗的角落里，有的偷偷地冒险站在亮处。斯波德现在几乎每天光顾这里，给老人带来有关晚宴筹划的消息。每天他都发现蒂洛森先生坐在窗下的那个老地方，像是沐浴在他那小小的阳光

---

[1] 长度单位，1英尺约合30.48厘米。

池里。"头上还有白头发的最老的人",看到蒂洛森,斯波德不禁想起这个诗句[1]。只是在那毫无修饰的秃头上头发已所剩无几。听见有人敲门,蒂洛森先生就会在椅子里转过身来。他会用那双眨个不停、缺乏信心的眼睛,朝着门的方向看。他总会因为自己这么慢才认出来客而不停地道歉。

"不是对你无礼,"他每当问清来人是谁之后都会说,"也不是因为我忘了你是谁。只是因为光线太暗,我的视力已远不如从前。"

说完这些话,他总是忘不了指着靠近栅栏的窗户笑着说:

"嘿,视力好的人应该住在这儿。从这儿观看行人的踝关节最好。这儿真是观看踝关节的大看台。"

晚宴的前一天,斯波德照常前来。蒂洛森先生准时地说了那个关于观看踝关节的笑话,斯波德也准时地笑了。

"好了,蒂洛森先生,"斯波德在那笑话引起的笑波平息下来之后说,"明天,您就要重新回到艺术和时尚的世界了。您会发现一些变化。"

"我的运气总是超好。"蒂洛森先生说。斯波德从他的表情上看得出他是真的认为这一切都是自己的好运所致。他已完全忘记了自己住的黑洞,忘记了那黑洞里的蟑螂,忘记了他与济贫院之间的距离仅是那即将用光的十英镑。"我的运气真是太棒了!比如说,你不早不晚,就在关键时刻找到我。现在,这个晚宴就要把我带回我在世界上应有的地位。我会有钱。过一阵子——谁知道呢?——我的视力会变得完好如初,就又能绘画了。我相信

---

[1] 英国诗人华兹华斯曾用这句话形容他所遇到的一位老人。

我的视力越来越好了。啊,未来真是一片玫瑰色。"

蒂洛森先生抬起头来,他的脸上绽开微笑。他一边说,一边不住点头来证实自己说的话。

"您相信来生吗?"斯波德问道,但立刻因自己的言语过于残酷而羞愧地脸红了。

"来生?"他重复道。"不,从1859年起,我就再不相信那套东西了。你知道,《物种起源》改变了我的观点。对我来说,无来生可言。谢谢你!当然,你是记不得当时的激动了。斯波德先生,你太年轻了。"

"是啊,我现在可没过去那么老了,"斯波德答道,"你知道,人在上小学、中学和大学时的感觉会很像中年人。可到了现在的年龄我才知道自己的年轻。"

斯波德正想继续阐述他这套似是而非的理论,但他发现蒂洛森先生并不在听他说话。他告诫自己,今后这类微妙的理论要在能鉴赏其微妙之处的人面前使用。

"您刚才提到《物种起源》?"他问道。

"是吗?"蒂洛森先生问,他这才从沉思中醒来。

"您在说那书对您的信仰所产生的影响,蒂洛森先生。"

"是的,一点不错。它摧毁了我的信仰。但是,我记得桂冠诗人说的一句妙语。他说的是:'在诚实的怀疑中会有更多的信仰,请你相信我,这比……'[1] 我记不得确切的用词了……不过,你听得出我的思路。当时谈信仰,太不合时宜。有幸的是,我的

---

[1] 此处蒂洛森想引用英国诗人丁尼生的诗句,但记不清了。丁尼生(1809—1892)于1850年获得桂冠诗人称号。他的原句是:"There lives more faith in honest doubt, believe me, than in half the creeds."(请相信我,诚实的怀疑较之半信半疑包含着更多的信仰)。

恩师海登没能活着见到那个时候。他是名狂热的信徒。我记得他曾在里森格罗佛的工作室里踱步,一面唱,一面叫,一面祈祷,几件事同时做。差点把我吓坏了。不过,他是个了不起的人,一个伟大的人。总而言之,我们再也见不到他那样的人了。通常来说,莎士比亚[1]总是正确的。不过,那是很久以前了,你还没出生呢,斯波德先生。"

"是啊,我现在可没过去那么老了。"他希望这次他那套似是而非的理论能得到鉴赏。但是,蒂洛森先生仍旧滔滔不绝,全然不知有人打断过他的话。

"那是很久很久以前的事了。不过,我回想起来,好像就在一两天之前。好奇怪!每一天都好像长得无边。但是,如果把许多天加在一起,会短得不到一个小时。我眼前还清楚地出现那老海登踱着步子走来走去的样子。斯波德先生,我看他的形象其实比我现在看你清楚得多。记忆的眼睛不会昏花。我的视力越来越好了,我向你保证。我的视力每天都在改善。我很快就能看见那些行人的踝关节了。"他像个有裂缝的铃一样笑起来。斯波德想,就是那些旧时的小铃,在古老的房子里偏远的仆人的住处被绳子拽得直响。"不要多久,"蒂洛森先生继续说,"我就可以绘画了。啊,斯波德先生,我的运气太不同寻常了!我相信运气,我信任运气。说到底,什么是运气?不管《物种起源》一类的书怎么说,运气不过是'天意'的代名词。桂冠诗人说得太对了。确实,在诚实的怀疑中比在……那个……呃……就是……有更多的信仰。请你相信我,斯波德先生,我把你看作天意的使徒。你

---

[1] 威廉·莎士比亚(1564—1616),英国诗人、剧作家。

的到来标志着我这一生的转折点。对我来说，这是幸福时光的开始。你知道吗？我时来运转之后要做的第一件事就是要买只刺猬。"

"买只刺猬？蒂洛森先生？"

"为了消灭蟑螂。用刺猬消灭蟑螂再好不过了。刺猬吃蟑螂会一直吃到撑死。这让我想起我曾跟我可怜的导师海登开玩笑说，他应该画幅漫画，描绘约翰王吃七鳃鳗撑死的情景，而后把那幅画当作为新议会的会议大厅绘制的壁画呈送上去。我告诉他，因为那是英国自由史上最值得注意的一个事件，堪称符合天意的清除暴君的典范。[1]"

蒂洛森先生又笑起来，让人想起在一所被人遗弃的房子里的小铃，有只像鬼似的手在客厅里拽那铃绳，幽灵一般的男仆们对那瘦小、不健全的音符作出反应。

"我记得海登笑起来像头威武的老公牛。可是，当他的壁画设计被拒绝时，他受到了可怕的打击。那是致使他自杀的首要的及根本的原因。"

蒂洛森先生停了下来，许久无语。很奇怪，斯波德为之感动。可是他并不知道自己为什么被蒂洛森所感动。眼前这个人如此虚弱、如此衰老。虽然他肉体的三部分[2]都已死去，但精神上还充满生命力，充满希望和耐心。斯波德感到很惭愧。他自己年轻、聪明，可那有什么用呢？他忽然看到自己变成一个在用会发出响声的玩具吓唬鸟的男孩儿。他想用靠自己的小聪明制造出的响声吓走鸟。他不停地，却又是徒劳地挥动着双臂，想要赶走那

---

[1] 相传亨利一世（1068—1135）死于食用过多七鳃鳗，并非约翰王（1166—1216）。
[2] 这里的出处估计与昆虫的三个身体组成部分有关，但无法进一步查证。

些总是试图在他脑子里安家的鸟。这些鸟可真不一般！它们的翅膀宽，姿态美。那些平静的想法、信仰和情感只会造访那些谦恭而又平静的头脑。可他竟然竭尽全力，要去赶走那些优美的来访者。虽然眼前的这位老人心里装着刺猬、诚实的怀疑以及其他念头，但他的脑子像一片田野，一片由于成群的白翅银翼的生灵们的自由飞翔和它们无所畏惧的降落而变得美不胜收的田野。斯波德深感惭愧。但是，人可能改变自己的生活吗？冒险去改变信仰是否有点荒诞？斯波德耸了耸肩。

"我会马上去弄只刺猬给你，"他说，"维特莱斯中心[1]一定有卖的。"

当天晚上离开前，斯波德遇上一个令人吃惊的新发现。蒂洛森先生居然没有出席晚宴所需的晚礼服。不可能在如此短的时间里定做一套，况且，这是笔不必要的花销！

"我们必须借套晚礼服，蒂洛森先生。我之前应该想到这点的。"

"我的天啊！"这一不幸的发现使蒂洛森先生有些懊恼，"借晚礼服？"

斯波德赶紧去巴杰瑞庄园求援。令人吃惊的是，巴杰瑞男爵立刻想出一个解决办法。"叫博哈姆马上来见我。"他对应铃前来的男仆说。

博哈姆属于那种在豪宅里服务了一代又一代，老得不能再老的男管家。他已年过八旬，弯腰曲背，身体已被岁月榨干，萎缩成一团。

---

[1] 英国伦敦的第一家百货商店。

"所有的老人都穿号码差不多的衣服。"巴杰瑞男爵说。这个理论很是让人舒心。"好,他来了。博哈姆,你有一套多余的晚礼服吗?"

"我是有套旧的晚礼服,好久没穿了。让我想想看,自从1907或1908年我就没再穿过。"

"那太好了。博哈姆,如果你能把那套衣服借给我,让斯波德先生用一天,我会不胜感激。"

那老人走出去,很快就回来。胳膊上搭着一套很旧的黑色礼服。他拿起上衣和裤子,查看一下质量。在白天的光线下,那身衣服的状况很糟糕。

"你可不知道啊,先生,"博哈姆自我保护地对斯波德说,"你可真不知道衣物很容易沾上油汤一类的污渍。无论你怎么小心,先生,无论你多小心。"

"我想是这么回事。"斯波德富有同情地说。

"无论你怎么小心,先生。"

"在灯光下应该是没有问题的。"

"一点问题也没有,"巴杰瑞男爵重复道,"谢谢你,博哈姆。星期四就会还给你的。"

"不用谢,老爷,一定不会有问题的。"那老人鞠了个躬,便消失了。

开晚宴的那天下午,斯波德把装有博哈姆的已退役的晚礼服以及其他所有必需的附件(如衬衣、领子)的包裹带到霍洛威。幸好由于天黑,外加他模糊的视力,蒂洛森先生对那套礼服的缺陷全然不知。他极度焦躁,非常神经质。虽然刚下午三点,他当时当地就想换衣服。斯波德很困难地阻止了他。

"悠着点,蒂洛森先生,慢慢来啊。你知道,晚宴要到七点半才开始呢。"

斯波德一小时以后离开。可他一离开那房间,蒂洛森先生便开始为晚宴做着装准备了。他点亮汽油灯,外加两支蜡烛,眨着他近视的眼睛,从衣橱上放着的一面小镜子里瞅着自己的形象,开始了准备工作。他热情高涨,全然像个第一次参加舞会的少女。到了六点,一切就绪,他对自己的努力颇为满意。

他在自己的地下室里大步走来走去,口中哼着他中年时红极一时的欢快歌曲:

啊,安娜·玛丽亚·琼斯!
你是铃鼓、铙钹和响板的皇后!

斯波德乘坐巴杰瑞男爵的第二辆劳斯莱斯一小时以后到。打开那老人住的地牢的门,他惊奇地睁大眼睛,在门槛那儿驻足片刻。蒂洛森先生站在空空的壁炉旁,一只胳膊肘放在壁炉台上,两腿逍遥自在地交叉着,俨然一绅士。投射在他脸上的烛光加深了他的每条皱纹,将其置于强烈的黑影之中。他看上去老得无法形容。他的头既高贵,又让人感到悲哀。此外,博哈姆那套穿旧了的晚礼服在他身上简直显得滑稽。上衣的袖子和下摆太长;裤子在踝关节处显露出巨大的口袋状的褶纹。即便在烛光下也可看到一些油斑。尽管蒂洛森先生花了无限的功夫才把那条白色的领带弄得完美(在他混浊不清的眼中看来),可是它却奇异地高低不平。他扣马甲的方法也很怪异,致使一个扣子没配扣眼,一个扣眼没配扣子。他的胸前佩戴着一条绿色的宽丝带,不知代表什么勋章。

"铃鼓、铙钹和响板的皇后……"蒂洛森先生在向来访者表示欢迎之前用蚊子哼似的声音唱完了那歌。

"啊，斯波德，你来了。你看，我已换好了衣服。不瞒你说，这套礼服我穿着正合适，好像是为我定做的。我非常感谢那位好心把礼服借给我的先生。我一定会好好保存它。借衣服给别人是很危险的，你知道，把东西借给别人通常会叫你物友两空。莎翁说得很对。"

"等等，还有一件事，"斯波德说，"让我整整你的马甲。"他解开那歪斜不正的马甲的所有扣子，而后又对称地把扣子都扣上。

蒂洛森先生看到自己让人发现如此窝囊地做错了事，感到有些生气。"谢谢，谢谢你啦，"他抗议说，"你知道，这无伤大雅。我完全可以自己扣好的。只是一不经意，忽略了。我不得不说这套礼服我穿着正合身。"

"不过，也许这领带还可以……"斯波德试探性地说，但那老头根本不想听那一套。

"不，不，这领带没问题。我是会打领带的，斯波德先生。这领带没事。别动它，我求求你。"

"我喜欢你的勋章。"

蒂洛森先生很是满足地看着自己上衣的前襟。"啊，你注意到我的勋章了。我好久没戴这勋章了。你知道，这是因为我参加了俄土战争，土耳其宫廷授给我的。这是二级贞洁勋章。一级勋章他们只颁发给皇家成员和大使。只有最高级的帕夏才能得到二级勋章，我的就是二级。一级勋章他们只颁发给皇家成员……"

"那当然，当然啦。"斯波德说。

"你觉得我看上去还行吧？斯波德先生？"蒂洛森先生带有几分焦虑地问。

"很好，蒂洛森先生，很神气！这勋章太棒了！"

那老人的脸又亮了起来。"我不妨自夸一下，"他说，"这套借来的礼服我穿着非常合身。但是，我不喜欢借衣服。你知道，把东西借给别人通常会叫你物友两空。还是莎翁说得好。"

"呃，这儿有只可怕的蟑螂！"斯波德大声叫道。

蒂洛森先生弯下身来，眼睛盯着地面。"我看到了，"他说着，用脚踩上一小块煤，用脚将它碾成碎末，"我是一定要买只刺猬的。"

他们该出发了。一群小男孩儿、小女孩儿已把巴杰瑞男爵的大轿车围了起来。那司机感到名誉和尊严都受到威胁，假装没看见那些孩子，只是像尊雕像似的坐在那儿，向前凝视着永远。看见斯波德和蒂洛森先生从房子里走出来，孩子们大声叫起来，喊叫声里混杂着他们的敬畏和嘲弄。等他们爬进车之后，那喊叫声戛然而止，表现出一片惊讶。"蓬巴酒店。"斯波德发出指令。那辆劳斯莱斯车叹了一口微弱的、打鼾似的气，向前驶去。那群孩子们又喊叫起来，顺着车身跟着跑。他们很是激动，发疯似的挥动着双臂。就在这个时候，蒂洛森先生作出一个无与伦比的尊贵姿势。他探出身子，向沸腾的野孩子群里抛出了他仅有的三个铜币。

四

在蓬巴酒店的豪华餐厅里，人们正在聚集。多面闪闪发亮的长镜子里反射出一群特别的人。中年的学术界人士朝着年轻一族投去怀疑的目光。前者颇为正确地怀疑后者是反传统派，是各类后印象主义艺术展的组织者。突然间，观点相互对立的艺术评论家们相聚一堂，强忍着彼此间的仇恨，身体微颤。诺布斯夫人、凯曼夫人以及曼德拉高尔夫人都是艺术场上不知疲倦的大兽捕猎者，她们本想独自享用这个猎物充足的小猎场，谁想到在这里彼此相遇，实在叫人怒火中烧。回旋于这群相互排斥的名利人士中间，巴杰瑞男爵神态悦人，似乎全然不知人群之间的明争暗斗。他着实享受这样的场面。在他那似乎涂有一层厚蜡的面具下面，一对小而无光的猪眼睛、苍白的厚嘴唇和他的汉诺威鼻子后头，那里躲藏着一个小鬼似的寻欢恶魔，正在捧腹大笑。

"曼德拉高尔夫人，很高兴您能为英国艺术的过去赏光。不胜荣幸，您还为我们带来了亲爱的凯曼夫人。那位是诺布斯夫人吗？正是她！我刚才没注意到她。太好了！我就知道我们可以仰仗你们对艺术的热爱。"

然后，他就忙不迭地抓准机会，把杰出的雕塑家赫伯特·赫恩爵士介绍给那位聪慧的年轻批评家。那批评家曾著文在公众媒体上称赫恩爵士为不朽的石匠。

过了一会儿，旅馆经理来到镀金的大厅的门口，大声并让人印象深刻地宣布："沃特·蒂洛森先生到。"由年轻人斯波德从身后引导着，蒂洛森先生慢慢地、犹豫不决地走进大厅。在灯光的闪烁下，他的眼皮沉重而又痛苦地在他模糊的眼睛上扑打着，就像是一只被监禁的蛾子的一双翅膀。一走进大厅，他停了一下，把身体挺直，有意识地让自己充满尊严。巴杰瑞男爵匆忙走上前去，一把抓住他的手。

"欢迎，蒂洛森先生——我以英国艺术的名义欢迎您！"

蒂洛森先生低着头没说话。他太激动了，没能回答。

"我想把您介绍给几位年轻的同行，他们在这儿聚集一堂是为了向您致敬。"

巴杰瑞男爵把餐厅里的每个人都介绍给老画家。蒂洛森先生又是鞠躬、又是握手，嗓子眼儿里发出一些声音，但依然说不出话来。诺布斯夫人、凯曼夫人以及曼德拉高尔夫人分别都说了不少迷人的话。

晚餐开始了，大家都各就各位。巴杰瑞男爵在上席就座，蒂洛森先生在他右首，赫伯特·赫恩爵士坐他左边。面对着蓬巴酒店的美味佳肴和醇香的好酒，蒂洛森先生胃口大开。他的胃口的确属于一个与蟑螂为伍，吃了十年蔬菜和土豆的人。第二杯酒下肚之后，他便打开了话匣子。那势头像是水闸突然被打开，洪水一下子涌了出来。

"在小亚细亚，"他开腔了，"当地的风俗是，如果你吃饭时打嗝，就是表明你吃饱了以后的感谢。就像圣经赞美诗中所说，'我的心开始说话'[1]。那写赞美诗的诗人就是东方人。"

斯波德事先就安排好，让自己坐在凯曼夫人旁，因为他对该夫人别有他图。当然，她是个很难缠的女人，但她有钱也有用。他想哄骗她购买自己的一些年轻朋友的画。

"住在地下室里？"凯曼夫人问，"有蟑螂？哦，那多可怕！多可怜的老头！你刚才是不是说他已九十七岁了？这太恐怖啦！我只希望这次的认捐款数目可观。当然，我们总是希望能多捐些

---

[1] 见《圣经·诗篇》第45章第1节。——原书编者注

钱。但是，你也知道，我们自己也有很多开销。而且，现在情况可真够难的。"

"这我知道。我知道的。"斯波德颇有感情地说。

"这都怪工党，"凯曼夫人解释道，"我当然希望什么时候请他过来吃饭。不过，再说了，我感到他实在太老了。用法语说，就是太固执，老糊涂了。请他来吃饭对他也没好处，你说呢？对了，你现在是和戈洛米先生一道工作吗？他这人很有魅力，如此有才干，善于交谈……"

"我的心开始说话"，蒂洛森先生已是第三次说这话了。巴杰瑞男爵试图叫他不再谈土耳其的风俗，但是无效。

时至九点半，酒喝到了兴头上，席间的气氛和善了许多，晚宴前的仇恨和怀疑业已步入梦乡。赫伯特·赫恩爵士已发现坐在自己身边的年轻立体派艺术家不仅没疯，而且对老一辈艺术大师有着惊人的了解。与此同时，这些年轻人也意识到年长于他们的大师们并非恶毒，而只是非常愚蠢、可悲。不过，在诺布斯夫人、凯曼夫人及曼德拉高尔夫人的心里依旧燃烧着仇恨的怒火，因为这些老派的女士几乎滴酒未沾。

这时，致辞的时刻来到了。巴杰瑞男爵站起来，说了他该说的话之后，便要赫伯特·赫恩爵士为当晚的聚会致祝酒词。赫伯特爵士先咳嗽，再微笑，而后便开始致辞。他的讲话持续了二十分钟。其间他讲述了有关格莱斯顿[1]先生、莱顿勋爵[2]、阿尔玛-塔德玛爵士[3]，以及已故的孟买主教的轶事。他用了三次双关

---

[1] 威廉·格莱斯顿（1809—1898），英国前首相。
[2] 弗雷德里克·莱顿（1830—1896），英国画家、雕塑家。
[3] 劳伦斯·阿尔玛-塔德玛（1836—1912），荷兰画家。

语，并引用了莎士比亚和惠蒂埃[1]。他时而诙谐，时而善辩，时而庄重……一番高谈阔论之后，他交给蒂洛森先生一个丝袋，里面装着当晚认捐款的总额——五十八镑十先令。而后，大家共同举杯，齐声祝贺老者身体健康。

蒂洛森先生困难地站起来。他脸上那干燥而像蛇皮似的皮肤红了；领带歪得不能再歪；他那二级贞洁勋章的绿色绶带已爬上他那皱巴巴、脏兮兮的衬衣前襟。

"老爷们，女士们，先生们。"他开始说话时嗓音哽咽，接着就哭得说不出话来。那个场面非常叫人痛苦，令人心酸。看着人类的一名古老的代表浑身发抖地站在那里泣不成声，口吃得不能自已，让人感到极度的不舒服。就像是死亡之风突然一口气吹过那餐厅，吹走了酒和烟草蒸发的雾气，熄灭了笑声和烛火。人们的目光不安地浮动着，不知向何处望去。多亏巴杰瑞男爵头脑还清楚，给老人递上一杯酒。蒂洛森先生这才缓过神来。宾客们听到他喃喃吐出一些不连贯的词语。

"不胜荣幸……被善意所感动……这个盛大的晚宴……盛情难却……在小亚细亚……'我的心开始说话'。"

这时，巴杰瑞男爵用力拉了一下蒂洛森先生礼服的一个下摆。老人停下来，又抿了一口酒，这才恢复了连贯性，用重新赢得的精力继续说下去。

"艺术家的生活是艰苦的。它不同于其他人的工作。艺术家既不能像其他行业的人那样机械性地工作，也不能靠死记硬背，或者边睡边工作。艺术家的工作需要他不停地消耗自己的精神。

---

[1] 约翰·惠蒂埃（1807—1892），美国诗人。

他不停地奉献自己生命的精华，从中得到莫大的欢乐。也许这欢乐中包含让自己的名气大增，但他在物质上的收获寥寥无几。我献身艺术已整整八十年。在这八十年中，几乎每一年都能向我提供新鲜而又痛苦的证明：正如我刚才所说，艺术家的生活是艰苦的。"

谁也没预料到蒂洛森先生会突然转入这样有理智的话题。这使大家感到难堪。这说明必须认真对待这老头，要把他当作人类的一分子看待。直到刚才他还不过是件古董，一个外面包着一套可笑的晚礼服（衬衣前襟还饰有一个绿丝带）的木乃伊。人们不免开始希望他们的认捐款的数额能更大些。五十八镑十先令——实在不是个大数字。令人欣慰的是，蒂洛森先生又停顿下来，抿了一口酒，之后便又开始胡言乱语，不再违背他原本的人设。

"当我想到本杰明·罗伯特·海登，那个伟人的一生，他是英国所产生的最伟大的人之一……"此时，观众不禁吁了口气：你这样说话就对了。接下来，就是一阵高声的喝彩和鼓掌。蒂洛森先生用他那混浊的眼睛环视大厅一周，而后对他见到的那些模糊的人影感激地微笑着。"那个伟大的人，本杰明·罗伯特·海登，"他接着说，"他是我自豪地称作老师的人。我很欢欣鼓舞地看到，他还活在你们的记忆之中，受到大家的尊重。那个伟大的人，他是英国所产生的最伟大的人之一。他曾经过着悲惨的日子，这让我一想起来就想流泪。"

经过无限重复和多次走题之后，蒂洛森先生讲述了海登的生平。他因欠债所遭遇的监禁，他与英国皇家学院的战斗，他的胜利，他的失败，他的绝望，他的自杀。时间已过十点半，蒂洛森先生还在慷慨激昂地攻击那些愚蠢的、有偏见的裁判。是他们拒绝了海登为新议会大楼作的装饰设计，却采用了那些毫无价值的、来自德国的拙劣作品。

"那个伟大的人，他是英国所产生的最伟大的人之一……本杰明·罗伯特·海登，他是我自豪地称作老师的人。我很高兴地看到，他还活在你们的记忆里，受到大家的尊重。但是，那个侮辱使他非常生气，那是最冷酷的打击。他毕生不懈地努力，为的就是要取得国家对艺术家的承认。整整三十年他向每任总理（包括威灵顿公爵）请愿，恳求他们聘请艺术家来装饰公共建筑。但是，恰恰是他为新议会两院所作的艺术设计横遭……"这里，蒂洛森先生的句法乱了阵脚，他又开始了一个新句子。"那是最冷酷的打击，是压在骆驼背上的最后一根稻草。艺术家的生活是艰苦的。"

十一点了，蒂洛森先生正在谈论前拉斐尔派。十五分钟之后，他又从头开始讲海登的故事。十二点差二十五分钟时，他瘫倒在椅子上，说不出话来。大部分宾客已离开，还剩下的几位也急着要走。巴杰瑞男爵领着老头走出门来，将他塞进第二辆劳斯莱斯。蒂洛森晚宴结束了。这是个让人愉快的聚会，只是时间拖得长了点。

斯波德走回自己在布鲁姆斯伯里的住处，边走边吹口哨。牛津街上的弧光灯反射在光亮的路面上，看上去像是一条条黑青铜的运河。他哪天一定要把这个细节写进文章中去。他已成功地让那位凯曼女人上了钩。《你们可知道什么是爱情？》——他一路上用口哨吹着这支曲子——有些走调，但他对此充耳不闻。

第二天早上，当蒂洛森先生的房东太太来叫他时，发现那老头已穿着完毕,躺在床上。他看上去病得很厉害,并且非常地苍老。博哈姆的晚礼服已变得不像样子;那贞洁勋章上的绿丝带也已无可救药。蒂洛森先生纹丝不动地躺着,但并没睡着。听见脚步声,他把眼睛睁开一点,微弱地呻吟起来。房东太太用威胁的目光朝下看着他。

"真恶心!"她说,"在你这个年龄还这样,我说太恶心了!"

蒂洛森先生又呻吟起来。他用了很大的劲才从裤子口袋里拿出一个大大的丝绸钱包。打开后,从里面掏出一个一金镑[1]的硬币。

"格林太太,艺术家的生活是艰苦的。"他边说,边把那个硬币递给她。"能否麻烦您帮我去叫医生?我身体不舒服。还有,这套衣服我该如何处理?我该怎么对那位好心借给我这些衣服的先生说?把东西借给别人通常会叫你物友两空。莎翁说得很对。"

梅江海 译

---

[1] 旧时英国金币,面值一英镑。

死刑判决

作者 | 阿尔贝·加缪

阿尔贝·加缪（Albert Camus，1913—1960），法国小说家、哲学家，1957年获诺贝尔文学奖。

主要作品：《局外人》（*L'Étranger*）、《鼠疫》（*La Peste*）、《西西弗斯神话》（*Le Mythe de Sisyphe*）等。

阿尔贝·加缪是法国文学领域里的一颗新星。本作品原是加缪篇幅较短的小说《局外人》中的最后一章，由编辑受作者之托将其选入本文集。该小说记述了一位家境平平、叫人琢磨不透的年轻人的悲惨遭遇。他住在阿尔及尔，有工作，有女朋友，并有一些单身的男朋友。有一天，他莫名其妙地杀了一个阿拉伯人。他本人称该行为"纯属偶然"。经法庭审判后，他被判处死刑。他被判死刑的主要依据是他不久前在自己的母亲死于贫民院时所表现出的冷漠无情。在书的最后一章里，这位年轻人正在等待上断头台。

惠特·伯内特[1]

---

[1] 惠特·伯内特（1899—1973），美国作家，创办并编辑了文学杂志《故事》。本书英文版的编者。

死 刑 判 决

我刚刚第三次拒绝了与监狱的牧师见面的机会。我与他无话可说,而且什么也不想说。无论如何,我很快就会见到他了。现在唯一让我感兴趣的是如何设法逃避那断头机,是要知道在必须发生的事情之中是否存在漏洞。

他们已把我转到另一间牢房。在这里,我仰面朝天地躺着,可以看见天空。可除此之外,其他什么也看不见。从早到晚,我把所有的时间都用来观察天空如何慢慢地变换颜色,渐渐进入黑夜。我把双手枕在脑后,朝天上望去,等待着。

那个有关漏洞的问题缠着我不放。我一直在琢磨是否曾经有死囚在最后一分钟逃脱那无情的法律机制,突破警察的警备线,在断头铡刀落下之前的那一刹那变得无影无踪。我一次又一次地责怪自己之前没能多留心有关公开处决的报道。人总是应该对这些事感兴趣的;谁也不知道自己的命运会是如何。我跟其他人一样,过去也曾在报纸上读过描写公开处决死囚的报道。可是,除去报纸,一定会有关于这个主题的技术性书籍,只是我过去从来没有足够的兴趣去找那些书看。在那些书里,我很有可能找到逃脱死刑的故事。那些书肯定会告诉我,有一次不知什么缘故,滑轮停下不转了。那一次,如果只有一次,在那不可阻挡的事件发展的过程中,机遇或运气做了件好事。就那一次!从某种意义上来说,仅仅"那一次"对我来说就足够了。剩下的全靠我的情感去对付了。报纸上时常谈到"欠社会的债"。在他们看来,这笔债必须由罪犯来偿还。但是,那样的说法没有一点想象力。是的,对我来说,最重要的一点是要拼命冲一下,是去打垮他们那个嗜血的仪式;是要发疯似的向自由奔去,哪怕只是给我一瞬间的希望,一个赌徒的孤注一掷。自然,所有这些"希望"的结局会是我在街道拐角处被击倒,或者背后中弹身亡。可是,纵观诸多因素,就连这点奢望也与我无缘——我已经无可救药地被夹在老鼠夹子里了。

无论如何,我无法接受我必死无疑这一残酷事实。其实,想起来,一是对我作出判决的依据,二是判决宣布后诸多事件以一成不变的顺序发生,这两者很不成比例。有些事实,譬如判决书是在晚上八点,而不是在下午五点宣读;如果判决书是由换了干净衣服的男人宣读的,对我的判决可能会大不相同;并且,判决书的颁布者只被含糊地称为一个群体——"法国人民"——为什么不是中国人民或德国人民?所有这些事实似乎都使得法院的裁决失去其庄肃性。不过,我必须意识到从宣读对我的判决那一刻起,其效力就不容反驳,它就像我身边挨着的、后背靠着的这堵墙一样看得见、摸得着。

当这些想法掠过我的脑海时,我记起母亲曾给我讲过的关于父亲的一个故事。我从未见过我的父亲。恐怕我对他的一点了解都是母亲告诉我的。其中一个故事说的是他有一次去看一个杀人犯被处决。一想到那事就会让他反胃。但他看完了全过程,回到家后,吐得很厉害。听母亲说这事时,我觉得父亲的行为很恶心。但是现在我明白了,那是很正常的。什么事都比不上公开处决死囚更重要,我怎么会没意识到这一点呢?从某个角度上看,那是唯一的能让男人真正感兴趣的事。我已决定,如果能出狱,我要去观看所有的公开处决。毫无疑问,我很不明智,居然会有这样的想法!因为那一刻我想象自己是个自由人,站在一队双排警察的后面。也就是说,站在正确的一面。一想到自己是个旁观者,是过来看热闹的,看完之后,就可回家去大吐一通,我的脑子里就充满了荒诞无垠的欣喜。这样让自己的想象力牵着鼻子走是件愚蠢的事。不出一会儿,我便浑身发抖,不得不用毯子紧紧地裹住自己的身体。但我的牙齿一个劲地打战,怎么也停不下来。

  很显然,一个人不可能总是理智。我的另一个同样可笑的想法是要制定新法律,更改惩治罪犯的方式。在我看来,法律需要给犯人一个机会,哪怕是个微小的机会,即便只是千分之一的机会。可能会有种药,或者几种药,同时用会让病人(我把他当作"病人"看待)在百分之九十的情况下死去。犯人很有必要知道这点。在冷静地反复考虑之后,我得出的结论是用断头台处决犯人的问题在于死囚不再有机会了,一点机会也没了。实际上,病人的死早就不可挽回地定下来了,无需再议。如果不知为什么那断头刀没能奏效,他们会再次启动同样的程序。因此,就会出现这样的情况(当然,这是反常现象):那死囚不得不希望断头设施运转正常!我认为,这是系统中的一个缺陷。从表面上看,我的观点很有道理。另一方面,我不得不承认这就证明了这个系统的高效率。归根结底,那死囚必须在思想上配合,因为处决程序顺利无误只能对他有利。

还有件事我必须认识到：直到现在，我才了解这事的正确程序。不知何故，我一直认为死囚必须爬上阶梯，走上脚手架，才能上断头台。或许那是因为1789年的法国革命。我是说，我当时在学校学到法国革命时，这都是在图画上看到的。之后，有天早上我在报纸上看到一张处决一个有名的罪犯的照片。我这才看到那断头台其实就在地上；它没有什么惊人之处，并且比我想象的要窄得多。很奇怪，怎么那张照片我到现在才想起来。当时我对断头台的齐整的外观、光亮的表面及其终饰工艺都很有印象。它让我想起实验室的某种仪器。人总是对不知道的东西有夸张的概念。现在我不得不承认，在断头台上被处决似乎是个很简单的程序。机器与人在同一层面上。人朝着机器的方向走去，像是去见一个熟人。从某种意义上说，这个程序很让人失望。而爬上脚手架，把世界置于脚下（可以这么说吧），却能让人的想象力得以驰骋。可是，情况就是如此：机器统治一切。他们谨慎地把你杀了，确有那么一点点羞愧，但效率很高。

另外还有两件事也总是萦绕在我的脑海里：一是黎明，二是我的上诉。可是，我尽可能不去想这些事。我躺下来，眼睛看着天空，逼着自己去研究苍穹。光线一开始变绿，我就知道夜晚要降临了。我还有一个办法用来转移自己思路的走向，那就是听自己的心跳。我无法想象跟随我如此之久的微弱的心跳会停止。想象力从来不曾是我的强项。不过，我还是试图勾勒这样一个画面：有一刻我的心跳不再在我的脑子里产生回音了。可是，我想象不出。黎明和上诉这两件事仍旧缠着我不放。最后，我只能认为，强行要自己的想法脱离其自然轨道是件傻事。

他们总是在黎明时分来提送你去处决,这点我是知道的。所以,我真的用整个夜晚去等待那个黎明。我从来不喜欢突然袭击。如果我生活中有什么事要发生,我总想做好准备。因此,我养成了白天时常打瞌睡的习惯。夜晚我不时地观望头顶上漆黑的苍穹,等待拂晓的第一缕亮光。一夜当中最难熬的时间就是那个让人说不准的钟点。我知道他们通常就是那个时候来。所以一过半夜我就开始等,警觉地听着。过去我的耳朵从来听不见这么多杂音,如此多的小声音。不过,我必须说我在一个方面很幸运,那就是经过了那些让人警觉的夜晚,我还没听见过脚步声。母亲过去常说,不管你如何悲惨,世上总会有值得你感恩的事情。每天早晨,天空变得明亮,牢房里充满了阳光时,我就会同意妈妈的说法。因为要不然,现在我完全可能已听到了前来处决我的脚步声,也已经感到过自己的心变成了碎片。哪怕门外出现一点极为微弱的摩擦声都会叫我快步走到门口,把一只耳朵贴在那粗糙、冰冷的木头上。我全神贯注地听那动静,甚至听见了自己的呼吸。我的呼吸急促而嘶哑,就像是条狗在喘着粗气。即便如此,那阵紧张会暂且告一段落,我的心没有变成碎片。我这才知道自己又有了二十四小时的缓期。

接下来,就是用一整天的时间思考我的上诉。我尽可能地利用上诉一事,仔细研究它对我所产生的效应,从而最大限度地从中挤出它对我的安慰。这样,我总是在开始时就往最坏处想:我的上诉被否决了。当然,那就表明我要死了。显然比别人死得早。"但是,"我提醒自己说,"众所周知,人生在世一辈子无论如何是不值得的。"因此,从广义上说,我可以理解不管一个人是活到三十岁,还是活到七十岁,都没什么区别。因为无论是前一种情况，还是后一种，其他男人和女人总是会继续活下去，地球会照样转下去。并且，无论我是现在死，还是四十年以后死，死这件事总是不可避免地要发生。不过，好像这条思路已不再像想象中那么安慰人心了。一想到手里攒着那么多年的生命真让人愤愤不平！不过，我也可以让自己摆脱那种情绪。我可以设想轮到我时，死神逼得我走投无路了，我会作何感觉。一旦你决定面对了，具体以哪种方式去死显然就不那么重要了。所以（不过，你很难坚持自己的论点，一路把问题争论到刚才那个"所以"），我必须做好准备，去面对我的上诉被驳回的结果。

在这个阶段，但只有在这个阶段，我可以说自己还有这个权利，因此就允许自己去考虑另一种可能性，即我的上诉成功了。[1]那样的话，问题就是要控制贯穿全身的突如其来的喜悦，止住泪水，保持镇定，全靠自己去稳住紧张的情绪，保证思路清晰。即便在考虑这种可能的时候，我的思路也必须有秩序，从而使我从第一种可能中得到的安慰更合乎情理。这事一想通，我就赢得了一个小时的平静心情。仅此一点，不管怎么说，就很了不起。

就是在这时，我又一次拒绝了见牧师的要求。我当时躺着，看见夏天的天空上横跨着一抹柔和的金光，知道晚上即将来临。我刚刚拒绝了自己的上诉，感到自己血管里的血缓慢而有节奏地跳动着。不，我不想见那牧师……然后，我做了件许久没做的事情。我想起了玛丽。她好久没来信了。也许，我猜想，她是不再想做一个死囚的情妇了。或者，她也许病了，或死了。毕竟，这些事是会发生的。因为除去现在已分开了的肉体，我们俩之间没

---

[1] 作者借小说主人公莫尔索之口，在本书中多处阐述了存在主义的核心思想，即存在是属于个人的。每个人一生中都会不停地面对各种可能性，作出抉择，设计自己的人生（存在）。

有任何联系,没有任何让我们回想起对方的东西。这些事我怎么会知道呢?假设她死了,记住她就丝毫无意义;我不可能对一个死了的女人感兴趣。这对我来说,似乎很正常。就像在我死后人们会很快把我忘记似的。我不能说这种事让人受不了。但是,说实话,谁都不知道久而久之人会对什么事不能习惯。

正想到这儿,牧师不声不响地走了进来。我见到他,不禁吓了一跳。显然他觉察到这一点,因为他马上叫我不要紧张。我提醒他说通常他的来访会安排在另一个时间,而且是在一个颇为让人恐怖的场合。他答道,这次只是友好的来访,与我的上诉毫无关系,因为他对我的上诉一无所知。而后,他坐在我床上,要我坐在他旁边。我拒绝了,不是因为我对他本人有什么意见。他倒像是个温和、可亲的人。

刚开始时,他不吱声,双臂放在膝盖上,两眼注视着双手。他的手较为细长,但肌肉发达。它们使我想起两只敏捷的小动物。然后他轻轻地搓揉着双手。他一动不动地坐在那儿,好久没动。有一阵我几乎忘了他的存在。

突然,他猛一抬头,用目光直视着我。

"嗨,"他问道,"你不想让我来看你?"

我解释说我不信上帝。

"你真的能肯定你不信上帝吗?"

我说我认为没必要用信仰的问题去困扰自己。在我看来,我信不信上帝无关紧要。

他向后靠着墙,把双手平放在大腿上。他说,他注意到常常有人认为自己对某件事很笃定,其实并非如此。他说这话时几乎不像是在对我说。见我一言不发,他又直视着我,问道:

"难道你不同意?"

我说那似乎挺有可能。不过,也许我不能肯定我对什么感兴趣。但我绝对可以肯定我对什么不感兴趣。我对他所提的问题一点也不感兴趣。

他移开目光,但仍保持着原来的姿势。他问我这样说话是不是因为我彻底感到绝望了。我解释说我感到的不是绝望,而是恐惧。这是很正常的。

"如果是那样,"他坚定地说,"上帝能帮助你。我所见过的所有与你同一处境的人在身处困境时都寻求上帝的帮助。"

那当然,我答道,如果他们愿意,会自由地选择那样做。可是,我不想得到任何帮助。并且,我也没工夫去对我不感兴趣的事培养兴趣。

他不安地动着自己的手,然后坐直身子,抹平身上穿的教袍。之后他又开了口,开始称我为"我的朋友"。不是因为我被判了死刑,他说,他才这样跟我说话。在他看来,地球上每个人都被判了死刑。

行了,我打断他的话;那可不是一码事,我指出。再说啦,那样说并不能给我安慰。

他点着头说:"也许是那样。但是,如果你不是马上死,总有一天要死。那时候,你也会面对同样的问题。你如何去面对那可怕的最后一小时?"

我回答说,到时候我的态度会与现在一模一样。

听我说到这里,他站起身来,目光直视我的眼睛。对这一招我了如指掌。我过去常用这招对付艾玛尼埃尔和塞莱斯特,从中取乐。十次中有九次他们会不安地避开我的目光。我看得出那牧师用这招是老手了，因为他的直视毫不畏缩。并且，他说话时的嗓音也很稳定："你不抱任何希望了吗？你真的认为你死了就一了百了，身后不留任何东西了吗？"

我说："是的。"

他不再用眼睛直视我，重新坐下。他说，他实在为我难受。一个人如果有我这样的想法，生活一定会让人难以忍受。

那牧师开始让我感到乏味。我把一个肩膀靠在那个小天窗下面的墙上，目光不再注视他。我已不再留意他说什么，我想他又在向我提问了。不一会儿，他的语调变得不安、急迫。我意识到他真的生气了，这才开始注意他在说些什么。

他说他确信我的上诉会成功，但是我精神上还负罪累累，必须卸下包袱。在他看来，人的正义是虚的；只有上帝的正义才有意义。我向他指出是人的正义将我定了罪。是的，他表示同意。但是，那并未赦免我的罪恶。我告诉他我并未意识到任何"罪恶"。我只知道自己犯了法。因此，我在为自己的犯法行为受惩罚。但没人有权期望我去做更多的事。

就在这个时候，他又站了起来。我这才意识到要想在我这间小小的班房里挪动，几乎唯一的选择就是站起来或坐下去。我用眼睛盯着地下。他朝我迈近了一步，就停下来，好像他不敢走得更近。然后他透过铁窗，朝上看着天空。

"你错了，我的孩子，"他严肃地说，"对你还会有更多的要求。很可能还会有件事儿要你去做。"

"你这是什么意思？"

"可能要叫你去看……"

"去看什么？"

那牧师慢慢地环视了我的牢房。他回答我时嗓音里的悲伤很令我震动：

"这些石墙，我非常清楚地知道，浸透了人的苦难。我每次看见这墙就忍不住打个寒战。不过，请相信我，我这是肺腑之言。我知道即便你们中间最可恶的人有时也可在那一片灰色的背景下看见一张神圣的脸慢慢成形。就是那张脸你要去见。"

他这句话让我有些振奋。我告诉他我已盯着周围的墙看了好几个月，这个世界上没有任何人、任何东西能比这墙让我感到更熟悉了。并且，也许很久以前，我曾经试图从墙上看见一张脸。不过，那是张金色阳光的脸，满脸闪烁着欲望的光。那是玛丽的脸。但我没那个福分。我从来没在墙上见到玛丽，所以我早就放弃继续尝试了。说真的，我至今还没见过任何东西在那灰墙上，如借用牧师的话，"成形"。

牧师一脸悲伤地盯着我看。我现在背靠着墙，前额上满是光亮。他喃喃自语地说了些什么，我没听清。然后，他突然问我他是否可以吻我。我说不可以。于是他转身走到墙边，慢慢地用手沿着墙画起来。

"你真的这么喜欢这些尘世的东西吗？"他低声问道。

我没回答。

有好一会儿他没朝我看一眼。他的存在越来越使人感到厌烦。我正想叫他离开，让我一人平静地待着。可是他突然转过身来，充满激情地大声对我叫道：

"不！不！我拒绝相信这一点。我可以肯定你常常希望有来世。"

我当然希望过，我告诉他。每个人都会不时地有那样的希望。但是,这样一个希望与那类希望自己富有,或游泳游得更快,或嘴形长得更漂亮的希望相比,并非更为重要。它们都属于同一类型。我正要顺着同样的思路说下去,他插话了,问我是怎样想象进入坟墓后的生活的。

我大声对他说:"我希望那个生活能让我记得在地球上的这种生活。那就是我对那里的生活所要的一切。"说完之后,我立即告诉他赶快离开。

但是,很显然,他还想继续讨论上帝这个主题。我凑上前去,最后一次向他解释说,我剩下的时间不多了,不想把这点时间浪费在上帝身上。

然后他试图改变话题,问我为什么知道他是牧师,却一次都没称呼他为"神父"。这更让我气上加气。我告诉他,他不是我的父亲[1]。相反,他与其他人站在一边。

"不,那可不对,我的儿子。"他说,说着把手放在我的肩膀上,"我是站在你这一边的,不过你没意识到,因为你的心已变硬。但是,我要为你祈祷。"

之后,不知道怎么回事,我体内好像有什么东西破裂了,我便开始大叫起来。我向他投去侮辱性的语言,告诉他不要把他那糟烂的祈祷浪费在我身上。被火烧死胜过就此消亡。我一把抓住了他教袍上的颈圈,一时间欢乐和愤怒让我极度地兴奋。于是,我将在脑海里酝酿许久的想法一股脑儿倾泻在他身上。你看,他似乎无比自信。可是,他的全部自信都不值女人的一根头发。像他那样活着就像行尸走肉,连自己是否活着都不能确定。也许我

---

[1] 英文中,"神父"与"父亲"同为一词。

看上去两手空空。实际上，我很自信，对所有事情都自信，我的自信远远超过他的自信。我不仅对我现在的生活，而且对即将来临的死亡也很自信。毫无疑问，这就是我所有的一切，至少我的自信是我所能把握住的，就像它能把握住我一样。我过去是正确的，现在还是正确的，我总是正确的。我用某种方式度过了自己的生命。如果我愿意，我完全可能用另一种方式度过生命。我这样做了，而没那样做；我没去做 x，而去做了 y 或 z。这都表明了什么？这表明我一直在等待此刻，等待那个黎明，明天的或是另一天的黎明，那个能够证明我正确的时刻。没有任何事重要，什么事都不重要，我深谙其中的奥秘。他也知道为什么如此。从我的未来的黑暗地平线上，从即将来临的岁月里，有一股缓慢的、在我有生之年不曾停息过的微风朝我吹来。那风所到之处吹平了所有在我度过的那些同样不真实的岁月里人们试图强加于我的意念。那些意念会对我、对其他人的死亡，或是对一个母亲的爱，或是对他的上帝，或是对一个人决定的生活方式、对一个人认为自己选择的命运有什么重要性？因为同样的命运注定要"选择"的不仅是我，也是上千万有特权的人们。他们就像他一样，称自己为我的兄弟。毫无疑问，他一定是知道这一点的吧？每一个活着的人都是有特权的；世上只有一个阶级，即有特权的阶级。每个人总有一天注定都要死。他也跟别人一样，总有一天会轮到他去死。如果他被指控犯谋杀罪之后，因为在自己的母亲的葬礼上没哭而被处决，这会对他产生什么影响？到最后都是一样的结果。无论是沙拉玛诺的妻子，还是沙拉玛诺的狗，结果都是一样。[1] 那个机

---

[1] 沙拉玛诺是莫尔索的邻居，一个多病的老人。在小说中死亡先后夺走了老人仅有的生活伴侣，先是他的妻子，后是他的狗，使得沙拉玛诺孤苦伶仃。莫尔索此处说的是人和动物一样，都无法逃脱死亡的命运。

械化的小女人和那个来自巴黎的嫁给马松的女子一样"有罪",或者说,她和想要嫁给我的玛丽一样"有罪"。假定雷蒙和塞莱斯特都与我有交情,但塞莱斯特更让人尊重,那重要吗?如果玛丽此时此刻正在与她的新男友接吻,那重要吗?作为一个注定要死的人,他难道不能理解我所说的从我的未来吹来的那股黑风的意思?……

我叫喊的时间太久,已变得上气不接下气。就在这个时候,狱吏们冲了进来,并开始试图把牧师从我手中救出去。其中一个狱吏作出要打我的样子。牧师让他们都平静下来,无言地凝视了我一阵。我可以看到他的眼睛里含着眼泪。然后,他便转身离开了牢房。

他一离开,我又恢复了平静。可是,之前的一番激动已把我弄得筋疲力尽,我一头倒在自己的床板上。我一定睡了挺长时间,因为当我醒来时,星光已照在我脸上。乡村的各种声音微弱地传进来,凉爽的晚风夹带着土地和海水的气息吹拂着我的脸颊。载满瞌睡的夏夜里一片妙不可言的宁静,像潮水一样涌进我全身。拂晓时,我听见一艘轮船的汽笛声。人们正启程去一个永远与我无关的世界旅行。这几个月来我几乎第一次想到母亲。现在,在我看来,我明白了为什么她在生命的尽头会找一个"未婚夫",为什么她又开始了"重新来一次"的游戏。也就是在那个贫民院,当生命即将像蜡烛一样烧尽时,黄昏的来临就是表示哀痛的安慰。面临死神的逼近,母亲一定感觉像就要赢得自由一样,准备重新开始生活。没人,世上没有任何人有权为她哭泣。我也一样,感到一切准备就绪,就要重新开始生活。似乎刚才那愤怒的冲动已把我洗净,洗空了我的全部希望。仰望布满星星和各种符号的夜空,我第一次,空前未有地,向宇宙宽厚的冷漠敞开心扉。说真的,能感到如此自我如初、如此具有兄弟情义使我意识到我过去很幸福,而且现在还是很幸福。要圆满地了此一生,不致最后落得孤家寡人,我现在唯一的希望就是在处决我的那天,有很多很多的人会前来观看,希望他们会对我高声号叫着谩骂。

梅江海 译[1]

---

[1] 译自斯图尔特·吉尔伯特(Stuart Gilbert)的英译本。原作为法语。——编者注

布里德沃特的半美元

作者｜布斯·塔金顿

布斯·塔金顿（Booth Tarkington，1869—1946），美国小说家、剧作家，1919 年、1922 年分别因小说《伟大的安柏逊家族》(*The Magnificent Ambersons*)、《寂寞芳心》(*Alice Adams*) 两度获普利策小说奖。

主要作品：《伟大的安柏逊家族》《寂寞芳心》等。

很少有作家（他们会因年轻而令人羡慕）喜欢自己那些已不被再版的作品。如有可能，我们中的大多数都希望永远没必要去重新考虑那些已不可收回的书稿。我们不热衷于发现那些完全可以修改，但已为时过迟的、不可避免的遗憾。我们的座右铭是让死亡的过去埋葬它的死亡[1]，不过，我们的人性还可能让我们为那些似乎被不公正地埋得过深的作品略感不安，为其打抱不平。

因此，读者在读由作者自选的作品编成的选集时应该小心，因为这种选集非常可能收入了"别无他人喜欢的"作品。只有病态的读者，可以这么说吧，会对这样一个选集真正地感兴趣。可是，谁又能说这样的读者不正是每个作家心里希望关照的对象？

为了进一步解释我选择再次出版《布里德沃特的半美元》的原因，我认为我应该说明这篇作品只激发了一封"书迷来信"。让我吃惊的是，那位写信的绅士非常真切地祝贺我能勇敢地为对狗下毒的人辩护，他坚持说，因为那些毒死狗的人通常得不到他们应得的爱戴。我似乎可以希望再次发行之后，这个故事可以找到能够理解其内容的知音，不至于与作者的意图大相径庭。

布斯·塔金顿
缅因州肯尼邦克港

---

[1] 此句引自美国诗人朗费罗的著名诗歌《人生颂》（*A Psalm of Life*）。该诗表达了对生活的激情和乐观。

布里德沃特的半美元

乔治·布里德沃特把加菲尔德广场的一张长凳视为自己的专凳。加菲尔德广场地处这个城市的寒酸老城区，是个烟幕似的小公园。它有个小小的用碎石子铺成的中间空地，四周有十二张长凳，一边三张。布里德沃特先生认为北边中间那张朝阳的凳子是自己的。其他七八名公园的常客都尊重他的感情。每当有陌生人闲逛到附近，布里德沃特便打哈欠，在那长凳上方伸长双臂，直到那入侵者要么继续向前走，要么另做选择，他才会将双臂放下。去年五月的一个下午，五点钟刚过，他就用这个办法赶走了一个闲逛的、看上去像是个失业工人的陌生人。尽管他把胳膊伸得很长，布里德沃特对他正和其他几个长凳上坐着的熟人之间的谈话很感兴趣，并没有中断那谈话。

"我五十四岁，谢里曼先生。"他说。他说话的声音很大，因为他在与坐在铺有碎石子的空地对面的那张长凳上的一个不甚体面的胖男人打招呼。"我五十四岁了，还没让工头把我累死。'你认为我是谁？'我会说。'不要跟我耍嘴皮子，'我会说，'要不，我就叫你知道我的厉害！把欠我的时间还给我，我就开路，少跟我耍嘴皮子！'我在做上个工作时就是那样说的。

那还是1927年。如果他们认为现在可以利用大萧条占我的便宜，让我白干活，还跟我耍嘴皮子，我就给他们点颜色看看！"

那个闲逛的年轻工人坐在一张没人坐的长凳上，与布里德沃特先生搭讪。"我可不管，"他说，"我可不管他们怎么跟我耍嘴皮子，只要他们给我活干。要不是靠救济，我想我和我的全家早死了。但是，我是真的吃够救济了！"

布里德沃特先生、谢里曼先生和另外四个在场的常客都冷冷地看着他。他们不在乎一旁有人听他们说话，但不喜欢有陌生人插嘴。当时正是1935年，每天都有公众性的大主题吸引着他们。他们都同意新政治。因为反对派的观点很让他们生气，自然他们对那些就根本不想听。一个能说会道的陌生人很容易被怀疑是个热衷于宣传的人，除非他表示与他们的意见相同，才能证明他不是那种人。

"听着！"布里德沃特说，"只要有救济拿，你就接着拿吧。救济不过是政府给了你法律上原来就属于你的东西。对政府来说，每个人都是平等的，不是吗？那么说，在逻辑上一个人所应得到的与别的人一样多，不是吗？你能不认这个理吗？"

"你非得认这个理！"谢里曼先生在空地的对面叫道。"一个人的权利与另一个人的一样。政客们现在开始看到这一点，这是好事。要不，我们就要把他们都踢走。"他皱着眉头说，"不过，我对这个每月二百美元的计划有一点不喜欢，那就是六十岁那条。我不嫉妒六十岁的人拿钱，但是底线应该放宽。很多人六十岁了身体比有些只有五十、五十五岁的人还好。严格规定六十岁整，太死板了。"

其他几位常客都尊敬地看着谢里曼先生；他们佩服他居然有

能力使用"底线应该放宽"和"严格规定"这样的大词。可是布里德沃特却冒险地用起争论的语调。"不对,谢里曼先生,那可是个好计划。我只要等六年就可以拿钱了。但是,如果考虑到基本事实,我最喜欢的还是另一个计划。发给每人五千美元的资产再分配,用现金支付。货真价实的现金。那才是我的选择。"他开始向大家发出呼吁,"五千美元现金,干干脆脆。这你们还不喜欢吗,先生们?"

旁边一张长凳上的一个满脸愁容的男人嘴里衔着一片草叶。他摇摇头,不是因为不同意,而是因为不明白。"我还弄不明白,布里德沃特先生。我们都应该拿到五千美元,还是三千?"

"五千。"

"那好。是总共五千,还是一年五千?"

"一年!"布里德沃特大声强调道,"他们证明他们能做到。他们是在广播里直接用数字证明的。"

"谁?"那年轻的工人表达出他的疑问,"是谁证明能给每人一年五千美元的?"

"谁?"布里德沃特又冷冷地看了他一眼,"你从来不听广播,也不读文件[1]?是这个国家最大的头目打算这么做。"

"怎么做?他们打算怎么做?"

"怎么做!"布里德沃特大声叫道,"很清楚,就是用资产再分配的办法做。政府要做的就是加税,然后从每个每年挣钱五千美元以上的人头上拿走多出的钱,之后把那钱交给我们这些挣钱少于五千美元的。政府将从有钱人那儿拿走股票、债券以及

---

1 原文中布里德沃特说话时用的大词(如"再分配""文件")在发音和拼写上都有错误,借以表明他较低的文化程度。

高价车和炫富的珠宝,并且——"

"转送给大家?"那年轻人问,"比如说,给我两颗宝石、一部分用过的轿车和一些亏损的铁路股票,还有——"

"不对,先生!"布里德沃特被激怒了,"连小孩子都知道要想再分配得公平,政府不能那样做。他们的做法是拿到所有的东西,把它们卖了,然后公平合理地平分卖来的钱,这样每个人都能平等地拿到五——"

"打住!"那年轻人说,"他们把那么多的东西卖给谁?"

"什么?"

那捣乱分子的笑声很刺耳。"谁会买那些东西呢?"

布里德沃特先生未曾想到这点。他感到无言以对,懊恼而又无可奈何地用眼睛瞪着那年轻人。可是谢里曼先生前来相助了,他脸上带着微笑,表示出对无知的提问者的怜悯。"谁来买这些东西?很显然,是山姆大叔。美国政府将来买这些东西。"

"用什么来买呢?"那年轻人嘲弄性地问道,"如果政府有钱买这些东西,他们现在就已经可以每年给我们五千美元,而无需买任何东西了。"

"你说什么?"

"怎么?就是这么回事!"那插话的人一旦开了腔,倒是让人讨厌地说个不停了,"再说了,如果政府没有钱,就得用纸币去购买那些东西。所以,如果纸币值钱的话,他们完全可以直接把纸币给我们。那就证明纸币一钱不值,要不他们就干脆给我们纸币了。况且,如果政府可以付钱买来富人们所有的股票、债券及轿车和钻石,富人就会有钱了,也就会像他们过去那么富了。这个问题你怎么解决?"

"怎么解决？"布里德沃特满脸通红、眉头紧皱，摆出演说的架势，"都听我说！山姆大叔想怎么做就怎么做。如果他想这么做，他可以脱去你身上的衬衫。如果他想的话，可以马上让你进大牢。山姆大叔可以索性拿走所有那些财产，并且——"

"是吗？好吧，如果山姆大叔那样做了，他如何去处理那些财富呢？他卖不出去，因为没人去买，他也没办法给每人每年发五千美元，因为他无法平分钻石、股票和轿车。而且，那些东西一分开就不值钱了。所以听好了！如果你们哪位身上有根完好的五分钱的雪茄烟跟我换，我现在就给你我的每年应得的五千美元，外加我六十岁以后可拿的每月二百美元，作为额外奖励。然后我就当面嘲笑你！有人愿意吗？"

那个能说会道的年轻人感到很得意，放声大笑起来，可旁边的人全无反应。在布里德沃特旁边的长凳上坐着的那个愁眉苦脸的人开始低声抱怨。

"我真是弄不明白，"他说，"有时好像一个人将在这个世界得到自己的权利，可过一会儿又得不到了。就看我吧。我现在靠帮别人剪草坪、除杂草等事每星期平均挣四到七美元。我有个远房亲戚，他的名字叫乔·恩特林杰，一辈子没干过一天活，断了奶就变成个酒鬼。他现在肚子奇大，就是想干活也不能干了。但是，他当上了工头，整天坐在一个树桩上，喝得醉醺醺的，抽着雪茄烟，他们在米尔河那边加高堤坝。每个月八十美元！这公平吗？我只挣二十八美元，难道我只能挣这么多？"

"不少人还不如你哪，"与他同坐一张长凳的那人答道，"再说了，看看周围漂着的这些好工作，只是希望你命好能找个那样的工作。是这样的，比如说，我认识一个黑白混血的女孩儿。她每星期挣二十五美元，政府的钱。是的，先生，她就是发放救济金，轻轻松松地每月一百美元。她是个受过高等教育的混血女孩儿。但是，他们应该雇一个需要养家糊口的男人。你也认识她的，布里德沃特先生——埃拉摩拉·汤普森，就住在你家街对面，干起事来总是慢吞吞的。她是不是像我说的那样？"

布里德沃特先生没回答。他在反感地盯着那年轻的工人，没在听别人说什么。他脑子里一片糊涂，并没听懂那个多管闲事的小子的议论。但是，他满腹愤恨地感觉到这里有一股不祥的势力在与他个人作对，有人要抢走最近才出现在他眼前的光辉前景。"你小子听着！"他说，双眉紧锁着，"听上去你在代表华尔街的那些国际阴谋家们说话。他们的日子不长了，让我来告诉你！我已故的父亲在他老年时曾一遍又一遍地说过，他希望他的孩子们一辈子不要像他那么辛苦，这话我永远忘不了。一个人干活累死，却让华尔街把钱都拿走，这有什么用？翻身的时候到了！我们要获得自己的权利。如果有人跑过来反对——"

"说我吗？"年轻人悲伤地一笑，"我只希望那些童话故事是真的！"

"童话故事！"布里德沃特的嗓音因生气而变得沙哑。他站起来，对着那年轻的工人摇着细长的食指说，"你听着！你这种人就是要在自己的国家刚刚走上正道时来捣乱！说什么童话故事！就是你们这种人要在穷人口中夺面包！我敢打赌有人收买了你。我保证你是银行雇了到这来——"

"收买来的？见鬼了，不过我真希望有人给了我钱！"

"我不想再跟你啰唆了！"布里德沃特气愤地用他伸出的手做了个"算了"的手势，身子猛然一转，沿着碎石子铺的小路大步朝着德拉温大街走去。那里是加菲尔德广场的西头，一片凄凉。

他那衣衫褴褛的身影憔悴地朝着脏兮兮的金色阳光走去，夕阳正斜着身子向这个懒散地向外延伸的城市西部的烟幕里下降。他一边走，一边大声嘟囔着。那嘟囔声断断续续的，他在想象自己正在对那个能说会道的年轻工人说话。出于诸多原因，他称那畜生为狗；他还认为他与啮齿动物同类，他蔑视那家伙。"男人对男人，你再试试看！这福利我等了一辈子了。现在我拿到了，这是我的。可是你想从我这儿抢走，你这个耗子！"

乔治·布里德沃特自然是满腔怒火。他与生俱来的火暴脾气，加上他对已故的父亲年迈时经常表达的希望的尊敬导致了他一生中一次又一次地陷入长时间的忧郁和无聊。现在，他终于将要拥有每年五千美元，外加每月两百美元的收入，这些都将由山姆大叔亲自授予他。可是，他突然半路碰上了小人。他们散布的疑问很让他生气，因为这很使他恐惧。这些人大谈什么"童话故事"，讥笑那笔光辉的收入，而长期以来数以百万计的人一直在帮他拿到这钱。因为他们看不得他拿到了钱，而他们无法拿到自己的钱！布里德沃特一点不在乎他们是否拿到了钱，只要他自己拿到钱就行了。

"你缺的是一顿揍！"他说着便过了德拉温大街，"真是大嘴无遮拦！"

位于德拉温大街和第四街相交处的那座房子更让他气不打一处来。他一向恨那房子，但从不认识住在里面的人。那房子充满七十年代的富裕，那时这个城镇还正年轻。房子的正面用的是白色的石头，高大的厚玻璃板的窗户和黑核桃木的内置百叶窗形成了吉星高照和"家境非凡"的门面。但是,二十世纪早就使这栋庄严的房屋变成一个不受珍重的遗迹。这房子长年维修不善,已被多年的煤烟弄得表面暗黑,一边的邻居是毫无生机的"二手车"销售行,另一边是一家死去的餐馆。它现在就像一件破旧的燕尾服一样,满脸歉意地陈列在旧货店的橱窗里。乔治·布里德沃特年轻时曾因这房子早年的辉煌而气恼,至今还木然不知那房子已在慢慢地改头换面。他对那房子的反感依旧与那些百万富翁有关。纯粹出于由来已久的习惯,在布里德沃特看来,这座悲哀的房子依旧裹在一成不变的债券拥有者的高贵气派和剥削者的傲慢之中。

因此,从那用黑核桃木雕刻的双开前门里走出来的那位女士在正过街的布里德沃特看来很是傲慢。她看上去身体虚弱,脸色苍白,身材苗条,年迈力衰。但是她的小黑帽子、棕色鞋子、刷洗整齐的花呢裙子以及简朴雅致的棕色旧布大衣在他看来都显得刺眼地时髦。更糟的是,在她走下石阶时身边有只长毛小白狗又是跳跃又是吠叫。显而易见,那狗孤傲、高贵、对普通的人富有敌意,使他感觉到一种对自己的个人侮辱。乔治·布里德沃特无狗不恨,但他对这条狗的感觉居然不可体面地说出口。可怕的银光从那狗的小项圈上射出;狗的主人在戴着手套的手腕上拴住一根皮带,以此对那令人憎恨的生命实施保护。

不仅如此,布里德沃特在视觉和听觉上(特别是听觉)都认识这条狗。他住在女儿家,女儿的房子面朝艾克利街,也就是通往德拉温路的下一条大街。但与德拉温路不同的是,艾克利街从来没有时髦过。那个在德拉温路上招人恨的房子的后院与他女儿家的后院只相隔一条窄巷。不止一次乔治·布里德沃特周日的懒觉就是被这条在那华丽的房子后院放风的小白狗自私的吠叫闹掉的。

那个装束利落的老妇人和她那条爱叫的小宠物正要去加菲尔德广场散心,在过街的拐角处与布里德沃特打了个照面。"不能那样,火箭!"正当那狗从侧面向布里德沃特先生的左腿疾冲过去时,她满怀柔情地说。受到拴狗皮带的约束,火箭煞有介事地朝着那条活动着的腿吠叫着。狗的主人和那条受威胁的腿的主人擦肩而过时不经意地交换了眼色。那只是一瞬间短得不能再短的相互凝视,却是致命的。

旧日的成见、新添的侮辱使得布里德沃特的眼睛里充满仇恨。他已不是第一次遇到这女士,也不是第一次受到火箭的攻击。在这对人、狗身上他看到了财富的代表。住在充满财富的房子里、生活奢侈的贵族对他先是掠夺,继而蔑视。他们这些人最好提防点,因为布里德沃特之辈不久就会从他们手里夺回自己的权利!

那老妇人的眼光里也不无敌意。她常在附近看到布里德沃特,认为他是无礼的游手好闲之辈,对他不甚认同。她是潘西小姐,一位退休的教师。她一直工作到六十五岁以后。

布里德沃特把她看作债券持有人是有道理的,因为她的投资使她每月收入四十二美元。她与火箭现在住的寄宿公寓在财务上不很稳定,但很久以前这里曾是华丽的豪宅。他们的生活颇为节俭。

比起火箭,潘西小姐的生活更为节俭。她已无亲戚,老朋友也都已去世。除去火箭,她"在这个世界上已只身一人"了。她为了它,为了它的幸福,可牺牲一切。视力的退化已不再允许她读书，火箭的确成了她生活中的一件尤物。她为了它而活着；反过来，自私自利、自高自大的它只爱她一人。除它之外，别无他人这样待过她。

除去潘西小姐和它自己以外，火箭蔑视世界上所有人。布里德沃特看了潘西小姐那一眼后，继续向前走，可那小狗又来了最后一次冲刺和嗥叫，以明确表示它对那条寒酸的腿的想法。火箭认为自己刚刚吓走一个抢劫犯，怀着不可忍受的虚荣心吠叫着。它抬起头来朝主人的脸看去，向她证实自己所能提供的保护，便与主人一道去加菲尔德广场了。

布里德沃特沿着肮脏而又黑暗的第四街朝着艾克利街走去。他尝到了仇恨的苦味。那高傲的、认为他一钱不值的富妇人的高贵、奢侈而又危险的宠物未经挑衅就向他进攻这事与另外一块火红的煤块，即那个年轻工人的狡辩，在他心里燃烧。火箭那充满欢乐的吠叫现已远去，它浓缩成一个声音。在布里德沃特看来，那声音代表着他一生中所有与他对抗的势力。"你！你！"那狗吠似乎在说，"你是拿不到的！永远拿不到！没你的份！"

"我真该把它的肝踢出来的！"布里德沃特说着在艾克利街和第四街的交叉口处停下。他在脑子里把火箭和那年轻的工人结合成同一个代词，追溯性地朝那二位一体踢了一脚。然后他看到街对面有个他想聊上两句的人。他避开街上急着回家的轿车，过了街，朝那人走去。

她是个举止得体的年轻的混血女子，身着连衣裙，很显活泼。她衣着的时尚，可以说，与潘西小姐相比档次高得多。她坐在一座小木屋的摇摇欲坠的前阳台上，心不在焉地嚼着口香糖。那前阳台离大街很近，所以布里德沃特在房前的人行道上停下，无须提高嗓门，便可亲密地与她说话了。

"听我说，埃拉摩拉，"他说，"我早就想找你再谈谈了。"

"是吗？"她慢慢地嚼着口香糖，不时地将糖露出来。她似乎对街上开过的轿车很感兴趣，可对布里德沃特却没一点兴趣。"就像我那天跟你说的，埃拉摩拉，"他说，"你管救济款，拿很好的工资。我是你们家的好邻居，现在已有两年了。我看哪，你手上肯定有不少钱是政府发给人民的。为什么不能发些钱给我，就像发给那些失业的人一样？"他本来就友好有余的语气，现在变得带几分讨好。"你一直是个善良、漂亮的姑娘，埃拉摩拉。你看呢？"

埃拉摩拉转过头去对椅子后面打开着的窗户叫道："奶奶，你又把平底煎锅放在烧着的煤球上时间太长了。这会引起烧焦的臭味。赶快拿下来，奶奶！"她越过布里德沃特向前面看去，满脸瞌睡地沉浸在她的口香糖之中。但是，她最后总算听懂了布里德沃特的问题。"不，布里德沃特先生，我实在没办法像你提出的那样去照顾你。"

"怎么不行？"他急迫地问道，"政府的钱都是属于人民的。难道我不是——"

"不是的。"她说，"我们目前不赞成发现金的政策，布里德沃特先生。我只提供食品和燃料。我已经在为一百一十一家服务。我不能给你这个配额，因为我已决定像你这样的情况不属于这个计划。"

"为什么我就不属于呢？"她很让他生气，但他尽量控制自己，希望能让她保持平和。"大萨姆·莱斯罗昨天告诉我他和他的全家现在已靠政府救济八个月了。如果你让大萨姆和他家——"

"不行，我不能那样做，"埃拉摩拉慢悠悠地答道，"莱斯罗先生和他的家人既无财产，又无工作，所以他们符合条件。可你和你女儿一道住在她所拥有的房子里，房客的租金是你们的收入。你完全不符合我们的标准，属于房产所有人一类。"

"你听我说！"布里德沃特的嗓音变得沙哑了，他在努力控制情绪，争取让自己说的话仍旧有说服力。"那些该死的房客拖欠房租，拒绝付款。那房子值的每一分钱都是按揭借来的。我们去年十月份的税还没付，看来永远也付不起了。大萨姆·莱斯罗亲口告诉我上个星期他才拒绝了两个工作。因为如果接受了的话，他就拿不到政府的钱了。听我说，埃拉摩拉，如果你让莱斯罗留在计划里，而继续把我卡在外面，是不是有人会说那是因为莱斯罗一家是你的亲戚，而我不是？大萨姆是你的表哥，不是吗？"

他所获得的唯一成就是让自己的脾脏更加鼓胀了。埃拉摩拉颇有睡意地看着他，站起身来，打了个哈欠，然后朝敞开的门口走去。"奶奶，我想在晚饭前躺一会儿。"她进去之前叫了一声，"帮我把沙发垫子整整。快点，奶奶！"

乔治·布里德沃特站在人行道上，感到万分焦虑。他看着空空如也的阳台，说了三个字，其中两个字与此事无关，而最后一个字充满了种族优越感。

在他看来，侮辱和伤害好像在悄悄地跟着他。好像黑人、富贵女士的狗，还有银行雇佣的假工人，都把他当作逆来顺受的可怜虫。他将那三个字重复了两遍，然后便转身大步过街，向自己家走去。那是个木头房子，似乎比埃拉摩拉·汤普森奶奶的房子大些，但其破损程度也比后者糟糕得多。过街刚过一半，他就闻到煮包菜的味道。继续往下走,那臭味就固体化了。打开前门,他的肺里、头上的几个气孔以及他衣服的空间里都充满了那气味。

他的女儿,艾菲·布里德沃特,到狭窄的前厅来迎他。"爸爸,我看到你在街对面啦,"她说,她的嗓音充满深情和疲倦,"小乔治[1]已到家了,我正要去叫你呢。我已把晚饭做好。爸爸,我要给你一个可爱的惊喜。"

"惊喜?包菜?你管那个叫惊喜——"

"不,我们吃包菜汤,但是你要等会儿才能知道还有别的什么!"她抓住他的手,抬起脸来满怀深情地看着他。她才三十岁,但看上去又累又憔悴,像是已四十了。"好了,爸爸。小乔治在等着吃晚饭呢。"

艾菲一直拉着父亲的手,直到两人走进暖和的小厨房,在油布铺垫的饭桌前坐下。她弟弟,小乔治,已经给自己盛了一盘包菜汤正吃着。小乔治,一个二十二岁的瘦男孩,面色很是不幸,没跟他们打招呼。他在家时总是不说话。他既无手艺,又无专业,但好像时常有点小钱。那点钱总是被下个街区的一个姑娘拿走,而他的父亲和姐姐早就知道他们是沾不到光的。有那么一两次小乔治不在时有个便衣曾经来过家里询问他的事。有时他一走就是一个月,但回到家像石头一样,一句话也没有。

他与父亲不太合得来。尽管他拒绝与父亲争论,但有时还是要嘲笑他两句。小乔治是共产主义者,而布里德沃特仇恨所有激进分子,他认为他们试图毁灭国家,而且可能破坏重新分配富人财产的伟大新计划。

---

[1] 因为乔治·布里德沃特的儿子与他同名同姓,此处"小"(Junior)与年龄关系不大,只是为了把父子两人区别开。

艾菲其实对小乔治也不很关心，不过她支持他。她这辈子，由于一些已丢失在童年的深不可测的模糊喜好的缘故，她把爱的全部力量都倾泻在她父亲身上。父亲对艾菲而言，正如小火箭之于潘西小姐般至关重要。尽管布里德沃特缺少火箭那样富有回报性的强烈的忠诚，他最深的感情（除去一点之外）也交给了艾菲。

"不，我挺好。"他喝完汤后粗暴地回答艾菲刚问的一个急切的问题，"不过我今晚确实感觉不太好。"

"你今天下午没吃什么不合胃口的东西吧，爸爸？比如三明治或是其他什么？"

"我身上连五分钱都没有，怎么会吃三明治？"

"那么，爸爸，什么事在让你烦心？"

"你就别管了。我已经烦透了！你一直在讲的惊喜在哪儿呢？"

"你一会儿就知道了！"她把汤端走，拿来干净的盘子，然后满脸灿烂地把那个惊喜放在桌上。"是牛排，爸爸！你最喜欢的。我想我们也挥霍一下。你看这是不是很棒啊？"

他向下坠的眉毛向上提了一点，说他希望如此。但是，当半块牛排放在他的盘子里，他尝了一口后，就表明了自己的失望。"你这牛排付了多少钱？"

"哎哟，我的天哪！"艾菲吃惊地叫起来，"他们告诉我这块牛排很嫩。爸爸，你吃着牙齿还行吧？"

布里德沃特用手指紧紧握住叉子的柄，用力将叉子的齿插进牛排。"这对狗的牙齿可能正合适。"他说。可是一想到狗，他就感到分外痛苦。"真像皮革！"他朝偷着笑的儿子狠狠地瞥去一眼。"也许这牛排对他们俄国人的牙齿也合适。我听说俄国人你给什么他们都吃。"

小乔治的眼睛里放射出一束不怀好意的欢乐。"就是说呢!你要是在俄国五分钟都待不下去。在那儿每个人都必须工作。"

他在"必须"两字上稍稍加重了语气,但那对布里德沃特的效果已绰绰有余。"你住口!"他说,"我这辈子一直希望我的孩子们不要像我这样辛苦谋生,可我万万没想到自己给这个世界带来了个二流子,他竟要颠覆美国政府!"

"原来是你把我带到这个世界来的,是吗?"小乔治发出一声刺耳的笑声,"很高兴我知道了应该谢谁。你把我带来后还为我做了许多事,不是吗?"

一阵要付诸武力的冲动使布里德沃特的脖子发红变粗。看上去他就要把他的长胳膊挥到饭桌对面去,但是艾菲急忙上前打岔。"爸爸,还有炸土豆。亲爱的,你最喜欢的炸土豆。我还有一盘好吃极了的苹果酱当甜点。爸爸,我为那牛排感到很抱歉。但你可以把土豆都吃完,因为我和小乔治可以慢慢嚼那牛排。那么多呢,够我们吃的了。你能不能尽量享用炸土豆和苹果酱,爸爸?"

布里德沃特郁郁不乐,没有作声,但他吃光了所有的炸土豆和全部的苹果酱,并喝了两杯艾菲称之为咖啡的透明的褐色水。小乔治站起身来,朝他父亲投去简短的、不能容忍的滑稽一瞥,便离开饭桌。而后便听到他走上走廊里吱嘎作响的楼梯,去他在顶楼的住处。洗碗时艾菲不时地用和解的眼光看着父亲。他依旧沮丧地坐在饭桌边的椅子里沉思。有时他的想法使他的呼吸变得沉重,她都能听见那喘息声。此时,她就会满怀爱的同情深深地叹口气。她洗刷完毕,便坐在他身旁,恳求地看着他。

"爸爸，我感觉到你今天出了什么大事。你能跟我说说吗，亲爱的？"

"其他先暂且不提，"他说，"想想我居然有这么个儿子！有时我真是受够了——"他停下来，朝打开的窗户看去。窗外的暮色里飘来一连串不断重复的尖厉的声音，很让他感到刺痛。"一个人在自己家里竟听不见自己说话！"

"那不过是咱们后院小路那边的小白狗在叫，"艾菲安慰他说，"他们总是这个时候让它出来几分钟，然后十点钟左右再出来一次，但都只是一会儿。你听，它现在不叫了。他们把它带回屋里去了。继续说，爸爸，告诉我你刚才想说什么，好吗，亲爱的？"

"我这辈子活腻了！"他说，"我再也受不了了。如果从现在起没有变化，我就不活了！"

他嗓音里和脸上所表现出的绝望很让她吃惊。"哦，爸爸，可别这样说！你的意思不会是说你会——你要——"

"我说到做到，我可以告诉你！如果情况不会好转，我活着还有什么意思？我是忍无可忍了。到处碰壁，遭人冷落，让狗乱吠，受人凌辱，好像我在这世界上没有发言权似的。我是准备退出了，我告诉你！"

"不，不，亲爱的。可别这样说！"艾菲恳求他，"都是我的错。我应该保证那牛排是嫩的。我应该多付几分钱，买质量好些的。我受不了让你感觉这么糟糕。我情愿给你这世界上的任何东西，爸爸，如果我能做到的话。我情愿给你我的鲜血，让你感到幸福。你知道我会的，不是吗，亲爱的？"

"你会吗？"他用眼睛死死地盯着她问，"你真能说到做到，艾菲?"

"当然,我会的。绝对会的!"

听了这话,他的情绪似乎轻松了一些。他的眉头舒展开了,他爱抚地看了她一眼。"听着,宝贝。好长一段时间以来,我一直在想有什么办法能改善我们的状况。现在我好像想出了一个如何操作的计划。我只需要一点现钱。不足三百块钱就够了。"

她看上去很恐惧。"你要钱干什么呢,爸爸?"

"钱会给我一些依靠,"他解释说,"我就有钱用了。宝贝,我对这种成天到处转,口袋里却没有一分钱的生活已经过够了。我连个孤独的一分钱铜子儿都没有!艾菲,我受不了这样的生活了。我不需要很多钱——只是裤兜里有那么几块钱就足以叫我感到像个人了。不管怎么说,如果我想的话,可以补补鞋、买支雪茄或三明治,或是坐公共汽车去个什么地方。一个男人不能总是身上连五分钱都没有啊,宝贝!"

她两眼盯着他,越发感到恐惧。"爸爸,你这不是在谈房子,是吗?你是不是又在谈那事?"

"是的,我是在谈房子。"他说,而且这会儿他的语调变得非常认真、具有说服力,"宝贝,我现在什么都弄清楚了,完全弄清楚了。我们不要等多久就会实行财产再分配。再过六年我每个月就能拿到两百美元了,但是这个国家的大头目们现在每分钟都在工作,计划给每人每年五千美元。这消息就像野火一样传得很快。你跟人谈谈,十个人里有九人都赞成。国会里或是其他地方有人反对的话,一定会吃不了兜着走!我只希望在我们等大钱到来的同时能有些小钱花花。这就是我想叫你做的一切,艾菲,也就是请你在钱发下来之前给我些钱,帮我渡过难关。"

"哦，爸爸，我要是有钱就好了！我要是——"

"可你是有钱的！"他催促道，"无论如何，几天之内你是能拿到钱的。今天早上我又在那个房地产公司，史密斯和安吉尔公司来着。他们说，是的，他们仍然有客户在买进大萧条的房产。他们依然愿意接手按揭。并且，他们还愿意因为你所占的那部分房产付你二百八十五美元现金。"

"爸爸！"她大吃一惊，"这事我不能做！"

"不对，这事你能做。"他听上去越来越急迫了，"等会儿你就能看到其美妙之处了！你一旦不拥有房产，我们就能吃救济，并领取我们所需的食品和燃料了。埃拉摩拉·汤普森今天晚上干脆告诉我，如果我们不拥有这房子，她就不得不发给我们救济。然后，我们可以从史密斯和安吉尔公司租房子住，还是住在这儿，和现在一模一样。但我们只需付第一个月的部分房租。之后，根据新的法律，史密斯和安吉尔无论如何不能在一年内把我们扫地出门。同时，我们还会有将近三百美元的现金随意花。真是太妙了！到再分配计划实行时，我们的生活也就更好了，还有——"

"哦，爸爸，亲爱的！"艾菲恳求着大叫起来，陷入最严峻的痛苦，"我不能那样做！别逼我了。你知道妈妈临终前我曾告诉她我一定要永远守住房子，保证咱们一家人住在一起。我还没来得及告诉你呢，最近房租收入好了些。我也能跟上按揭利息的支付。今天下午我刚去过财政局把税付清了。"

"什么！"布里德沃特大声喊道，然后像被突如其来的痛苦电击了一下，一下子跳起来。"什么税？你付过税了？你没付吧？"

"是的,我付过税了。"

布里德沃特大声呼唤着他的造世主,开始在屋里踱起步子来。"你就这样把钱扔掉,可你明明知道我走在街上,名下连五分钱都没有。是的,就在我们要卖掉房子,房地产商一定会付税,而我们根本不需要再考虑税的问题的时候!就在我们要有那么多钱随意花的时候,你把钱给糟蹋了——"

"但是,我不能卖房子!"艾菲哭道,"我不能!我不能!我就是不能!"

"为什么不能呢?"

艾菲开始哭着说:"爸爸,主要是为了你,我才这么努力工作买房子。整整八年了,我在那个洗衣房工作,省下了钱。我总在想,无论发生什么事,我总会有个好地方让你我住。不管怎么说,我们头顶上有个遮雨的房顶,我们千万不能放弃,爸爸。不要逼我卖房子,爸爸。请你别这样。假设这个再分配因为什么缘故弄不下去了,没弄成,并且——"

"别说了!"他大声对她吼叫道,"今天下午我在加菲尔德广场听够了那个爱耍小聪明的年轻人说这样的话,我不想再听到有人说他妈的一个字,反对美国政府去做它打算做的事,必须做的事,或者最好做的事。要不然,就会发生革命,或者被迫发生一场革命!我现在想要知道的就是这个:你想按照我说的去做,还是不去做?"

"等一下!"艾菲跑进她的小食品贮藏室。过了一会儿,那里传出了一声微弱的叮当响声。她走出来,急切地递给父亲一枚银色的半美元硬币,她的手指在发抖。"拿着吧,爸爸。我知道让你整天身上没有一点钱是很说不过去的。我知道我一直对你太吝啬了，但我是被税和利息弄怕了。这里是五十分钱，爸爸。你拿着好吗？"

"半个美元！"布里德沃特在自己的悲剧中经受了命运最苦的嘲弄：用近三百美元换来的只有五十分钱！他用充满激情的张开的手掌把硬币从艾菲发抖的手指中打掉。那硬币在地板上滚动起来。"半美元！我现在对上帝发誓：我就此作罢了！你说你愿意把你的鲜血给我，可你竟想用半美元来糊弄我！半个美元！"

艾菲开始大声抽泣。"是的，我愿意的——我是愿意把我的鲜血给你的。你知道我是愿意的！"她一屁股瘫下来坐在他刚腾出的椅子上。她把双臂放在桌上，然后，脸朝下，把头放在手臂上。"我不能卖房子，爸爸！好像妈妈总是在我耳边说，要为你留下房子。我不能卖房子，我不能！我不能！"

"我活不下去了，我告诉你，"布里德沃特大叫道，"我不能忍受这样的生活，我不再忍受了。我要采取行动！我对天发誓，我会的！如果我现在不采取行动，我就要疯了！"

艾菲抽泣着，浑身上下都在发抖，她只能言语不清地做些反驳，头都不抬。对艾菲那些不连贯的话语，布里德沃特没作任何答复，只听见他拖着鞋子短暂地在木头地板上挪动了一小会儿。之后，当艾菲仍在呜咽着恳求他时，前门被猛然甩了一下，"砰"的一声关上了。那不结实的房子因此受到了震动。布里德沃特出门了，可他的女儿仍孤苦伶仃地在胳膊上继续哭泣着。

过了一会儿，尽管仍在抽泣，艾菲站起来，从墙上的一个钉子上拿下一块擦碗的布，用来擦干饭桌上被眼泪弄湿的油布。"呜，爸爸，亲爱的。"她呜咽着。她一边呜咽，一边用泪眼在地上寻找掉在地上的那半个美元。可她没找到。当她意识到一定是他找到了那钱，放在身上带走了，她一时感到挺开心。可是，后来她又产生了一个想法，感到很不安。那想法一旦在头脑中产生，就开始长大。它不仅叫她感到不安，而且慢慢地变成了凶兆。

九点钟她爬上顶楼，看到弟弟还穿着白天的衣服躺在床上，正在看一个小册子。她站在床头，浑身发抖，她的手指在抽搐，两只眼睛直直地瞪着。

"小乔治，我真为爸爸担心！"

小乔治从小册子的上方朝她看去，感到很有趣。"担心什么，是不是他要自杀了？还没说完哪？"

"小乔治，我很害怕！你能不能帮我去找他？"

他没动弹。"如果我帮你，你能不能帮我买包香烟？"

"行，我帮你买，小乔治。我很害怕。"

"好吧。"他用一边嘴巴微笑着，庆祝自己交易顺利，懒洋洋地从床上滚了下来。"咱们赌二十五分钱，我认为他一定在第一街上的阿贝·特里索尔店里看弹子戏游戏。"

艾菲没和他打赌，不是因为她知道她即使赢了也拿不到钱，她只是要他快点。上了街，小乔治反对她走那么快。"你就是折断自己的脖颈也没用。他不会伤害自己的，他那样儿的是不会那么做的！你干吗跑得气喘吁吁的？他在那儿好着呢。你自己看了就知道了。"

小乔治猜错了。布里德沃特不在阿贝·特里索尔店，那里他根本没去过。他也不在约汉尼·马奇餐馆或是福兰克酒吧，这些都是小乔治提到的一些地方。"不要喘得那么厉害，行不行？"他们从福兰克酒吧出来时，他说，"还有一个地方他有时也去，他一定会在那儿。那就是第八西街上的霍尔灵记，挺远的，除非你想表示慷慨，咱俩坐电车去。"

"不，不必了，"她说，"我们走过去一样的，你说他一定会在那儿的，小乔治，那么——"

他惨淡地笑了一下。"好吧。那就快点，如果我们一定要走去的话。"

他们到了霍尔灵记，既没见到布里德沃特，也没打听到有关他的消息。他们走上大街以后，艾菲又是流泪，又是喘粗气，小乔治又在怪她感情太丰富。

"但是，我们已找遍了他会去的地方，你自己这么说的！"她解释道，以此为自己辩护，"你不知道他当时的状况，小乔治。你没听到他离家时说的话。你不——"

"我说，你听着！我知道那类会自杀的人。他就不是那类人。"

"也许不是总是那样，小乔治，"她啜泣道，"但他今晚的确不同寻常。当他说他就此作罢了，还说，如果他不采取行动，他就要疯了时，你没听到他的声音。你没有听到——"

"好了！听着，我累了。就算他想试试，他怎么自杀呢？他没有枪，并且，如果他跑到河边，即便他想跳进去，把身上弄湿，他也无法让自己不游泳。他身上没钱，也就不可能去药店，并且——"

"啊，不过他身上有钱！"艾菲叫道，"他有钱。我给了他五十分钱。"

"你脑子坏了，是吗？"小乔治讥讽地问道，"撒钱玩儿哪！不求活得长，但求活得爽，是吧？下回你再像这样，告诉我一声，好吗？咱们快回去吧。我们还要一步步地走回去呢。"

"不，不！我想——我想去问问药店，看他是否买了那类的东西。我们去海特记药房问问。"

"海特记药房？别去了，"小乔治说，"他不会去那儿的，因为他去年一月说服他们让他赊账了。如果他想买石碳酸喝下去伤害自己的身体，药店可能不会卖给他，除非店里有人认识他。海特记药房是唯一的一家有人认识他的药房。"

"不对，不是这样的。克利佛先生过去租住的卧室曾在咱家厨房的上面，他现在是布朗现金药房的店员（药房就在艾克利街和第六街的交接处），他认识爸爸。我们一定要去那儿看看，小乔治。"

小乔治表示同意。"那店反正在回家的路上。"他说。但没过多久，他又开始抱怨艾菲领着他在漫长的、渐渐暗下来的街道上疾步快行的速度。可是，当他们终于到达要找的地方时，艾菲却在亮着灯的门口畏缩不前了。她用抽搐的手指紧紧抓住弟弟的袖子。

"你去问克利佛先生。我太害怕了。你就问他爸爸来过没有。如果来过，你就问他爸爸是否买了什么东西。我很害怕。我就等在这儿，小乔治。"

小乔治咧嘴对她笑了笑。"犯傻了？是吧？好吧，我去问他。"他没精打采地走进了药店。可是，艾菲没有从门口或从门旁边的灯光明亮的大窗户里观察他。相反，她背对着这些有亮光的地方，面对着忧郁的街道，扭动着自己的手指。小乔治从药店出来时正抽着她在阿贝·特里索尔店给他买的第二根烟。"好啦，走吧，"说着他就拉着她的胳膊，"没别的地方要去了，我要回家啦。只剩下两个街区了。快走吧。"

她慢慢地跟着他走,她费劲地说话时,嗓音很弱。"小乔治,你过去可从来没拉过我的胳膊。他们是不是说——"

"继续走啊,"他说,"我告诉过你吧,他是不会干那事的。药房的人也还没能让我相信他做那事了。"

"还没能?那说明他们——那他们真的——?"

"别这么激动!"小乔治的声音有些不稳定,"如果他要自杀,为什么不一出药店门就干?而是把药拿在手里,为什么?"

艾菲倒吸了一口气,发出一声喊叫。"这么说,他真的——"

"不错。克利佛说他大约九点半来到药店,告诉克利佛他要为他的心脏买些士的宁药片。克利佛便卖给他了。我笑了一下,便问那些药是否会有什么害处,克利佛说不会,除非他一次服用了买回去的一半剂量。他还说情况也许挺严重的;但他说,那老头自己很清楚服药的剂量。就这样!你还——"

艾菲又是大叫一声"爸爸!",然后就撒腿跑起来。

小乔治也跟着她跑起来。他俩并排跑到篱笆门前,那木篱笆是把他们家和公共人行道隔开的屏障,已经摇摇欲坠。"到院子里看看,"小乔治说,自己也在喘着气,"到院子里看看。如果我要做那事的话,我会在院子里干的,不会在房子里——最可能是在后院。他可能在这儿——这里的什么地方。"

院子很小,这儿一块,那儿一块,疥癣似的有些草皮,但没有树。街灯投下的光没照出在这块有限的、不甚可爱的空间的前部有任何物体。姐弟两人绕过房子,来到房后更密的黑暗处。艾菲浑身痉挛,用手抓住自己的喉咙和肩膀,闭上眼睛,停住脚步,不再向前走了。

"你来吧——你一定要自己一个人找下去,"她抽泣着说,

"但你要告诉我是否——"

她说不下去了,站在那儿,心里在默默祈祷,然后她听到小乔治发出一声让人恶心的笑声。

"到这儿来。"他说。当她跌跌绊绊地走到他身旁时,他指着没装窗板的厨房窗户说:"你看那边!"

节俭的艾菲在离开家前曾把厨房里的灯关了,但是现在那个暖和的小房间的灯开了。在他头顶上足够亮的电灯光的照耀下,布里德沃特头朝后仰着坐在椅子里,那双没穿鞋的脚放在桌上。他抽着一根五分钱的雪茄,正在读着一本好莱坞的杂志,里面充满了迷人女郎的相片。他的表情很平和。这一天真叫艰难,忍受了争辩、侮辱和狗吠之后,他似乎与世无争了。

屋外,艾菲在黑暗中虚弱地拉着小乔治。"可怜的爸爸!"她说。她已不再抽泣了,可是她满怀感恩之情,仍在温柔地流泪。"他从来没跟我谈起他的心脏有什么问题。从此以后,我不会对他太吝啬了。我一定要想办法让他更高兴些。"

乔治·布里德沃特其实已经找到一个方法让自己更高兴了。也就是说,他刚刚感到相对地满意了。他已找到一个办法向富人报了仇——至少是暂时的。他真的做了那件他曾发誓一定要做、不做就要疯了的事,从而拯救了自己的理智。

艾菲花九十九分钱买的钟挂在他背后的墙上,那钟表明现在的时间是十一点二十分。十点钟时,巷子那头的后院里曾像往常一样传来了生机勃勃的狗吠声。可是,当蹦跳不停的火箭在小巷的篱笆旁找到一点硬邦邦的牛排时,那吠声便戛然而止。打那以后,它就悄声不响了。那快乐的小精灵再也不会在就寝时分打搅诚实的邻居们了,再也不会打破星期日早晨的宁静了。

现在，在德拉温大街上那栋自负的豪宅的黑暗院子里有一位痛不欲生的老教师。她正在设法抑制住微弱的喊叫声，将其换为低声的、断续的、充满爱意的婴儿式对话。她走起路来弯腰曲背，紧紧地抱着用她的披肩包着的死去的小白狗。潘西小姐希望躲开房东太太，神不知鬼不觉地溜进自己的小房间，这样她就能与火箭一道过这最后的一夜。

梅江海 译

鹅卵石之夜

作者 | 多萝西·坎菲尔德·费舍尔

多萝西·坎菲尔德·费舍尔（Dorothy Canfield Fisher，1879—1958），美国作家。

主要作品：《满溢之杯》（*The Brimming Cup*）、《深流》（*The Deepening Stream*）、《风干木》（*Seasoned Timber*）等。

本章是小说《风干木》的转折点。蒂莫西·休姆是历史悠久的佛蒙特学校的中年校长。他全身心地爱上了年轻到可以做自己女儿的教师苏珊。她对他感到一种温暖的敬慕之情。由于缺少生活经验和对自己的了解，她开始认为这可能就是爱情。

　　在她离校去短期休假期间，二十几岁的坎比·亨特像阵清风般地回到这个佛蒙特州的小镇。坎比的父母与蒂莫西·休姆的家人有亲友关系，十年前他在为上大学做预备时曾在这里受过蒂莫西的关照。这年轻人焦虑不安，充满激情，毫无责任感，因为刚刚结束了一桩不称心的订婚而感到混乱。

　　以他多年的经验，蒂莫西在这位年轻人身上看到了自己身上由于老成所缺乏的气质。这些气质，诸如不顾一切、精力充沛，外加帅气十足的体格上的魅力，对其他的年轻人会有不可抗拒的吸引力。尽管眼下还不甚出色，坎比确是个体面而讨人喜欢的小伙子。刚来时，坎比只想待上一两天，可是他后来又随便地决定要在克利福德多待段时间。蒂莫西立刻本能地感到要在苏珊回来之前就叫他离开。他知道鉴于自己作为一个经验丰富而又成功的教育家所获得的个人威望，这样做易如反掌。从孩提时代起坎比就一直尊重自己这位年长的老师，况且也找不到任何特殊理由在一个寂静的小镇久留。只需几句冷漠伤人的话语，蒂莫西就可以刺痛这年轻人，让他满怀愤恨地离去。这将使蒂莫西自己对年轻的苏珊的成熟、善意、具有自控和保护的、无私的爱避免与这个年轻人单凭自己的青年活力就可让一个姑娘坠入爱河的能力进行一场较量。

　　可是他有权这样做吗？不给苏珊任何机会去自己选择，或者根本不让她知道可能有选择的机会，这样公平吗？他自幼受到严格的家教，注重正直的行为和极端严谨的文明准则，一向处世审慎。这事叫他犹豫不决，一会儿做个决定，过一会儿又做个相反的决定，周而复始，好几天处于举棋不定的痛苦之中。最后，经过痛苦的努力，为了实现个人尊严的理想（这一直是他内心生活的基础），他决定不采取任何敦促坎比离开的行动。可一种预感的恐惧使他立刻空前清楚地意识到坎比身上炽热的青年男子的活力所具备的威力。但是，他不能违背终身恪守的不能损人利己的原则。

虽然蒂莫西对此十分恐惧，坎比和苏珊在一场风暴中相遇了。一场令人惊恐的事故让他俩在一条孤独的路上相见，并在一起度过好几个小时。当时的特定情况、他们共享的青春、双方对爱的企望，这一切在两个年轻人身上产生了戏剧性的效果。坎比热烈地，并且毫不掩饰地爱上了苏珊，很快苏珊也领悟到温情和爱情之间的差别。过去，由于对生活的无知，她未曾对此有所领悟。

真神一到，半神即去。[1] 蒂莫西被不介意地撇在一旁。沉浸在爱情中的青年男女目中全无他人，只有他们自己。他们对自己真心爱戴的长者居然不屑一顾，直到察觉到他的痛苦。

他很痛苦，难以容忍地痛苦。让他不能忍受的是想到若不是由于现在看来过于苛求的谨慎，他完全可以免受这样让他几乎无法忍耐的疼痛。现在，他醒着的每一时刻都因自己对高尚行为的标准所产生的怀疑而变得难以忍受，而那些标准已成为他人生规划的准绳。他感到自己不过是自欺欺人。

---

[1] 此句引自美国诗人、文学家爱默生的诗《将一切给予爱》(*Give All to Love*)。

就在这个时候,下一章开始了。根据当地的旧习俗,蒂莫西与佛蒙特学校的男学生在六月的一个有月光的夜晚到山边上的一个岩石突出部(俗称"鹅卵石")宿营。从那儿看日出颇为壮观。随着露营队一道前往的还有年迈的杜威先生,他是佛蒙特学校托管理事会的主席(一位佛蒙特的老人),由他随队参加年度性的爬山郊游是该学校传统的一部分。

队里的一个学生叫朱尔斯,他来自纽约,是犹太人和法国人混血的半个孤儿。他爱好音乐,性情紧张,比他的北方佬同学更敏感,可塑性更强。蒂莫西不顾一位有钱的纽约托管理事的愤怒抗议让朱尔斯入了学。那位理事是名强硬的反犹太主义者。他将在这天夜里因中风死在纽约。他在遗嘱里将一百万美元留给了当时财政上相当窘迫的佛蒙特学校,其条件是该校绝对不可录取任何犹太学生。不过,当时蒂莫西和杜威先生对这些情况全然不知。

在"鹅卵石"的那天晚上,蒂莫西·休姆丝毫不知道第二个考验,即对他人格的另一个严峻的考验,会紧接着在之后的几天至几个星期里发生。他是否会使用他在学校及在镇上的巨大影响去接受这笔遗产?这笔遗产将使他成为一所成功的、资金雄厚的学校的校长,这不仅将与他个人杰出的地位相匹配,而且会向他提供丰足的收入,让他的生活一帆风顺。或者,面对着眼前的诱惑——要他不完全公正地处事、不去严格地按道德行事、为自己的利益去利用别人,他是否会选择遵守那准确无误的道德观?是这个道德观使他的生命一向高尚,也是这个道德观现在正向他索取悲剧性的代价,导致他的不幸福。

当他整个有意识的注意力都集中在自己的痛苦上时,他下意识的精神一面在疼痛地撕碎他的心,一面又挣扎着要逃脱个人层面,上升到普遍层面上的宽敞和宁静。在由彻夜未眠引起的体力上的筋疲力尽之后,他感觉到一种令人激动的信心,坚信具有治愈力的心脑合一,从而使他的精神得以解放,神秘地飞越语言所能表达的、感官或头脑所能领会的范围。

因此,本章不仅为他以前的个人生活中的悲哀和疼痛提供了一个解决方案,而且也是对眼前就要发生的一切所做的精神准备。作为人类文明社会的一员,他的人品即将经受一场火一般的考验。

多萝西·坎菲尔德·费舍尔

佛蒙特州阿灵顿

鹅卵石之夜

那一刻他就知道将会发生什么。他一面俯身往六月里清醒的小营火上加了一根干柴,一面在想,与其忍受三个月的痛苦去抗争,自己完全可以当初一见苗头就认命。

白热化的焰心很小却很炽热地燃烧着。它在满怀激情地抓住延续火焰的新燃料时颤动起来。一柱浓烟升起来,向寂静的夜空散去。而后,随着火焰烧为灰烬,烟又变得稀薄,像一根轻盈的羽毛。蒂莫西的身体朝后靠,坐在花岗岩的石台上,凝视着小羽毛似的烟朝着西边鞠躬。几小时之前,太阳刚刚从西边下山。往年他也常在六月的夜晚在鹅卵石上观察到烟雾飘浮。那时(在那些理智的年度里)他和杜威先生以及男学生们坐在营火周围,有时也探讨这种现象的原因。他们想知道是不是因为在寂静的夜晚,西下的太阳周围的空气在加热后变轻,会在地球各处创造这种柔软的、几乎感觉不到的稳定的气息,朝着晚风的西面移动。

在鹅卵石的另一头,很多火星像阵雨似的在黑暗中升起,这说明老杜威先生也往自己的营火上添加了新鲜木材。在他们两人之间躺着一排排暗黑的物体,裹在毯子里。他们躺在那儿,一动不动,沉浸在年轻人犹如恍惚一般的沉睡之中,像身下的岩石床一样毫无动静。再过去一点儿,鹅卵石的花岗岩顶部软化了,变成高地牧场。羊群对有人闯入它们的僻静颇为不安,在不停地移动。时而会传来铃铛的响声,时而一只母羊会发出一声低音的咩咩呼叫,随后引起一阵小蹄子在草皮和石头上走动的声音。

蒂莫西拿起手表借着火光一看:已过了半夜。再过一小时,月亮就要出来了。按照这个每年一次的高年级男生上山郊游的惯例,他应该叫醒学生,让他们起来观看月亮爬上大山之墙[1]。他知道叫醒他们之后会出现什么样的情况:哈欠连天,不满意的嘟哝,短暂地睁开一只眼又闭上,然后又用毯子更紧地裹上不动弹的身子。他常想,教师的生活就是这样不停地唤醒睡着的学生,让他们看到自己不感兴趣的美丽或意义,然后再看着他们重新陷入漠不关心的心态。

种满了星星的天空落下足够的亮光,他看见杜威先生从营火旁站起来,身后跟着他的老狗,沿着鹅卵石在睡觉的人中间插脚走出。走到蒂莫西身边时,他低声问道:"你想睡觉吗,蒂莫西?如果想的话,去睡上个把小时。我来站岗。"

"谢谢你,杜威先生,我可能睡不着,"蒂莫西用他这三个月来刻意使用的自然嗓音说道,"你呢?"

杜威先生微笑着,朝四周看了看——一大片暗淡的地域,从克兰道尔·皮切牧场到在闪闪发光的夜空下沉思的山峦——而后又回头看看蒂莫西,摇了摇头。"不,我不困。"他用平静的声音说,而后便回到自己的小营火去。

---

[1] 指的是"鹅卵石"对面山上平坦的山壁。

蒂莫西也不困，不过他感到很累。

他像动物一样粗率地抖动一下身体，像是要甩走一只牛虻，然后用双手捧住自己的头。当晚的微风非常温和，几乎静止不动，轻拂着他一边的面颊，使那股淡淡的烟略微倾斜，朝着刚才太阳散热的地方飘去。

后来杜威先生又站起身来，沿着鹅卵石，在睡觉的人中间插脚走到另一堆营火去。"三四分钟后月亮就要出来了。"他说。蒂莫西强行把自己从让人进入催眠状态的怀旧思绪中拉回，这才记起自己现在在哪里。他站起来，与那老头一道走过一个个睡着的男孩子，他们把每个肩膀都摇动了一下，清楚地对着他们的耳朵说："月亮很快就要升起来了。如果你要看月亮升起来，该起来了。"他们有的哼哼，有的点头，然后坐起来，或者用一只胳膊肘把身体不稳定地支起，睡眼惺忪地环视四周。大家都动起来，除了伊莱·肯普。尽管他的眼睛还紧紧闭着，但话说得很清楚，"这有什么了不起！"接着就用毯子把头盖上，把光挡上。由于贫穷，伊莱的思维总是围绕着如何多挣一分钱，如何把钱省下不花，除此之外，其他什么都不重要。这样想着，休姆教授走回自己的营火。

等他又在火边坐下时，已忘却了伊莱和其他少年。他的眼睛痛苦地盯着大山之墙，眼见着它那黑丝绒的靠背渐渐变稀。就这样——他多少次这样想过——爱情给他的黑暗带来了光明。就这样，他的孤独和冷漠里渐渐地充满了温柔和希望。被压抑的悲伤所产生的暴力使他开始颤抖。就像他第一次受到激情的冲击时那样，他在口袋里紧紧攥着自己的手。

"还好吧？"杜威先生神情恍惚地说，作为旁观者，他心中全无悲痛[1]。

略作停顿之后，蒂莫西说："是的，非常好。"

黑暗的地球在守夜人的脚下旋转得很快，很平稳。东边的山峦沉下去。白色的月亮带着它没有热量的火焰成功地升上来了。岩石下面的牧场呈现出银色的曙光朦胧。似乎亮光变成了声响，那些羊站起来，毫无目的地漫步而行，用嗜睡的秘密嗓音交谈着。鹅卵石上花岗岩波浪里的每一个风雨剥蚀的球形和狭长形的隆起都从黑暗中出现，变成可见的力量，由力量变成优美。

杜威先生若有所思地说："现在，从这儿看，明天的报纸不可能还继续报道有关人类凶恶行径的消息了，你说呢？"

蒂莫西知道他说的意思。几个月来，杜威越发因新闻里对纳粹理想的鼓噪而感到恐怖。昨天晚上当他们围着营火交谈时，他问那些男孩子："你们是否想知道乔治·华盛顿将军会对现在的情况说什么？史书告诉我们他在蒙默斯战役里骂个没完。想想他会用什么话来骂希特勒！"

蒂莫西沉闷地想："啊，他又想开始谈那事了！"他只想让一件事发生，即让那老头在他痛苦的时候别再打搅他，因此他没有反驳杜威。

杜威先生等了一会儿，随后就返回自己的营火去了，他的狗庄重地紧跟在他后面。

蒂莫西僵直地坐着，他丝毫不受今天晚上对和平的神化的感染。他的头脑蹑手蹑脚地前来害羞地提醒他看一眼周围的美，但

---

1 此处"心中全无悲痛"一语出自古希腊悲剧《阿伽门农》中阿伽门农的妻子克吕泰墨斯特拉的独白。

在见到他的痛苦之后大吃一惊,又缩了回去。

但是,很快他的职业良心出于习惯的反射来到他面前,要他保证所有托付给他由他保护的人一切安好。他转过头去看,果不其然,那些男孩子又倒头大睡。不对,他们中间有个人在动。蒂莫西弯下腰来更仔细地一看,看到靠他最近的那个裹着毯子的人在动。他站起来,迈出两三步,便来到那男孩面前。他弯下身来,把自己的手放在他的肩膀上。

原来是朱尔斯。他已全无睡意,躺在那儿看着银色的高地牧场,以及山谷对面满溢着的一片白色。

蒂莫西问:"有什么问题吗,朱尔斯?"

那男孩子抓住蒂莫西的手臂,坐起来说:"休姆教授,我实在受不了了!"他拉着老师在他身旁坐下来。"就像克鲁采奏鸣曲那个一流的地方,在那儿八音度……"他被噎住,说不下去了,用袖子来回摩擦着自己的鼻子。蒂莫西拉出自己的手帕,递给他。他拿过去擤了下鼻子,又把手帕还回来。他指着旁边一个蓬乱的小灌木说(很奇怪,他的嗓音变粗了,从最高音部一下滑到低音部然后又上升到高音部),"休姆教授,也许是我疯了,但是那个灌木见到光时,当它从黑暗里出现时,它在唱歌!千真万确!你认为我疯了吗?天啊,我希望我这该死的嗓音能顺利地变音。"

"或许你还没完全醒来,朱尔斯,"为了让他平静下来,老师说,"听起来你像是在做梦。多好的一个梦!"

那男孩儿倚着蒂莫西的肩膀,他前后转动着头,向上观看头顶上成堆的发光山石,朝下眺望山谷里的白霭勾画出耐克隆塞特河的河道。

……他神情恍惚地低声说："你是不是认为在我们睡着的时候那薄雾每天晚上都这样飘浮在河上？"然后他用更低的声音说："你听见那些羊了吗，休姆先生？白天它们可不是这样叫。好像为了与月光的和谐，它们都装了弱音器。它们——哦，爸爸为什么一定要死！"

不甚敏感的入睡者太幸运了，蒂莫西想。那些睁着眼睡觉的人醒来见到的只是悲哀：那老头看到他的理想被纳粹冲锋队钉有平头鞋钉的靴子践踏，那男孩儿记起自己永不可修复的损失，他自己——"好了，朱尔斯，我想你还是再躺下来，"他说，"也许现在你就可以睡着了。喏，你拿着，我把我的手帕留给你，万一你的鼻子再抽起来。"

他把毯子在那消瘦的肩膀四周披好，伫立了一会儿，用羡慕的眼光看着夜间压倒一切的静谧充斥着这孩子的身心，冲走了他的疑惑和悲伤；又用羡慕的眼光从他身边看过去，大家都在沉睡之中。

火烧低了。他把两根树枝架在煤上，坐下来，他的眼睛看着那微妙的烟柱。在晚间微风的吹拂下，烟柱轻轻地鞠着躬。那微风忠诚地追随着夕阳，去周游世界。

好了，一切又结束了——这次又结束了。这样的经历每次都让他筋疲力尽，进入天赐的冷漠。他环顾四周，赏阅夜晚这首抒情诗，险些说不出自己现在在哪里。月亮升高了，正挂在他头上。它已抹去了星光。那些星星先前曾自豪地用自己的闪亮取代天上的一片黑暗。每根小树枝、每个灌木丛、每个普通的鹅卵石、每棵树和每片草叶都推延了不断变换的、五颜六色的日光的短暂寿命，它们在炽白的平静中得到美化。唯独没有包括守夜的那个人。光亮弃他的愤怒和固执的痛苦而去，让日晒雨淋的花岗岩沐浴在光荣之中。

在蒂莫西现在坐着的世界里没有光荣。他紧紧地抓住他所留下的一切不放，因为他已发现他确实留下了一些东西。他有用一个毁损性的眼神就可叫苏珊不高兴的本事，也有把精心挑选的暗示藏在她认为与好心有关的悦耳词语里去伤害苏珊的自信心。他仍旧可以用怀疑去质问苏珊对坎比举起的火炬所做之反应的明智性。他可以像根大棒一样在她头上旋转，出其不意地摧毁她对他的智慧和真诚所抱有的年轻无知的、丝毫不存疑心的信任，让她感受到粉碎性的影响。他可以那样做！他使自己变得铁石心肠，关闭心里所有的亮光，沿着小径坚决地走下去，顺着自己的地狱圈往下走，从低走到更低，直至走到最低一圈。他开始计划如何行动。不是尊严，而是中年背叛了他，使他堕入了黯淡的感情脆弱，致使他在办公室里优柔寡断，像个白痴绅士一样打躬作揖，为一个穴居人入侵者敞开大门。换了坎比，他会不会置人心无休止的野蛮饥饿于不顾，而用老年人缺乏激情的文明标准去邀请灾难？绝对不会！绝对不会！绝对不会的！坎比绝对不是那样的傻子！况且他血气方刚。坎比会用他的大拳头主动出击，全然不顾拳头是否会打垮道义；他会因为给人放了血而欢欣鼓舞。

再说了，由他来击败种种顾虑还为时不晚。由他来采取行动还来得及！他已积累了（难道不是这样？）——他知道他在苏珊身上已积累了很大的影响。根据他的记忆，那影响就像是一枚枚尚未爆炸的炸弹，他和苏珊在一起度过的时光使他对此坚信不疑。她或许不爱他——从他胸口呼出的这口气就像是他遭遇的当头一棒——但那口气吸进来时又烫又膨胀，让他确信她对自己的爱和信任。确实,他可以行使那爱情和信任所赋予他的权利。就像他可以平息叛乱一样,他也可以熄灭她脸上那该死的光辉,那种她自己还毫无意识的光辉。

他用双手遮住眼睛,去挡住另一种光辉。他仇恨月光,厌恶周围的宁静,并从它的黑洞里掏出他最热切、最确定的苦楚,把上面的刺深深地压进他义愤填膺的正义感。在这事里没有情理可言。它不源于事情的本质,而纯粹来自白痴的机会。这事本不该发生。这里没有内在的逻辑或正直,纯属厄运。他用手指逐一触摸念珠[1]上那些熟悉的偶然事件的偶然序列:如果苏珊没偶然在那个星期离开,如果她没偶然提前结束度假返校,如果坎比没决定去滑雪坡,如果他没偶然记起斯克内克塔迪高架桥那儿……或不管在哪里,有个地方叫克利福德,如果唐纳年轻的时候没有凑巧到那个办公室工作,没在那儿碰上坎比的姨妈,坎比恐怕永远不会上佛蒙特学校,也就永远不会——

"你聚精会神地在想什么呢,蒂莫西?"杜威先生在问,"我这五分钟一直在问你的表几点了?我的表停了。"

"啊,对不起。我的时间是,"他看了下表,"一点半。"

杜威先生给自己的表调好时间,但没马上走开。他沉思着用他那笨重的伐木工人靴子的鞋头拨弄了一下煤火。"你这么专心地在想什么呢?"他又问了一次。

蒂莫西满怀苦衷地说:"我在想运气,想偶然性、危险性——不管你叫它什么。我在想我们太愚蠢了,居然试图计划生活,或去解释生活的意义,而生活中的一切都取决于简单的偶然

---

[1] 此处作者用天主教徒祈祷时用的念珠(rosary)比喻熟知事件的相互联系。

性。什么事发生了，或者什么事没发生。这就是一切！"

杜威先生坐到岩石边上考虑这个问题。唐跑到他面前，开心地舒了口气，把灰白的头放在他的膝盖上。杜威先生漫不经心地抚摸着那狗，过了一会儿才说："哎，只有年轻人才会那样看。等你到了我这个年纪，就会发现根本没有什么运气。总是事出有因。"

蒂莫西用有敌意的目光从侧面看着他，对他语气中那种恍惚的平静很反感，因为一个疼痛难忍的人不爱听健康人的不值钱的愉悦。那老头取去头上的旧毡帽，放在膝盖上，严肃地环视四周。月光抽去了世界上相互冲突的色彩混乱，用银色和柔和的黑色交织成的和谐取而代之。月光还除去了杜威浓密的头发中的灰白，给他头上换了一圈发亮的白环。"我猜我说的意思是，"他接着说，"事情不会随便发生在你身上，除非你让它发生。这就是我的经验。"

"我不明白你的意思，杜威先生。"蒂莫西冷漠地说。

"哎，"那位老同乡略有所思地说，"我自己也不确切地知道自己的意思。"他戴上帽子，站起身来，认真地说，"但我的话是有意思的！"然后便朝着自己那端的岩石尽头走去。他刚走出三步，便又转过身来说："你现在要争取睡一会儿，蒂莫西。依我看，你像是需要睡眠！无论如何，打开你的毯子，躺下来。我之前打了个小盹儿。"

"我必须想想该做什么。我必须决定我该做什么！"蒂莫西绝望地告诉自己。他弄不清那老头说了些什么。他想自己什么也没听见。他想自己已把那些忘了。但是，在受到最深的本能的混乱冲击，又被不能认知的岩石障碍甩回之后，自己的身体现在发出了一声压抑的警告，一声关于身体忍耐力到达极限的警告。他的耳边仍回响着那老人富有同情心的忠告，尽管那忠告还没到达他的大脑，但它促使他伸出胳膊去打开毯子。一旦躺倒，他那被疲劳毒害的肌肉、他那谨慎却疲惫不堪的神经中心（尽管它曾经协助绷紧肌肉），还有他自己的骨头，这一切都已经向那未曾听到、未能记住的叫他休息的提议投降。他的肌腱放松了，让他的肉体向下沉入花岗岩提供的支持。就连他自豪的脉搏，原本知道不到坟墓，努力不止，现在竟也放慢速度，跳动虚弱，像在梦里一样，沿着回响着经久不息的响亮鼓击的大道温和地嘟囔。他的眼皮由于长时间的守夜已内膜充血，耷拉在眼睛上。

但是他没睡觉。或者他睡了？

他的"褴褛衣衫"[1]沉重地躺在石头上，为了下一轮与生活的搏斗，正从古老而神秘的体力自新池里搜集力量。它一动不动地躺着，对无意识如此着迷，致使他的精神，在那老头的另一个没被留心、没被记住的建议的召唤下，飘离了肉体。这是第一次，也是他生命中唯一的一次。它毫不费力地战胜了时间和空间、死亡和神秘，去找寻自己的古老的体力自新池，去寻找毫无意义的偶然性的意义。

这都发生在过去、将来，发生在活人、死人、被忘却的和被记住的人中间。就像是月亮升起时，到处都有光亮一样，这些事同时发生在蒂莫西去过的所有地方。在这个成年男子眼前，他的母亲、父亲又活过来了，就像他们当时活在那个小男孩儿的眼前一样——他们生命中的一年并不比他的一个心跳长。那男子同时

---

[1] 此处的"褴褛衣衫"（vesture of decay）引自莎士比亚的《威尼斯商人》，用可变得破烂不堪的衣衫喻指会腐烂的人体。

活了那么多年之后，看到了那个孩子认为理所当然的事。荣誉像棵大树在他们的头上展开，向他们提供庇护。它的根深深地扎在古老的传统中，其久远超出了人类的记忆。那就是历史悠久的人类相互保护的光荣传统。强者理当保护弱者；成熟之辈应该保护年轻一代。位高则任重——他怎么能把这个古老的座右铭看作表示等级虚荣的一个可笑的说法呢！正如所有能幸存下来的事物一样，这是一个自然法则的表述。这个法则攻不可破，它要求那些已得益于经验教训的人，那些已知自己所作所为的人，那些明白每一步的后果和每一手势的代价的人不要去利用，而是要去保护那个无助、无知的人群（诸如青年，他们的手伸出来，手里拿的都是金子，可他们却全然不知其价值）。从自己儿童世界的每个角落，从自己一生中的全部时间里，事件、熟语、说法、声音、那些他从未提过的以及那些他已忘却的事情一起成为有节奏的一体，唱着歌过来了。

在那个小时里他看到的是事情的重要性，他那疲惫的、充血的、闭着的眼皮上的肉和血像水晶一样透明。他所知道的、看到的、感到的和做过的一切都从纯事实的黑暗中出现，使其真正的意义变得异常清晰，不可言喻。是的，是的，他意识到了事情不会平白无故地发生在一个人身上。

他又一次推开又脏又乱的学生宿舍的门，少年时他挨打的机会总是比别人多，让他难以忍受。现在，作为四十五岁的成年男子，他仍旧背着难以忍受的负担蹒跚前行。当然，还有拉维尼娅姑妈，美丽而充满活力，像是身着花呢的天使。但是，现在这位成年男子置她于普遍意义上的光荣之中，使她个人的牺牲倍有意味。蒂莫西可怜的父亲没有尽到强者照顾弱者、有经验的成熟的人照顾无人保护的缺乏自卫能力的青年的义务。不过,那笔债是一定要付清的。拉维尼娅姑妈会牺牲一切去还债,因为债是要人偿还的。

当它全部的骚乱在筋疲力尽之中得以平静,当它所有的要求在睡眠里获得安静时,蒂莫西的身体释放了它对精神的控制,在失重的情况下飞得很远,一路寻找力量和理解。他的眼睛睁开了,可能没睁开,也许只是瞥了几眼。他瞧见那根虚弱的烟柱从他的营火中升起,朝着太阳落山的地方鞠躬。他是否看到杜威先生来回走动,一声不响地喂养着那些小火焰?那老头并不比苏珊更真实。苏珊来了,走了,而后就站在那儿,她悄然不语地请求他不要熄灭她脸上的光辉,那种她自己还毫无意识的光辉。那是不是坎比?他正在用那双像泥炭水一样清澈的棕色眼睛谦恭地、自豪地说虽然他没钱,没前途,没名气,但他必须得到允许去给予苏珊,并从苏珊那儿获取只有年轻人才能给予并获取的东西。那正是年轻人有权要成年人保护的东西,那是生命的精髓。

你不属于低劣的物种——他耳边响起成长过程中听到的令人自豪的挑战性问题——你是什么物种?人类。他的精神一飞升天,高高地翱翔在被疲劳征服的肉体之上,它看见一幅表现完整的前景。没见到这样的前景之前,凡人不该去死。他看到这样的完整之中包含着他和一切。他像鸟一样,在夜晚和白昼交替之时引吭高歌。

这是一首鸟的歌。在一棵因扎根于花岗岩的石缝里而发育不全的橡树上,有只喉部有白毛的麻雀就在他耳边唱歌。

有一会儿他躺着用精神的和肉体的耳朵听着两种歌融合起来。他过去认为如果有鸟唱歌,拂晓就在眼前了。他坐起来,朝东方望去。是的,大山之墙背后的天空已呈灰色。

复兴的生活赋予小鸟一阵平静的狂喜,它挺起丰羽的小胸脯,再次引吭高歌。西边,月亮在太阳落下的地方低低地挂在天上。

但是,月亮并不发亮。自从太阳从西边落下,地球一直绕着地轴旋转。亮光本不来自西方,而是东方的亮光一跃跳上天顶,使月光淡化为银色。

蒂莫西看了看他的营火。夜晚已到尽头。夜风屏住呼吸。那灰色的烟柱在摆脱了一整夜的压力之后,笔直地立在拂晓的寂静之中。

往大山之墙看去,天空亮了起来:逐渐从灰到紫红,到粉红,再到鲜红。蒂莫西的眼睛盯着那预兆,那梦幻般的烟柱。他屏住呼吸。太阳猛然向山上抛去一个火红的山肩,整个世界发出了一声色彩的呼喊。啊!与姹紫嫣红的让人混乱的色彩相比,月光下的安宁是何等的苍白!

新的一天开始了。白天的风醒来了。那烟柱慢慢地、温和地向冉冉上升的太阳鞠了一躬。

"就这样吧。"蒂莫西·休姆说,而后手脚僵硬地站起来,继续去做教师的工作,去把睡着的人唤醒。

梅江海 译

生活标准

作者 | 多萝西·帕克

多萝西·帕克（Dorothy Parker，1893—1967），美国诗人、作家、评论家。1929年因《高个金发女郎》(Big Blonde) 获欧·亨利奖。

主要作品：《足够长的绳索》(Enough Rope)、《日暮的炮声》(Sunset Gun) 等。

一个作家该如何评价他的作品呢?他这样说,会显得矫揉造作。他那样说,又变成了萨洛扬[1]的风格。作家似乎只剩下一种最卑鄙的选择,那就是中间道路。

我觉得这篇故事是我写得最好,写得最用心的一篇。当然,故事没有完全达到我预想的效果;理想永远无法企及。好的故事会让人撕心裂肺,但这一篇不会。但就技巧而言,它无疑是我最出色的作品。

这就是选择《生活标准》的原因。至少,是我选择它的原因。我觉得我或许有义务为它说点儿什么。除了我,别人都没有这个义务。

多萝西·帕克
宾夕法尼亚州派珀斯维尔

---

[1] 威廉·萨洛扬(1908—1981),美国小说家、剧作家。

生 活 标 准

安娜贝尔和米奇步态悠闲而又高傲地走出茶店，摆在她们面前的是礼拜六的下午时光。她们像往常一样，吃了含有糖、淀粉、油和乳脂的午餐。通常，她们会吃松软的新鲜白面包涂上黄油和蛋黄酱做成的三明治；她们会吃加了冰淇淋、泡发奶油、融化的巧克力并撒了坚果粒的楔形蛋糕。如果不吃这些，她们就会吃滴着劣质油的肉饼，馅料是裹着干巴巴的淡色酱汁的肉末；她们会吃加了糖霜的各种软点心，里面包裹着莫名其妙的黄色甜味馅料，不软不硬，像是在阳光下晾晒的药膏。她们只吃这几种食物，从未考虑过别的食物。她们的皮肤仿佛木莲花瓣，小腹平坦，肋骨瘦得像是年轻的印第安武士。

几乎从米奇来安娜贝尔这家公司当速记员那天开始，两人就成为最要好的朋友。安娜贝尔在速记部门已经工作了两年，目前，她的薪水已经涨到每周十八美元五十美分；米奇的薪水只有十六美元。两人都跟家人住在一起，拿出一半工资贴补家用。

两个女孩的办公桌挨在一起，每天一起吃午饭，忙完一天的工作之后一起下班回家。晚上和礼拜六也经常形影不离。她们身边经常有两个年轻男人，但这样的四人组合从来都不稳定：两个年轻男人不断变换，说实在的，这倒不值得惋惜，因为新来的年轻人与之前没什么区别。不变的是，两个女孩在炎热的礼拜六下午总是黏在一起打发美好的悠闲时光。天长日久并没有消磨两人之间的友谊。

这两个人很像，但相似之处不在容貌，而在于她们的体型、动作、姿态和装扮。办公室里年轻职员不该做的事，安娜贝尔和米奇几乎一样不落。她们涂了口红，染了指甲，描了眉毛，染了头发，浑身上下散发出香水气味。她们身着色彩鲜亮的紧身裙，勒紧胸部、露着大腿，脚上穿着高跟拖鞋，鞋带花里胡哨。她们看上去傲慢、缺乏品位，但又分外迷人。

这时，她们正穿过第五大道，热风吹得裙裾飞扬，引得路人一阵躁动。围在报刊亭旁昏昏欲睡的年轻男子看到她们，有的窃窃私语，有的啧啧感叹，甚至有人——致以最高敬意——吹响了口哨。安娜贝尔和米奇经过时并没有加快脚步，她们抬头挺胸，步伐稳健，仿佛踩在农民的脖颈上。

悠闲的下午两个女孩总是要来第五大道，这里最适合玩她们喜欢的游戏。的确，这个游戏在哪里都可以玩，但这里琳琅满目的商店最能激发两位玩家的兴致。

这个游戏是安娜贝尔发明的，或者说是她对一个古老的游戏进行了改良。总体而言，这就是个"如果你有一百万美元你要做什么"的老生常谈。但是安娜贝尔为这个游戏设定了一系列新的规则，让游戏的目标更明确，更具体，更严格。像所有的游戏一样，难度越大越吸引人。

安娜贝尔的版本如下：假设有人死后赠你一百万美元，酷吧。但是遗赠有个条件。遗嘱中要求你必须每一分每一毫都花在自己身上。

　　这个游戏的陷阱就在这里。如果你玩的时候忘记规则，比方说你花钱为家人租了一套新公寓，把房租也算进来，那就算输，然后轮到对家玩。奇怪的是，很多人——包括许多经验丰富的玩家——都会因为这种失误把先前赢的回合通通输掉。

　　当然，玩这个游戏必须十分严肃。每一笔消费都必须认真考虑，如果有必要，还得讨价还价。不得大手大脚恣意胡为。安娜贝尔曾教办公室另一位女孩西尔维娅玩这个游戏。她向西尔维娅讲解游戏规则，然后开口问：“你想做的第一件事是什么？”西尔维娅不假思索地回答。"那，"她说，"我想做的第一件事就是雇人杀了加里·库珀[1]太太，然后……"不难看出，跟她玩一点意思都没有。

　　但安娜贝尔和米奇是天生的一对，米奇一学会这个游戏，就手到擒来。米奇还为这个游戏平添了桥段，让它玩起来更加惬意。米奇说，死去并给你留下钱财的怪人并不是你爱的人，甚至跟你素昧平生，只不过在什么地方跟你有过一面之缘，然后一时兴起想到，"这个女孩值得拥有许多美好的东西。我死后要给她留下一百万美元。"他的死既不是意外死亡，也没有丝毫痛苦。你的恩人年事已高，随时做好准备撒手人寰，他在睡梦之中安然辞世，直接升上了天堂。这些细节使得安娜贝尔和米奇能够玩得心安理得。

　　米奇玩起游戏来极为严肃。但是，在安娜贝尔宣布得到一百万美元之后她要做的第一件事是买一件银狐大衣之后，两个

1　加里·库珀（1901—1961），美国著名演员，两次获奥斯卡最佳男主角奖。

女孩之间的友谊首次出现了紧张。仿佛她照着米奇的嘴扇了一巴掌。米奇调整好呼吸之后惊呼说,她无法想象安娜贝尔怎么会做这种事——银狐大衣太普通了!安娜贝尔辩护说银狐大衣并不普通。米奇坚持说确实太普通了。还说银狐大衣人人都有。她还有些过分地说,宁愿死也不会穿银狐大衣。

接下来的几天,两个女孩照旧见面,但她们聊天的次数更少,说话也更加谨慎,两人再也没有玩这个游戏。直到有一天早上,安娜贝尔一进办公室,就走到米奇旁边说她改变了主意。她不会从一百万美元中掏出一个子儿买银狐皮大衣。收到钱之后,她要立马挑一件貂皮大衣。

米奇笑了,双眼发光。"我想,"她说,"你做得对极了。"

这时,她们正沿着第五大道散步,她们又开始玩这个游戏。时值九月,天气异常炎热,阳光刺眼,大风吹得空气中尘土飞扬。行人纷纷伛偻身子蹒跚前行,但是两个女孩昂首阔步,一往无前,仿佛她们真是两位年轻的女继承人,正在消磨下午的闲散时光。两人没必要按部就班从头开始。安娜贝尔直奔主题。

"好吧,"她说,"你得到了一百万美元。你要做的第一件事是什么?"

"嗯,我要做的第一件事是,"米奇说,"我要买一件貂皮大衣。"但她说得很机械,就像是在背答案。

"对,"安娜贝尔说,"我想你会这么做。而且是买那种颜色最深的貂皮。"她也像是在背答案一样。天气炎热,无论皮草颜色多深、多么光滑、多么柔软,想起来仍然让人害怕。

她们一言不发地往前走了一阵。突然米奇的目光被一家商店的橱窗吸引。真酷!橱窗里简洁优雅的黑色背景散发出可爱的闪光。

"不,"米奇说,"我收回我刚才说过的话。我要做的第一件事不是买貂皮大衣。知道我要做什么吗?我要买一串珍珠项链。名副其实的珍珠项链。"

安娜贝尔顺着米奇的目光看去。

"对,"她慢条斯理地说,"我想这是个好主意。这个主意很明智。珍珠什么都可以搭。"

两个人一起走到商店橱窗前,贴着玻璃往里看。橱窗里只有一件商品——一串双层珍珠项链,珍珠硕大匀称,由一块深色翡翠连接,扣在粉色天鹅绒制成的娇小的颈部。

"你猜这一串要多少钱?"安娜贝尔问。

"嗨,我哪知道,"米奇说,"我猜价格贵得很。"

"一千美元?"安娜贝尔问。

"嗨,我看不止,"米奇说,"还有翡翠呢。"

"嗯,一万美元怎么样?"安娜贝尔问。

"嗨,我不知道。"米奇说。

安娜贝尔按捺不住。"你敢不敢进去问一下价格?"她说。

"开什么玩笑!"米奇说。

"敢不敢嘛?"安娜贝尔说。

"哎,像这样的店今天下午根本不会开门。"米奇说。

"不,门开着,"安娜贝尔说,"刚才还有人出来。还有迎宾。敢不敢进去嘛。"

"好吧,"米奇说,"不过你得跟我一起进去。"

迎宾领她们进店时,她们冷冷地说了句谢谢。店里凉爽、安静、宽敞、优雅,墙上镶有嵌板,地上铺着柔软的地毯。但是两个女孩脸上充满不屑一顾的神情，仿佛她们站在猪圈里。

一位身材瘦削、干净利落的店员走上前来，鞠了一躬。他脸上干净整洁，丝毫没有显露出对她们的到来感到惊讶的表情。

"下午好。"他说。语气之中让人觉得如果她们接受他的轻声问候，他将终生不忘。

"下午好。"安娜贝尔和米奇一齐说道，语气颇显冰冷。

"有什么能为——"店员说。

"噢，我们只是看看。"安娜贝尔说。说话的口气仿佛是站在台上发号施令。

店员鞠了个躬。

"我和我朋友只是碰巧经过，"米奇说着，停了一下，似乎是在聆听自己的话，"我和我朋友碰巧想知道你们橱窗里的这串珍珠卖多少钱。"

"啊，"店员说，"这串双层项链，售价是二十五万美元，夫人。"

"我知道了。"米奇说。

店员鞠了一躬。"这串项链格外漂亮，"他说，"您要不要看看？"

"不用了，谢谢你。"安娜贝尔说。

"我和我朋友只是碰巧经过。"米奇说。

她们转身离开。从她们的姿势来看，像是有一辆粪车在等着她们拉似的。店员冲到她们前面，打开店门。两人从他身旁冲出去的时候他鞠了个躬。

两个女孩继续沿着第五大道往前走，仍然是一脸不屑的神情。

"老实说，"安娜贝尔说，"你能想象得到吗？"

"二十五万美元！"米奇说，"天哪，这可是一百万美元的四分之一呀！"

"他还真敢要价！"安娜贝尔说。

她们继续往前走。慢慢地，脸上的不屑消失了，慢慢地彻底消失，随之而去的还有那女王般的神态和步伐。她们的肩膀耷拉下来，脚步变得沉重；她们的肩膀碰到一起又弹开，两人却都没留意或者道歉。她们一言不发，眼里布满愁云。

突然，米奇挺直背，扬起头，清晰而响亮地开口说话。

"听着，安娜贝尔，"她说，"这样。假如有个十分富有的人，好吧？你不认识他，但他在哪里跟你有过一面之缘，他想为你做点什么。嗯，他年事已高，知道吧？如果这个人安详地死去，给你留下一千万美元。那么，你要做的第一件事是什么？"

鄢宏福 译

审判

作者 | 爱德华·摩根·福斯特

爱德华·摩根·福斯特（Edward Morgan Forster，1879—1970），英国作家。1924年获詹姆斯·泰特·布莱克纪念奖。

主要作品：《印度之行》（*A Passage to India*）、《看得见风景的房间》（*A Room with a View*）、《天使不敢涉足的地方》（*Where Angels Fear to Tread*）等。

爱德华·摩根·福斯特同意将他最著名的小说《印度之行》再次奉献给读者。本篇目节选自《印度之行》，故事发生在印度的一个法庭上。在这里，那位来印度访问她的未婚夫的年轻英国女士决意出庭，为指控一个印度人的可能犯罪行为做证人。她感到在她去马拉巴山旅游时，那男士在一个黑暗的山洞里曾企图（或未曾企图）侮辱她，可是她当时头脑里一片糊涂。

惠特·伯内特

审 判

法庭里很拥挤，自然也很热。阿德拉在这里第一个注意到的就是那个拉布风扇的男人。在场的所有人当中就数他的地位最低下，并且他与这次审判丝毫没有关系。他身上几乎一丝不挂，体格健壮而匀称。他坐在靠法庭后部的一块高出地面的平台上，那平台位于法庭中间过道的中部。一走进法庭，阿德拉的注意力就被他所吸引；他似乎在控制整个审判的程序。他具备那种有时在出身低贱的印度人身上迸发出的力量和优美。当那个奇怪的种族贱如尘土，被贬为贱民时，大自然记起她在别处塑造的完美的肌体，便抛出一个上帝——不是很多上帝，而是这里一个，那里一个，借以向社会证明社会等级对她来说毫无意义。这个男子走到哪儿都会引人注意。在那些臀部干瘪、胸脯平平的昌德拉普人[1]的平庸之辈当中，他如天神一般，鹤立鸡群。但他是这个城市的人，是这里的垃圾滋养了他，他的前景也就在城市的垃圾堆上。他先把绳子朝着自己胸前拉，而后有节奏地松开，向其他人的头顶上送去阵阵凉风，可他自己却一点儿风也吹不到。他似乎与人

---

[1] 小说中虚构的印度人。

类的命运无关，只是摊上了一个男人的命运，成为灵魂的鼓风人。在他的对面，也坐在平台上的是身材瘦小的助理地方法官。他有教养，自我意识强，办事认真。这些品质都是那拉布风扇的男子所不具备的。那男子似乎不知道自己的存在，不理解法庭里为什么比平常人多。他其实根本不知道法庭里的人比平常多，他甚至不知道自己在操纵一把扇子，只是认为自己是在拉一根绳子。他那副与己无关的模样使那位英国中产阶级的年轻女子颇受触动，并谴责了她所受之苦的狭隘性。她凭什么把这么一屋子人召集在一起？就凭她那贴有特别标签的看法？凭那些被乏味的耶和华[1]神化的看法？他们[2]有什么权利在世界上自恃高贵，自称文明？穆尔夫人[3]在哪儿？她环视一周，可是穆尔夫人此时已在海上远航。这些本该是她们在回国途中讨论的问题，只是那老夫人突然变得如此古怪、难以相处。

正想着穆尔夫人，她听到一些声音。那声音逐渐变得更清楚了。划时代的审判已经开始。警察长正在代表起诉方陈述本案。

麦克布赖德先生说话时没有刻意去追求趣味性。他把雄辩留给辩护方，因为雄辩对他们来说是必需的。他的态度是："大家都知道这个男人有罪。我必须在他去安达曼群岛[4]之前当众说明这点。"他没有使用道德上的或情感上的呼吁。但是，他精心策划的敷衍态度一点一点地表露出来，致使部分听众义愤填膺。他不厌其烦地描述了那天野餐的起源。囚犯是在政府学院的院长举

---

1 来源于《圣经·旧约全书》，希伯来语的上帝。
2 此处指欧洲血统的白人（非本地人）。
3 小说中另一重要人物。她是阿德拉·昆斯提德的未婚夫罗尼·希斯洛普先生的母亲，此行与阿德拉·昆斯提德一道来印度。作为阿齐兹医生的朋友，她对山洞里发生的事件与昆斯提德小姐的意见决然不同。因此穆尔夫人提前回国。
4 孟加拉湾最大的群岛，濒临印度东海岸，是旅游胜地。作者在此用该群岛喻指小说中的旅游点马拉巴山洞。

办的一次娱乐活动中与昆斯提德小姐见的面,他当场就对她产生歹念。罪犯是个生活荒淫的人。这一点不仅得到他被捕时身上发现的文件证明,而且他的助手潘纳·莱尔医生提供的证词也足以旁证他的人品。此外,卡兰德少校将会谈到这点。此时麦克布赖德先生停顿下来。他想保证审判程序尽可能清晰,但是东方病理学作为他所喜爱的主题就在手边,使他无法抗拒其魅力。他取下眼镜(每当他在宣布伟大的真理时,都会习惯性地这样做),悲伤地朝观众当中看去,说皮肤偏黑的种族在肉体上受皮肤偏白的种族吸引,而不是相反。不要为此感到苦恼,也不要因此而谩骂他人,这只是任何一个科学的观察员所能确认的事实。

"即便当皮肤偏白的女士比皮肤偏黑的男士丑陋许多时也是如此?"

不知道这个问题来自何方,或许是天花板上掉下来的。这是本次审判第一次被打断。地方法官感到这种行为必须受到公开惩治。"把那人赶出去。"他说。一名当地的警察抓住一个什么话也没说过的人,粗暴地把他赶了出去。麦克布赖德先生重新戴上眼镜,继续说下去。但是,那个飞来的评论让昆斯提德小姐很生气。因为不愿让人称作丑陋,她的身体颤抖起来。

"你是不是感到虚弱,阿德拉?"德里克小姐问道,她带着爱怜的愤怒照看着阿德拉。

"我没有任何其他的感觉,南希。我会挺过去的。但是,这太可怕了,真可怕。"

这就引起了一系列场景的第一幕。她的朋友们开始围着她大惊小怪。少校叫道:"我必须为我的病人改善眼下的安排。为什么没让她在平台上坐下?她缺少空气。"

达斯先生颇有几分烦恼地说:"鉴于昆斯提德小姐身体的特殊状况,我很乐意在这儿向她提供一把椅子。"法庭的侍者送来不止一把,而是好几把椅子,因此整个一行人都跟着阿德拉去了平台。这样,大厅的下层只剩下菲尔丁先生一个欧洲人坐在那儿了。

"这样真是好多了。"特顿夫人坐下后说道。

"这真是个一举数得的好办法。"少校答道。

地方法官知道自己应该对刚才那句话加以训斥,但他没那个胆量。卡兰德看到他畏惧了,便有权威地大声喊道:"好了,麦克布赖德,继续说吧。对不起,打断了你的话。"

"大家都还好吧?"警察长问道。

"我们还行,我们不错。"

"继续吧,达斯先生,我们在这儿可不是来打搅你的。"地方行政长官居高临下地说。真的,与其说他们打搅了审判,不如说他们掌控了审判的进程。

当原告方继续陈述时,昆斯提德小姐仔细看了一下法庭。开始时她有些胆怯,好像这样做会烧焦她的眼睛。她注意到在那拉布风扇的男子左右有不少她似曾相识的脸。在她坐的平台下面聚集着她意图了解印度的诸种愚蠢做法留下的残骸:有她在桥牌聚会上遇见的人,有那对没给她派车的夫妇,有那位要出借他的车的老头,有各类仆人、村民、官员,还有那因犯本人。他就坐在那儿——一个强壮而又整洁的、身材矮小的印度人,一头乌黑的头发,一双柔韧的手。她毫无特殊感情地看着他。自从他们上次见面后,她已把他提升为一个邪恶的本原,但现在他似乎又回到他一直扮演的角色——一个不很熟悉的熟人。他微不足道,无足轻重，干得像根骨头。尽管他"有罪"，但在他的周围没有罪恶的气氛环绕着他。"我猜想他是有罪的。但我会不会弄错了？"她想。这个问题仍在困扰她的理智。不过在穆尔夫人离开后，它已不再骚扰她的良心了。

辩护律师莫罕默德·阿里现在站起身来，用由判断失当所引起的沉闷的反讽语气询问他的委托人是否也能受到特殊照顾，坐到平台上去：就连印度人有时也会感到身体不适。自然，卡兰德少校作为一家政府医院的负责人不这么认为。"又一个例子表明印度人拥有绝妙的幽默感。"德里克小姐尖声说。罗尼看着达斯先生，想知道他如何处理这一困难的局面。可达斯先生变得很焦虑，严厉训斥了辩护律师莫罕默德·阿里。

"对不起——"现在轮到加尔各答来的那位著名律师说话了。他仪表堂堂，大块头，大骨架，灰白的头发剃成个平头。"我们反对有这么多欧洲血统的女士和先生坐在平台上，"他说话时操有牛津口音，"他们会对我们的证人产生威胁的效果。他们应该与其他公众一道坐在法庭的大厅里。我们不反对昆斯提德小姐继续坐在平台上，因为她身体不适。尽管我们的警察长向我们揭示了科学的真理，我们自始至终会对昆斯提德小姐以礼相待。但是，我们对其他人坐在平台上持反对意见。"

"好了，别啰唆了。快裁决吧。"少校嗥叫道。

那位尊贵的来宾充满敬意地注视着地方法官。

"我同意，"达斯先生说，不顾一切地把自己的脸藏在一些文件里，"我只允许昆斯提德小姐坐在上面。她的朋友们应该充满善意地爬下来。"

"太棒了，达斯，很不错。"罗尼说，他的诚实令人震撼。

"爬下去，是吗？如此无礼，让人难以置信！"特顿夫人大声叫道。

"别说了。过来吧，玛丽。"她丈夫低声道。

"嗨！我的病人可不能没人照料。"

"你是否反对让外科医生留在平台上，安里特饶先生？"

"我应该反对。平台授人以权威。"

"即便它只有一英尺高。好吧，大家都下来吧。"地方行政长官说这话时使劲想露出笑容。

"太感谢您了，先生，"达斯先生深感宽慰地说，"谢谢您，希斯洛普先生！谢谢你们，诸位夫人。"

而后，整个一行人（包括昆斯提德小姐在内）都从鲁莽登上的显要地位上走下来。有关他们受辱的消息传得很快，法庭外已有人在讥笑他们了。他们坐的特殊椅子也跟着他们下去了，因为莫罕默德·阿里对这事也反对。他这人很是愚蠢，并且由于充满仇恨而毫无用处。是谁提出要用特殊椅子的？为什么没有人给纳瓦伯·巴哈杜[1]一把特殊的椅子？如此等等。整个法庭里，人们到处在议论纷纷。有谈普通椅子和特殊椅子的，有谈长条地毯的，还有谈一英尺高的平台的。

但是，这个小插曲对控制昆斯提德小姐的神经质产生了很好的效果。见过法庭里所有在场的人之后，她现在感到事情容易多了。就像是知道了最糟的结果。她现在已确信自己会"安然"过关，也就是说，不会出现精神上的耻辱。她把这个好消息告诉了罗尼和特顿夫人。但他们俩因为英国的威信受挫，变得过于焦

---

[1] 昌德拉普最有钱、最重要、最慷慨，也是最忠于英国的印度人。但在审判之后，他辞去英国人授予的头衔，以示抗议。

虑而对这事不感兴趣。从她所坐之处,可以看到叛徒菲尔丁先生。她从平台上曾更清楚地看到他的膝盖上坐着一个印度孩子。他正在看着她。可当他们的目光相遇时,他便把自己的目光移开,好像他对直接的交流并不感兴趣。

地方法官也颇为高兴。打赢了平台战役,他的信心倍增。他既聪明又公正,继续聆听证词,试图忘却在此之后他必须根据证词宣布裁决。警察长稳扎稳打地继续陈述。他早就预料到法庭上出现的无礼的叫喊——这不过是下等种族的自然举动。他没显露出任何对被告阿齐兹的仇恨,只是感到一种嗤之以鼻的鄙视。

起诉方的陈述仔细地阐述了所谓的"囚犯的欺骗行为"——这牵扯到菲尔丁、仆人安东尼和纳瓦伯·巴哈杜。案件的这个方面在昆斯提德小姐看来总是有点可疑,她已告诉警方不要在那上面大做文章。但是他们计划要重判,想证明那犯罪行为是有预谋的。为了说明这一战略,他们画了一张马拉巴山的地图,图上标出了游客走过的路线,以及他们宿营的"匕首池"。

地方法官表现出对考古的兴趣。

他们还制作了一张山洞标本的立视图,上面写着"佛教洞"。

"不是佛教,我认为,是耆那教[1]……"

"假定的犯罪行为是在哪个洞里发生的,是佛教,还是耆那教?"莫罕默德·阿里问道,那神态像是要侦破一个阴谋案。

"所有的马拉巴山洞都属耆那教。"

"明白了,先生。但是在哪个耆那教山洞呢?"

"过会儿你会有机会问这些问题的。"

---

[1] 耆那教与印度教、佛教同为起源于印度的三大宗教。

麦克布赖德先生因为他们的愚蠢不明显地微笑了一下。印度人总是在这些方面栽跟头。他知道辩护方曾异想天开地希望设立不在犯罪现场的理论。他们曾经（不成功地）试图鉴别导游，而且菲尔丁和哈米杜拉还亲自到卡瓦道尔去过，在月光下又是踱步，又是丈量。"莱斯利先生说这些洞是佛教的。如果有人知道这些事的话，那人就是莱斯利。不过我能否提请你们注意这形状？"然后他就叙述了在那里发生的一切。他谈到德里克小姐的到来，谈到顺着水沟慌忙往下逃，谈到两位女士回到昌德拉普，还谈到昆斯提德小姐到达后在文件上签字。是那个文件提到了望远镜。接下来就是最终的证明：在罪犯身上找到了那望远镜。"眼下我没有其他信息要补充了，"他结束了案件的陈述，摘下眼镜，"现在我要叫我的证人。事实会自己说话的。罪犯一直过着双重生活。我敢说他的堕落是逐渐形成的。他很狡猾，善于隐藏，他这样的人通常如此。他假装是社会上一名体面的成员，居然还拿到了一份政府工作。他现在已变得彻底邪恶，恐怕不可救药了。他对另一位客人，另一名英国女士，非常残酷，极端无情。为了要支开她，以便自己能有机会作案，他把她和他的仆人们一道推进一个山洞。不过，这只是顺便提一下。"

但是，他刚才说的那段话又掀起了一场风暴。忽然，一个新名字，穆尔夫人，像一阵旋风一样在法庭上空吹起。莫罕默德·阿里气愤至极，怒不可遏。他像疯子似的大声尖叫，质问是否他的委托人不仅被指控强奸，而且有谋杀之嫌。谁是这第二位英国女士？

"我不提议传唤她。"

"你不提议是因为你不能传唤她。你们已偷偷地把她运出印度。她是穆尔夫人,她可以证明他无罪,她是站在我们一边的,她是贫穷的印度人的朋友。"

"你们自己原可以传唤她的,"地方法官大声叫道,"因为双方都没传唤她,双方都不能引用她的话为证据。"

"我们一直不知道她的存在,知道时已经太迟了。我知道得太迟了。这就是英国的公正,这就是你们的英国统治。把穆尔夫人还给我们。我们只需五分钟,她能救我的朋友,也能救他子孙后代的名誉。达斯先生,请不要把她置于证人之外。收回你刚才说的话,因为你自己也是位父亲。告诉我他们把她藏哪儿去了。啊,穆尔夫人……"

"如果有人对这事感兴趣的话,我母亲现在应该已到了亚丁。"罗尼干巴巴地说。他本不该介入,但刚才那阵强烈的攻击让他感到吃惊。

"她被你们关进监狱了,因为她知道真相。"莫罕默德·阿里差点发疯。在一片动乱的声音之上,竟能听见他在说:"不管怎么样,我毁了自己的职业生涯。我们会一个个毁掉自己。"

"这可不是为你自己的案子作辩护的正确办法。"地方法官劝说道。

"我不是在为什么案子作辩护,你也不是在审判任何案子。你我都是奴隶。"

"莫罕默德·阿里先生,我已警告过你。如果你不坐下,我将行使我的权威。"

"请便吧。这个审判是场闹剧,我走了。"他把文件交给安里特饶,就走了。出门前他戏剧性地,但带着强烈的感情大声叫道:"阿齐兹,阿齐兹——永别了。"法庭里的动乱愈演愈烈,人们在继续呼唤穆尔夫人的名字。有些人不知道那些音节是什么意思,只是不断地重复着,以求好运。于是,"穆尔夫人"(Mrs. Moore)就变成印度语言中的"艾斯米斯·艾斯穆尔"(Esmiss Esmoor)。法庭外面也有人跟着这样喊。地方法官用威胁和驱逐出法庭作为对策,但毫无效果。他对此无能为力,只好等那魔法累得筋疲力尽。

"真没想到会这样。"特顿先生说。

这时罗尼提供了解释。在踏上回程之前,特别是下午当仆人们在阳台上的时候,他母亲开始在梦中说有关马拉巴山洞的事。毫无疑问,她说的有关阿齐兹的断断续续的话一定以几个安纳[1]的价格卖给了莫罕默德·阿里——这类交易在东方从未停止过。

"我的确想到他们会试着做这类事的。真是精明!"看见听众都吃惊地张大了嘴,他又平静地加了一句,"他们对自己的宗教也是这样,开始了就停不下来。我真为那亲爱的达斯感到抱歉。他这个审判太不顺了。"

"希斯洛普先生,他们把您亲爱的母亲也搅进来,真不知羞耻!"德里克小姐凑上前来说。

"这不过是他们玩的一个把戏。凑巧让他们得逞了。现在我们知道他们为什么找来莫罕默德·阿里了。他们就是想趁机闹一场。这是他的特长。"罗尼对此招十分厌恶,但他尽可能少地流露出来。听到他母亲的称谓"穆尔夫人"被转换成印度教的女神似的"艾斯米斯·艾斯穆尔",他很是反感。

---

[1] 印度独立前的旧货币单位,1卢比合16安纳。

艾斯米斯·艾斯穆尔
艾斯米斯·艾斯穆尔
艾斯米斯·艾斯穆尔
艾斯米斯·艾斯穆尔……

"罗尼——"

"什么事,好姑娘?"

"这听起来是不是很怪?"

"恐怕这很叫你生气吧?"

"没事儿的,我不在乎。"

"行,那就好。"

昆斯提德小姐说话时比通常更自然、更健康了。她弯下身来,对她的朋友们说:"别担心我。我现在比刚才好多了,我的头一点儿也不昏了。我不会有问题的。谢谢你们,谢谢大家,谢谢你们的好意。"她不得不大声叫着向大家致谢,因为那吟唱"艾斯米斯·艾斯穆尔"仍旧响彻法庭。

突然吟唱停了下来。好像是上天听见了祈祷,圣物显灵了。"我替我的同事向大家道歉,"安里特饶先生说,出乎众人的预料,"作为当事人的亲密朋友,莫罕默德·阿里先生过于感情用事了。"

"莫罕默德·阿里先生必须亲自来道歉。"地方法官说。

"说得很对,先生,他必须亲自来道歉。可是,我们刚刚了解到穆尔夫人想要提供重要的证据,但还没来得及提供,就被她儿子慌忙地送出印度。这事让莫罕默德·阿里先生气疯了,因为这可被视为对另一位欧洲血统的(我们唯一的)证人菲尔丁先生的威胁。要不是穆尔夫人被警察列为一名证人，莫罕默德·阿里先生是什么也不会说的。"说完他便坐下。

"注意：有个无关的成分正在被引入这个案子，"地方法官说，"我必须重申，穆尔夫人作为一个证人已不复存在。你，安里特饶先生，或是你，麦克布赖德先生，都没有任何权利去猜测那位女士会说些什么。她不在这儿，因此就什么也不能说。"

"好吧，我撤除先前提及穆尔夫人的名字的做法，"警察长疲倦地说，"如果给我个机会，我十五分钟前就会撤除了。穆尔夫人对我来说没有任何重要性。"

"我也为辩护方撤除了她的名字。"他这里加了点法庭辩论的幽默，"也许你也可说服外面的那些先生不再提及她的名字。"因为此时街上的吟唱依旧此起彼伏。

"恐怕我的权力还不能延伸到那么远。"达斯微笑着说。

就这样，恢复了和平。当阿德拉上去提供证词时，气氛比审判开始时安静多了。专家们对此丝毫不感到吃惊。你们那位印度同伴实在缺乏耐力。他为区区小事就怒火中烧，危机来临时却已烧光了柴火。他寻求的是倾诉不满，这点他已在假定的绑架老妇人的事件中得以满足。这样，当阿齐兹被驱逐出境时，他就不会那么愤愤不平了。

但是，危机即将发生。

阿德拉一直想要说真话，而且只说真话。可是，这却是她反复演练的一项困难的任务。称其为"困难的任务"原因在于她在山洞里经历的灾难联系着（尽管只有微弱的一线联系）她生活的另一部分，即她与罗尼是已订过婚的情侣。就在进洞之前，她曾想过爱，并且还无辜地问过阿齐兹有关婚姻的问题。她认为自己提的问题勾起了他内心的邪恶。要重述那些细节会引起难以想象的痛苦,也就是在这点上她想含糊其词。她愿意谈那些别的年轻女子感到难于启齿的细节,但是,这段关于她个人感情上的疏忽她却耻于开口。而且,如有节外生枝,她惧怕在大庭广众之下受盘问。可是,她一站起来回答问题,听见自己的声音,便感到对此并不害怕。一种新的、不得而知的激动像无比强大的盔甲一样保护着她。她没去想发生过什么,也未能用平常的记忆去记住往事。但是,她回到了马拉巴山,从山里越过一片类似黑暗的空间向麦克布赖德先生陈述。她眼前展现出那毁灭性的一天的全部细节,只是此刻的她同时置身于事件之内和事件之外。这种双重处境带来一种妙不可言的光彩。她为什么会认为那天的出游"无聊"?现在,太阳又升起了,大象在等待,苍白的岩石群在她身旁飘游而过,呈现出第一个山洞。她走进洞去,发现一根火柴的光返照在光亮的墙上——如此美丽、意味深长,不过她当时没看见这些。有人提出了问题,每个问题都得到她圆满的回答。是的,她是注意到了"匕首池",不过不知道它的名字。是的,穆尔夫人在去了第一个洞后就累了,坐在大岩石投下的影子里,旁边就是干涸了的泥地。远处的声音平稳地向前推进,一路沿着真相的小径,她身后那个拉布风扇的男子送来的风徐徐将她推向前去……

"……囚犯和导游带着你去卡瓦道尔。当时还有其他人在场吗?"

"那些山的形状真正堪称鬼斧神工。是的。"她说着,脑海里重新出现了卡瓦道尔。她看到沿着岩石的曲线而建造的佛龛,感到热浪朝着她的脸袭来。然后,她特意补充道:"据我所知,当时没有别人。好像只有我们两人。"

"很好,半山腰有块突出的岩石,或者更像是断裂的地面。那里有很多山洞,分散在一个峡谷的开端。"

"我知道你说的那个地方。"

"你独自一人走进了其中一个山洞?"

"不错。"

"囚犯也跟着进去了。"

"这下我们可抓住他了。"少校插话说。

她没说话。法庭,作为提问题的专用场所,在等待她回答。可她无法回答这个问题,要等阿齐兹也进来才行。

"囚犯跟着你进去了,对吗?"麦克布赖德用他俩共同使用的单调的语调重复了那个问题。自始至终,他们都在使用这些达成共识的词语,这样这部分的法律进程就不会出现意外了。

"在回答这个问题前我是否可以有半分钟时间,麦克布赖德先生?"

"当然可以。"

她眼前出现了好几个山洞。她看到自己在一个山洞里,同时她也在那个山洞外,看着洞口,好让阿齐兹进去。可她没有看到他。这就是那个常常出现在她脑子里的疑问。那个疑问就像那些山一样,实实在在、充满吸引力。"我不能——"言语较之视觉更困难了。"我不太能肯定。"

"你说什么?"警察长问。

"我不能肯定……"

"我没听到你的回答。"他看上去像是被吓着了,很响地一声闭上了嘴。"你站在那岩石口,或是那——不管我们叫它什么,然后你走进了一个山洞。我给你的暗示是,囚犯跟在你后面。"

她摇摇头。

"请问,你这是什么意思?"

"不对。"她用平淡而毫无魅力的嗓音说。法庭里好几处都出现了窃窃私语,但除去菲尔丁,还没人知道正在发生什么。他知道她就要经历一次精神崩溃,他还知道自己的朋友得救了。

"怎么回事?你在说什么?请大点声。"地方法官弯下身来听。

"我恐怕犯了个错误。"

"什么性质的错误?"

"阿齐兹医生从来没跟着我走进那山洞。"

警察长猛然放下他手中的文件,然后又将它们拿起来,镇静地说:"现在,昆斯提德小姐,让我们继续说下去。我要把事件发生两小时以后你在我的平房里签署的文件读给你听。"

"对不起,麦克布赖德先生,你还不能继续下去。我要亲自跟证人谈谈。公众必须保持肃静。如果还有人说话,我就解散法庭。昆斯提德小姐,你说话时要对着我说,因为我是负责这个案子的地方行政官。并且,你要意识到你的答词的绝对重要性。请记住你说的话是发过誓的,昆斯提德小姐。"

"阿齐兹医生从来没——"

"我以健康为理由停止审判继续进行。"少校听到特顿的话后大声叫道,所有的英国人都立刻从椅子上站起来。顿时,高大的白种人挡住了矮小的地方法官。印度人也站了起来,上百件事情同时发生。因此,事后每个人对这场灾难都有不同的描述。

"你要撤回控告?回答我。"司法代表尖叫道。

一种她所不可理解的力量抓住了这年轻女子,让她挺过了这一关。尽管眼前的梦幻景象业已消退,她又回到了平淡无奇的世界,但她记住了所学到的东西。赎罪和忏悔可以留到以后去做。她用坚定、实在的语调说:"我撤回全部控告。"

"好了,坐下。麦克布赖德先生,情况既然如此,你还想继续审判吗?"

警察长双眼盯着他的证人,好像她是台破机器,然后问道:"你疯了吗?"

"别再向她提问了,先生。你已无权再提问她了。"

"给我点时间考虑一下——"

"萨希波,你必须撤诉。这已成了丑闻。"纳瓦伯·巴哈杜突然从法庭的后部大声叫道。

"他不能撤诉,"特顿夫人不顾越来越响的吵闹声喊道,"接着叫其他证人。我们大家都感到不安全——"罗尼想要阻止她,可她气恼地打了他一下,然后尖叫着朝阿德拉抛去一些侮辱性的词语。

警察长走过去支持他的朋友们,同时冷淡地对地方法官说:"好的,我撤诉。"

达斯先生站起来,险些在强大的压力之下丧生。他控制住了这次审判,勉强地控制了局面。他当众证明印度人能够主持审问。他对那些能够听得见他说话的人说:"囚犯将予以释放,他的名声不受丝毫玷污。有关审判花费的问题别处再议。"

就此,法庭的脆弱框架破碎了,嘲笑和愤怒的喊叫声登峰造极。人们尖叫的尖叫,辱骂的辱骂,也有人互相接吻,哭成一团。这边是英国人,他们受到各自的仆人的保护。那边是阿齐兹，昏倒在哈米杜拉的双臂之中。一方胜了，一方败了。但转败为胜只需一眨眼的工夫。之后，生活恢复了其复杂性。人们一个个挣扎着离开了法庭，各自去忙自己的营生。不需多久，没人留在让人想入非非的现场，只剩下那优美的裸体神祇。他不曾知道这里发生过任何不寻常的事情，依旧在拉着他那布风扇的绳子。他的双眼凝视着那空空的平台和那些被打翻在地的特殊椅子，有节奏地扇动着云朵般的落尘。

梅江海 译

旅店无房

作者 | 埃德娜·费伯

埃德娜·费伯（Edna Ferber，1885—1968），美国作家。1925年因小说《如此之大》(So Big)获普利策小说奖。

主要作品：《演出船》(Show Boat)、《巨人传》(Giant)等。

我之所以遴选《旅店无房》是因为这篇作品写得精致简洁，写作意义和目的明确，而且无论是情节还是人物，都取材自有史以来阅读最广泛的作品之一。

埃德娜·费伯
康涅狄格州伊斯顿

旅店无房

无人管地界的"无名"孩

合众社报道，布拉格，10月25日——在德国和捷克斯洛伐克交界布尔诺南部的无人管地界，200名犹太人在一条沟中生活了两个礼拜，一名婴儿今日降生，取名"无名"。

一针一线都由她亲手缝制。真真切切的，一针一线。她的针指仿佛仙女的手艺一般，肉眼难以分辨。而且，所有东西都是新的。就此而论，她的做法颇有些不近情理，毕竟乔的薪水十分微薄，工作朝不保夕，且如今世道艰难。堂姐伊丽莎白提出要把自己孩子过时的衣服给她，却遭到玛丽婉言谢绝。

"你真好，伊丽莎白，"玛丽说，"我知道，这么做让人觉着是不知感恩，白送的衣服不收，显得挺傻。我的心思不好对你说。我想让他从头到脚都穿新的。所有东西我都要自己做。一针一线都由自己来做。"

堂姐伊丽莎白年纪长玛丽一倍多。这种心情她能体会。伊丽莎白聪明、热情，有她在身边真让人放心。"不，我一点都不觉得傻。我能体谅你的感受。我怀我们家约翰时也是这么想的。"接着她打趣地说，"你怎么知道一定就是个男孩？你总是说'他'？"

玛丽继续沉静地做她的针指，细小的针脚一针接着一针，她的神情十分安详。"我知道。我就是知道。"她抬头看着堂姐，"他要是能有你的小约翰一半聪明就好了。"

伊丽莎白把脸转向婴儿床里熟睡的婴儿。"嗯，不是我吹嘘，约翰的确很聪明。不过，"——突然，她担心自己太自傲——"不过，我和扎克都到了中年了。大家都说中年夫妇生下的第一个孩子格外聪明。"

十八岁的玛丽听完之后脸上洋溢出激动之情。"乔已经到了中年！"她高兴地说。继而她的脸上泛起青春无邪的深色红晕，乔第一次听到怀上孩子的消息时也跟她一样惊讶。

说来，是堂姐伊丽莎白多年前为这个年轻女孩和她丈夫撮合婚事。大家都觉得不妥，但是尽管玛丽年轻，她的智商和冷静远超她的年龄，而且她生性幽默，这是一种恬静的冷幽默，属于观察细腻、阅历丰富的人才有的那种幽默。乔是这个女孩的丈夫，又像是她的父亲和兄长。这种感觉很美。两个人十分般配。现在，当这个奇怪的世界上生活变得如此恐怖、如此残酷、如此凄惨，有一个像他这样身体强健、心地善良又有决断的人庇护，显然再好不过。她听说过一些性格冲动的青年，晚上被带走，从此杳无音信。乔在工作上十分低调。每天早上出门前他都会嘱咐一番："待在家里，等我晚上回来。如果你一定要去市场，就让伊丽莎白陪你去。我会从她家经过，让她来找你。别一个人上街。"

"我没事，"她说，"没人会伤害我。"在这里，孕妇受到特别保护。政府需要儿童将来参军。

"我们的孩子才不参军。"乔痛苦地说。

于是他们过着平静的生活,老老实实遵纪守法。他们从不四处乱窜。两个中下层。恐怖而又难以言状的事情不断发生,但在她身上,她丈夫身上,以及她没出生的孩子身上并没有发生这种事情。一切都会安稳下来。必须安稳下来。

她的日程安排得满满当当。她要打扫两个房间,买菜,做饭,缝衣服。买菜是个体力活儿,为了买点儿黄油,给乔买只鸡蛋,或是买一小块粗糙不堪的肉,她得从一家店子走到另一家店子。虽然她还年轻,有时当她回到这条逼仄街道上的小公寓,爬上三段楼梯时,她的嘴唇和额头上早已挂满汗珠,整个人气喘吁吁。尽管如此,晚上为乔烹上一份咖啡蛋糕或者一枚肉丸,甚至一片黄油,总让她感到心花怒放。星期五她总是想尽一切办法弄些鸡肉——无论多么清瘦——或是弄一点牛羊肉。因为星期五是安息日前夕。这很难弄到,不过等她真的如愿以偿,提着一小块战利品喘着粗气爬上楼梯凯旋时的心情分外甜美。

玛丽将她缝好的衣物放在柳条筐中,上面用一片干净的白布盖着。织物堆放得越来越高。乔不知道,她为了省下一两个便士给孩子置办衣物,经常不吃中饭。有时,乔会从她手上把她忙着缝制的东西拿过来,或是一块布片,或是一件小得出奇的衣服,在一双布满老茧的大手上显得愈发玲珑。他拿在手上摆弄着,情不自禁笑出声来。看起来真不可思议,居然有小生命能钻进如此小巧的布片。然后,笑着笑着,他忽然变得严肃起来。他会盯着她,她也回以凝视,然后他们会安静下来聆听楼梯上传来恐怖而又在意料之中的声音。

拖地板,擦锅碗瓢盆,洗衣服,煮饭,缝衣服。这就是她的生活,为了乔,这生活满足而充盈。将家里维持得井井有条让她充满强烈的自豪感,这是从祖祖辈辈农民身上继承下来的勤谨持家的自豪感。这是自尊。

一群人迅速冲上楼梯,玛丽和乔刚听到他们的靴子踏上第一级平台的声音,他们就开始用脚踹门,用拳头砸门。乔跳起身,玛丽也站起来,一只手放在胸前,手里攥着一只粉色的编织风帽,帽子不足一只拳头大小,她还正在织。这时这群人进了屋,干净的小屋挤满了人,他们吵吵嚷嚷,骂骂咧咧,一个个身高体壮,穿着棕色制服。他们看都没看乔和玛丽,在柜子里翻腾了一阵,扯出亚麻织品和碟子,踩在地上。一个人从她手上夺过粉色帽子,举起来,戴在自己又大又圆的脑袋上,将一根手指含在嘴里放声大笑。

"住手!"一个长官说,"我们没时间胡闹。"他一把扯下粉色帽子,朝里面擤了一把鼻涕,丢到角落里。

他们在柜子里发现了几块小蛋糕。玛丽存了些烤油,把这些难得的脂肪刮了下来,当作起酥油,做成四块小蛋糕,每块上面还缀了一点李子酱。晚餐时乔吃了两块,剩下两块给他留作早餐。她说她自己不想吃。说吃蛋糕会让她长得太胖,对小孩不好。

"看哪!"发现蛋糕的那个人尖叫道,"蛋糕!这些猪猡居然有蛋糕吃,多得吃不完放在蛋糕盒里。"他用手指掰开一块,像狗一样嗅了嗅,贪婪地一口吞了下去。

"够了!"长官吼道,"别浪费时间了,赶快!你们要整晚待在这个猪圈里吗?还有一百多家呢。赶快,出去!"

这时他们留意到玛丽挺着大肚子,他们便拿她的肚子取笑,其中一个用手指戳了她一下,乔依然没有做出反应;他就像一个站着睡着的人,圆睁着双眼。之后他们把夫妻俩从屋里赶出去。离开的时候,玛丽朝角落的篮子——之前用干净的白布盖得十分齐整的篮子——做了个手势。她伸着手,眼睛十分可怕。由于针脚十分细小,针脚扎进布里之后,她几乎都看不清楚。

此时,将蛋糕塞进嘴里的那个人正蹲在打翻的篮子旁,急匆匆地用一块软白布擦脏靴子。他擦得一丝不苟。这些人接受过训练,做任何事都要一丝不苟。

只见他一边忙着擦鞋,一边舌头微伸,露出一口结实的黄牙。随后,长官不耐烦地骂了一句,他将布片扔到被踩踏过的沾满脏污的衣物旁,跟着众人冲了出去,帮忙将众人赶上卡车。车上已经蜷缩着许多人。

下了卡车,又上了火车。他们一路颠簸了几个小时——也可能是几天。玛丽没有时间概念。乔将她的头靠在自己胸前,她竟打了个盹,像是喝了迷药一般,修长的睫毛拂着深深的黑眼圈。车上十分拥挤,人们蜷缩在地板上和过道里。很快,火车上变得肮脏不堪。孩子们号啕大哭,时不时传来女人歇斯底里的尖叫,但更多时候,男男女女只是坐在那里,目光呆滞。火车轻快地喷着烟雾,就像这个国家的商业运作一样高效。

看到这些体面的中产阶级沦落到邋遢不堪的境地,沦落到他们从未想过的境地,倒是不乏乐趣。女人时不时捋一下自己的衣服,清洁一下自己的身体,但车上难得的几杯水只能留着饮用。在这恶臭和嘈杂声中,在这恐惧与堕落之间,乔和玛丽坐在那里,既是这环境的一部分,又脱离了这环境。仿佛她反复做过的噩梦变成了现实,因此看到眼前的真实景象,她反而感到释然,因为她知道情况可能比这更糟。醒来之后,她将乔的头靠在她胸前。精疲力竭的乔也睡着了,他挣扎着合上眼睛,但即使睡着,他仍然绷着脸,紧攥着拳头。在她眼里,乔一夜之间就变老了。原本身材魁梧、身体强壮的他,变得形容枯槁:双鬓出现了奇怪的凹陷,青筋暴露——这一点她以前未曾见过。

尽管怀有身孕,她仍然试图帮助比她年长和年轻的妇女。奇怪的是,她竟感到浑身充满力气,精力充沛,怀孕的女人通常都是这样。

火车停了下来,大家朝外望去,窗外空无一物。火车重新发动,他们来到邻国的边界。身穿制服的人从他们中间穿过,从他们身上跨过,甚至从他们身上踩过,仿佛他们是害虫一般。然后,他们交谈一阵,走下火车,火车向后倒车,再次回到空无一物的旷野。这片土地荒无人烟。这是一片无人区。这是一片无主之地。这里既不属于他们的国家,也不属于邻国。这里是无人管地界。

他们无法前进,亦无路可退。他们被推赶着下了火车,就在这天堂和地狱之间,走进炼狱。他们成了迷失的灵魂。

他们跌跌撞撞走进黄昏之中。时值十月,日子就在今天。他们心想,真是难以置信,文明世界不该发生这种事情。不可能像这样,漫无目的地游走,直到倒下并死去。

这两百来人头昏眼花地一起朝前走,却又走得理所应当,仿佛心有所往。孩子们跌倒在地,哭喊着起来,又再次跌倒在地。房屋、牲口棚、庇护所,这些人类生活的印迹都无处可寻。这里空无一物。

这时,玛丽意料之中的事情开始发生。她的肚子开始疼痛,痉挛一阵接着一阵。她双目圆睁，脸庞变得又小又瘦，面容愈发显得苍老。她无法跟上众人的步伐。随后他们遇到一小群羊，在秋天仅存的一片绿草地上吃草，旁边有两个牧羊人和一头瘦得像狗的驴。

绝望之下，乔走到牧羊人跟前。"我妻子病了。她病得很重。请用你们的驴驮她一下吧。附近肯定有——旅店。或者别的地方。"

一位略显痴呆和苍老的牧羊人说："有一家旅店，但他们不会接受她。"

"给你，"乔说着从口袋里掏出几枚可怜的硬币，"就驮她一小段路吧。"

那人接过硬币。"好吧。就驮一小段。我要回家了。晚饭时间到了。她可以搭一小段。"

于是他们把她拖到驴背上，她趴在上面，但是她就要生了，从驴背上滑了下来，大家将她搀到路旁的一条沟里。

这时由于痛苦和恐惧，她开始晕厥。"乔，准备好干净东西。织物在柜子的盒子里面。叫伊丽莎白过来。烧壶开水。别，别拿我最干净的睡衣，要等会儿，等一切结束，我清洗干净之后再拿。男人不明白。"

她感觉天旋地转，大家的脸变得模糊走样，她的身体被撕裂和折磨，她听到有人发出奇怪的喊叫，仿佛动物因疼痛发出的吼叫，然后一切陷入黑暗。

她醒来时，几个妇女低头看着她，大家用木屑和干草生了一堆火，奇迹般地，还有热水和布片。她先是触碰到，继而看到沟里有一个婴儿在她身边，体面地裹在襁褓里。她无力询问，但是看到她眼中的神情之后,一个低头看着她的女人说:"是个男孩,健康的男孩。"她把孩子抱起来。孩子舞动着小胳膊,他的头发在身后的火光映照下熠熠生辉。大家凑得太近,约瑟夫[1]挥舞着一只手将她们赶开,另一只手塞到她头下面。她看着孩子,露出了笑容。

人群散去,突然传来汽车刺耳的刹车声。来的人是官员,一眼就能看出来。他们身穿制服和靴子,走起路来趾高气扬。

"嗯,嗯,哼!"他们说道,"都听好了!看看吧!我们费尽心思寻找你们,要不是看到升起的火光,我们还找不到这里。现在,我要点名!这里有你们所有人的名字,喊到谁必须回答,否则要他好看!"

"玛丽!"他们点道,"玛丽。"

她睁开眼。"我是玛丽。"她的声音虚弱得像是低吟。

"肯定是这个,"他们三个人自言自语说,"这就是刚生完孩子的女人。"他们走上前来,看到沟里的玛丽和刚出生的孩子。"是了。该死的犹太人在沟里生下的孩子。"

"好吧,我们把他的名字添到名单上。该上名单了,等长大就溜了。他叫什么名字?嘿,玛丽?"他用靴尖戳了她一下,倒没用太大劲。

她又睁开眼睛,略带笑容地看着对方,又看了一眼怀里的婴儿。她的眼神露出痛苦,但她面带微笑。

"无名。"她低吟道。

"什么?说大声点!听不到你说什么。"

---

[1] 约瑟夫即是乔,后者是简称。

她使劲浑身气力,做出口型,舔了一下干燥的嘴唇,又说了一遍:"无名……无名。"

一个人写了下来,但第一个人盯着她,仿佛他这个有身份的人受到了捉弄。他盯着男孩,只见火光在他脸上闪耀,仿佛头发上闪耀着光环。

"无名,啊?也只能这么叫他了!……耶稣啊!……好吧,高兴点儿,他长得挺俊俏。叫这个名字,他长大可能有出息。"

鄢宏福 译

巴黎的黑暗

作者 | 埃里希·玛利亚·雷马克

埃里希·玛利亚·雷马克（Erich Maria Remarque，1898—1970），本名埃里希·保罗·雷马克，德国作家。

主要作品：《西线无战事》(*Im Westen nichts Neues*)、《凯旋门》(*Arc de Triomphe*)、《里斯本之夜》(*Die Nacht von Lissabon*) 等。

本篇目节选自埃里希·玛利亚·雷马克的小说《凯旋门》，系该小说的结尾部分。它描述了大难临头（即第二次世界大战爆发后纳粹占领巴黎）前的巴黎。小说的主要人物拉维克医生是名外科医生，一名德国来的难民。他正目睹着巴黎的灯光完全熄灭，黑暗笼罩着他和即将被法国警察运往集中营的其他难民。雷马克先生曾想为这个片段附加些评论，但他最终放弃了。他说："我很想为你们写几句介绍性的语言，无奈力不从心。"

惠特·伯内特

巴黎的黑暗

与巴黎地下墓穴[1]相比,医院更让人愉快。虽然这里也有疼痛、疾病及悲哀,但是这儿至少有种逻辑和理智。在医院里,人们知道事情为什么会是这样,应该怎么办,不应该怎么办。这些是事实:你看得见,并能设法去对付。

医院里维伯尔医生正坐在诊查室里读报纸。拉维克回过头来对他说:"形势挺不错的,是吧?"

维伯尔把报纸扔到地上说:"这帮堕落的黑帮!我们的政客中有百分之五十都该处以绞刑!"

"我说百分之九十,"拉维克大声说道,"你是否听到有关杜兰特医院里的那个女人的新消息?"

"她还不错。"维伯尔紧张地伸手去拿了支雪茄,"这事对你来说简单,拉维克。但我是法国人。"

"我什么也不是。但我只是希望德国和法国一样堕落。"

维伯尔抬头说:"对不起,我在胡说八道。"他忘了给自己点烟。"不会打仗的,拉维克。绝对不会的!这只不过是一阵狂

---

[1] 巴黎地下墓穴延绵约300千米,由一系列地下通道连成一片。通道两侧堆放着六百多万人的骸骨和头颅。为消除巴黎市内的公墓占地,该工程于1774年前后开工,2013年起成为巴黎市的一个博物馆,向公众开放。

吠和威胁。最后一分钟总会有转机的!"

说完之后,他沉默了一会儿。之前的自信已经荡然无存。"我们毕竟还有马奇诺防线[1]。"他又说,话语中几乎带有几分哀求。

"那自然啰。"拉维克不甚自信地答道。这话他已听过上千次了。与法国人讨论结束时通常用这句话。

维伯尔擦了擦前额说:"杜兰特已经把他的财富转移到美国。是他的秘书告诉我的。"

"一点不奇怪!"

维伯尔用疲倦的眼睛看着拉维克。"不止他一人这样做。我的内弟已把他的法国债券换成了美国证券。加斯东·聂利把他换的美元都放在保险箱里。杜兰特应该已经在他的花园里埋了好几袋金子。"他站起身来,"我不能谈这些。我拒绝谈这事。这是不可能的。不可能有人会背叛、出卖法国。危机当头,大家要团结。所有人都要团结起来。"

"对,所有人,"拉维克说,脸上没带微笑,"这应包括现在正与德国做生意的实业家和政客们。"

维伯尔对自己略加控制。"拉维克——咱们还是谈些别的吧。"

"好啊。我要送凯特·赫格斯特龙去瑟堡,半夜回来。"

维伯尔很沉重地呼吸着。"你为自己做了什么安排,拉维克?"

"没做什么安排。我们会被送去一个法国集中营。那里会比

---

[1] 第一次世界大战后,法国为了威慑德国的再次入侵,建造了这座强化混凝土结构的防御工事。虽然旨在阻止任何形式的进攻,但"马奇诺防线"已成为"用昂贵的造价换取假安全感"的比喻。

德国集中营好些。"

"不可能。法国是不会监禁难民的。"

"那咱们就等着瞧吧。这样做是理所当然的，谁也不能表示反对。"

"拉维克——"

"好吧。那我们就等着瞧吧。希望你说得对。你知不知道卢浮宫的展品正被撤空？他们在把最好的藏画运到法国中部去。"

"不知道啊。你听谁说的？"

"我今天下午在那儿来着。沙特尔大教堂的蓝色窗户也已装箱了，我昨天到那儿去的——好一个令人感伤的旅行。我就是想再看一次那些展品，可它们都已无影无踪了。附近有个机场离得很近。新窗户已装上了，就像去年在慕尼黑会议期间那样。"

"你看！"维伯尔立刻抓住这个机会，"当时什么事也没发生。大家被弄得好激动！随后而来的就是张伯伦[1]带来了他的和平伞。"

"是啊，和平伞仍在伦敦，胜利女神也还矗立在卢浮宫，可是头被弄掉了。她会继续待在那儿了。太重了，没人搬得动。我必须走了。凯特·赫格斯特龙还在等着我呢。"

诺曼底号停泊在码头，上千盏船灯把夜空照得通明。风从水上吹来，带来几分凉爽，几抹盐味。凯特·赫格斯特龙把身上的皮毛披肩朝胸前裹紧。她非常瘦削。她的脸几乎是骨头外面拉了张皮。两只眼睛大得吓人，像两潭黑水。

1　亚瑟·内维尔·张伯伦（1869—1940），于1937年至1940年担任英国首相。第二次世界大战期间，他力主对希特勒执政的纳粹德国采取绥靖政策，并于1938年与德国签订了出卖捷克斯洛伐克的慕尼黑协定。他于1940年5月10日被迫辞职，让位于继任的英国首相丘吉尔。

"我情愿留在这儿,"她说,"离开怎么一下子变得如此困难。"

拉维克用眼睛凝视着她。那艘威武的大船停泊在那儿,上船的舷梯被灯光照得通明。人们在川流不息地上船,很多人走得很急,生怕到得太晚,似乎时间已到了最后一分钟。那里停的是银光闪烁的宫殿,它的名字不再是诺曼底,而是逃离,迁移,拯救。对在欧洲的上千个城市中的房间、肮脏的旅馆和地下室里的成千上万个人来说,这是可望不可即的海市蜃楼。可是,就在这里,在他身边,有人(虽然她已病入膏肓)竟用瘦弱而又可爱的嗓音说"我情愿留在这儿"。

这一切都很荒唐。对国际酒店的难民来说,对欧洲各地的上千名侨居他国的人来说,对所有被骚扰、受折磨的人来说,对那些正在逃跑的和无处可逃的人们来说,这艘船无异于"希望之乡"[1]。如果他们手中能拿着那张在他身旁的那只疲倦的手中颤动的船票,他们一定会感激涕零,去亲吻那上船的舷梯,他们一定会相信奇迹。无论如何,这张船票的主人正在走向死亡,她却冷淡地说"我情愿留在这儿"。

来了一群美国人。他们不慌不忙,快乐友好,吵吵闹闹。他们从容不迫。可领事馆催着他们离开。他们对此事做了商讨。实在太遗憾了,如能继续在这儿旁观下去,一定很有趣。究竟会有什么能在他们身上发生呢?还有那大使!美国是中立的!实在是太遗憾了!

香水的浓香。珠宝。晶莹发亮的钻石。几个小时前,他们

---

[1] 圣经中上帝应允给亚伯拉罕的地方,又称乐土。

还坐在玛克辛餐厅[1]里。那里的东西用美元计价太便宜了！最后，他们喝了一瓶1929年的考尔顿红酒和一瓶1928年的保尔·洛裘香槟才收场。上船后，他们还会坐在酒吧里，玩十五子棋，喝威士忌——

领事馆门前，无望的人们排着长队，他们极度的恐惧散发出的气味像云一样笼罩在他们的头顶上。几位超负荷操作的工作人员似乎权且组成了一个最高上诉法院。领馆的一位助理秘书不停地摇着头说："不，没签证了。不，不可能再有了！"这是对沉默的无辜实施的沉默的判决……拉维克用两眼盯着这艘已经不再是船的大船看着。它已变成一只方舟，即最后一只就要在洪水到来之前逃离的方舟[2]。这洪水人们已逃脱过一次，现在却又卷土重来，就要再施淫威了。

"你该走了，凯特。"

"是吗？再见，拉维克。"

"再见，凯特。"

"我们彼此之间不该说谎，对吗？"

"对的。"

"一会儿你跟着我——"

"没问题，凯特，一会儿见——"

"再见，拉维克。感谢你为我所做的一切。我现在就要走了。我上了船，会向你挥手。你在这儿站着，等到船开了再走。朝我挥手。"

"好的，凯特。"

---

1 巴黎最时尚、最受人欢迎的餐厅之一。
2 此处借用圣经里诺亚方舟的故事。

她慢慢地走上船舷，身体有微微的摇摆。她的身材结构清晰，几乎没一点儿肉。她比身旁所有的人都苗条，显露出某种死亡的黑色优美。她的脸如同一只埃及青铜猫的头一样鲜明——只剩下轮廓、呼吸和眼睛了。

最后几个乘客来了。一个犹太人满头大汗，胳膊上搭着一件毛皮大衣，他带有两个搬运工，又是叫，又是跑，几乎有些歇斯底里。最后几个美国人上来了。过了一会儿，船舷慢慢地被拉起来。一种奇怪的感觉。船舷整个被拉起来了，不可挽回了。船最终离岸了，出现狭窄的一条水。那便是边境。虽然水面只有两米宽——但那是欧洲和美洲之间的边境。它也是救援和毁灭之间的分水岭。

拉维克用眼睛寻找凯特·赫格斯特龙。他很快就找到她了。她倚着栏杆，在向他挥手。他也朝她挥挥手。

船似乎不在动，倒像是岸在向后退。但只退了一点，几乎看不出来。突然那被灯烧着的船挣脱了岸。它浮在黑水之上，衬托在黑天之下，可望不可即。已不再认得出凯特·赫格斯特龙，谁都认不出来了。那些留在岸上的人默默地相互对视，或感到窘迫或带着虚假的愉快，然后他们便很快地，或是犹豫不决地各奔东西了。

他连夜开着车返回巴黎。诺曼底的篱笆和果园从他身边飞速驶过。挂在薄雾蒙蒙的天空上的月亮很大，带几分椭圆。那船已被淡忘，留下的只是风景。风景，干草和成熟的苹果的味道，以及不可避免的命运所包含的寂静和深沉的平和。

他的车开起来似乎没有任何声音，好像地心引力对它不起任何作用。房屋从旁边滑过,教堂、村庄、小咖啡馆和小酒馆的金光、一条莹莹发光的小河、一个磨坊,接着又是一片平原的平坦的轮廓。平原上空的苍穹很像一个巨大的贝壳,其壳内乳白色的贝母衬托出月亮的珍珠色光芒。

这宛如一种结束和使命的完成。拉维克过去也曾经多次有过这样的感觉,但现在这感觉变得更完整,变得非常强烈,使他无法摆脱。它渗透他的全身,他不再有任何抗拒的力量。

一切都在漂浮,失去了重量。未来和过去相会了,两者都失去了欲望和痛苦。没有哪件事比其他事更重要、更强大。天际获得了平衡。很奇怪,顷刻间他的生存的天平也达到了平衡。相比之下,用来面对命运的淡定的勇气总是比命运更强。如果有人再也不能忍受命运,那人就会自杀。能知道这点很好,但如能知道只要还活着,就不会完全泯灭这一点也很好。

拉维克知道有危险,他也知道何去何从,他还知道明天他会再抵抗。但是,今天晚上,就在他刚从一个失去的亚拉腊山[1]回到即将来临的大战所带来的血腥味的这一刻,突然间一切都失去了固有的名字。危险是危险,同时又不是危险;命运既是作出的牺牲,同时也是向其祭祀的神。明天是个让人全然不知的世界。

一切都挺好,过去的,即将来临的——这就足够了。如果这就是结束,挺好。他曾爱过一个人,却失去了她。他曾恨过一个人,但把他杀了。这两人都让他得到了自由。一个人重新把他的感情带回了生活;另一人让他与过去一刀两断。他没留下任何尚未完成的事。再无欲望,毫无仇恨,绝无悲伤。如果这是个新开

---

[1] 此地在圣经里被描述为诺亚方舟的最终歇息地。

端，那么就该这样。人开始时不要有任何期望，要准备对付诸多情况，以曾经使你更强而不是让你崩溃的简单经验为动力。灰烬已被清除。瘫痪之处起死回生。玩世不恭的心态已变成力量。一切都很好。

过了卡昂就看见马群。夜幕下有许多排成长队的马，到处都是马，在月光下影影绰绰。然后就是人，四人一组，背着行李、纸箱子、包裹。动员开始了。

他们几乎没发出任何声响。没人唱歌，几乎没人说话。他们在夜幕里默默地行走着。一行行人影靠路的右边走，左边留作车行道。

拉维克一路上超过人和马。马，他想，马。又像是 1914 年。没有坦克。只有马。

他在一个加油站旁停下，给车加满油。村子里还有些窗户亮着灯，但四周已几乎是一片寂静。有一队人正走过村庄。人们瞪着眼睛追随着他们。他们没有挥手。

"我明天也要上去了。"加油站的人说。他皮肤黝黑，有张轮廓清楚的、农民的脸。"我父亲在上次战争中阵亡。我祖父死于 1870 年。我明天上前线。总是一个样。我们这样打来打去已有两百来年了。一点用都没有。我们又要上前线了。"

他看了一眼破旧的加油泵、油泵旁边的小房子和默默地站在他身旁的女人，目光里充满了爱。"二十八法郎三十生丁，先生。"

接下去又是景色。月亮。利雪。埃夫勒。部队。马。肃静。拉维克来到一家小饭店。店门外有两张桌子。饭店老板娘声称店里没什么可吃的了。晚餐是正餐，在法国一个煎蛋饼加奶酪不算晚餐。但最终她还是被拉维克说服了,居然还提供了色拉和咖啡,外加一瓶佐餐酒。

拉维克独自坐在那粉红色的房子前吃饭。草地上飘过一层薄雾。几只青蛙在鸣叫。四处一片静谧。但是,从房子的顶楼传来扩音器的声音。那是一种平常的声音,使人感到安慰、有信心、无望、完全多余。每个人都在听,但没人相信。

他付了饭钱。"巴黎即将实行灯火管制了,"老板娘说,"他们刚才在无线电里宣布的。"

"真的吗?"

"是的。为防空袭。以防万一。他们在广播里说一切都只是预防措施。不会有战争。他们马上就要谈判了。你说呢?"

"我认为不会打仗。"除此之外,拉维克不知道还能说什么。

"上帝保佑。但那有什么用呢?德国人会占领波兰。然后他们会要求占领阿尔萨斯-洛林。然后就是要殖民地,然后又是要别的什么。总是得寸进尺,直到我们束手待毙或者不得不决一死战。要打,不如马上就打。"

老板娘慢慢地走回房子。路上又走过来一个部队。

巴黎的红色倒影出现在地平线上。实行灯火管制了——要对巴黎实行灯火管制了。这很正常,但听起来很奇怪:对巴黎实行灯火管制。巴黎。好像要对全世界的灯火实行管制了。

郊区。塞纳河。小街上的喧闹。而后转上直接通往凯旋门的大街,灯光变得微弱,但凯旋门依旧矗立在星形广场的朦胧灯光的照耀下。凯旋门背后,仍是微光闪烁。香榭丽舍大道光彩夺目。

拉维克驱车沿着大道向前,在市区行驶。他突然看到:黑暗已开始在巴黎降临,像是一块发亮的毛皮上的虫蛀斑点,受虫害的暗淡区多处可见。多种颜色的霓虹灯夜景已被躲在焦急的红、白、蓝、绿色空隙里的咄咄逼人的长影子所吞噬。有些街道已经死去,像是黑虫子已爬进去,闷死了全部的光亮。乔治五世大道上的灯已全部熄灭;蒙田大道的灯火正在熄灭。那些每天晚上都朝星空散发瀑布似的灯光的大楼现在却瞪着大眼,缺灯少光的商店门面空空如也。维克多·伊曼纽三世大道上半条街实行灯光管制,另半条街依旧有灯,像是一个处于痛苦之中的瘫痪身体,半边身子已死去,半边还活着。这个瘟疫到处传播。当拉维克回到协和广场时,那空敞的广场也已在此期间死去。

巴黎波旁宫显得苍白、无色。灯光花环的灯已全部熄灭。在不眠之夜的波浪泡沫里跳舞的特里同和涅瑞伊得斯[1]已变得僵硬而浑身灰暗,全无美姿地坐在海豚背上。喷泉业已荒芜,喷出的水黯然失色;一度光辉耀人的方尖碑沉重呆滞地矗立在黑暗的苍穹之下,像是一个永恒的手指,威力无穷,咄咄逼人。到处都是像细菌一样爬出来的微小的、肉眼几乎看不见的暗蓝色的空袭警报灯的灯泡,带着脏兮兮的微弱闪光,像宇宙肺结核一样在这座正在悄然无声崩溃的城市里传播。

街上到处都是人。人们三五成群地站在报纸主办的电子新闻简报的屏幕前。拉维克开车前往卢森堡公园。他想在被捕前独自一人待上几个小时。

---

[1] 希腊神话中的人鱼和海仙女。此处指巴黎城内根据神话故事设计的雕塑。

公园里空无一人。晚夏的下午,周围一片温暖的日光。树木显露出秋天最早的预兆,不是那个要枯萎的秋天,而是即将成熟的秋天。日光是金色的,而蓝色是夏天最后的丝绸旗帜。

拉维克坐在那儿许久。他看着日光的变化,眼见着影子在变长。他知道这是他享受自由的最后几个小时。一旦宣了战,国际酒店的老板娘便谁也保护不了了。他想到罗兰。就连罗兰也不行。谁都保护不了。如果他现在试图继续逃跑,有人会怀疑他是间谍。

他在那儿一直坐到晚上。他并不伤心。人的脸从他眼前飘过。不同的脸、不同的岁月。然后,出现了最后那张固定的脸。

他七点钟离开了。他离开的是和平的最后残余——天黑前的公园——这点他很清楚。在离公园几步远的街上,他看到了报纸的号外。已经宣战了。

他在一个没有无线电的小餐馆里吃了饭。然后他步行回到了医院。维伯尔遇到他。"你能做个剖腹产手术吗?有位病人刚入院。"

"当然可以。"

他去换衣服,路上遇到尤金妮亚。见到他,她感到很吃惊。"难道你不再期望见到我了?"他问道。

"是的。"她答道,说着便很快地走开。

听见了婴儿的啼哭声。有人正在把婴儿的身子洗干净。拉维克看了看那红红的、正在尖叫的脸和极小的手指。我们不是微笑着来到这个世界的,他想。他把婴儿交给助理护士。是个男孩。"谁知道他会赶上什么战争。"他说。

他洗着手。维伯尔在他旁边洗手。"如果最终你被捕了,拉维克,你能不能立即告诉我你在哪里?"

"你为什么想给自己找麻烦?现在最好不要认识我这样的人。"

"为什么呢?因为你过去是德国人?可你现在是个难民。"

拉维克苦笑着说,"你难道不知道难民永远是石头之间的石头?对他们自己的祖国来说,他们是卖国贼。但在国外,他们仍是自己祖国的公民。"

"那些对我来说没有任何意义。但是,我希望你能尽快出狱。你想要我做你的证明人吗?"

"如果你想要我这么做。"拉维克知道自己不会那么做的。

"这是个很可恶的想法。但你在监狱里干什么呢?"

"对一名医生来说,在哪儿都会有事做的。"拉维克把手擦干。

天黑了。一辆卡车停在酒店门前。"拉维克。"莫罗佐夫说,他正从酒店附近的一个房子里走出来。

"鲍里斯?"拉维克停下来。

"警察在这儿。"

"我想就是呢。"

"我这儿有伊凡·克鲁吉的身份证。你知道,那个死去的俄国人。有效期还有十八个月。跟我一道去沙赫拉扎德。我们把照片换了。然后你就可以作为一个俄国难民住进另一家酒店。"

拉维克摇摇头。"太冒险了,鲍里斯。战争时期我们不应该用伪造的证件。最好别干那事。"

"那你怎么办？"

"我要走进去。"

"你慎重考虑过吗，拉维克？"莫罗佐夫问道。

"是的，考虑过了。"

"他妈的！谁知道他们会把你送到哪儿去。"

"无论如何，他们不会放逐我去德国。那条路已绝了。他们也不会驱逐我去瑞士。"拉维克微笑着说，"七年了，警察第一次想留我们在这儿，鲍里斯。要打场战争才能迈出这一大步。"

"有谣言说他们要在隆尚建造一个集中营。"莫罗佐夫拽着自己的络腮胡子说，"要去那儿，你现在要从德国集中营逃出来，才能进法国集中营。"

"没准他们会很快把我们从监狱里放出来。"

莫罗佐夫没作回答。"鲍里斯，"拉维克说，"别担心我。战时总是需要医生的。"

"他们逮捕你的时候，你用什么名字？"

"用我自己的名字。那名字我在这儿只用了一次——还是五年前。"拉维克沉默了一会儿。"鲍里斯，"他又说，"琼死了。被人用枪打死的。她现在正躺在维伯尔的医院里。一定要去把她埋起来。维伯尔答应要处理这事的，但我不知道他是否会在处理这事之前就应征入伍。你愿意处理这事吗？别问我任何问题了。就说愿意，然后去完成就行了。"

"我愿意。"莫罗佐夫说。

"好的。再见了，鲍里斯。我的东西里你看什么有用就拿什么。搬到我的房间去住。不管怎么说，你一直想要我的浴室。我现在要走了。再见。"

"狗屁!"莫罗佐夫说。

"好吧。战争结束后我会在富凯餐厅与你会面。"

"在富凯的哪一边?香榭丽舍大道一边,还是乔治五世那边?"

"乔治五世那边。我们真是白痴。勇敢而又势利的白痴。再见,鲍里斯。"

"狗屁!"莫罗佐夫说,"我们连体面的道别都不敢说。过来,笨蛋。"

他在拉维克的左右脸颊上各吻了一下。拉维克碰到了他的络腮胡子,还闻到烟斗味儿。那感觉不很愉快。他步行回酒店了。

难民们都站在地下墓穴里。就像是最早的基督徒一样,拉维克想。最早的欧洲人。一个便衣男士正坐在一棵人造棕榈树下的一张桌子前。他正在记下每个人的详细情况。两名警察守着大门,谁也别想从那儿逃跑。

"护照?"那个穿便衣的男人问拉维克。

"没有。"

"其他证件呢?"

"没有。"

"你是以非法身份在这儿?"

"是的。"

"为什么?"

"我从德国逃亡过来。不可能拿到身份证。"

"你姓什么?"

"佛雷森伯格。"

"名字呢？"

"路特维希。"

"犹太人？"

"不是。"

"职业？"

"医生。"

那人正在记录。"医生？"他说，手里拿着一个纸条让他看，"你是否认识一个医生，他称自己为拉维克？"

"不认识。"

"他应该就住在这儿。我们收到一封检举信。"

拉维克看着他。尤金妮亚，他想。她曾经问他是否要回酒店，并且当她看到他还在自由地走动时，感到非常吃惊。

"我跟你说过这里没有叫那个名字的人。"酒店老板娘大声说道。她正站在通往厨房的门边。

"小点儿声，"那人恼怒地说，"无论如何，你是要受惩罚的，因为你没报告这些人。"

"我为此感到自豪。如果善心待人就要受到惩罚，你就请便吧！"

看上去那人想要说什么，但他做了个"算了吧"的手势制止了自己。酒店老板娘挑战性地用眼睛盯着他。她有人保护，毫不畏惧。

"去打点些东西，"那人对拉维克说，"带上你的内衣，外加够一天吃的食物。如果有毯子的话，带上一条。"

有个警察跟他一道上楼。多数房间的门都开着。拉维克拿上自己的箱子和毯子。

"就这些？"警察问道。

"就这些了。"

"你把其他的东西都留在这儿了？"

"是的，我把其他的东西都留在这儿了。"

"这个也留下？"警察指着那个圣母玛利亚的小木雕问。那是琼在他们首次见面之后在国际酒店给他的。

"对，那个也留下。"

他们走下楼。克拉丽莎，那位从阿尔萨斯来的酒店女仆，交给拉维克一包东西。拉维克注意到其他人也都拿到了类似的一包东西。"一点吃的，"酒店老板娘大声说道，"这样你就不会挨饿了。我敢肯定你们去的地方没做任何准备。"

她用眼睛盯着那便衣。"别说那么多，"他生气地说，"可不是我宣的战。"

"也不是这些人宣的战。"

"别跟我瞎扯。"他看了一眼那警察，"一切就绪了吗？把他们带走。"

乌泱泱的人群开始移动。拉维克注意到那男的和看到蟑螂的那女的。男的用没拿东西的手扶着女的，另一只胳膊下面夹着一个箱子，手里还拿着另一个箱子。那男孩儿手里也拖着一个箱子。男人用哀求的眼光看着拉维克。拉维克点点头。"我带着仪器和药，"他说，"别害怕。"

他们爬进卡车。车的发动机大声吼叫起来，车便开走了。老板娘站在门口，向卡车挥手。"我们这是上哪儿去？"有人问警察。

"我不知道。"

拉维克站在罗森菲尔德和那个冒充的艾隆·戈尔德贝格旁边。罗森菲尔德腋下夹着一个画卷。里面装有塞尚和高更[1]的画。他的脸抽搐着。"西班牙签证,"他说,"过期了。我还没来得及——"他停下不说了。"死亡之鸟飞走了,"他又说,"马库斯·迈耶昨天去美国了。"

卡车颠簸着。大家都站在车上,挤得前胸贴后背。车上没有人说话。他们到了一个转弯处。拉维克注意到那个宿命论者萨登鲍姆。他紧缩在一个角落里。"咱们又在这儿见面了。"他说。

拉维克想找根香烟,但没找着。可是,他记得自己在包里装进了足够的烟。"是啊,"他说,"人的忍耐力是很强的。"

卡车沿着华格莱路行驶着,然后转上星形广场。到处黑灯瞎火。广场上一片漆黑,黑得连凯旋门都看不见了。

梅江海 译[2]

---

[1] 塞尚(1839—1906)和高更(1848—1903)均为法国后印象主义画派画家。
[2] 译自沃尔特·索雷尔(Walter Sorell)和丹佛·林德利(Denver Lindley)的英译本。原作为德语。——编者注

弗朗西斯·麦康伯短暂的幸福生活

作者 | 欧内斯特·海明威

欧内斯特·海明威（Ernest Hemingway，1899—1961），美国作家、记者，1953年因《老人与海》（*The Old Man and the Sea*）获普利策小说奖，1954年获诺贝尔文学奖。

主要作品：《老人与海》、《太阳照常升起》（*The Sun Also Rises*）、《丧钟为谁而鸣》（*For Whom the Bell Tolls*）等。

在谈到他的作品集《第五纵队及其他》中的故事时,欧内斯特·海明威将《弗朗西斯·麦康伯短暂的幸福生活》排在他最喜爱的七篇作品之首……海明威先生在写给本选集编者的信中简明扼要地说:

如果你们想挑选我的作品,我建议重刊《弗朗西斯·麦康伯短暂的幸福生活》,就说海明威先生表示这一篇像其他作品一样适宜重刊。

欧内斯特·海明威
古巴

弗朗西斯·麦康伯短暂的幸福生活

现在是午餐时间,大家都坐在就餐帐篷的双层绿色外顶下面,装作什么都没有发生一样。

"你要酸橙汁还是柠檬水?"麦康伯问。

"我要吉姆雷特鸡尾酒。"罗伯特·威尔逊说。

"我也喝吉姆雷特。我得来点儿酒。"麦康伯的妻子说。

"我看就这么办,"麦康伯同意地说,"让他准备三份吉姆雷特。"

餐厅的侍应生已经开始准备,他从帆布冷却袋中拿出瓶子,风从帐篷上方的树林里吹来,瓶子上结满水滴。

"我应该给他们多少?"麦康伯问。

"一英镑足矣,"威尔逊告诉他,"别把他们惯坏了。"

"领班会给其他人分钱吗?"

"肯定会。"

半个小时之前,弗朗西斯·麦康伯从营地边缘被厨师、小厮、剥皮工和搬运工们肩扛手抬着凯旋。扛枪工没有参加这场游行。当地的青年将他放在帐篷门口,他与大家一一握手,接受众人的祝贺,然后进了帐篷,坐在床上,直到他的妻子进去。她进去之后没有跟他说话,之后他走出帐篷,在便携式水槽里洗了脸和手,然后走到就餐帐篷下,坐到一张舒适的帆布椅上,在阴凉处吹风。

"你终于猎到了狮子,"罗伯特·威尔逊对他说,"真是头漂亮的狮子。"

麦康伯太太迅速看了威尔逊一眼。她的模样分外俊俏,保养得如花似玉,社会地位也十分出众。五年之前她给一种从未用过的美容产品拍了几张照片做广告,挣下五千美元。她已经嫁给弗朗西斯·麦康伯十一年。

"这头狮子不赖,对吧?"麦康伯说。这时他妻子看着他。她看着这两个男人,仿佛以前从没见过他们一般。

那个白人猎人威尔逊,她以前确实没怎么见过。他中等身材,茶色头发,粗短胡须,一张红脸,蓝色的眼睛格外冷峻,笑起来眼角露出淡淡的白色皱纹。这时,他正对着她笑,她的眼神顺着他的肩膀往下打量,只见他身着宽松的上衣,左侧上衣口袋的地方挂着四个硕大的弹夹;一双棕色的大手,下身穿一条旧裤子,脚上一双肮脏的靴子。然后她又看着他的红脸。脸上被斯泰森帽子遮挡的地方留下一圈白色的印迹。现在,帽子正挂在帐篷柱的一颗钉子上。

"好吧,为狮子干杯。"罗伯特·威尔逊说。他又朝她笑笑,但她没笑,而是好奇地看着丈夫。

弗朗西斯·麦康伯个头很高,身材很好,如果你不介意骨架太大的话。一身深色皮肤,头发剪得像划水队员,薄嘴唇,人长得算是英俊。他跟威尔逊穿着一样的狩猎装,只不过他的衣服更新。他三十五岁,身材分外匀称,擅长场地运动,保持着许多大鱼垂钓纪录,刚才却在众人面前留下了胆小鬼的形象。

"为狮子干杯,"他说,"真不知道该怎么谢你!"

他妻子玛格丽特转眼又看着威尔逊。

"别聊狮子了。"她说。

威尔逊毫无笑意地看着她,这时她对威尔逊笑了。

"今天真是很奇怪,"她说,"现在可是大中午呢,就算是在帆布棚下,你们也该把帽子戴上,对吧?这可是你们教我的。"

"是该戴上。"威尔逊说。

"威尔逊,你的脸通红。"她说着又笑了。

"我喝了酒。"威尔逊说。

"我看不是,"她说,"弗朗西斯经常喝,但他的脸从来不红。"

"今天倒是红了。"麦康伯有意打趣说。

"没有,"玛格丽特说,"我的脸今天才红了。但是威尔逊的脸一直是红的。"

"肯定生下来就这样,"威尔逊说,"行了,你们就别谈论我的相貌了,好吧?"

"这才说了几句呢。"

"打住吧。"威尔逊说。

"跟你说话真难。"玛格丽特说。

"不难,"威尔逊说,"我们猎到了一头漂亮狮子。"

玛格丽特看着两人,两人都可以看出来,她想哭了。威尔逊早就看出苗头,他就怕这个。麦康伯司空见惯,他已经不再害怕。

"真希望你们没有猎杀狮子。噢,真希望你们没这么做。"她说着起身往帐篷走。她没有哭出声,但是能看出来她穿的玫瑰色防晒衣下肩膀在抖动。

"女人就是爱激动,"威尔逊对高个儿说,"没什么。因为紧张,所以激动。"

"不是,"麦康伯说,"恐怕从现在开始我就得受这种气啦。"

"瞎扯。我们来看看这个大货吧,"威尔逊说,"什么都别想了。这根本没什么。"

"试试看吧,"麦康伯说,"无论如何,我不会忘记你的恩情。"

"没什么,"威尔逊说,"全是废话。"

于是他们坐在枝繁叶茂的金合欢树荫下的营地里,身后是乱石嶙峋的山崖,前方是一片草地,一直延伸到充满卵石的溪流边上,溪流对岸是森林。两人喝着凉爽的酸橙饮料,没有看对方的眼睛,小厮们正在张罗午餐。威尔逊能看出来,小厮们都听说了这件事,当他看到麦康伯的侍应端菜上桌时用讶异的表情打量着主人之际,他用斯瓦希里语厉声斥责了他。侍应面无表情地转身离开。

"你跟他说什么?"麦康伯问。

"没什么。让他仔细点儿,不然我要给他来十五下。"

"什么?抽他鞭子?"

"抽鞭子违法,"威尔逊说,"你得扣他们工钱。"

"你还会抽他们吗?"

"噢,对。如果他们有怨言,尽管去闹就是。但他们可不这么干。他们宁愿挨打也不愿被扣钱。"

"真是怪事!"麦康伯说。

"一点都不怪,说真的!"威尔逊说,"你愿意怎么做?是挨棍子还是扣工资?"

这时他觉得这么问不合适,还没等麦康伯答应,他继续说,

"我们天天都在挨揍,对吧,不是以这样的方式就是以那样的方式。"

这么说也无济于事。"上帝啊,"他想,"我是个外交家,可不是吗?"

"对,我们挨揍,"麦康伯说,他的眼睛仍然没看对方,"狮子的事我很抱歉。这件事就到此为止吧。我不想让更多人知道这件事,好不好?"

"你怕我会在马塞加俱乐部里说这件事?"威尔逊冷冷地看着对方。他没料到对方会这么说。原来他不只是个胆小鬼,还是个恶心货。此前,我对他还挺有好感。可事到如今,谁能看透一个美国佬呢?

"不会,"威尔逊说,"我是职业猎人。我们从来不会谈论客户。这一点你尽管放心。但你要我们保守秘密就不地道了。"

这时,他觉得撕破脸皮更合适。这样,他就可以一个人吃饭,一边看书一边吃。他们会分开就餐。他会例行公事带完这趟狩猎之旅——法国人怎么说来着?这叫有尊严的体谅——这样做比应对糟糕的心情容易得多。他倒不如出言不逊,两个人撕破脸皮。然后他就可以一边看书一边吃饭,与此同时喝着他们的威士忌。狩猎旅行不顺利的时候大家都这么说。遇到另外一个白人猎手时问对方:"带得怎么样?"对方说:"噢,我还在喝他们的威士忌。"那你就知道情况很糟糕。

"对不起。"麦康伯看着他说,他这张美国脸直到中年才会脱掉稚气,威尔逊留意到他划桨手式的头发,漂亮的眼睛——只是目光有些犹疑,高鼻子,薄嘴唇和英俊的下巴。"对不起,我不知道这一点。很多东西我不懂。"

威尔逊思量他该怎么办。他已经做好准备与对方干脆利落地摊牌,对方却在羞辱了他一顿之后摇尾乞怜。他又试了一次。"不要担心我会泄密,"他说,"我还要在这一行混。你应该知道,非洲女子在猎杀狮子的时候从不会失手,白人男子从不会逃跑。"

"我可是像兔子一样逃跑了。"麦康伯说。

天哪,对这样说话的男人你还有什么可说的,威尔逊想。

威尔逊用他那机关枪手般冷峻的蓝色眼睛看着麦康伯,对方朝他笑笑。倘若你不曾留意到他内心受伤时的表情,你定然会觉得他的笑容令人愉悦。

"或许我可以搞定水牛,"他说,"下次我们去猎水牛,对吧?"

"如果你想去明早就可以。"威尔逊说。或许他想得不对。只能这么想。一个美国人你肯定看不透。他又完全同情麦康伯了。如果你能忘记上午的事的话。但是,当然,你无法忘记。上午的事情糟糕透了。

"太太来了。"他说。她从帐篷里走出来,看起来神采奕奕,心情愉悦,十分可爱。她长着一张完美的鸭蛋脸,让人觉得她肯定是那种颜值高智商低的类型。可她并不笨,威尔逊心想,一点都不笨。

"帅气的红脸威尔逊先生怎么样?弗朗西斯,我的宝贝,你感觉好些了吗?"

"噢,好多了。"麦康伯说。

"我已经想通了,"她一边说,一边在桌旁坐下来,"弗朗西斯是否擅长捕杀狮子有什么关系呢?这不是他的职业。这是威尔逊先生的职业。威尔逊先生捕杀什么都很厉害。你什么都杀,对吧?"

"对,什么都杀,"威尔逊说,"真是什么都杀。"他心想,她们真是这个世界上最冷酷的动物:最冷酷、最残忍、最欺负弱小、最有魅力。随着她们变得冷酷,他们的男人变得阴柔,否则就会在精神上彻底崩溃。难道她们有意挑选她们能够驾驭的男人吗?他们结婚的时候彼此不可能如此了解,他心想。他很感激,自己在接受有关美国女人的教育方面可谓是修够了学分。因为眼前这个女人太具引力。

"我们明早去猎水牛。"他告诉她。

"我也要去。"她说。

"不行,你不能去。"

"我一定要去。我能去吗,弗朗西斯?"

"你待在营地吧?"

"说什么都不行,"她说,"我可不能错过像今天上午一样的场面。"

威尔逊心想,她哭着离开的时候,看起来真像个善良的女人。看起来有同情心,善解人意,为丈夫、为自己感到受伤,似乎将整件事看得通透。待她离开二十分钟之后回来,却显露出美国女人的残忍。她们就是最恶心的女人。真是恶心透顶。

"明天我们再给你表演一场。"弗朗西斯·麦康伯说。

"你不能去。"威尔逊说。

"你错了,"她对他说,"我想再看你们表演一次。你们今天上午很可爱。如果说射飞动物的头算是可爱的话。"

"午餐好了,"威尔逊说,"你很开心,对吧?"

"为什么不开心呢?我来这儿又不是为了无聊。"

"嗯,这里不无聊。"威尔逊说。他看着河里的卵石、河岸和远处的树木，又想起了上午的事。

"噢，不无聊，"她说，"很有趣。还有明天。你们不知道我多么期待明天。"

"现在上的这道菜是非洲大羚羊肉。"威尔逊说。

"非洲大羚羊长得像牛，跳起来像兔子一样，对吧？"

"我觉得跟你说的差不多。"威尔逊说。

"这肉真不错。"麦康伯说。

"是你打的吗，弗朗西斯？"她问。

"对。"

"它们不危险吗？"

"它们朝你冲过来才危险。"威尔逊说。

"真高兴。"

"能不能别这么浪，玛格丽特。"麦康伯一边说，一边切着羚羊排，然后叉起肉蘸了些土豆泥、肉汁和胡萝卜。

"能，"她说，"你说得可真好听。"

"今晚我们喝香槟庆祝猎杀狮子，"威尔逊说，"中午太热。"

"噢，还有狮子，"玛格丽特说，"我都忘了！"

于是，罗伯特·威尔逊心想，她这是在给他台阶下，对吧？抑或你觉得她这是在演戏？一个女人发现她丈夫是个懦夫时她该怎么演？她很残忍，但是所有的女人都很残忍。她们要主宰一切，要主宰一切有时就得残忍。我已经见过女人太多的恐怖行径。

"再吃点儿羊肉吧。"他对她礼貌地说。

下午晚些时候，威尔逊和麦康伯带着当地驾驶员和两名扛枪工乘汽车出去。麦康伯太太待在营地。她说天太热不想出去，她准备早上跟他们一起出去。一行人驶离的时候,威尔逊看到她站在大树底下,比平时显得更加娇艳,一身淡粉色卡其布衣服,深色的头发梳到额头后方,在脖颈处扎到一起,满面春光。他想,看起来她仿佛在英格兰一样。汽车驶离的时候,她朝大家挥手。汽车穿过一片长有深草的沼泽,在林间穿梭,进入灌木丛生的山岭中。

他们在灌木丛中发现一群黑斑羚,于是下了车,悄悄接近一头长着又长又大的角的老黑斑羚,麦康伯扣动扳机,这一枪可圈可点,在足足有两百码的距离外将它撂倒,剩余的黑斑羚腾空跃起,有的从同伴的背上跳过去,长腿阔步向前逃窜,那情景令人难以置信,仿佛梦境一般。

"这一枪打得漂亮,"威尔逊说,"目标很小。"

"这一头过得去吧?"麦康伯问。

"这一头真是无可挑剔,"威尔逊说,"你这样打就没问题啦。"

"你看我们明天能找到水牛吗?"

"很有可能。它们很早出来觅食,运气好的话,我们能在空旷处遇到它们。"

"我要弥补猎狮的遗憾,"麦康伯说,"让妻子看到那一幕可真不妙!"

威尔逊心想,不管是妻子还是谁看到,这么做了,之后还来谈这件事,可是更加不妙。但他说:"我不会放在心上。第一次猎狮谁都免不了紧张。事情已经过去了。"

但是当天吃完晚饭之后,弗朗西斯·麦康伯在火堆边喝了威士忌加苏打水,睡觉之前,他躺在挂了蚊帐的帆布床上,听着夜晚的喧嚣,才发现事情并没有过去。这件事既没有结束,也没有开始，它就在那里。有些事情根本无法消除。他对此感到无比羞愧。不仅是羞愧，他还感到一种冰冷而又空洞的恐惧。这恐惧依然存在，仿佛他从前充满自信的地方出现了一个空洞，令他难受。现在这恐惧依然挥之不去。

头天晚上这恐惧已然降临，当时他夜里醒来，听到狮子在溪流上游吼叫。这是一种低沉的吼叫，吼声结尾有种类似咳嗽的呼噜声，仿佛就在帐篷外面。弗朗西斯·麦康伯晚上醒来听到这种声音时，他感到害怕。他能听到熟睡的妻子发出平静的呼吸声。他的恐惧无人可以倾诉，无人一起分享，他一个人躺在那里，根本不知道索马利亚人有一句谚语，说一个人遇到狮子会经历三怕：第一次看到它的踪迹会怕；第一次听到它吼叫会怕；第一次与它遭遇会怕。之后，太阳升起之前，当他们点着灯在帐篷餐厅里吃早餐的时候，狮子又发出吼声，弗朗西斯觉得它就在营地边缘。

"像是头老狮子，"罗伯特·威尔逊说着，撇下熏鱼和咖啡，抬头看向远方，"听听它的吼声。"

"离得很近吗？"

"在溪流上游一英里[1]左右。"

"我们能看到它吗？"

"可以试试。"

"它的吼声能传这么远？听起来就像是在营地里。"

"这东西吼声传得格外远，"罗伯特·威尔逊说，"传播的原理很奇怪。但愿这头狮子值得我们猎杀。小厮说这附近有一头很

---

[1] 长度单位，1英里约合1.61千米。

大的狮子。"

"如果要我打,该打哪里,"麦康伯问,"才能将它射倒?"

"打肩膀,"威尔逊说,"如果有可能的话,打脖子。打它的骨头。把它撂倒。"

"但愿我能瞄准。"麦康伯说。

"你的枪法很好,"威尔逊说,"慢慢来。瞄准了。第一枪至关重要。"

"距离要多远?"

"说不准。要看是什么样的狮子了。只有离得近,才能打得准。"

"一百码以内?"麦康伯问。

威尔逊迅速看着他。

"一百码差不多。可能得更近一点。不能在一百码外碰运气。一百码比较合适。在这个距离想打哪里就打哪里。太太来了。"

"早上好,"她说,"我们要去打这头狮子吗?"

"等你吃完早餐就去,"威尔逊说,"你觉得怎么样?"

"太棒了,"她说,"我很激动。"

"我去看看东西都准备好了没。"威尔逊走开了。他走开时,狮子又吼了一声。

"吵人的东西,"威尔逊说,"叫你再也吼不出声来。"

"怎么了,弗朗西斯?"他妻子问他。

"没什么。"弗朗西斯说。

"不,肯定有事,"她说,"你担心什么?"

"没什么。"他说。

"告诉我,"她看着他,"哪里不舒服吗?"

"是这该死的吼声,"他说,"叫了一晚上,知道吧。"

"你怎么不叫醒我,"她说,"我真想听听。"

"我要打死这鬼东西。"麦康伯悻悻地说。

"嗯,你们来这儿就是为了这个,对吧?"

"对。但我有点儿紧张。听到这东西吼叫让人有点儿发怵。"

"好吧,那就像威尔逊说的一样,打死他,叫它吼不出来。"

"对,亲爱的,"弗朗西斯·麦康伯说,"听起来很容易,对吧?"

"你不是怕了吧?"

"当然没有。但我听它吼了一晚上,有点儿紧张。"

"你能轻而易举干掉它,"她说,"我知道你会的。我已经迫不及待看到它了。"

"赶紧吃早餐吧,我们就要出发了。"

"天还没亮呢,"她说,"真是太早了。"

正在这时,这头狮子发出一声低沉的呻吟,突如其来的吼声向上震颤着空气,然后变成一阵叹息和低吼。

"听起来就在附近。"麦康伯太太说。

"上帝啊,"麦康伯说,"我讨厌这鬼声音。"

"这声音很神奇。"

"神奇?令人恐怖。"

这时罗伯特·威尔逊走了回来,他拿着又短又丑的点505[1]吉布斯大口径猎枪,咧着嘴笑。

"来吧,"他说,"你的扛枪工已经拿了你的斯普林菲尔德和大口径枪。东西都装上车了。有子弹吗?"

"有。"

---

1 枪械口径标示,点505指口径0.505英寸(1.28厘米)。

"我准备好了。"麦康伯太太说。

"一定要让它吼不起来,"威尔逊说,"你坐前面。太太可以在后面和我坐一起。"

一行人上了车,在黎明灰色的曙光中,从树林中沿着溪流向上游进发。麦康伯打开枪的后膛,看到里面装了金属外壳的子弹,他关上枪栓,拉上保险。他看到自己的手在发抖。他摸了摸口袋,里面装了弹,他的手指在上衣前面的弹链上摩挲。他转身看了一眼后座的威尔逊,这辆箱型车的后座没有门,他的妻子和威尔逊都激动地咧着嘴笑,威尔逊将身体向前靠,低声说:

"看到鸟儿降落了吧。这就说明它已经抛下猎物了。"

在溪流远处的岸边,麦康伯能看到树梢上方,秃鹫正在盘旋和俯冲。

"它很有可能会来这边喝水,"威尔逊低声说,"然后躺下睡觉。仔细看着。"

他们沿着河岸高处缓慢开行,在这里溪流陡然坠入布满卵石的河床,他们在树林中蜿蜒穿梭。麦康伯注视着对岸。突然,他感觉威尔逊抓住了他的胳膊。汽车停了下来。

"在那儿,"他听到一句低语,"前面,右边。下车,打它。是一头很漂亮的狮子。"

这时麦康伯看到狮子。它侧身站在前方,高昂着头,转头看向他们。清晨的微风迎面吹来,拂动着它的黑色鬣毛。在清晨灰色的曙光中,这头狮子在河岸上显现出硕大的轮廓。它肩膀厚实,身形流畅。

"距离有多远?"麦康伯一边问,一边举起步枪。

"大约七十五码。下车打它。"

"为什么不在车上打？"

"不能从车上打，"他听到威尔逊在他耳边说，"快下车。它可不会一直站在这里。"

麦康伯从前排座椅旁的豁口走下踏步，下到地上。狮子仍然站在那里，魁伟而又冷酷地注视着汽车，眼睛只露出侧影，仿佛一只超级犀牛。它处于上风头，没有闻到人的气味，它盯着汽车，硕大的头左右略微摆动了一下。然后，它看着汽车，虽然并不害怕，但在走下河岸喝水之前犹豫片刻，对面前这件物体心存顾虑。它看到一个人从上面下来，听到一声爆炸，感到点30-06步枪弹220格令的固体子弹击中它的胁腹，撕裂它的肚子，迅速转过头，朝树林里奔去。它拖着巨大的身躯，迈着大步，疾速前行，受伤的肚子左右摇摆。它穿过树林，朝草丛跑去，寻找隐蔽。又是一枪，子弹从它身边飞过，划破了空气。接着一枪击穿了它的下肋，热血夹着泡沫从它嘴里涌出来，它奔进草丛，匍匐下来，这样就不会被人发现。等对方拿着发出爆炸声的东西走得足够靠近，它就能够扑上去抓住对方。

麦康伯不知道他下车的时候狮子有什么感受。他只知道自己的双手在颤抖，下车时双腿几乎不听使唤。大腿变得僵硬，但他能够感觉到肌肉在抖动。他端起步枪，瞄准头和肩膀结合处，扣动扳机。他的手指压在扳机上差点断掉，但什么都没有发生。这时他才意识到枪上了保险。他放低枪头，松开保险，又僵硬地向前挪动一步，狮子看到他的侧影离开汽车，开始转身跑开。麦康伯开了一枪，他听到一声闷响，表明子弹击中了猎物；但狮子继续往前跑。麦康伯又开了一枪，大家都看到子弹在狮子身后扬起一片尘土。他再开枪，这次注意将枪口压得更低，大家都听到子弹击中了猎物,但没等他拉动枪栓,狮子飞奔着窜进高高的草丛里。

麦康伯站在原处,胃里一阵翻滚,紧握斯普林菲尔德步枪的双手仍然举着,不住地颤抖,他的妻子和罗伯特·威尔逊正站在他身旁。旁边两个扛枪工正在用瓦坎巴语聊天。

"我打中它了,"麦康伯说,"中了两枪。"

"你打中了它的肚子,打得有点儿靠前了。"威尔逊冷淡地说。扛枪工表情十分严肃。这时他们安静下来。

"有可能击毙了,"威尔逊继续说,"我们得等一会儿,然后过去看一下。"

"什么意思?"

"等它的伤势发作一阵,我们再去看。"

"哦。"麦康伯说。

"它可是一头健壮的狮子,"威尔逊高兴地说,"但它躲的地方很糟糕。"

"为什么糟糕?"

"只有走到身边才能看得见它。"

"哦。"麦康伯说。

"来吧,"威尔逊说,"太太可以待在车上。我们去查看一下血迹。"

"待在这儿,玛格丽特。"麦康伯对妻子说。他感觉口干舌燥,几乎说不出话来。

"为什么?"她问。

"威尔逊说的。"

"我们去查看一下,"威尔逊说,"你待在这儿。这里看得更清楚。"

"好吧。"

威尔逊用斯瓦希里语对司机一阵嘀咕。司机点头说："是，先生。"

然后，他们走下陡峭的河岸，穿过溪流，绕过乱石，攀着突出的树根爬上对面河岸，沿着河岸走了一段，发现了麦康伯开第一枪之后狮子开始逃窜的地方。矮草上留下了暗红的血迹，扛枪工用草茎指了一下，血迹一直延伸到岸边的树林后面。

"怎么办？"麦康伯问。

"别无选择，"威尔逊说，"我们的车开不过来。河堤太陡。等它身体变僵，然后我们两个进去查看一下。"

"不能点火烧草吗？"麦康伯问。

"草太青了。"

"不能派驱赶猎物的人进去吗？"

威尔逊打量着他。"当然可以，"他说，"但这有点儿凶残。你看，我们知道狮子受了伤。没受伤的狮子可以驱赶——它听到噪音会走开——但受伤的狮子只会朝你冲过来。不走到它身边根本看不见它。它会匍匐在地上，可能会躲在你认为只有兔子能够容身的地方。不能让孩子们冒这个险。会有人被咬伤。"

"让扛枪工进去呢？"

"嗯，他们跟我们一起去。这是他们的职责。知道吧，他们签了合同。他们看起来不怎么高兴，对吧？"

"我不想过去。"麦康伯说。他情不自禁说了出来。

"我也不想过去，"威尔逊高兴地说，"不过没办法。"然后，想了想之后，他看着麦康伯，看到他不停颤抖，脸色惨白。

"当然,你不一定要进去,"他说,"你雇我就是干这事的,知道吧。这就是我为什么要价这么高。"

"你是说你一个人进去?干脆扔下它别管呢?"

罗伯特·威尔逊一辈子都在与狮子和眼下这种情况打交道,他以前只是觉得麦康伯神经紧张,这时突然觉得像是在酒店里进错了房间,看到了不该看的东西。

"什么意思?"

"别管它呢?"

"你的意思是说假装我们没有击中他?"

"不是。干脆扔下它别管了。"

"这事儿还没完。"

"为什么?"

"一方面,它肯定会很痛苦。另一方面,它可能会攻击路人。"

"我明白了。"

"不过你不一定要插手。"

"我想去,"麦康伯说,"我只是有点害怕,知道吧。"

"进去时我走前面,"威尔逊说,"孔戈尼在前面查看踪迹。你待在我身后,稍微往边上偏一点。我们很有可能会听到它发出低吼。见到它我们就开枪。别担心。我会罩着你。说实话,你最好别过去。这样更好。你去找太太,让我来搞定它吧?"

"不,我想去。"

"好吧,"威尔逊说,"不过真要不想就别勉强。现在这是我的职责,知道吧。"

"我想去。"麦康伯说。

他们坐在一棵树下吸烟。

"想不想回去跟太太聊聊，我们在这里等着？"威尔逊问。

"不用。"

"我稍退几步，告诉她耐心等着。"

"好。"麦康伯说。他坐在那里，腋窝里汗水直流，口干舌燥，胃里空荡荡的，他真想鼓起勇气叫威尔逊一个人去把狮子解决掉。他不知道威尔逊有些愠怒，因为他之前对所处的形势判断不准，威尔逊让他回到妻子身边去。他坐在那里，威尔逊回来了。"我把你的大口径猎枪拿来了，"他说，"拿着吧。我看，它伤势发作的时间已经够长。走吧。"

麦康伯接过大口径猎枪，威尔逊说："跟在我身后，靠右五码的位置，按我说的做。"然后他用斯瓦希里语对那两个面色阴郁的扛枪工说话。

"我们走吧。"他说。

"我能喝点水吗？"麦康伯问。威尔逊对年纪较长、腰带上别着水壶的扛枪工说了一句，那人解开水壶，拧开盖子，递给麦康伯。麦康伯把水壶接在手里，这时才意识到水壶有多重。水壶上蒙的一层毛毡毛茸茸的，做工十分粗劣。他扬起水壶喝水，向前打量了一下深深的草丛。远处是平顶的树木。微风迎面吹来，草在风中如波浪般轻柔地起伏。他看了一眼扛枪工，发现他也十分紧张。

在草丛深处三十五码远的地方，这头巨兽匍匐在地面上。它竖起耳朵，浑身上下只有黑色的长尾巴微微上下甩动。它一到这个隐蔽地点就已陷入困境，它内脏受伤，伤口贯穿肺部，每呼吸一次都有红色的泡沫从嘴里冒出。它的胁腹在流血，苍蝇聚集在黄褐色皮肤上留下的弹孔旁，硕大的黄色眼睛充满仇恨，它直视前方，随着呼吸引起的阵痛眨动眼睛，爪子刨进柔软而又干裂的灰土里。它身体的每一部分，每一处疼痛，每一处伤病，每一丝仇恨以及剩余的所有气力都紧绷到一起，准备发动致命一击。它能听到人们说话的声音，等待着，一旦人们进入草丛，它将调动全身的力量发动攻击。听到声音后，它竖起尾巴，上下摆动，当对方进入草丛边缘时，它发出一声咳嗽般的低吼，冲了上去。

老扛枪工孔戈尼在前面查看血迹；威尔逊注视着草丛里的动静，他的猎枪已经就位；第二个扛枪工看着前方，听着动静；麦康伯紧跟着威尔逊，他已经举起步枪。他们一踏进草丛，麦康伯就听到由于呛血而咳嗽的低吼，看到草丛中有东西迅速移动。接下来，他只记得自己掉头逃跑，发疯似的往前跑，惊慌失措地跑到空旷处，朝溪边跑去。

他听到威尔逊的大口径猎枪一声砰响，接着又是一声砰响！转身看到狮子，狮头有一半已经消失不见，场面极度骇人。狮子在深草边缘面朝威尔逊趴着，这个红脸男人拉了一下丑陋的猎枪的枪栓，小心地瞄准猎物，枪口又传来一声砰响。地上身形硕大的狮子身子一僵，严重毁坏的巨大狮头向前跌到地面上。麦康伯已经跑到一块空地上，他站在那里，手里抱着上了膛的步枪，两个黑人和一个白人转头轻蔑地看着他。他知道狮子已经毙命。他朝威尔逊走去，他魁梧高大的个头变成了赤裸裸的羞耻，威尔逊看着他说：

"想拍个照吗？"

"不用。"他说。

除此之外，大家回到车上之前什么都没说。之后威尔逊说："真是头漂亮的狮子。小厮会给它剥皮。我们在阴凉处待一会儿。"

麦康伯的妻子没有看他,他也没看妻子。他在后排跟妻子坐在一起,威尔逊坐在前排。他看都没看,伸手去抓妻子的手,但妻子将他的手移开。他朝溪对岸看去,扛枪工正在给狮子剥皮。她肯定目睹了整个过程。他们坐在车上等待时,妻子将手搭到威尔逊的肩上。威尔逊转过身,她将身体探过不高的座靠在他嘴上亲了一口。

"啊。"威尔逊说,他的红脸变得更加通红。

"罗伯特·威尔逊先生,"她说,"帅气的红脸罗伯特·威尔逊先生。"

然后她又在麦康伯身边坐下,看着溪流对岸,黑人男子正在给狮子剥皮,狮子躺在地上,赤裸的前腿高高翘起,上面布满白色的肌肉和肌腱,白色的肚子鼓胀起来。最后,扛枪工将血淋淋、沉重的狮皮扛过来。他们将狮皮卷起来,上了车,车子随即发动。回到营地之前大家一言未发。

这就是狮子的故事。麦康伯不知道狮子发动攻击之前的感受,不知道它向前冲,被点505步枪弹以每小时两百英里的速度击中嘴巴的感受,也不知道当第二颗子弹击穿它的后半身,它朝着发出爆裂声击打它的那东西爬行的时候,到底是什么支撑着它继续向前。威尔逊对此有所了解,但他只说了一句:"这头狮子真他妈漂亮。"但麦康伯也不知道威尔逊的感受。他不知道妻子的感受,只知道她跟他玩完了。

以前妻子也跟他闹僵过,但每次都不会持久。他很有钱,而且还会赚更多钱,他知道她现在不会离开他。这是他确信的为数不多的一点。这一点他知道,此外他还知之颇丰:知道摩托车——这一点懂得最早；知道汽车、猎鸭子、钓鱼，包括鳟鱼、三文鱼和石斑鱼，他都手到擒来；色情书籍，各式书籍，他应晓尽晓；所有的场地运动他都能上手，各种犬只无所不知，对马倒是不太了解。他懂得保存自己的钱财，懂得他的世界里的大多数东西，懂得妻子不会离开他的原因。妻子以前是个美人，现在在非洲她依然算个美人，但在美国还没有美到可以甩掉他向上爬的地步，她知道这一点，他也知道这一点。她已经错过了甩掉他的时间节点，他也知道。如果他对女人更有一套的话，她可能已经开始担心他会娶一个更年轻、更漂亮的妻子；但她很了解他，这一点也不用担心。而且，他很忍让，这是他最大的优点，如果这不算是阴险的话。

总而言之，在外人看来，他们是一对比较幸福的夫妻，属于那种时常传言婚姻破裂但从来不会真正破裂的夫妻，就像报纸评论员说的，他们正为自己受人羡慕、天长日久的罗曼蒂克增添一丝冒险的气息，他们来到众所周知的"黑非洲"来进行狩猎旅行。马丁·约翰逊夫妇[1]在众多电影里对它大肆渲染，电影里他们追踪狮子辛巴、水牛和大象坦博，并为自然历史博物馆收集标本。这位评论员还报道说他们的婚姻曾经有三次走到危险的边缘，事实的确如此。但他们每一次都能化险为夷。他们的关系有坚实的基础。玛格丽特的容貌足以抵制麦康伯另觅新欢，而麦康伯的钱袋足以保证玛格丽特不会弃他而去。

现在是凌晨三点左右，弗朗西斯·麦康伯心里放下狮子之后睡了一小会儿，醒来之后又睡了一小会儿，然后突然惊醒：他做

---

[1] 马丁·埃尔默·约翰逊（1884—1937）和奥萨·海伦·约翰逊（1894—1953）是美国探险家夫妇和电影纪录片制作人。两人探索并记录下许多遥远和未知地域的人情风物，留下了大量电影和著作。

了个噩梦,梦见满头是血的狮子站在他面前。他心惊肉跳地听着动静,发现妻子不在帐篷里的床上。他就这样在床上醒着躺了两个小时。

两个小时之后,妻子回到帐篷里,撩开蚊帐,舒服地钻进被窝。

"你去哪儿了?"麦康伯在黑暗中问道。

"啊,"她说,"你醒了?"

"你去哪儿了?"

"我只是出去透透气。"

"真的吗,胡说。"

"你什么意思,亲爱的?"

"我问你去哪儿了?"

"出去透了口气。"

"这么说倒是新鲜。你这个婊子。"

"嗯,你这个懦夫。"

"好吧,"他说,"那又怎么样?"

"我不能怎么样。别说了,亲爱的,我困死了。"

"你以为我什么都能忍是吧。"

"我知道你会的,亲爱的。"

"不,我不会忍。"

"求你了,亲爱的,别说了。我困死了。"

"不能这么乱来。你答应过我不会再乱来。"

"可是,现在已经乱来了。"她甜蜜地说。

"你说过,我们来这儿旅行,你就不会再这样。你答应过。"

"是,亲爱的。我本来是想这样。但这趟旅行昨天就被糟蹋了。我们不用细说，对吧？"

"你是睚眦必报，是吧？"

"别说了。我困死了，亲爱的。"

"我必须得说。"

"你一个人说就是，我要睡了。"她说完就睡了。

天还没亮，三个人都来到餐桌旁吃早餐。弗朗西斯·麦康伯发现，在他憎恨的所有人中，罗伯特·威尔逊是他最恨的一个。

"你睡得好吗？"威尔逊一边装烟袋，一边低声问。

"你睡得好吗？"

"非常好。"白人猎人说。

你这个混蛋，麦康伯心想，你这个该死的混蛋。

看来她回去的时候把他惊醒了，威尔逊心想，于是他平静而冷淡地看着两夫妇。嗨，为什么他不让妻子待在她该待的地方？他以为我是个道德圣人吗？他该让妻子待在她应该待的地方。这是他自己的错。

"你看我们能找到水牛吗？"玛格丽特说着，将一碟杏子推开。

"有可能，"威尔逊对她笑着说，"你为什么不待在营地里？"

"不为什么。"她说。

"为什么不叫她待在营地？"威尔逊对麦康伯说。

"要叫你来叫吧。"麦康伯冷冷地说。

"谁也别叫我待在营地里。"玛格丽特转向麦康伯。"你不要没事找事，弗朗西斯。"玛格丽特很高兴地说。

"你准备好出发了吗？"麦康伯问。

"随时可以出发，"威尔逊说，"你想让太太一起去吗？"

"我让与不让，有什么分别？"

见鬼去吧,罗伯特·威尔逊心想。见他的鬼去。该怎样就怎样吧。看来只能这样。

"没什么分别。"他说。

"你确定不在营地里陪她,让我一个人出去打水牛?"麦康伯问。

"不会,"威尔逊说,"我是你的话就不会这样胡说八道。"

"我没有胡说八道。我觉得很龌龊。"

"龌龊是个脏词儿。"

"弗朗西斯,能不能请你好好说话?"他妻子说。

"我就是他妈的太好说话了,"麦康伯说,"你咽下过这么肮脏的东西吗?"

"食物有问题?"威尔逊平静地问。

"与别的肮脏相比,食物算不上什么。"

"我会让你满意,少爷,"威尔逊十分平静地说,"有个侍应生懂点儿英语。"

"让他去死吧。"

威尔逊站起身,叼着烟斗走开了,用斯瓦希里语对在一旁等候的扛枪工交代几句。麦康伯和妻子坐在桌边。他盯着自己的咖啡杯。

"如果你再这样瞎闹,我会离开你,亲爱的。"玛格丽特平静地说。

"不,你不会离开我。"

"试试看吧。"

"你不会离开我。"

"好吧,"她说,"你注意点儿,我就不离开你。"

"注意点儿？真会说。让我注意点儿。"

"对。让你注意点儿。"

"你自己怎么不注意点儿？"

"我已经在努力。努力了很久。"

"我讨厌这个红脸猪猡，"麦康伯说，"我讨厌见到他。"

"他人真的很好。"

"噢，给我闭嘴。"麦康伯几乎喊出来。这时汽车开了过来，停在餐厅帐篷门口。司机和两个扛枪工下了车。威尔逊走过来，看着坐在桌旁的两口子。

"打猎去吧？"

"去，"麦康伯起身说，"去。"

"最好带上毛线衣，车上很凉。"威尔逊说。

"我去拿皮夹克。"玛格丽特说。

"小厮拿了。"威尔逊告诉她。他坐进副驾驶，弗朗西斯·麦康伯和妻子一言不发地坐在后面。

希望这个可怜的乞丐不会一时冲动朝我脑袋开枪，威尔逊心想。女人来狩猎旅行就是个麻烦。

在灰白色的晨光中，汽车下坡开行，从布满砾石的浅滩过了河，然后爬上陡坡。威尔逊下令沿着他们前一天清理的道路前进，前往丘陵地带。远处风景如画，树木葱茏。

今天早上天气很棒，威尔逊心想。露水很重，车轮碾过草和灌木时，他能闻到蕨叶被碾碎的气味。这气味有点儿像马鞭草的味道。汽车在人迹罕至、风景如画的野外穿行，晨露和欧洲蕨散发出芬芳的香气，树干在晨雾中显露出黑色轮廓，令他如痴如醉。

此时，他已经将后座的两人抛之脑后，一心想着水牛。他们追踪的这群水牛白天栖息在浓密的沼泽中，那里无法射击，但晚上它们会到开阔地带觅食，在它们返回沼泽之前驱车追上去，麦康伯就有机会在空旷处射击。他不想和麦康伯一起躲藏在隐蔽处打水牛。他根本就不想跟麦康伯一起打水牛或者打猎，但他是职业猎人，曾遇到过各种刁钻的主顾。如果他们今天打到水牛，那就只剩下犀牛，然后这个可怜虫就不必再面对危险动物，情况便会好转。他与这个女人便再也不会接触，麦康伯就会恢复过来。看样子，这种情形他以前肯定经历过多次。可怜的乞丐。他肯定能恢复过来。好吧，都是这个可怜的家伙自己的错。

他，罗伯特·威尔逊，在狩猎旅行过程中带着双人帆布床，对送上门来的美事来者不拒。他曾陪过一些主顾狩猎，这帮人来自世界各地，放荡不羁，喜欢冒险，队中那些女人觉得只有与这位白人猎人分享帆布床她们的钱才花得物有所值。当时他对有的女人也心生爱慕，离开她们之后又对她们嗤之以鼻，但对方是他的衣食父母；只要她们雇佣他，对方有什么要求，他就满足什么要求。

一切以满足客户的要求为准，但打猎除外。他对打猎有自己的要求，客户要么接受，要么另请高明。他也知道，在这一点上客户都对他尊敬有加。但这个麦康伯的确是个怪人。不怪才怪。还有他妻子。对，他妻子。不错，他妻子。嗯，他妻子。好吧，他不再想这些。他看了他们一眼。麦康伯表情凝重，怒形于色。玛格丽特朝他笑笑。她今天看起来更加年轻，更加清纯，更有活力，不那么矫揉造作。她心里想的是什么，只有上帝知道，威尔逊心想。昨晚她没说什么话。这样一来，再见面倒不尴尬。

汽车爬上一处缓坡,穿过树林,眼前呈现出一片类似草原的空地。车子在草原边缘的树林里前行,司机放慢车速,威尔逊仔细地观察着草原,目光一直延伸到草原尽头。他下令停车,用野外双筒望远镜观察这片空地。然后,他指示司机往前开,于是汽车缓慢前行,一路避开疣猪的洞穴和蚂蚁的土巢。然后,他看着空地,突然转身说:

"天哪!在那里!"

汽车向前腾跃,威尔逊用斯瓦希里语对司机说话,麦康伯则朝他指引的方向看去,只见三头硕大的黑色动物在空地远处边缘飞奔,它们圆滚滚的,又长又重,仿佛几辆黑色的坦克。它们昂着脖子、挺直身体往前跑,跑动时能看到它们头上斜向上方的黑色大牛角,但牛头一动不动。

"三头成年老公牛,"威尔逊说,"我们要赶在它们抵达沼泽之前截住它们。"

汽车以四十五英里每小时的速度在空地上疾速飞驰,麦康伯眼看着水牛的身影变得越来越大。他看到一头巨大的公牛灰色的身体,没有长毛,身上结了痂,它的脖子和肩膀长到一起,黑色的牛角发出闪光。它跑得稍慢一些,其余的公牛正稳步向前冲。这时,车头一摆,仿佛从路上跳了下去,他们距离目标更近,他看到公牛硕大的身躯,看到牛皮上毛发稀疏,布满灰尘,看到巨大的牛角,张大的嘴巴和鼻孔,他举起猎枪,威尔逊大声喊道:"不要在车上开枪,你这个蠢货!"他对威尔逊一点都不惧怕,只有仇恨。刹车踩了下去,汽车向前滑动,往一侧偏了一下停下来。威尔逊下了车,他从另一边下车,由于车刚停下,他的脚落到地面时跟跄了一下,然后他闪到一边,朝飞奔的公牛开了一枪,听到子弹击中的声音,接着朝飞奔的公牛将枪膛里的子弹打完,最后才想起来向前朝肩膀打。当他伸手装弹的时候,他看到公牛倒了下去。它跪倒在地,巨大的牛头不停扭动。他看到另外两只仍然在飞奔,朝领头的那只开了一枪,准确命中。他又开一枪,这次错过了目标,但他听到一声砰响,威尔逊开了一枪,领头的那头公牛栽倒在地。

"还有一只,"威尔逊说,"你来打!"

但剩下的一头仍然在匀速飞奔,他再次错过目标,在它身后击起一团灰土。威尔逊喊道"上来吧,太远了!"并抓住他的胳膊,他们上了车,麦康伯和威尔逊扒在汽车两侧,车在崎岖不平的地面上左摇右晃,追赶一路飞奔的公牛。

他们追到公牛身后,麦康伯装上子弹,将弹壳扔到地上,子弹卡在枪里,他清理完毕,这时汽车已经追上公牛,威尔逊喊了一声"停",汽车应声停下,差点翻了车,麦康伯向前跳到地上,枪栓向前一推,向前瞄准正在飞奔的圆滚滚的黑色牛背开了一枪,瞄准之后又是一枪,然后一枪接着一枪,所有的子弹都命中目标,但对水牛没有造成什么伤害。然后威尔逊开了一枪,枪声震耳欲聋,他看到公牛踉跄了一下。麦康伯小心瞄准之后又补一枪,公牛跪倒在地。

"好了,"威尔逊说,"打得漂亮。这是第三头!"

麦康伯感到如醉酒般欢快。

"你开了几枪?"他问。

"只开了三枪,"威尔逊说,"你打死了第一头。那是最大的一头。我怕它们进了沼泽,帮你打死了另外两头。我只做了一点儿收尾的工作。你打得很棒。"

"我们上车吧,"麦康伯说,"我想喝点儿。"

"我们得先把水牛搞定。"威尔逊说。水牛跪在地上,当他们朝它走去时,它愤怒地摇头,发出怒吼。

"小心它起身。"威尔逊说。接着又说:"走到一侧,打它脖子靠耳根的地方。"

麦康伯对准这头愤怒的水牛不停摇晃的硕大脖颈中间开了一枪。牛头应声倒下。

"就是这样,"威尔逊说,"打中了脊柱。它们真是健壮,是吧?"

"我们喝点儿吧。"麦康伯说。他这辈子从没感到如此开心。

麦康伯的妻子坐在车上吓得面如死灰。"你打得真棒,亲爱的,"她对麦康伯说,"天哪!"

"刺激吧?"威尔逊问。

"太恐怖了。我这辈子从来没有这么害怕过。"

"我们一起喝一点儿吧。"麦康伯说。

"必须的,"威尔逊说,"把这个给太太吧。"她喝下瓶子里的威士忌,吞下去时抖了一下。他把瓶子递给麦康伯,麦康伯又递给威尔逊。

"真是又害怕又激动,"她说,"我头都颠痛了。我不知道你们可以从车上打。"

"没人从车上开枪。"威尔逊冷淡地说。

"我是说开车追着打。"

"一般不这么干。"威尔逊说,"不过追得倒是刺激。在布满坑洞的地上飞奔,再加上各种不确定因素,比走路打起来更有风险。每次射击之后水牛都有可能向我们发起攻击。它有的是机会。别对外人说。这么做不合法，知道吧。"

"我觉得这样很不公平，"玛格丽特说，"坐在车里追逐这些无助的大家伙。"

"是吗？"威尔逊说。

"如果内罗毕当局知道了会怎么样？"

"首先我会被吊销执照。还有别的麻烦，"威尔逊说着，对着瓶子喝了一口，"我会失业。"

"真的吗？"

"真的。"

"嗯，"麦康伯说，他这一天第一次露出笑容，"现在她可抓住你的把柄了。"

"你真是会说话，弗朗西斯。"玛格丽特·麦康伯说。威尔逊看着两人。他心里想，如果一个四个字母的男人娶了一个五个字母的女人[1]，他们生下的孩子会是几个字母？但他说的是："扛枪工少了一个。你们看见了吗？"

"天哪，没看见。"麦康伯说。

"他来了，"威尔逊说，"他没事。肯定是我们驶离第一头牛的时候他从车上摔下去了。"

一位中年扛枪工迎面走来，只见他一瘸一拐，头戴编织帽，身穿卡其布上衣、短裤，脚上穿着胶凉鞋，一脸忧郁，神情可怕。他走上前来，用斯瓦希里语对威尔逊大声说了几句，大家看到威尔逊脸色变得苍白。

"他说什么？"玛格丽特问。

---

[1] 四个字母的男人可能指的是"蠢货"（dumb），五个字母的女人可能指的是"贱货"（bitch）。

"他说第一头牛起身跑进了灌木丛。"威尔逊语气平淡地说。

"哦。"麦康伯平淡地说。

"那不是跟那头狮子一样?"玛格丽特充满期待地说。

"绝不会跟那头狮子一样,"威尔逊说,"你还想喝一口吗,麦康伯?"

"谢谢,来一口。"麦康伯说。他以为猎狮子时的感觉会再次上演,但事实并非如此。他有生以来第一次感到无所畏惧。不仅没有畏惧,他还感到一丝兴奋。

"我们去看一下第二头公牛,"威尔逊说,"我会让司机把车停在树荫里。"

"你们要干什么?"玛格丽特·麦康伯问。

"查看一下水牛。"威尔逊说。

"我要去。"

"走吧。"

三个人走到空旷处第二头水牛躺倒的地方,只见它头朝前躺在草地上,犄角叉得很开。

"这牛头真棒,"威尔逊说,"牛角展开接近五十英寸[1]。"

麦康伯开心地打量着水牛。

"看起来让人难受,"玛格丽特说,"我们回树荫吧?"

"当然,"威尔逊说。"看,"他一边指一边对麦康伯说,"看到那片灌木丛了吗?"

"看到了。"

"第一头公牛进了那里。扛枪工说他掉下车时,公牛躺着,

---

[1] 长度单位,1英寸约合2.54厘米。

看着我们飞奔着追赶另外两头。他抬头看到那头公牛站起来,瞪着他。扛枪工拼命跑开,公牛慢慢进了灌木丛。"

"我们能不能现在去看看?"麦康伯急切地问。

威尔逊打量着他。这家伙真是怪。昨天他胆小如鼠,今天他天不怕地不怕。

"不,等一会儿。"

"我们去树荫吧。"玛格丽特说。她面色苍白,神情紧张。

"它有可能死在灌木丛里了,"威尔逊说,"过会儿我们去看看。"

麦康伯感到一股莫名而又强烈的兴奋,这是有生以来第一次。

"上帝啊,追得真过瘾,"他说,"我从没体验过这种感觉。刺不刺激,玛格丽特?"

"我讨厌这个。"

"为什么?"

"我讨厌这个,"她痛苦地说,"我厌恶这个。"

"知道吗,我想我以后什么都不会怕了,"麦康伯对威尔逊说,"我们第一次看见水牛并追赶它之后,我就有了这种感觉。简直像是溃坝一样。纯粹是兴奋。"

"焕然一新的感觉,"威尔逊说,"这种奇妙的事情有时会发生。"

麦康伯满面红光。"知道吗,我身上真的发生了变化,"他说,"我感觉大不一样。"

他妻子一言不发,用奇异的眼神打量着他。她靠着椅背坐在后面,麦康伯向前探着身子跟威尔逊说话,威尔逊侧着身子应答。

"知道吗,我想再打一头狮子试试,"麦康伯说,"现在我可不怕它们了。毕竟,它们能把你怎么样?"

"没错,"威尔逊说,"大不了一死。莎士比亚怎么说的来着?说得真好。看我能不能想起来。啊,说得真好。我有一回还引用过。让我想想。'凭良心说,我倒不在乎。人只能死一次。这条命本是欠上帝的。死也好,活也罢,都是命中注定。今年死了明年就不会再死。'[1] 说得真好。"

讲完自己的人生哲学,他感到十分尴尬,但他之前也见过男人变得成熟,每次都会被感动。这可不是他们的二十一岁生日。

就在这离奇的狩猎经历中,在事先没有任何时间焦虑、突然参与行动的过程中,麦康伯身上发生了这种转变,但不管这转变如何发生,它的确发生了。看看这个乞丐吧,威尔逊想。有时候他们很久都是个巨婴,威尔逊想。有时候他们一辈子都是巨婴。五十岁之前,他们都还像个孩子。肥胖的美国巨婴。奇怪的一群人。但现在他喜欢上了这个麦康伯。或许这也意味着通奸的事告一段落。哎,那就太好了。真好。这个乞丐有生以来可能一直在恐惧中度过。不知道这种恐惧缘何而来。但现在一切都结束了。他根本没时间害怕水牛。当时他还在气头上。汽车也发挥了一定的作用。飞驰的汽车让他变得无所顾忌。现在他变得天不怕地不怕。威尔逊在战场上见过类似的情况,这比失去童贞的变化更甚。恐惧一扫而光,取而代之的是别的东西。一个男人最重要的东西。他成长为一个男人。这一点女人也懂得。人会变得无所畏惧。

玛格丽特·麦康伯坐在角落里看着两人。威尔逊没有变化。

---

[1] 出自莎士比亚的《亨利四世》。

她看到威尔逊跟昨天一样,当时她意识到他出色的技艺。但现在她看到了弗朗西斯·麦康伯身上的变化。

"你是不是对接下来的行动感到兴奋?"麦康伯问,他仍然沉浸在新收获的财富里。

"别再说了,"威尔逊看着对方的脸说,"最好说你害怕,告诉你,你也会不止一次感到害怕。"

"但你对即将到来的行动感到兴奋,对吧?"

"对,"威尔逊说,"就是这样。最好别再说了。就此打住吧。说太多就没味了。"

"你们两个说的都是废话,"玛格丽特说,"因为开车追了几头无助的动物,就感觉像是大英雄一样。"

"对不起,"威尔逊说,"我说得太多了。"她已经开始担心了,他心想。

"你要是不懂我们说些什么,干吗不闭嘴?"麦康伯对妻子说。

"你变得非常勇敢,变得太突然了。"他妻子轻蔑地说,但她的轻蔑并不保险。她很害怕。

麦康伯自然地会心一笑。"你知道我变了,"他说,"我真的变了。"

"不是太迟了吗?"玛格丽特痛苦地说。因为这么多年来她已经尽力,现在两人的情形不是一个人的错。

"对我而言不迟。"麦康伯说。

玛格丽特一言不发地坐在角落里。

"你看我们等的时间够长了吧?"麦康伯高兴地问威尔逊。

"我们可以去看一下,"威尔逊说,"还有子弹吗?"

"扛枪工还有一些。"

威尔逊用斯瓦希里语喊了一声,正在给一头牛剥皮的年长扛枪工站起身,从口袋里掏出一盒子弹,拿过来交给麦康伯,麦康伯装满弹仓,剩余的子弹装进口袋。

"你可以用斯普林菲尔德,"威尔逊说,"这枪你用习惯了。曼利夏可以放车上,留给太太。你的扛枪工可以拿大口径猎枪。我用这个大炮。现在我来说说怎么打。"他等到现在才说,因为他不想让麦康伯担心。"水牛会抬着头直接冲出来。打头可能会打到犄角上。只能打鼻子。或者打胸口,从一侧打的话,可以打脖子或者打肩膀。它们受伤之后会拼命攻击。现实点儿。哪里容易打哪里。他们已经把牛头剥完了。我们走吧?"

他喊上两名扛枪工,他们擦了擦手,年长的扛枪工坐到后面。

"我只带孔戈尼,"威尔逊说,"另外一个可以看着,别让鸟儿靠近。"

汽车缓慢前行,穿过空地,开向沼泽中间一块干地旁的灌木丛,麦康伯感觉心跳加速,口干舌燥,但这次是因为激动,而非紧张。

"它就是从这里进去的,"威尔逊说,然后用斯瓦希里语对扛枪工说,"看一下血迹。"

汽车开到灌木丛旁边。麦康伯、威尔逊和扛枪工下了车。麦康伯回头看一眼,看到妻子正看着他,身旁放着步枪。他挥挥手,妻子并没有挥手。

前方灌木浓密,地面干燥。中年扛枪工汗流浃背,威尔逊的帽子遮住眼睛,走在麦康伯前面,露出通红的后颈。突然,扛枪工用斯瓦希里语对威尔逊说了些什么,然后向前跑去。

"它死了,"威尔逊说,"干得漂亮。"他转身抓住麦康伯的手,两人正笑着握手,扛枪工突然拼命喊叫起来,只见他从灌木丛中向一侧跑开,像螃蟹一样敏捷。公牛冲了出来,它张着鼻子,紧闭嘴巴,嘴上滴着血,一只巨大的牛头直冲过来,小眼睛里布满血丝,盯着他们。站在前面的威尔逊蹲下开枪,在威尔逊的枪发出的呼啸声中,麦康伯开枪之际没有听到枪声,只看到巨大的犄角上扬起石板一样的碎屑,牛头抽搐一下。他又朝宽大的鼻孔开了一枪,看到牛角又晃了一下,溅起碎片,这时他已经看不见威尔逊。他对准目标,又开了一枪,这时水牛硕大的躯干几乎要撞到他,他的步枪几乎与牛头持平。水牛伸着鼻子,他看到一双邪恶的牛眼,继而牛头开始下垂,他突然感到一阵白乎乎、热辣辣、刺眼的闪光在他脑子里炸开,然后就失去了知觉。

刚才,威尔逊躲到一边,准备射水牛的肩膀。麦康伯站在原地,朝牛鼻子开枪,每次都打得有点高,子弹击中犄角,像击中石板屋顶一样掀起团团碎屑。麦康伯太太坐在车里,看到水牛马上要戳到麦康伯,她拿起口径6.5毫米的曼利夏步枪对牛开了一枪,子弹击中了她丈夫颅底上方约两英寸高、略偏向一侧的位置。

现在,弗朗西斯·麦康伯面朝下躺在地上,距离水牛躺倒的位置不足两码远。他的妻子跪在他身旁,威尔逊站在她旁边。

"我要是你的话,可不会把他翻过来。"威尔逊说。

这个女人哭得歇斯底里。

"换作是我,我会回车上,"威尔逊说,"枪呢?"

她摇摇头,她的脸已经扭曲。扛枪工拿起步枪。

"别动。"威尔逊说。然后他又说:"去把阿卜杜拉叫来,让他看一下事故现场。"

他跪下来，从口袋里掏出一方手帕，摊在弗朗西斯·麦康伯被打得稀烂的头上。血渗进干燥松软的灰土里。

　　威尔逊起身看着一旁的水牛，只见它四脚伸直，光滑的肚子上爬满蜱虫。"真是头好牛，"他的脑子里情不自禁地想，"两只角足有五十英寸长，甚至更长。更长。"他喊了司机，让他拿一张毯子盖上尸体，在旁边看着。然后他走到车上，这个女人正坐在角落里哭泣。

　　"干得真漂亮，"他语气平淡地说，"他反正是要离开你的。"

　　"住嘴。"她说。

　　"当然，这是意外，"他说，"我知道。"

　　"住嘴。"她说。

　　"别担心，"他说，"肯定会有些麻烦，但我会让他们照相，审问的时候用得上。还有扛枪工和司机作证。你不会有事的。"

　　"住嘴。"她说。

　　"有很多事要做，"他说，"我得派卡车到湖边，打电报找飞机带我们去内罗毕。你为什么不毒死他算了？英国人不都这么干嘛。"

　　"住嘴。住嘴。我让你住嘴。"女人哭喊道。

　　威尔逊无精打采的蓝色眼睛看着她。

　　"我的事做完了，"他说，"我刚才真有点儿生气。我已经开始喜欢你丈夫了。"

　　"噢，请你住嘴，"她说，"请你，请你住嘴。"

　　"这样说就好了。"威尔逊说，"说请就对了。现在我什么都不说了。"

鄢宏福 译

泰蕾兹和医生

作者 | 弗朗索瓦·莫里亚克

弗朗索瓦·莫里亚克（François Mauriac，1885—1970），法国作家、诗人，1952 年获诺贝尔文学奖。

主要作品：《爱的荒漠》（*Le Désert de l'amour*）、《泰蕾兹·戴斯格》（*Thérèse Desqueyroux*）等。

《泰蕾兹和医生》和《泰蕾兹在旅店》这两部分都选录于1938年莫里亚克出版的题为《深潜》(*Plongées*)的短篇小说集,它们此前没有被包括在泰蕾兹·戴斯格故事[1]的叙述中。出于种种原因,这两篇故事在我看来格外有趣。首先,在处理方面,它们比前两部小说[2]更有技巧,也就是说,标志了作者的写作技巧日臻成熟。其二,因为它们为泰蕾兹的生活被掩埋了的部分追了一束光。读者对泰蕾兹的生活总感到兴奋不已;而多年来,作者自己似乎也对应该如何处理泰蕾兹的生活心有不甘。你可能还记得在写这两个短篇之前,他在小说《逝者如斯夫》中插入了一个逃犯事件,泰蕾兹在该事件中曾有闪现。

人们不可能只阅读前两部小说中泰蕾兹的故事,而不去想这个奇怪的人物怎么会如此使用自己的自由(在她毒害丈夫未遂、接受审判、被判无罪之后,丈夫康复,把她带到巴黎让她单独生活);她摧毁的冲动是否会再现;她是否最终找到了她似乎一直在以某种扭曲的方式寻求的爱情。

我个人认为《泰蕾兹和医生》这一篇比《泰蕾兹在旅店》更好,是因为对故事中另外两个人的第一流描绘:一个是心理医生本人——江湖骗子,自欺欺人;另一个是他的妻子。只有大师级的小说家才能仅用几千字便给三个大相径庭的人物的性格和过往打上如此细腻的追光……

---

1 指作者于1927年发表的长篇小说《泰蕾兹·戴斯格》。
2 指作者此前发表的两部长篇小说:1927年的《泰蕾兹·戴斯格》和1935年的《黑夜的终止》。

请莫里亚克先生谈论自己的作品非常难,但我希望上面这几段话会对您有些意义。

茹比·希勒

爱尔-斯鲍蒂斯伍德[1]编辑部

伦敦

---

1 位于英国伦敦的一家著名出版商,前身为英国皇家印刷社。1947年出版《泰蕾兹·戴斯格》的英文版本。

泰蕾兹和医生

"我已经告诉过你,今天晚上医生不再工作,你想走就可以走了。"埃利塞·施瓦茨医生隔墙听到凯瑟琳的话,立刻打开诊室门,看都没看妻子一眼,就对秘书说:

"我待会儿给你打电话。请记住,这里我说了算。"

凯瑟琳·施瓦茨在帕平小姐大胆无礼的目光下没有退缩,反而微微一笑,拿起一本书,走到落地窗前。窗户上的百叶窗没有关。雨点啪啪啪地落在他们六楼公寓的阳台上。医生诊室的顶灯照亮了闪光的石板地。凯瑟琳抬眼沿着远处格勒奈尔一条逐渐消失在沉睡的厂房阴影间的街景望去。她看了一会儿,心想:二十年了,和往常一样,埃利塞又在求助于对抗和羞辱她所能带来的快感了。不用说,他已经开始自作自受:今天晚上他能有什么让帕平小姐听写的?也许有个三四页?他对《布莱兹·帕斯卡[1]的性生活》的研究进展极慢。自从这位伟大的心理医生心血来潮,沉溺于评注部分文学史开始,他就陷入了完成这项任务的困难泥潭,越陷越深。

---

1 布莱兹·帕斯卡(1623—1662),法国数学家、物理学家、哲学家、作家。

秘书依然站着,她双眼紧盯雇主诊室门,就像一条忠实的狗。凯瑟琳打开书,试图阅读。台灯摆在一个非常低矮的时髦小桌上,尽管沙发也很矮,她还是不得不席地而坐以就灯光。楼上小女孩练习钢琴的声音无法淹没隔壁房间收音机的嘈杂,《伊索尔德之死》[1]突然被停掉,取而代之的是一首法国音乐厅歌曲;楼下那套房子里的年轻夫妇正在吵架。一扇门被"砰"的一声使劲关上。

也许凯瑟琳是在梦想曾经笼罩着她父母亲在巴比伦路上的豪宅的那份宁静。那幢房子一边是院子,另一边是花园。就在战前[2],她嫁给了一个来自阿尔萨斯的年轻的半犹太医生。当时,凯瑟琳·德·博莱希不仅仅是屈从于当时自己对他无可挑剔的才华的迷恋,甚至也不仅仅是因为他长得帅,有令人窒息的人格魅力;即使现在,在他面前还有那么多病人仍然因为他的才情和帅气而不能自已。实际情况是在1910到1913年之间,德·博莱希男爵的女儿对家庭强烈逆反:她憎恨面貌骇人的父亲——他的丑陋简直是对社会的犯罪,他就是个埃利塞·施瓦茨医生每周要来两三次给他上发条的发条人;她对母亲那种狭隘的生存也同样嗤之以鼻。那年头,一个有像她这样社会地位的年轻女子去读学位、到索邦学院[3]去听课,还是件相当大胆的事。她与施瓦茨的交往,也仅限于午餐时匆匆几瞥互换的目光,或他应邀出席正式晚餐时坐在桌子另一头说话传过来的洪亮嗓音而已。但在她眼里,他代表进步和神圣完美的科学。她把他们的婚姻打造成一堵

---

1 源自德国歌剧《特里斯坦和伊索尔德》。
2 指第一次世界大战前。
3 巴黎索邦大学的前身。

墙，隔在她与她竭尽全力才挣脱出来的世界之间。实际上，这个人已经小有名气，是"人权联盟"的秘书。他对能够自由进出德·博莱希豪宅的大门大喜过望，真希望能跟这个家庭和睦相处，可惜功亏一篑：他已经摆正炮火准备发起最后进攻，只是在猜到未婚妻已经摸透他的意图后，才不得不作罢。他们的共同生活在不真诚中开始了。在凯瑟琳鹰一般的目光下，施瓦茨不得不咽下自己势利的本能，继续扮演他先进和思想解放的科学人角色。

他对她的报复是绝对不体贴，尤其是有外人在场的时候。他对她说话所用的词语都是在处心积虑地伤害她。二十年来，他已经养成了一有机会就羞辱她的习惯，眼前就是一例。就像我们刚刚目睹的那样，全都自然而然，完全没有故意而为之的成分。

他五十来岁。灰白的头发给了他一种贵族气质。被晒得黝黑的脸上泛着热血的光泽，很经得起时光的蹂躏。他依然持有年轻人富有弹性的皮肤。他的嘴说明他健康无损。世人都认为这就是凯瑟琳忠实于他的原因。（这些正是她以前一心想要摆脱的人。现在他们又因受那曾经使她与他们离心离德的同样的左派思想的吸引，而向她靠近了。）也有人说她享受这种被吆来喝去的虐待。但那些认识男爵夫人的人认为，尽管她的女儿摆出一副思想解放的姿态，实际上她和她母亲出奇地相像，虽然她自己恐怕并不知道这一点。她和她母亲一样有一副心不在焉的样子：时而表现在对人过度友好，时而表现在服饰品味永远严肃如一，无论时尚潮流如何千变万化。

说到她的风度，没有什么能比这天晚上坐在地板上更差的了。已有几丝花白的短发，将她的颈背露在外面。她的脸很小，皱起眉头的样子看上去像一只小狮子狗。她的嘴唇不够饱满，经常紧张地抽动，使人错误地认为她在以嘲弄的微笑面对世界。

帕平小姐依旧站着，翻阅侧桌上一堆有图解的文件。这些文件上印有就诊病人的指纹。她五短身材，在迅速发胖，真该勒一件紧身束衣。前厅里的电话铃响了，她走过去接电话，故意将门关上，旨在提醒施瓦茨夫人她无权听她要说的话。其实这种戒备毫无意义，因为一个房间里发生的一切在其他房间里都可以清楚地听到，哪怕楼上的钢琴和隔壁的收音机在狂轰滥炸。再说秘书的嗓音还会随着对话的进行越来越大。

"夫人，您要我帮您预约吗？……您现在就要见医生，马上？……这绝对不可能……多说无益……我不相信他会做出这样的允诺……夫人，您一定搞错了：埃利塞·施瓦茨医生没有光顾夜总会的习惯……当然您要来我也挡不住……不过我要提醒您，这样做只会浪费您的时间……"

帕平小姐走进医生的诊室。诊室有一扇门直通前厅。凯瑟琳无需侧耳便可清楚地听见每一个字。

"先生，是个疯子，说您答应过她，不管白天黑夜，想来就可以来。……她说两年前在一家酒吧或另一个……听起来好像是'赛丽丝'或'赛妮丝'的地方与您相识……我听不太清。"

"你把她推掉了，啊？"医生大怒，"谁给你为我做主的权力？……你给我少管闲事。"

她结结巴巴地说已经十点多了……她从来没想到这么晚了，他还会同意见病人……对于这一切，他大喝一声，以作回答：说他根本不在乎她怎么想。他对这位病人的情况了如指掌——这是个相当有趣的病例。由于她犯的白痴错误，又失去了一次机会。

"但她说半小时之内就到这儿了,先生。"

"这么说她还会来?"

他显得既兴奋又沮丧。迟疑了一小会儿后,他说:

"她一露面就马上把她带进来,然后你就可以去赶你的火车了。"

这时凯瑟琳走进诊室。已经坐回桌旁的医生欠起身来,粗暴地问她想干什么。

"埃利斯[1],你不会见这个女人吧?"她还是站在他面前,穿着一件没有腰身、臀部狭窄的深红色针织连衣裙,头抬得很高。那双没有睫毛的眼睛,在从天花板照下来的刺眼的灯光中眨动。那只长长的、非常有型的右手一动不动地放在脖子上,手指紧紧攥住她的珊瑚项链。

"好啊,热衷于听墙根了,是吗?"

她微微一笑,仿佛他说了个笑话。

"这地方门没加隔音垫,墙、地板和天花板没用毛毡铺衬……我必须说你选择了一个最奇怪的地方来倾听这些专门来见你的可怜虫的私密忏悔。"

"好啦……好啦……现在让我继续工作。"

一辆公共汽车带着噪音驶过布兰维利埃大街。凯瑟琳将手放在门销上,脸转向他:

"帕平小姐当然要去告诉这个女人你不能见她,是吧?"

他朝她走了几步,双手插在口袋里,晃着肥实的肩膀:好个魁梧粗壮的男人。他问她是否经常这样看待这个女人。他点燃一

---

[1] 埃利塞的昵称。

支军士牌香烟,接着说:

"我想你根本不知道这是怎么回事,对吗?"

凯瑟琳靠在暖气片上,说她对此事了如指掌。

"我清楚地记得那个晚上。那是在三年前的二月或三月。当时你经常到处跑。回家后,你一五一十地告诉我——说有一个钻牛角尖的女人要你答应她……"

这时他望着地板,脸上的表情带有一丝逃避。凯瑟琳在真皮面儿的长沙发上坐下。埃利塞把这长沙发称作他的"忏悔榻",成千上万可怜的病患都曾躺在上面结结巴巴地说出自己的故事:撒谎、犹豫、努力揭露他们假装不知的秘密……收音机里一个富有磁性、咄咄逼人的愚蠢嗓音正在推销莱维汉牌家具。凯瑟琳伸展身体,像病患一样,躺在长沙发上。楼下十字路口不断传来汽车喇叭的嘈杂声,只有到午夜才会安静下来。即便过了午夜,如果有人搞聚会,也静不下来。医生抬起眼睛,看到帕平小姐等在放打字机的小桌旁。他叫她到前厅去,等那位夫人到来。在她离开房间之后,凯瑟琳冷冷地说:

"你不会让她进来吧?"

"待会儿再说。"

"你不能让她进来,她很危险……"

"你很嫉妒,这恐怕更接近事实……"

听他这么一说,她笑起来。笑声中有一种意想不到的自然。

"哦,得了吧……我可怜的小乖乖……我嫉妒?"她似乎在怀念那些她也许还会嫉妒的时光,沉思了一小会儿,她突然说:

"我想你不会比我喜欢用身体去挡左轮枪的子弹吧?……你说这种事不会发生?……那鲍希是怎么回事?……你认为我不认

识她,从未见过她,我可以一字不差地重复那天晚上你对我说的话……只要关系到你,我的记忆力就好得惊人。我从未忘记你说过的每一句话,一个字都没忘记过。我确实没见过她,但我相当肯定我可以一眼认出她来,一个长着鞑靼人面孔的女人;一个在你那群赤身露体的朋友中唯一穿私人定制套装的人;一个唯一用帽子压住眼睛的人……每到夜晚,她会摘下帽子,露出一个棒极了的脑门儿……你知道,在你把这一切告诉我的时候,你有点醉了。你还记得你如何不停地说'多棒的额头啊,像一座高塔'吧……你肯定不会忘记你如何不停地念叨她的脑门儿吧?然后你说:'跟那个卡尔梅克[1]式的女人在一起怎么谨慎都不过分。'甚至现在你也有点儿怕她,这你无法否认……你得请她出去。如果你确实见了她,也只是因为不见她你会感到羞愧……"

这次埃利塞没有开口侮辱她。无外人在场,假装好汉毫无意义。他只是低声说了句:"我对她做过承诺。"

二人无语,侧耳倾听大楼中一阵轰隆隆的响声:有人启动了电梯。医生喃喃地说:"不会是她,她说要半个小时……"这时,丈夫和妻子都沉溺于各自的隐秘想法,与对方已经隔离。也可能他们都在回忆他追逐臭名昭著的琪琪·比劳戴尔的日子:必须向世界隐瞒那些风言风语背后的真相。凯瑟琳每天都在说:"人们在嘲笑你。"而她不知道的是,他已经私下开始了一对一的探戈课程。在琪琪和她忠实的追随者们阴魂不散的几家夜总会里,看到这么个大块头男人全身紧绷、表情专注地跳舞的样子,年轻人们笑得死去活来。他像头猪似的大汗淋漓,总去厕所换他的领

---

[1] 蒙古人种的一支,居住在北高加索地区。

圈。当时画家比劳戴尔还没有和琪琪结婚,尽管她已经跟了他的姓。严格地说,她并不受待见,而是成功地在名利场上那些不那么挑剔的成员中搜罗了一众熟人。这个丰满圆润的金发女人被认为"大有雷诺阿[1]之风",完全配得上她聪明过人的名声。她是个生活可以放荡无度而丝毫不显露痕迹的女人,并且积累了大量五花八门的经验,可以毁掉任何盘剥技能不如她的人。没有人知道她是从哪条阴沟里淘来这些追随其后的乌合之众的。凯瑟琳设法让这伙人知道,他们给医生提供了许多极好的研究题目,并向他们暗示,医生从与他们的交往中获得了许多研究资料,对他的科研工作十分有益。这一谎言被广泛接受。实际上,这伙人中确实有一个女人引起他的特别兴趣,只有她能在琪琪·比劳戴尔跟年轻男人跳舞时转移他的注意力。这个女人[2]就是刚才打来电话、几分钟之后就会到来的人。

医生假装读书,凯瑟琳走过房间将一只手放在他肩上。

"听我说。你还记得那天晚上,你答应说她任何时候想来你都会见她时,她说了些什么吗?她说她自从毒杀丈夫未遂以来,一直有一种杀人的欲望使她不得安宁。她不得不拼命与这个诱惑日夜搏斗。这就是你建议在夜晚十一点把自己和她关在同一个房间里的那个女人!"

"如果那是真的,她绝对不会告诉我。她是在演戏。就算这事儿有危险,你认为我是胆小鬼吗?"

她的眼睛像白天一样诚实,她以同样低沉平稳的语气说:

---

[1] 雷诺阿(1841—1919),法国印象派画家。
[2] 这个女人应该就是泰蕾兹。如介绍词所说,由于作者和读者对人物都很熟悉,本篇作品除了标题外,自始至终未提及主人翁的名字。

"埃利斯,你在害怕。瞧你的手。"

他把双手插进口袋,脑袋突然朝房间右侧猛地一甩:

"你出去。别让我在明天早晨之前再见到你。"

她非常平静地打开通往前厅的门。秘书正坐在一张板凳上。他大声告诉秘书:一俟那位女士到达就将其领进来,然后她就可以走了。

在关上了的诊室门的另一边,凯瑟琳和帕平小姐在黑暗中又待了一小会儿。然后秘书打开了灯:

"夫人!"

凯瑟琳已经在通往卧室的楼梯上走了一半。她回过头来,注意到那个胖胖的小女人的双颊已被泪水打湿。

"夫人,您不会离得太远,是吧?"她声音中胆大无理的成分一扫而光,说话的语气像是在请求帮助,"让这个女人意识到自己在被监视十分重要。必须让她能感觉到隔壁房间里有人。我是不是最好留下来?如果这里有我们两个人恐怕会更好一点……但是不行,我不能这样做……他禁止我这样做。"

"不需要让他知道。"

秘书摇摇头。"我不敢。"她小声说。她怀疑这是让她被炒的诡计:施瓦茨夫人会出卖她,医生绝不原谅哪怕是一丁点儿不服从。一时间,两个女人都没说话。这时电梯真的上来了:这次是板上钉钉。凯瑟琳压低嗓音说:

"带她进来,然后回家,安心睡觉。小姐,我保证今天晚上医生不会有事儿。我当他的守护天使已经有二十年了——早在你出现之前。"

她消失在黑暗的楼梯上。但刚上到楼梯口,她又立即转身,往下退了几步,靠着扶手站在楼梯上。

电梯门响了一下。门铃响了一声。帕平小姐侧身让她时,看不到来访者的面孔。一个平静的声音问施瓦茨医生是否住在这里。秘书接过她不断滴水的雨伞,又想接过她的手袋,她却紧抓着手袋不放。

凯瑟琳坐在楼梯上。秘书小姐在她身旁坐下,紧张地低声说这个陌生人身上威士忌味道扑鼻……她们侧耳倾听,但除了医生的大嗓门之外,什么也听不到。凯瑟琳问那个女人如何穿戴。秘书小姐说她穿一件深色外套,领子是用廉价的珠皮呢做的。

"我担心的是她那个手袋,她一直把它紧紧地夹在腋下……我们必须设法把手袋拿过来……袋里可能藏了把左轮手枪……"

那个陌生人爆发出了一阵大笑,随后又是医生说话的声音。凯瑟琳告诉帕平小姐不要慌,要保持冷静。秘书突然一阵感情流露,抓住她的手,不由自主地连声叨念"谢谢,谢谢"——虽然话一出口,怕是就意识到这两个字显得多么荒唐。凯瑟琳坐在楼梯口,居高临下,无动于衷地看着那姑娘在镜子前整理帽子,往涨红了的脸颊上扑粉。最后,她终于走了。

凯瑟琳重又蹲在楼梯上。她丈夫和那女人的声音都能传入耳畔。他们似乎谈得很平和,没有突发的高声。在丈夫看不见自己的情况下听他说话的感觉真是奇怪!她甚至可以发誓那边是另一个男人,是他的一个她不认识的、心地善良的朋友。这时,她意识到为什么他的病人经常说:"他真是魅力四射——多么善良,多么温柔。"

凯瑟琳觉得这个女人的声音太尖。也许她喝了酒,情绪很亢奋。她那相当不正常的笑声重新唤起了一个高度警惕的妻子的担忧。

她踮起脚尖走下楼梯，悄悄溜进客厅，坐下来，没开灯。

在她面前，透过棉布窗帘，可以看到被雨水淋湿了的阳台像湖面一样闪闪发光。远处格勒奈尔的灯光在潮湿黑暗的夜色中如同一片撒开来的小火星儿。医生用放松、平和的语气谈起琪琪·比劳戴尔，询问那帮人的情况。

"随风飘散了，医生……我现在开始对'快乐兄弟帮'有了些了解……他们有一种会迅速解体的趋势。这类人我这辈子见过不少。我和比劳戴尔是你曾陷入其中几个星期的那个团伙中仅存的两个。医生，你还记得帕莱西吧，一个身材不错的男人，喝酒像鱼喝水（那玩意儿让他越喝越快活），现在我们彻底断交，他去朗格多克[1]跟父母一起住了。还有那个凶狠的小超现实主义者，那个想吓唬我们的家伙，就像那些把手绢绑在头上假扮土匪互相吓唬的孩子一样。（他有一股横眉立目的劲儿，从不梳头，还竭力让自己看上去像个逃犯——可不知怎的，无论他做什么，看上去总像个天使）……我们常问他是否总是将自己自杀的时间定在明天早晨……虽然我个人从未把它当作笑话。因为海洛因跟其他毒品不一样——它的结局总是非常糟糕……是的，这事儿是上个月发生的，发生在电话上……一天晚上，阿塞维多给他打电话，只是为了寻开心——并没有说他是谁，只说了句朵拉在欺骗和玩弄雷蒙德……这本是恶作剧，因为他清楚地知道那是谎言……他听到电话那头一个平静的声音说'你肯定吗？'……然后就是一声沉闷的枪响……"

这位不知名的来访者语速很快且有些气喘吁吁。凯瑟琳如此

---

[1] 法国南部地中海沿岸一地区。

专注于医生那严肃善良的语气（他从来没用这种语气对她说过话），没能完全抓住他说话的内容。在漆黑的客厅里，她把脸转向雨水流淌的窗户玻璃，转向泡在水中的房顶和渐渐变暗的路灯。她坐在那儿，苦苦沉思，想到这个男人似乎只有针对她时才会故意表现出这种残忍……只针对她。

"噢，"——那个女人的嗓音透露出一丝坚持——"请不必感到不好意思。我完全不避讳谈论阿塞维多……现在我可以笑对那一切了……不，不完全是那样……爱永远不会一下子全消亡。我应该恨他，但他对我的想象仍有一股魔力，主要原因是他如此可怕地伤害了我。我清楚地知道他是个什么样的男人——就是那种能在股票交易所趁牛市弄钱的人——但这并不能改变他成功地从我体内榨出人体所能产生的每一点苦痛这个事实。不管一个男人有多卑鄙，他总是可以运用纯粹的破坏力获得某种程度的伟大。由于他的恶毒，我更深地陷入泥潭，更远地跳入泥沼中，走到了人生最后一道门……"

医生用涂了蜜似的嗓音说：

"亲爱的夫人，他至少治愈了你的相思病，不是吗？"

凯瑟琳颤抖起来：听到这句话，不知名的访客发出的那阵大笑（就像撕棉布的声音）肯定穿透了大楼的全部七层，地下室里也能听得到。

"我该不该在晚上十一点到这里来？……你有没有注意到自从走进这个房间，我就一直火烧火燎？你那些宝贝知识有什么用？"

他极为幽默地回答说，他从不自称是巫术大师。

"我并不关心你们告诉我的内容。我不过是一双耳朵——仅此而已……我所做的只是帮助你们整理你们自己的那团乱麻。"

"人们只会说出他们想说出的东西……"

"夫人,这你就大错特错了……在这个房间里,人们让光线进来照在他们最想隐瞒的秘密上。我要纠正一下我刚才说的话:我也关心你们说的内容,但只关注你们想要掩藏的东西,关注你们不由自主流露出来的东西。我的工作就是把这些东西亮出来让你们审视,告诉你们那些噬咬你们心灵的小家伙的真实姓名……这样你们就不会再害怕它们了……"

"你错就错在听信了我们的话……爱可以把我们变成可怕的骗子。例如我和阿塞维多关系破裂之后,他把我写给他的信全都退还给我。整整一晚上,我坐在那扎信前:它们看上去轻极了。我一直愚蠢地觉得我会需要一个行李箱,任何小于行李箱的容器恐怕都装不下我写给他的海量的信。可现在它们都摆在我面前:区区几张纸,可以轻轻松松地装进一个信封。我把它们铺在桌上。当我想到这些信所包含的所有痛苦的时候——你会认为我是个超级大傻瓜——我心里充满了敬畏之情(让你发笑了,我知道你会发笑!)……那种情感如此强烈,使我无法鼓起勇气去读其中的任何一封。最后,我终于强迫自己打开最令我害怕的那一封。我记得我在写那封信时所经历的痛苦。那是八月的一天,在费拉角[1]。我当时没在那儿结束自己的生命纯属意外……现在三年过去了,我心中的爱都已死去。但在触碰那页纸时,我的手还在颤抖。可你能相信吗?当我真的鼓起勇气看完那封信时,它却显得那么温和无害。一时间,我觉得一定是拿错了信……可千真万确,就是这一封——就是我在与死亡近在咫尺时草草写下的那几

---

[1] 位于法国南部地中海沿岸。

行字。它们什么都没表露，不过是一种可怜的逆反企图，以及我想隐藏自己当时所遭受的可怕痛苦的急切愿望，就像我想要隐瞒一处可耻的伤疤，以免自感羞愧，以免让我心爱的男人看到心生厌恶，或受感动而表演怜悯……医生，难道你不觉得这类莫名其妙、效果从来不佳的伎俩相当可笑吗？我是个可怜的傻瓜，竟然相信如果我态度冷淡，就可能让阿塞维多嫉妒……其余的信里也都是些类似的东西。没有什么能比爱的两面派做法更不自然，更处心积虑了……我现在对你说的这些，你早就知道了。这是你的工作。你比其他人都更为了解。恋爱中的我始终在耍心眼儿、在谋划、在算计，但总是十分拙劣。这本该触动我爱的那个他的心，但适得其反，总是使他感到恼怒……"

凯瑟琳·施瓦茨坐在黑暗中，每个字都听得清清楚楚。那女人说话的方式很怪，断断续续的。她的语句没有通常说话的节奏，仿佛嗓音突然失控似的。她为什么来找埃利斯？这么多人，为什么单单选他作为自己的倾诉对象？凯瑟琳感到一种突发的欲望，想冲开诊室门，向那个不知名的女人大喊：他什么都不能给你，他能做的，只是把你更深地踩入泥潭。我不知道你该去找谁，但肯定不是他——不是！肯定不是！

"我敢打赌，亲爱的女士，如果你没让自己第二次坠入爱河的话，是不可能如此雄辩地谈论爱情的……我说对了，不是吗？"

他说话的语气中带着父爱、温柔、平静和慈祥，但听了他的话，那位来访者脱口而出的话语腔调却十分低俗，近乎粗野。

"我当然再次坠入了爱河——傻瓜也看得出来……你无需下功夫让我开口——要不你以为我为什么会来这儿？你就是离开这个房间，我也会继续说下去，必要的话，我可以对着桌腿说，对着墙壁说。"

　　凯瑟琳强烈意识到自己的行为多么卑劣——一个医生的妻子在门口偷听病人对丈夫坦白的秘密……她感到脸颊冒火。她站起身来，走进客厅，登上几阶楼梯，进入自己的房间。一盏吊灯将房间照得雪亮。她走到镜子前，久久凝视她那张不漂亮的脸，这张脸注定要陪伴她一辈子。那灯光、那熟悉的物品，都在使她安下心来。她为什么要害怕？那儿有什么危险？再说了，楼下那个女人又不是不速之客……

　　就在这时，双方提高嗓音发出的声音使她颤抖。房门只关了一半，她推开门，下了几阶楼梯，但下得还不够，不足以听到那位来访者在叫喊什么（她确实是在大声叫喊）。再往下走几步就可以听到一切了。忏悔的可都是秘密呀……确实，不过这可能关系到埃利斯的生死……她又一次向诱惑低头，坐到客厅的长沙发上。有一小会儿，电梯的嘈杂声使她什么也听不到。然后她听到：

　　"你懂的，是吧，医生？……整个夏天我都未能跟菲利在一起。我从来没有像需要菲利那样需要过任何人，甚至包括阿塞维多。他不在身边令我感到窒息。他在躲避我，使用各种借口——商务、出访……实际情况是，他在猎取富婆做老婆……这年头想找个有钱老婆也不容易……因为他已经离过一次婚，虽然他只有二十四岁……我待在哪儿都不安心，完全无法描述我当时过的是什么日子。我只想要一件东西——信。我所逗留过的每个城镇只有一个地方让我感兴趣——临时地址邮政柜台。这就是当时我旅行的全部意义：临时地址邮政柜台。"

　　凯瑟琳清楚地知道，自己现在已不是仅仅出于责任感而偷听。她现在已不是在为丈夫一旦受到攻击该如何帮助他而操心。

不，她现在已被一种无法抗拒的好奇心所俘虏——她，这个一贯谨小慎微，谨慎得几近疯狂的她。这个陌生的声音让她着迷，但在受到这声音诱惑的同时，她又不忍心去想等待这声音的可怜主人的将会是什么样的失望。埃利斯根本无法理解她，甚至不会同情她。他能做的只是跟对其他受害者一样的老一套：敦促她设法解脱——通过肉体的愉悦来解放内心的情感。这就是他的医疗方法，仅此而已。不管他需要解释的是英雄主义，是犯罪，是神圣虔诚，或是批驳放弃，他使用的都是同一把肮脏的钥匙……这些想法杂乱无章地闪过她的头脑，虽然它们未能阻止她听到诊室里发生的一切。

"……想象一下，当我开始注意到菲利的来信篇幅越来越长时，我是多么吃惊。看得出，他写信时相当用心，似乎想要安慰我，想让我快乐。夏天一天天过去，他的信来得越来越勤，最后竟达到每天一封。

"这一切都发生在我跟女儿一年一度共同度过的那一周。她现在十一岁。她的家庭教师把她带到我事先安排停当的某个地方。这个地方必须离波尔多[1]至少五百千米：我丈夫坚持这一点。这一直是一段要我命的时光。你瞧，我不知道这孩子是否知道悬在我头上的可怕指控，反正她很害怕我。家庭教师总是作出安排，绝不让我有机会为女儿倒水喝。你瞧，我是那种百折不挠的女人——我记得在我被宣布无罪那天的晚上，我丈夫就这么对我说过。（我现在还能听到他那个乡巴佬口音：'你不会真的以为我会把孩子置于你的慈悲之下吧。她必须远离你的毒药。我要是

---

[1] 法国著名的葡萄酒产地。

被毒死了，等她年满二十一岁，我的家产就会归她……先父亲，后孩子！灭了她你连两秒钟的迟疑都不会有！')说归说，他每年还是允许我带她生活一个星期。顺便说一下，我带她下馆子、去马戏团……也就这些了。刚才我告诉过你，菲利的来信让我很快乐。我不再痛苦。他迫不及待地要见我，比我还急。我很高兴，心情也很平静。这肯定体现在我脸上了。玛丽也不像往常那样害怕我了。一天晚上在凡尔赛，就在小特里亚农宫[1]附近的一张椅子上，我抚摸着她的头发……可怜的傻瓜！——我在想，在希望……我甚至已经达到对上帝心怀感激的境界。我已经准备好好生活……"

凯瑟琳又一次站起来，走上通向自己房间的楼梯。她的脸颊在冒火。她感到在门后偷听就像罪犯在进行一种特别卑鄙的偷盗。埃利斯能为这个将内心全部秘密都倾倒在他脚下的可怜虫做些什么？她刚坐下又站起来。一分钟后又回到她在楼梯上的观察站。那个陌生人还在说：

"他在车站出口等我。当时是早晨七点钟。你可以想象我有多高兴。我看到他可怜、沧桑、凄楚的脸。一个女人在她与所爱的男人久别重逢时，总会有一个短暂的时刻，能看到他真实的模样，而不是被迷恋美化的样子。医生，你难道不同意吗？——在极短的瞬间，我们可以忘却热恋玩弄的卑鄙伎俩。但我们在痛苦中爱得太深了，未能充分抓住这个机会。他带我到奥赛咖啡厅。我们不经意地聊这聊那，互通情况……他问起树脂、木材林、坑道支撑木（当时我还在从我的林业资产中获取收入）。我笑起

---

[1] 法国凡尔赛宫的一部分。

来，告诉他，我们得勒紧裤腰带了。树脂市场已跌破谷底；美国人已找到松节油的替代品；出售木材已基本无望；阿尔热卢兹锯木厂现在用的是从波兰进口的木材，而让长在自家门前的松树立在那儿腐烂。我面临着毁灭……跟其他人一样……我喋喋不休地说着。菲利的脸色越来越苍白。他不断问我那些木材林是否能赔本出售。我抗议说走这一步等于自寻死路。我可以感觉到他的注意力已经开始开小差，我对他的价值在严格按照我拥有的阿尔热卢兹的资产价值成比例地大大缩水。你一定理解我在说什么，医生，你理解吗？我没有哭，真的，我笑了——笑我自己。你无疑已经认识到这一点。整个这段时间，他完全从我面前退缩了，好像到了千里之外。他已经看不见我。只有像我这样遭受过当时那番苦痛的人才能感受个中滋味。在你的世界中唯一活着的男人眼里，你已经不存在了。我愿意做任何事情，不管多么疯狂，去重新抓住他的注意力……但你永远也猜不到我竟然做了什么。"

"这个谜不难猜……你告诉他你的过去，告诉他你曾遭到起诉的罪行……"

"你是怎么知道的……是的，我就是这么做的。当时我不知道有人抓住了菲利的把柄，在讹诈他，并可能使他被逮捕（这我就不多说了）。我只把我自己的麻烦告诉给他……"

"而他很感兴趣？"

"你绝对猜不到他多感兴趣。他以一种可怕的专注仔细听着。我隐隐感到恐怖，开始觉得自己这样毫无保留地坦白一切真是个大傻瓜。啊，是的，他现在真的感兴趣、太感兴趣了，如果你懂我在说什么。一开始，我想他可能在盘算如何利用我的话从我这儿捞取些什么。但并非如此。再说，他也做不到。从我的角度看,那个危险早已过去。我的案子已被搁置。不,不是的。他另有图谋。他认为我也许可以帮他。"

"帮他——怎么帮?"

"医生,你笨不笨哪?——当然是帮他干一件他良心上过不去的事。他发誓等这一切结束后,他就跟我结婚。我们必须义无反顾地绑在一起。我要有他的把柄,他也要有我的把柄。他已经计划好一切。他信誓旦旦地说我不会有任何风险。这种事儿我以前做过一次,就可以做第二次。我得告诉你,他的敌人,那个手中攥着他性命的男人住在乡下。他是个小地主,比农民强不了多少,在西南边什么地方种葡萄酿酒。我曾见过他一面,想买点儿他的葡萄酒。你知道,这年头已经没有女人不能干的事情了,就连卖东西赚佣金也不例外。我曾经为他做过一两笔生意,相当成功。他领我逛他的酒窖,品尝了好几种他的好酒。你看出我想干什么了吧?我们从同一个杯子里喝酒。人们都知道他是个酒鬼……已不止一次中风,虽然都不太严重。这不会引起丝毫惊诧……并且你也知道,在乡下,他们不喜欢搞死后尸检……暴露的可能绝对为零……"

她突然停住。医生什么也没说。凯瑟琳在楼梯的黑暗中,感觉心脏怦怦乱跳。这时那女人的声音又开始了,但声音中有了一种变化。

"救救我,医生!……他让我不得安宁。我最终免不了按他的愿望去做。我知道他看上去像孩子一样天真无邪,但是他身上有种东西叫我万分恐惧……你经常在面如天使的人身上发现的可怕力量叫什么来着?你似乎觉得昨天他们都还是小学生……医生,你相信魔鬼吗?你认为邪恶会依附人体吗?"

凯瑟琳忍受不了她丈夫的笑声。她关上自己的房门，跪在床前，用手指堵住耳朵。就这样待了很久，完全被击垮、被粉碎，脑子里一片空白……突然，她听见一个极为恐怖的声音大叫她的名字。她冲下楼去，冲进诊室。一时间，她看不见自己的丈夫，以为他一定死了。但过了一会儿，她听见他说：

"她跟你无冤无仇……但还是要特别当心……快！把它从她身边拿开……她有武器！"这时她才意识到他趴在办公桌后面。陌生人靠着墙，右手掩在半开的手袋里，两眼直直地瞪着前方。凯瑟琳十分镇定地抓住她的手腕。那个女人没有企图抵抗。她让手袋掉在地上。她手中抓着什么东西，但不是左轮手枪。这时医生冒了出来。他脸色苍白，没有掩饰他俯身靠在书桌上时双手的颤抖。凯瑟琳仍然抓住那女人的手腕，迫使她松开手指。一个白纸包着的小包掉在地毯上。

陌生人看着凯瑟琳，取下绷得很紧的帽子，露出额头。她的额头太巨大了。她干枯稀疏的头发已经花白。她瘦瘦的面孔、粗糙的嘴唇和颧骨上，没有胭脂也没有香粉。眼睛下面黄色的皮肤上带着紫色的斑点。

她没有企图阻止凯瑟琳拾起那个小纸包并阅读上面的标签——一个普通药剂师的标签。她打开房门，手里仍然拿着她的帽子。在前厅里，她说她有一把伞。凯瑟琳温柔地对她说：

"需要我打电话叫辆车吗？雨下得很大。"

那女人摇摇瘦小的头。凯瑟琳领她去楼梯口，一边走，一边打开自熄灯。

"您不把帽子戴上吗？"

陌生人没有回答。凯瑟琳亲手把那顶帽子戴在陌生人头上，为她系上外套纽扣，翻起珠皮呢领子。她想微笑一下，想把一只安慰的手放在她肩上……她看着她走下楼梯，消失了。她迟疑了一下，转身回到公寓。

医生站在屋子中间，双手放在口袋里，没有看凯瑟琳。

"你说得很对——她是那种最危险的疯子。今后我会更加小心。她假装有一把左轮手枪……任何人都会上当……我来告诉你是怎么回事。是这样的：对我讲完她倒霉的故事后，她说我必须治好她……这时，我向她解释说，我使她理清了这么多麻烦，已经做得够多了。她开始大发雷霆。我向她指出，现在她可以更清楚地看清自己的路，可以掌控局势，可以成功地从那个男人那里获得她想要的一切，而无需同意他的计划……你听到她的尖叫了吧？她说我是个盗贼……'你假装要医治灵魂，'她大声叫道，'但你根本不相信灵魂。心理医生……意思就是灵魂医生，可你却说根本没有灵魂这回事儿……'当然，还是那些陈词滥调……是沉溺于最原始的迷信的一种常见倾向……她以前就够糟糕的，但跟她刚才的行为比起来，根本不算回事儿……你干吗要笑，凯瑟琳，我说的话很好笑吗？"

他惊奇地看着妻子：他从来没在她的脸上看到过如此幸福的容光。她站在那儿，两只胳膊垂在身旁，双手微微离开裙子。

"这一切用了二十年……但现在都结束了……我终于成了一个自由的女人。你瞧，埃利斯，现在我认识到，我已经不再爱你了。"

梅江中 译[1]

---

[1] 译自杰罗德·霍普金斯（Gerard Hopkins）的英译本。原作为法语。——编者注

丰收节的夜晚

作者 | 弗兰斯·埃米尔·西兰帕

弗兰斯·埃米尔·西兰帕（Frans Eemil Sillanpää，1888—1964），芬兰作家，1939年获诺贝尔文学奖。

主要作品：《少女西丽亚》（*Nuorena nukkunut*）、《神圣的贫困》（*Hurskas kurjuus*）等。

弗兰斯·埃米尔·西兰帕,芬兰籍的诺贝尔文学奖获得者,认为《丰收节的夜晚》[1]是他的代表作。该小说中的这个片段描述了中心人物西丽亚,一个小农夫的女儿,在家道败落、父亲去世之后,不得不从一个农场到另一个农场靠当女仆度日的经历。

惠特·伯内特

---

[1] 节选自小说《少女西丽亚》。——编者注

丰收节的夜晚

初夏就这样过去了。有段时间夜晚几乎不存在。它不过是从傍晚到清晨期间天空屏住呼吸的那会儿工夫。幸福的年轻人只把睡眠当作一天中所需求的小憩,一天中他们也几乎不需要吃什么。对很多年轻人及年纪大些的人来说,这是最后一个美丽的夏天。一点不错,总是有些人在度过他们的最后一个夏天。可是,这个夏天是有其特殊原因的。每个人都有自己的预感,但谁也不知道是什么特殊原因。

仲夏也过去了。人们仍旧试图把夜晚想象成白昼。半夜将至,这里有个女孩儿坐在窗口阅读她今晚刚收到的信。她甚至拿出纸笔来写回信。尽管已是七月,天色还能给她足够的光亮写信。可是黑夜的光如此富有表达力,以致信作者只写了信的开头"我正在美好迷人的夏夜里给你写信……"就沉浸在对远方朋友的怀念之中,想象着自己就在今天晚上与他一道在那儿散步……黎明正映红西北天际。那年轻的女子正在这儿休假,希望能遇到一些前所未有的奇遇——她的那些希望将背叛她的朋友。她的希望未能实现,所以现在她正在给朋友写封漂亮的回信。不想心中的渴望弄得她心绪烦乱。身披霞光的黎明又送走了一个宝贵的属于夏天和青春的昼夜。

　　一个星期后,她正读着一封刚来的信,黄昏的到来让她感到吃惊,这次不可能再想写回信的事了。夜色使树叶变暗,蝙蝠绕着老房子飞来飞去。

　　朗多一带的夏天一片寂静,平安无事,即便从城镇的中心也传来和平的消息。小农庄的帮工都是老相识,所以翻晒干草的工作很容易就完成了。农庄主试图比平常更欢快,好像这样就能让自己和雇工们不再担忧眼下的负担了。

　　就这样,夏天继续向前发展。黑麦变白了,朝南的坡上开始出现了禾束堆。做面包的材料已安全在握,这对那年夏天来说至关重要。当镰刀嚓嚓地割倒成熟的麦秆时,生活让人觉得更安全,更温暖。

　　……这里,那里,年轻的收割者们眼睛里燃烧着那个神秘的时代[1]的火焰,不愿比他们答应的时间多干一分钟,尽管再多干一刻钟就可以完成黑麦的收割。但是,对大多数收割者来说,在丰收季节的一个宜人的傍晚在一片古老的田野上出现这样的行为给人不好的印象……

　　古尔玛拉家的厨房很小,且面朝北面,所以在丰收季节的一个星期日的傍晚,主人索菲亚忙着做咖啡和其他准备工作时已经要掌灯。一个欢快的"收割蜜蜂"晚会就要在她的农庄里举行。一个姑娘时不时地从地里来问索菲亚,如果找不来音乐家怎么办。有人骑自行车去找了。厨房里没有很大的空间,炉子上的一个巨大的咖啡壶已几乎消失在黑暗之中。但是索菲亚可以准确

---

[1] 指1917年,俄国沙皇被推翻。

地判断咖啡烧开的程度,所以一滴咖啡都没溢出来,只是那咖啡的香味偷偷地潜入了秋天的第一缕灯光。这时一个姑娘正在帮着布置桌子,把杯子从熟悉的架子上拿下来。从打开的窗户里传来新来的客人的声音,其中包括教授的声音。索菲亚朝窗外瞥了一眼,看到她的表哥很快地与那个从罗欧哈拉来的年轻男子一道走出。那老人头上戴着一顶很棒的红帽子。

"你是土耳其人,还是其他地方的人?"索菲亚在门外见到他时问。

"还有什么要我们收获的?"教授反问道,继续向麦田走去,从那里传来镰刀的嚓嚓声和大声的交谈,交汇在一起变成让人熟悉的"收割蜜蜂"的噪音。

教授自己没带镰刀,但一听到有人对他割黑麦的能力有怀疑,他便从离他最近的收割者手里抢过镰刀,开始迅速而又熟练地收割起来。由于非常用力,他发出些哼声。他的身后很漂亮地留下了第一行割倒的麦子,随即又留下第二行,直到大家都开始观看他的动作时,他才停下来。一位与教授同龄的老佃农对大家说:"我们,我和那个人,曾经从早到晚,认真地一起收割。我相信教授还记得我们在希露农庄一道干活的时候,那时他还是个年轻人。"他的猜测得到了证实,镰刀也就还给了它年轻的主人。

"你看来也挺内行。"教授对一个年轻人喊道。那年轻人正在整齐地扎一个麦捆,然后他把那麦捆轻轻地拎起来放在麦田的中间,也就是下一个麦束堆要站立的地方。这也很不简单,因为这年轻人出身于上层社会。

"西丽亚,你是什么时候溜到这儿来的?"西丽亚刚在教授的身旁放下一个她刚扎好的麦捆,他就立刻问道。教授已开始认真地把一个个麦捆绑成麦束堆,因为那儿好像没有人在固定做这活儿。姑娘眼中的笑容便是他所得到的全部答案。田里的气氛紧张而又幸福。这儿或那儿,有人在把腰直起来,也有人在看着大门,在那儿能看见埃穆里·库科拉背着手风琴。往路上看去,稍远些教授的女儿和那位要在罗欧哈拉度夏的年轻女士正在朝这边走来。索菲亚从院子里走出,朝地里走来,显然是要请大家去喝咖啡。一些收割者去了,但另一些人没动,因为黑麦就要收割完了。"先别去,如果我们现在休息喝咖啡,天会黑的。"可以听见有人在房子的台阶上试手风琴的音。琴的颤音让年轻人的头脑异常激动,他们中间的许多人已再没耐心继续工作了。最后只剩索菲亚一人在麦地里捡掉在田里的麦穗,并把草率完成的一两个麦束堆弄直。房子里及台阶旁喝咖啡的人的声音已混合成一片持续不断的低声谈话。当她走近自己的房子时,索菲亚听到屋里传来有节奏的脚步声和着有颤音装饰的华尔兹舞曲的节拍。她又一次回头看了眼渐渐黑下来的麦田,看看那一排排似乎一瞬间站立起来的麦束堆,深深地舒了口气,随后便走进了收割者自娱其兴的欢乐圈。

农舍里所有的门都开着。那些腼腆的年轻人聚集在门廊的黑暗中互相取乐。索菲亚向他们喊了一声欢乐的鼓励。在客厅的后座上坐着教授和隔壁农庄的主人,后者是在没人注意的时候进来的。从罗欧哈拉来的那位年轻绅士正在与拉乌娃小姐跳舞,索菲亚停下脚步看着他们。这两人之间是不是像人们私下猜测的那样有什么事?如果真有事,现在一定已有着落了,因为索菲亚没看到他俩交谈过多或交换眼神。现在那年轻的绅士在对西丽亚鞠躬。瞧那西丽亚,多漂亮的姑娘!她的眼睛真美丽,尤其是在灯光下。

她今晚确实看上去非常可爱。好像西丽亚自己也感觉到这点。这是她一生中最令她激动的丰收节。一切都不容置疑了。那只搂着自己身体的手臂再次让她体会到那种感觉,搂抱着她身体的手臂似乎是在抚摸着她的后背和腰间。这年轻人刚才在捆绑麦捆,因为谷壳还沾在他外套的翻领上,他的皮肤散发出淡淡的男性的气息。他们俩舞跳得很和谐。到了房间的暗处,他们本能地靠得更紧,直到彼此都感觉到姑娘的乳房。音乐停下来,跳舞的人挤出门到院子里去,但始终拉住舞伴的手不放。

一轮红色的满月透过树林的一个缺口朝外凝视着,像是在调皮地监视什么人。月亮刚出现时,大得让人难以相信。只是越往天上升,就变得越是小、越是苍白了。地球表面的深绿色仍然可以把自己的颜色添加在月光里。气氛很是温暖、亲昵。西丽亚·塞尔麦勒斯用她那深色的眼睛凝视着月亮,月光与她的眼睫毛缠在一起,从她的瞳孔里闪烁出反射的光。

啤酒桶已打开,大伙儿更活跃了。晚会上的每个人只顾忙着与她或他交谈的对方继续交谈。舞伴很容易同时消失又同时出现。第一次休场已结束,弹手风琴的人已喝过咖啡和啤酒,他又拿起手风琴,拉起一支好听的华尔兹舞曲。

教授更加兴高采烈。他听了会儿曲子,然后皱着眉头,起身去找那手风琴手。"把琴放这儿,我来拉。"他说着便把手风琴拿过来,就像先前他把镰刀夺过去一样。

"现在咱们的老音乐盒里还有个新调。"刚才坐在教授旁边的那个农夫笑着说。教授把琴拉到风箱的最大限度。正在这时,阿尔马斯正巧与西丽亚跳着舞从教授身边擦过,教授向那青年挤了下眼,便放声唱起一首瑞典歌曲。

舞场上已挤满了人,教授拉琴时大家都想上场跳。此时,那老教授正在大声唱歌,他的歌感染力很强。当舞场上只剩下一对舞伴时,他仍旧在唱。

西丽亚和阿尔马斯跳舞时一句话没说,但他们彼此之间靠得更紧,也比过去时间更长了。

"咱们走吧……"青年的声音在姑娘的耳旁低声地说。

他们走的时候院子里或台阶上已没有其他人了。

只有月亮在目不转睛地看着,一直在凝视着他们。这时凉快些了,从小路的干土里传来一股好闻的气味。有什么东西在朦胧的草里移动,可能是只老鼠或是只受到惊动的蚱蜢。谷仓位于一座小山丘上,藏在一堆低矮的树丛后面。他们基本肯定没人看见他们到这边来。显然教授已不在拉琴,因为有几句男声的笑语从院子那边的台阶飘过来。那些男的身边都有姑娘,但姑娘们没做声。他们朝着小溪的方向走去,没人还记得谷仓的存在。

那天晚上挺热。在过去的几周里太阳有足够的时间给年轻人充足了夏天的全部能量,让每根血管里都满载着跳动的热血,并唤醒了大自然在每根神经里安置的全部本能,让他们几乎同时领略痛苦和狂喜。温度稍低的夜晚以浓缩的形式蕴藏着白天那种让人放松的火焰。订过婚的年轻人已各得其所。而那些彼此间的爱慕之瞥新近被点燃的青年漫步于静谧的小道,他们尽力避开那些在他们看来根本没经历过这些感情的人——特别是最苍老的老媪和生活最为艰辛的中年男人,因为他们可能会出于嫉妒,传播卑鄙的谣言。

成千上万对夫妻就是这样度日，可他们并没意识到自己的所作所为。因为在执行大自然的原始命令时，他们的灵魂喝醉之后，陷入一种深沉的、孩子般的睡眠。在那些关键时刻，在粗鲁的、语言龌龊的农场雇工终于说服农庄的家禽女工做他的伴侣之后，他的行为其实与纯洁风雅的青年男子一样，只是人类高贵、无邪的花朵是在风雅青年的怀抱中绽开的。可是，在那一刻，没人能记得大自然指导他们的目的是什么——对他们来说是生命，即年轻快乐的生活的最佳香水，直到他们的行为达到高潮之前的那一刻。高潮过去之后，大自然便离他们而去，此后发生的事就无关紧要了。那对情侣可能会在彼此的怀抱里打个盹儿，借此在已经发生的事和即将来临的平凡的黎明之间拉上帷幕。

　　"咱们再回去跳舞吧。"西丽亚说，满怀激情地贴着情人的胳膊。

　　"现在那里还会有人跳舞吗？"那青年回答时口气略显冷淡。

　　他们走进了院子。

　　台阶上走下一个年轻的收割者，参加这样的聚会他还太年轻。他的头脑已被啤酒弄迷糊，脸色发灰，脸已很难看地变歪了。那男孩儿后来走了，消逝在黑暗之中。索菲亚也走了出来，她低声告诉西丽亚和她的伴侣她把啤酒藏在哪儿了，因为在几个小伙子狂饮无忌之后她不想再让啤酒敞开供应。她现在只给他们小杯啤酒。"但是对你们，我大量供应，喝吧。"

　　他俩进去了，很高兴能一道分享这个秘密。西丽亚仍旧无意识地拉着阿尔马斯的胳膊，好像再不想把自己的手抽出来似的。他不忍心把她的手推开，于是西丽亚微微颤抖的手便甜美地挽着阿尔马斯。的确，周围已没人让他们害怕了。教授、拉乌娃和从罗欧哈拉来的客人们都已走了。他们走时找过阿尔马斯，但后来认定他一定是在他们之前离开了。

西丽亚喝着啤酒，像是在挑战，她的情绪好像还处于高涨状态。她手拿一大杯啤酒，用灼热的眼光去寻求她的伴侣的眼睛。她显示出极大的威力，使得阿尔马斯似乎感到体内有什么就要萎缩下去。屋内仍在传出波尔卡舞曲，他们便进去跳舞。灰尘之中，拂晓的红霞已依稀可见，手风琴手的手指笨拙地移动着，琴键发出比刚才更响的声音。一个相当年轻的农庄雇工整个晚上一直在跳舞，他没喝醉，依旧在跳个不停，不过他的领子已黏在一起，变成一条无精打采的带子。他轮流与所有女子跳舞，也曾礼貌地请索菲亚跳过舞。他也没忘记西丽亚。阿尔马斯看着他们跳舞，很奇怪，他很受感动。这男孩儿真是个完美的绅士！他的行为无懈可击。

西丽亚跳完舞之后，阿尔马斯用手势告诉她，他要从那个大杯子里再喝些啤酒，西丽亚便随他而去。姑娘的眼睛发出很深沉的光芒，深不可测。小伙儿喝完啤酒后舔嘴唇时，他的白牙闯入她的眼帘。然后他俩回到房子里去了，感到那里的温度比刚才暖和了许多。

"库科拉，让我们来一首教授的华尔兹舞曲吧！"阿尔马斯出人意料地大胆叫道。

舞曲开始了，每个人像先前一样跳起舞来。有两个中年的牛场女工找不到男舞伴，便自己两人跳了起来。她们出来狂欢只需通宵不合眼。对她们来说，彻夜不眠，早晨直接从这个房子去牛棚挤奶，然后在烈日当空时带着她们的牛群，走过一扇熟悉的破旧大门，顺着牛留下的熟悉的足迹，去熟悉的牧场——这一切本身就是一种新的经历。

一曲华尔兹舞曲结束之后,那几个少女发出了分散活动的信号。她们拿来自己的披肩,在众目睽睽之下离去,几个无可责难的年轻的农庄雇工担任她们的陪同。打那以后,便没人再跳舞了。埃穆里·库科拉翻了翻眼珠,准备离开了。在他走以前,索菲亚把他带到藏啤酒的地方。天气晴朗而明亮,足够的光线已把客厅地板上厚厚的灰尘印子和光地板上发亮的线条分得一清二楚。

到了室外,日光更明亮,或者说,清晨的个性几乎比白天的个性更强。教授、拉乌娃小姐和从罗欧哈拉来度夏的客人们在这儿的时间仿佛已是很久以前的事儿了。他们与现在库尔马拉盛行的规模较小的亲密生活没有任何关系。当阿尔马斯注意到自己的女伴愈加大胆地拉着自己的胳膊时,他更加清楚了这一点。

其实,这样的经历对他们两人来说都是第一次。在此之前,那位男青年自然与很多女孩子跳过舞,她们中也有很多人拉过他的胳膊,但从来没像这次这样。西丽亚今天晚上什么也没想,她只是沿着鲜花盛开的生命之路向前奔跑。她越跑越快,因为她已到达了顶峰。她的灵魂里充满了情感的光亮,她的身体也一样,已体会到从未预见过的、奇迹般的、让人欣喜若狂的、让人痛苦的东西,一些不能越雷池一步的东西,一些不想逾越的东西。它不让人感到羞耻,也不需要否认,只要能拉住那胳膊,只要能像现在这样信任,完全地信任……

离他们通常起床的时间还有几个小时。西丽亚渴望有个机会能找个安静的地方一道休息,两人紧紧依偎着坐在一起,相互靠拢。她刚经历过的新的、奇迹般的感觉仍在吸引着她。这不像任何她过去曾想象过的东西,不像任何她日常生活中所听说过的东西,也不是她曾认真思考过的所闻之事的意思:那些词语曾毫无伤害性地避开过她。确实,在她的意识中,今天晚上的经历不与她听说过的任何事情有关联。它与什么都无关,既与过去无关,也与将来无关。它不过是发生在这个极乐的夜晚的生活。与它相比,过去的一切乃至未来的一切即便对想象而言也只是个空白。

"咱们去那边吧。那儿有一块非常美的岩石。"

他们路过一个孤独的、沉睡中的农庄。西丽亚认识去那儿的路。他们沿着花园的篱笆,爬上一个岩石堆,这给了他们互相帮助的借口。他们来到一个铁匠铺,接下去又走过一片茂盛的牧场,直到那条灌木带变稀,展现出一处悬崖峭壁,在他们眼前陡峭地直通下面的海岸。从峭壁的顶端几乎可以用手摸到沿着海岸生长的云杉树的树顶。在这个略窄的海峡对面是一个又长又窄的海湾,海湾的尽头太阳正在升起。此情此景以奇怪的方式把这对命运的玩物结合在一起。姑娘知道这个地方。在这拂晓时光她把自己的情人带到这儿来是因为反正她过去的生活已结束,该发生什么就发生什么吧。

很容易感到这里有不受骚扰的平静,此时不可能有人来这里。只是太阳升起来了,太阳看到了。年轻的男子和姑娘,或少妇,已知道这儿会有什么事发生在他们身上。没有任何不明确,也没有恐惧,什么都没有,只有他们现在已合为一体的生命所揭示的奇迹。

他们永远不会知道他俩的共同归来是否在罗欧哈拉或在朗多被人看到了。拉乌娃小姐确实看见了,但她的品格高尚,绝不会向他们透露。

虽然朗多别墅的空气迄今一直很新鲜，但第二天清晨空气似乎变得有些不甚纯净了。就连教授也变得疲惫不堪。就像他自己描述的那样，他的翅膀有点耷拉下来了，依他看来，这是因为他半夜后才睡，而且由于啤酒喝得太多而不能立即入睡。早饭桌上，当西丽亚正从厨房里送上一盘食物时，拉乌娃小姐漫不经心地拖着腔说，听说那个年轻的绅士阿尔马斯——用拉乌娃小姐自己的话说——要坐白天的轮船离开。西丽亚手中的那盘食物抖了一下，很轻地抖了一下，但不可能有人可以肯定她的手抖了。也许回厨房时西丽亚的脚步比通常快些（由于加快了脚步），但是厨房的门关得并不比平常响，并且厨房里没有传出任何声音。

最引人注意的或许是尽管早饭的服务需要不间断的关照，却没人听到厨房里有任何声响。当有人摇铃叫西丽亚时，她睡眼惺忪，两手空空地走进来，可是发出的指令是要她端上下一道食品。

"天啊，你该不是像我一样在舞会上喝得烂醉吧？"教授咆哮道。

"如果真是这样，一点不让人吃惊，因为她清晨四点才回家。"西丽亚听到拉乌娃小姐答道。

"如果这不是西丽亚的第一个舞会，我可能会发脾气，但这次我就不追究了。"教授说。

除去默然无语，拉乌娃小姐没做任何回答。

梅江海 译[1]

---

[1] 译自亚历山大·马特森（Alexander Matson）的英译本。原作为芬兰语。——编者注

内与外

作者 | 赫尔曼·黑塞

赫尔曼·黑塞（Hermann Hesse，1877—1962），德国作家，1923年入瑞士籍。1946年获诺贝尔文学奖。主要作品：《德米安》(Demian)、《荒原狼》(Der Steppenwolf)、《悉达多》(Siddhartha)等。

如果我有作品应该在《这是我最好的作品》中发表的话，我建议采用《内与外》。这是一篇四千字的故事。我觉得它是我这种写法的优秀代表。

赫尔曼·黑塞

内 与 外

曾经有一个名叫弗雷德里克的人,他将自己奉献给对知识的追求且知识渊博。不过对他而言,知识跟知识不一样,思想和思想有高下。他热爱某种思维方式,鄙视和厌恶其余种种。他所热爱和尊重的是逻辑——一种多么令人钦佩的思想方法——和总而言之,被他称为"科学"的东西。

"2×2=4,"他常说,"我就信这个。人的思维必须建立在这个真理的基础上。"

当然他并非不知道,世界上还存在其他种类的思维和知识,但它们不是科学,他不屑一顾。他思想自由,对宗教却能够容忍。宗教是建立在科学家们默认的一个共识之上的。几百年来,科学家们的科学几乎拥抱了地球上一切值得拥抱的知识。只有一个领域例外,那就是人的灵魂。随着时间的推移,让宗教去考虑这个问题并容忍宗教对灵魂的推测成了一种习惯,尽管他们对这种推测并不当真。于是,弗雷德里克对宗教也很容忍。但他极为厌恶和排斥他认为是迷信的东西。外族、没有文化和弱智的人可能会沉溺于迷信,在远古时期可能存在过神秘和魔力思维,但自从科学和逻辑诞生之后,再使用这些过时、可疑的思想工具就毫无道理了。

他这么说，也这么想，只要看到迷信的痕迹，就会十分气愤，觉得自己被敌意所触犯。

然而，最使他感到气愤的是在自己的同侪——那些精通科学思维原则、受过教育的人中发现迷信的痕迹。对他来说，最为痛苦和不堪忍受的，就是最近他时而听到的、甚至连一些大学问家都在表述和讨论的可耻论调，说"科学思维"也许不一定是至高无上、永世长存、天定神圣、无懈可击的思想模式，而只是百家之一，是昙花一现的思维方法，并非百毒不侵、长盛不衰。这种虚无缥缈、毒化毁损的论调广泛存在，连弗雷德里克也无法否认这一点。由于战争、革命和饥饿给全世界带来的灰心和沮丧，这种论调东一处西一处地冒出来，像是一种警示，像一只白手在白墙上写出的诡异文字[1]。

这种论调确实存在，并深深困扰着他。这一事实给他带来的痛苦越深，他对这种论调和他怀疑暗地里相信这种论调的人的攻势就越猛烈。目前，在真正受过教育的人当中，只有极少数人已经公开和坦率地承认对这一新理念的信仰。如果能获得广泛传播和势力，这一信仰注定会摧毁地球上所有的精神价值，导致动乱。还好，事情还没到这份儿上：那些公开赞同这一想法的散兵游勇数量还非常小，可以被认为是一群异类和古怪的家伙。但是一滴毒液的扩散或一种怪异想法的传播，可以很快从这边波及那边。反正在平民和受教育水平不高的人当中，新鲜玩意儿层出不穷：什么密宗绝学啊、邪教圣徒啊等等，充斥整个世界。你在任

---

[1] 圣经故事，上帝通过一只白手在白墙上写下无人能懂的文字，警告亵渎神明的巴比伦国王死期将至。

何地方都可以嗅到迷信、神秘主义、精神邪教和其他诡秘力量的气味，它们确实需要加以打击，然而科学好像出于一种软弱的私密情感，暂时还让它们自由泛滥。

一天，弗雷德里克去一个朋友家。他曾常和他在一起学习，但已有一段时间没见到他了。上楼时，他努力回想上次是在何时何地与这位朋友在一起的。然而，尽管他对自己记忆事物的能力很是自豪，这件事却想不起来了。他因此不知不觉地陷入一种恼怒和不快。等站在朋友房门前时，才感到必须使劲让自己解脱出来。

弗雷德里克还没来得及和朋友欧文打招呼，就在欧文和蔼可亲的脸上注意到一种他从未在这张脸上见过的不祥的微笑。他很少看到这种微笑：尽管很友好，却使他立即感到有嘲讽和敌意。这时，他突然想起刚才苦苦搜寻记忆而不得的东西——上次跟欧文会面的情景。他记得当时他们分手时是没有争吵，但他已经感到内心的不和与不满，因为在他看来，欧文对他当时打击迷信王国的支持远远不够。

真奇怪，他怎么会把这事儿忘得一干二净？现在他也知道这就是自己这么长时间没来找这位朋友的唯一原因：就是这种让他耿耿于怀的不满。尽管他为自己不断推迟此次造访制造了许多其他借口。

现在他们面对面了。弗雷德里克感到似乎那天的小分歧现在已大大扩展了。一时间，他感到自己和欧文之间从来就有的某种东西不见了：没有了那种团结一致、灵犀相通——甚至充满爱意的氛围，取而代之的是一片真空。他们互相打了招呼，谈到天气，谈到熟人，谈到他们的健康——上帝才知道为什么要谈这些！每说一个字都让弗雷德里克感到不安，觉得没搞懂自己的朋友，自己的朋友也不真懂他，感到自己在对牛弹琴：找不到一个可以真正对话的共同点。还有，欧文脸上仍带着那个友好的微笑，弗雷德里克已经开始近乎憎恨这个笑容了。

谈话很费劲。谈话间隙，弗雷德里克环顾这间他如此熟悉的单居室，看到墙上松松地钉着一页纸。这情景奇怪地打动了他，并唤起一些老掉牙的回忆。他记得很久以前，在他们的学生时代，欧文就有这个习惯：用这种方式将某思想家的箴言或某诗人的诗句清楚地记在脑子里。他站起来，走到墙前，去读那页纸。

在那里，他看到欧文用漂亮的字体写着："无所谓外，无所谓内，因为外即是内。"

他脸色煞白、一动不动地站了一会儿。瞧，白纸黑字！他站在那儿，直面他害怕的东西！要是在其他时候，他会让这页纸过去，会善意地将它容忍为一时任性：一个任何人都可以有的、也许是因为一次鸡毛蒜皮的小情绪而放纵一下的无伤大雅的小毛病。但此时的情况非同一般，他觉得这些词语不是为一个一闪而过的诗情而写下的。多年之后，欧文又重拾青年时代的做法也不是心血来潮。这里写的是自己的朋友目前关注的事，这里写的是神秘主义：欧文不虔诚。

他慢慢地将脸转向欧文。欧文脸上的笑容又灿烂起来。"你给我解释一下这个！"他要求道。

欧文点点头，脸上堆满友情。

"你从来没读到过这句话？"

"当然读到过！"弗雷德里克喊叫起来，"我当然知道这是神秘主义,是诺斯替主义[1]。它可能很有诗意,不过……不管怎么说,把这句话解释给我听听,告诉我它为什么会挂在你的墙上。"

"高兴之至。"欧文说,"这句话是我最近开始研究的一种新的认识论的导言,这种认识论已经给我带来了许多快乐。"

弗雷德里克抑制住怒火,问道:"一种新的认识论?真有这玩意儿吗?它叫什么?"

"哦,"欧文回答说,"只不过对我来说它是新的。它已经非常悠久,很受尊崇,被称为魔法。"

他说出了那个字眼!弗雷德里克对欧文如此坦率地供认不讳大为震惊。他浑身颤抖了一下,感到自己正面对一个化身为朋友的大敌。他不知道自己会怒不可遏还是泪如泉涌。这无法弥补的丧友之痛抓住了他。他不言不语,沉默良久。

随后,他用一副装出来的嘲讽口吻说:"那你现在想成为魔法师了?"

"是的。"欧文毫不迟疑地回答。

"去当巫师的学徒?"

"当然。"

静极了。可以听见隔壁房间时钟的滴答声。

然后弗雷德里克说:"这意味着你放弃了与严肃科学的所有关系,也断绝了和我的一切关系。"

"我希望不会这样,"欧文回答说,"但如果非这样不可,我又能怎么办呢?"

"你又能怎么办?"弗雷德里克脱口而出,"这还用说吗?

---

[1] 基督教早期一些教派的思想和实践,其主要特点是主张神秘的宗教顿悟,注重知识而不注重信仰,坚信物质是罪恶的。

立刻跟这种儿戏一刀两断，跟这倒霉的、令人鄙视的对魔法的信奉断绝关系。这就是你能办的，要是你还想保留我对你的尊重的话。"

欧文微笑了一下，虽然他也不再显得振奋。

他说话的语气如此平和。越过他平和的话语，弗雷德里克愤怒的嗓音似乎还在室内回荡。"你似乎在说它在我的控制之中，似乎我可以选择。弗雷德里克，情况不是这样的：我没有选择。不是我选择了魔法，而是魔法选择了我。"

弗雷德里克深深地叹了一口气。"那就这样吧。"他厌倦地说，站起身来，没有伸手握别。

"不能这样！"欧文叫道，"你绝不能这样离开！权当我们中有一个人躺在床上即将死去，现在的情况就是这样，我们必须道别。"

"但是欧文，我们俩谁要死了？"

"我的朋友，今天要死的恐怕是我。任何想要重生的人，都必须准备先死去。"

弗雷德里克再次走到那页纸前，又读了读那句关于内外的话。

"好吧，"他终于说，"你说得对。在愤怒中分手毫无益处。就照你说的，权当我们中的一个躺在床上即将死去，就事论事，即将死去的也可能是我。死前我想对你再提最后一点请求。"

"很高兴能满足你。"欧文说，"告诉我，告别时能对你如何尽善？"

"我重复我的第一个问题，这也是我的请求。请你给我解释一下这句话，尽你所能。"

欧文考虑一下，然后说：

"无所谓外,无所谓内。它的宗教含义你是知道的:上帝无所不在。他存在于精神,也存在于自然。一切都是神圣的,因为上帝就是一切。以前这被称作泛神论。再看看它的哲学含义:我们习惯于在思维中将内与外割裂开来,但这是不必要的。我们的精神能够从我们为其制定的桎梏中解脱出来进入超越,在构成我们世界的内与外这一对对应点之上,一种新的、不同的认知出现了……不过我亲爱的朋友,我必须向你承认,自从我的思维发生变化,对我来说就不再有含义明确的单一字词和句子了。每个词都有成百上千个意思。哎,这就是你惧怕的起点——魔法!"

弗雷德里克皱起眉头,正要打断他,欧文却面带麻痹人的和善看着他,继续更加清晰地说下去:"我来给你举个例子:你带上一件我的东西,任何东西,并不时审视它。不久,内和外的原则就会向你展示出它多种含义中的另一种。"

他环顾了一下房间,从墙架上取下一个黏土塑像,把它交给弗雷德里克,说:

"你拿上它,作为我送给你的临别礼物,等到我正放在你手中的这件物品对你来说不再在你之外,而已变成在你之内时,再到我这儿来!如果它还继续存在于你之外,就像现在这种状况,并且永远如此的话,那你我思想上也将永远分道扬镳了。"

弗雷德里克还有很多话要说,但欧文抓起他的手,按了一下,跟他道别,脸上的表情说明不允许他再谈下去。

弗雷德里克离开了。他走下楼梯(曾经,他速度惊人地奔上这楼梯),穿街过巷,回自己家。他手中拿着那个黏土塑像,感到迷惘、伤心。他在自家房前停下,狠狠地晃了一阵攥着那个塑像的拳头,感到一阵强烈的冲动,要把那可笑的玩意儿摔碎在地。可他没这么做，咬着嘴唇进了家门。此前他从未被相互矛盾的心情激怒和折磨至此。

他要为朋友赠送的礼品找一个摆放的地方。他把它放在书架顶上，让它暂时待在那儿吧。一天天过去，他偶然会看它一下，对它和它的由来凝思片刻，考虑这个愚蠢的玩意儿对他的含义。那是个小小的人像或神像或异教偶像，有两张面孔，就像罗马的贾纳斯神[1]。它造型相当低劣，用黏土烧制，上面盖着一层烧制过度且因某种原因造成裂痕的釉彩。这个小小的泥塑像看上去粗糙、渺小，肯定不是罗马或希腊工艺，更像是出自非洲或南海某个落后的原始人种之手。那两张一模一样的面孔上带着冷漠、懒散的皮笑肉不笑——丑陋极了，十足一个传说中的畸形小矮人在浪费自己愚蠢的微笑。

弗雷德里克无法适应这个黏土塑像，觉得它非常刺眼，十分讨厌，处处妨碍他、招惹他。第二天他就把它拿下来放在炉台上，几天后又把它放在壁柜上。它一次又一次干扰他的视线，好像非把自己强加于他不可。它冷酷、愚蠢地笑他，装模作样地引他注意。几个星期后，他把它放进门厅，放在那些关于意大利的照片和人们从来不屑一顾、无足轻重的纪念品之间。起码现在只有在进出房门时才会看到它。他会匆匆走过，不去仔细打量它。但就是在这儿，那玩意儿还是在干扰他，尽管他不愿对自己承认这一点。

通过这么个残品，这个双面怪物连同恼火和折磨闯进了他的生活。

---

[1] 罗马门神，有两张面孔。

几个月后的一天，他于一次短途旅行后归来。现在他会不时做一些这样的远足，好像有什么东西在不停地驱使他。他走进家门，走过门厅，女佣跟他打了招呼，他读了等待着他的信件。但他感到很不安，好像忘记了什么重要的东西。什么书也吸引不了他，任何椅子都不舒服。他开始绞尽脑汁地想：这是由什么引起的？他是否忽略了什么重要的东西？吃了什么让人不得安宁的食物？思考中，他想起这种不安的感觉是从他进家门时开始的。他走回门厅，不情愿地先去看那个塑像。

他没看到那尊塑像。一种奇怪的恐惧立即传遍全身。它不在了。它消失了。难道是用它自己的小陶腿出走了？飞走了？用魔法？

弗雷德里克让自己镇定了一下，对自己的神经质微微一笑，随后开始安静地巡视整个房间：还是没找到。他叫来女佣。她感到很不好意思，承认说在一次打扫卫生时，她失手让它掉在了地上。

"它现在在哪儿？"

它已经不在了。那个小玩意儿看上去那么结实，她经常把它拿在手中。但它还是摔得粉碎，已经修不好了。她拿着碎片去找上釉师傅，而他只是嘲笑她。后来她就把碎片扔掉了。

弗雷德里克让女佣走了。他笑了笑：这对他没什么不好。他没有因为那个小塑像而感到不快，上帝可以作证。那个讨厌的东西不在了，他现在可以太平了。要是第一天就把那玩意儿砸碎就好了！这些天他受了多少折磨！那个塑像是那样懒散、奇怪、狡黠、邪恶，还魔鬼般地对他微笑！好啦，现在它不在了。他可以对自己承认了：他怕它，真的发自内心地怕，这个土捏的神！

难道它不就是他所厌恶和难以容忍的那一切的标志,那些他一贯认为是险恶的、有害的、应该受到压制的各种迷信、黑暗、对良知与精神的胁迫的象征吗?难道它不正是代表人们时常会感到的地球深处的怒火、遥远的地震、正在靠近的文化灭绝和那个隐隐出现的大混乱吗?难道不是这个卑鄙的泥人夺走了他最好的朋友吗?不,何止是夺走,简直是化友为敌。好啦,现在那玩意儿不在了,消失了,被砸成碎片了,解决了。这样好,这样比他自己出手摧毁它要好得多。

他这么想,也许这么说了。然后就一如既往,干他的事儿。

可这事好像是个魔咒。现在,正当他或多或少地习惯了那个可笑的小人,正当它所在的前厅桌上那个视觉点逐渐变得有点儿熟悉、不再那么刺眼的时候,它的缺失开始折磨他了!真的,每次走过前厅他都觉得自己在思念它。他在那儿能看到的只是它从前站立过的那点空白,而那点空白散发出的空洞使整个房间充满了怪异。

弗雷德里克的白天开始变坏,夜晚更糟。走过前厅时他已经不能不去想那个两张面孔的塑像。他想念它,觉得自己的思想跟它拴在了一起。这对他形成了一种极为痛苦的压迫,而且他全然不仅是在走过前厅时才会被这种压迫紧紧抓住——啊,不是这样的。就像那种空洞和孤寂散发自前厅桌上现已成空白的那一点一样,这种遭受压迫的意识发自他内心,逐渐把其他的一切都挤到边上,用空洞和怪异感侵蚀他,充斥他。

他一而再、再而三地尽可能清楚地描绘那个小人,就是为了让自己看清楚为失去这么个小人而感到悲伤是多么荒唐。他可以看到它所有的丑陋和野蛮之处,连同它空虚而又狡猾的微笑以及——真的，还有那两张脸。好像是迫于压力，充满仇恨，他的嘴被拉歪了：他发现自己在试图再现那种微笑。那两张脸真的一模一样吗？这个问题开始困扰他：它们中的一个，也许因为制作粗糙或釉彩层破裂，会不会有一些不同的表情呢？某种嘲弄的表情，某种谜一般的东西？而那釉彩的颜色多奇怪呀！含有绿色、蓝色、灰色还有红色。现在他总会在其他物品上看到这种釉彩：在窗户对阳光的反射中，在潮湿的人行道映出的倒影里。

他对这种釉彩陷入沉思，夜晚也不例外。他猛然感到"釉彩"（glaze）是多么奇怪、外来、难听、陌生、几近恶毒的词啊。他仔细分析这个词，有一次甚至把该词的字母顺序颠倒过来，这样就读成了"ezalg"。真见鬼，这个词的读音得自何处？他见过"ezalg"这个词，肯定见过。他还知道这是个不友好的坏词，一个含义丑陋、令人不安的词。他被这个问题折磨了很久，终于恍然大悟："ezalg"让他想起的是多年前他在一次旅行中买过和读过的一本书。那本书让他感到沮丧、困惑，但又暗暗入迷。书名是《伊扎尔卡（Ezalka）公主》。这似乎就是一个咒语：跟这个小人相关联的一切——那釉彩，那蓝色、绿色，那微笑——都显示出敌意，在折磨和毒害他。他以前的朋友欧文在把那个塑像放入他手中时的微笑多么奇特啊：太奇特了，那么意味深长，那么不怀好意！

弗雷德里克好汉般地抗拒自己思绪中的这种强迫性趋势——有时也不是完全没有成效。他清楚地感觉到危险：他不想失去理智，不，宁死也不能！理智非有不可，生命则不然。他也曾想到，也许这就是魔法。欧文在这个小人的帮助下，以某种方式给他施了魔法，让他作为一个牺牲品、作为一个针对这些阴暗势力的理智和科学的捍卫者而倒下去。但如果真的是这样，真的连他都能设想有这种可能的话，那么就真有魔法这回事儿，真有巫术了。不，我毋宁死！

一位医生建议他散步和洗澡，并不时寻求些乐趣。他在一家小旅店过了一夜，但收效甚微。他诅咒欧文。他诅咒自己。

一天晚上，就像他现在经常做的那样，他很早就上了床，烦躁地躺着，醒着，睡不着。他想做一做冥想，想寻求安慰，想对自己说几句：说几句好话，几句令自己感到宽慰安心的话，那种像"2×2=4"那么直截了当、沉静清晰的话，但一句也想不起来。在近乎头重脚轻的状况下，他对自己嘟囔出一些声音、几个音节。词语渐渐在唇间形成：他几次在尚未感知其含义的情况下，对自己说出同一个不知怎的在他内心形成的短句。他嘟囔着这一短句，好像这样可以使他麻木，可以让他像抓着扶手那样沿着它摸索前进，在深渊周边非常狭窄的小路上寻索那求之不得的睡眠。

然而突然间，在他说话的声音稍大一点儿之后，他嘴里嘟囔的词语渗入他的意识，他知道他在说什么了。他在说："是的，现在你在我体内了。"他立刻明白了。他明白了这些词语的含义：它们指的是那个黏土塑像。此时，在这个灰暗的晚上，他精准无误地实现了欧文在那个非同寻常的日子里所做的预言。现在，那个当时他曾不屑一顾地拿在手中的泥人已经不再在他体外，而是在他体内了！"因为外即是内。"

他一跃而起，感觉体内输入了冰与火。天旋地转，群星发疯似的瞪着他。他胡乱穿上衣服，打开灯，离开家，深更半夜朝欧文的住处跑去。在那里，他看到那间非常熟悉的单间公寓窗前亮着灯，楼门没有锁，似乎一切都在等他。他冲上楼梯，摇摇晃晃地走进欧文的房间，把颤抖的双手放在桌上，支撑住自己。欧文坐在灯旁，坐在柔和的灯光里，若有所思地微笑着。

欧文优雅地站起来："你来了。这很好。"

"你一直在等我？"弗雷德里克轻声说。

"你知道，自从你带着我的小礼品离开这儿的那一刻起，我就在等你。我当时说的事情是不是发生了？"

"发生了。"弗雷德里克说，"那尊塑像现在在我体内。我已经承受不了了。"

"我能帮你吗？"欧文问。

"我不知道。随你便吧。再给我多讲讲你的魔法！告诉我，这个塑像怎样才能再离开我。"

欧文把手放在朋友的肩膀上。他领他走到一把安乐椅前，把他按在椅子里。然后满面笑容，用一种几乎是兄弟般的语气对弗雷德里克真诚地说：

"那个塑像会再次离开你的。相信我，也相信你自己。你已经学会信奉它，现在要学会爱它。它在你体内，但它还是死的，对你来说，它还是一个幻影。唤醒它，跟它交谈，问它问题。因为它就是你自己。不要再憎恨它，不要害怕它，不要折磨它，你对这可怜的塑像折磨得真够狠的，而它却是你自己。你在如何折磨你自己啊！"

"这是通往魔法之路吗？"弗雷德里克问。他深深地陷在安乐椅里，仿佛变老了，声音很低沉。

"就是这条路。"欧文回答说，"也许你已经迈出了最困难的一步。你通过亲身经历已经领悟到：外可以变成内。你已经超越了这一对对应点。对你来说,这像是地狱。学习吧,我的朋友,这是天堂,因为等待着你的是天堂。瞧!这就是魔法:外和内的相互转换,不是像你完成的那样通过强迫、通过饱受痛苦和忧伤,而是自由的,自愿的。唤起过去,唤起未来,两者皆在你体内。迄今为止,你一直是'内'的奴隶。学习做它的主人。这就是魔法。"

梅江中 译 [1]

---

[1] 译自 T.K. 布朗三世(T.K. Brown III)的英译本。原作为法语。——编者注

暴风雨

作者｜伊利亚·爱伦堡

伊利亚·爱伦堡（Илья Эренбург，1891—1967），苏联作家。

主要作品：《暴风雨》（Буря）、《解冻》（Оттепель）、《人·岁月·生活》（Люди, годы, жизнь）等。

本篇节选自伊利亚·爱伦堡的小说《暴风雨》。作者的编辑和纽约的出版社同意重新出版爱伦堡的这个具有代表性的章节。它描述了一位来自基辅的俄国军事委员在第二次世界大战中的一些经历。奥西普因前营长的殉职接任了一个营的指挥工作。相关片段讲述了奥西普的母亲汉纳和他年幼的女儿阿丽雅留在基辅的经历。与此同时，奥西普的夫人拉娅正在另一个前线服役，努力把德国侵略者赶出俄国。

惠特·伯内特

暴风雨

汉纳的世界

汉纳的世界就像一个孩子的世界。也许就是因为这个原因，她与孙女的关系亲密无间。她把外面的大事件看作家庭事务。对她来说，对小事的观察以及人与人之间的会面就是她读的书。她用亲眼看见的新房子、熟人脸上的微笑以及她儿子奥西普的工作来判断国家的发展。如果店里哪个售货员对她粗鲁，或是一个警察的行为无礼，她会对拉娅说："奥西普认为他们已受过再教育，但事情没那么容易。"她在一个不同的世界里长大。在那个世界里，有个可怕的上帝，即便你禁食也无法与他和解。还有个可怕的警察，他可以将人逮捕，驱逐出境。那是个希望受到压抑，绝望成为家常便饭的世界。在她的脑子里许多事都搅在一起：古老的祈祷词、奥西普从社论里引用的词语、古老的信念、各种预兆，还有对五年计划的讨论。她不知道自己是否信上帝，但她信儿子奥西普。对她来说奥西普的话就是真理。因此，当她的城市像一个人得了伤寒一样发着高烧翻来覆去时，当人们试图逃出基辅又返回并高叫着"德国人已到鲍利斯波尔[1]附近了"时,当炮火把窗户震得嘎嘎作响时,她都能保持镇定。她会让孙女坐在自己的膝上说:"别害怕,这是战争。"

秋天里一个阳光灿烂的早晨,她突然看见德国人在沿着萨克萨甘斯基大街走来。她曾预料过各种情况,可没想到会有这事。奥西普不是写过德国人会被打败吗?可是德国人还是来了,他们年轻,快活,一路笑着,一边走一边嚼着什么。她惊慌起来,像只母鸡似的庇护着阿丽雅。一个德国人看见她,笑起来,用自己的冲锋枪瞄准她,他的同伴们也都笑起来。汉纳险些没能回家。她坐在阿丽雅身旁说:"没事的。我们是故意这样做的,这是为了让他们上圈套。我们的人很快就会来了。爸爸很快就要来了。"她不是在安慰孙女,而是在安慰自己。

德国人来了一周后,她带着小阿丽雅去市场时,看到墙上贴着一张告示,上面写着:

基辅市及周边的犹太人,你们必须于星期一(9月29日)早上7点带着自己的财产、文件及暖和的衣服到多罗霍日茨卡亚大街(犹太人的公墓附近)报到。违令者格杀勿论。

她身边站着一位老者,汉纳问他:"你能看明白他们这是要干什么吗?"

那人偷偷地向四周看了看,便走开了。旁边的一个女的说:"这很清楚。他们要把犹太人驱逐出境。"

---

[1] 基辅机场所在地。

汉纳慢慢地走回家。那个星期她一下老了许多,她的头开始抖动,走路时几乎拖不动双脚。这些畜生会把我们送到哪儿去?冬天即将来临。汉纳温情而又悲伤地看着自己的孙女。这孩子将会怎样?我已经活了很久,该是我死的时候了。可怎么解救阿丽雅呢?

她决定去找维拉。"我要叫她在我们的人回来之前照看这孩子。"开门的是个陌生的女人,她生气地瞪眼看着汉纳。

"维拉已经不在这儿了。他们把她带走了。他们把所有的共产党人都带走了。"

汉纳明白了。现在没人能救她们了。她必须听从命运。也许他们不会把她们送得太远。即便在德国人中也一定会有正直的人,他们会可怜这孩子的。

汉纳做好出行的准备。阿丽雅冬天的大衣破了,她必须缝补一下。还要烤些大饼。家务事使她的脑子不再去想那些让人忧闷的事儿。

早上汉纳开始打包,但是当她看到街上挤满了人时,她意识到无需着急——她们只要晚上到那儿就行。

利沃夫街挤得水泄不通。有许多老人,还有很多儿童。汉纳问自己:"年轻人都上哪儿去了?"然后她记起来,年轻人在打仗。两个有络腮胡子的老人正在用毯子抬着一个瘫痪的妇女。一个有条假腿的男人推着一辆婴儿车。失去母亲的孩子们在哭。老人在祈祷,东方式唱吟的悲哀旋律与女人的号啕大哭交织在一起。阿丽雅变得很恐惧,紧紧地抱住自己的大娃娃。突然汉纳看到人群中的温伯格医生。她很困难地向他走去。

"医生,他们要把我们送到哪儿去?"

他用善良、悲哀的眼睛看着她,弯下腰来,低声答道:"送我们去坟墓。"

她紧紧抓住阿丽雅,尖叫道:"这不可能!这孩子也去坟墓?"

医生摆摆手,取下眼镜。汉纳看见他眼睛里噙着泪水。

德国人的巡逻队在人行道上排成行。汉纳时常听到从房子的大门里、街边的门里和打开的窗户里传来不连贯的话:"天啊,他们这么多人!德国人这是把他们送哪儿去?""他们说,是送去工作。""这看上去就很可怕!"

阿丽雅哭叫着,她已走不动了。汉纳把她抱起来,但已没劲抱着她走了。有人说:"把孩子放在这辆车上。"开着那车的老人一直在自言自语地嘟哝着。也许他是在祈祷?要么是他精神不正常了?

也许那医生言过其实了?有一次他说拉娅患了肺炎,其实她只得了普通的感冒。

走在汉纳旁边的一个妇女说:"有人说他们要把我们分别送到不同的小镇去。"

那医生自然在夸大其词。德国人不可能杀害小孩子。

但是那些德国人的眼睛真是不知羞耻。他们一边在旁边观看,一边笑。我们的人上哪儿去了?奥西普去哪儿了?我们这边一定会赢,但什么时候赢呢?

他们现在在什么地方?还是在利沃夫街上。是在汉纳的姐姐芬娅曾经住过的房子里。汉纳认识内厄姆以后,她就去找她姐姐,要姐姐为她祝福,好像姐姐是她的母亲。内厄姆是个心地善良的人,只是疯了。他出走之后,她的日子过得很苦。她以做洗衣女工来维持生活。无论如何,她让奥西普获得了经济上的自立。当然,利奥的日子好过得多,但是奥西普的头脑清楚。他受到尊敬,他是军官。拉娅去参战是正确的决定。因为德国人都是野蛮的牲口,每个人都要与他们斗争。

他们上了公路。她很久之前来过这里,那是当她和内厄姆去参加罗莎的婚礼时。内厄姆跳舞跳得很可笑。她那天也跳舞了。现在,生活已成为她的过去。可是阿丽雅怎么办?她一定不能离开阿丽雅。

现在他们周围是一片空旷的土地,一座小山,一条峡谷,还有沙子。德国人命令他们停下。黄昏降临了。在被踩平的草地上放了些桌子,便成为一个室外办公室。人们被一组组地叫上去,三十人一组。

一个德国人拿走汉纳的护照。他把护照扔在地上,大叫道:"不许说话!你的财产!"

汉纳递上她的结婚戒指,外加三个银勺子。

"就这些?"

有人要他们再往前走。另一个德国人喊叫道:"把衣服脱了!"

汉纳一动不动地站着。那德国人打了她一下。"脱衣服!把孩子的衣服也脱了!"

他们要干什么!畜生!汉纳开始给阿丽雅脱衣服。孩子叫道:"我不想洗澡,奶奶!好冷,奶奶。"

一个老头拒绝脱衣服。那德国人打了他的脸;他打了个踉跄,但没摔倒。他双眼充血,用刺耳的喉音叫道:"诅咒你和你全家,还有你的房子!"

另一个德国人跑上去,用冲锋枪的枪托把老人的头骨打碎。

阿丽雅哭叫道:"奶奶,我害怕。"

"打死我，饶了这孩子吧！"汉纳央求道。

"住口！"

两个姑娘脱衣服时，德国人用贪婪、邪恶的眼光看着她们。但是姑娘们向前走了一步，出乎所有人的预料，唱了起来：

  起来，饥寒交迫的奴隶……

汉纳看见一条大峡谷。她脑子里还在想她身旁的那个妇女说的话："这是巴比亚尔大峡谷[1]。"这时一个德国人猛然从她怀里抢走阿丽雅，把她扔进了峡谷。汉纳发出一声疯狂的尖叫，转身面对着那德国人，高高举起她的胳膊，大声叫道："奥西普就要来了！红军就要来了！他们会找你们算账的，畜生！"

他们被赶到峡谷边，随之而来的便是一阵冲锋枪的子弹。

德国人在一堆堆财产旁边争吵起来："那手表是我的。"

那堆金戒指里有一个是很久以前一位年轻的、富有梦想的裁缝套在汉纳手指上的。没有一个德国人想要那件汉纳昨天为阿丽雅缝好的大衣。

枪击非常凶猛，致使奥西普张开了嘴，他的眼睛向外暴突。米纳耶夫看着他，想笑，但没笑。过了一会儿，他说："那可真是一段不寻常的音乐，不是吗？"可是，当时他和部队里其他军人一样，脑子里什么也不想。他们甚至没能意识到周围的寒冷。当米纳耶夫爬上那陡峭的山峰时，他的意志很坚强，好像从玩男

---

[1] 基辅北部的一条大峡谷，因第二次世界大战期间德国占领军曾在此大量屠杀平民与战俘而声名狼藉。又译娘子谷。

孩子的游戏、从读第一本书起,他这辈子一直在等待这一时刻。在这一时刻到来之前,他们经历过许多没有眼泪的苦难,失去了众多的朋友,忍受了恐怖的新闻公报。他们对这个大平原已产生了爱憎参半的情感。等了一百多天,进攻终于开始了。

数百万人为这一刻做好了准备。在后方,操练中的士兵突袭了高地,穿过了平原,隐蔽在山谷里。工厂里,面色苍白的妇女(好像战争已榨干了她们的生命)发疯似的工作着,疲倦的火车司机冒着弹雨驾驶着满载货物的火车,排雷工兵受训在布雷区开辟道路。为了今后渡河的需求,已收集了许多原木。卷发的通讯女兵已为德国人仍在大摇大摆地行走的道路做好准备。一箱箱的罐头、伤病员的担架床、油桶、毡质的雪靴,还有成千上万张地图都已准备就绪。将军们、伊格纳托夫上校、奥西普——他们都俯下身子,正在研究注明了敌人的师和团的位置的地图。他们知道意大利的部队、罗马尼亚的部队及德国人的部队所在的具体位置,并且知道在哪儿驻着什么样的德国人——是新来的还是打过仗的,是德国党卫军,还是后备役。他们知道拉韦纳师的意大利人在问"我们为什么要来这里?",也知道德国的第七十一师来自兰斯。情报人员知道国防军所有将军的名字,熟悉德国的第二梯队。他们读过私人信件,得知施米特上尉在信中通知他夫人休假全部停止了。前线报、陆军报和师报的编辑们准备了特刊,呼吁要发起"决定性的打击"。政治教员们高声读出那些德国屠夫的日记,像技工测试发动机那样测试人心。一位患有肝病的高级将领到各个阵地视察了一遍,向别人隐瞒了他刚发了一次病。伊格纳托夫上校对奥西普说:"六点整。"斯大林仔细研究着地图,他的瞳孔因缺觉而放大。他必须预见到,一些德国将军会赞成撤退，而另一些会反对。他还必须预见到，弗里茨·埃里希·冯·曼施坦因元帅手下掌管很多坦克，但他是个空谈家。他不得不预见各种情况，比如雨下晚了，冰化早了，直至月亮产生的影响，以及可能出现的大错和小事故。

与此同时，奥西普目前领导的营眼下正遭受飓风引起的大火，击退了德国人的进攻，并进行了反攻（以免前功尽弃）。在那个闷热的八月的日子里最初见到这个惨淡的地方的人已所剩无几。这里埋着扎鲁宾中尉、反坦克炮手沙波瓦洛夫、扎戈沃兹杰夫、马戈拉泽、布坚科、布罗茨基，以及其他许多人。

一切准备就绪了，进攻准时开始。对奥西普营的战士来说，进攻开始于第一个射击坑道。从那里，载入史册的侦察员柳比莫夫（他曾是索契疗养院的理发师）用步枪的枪托打死了两个德国人。当米纳耶夫（这次他很认真）称此刻为"历史时刻"时，柳比莫夫厌恶地转过脸去。

有时被称作"战争的浪漫"的是：游戏的危险性，对危险的热爱，非习以为常的生活方式——如行军、篝火、森林里搭的帐篷、没有女性的生活（由此而产生的对女人持久性的不可忍受的渴望，充满温情的信件和语言粗俗的誓言）——这一切对奥西普来说都算不了什么。他做梦都想着战争将结束的那天，因为那时他就可以工作，建设，并组织人生了。他向往家庭生活，他爱慕拉娅。但当他看到她那张当狙击手的照片时就会叹气。想象一下，一个像她这样的女人竟在打仗，这都是让德国人逼的！他仇恨德国人还因为他们毁了一个小孩子的生活——他们把阿丽雅从母亲的怀抱里夺走已有一年，或许已经很多年了。在他看来，战争是个可恶的疾病，人的身体必须战胜它。这也许解释了他为什么对自己的士兵变得如此友好。他们像他一样，也渴望回家，憎恨德国人，尤其因为德国人彻底破坏了他们的生活。说起他们的长官，士兵们都同意："他理解我们。"

进攻很艰难。据说右边的情况容易些，那里是罗马尼亚人。德国人做出了绝望的抵抗。进展缓慢，伤亡惨重。部队很疲倦，情绪低落，但他们内心闪烁着希望的火花：这次作战甚为认真。

爱说笑话的米纳耶夫坚持说："德国人有意放弃了罗马尼亚人，因为他们现在没时间过问音乐了。"他嘲笑有关非洲战争的报道："阿尔及尔北部很久以前头上就撞了个肿块。"

几天之后，形势变简单了：只剩下罗马尼亚人还在抵抗。米纳耶夫发出一些纸条，上面写着：有如此之多的提琴手被运往战俘营——他竟然没给他们派个护送队！罗马尼亚人兴高采烈地大步走向后方，米纳耶夫敬佩地惊呼："快看他们！高兴得像是要赶去参加婚礼。"

后来，一名中尉带领四十个德国人举起双手。这倒是件新鲜事。但是，没有时间去细想这事。第七部门会对付他们，他们那里在尝试着使用精神分析法。

火车站。数百节火车车厢停在那儿——有德国的、法国的、比利时的、波兰的、捷克的——其中有白狮、皇冠、三色帽章，还有一辆崭新的黑鹰。整个欧洲都徐徐开进这个没有欢乐的大平原。各种品牌的汽车、成箱的法国葡萄酒、沙丁鱼、芦笋、巧克力、香烟打火机；一个死去的德国人用他剩下的那只眼睛瞪着漫长的路，那只眼睛里还有泪水。

将会有很长的时间没有邮件。米纳耶夫再一次读完他母亲过

去来的一封信,对奥西普说:

"我亲爱的母亲总是在发明新东西。这次她发明的是个笼子,要把希特勒装进去,到各个国家去展出。设想一下,英国人听到这事后会干什么。他们会成立一个协会来保护希特勒。"

奥西普终于给拉娅写了封信:

> 正如你很快就会在报纸上所见到的一样,这里一切发展很好。我的身体从来没有这么好,但我只是为你担心。拉耶什卡[1],我总是不能告诉你最重要的事。我无法表达我的心情,但请你相信我,我一刻也忘不了你。我担心妈妈和阿丽雅。我听说她们那儿的气候对不习惯的人来说很困难。把妈妈的信寄给我。我热烈地拥抱我亲爱的军士!

伊格纳托夫传令招来奥西普。他说:"我们必须马上行动。德国人会设法突围的,他们别无选择。"

他要自己的传令兵送些香槟来。"这是来自法国的战利品。我过去从来没尝过,现在咱们尝尝看。我们确实有理由举杯同庆。"

他用手指在地图上比画着。"这是个马蹄形。"

奥西普回到营里,米纳耶夫惊奇地问:"你从哪儿弄来的伏特加?"

"伏特加?那算什么!这可是香槟酒。你知道战事如何吗?我们把他们包围了!"

"我说你是喝醉了!你在说什么?他们怎么会被包围了呢?

---

[1] 拉娅的爱称。

他们昨天还撤退了四英里。"

"我说的不是我们对面的那些兵,而是他们的整个军队!这绝对是真的。我自己也不敢相信这是真的。"

通常冷静、不感情用事的奥西普用双臂搂住米纳耶夫的脖子。米纳耶夫欢快地笑着说:"我可爱的母亲说得对。我们要把希特勒装在笼子里展出!"

返回基辅

奥西普微笑着,所有的事都让他高兴——尤其让他高兴的是他们离基辅越来越近了。有时德国人撤退时过于仓促,没时间烧房子,也没赶走住户。在住有居民的村庄里,姑娘们的眼睛里露出调皮和温情,好客的家庭主妇盛情用家里酿的酒、奶油和煮熟的南瓜款待客人,她们向他们描述了趾高气扬的德国人如何开始叹气,向上帝祈祷。

一个老妇人在坦克、大炮、卡车开过时不停地在胸前画十字。她说:"德国人不停地派兵过来,他们说俄国人没有自己的士兵。"昨天的"女婿"现在声称自己是游击队员。真正的游击队员从森林里出来,看着他们,奥西普感到心里一酸,眼睛湿润了。

之后,他们目睹了德国人对周边地区的蹂躏。燃烧着的村庄火光冲天,空气让人难以呼吸。奥西普看见被砍倒的苹果树,树上的叶子还没来得及褪色,仍在树枝上颤抖。奥西普转过头去,为人类盲目的愤怒心里感到疼痛。

受伤的军士塞莱茨基拒绝去营里的医院基地,他对奥西普说:"我想把他们赶走。"现在这是每个人的生活目标——把德国人赶走。

米纳耶夫从未见过奥西普如此高兴。他们正在庆祝十月革命的周年纪念和基辅的解放。蔡利,师里小报的编辑,讲了个有趣的故事:"一个美国人问另一个美国人:'为什么俄国人这么会打仗?'第二个美国人回答道:'因为打仗对他们来说很容易——他们不怕布尔什维克。'"然后他们跳起舞,唱起歌来。奥西普回想起基辅,随后他突然地、没加任何开场白就告诉米纳耶夫:

"我刚认识我夫人时,我们去听音乐会。正当我们听着乐队演奏,她忽然转过身凑近我问:'你听出这是什么曲子吗?'我对音乐一窍不通,但又不好意思向她坦白,所以我就说:'听出来了。'中场休息时她问我:'好吧,他们刚才演奏的是什么曲子?'那曲子很活泼,我就说是卡门。'你的耳朵很棒。真棒!'她说。其实,那是贝多芬,是他的一首交响曲。我怎么会知道呢?但那事很让我生气。到家之后,我在镜子里看了自己一眼——她说得很对,我的耳朵的确没什么可让人恭维的。我刚刚剃过头,耳朵向外张开,很不雅观。当然,我知道拉娅说的不是那个意思。但我还是去问了我妈:'我的耳朵正不正常?'我妈回答说:'你的耳朵长得跟你爸爸的一样。'后来,我们结婚以后,我把这事告诉了拉娅。她为这事取笑了我好多年。她不常写信,我也不会逼着自己写信,而且相对来说,我的条件较为优越。她是个军士,情况与我不同。但我想家。无论如何,只要让我看一眼基辅就行了!我们离基辅这么近了。但我的家人不在那儿。他们与疏散的人员一道离开了。"

后来米纳耶夫告诉奥尔加:"奥西普这人很不错。我用了好一段时间才了解到他是什么样的人。他过去很让我心烦。他说起话来总是引经据典。如果我说到包心菜,他就会谈起辩证法。但是,你不能认为他就是根让人乏味的木棍儿,那他可不是。他就是这个性格。比如说,我会激动得手舞足蹈,但他太害羞。为什么乌龟有个壳儿,你知道吗?因为它有个敏感的身体。"

奥尔加说:"他是个好人,但不幸福。"

"不幸福?你没看见他昨天那么开心的样子?"

她微笑了,但固执己见地说:"他可以很开心,但并不幸福。"

大约十天之后,奥西普的愿望实现了。他们被转到日托米尔公路,他看见基辅了。可是,他感到很惊奇——他印象中的基辅不见了。黑色的废墟透过冷冰冰的雨隐约地出现在眼前。他眼前展现的并非基辅,而是战争……

他走到萨克萨甘斯基大街。他很高兴地看到他过去住的房子依旧站立在原处。他敲了邻居雅科文克家的门。雅科文克在部队,他们的女儿尼诺奇卡被德国人送到外地去工作了。只有雅科文克太太和他们的跛腿女儿格拉莎留在家里。

"坐下来,坐在这椅子上。我没什么可招待你的,因为在德国人的统治下我们变得一贫如洗。"然后她便开始抽泣。

"我在想你母亲。可怜的女人,她来找我说:'他们要把我们带走。请你在我的孩子们回来以前帮着关照一下我们的东西。'当时我们不知道那些畜生打算干什么。尼诺奇卡后来说:'他们把那些人全部屠杀了,孩子也一个没放过。'每当我听到有人提起巴比亚尔大峡谷,就止不住流泪。他们把你们的房间给了一个密探,他的鼻子整天嗅来嗅去,想着要把更多的人送去德国。他把我的尼诺奇卡给出卖了。"

奥西普一动不动地坐着,脸上显露出的悲伤让雅科文克太太欲言又止。格拉莎奔进厨房,忍不住呜咽起来。

下楼时奥西普忽然想到:也许她把发生的事情混在一起了?拉娅的信里明明写着她们跟疏散人员一道转移了。他又敲了库利可夫家的门。一位老妇人打开了门。

"我是阿尔珀特。您见到我妈了吗?"

他的声调很绝望。库利可夫太太以为他是在谴责她。她哭着说:"我们可是无能为力啊。你以为德国人与我们商量过?"

"我只是想问您一件事:您见到我妈妈和我的小女儿了吗?"

"我在她们被拖走之前的那个晚上见过她们。"

他朝着巴比亚尔大峡谷走去,脑子里一片空白。他还没完全意识到丧亲带来的悲哀会如此铺天盖地:他呼吸困难,什么也听不见,只是一个劲地走下去。他脑子里闪过一个想法:利沃夫街居然这么长!他不知道在与阿丽雅一道去死亡的路上同样的想法曾在他母亲的脑海里掠过。

四周没有一个人。突然,一个像醉汉一样的视力模糊的男人从一间陋屋里走出。奥西普上前打个招呼问道:"巴比亚尔大峡谷在哪儿?"

"向右转,就能看见了。我猜想你有亲戚在那儿。其他军人也曾路过这儿,问过路。不过你是什么也找不到了。德国人开始清扫时,他们带来很多战俘,彻底地把土翻了个个儿,不留任何痕迹。他们夜以继日地焚烧尸体,那空气简直叫人无法呼吸。"

奥西普来到巴比亚尔。这里很多地方都已不是峡谷,已被用沙子、灰、烧焦的小块骨头填上。奥西普跪下来,把脸压在又冷又湿的沙子上。

天黑了,可他却不愿离开这里。此刻他想到拉娅,想到是爱让她说了毫无恶意的谎话。她独自承担了悲痛的全部负担,好让他心情平静。

我们共同生活已很久,可我却还不了解她是怎样的女人。我为她不怕过军人的生活,也不怕死,毅然上前线而感到惊奇。作为一个母亲,她在给我写信谈到阿丽雅时会有什么感觉?

想到拉娅,生命便获得胜利。杀害一个不能自卫的人,为了避免惩罚,把尸体烧毁,把骨灰撒掉,并把证人除掉是可能的。但是,要想扼杀人之最崇高的情感——爱——是不可能的。事实证明,拉娅比杀戮者更强大。

两天后,他写信给拉娅:

拉娅,我亲爱的拉娅,请原谅我总是用问题折磨你。我现在什么都知道了。我已去过巴比亚尔。拉娅,咱们俩必须共同渡过难关,言语帮不了我们,但我想拉着你的手说——这事我们两人要独自承担。一件可怕的事情发生了,但你和我要活下去。我们不要忘记这事,而是要把它记在心里,继续活下去。我现在知道你内心的力量。我不知道在基辅死了多少人,他们说有七万人。可数字说明不了什么,他们杀害的是人命。这是不可饶恕的罪恶。我亲爱的,坚强些!我去了一趟巴比亚尔之后,再也不怕言语了。我想说咱们俩将永远守在一起,这会比死亡更强。

奥西普

当米纳耶夫看到奥西普时,他马上就猜到出了什么事。几天之后,奥西普说:"我妈妈和阿丽雅。都在巴比亚尔大峡谷。"

在接下来的几个星期里,德国人的精神像是起死回生了。德国指挥部用西边调来的师代替了被挫败的师。

他们的反攻很成功地开始了。经过激烈的战斗,德国人强行推进到日托米尔,继而向基辅挺进。师长朱可夫[1]将军命令奥西普坚守阵地。将军说:"关键是要守住。"

米纳耶夫向奥西普报告说他的防卫区域一片平静,只是"德国人像之前在那个小山包上那样打个不停,他们打疯了"。与波利什恰克之间的通讯中断了,但一名信号员设法从那个防区爬过来报告说德国人已到了战壕,但被打了回去。第三营挺住了。十点一刻时七辆老虎坦克[2]接近那小山包,参谋部就安在那儿。师长要奥西普接电话。"你们那边情况怎么样?"

"我们在坚守。二十六辆坦克开过了利奥尼茨防区。七辆老虎坦克来了,就在防线外面。喀秋莎[3]正在教训他们。"

两只老虎被摧毁了,其余的转向右边去进攻波利什恰克,波利什恰克的营撤退了。坦克开过之后,一波步兵逼迫米纳耶夫撤退了。天黑之后,团参谋部和两个连被包围了。奥西普惨淡地微笑着:这就像是在 1941 年,我要指挥的是两个连,而不是一个团。他们坚守阵地二十四个小时。奥西普头部受了震荡,头疼,想吐。坦克的进攻被燃烧瓶击退。一天将结束时,将军派来的自行火炮以及米纳耶夫的营突围来到了指挥部。奥西普前往利奥尼

---

[1] 朱可夫(1896—1974),苏联军事家、苏军元帅,在第二次世界大战中率领苏军一路打进柏林,终结了第三帝国。
[2] 第二次世界大战期间俄军给德国坦克起的外号。
[3] 第二次世界大战期间俄国军队授予自己的火箭炮的爱称。

茨防区去振奋士气。第二天早晨，奥西普的营发起反击，收复了一个小村庄。奥西普向朱可夫将军报告：所有据点都已收复，只是波利什恰克尚需重新攻占一个农庄，那个农庄位置显要，地形有利。可是波利什恰克遭受到惨重的损失。如果后备营……

"你怎么了？"将军问道，"你的脸色不好啊。"

"我脑部受了震荡。不是很严重。"

"休息一两个小时。"

"不行。我要去看看波利什恰克。"

"等等，先吃些东西。"

将军倒伏特加时，看到奥西普睡着了。天呐，部队真是累得不行了！过了一会儿，奥西普跳起来，拔腿就去波利什恰克。他已经三夜没睡觉了。

激烈的战斗又持续了四天：进攻之后，又是反击。德国人放弃了对基辅的图谋。奥西普睡了六个小时，起身之后用冰水洗了脸——此时已进入冰霜季节。他突然变得焦虑起来：怎么还没收到拉娅的回信？他又给她写道：

> 我活着且健康，等待回信——
> 现在我的整个生命以你为中心。

梅江海 译[1]

---

[1] 译自 J. 范伯格（J. Feinberg）的英译本。原作为俄语。——编者注

珍珠

作者 | 伊莎·丹尼森

　　伊莎·丹尼森（Isak Dinesen，1885—1962），本名凯伦·布里克斯，丹麦作家，使用英语和丹麦语写作。多次提名诺贝尔文学奖。

　　主要作品：《走出非洲》（*Out of Africa*）、《草坪上的影子》（*Shadows on the Grass*）、《冬天的故事》（*Winter's Tales*）等。

《珍珠》选自凯伦·布里克斯的中篇小说集《冬天的故事》。她的笔名是伊莎·丹尼森。这是展现她独特有趣的写作风格及洞察力的一篇代表作。

惠特·伯内特

珍 珠

大约八十年前,近卫军年轻军官、一个乡间世家最年轻的儿子在哥本哈根与一位富有的羊毛商的女儿结了婚。这位羊毛商的父亲曾经是一名小贩,来自日德兰[1]。当时,这桩婚事很不寻常,人们议论纷纷,还专门为它写了首歌,传唱于街头巷尾。

新娘子二十岁,是个美人,个子很高,满头黑发,容光焕发,十分出众,像是用一整根木头雕出来的。她有两个仍然是老处女的姑奶奶,是她那个当过小贩的祖父的姐妹。祖父因为家庭财富不断增加而提前结束了勤劳简朴的生活,被弄得坐在客厅里发号施令。当较为年长的大姑奶奶听到侄孙女订婚的消息后,前去看她,谈话中给她讲了个故事。

"亲爱的,"她说,"我小的时候,年轻的罗森克兰茨男爵跟一个富有的银匠的女儿订了婚。你听过这种事情吗?你的曾祖母认识那姑娘。新郎有个龙凤胎妹妹在宫里做事。她驾车去银匠家看新娘。等她离开后,姑娘对爱人说:'你妹妹笑话我的衣服。因为她说法语,我无法回答她。她心肠很硬,我看得出来。我们

---

[1] 北欧的一个大半岛,由丹麦的大陆部分和德国北部的一部分组成。

要想幸福,你就永远不许再见她,我受不了。'年轻人为了安慰她,答应永远不再见妹妹。不久后的一个星期天,他带着姑娘和他母亲一起吃饭。在他驾车送她回家的时候,她对他说:'你妈看我时眼中含着泪。她希望你娶别人为妻。如果你爱我,就必须跟你妈断绝关系。'热恋中的年轻人又答应照办。尽管这样做他损失很大,因为他妈是个寡妇,而他是她唯一的儿子。还是那个星期,他派男仆给新娘送去一束鲜花。第二天她对他说:'我不能忍受你男仆看我时的神态,你必须在下个月一号打发他走。''小姐,'罗森克兰茨男爵说,'我不能有一个会受我男仆神态影响的妻子。这是你的戒指。永别了!'"

老女人说话时一直用闪亮的小眼睛看着侄孙女的脸。她生来精力充沛,早就下决心为他人而活。她把自己设定为家族的良知。可实际上,她是个自身没有希望也没有畏惧的人,是整个家族身上一个精力充沛的老道德寄生虫,特别是对家族比较年轻的成员而言。新娘子詹辛是个血气方刚的年轻人,最是寄生虫中意的寄生对象。此外,这一老一少两个女人有许多共同品质。这时,姑娘面色平静地继续倒着咖啡。平静的面孔后是怒不可遏。她对自己说:"马伦姑奶奶将为此付出代价。"但不知怎么搞的,如同经常发生的那样,姑奶奶的劝告却深深进入她内心,引起她的深思。

在哥本哈根大教堂举行完婚礼后的一个晴朗的六月天,新婚夫妇前往挪威结婚旅行。他们乘船向北,一直驶到哈当厄[1]峡湾。当时去挪威是件浪漫的事。詹辛的朋友们问她为什么没去巴黎。

---

[1] 挪威西部一个较为传统的地区。

她本人却为能在一片荒野中开始自己的婚后生活、和丈夫单独在一起感到高兴。她想自己不需要也不想要任何新印象或新体验。她在心中默默加了一句：愿上帝帮助我。

哥本哈根的八卦说新郎结婚为的是钱，新娘结婚为的是名。但他们都错了。这桩婚姻系爱情所致。蜜月甜蜜无瑕。詹辛绝不会嫁给她不爱的男人。她崇敬爱神。这些年来她天天向爱神送上一个小小的祈祷："你早点儿来吧。"现在回想起来，爱神怕是变本加厉地应允了她的祈祷。而她读的那些书倒没能告诉她多少有关爱情的真谛和真知。

她在挪威美丽的风景中第一次体验到爱的激情。美景增强了爱情不可抵挡的美感。乡间正值最可爱的季节：天空蔚蓝，稠李花遍地怒放，空气中弥漫着甜美且有一丝苦味的香气；夜晚如此明亮，半夜还能看清一切[1]，甚至可以读书。詹辛身着一袭长裙，肩披阿尔卑斯围巾，或独自一人或在丈夫的帮扶下，爬上许多陡峭的山路。她身体康健，步履轻捷。她站在峰顶，长裙随风飘舞，沉浸在无边无际的遐想中。她一直生活在丹麦，曾在吕贝克[2]的廉价公寓住过一年。她对地球的感知是一片水平铺开的无边无垠、一马平川或连绵起伏地躺在她脚下的土地。但在这些山岭中，一切都好像奇怪地直立起来，就像一些用两条后腿直立起来的巨兽，你不知道它们是跟你玩儿呢，还是要碾碎你。她站在一个从未经历过的高度，山上的空气像酒一样上头。到处都能看见流水从高耸入云的山峰泻入湖泊，形成一条条银色的小溪或轰鸣的瀑布，呈现出彩虹的色彩，听上去好像大自然在大声哭泣或

---

1 挪威的"日永"现象。
2 德国北部城市。

放声欢笑。

开始时,所有这一切对她都如此新鲜,使她感到自己原来的想法已被风吹得四处飘散,就像她的长裙和披肩一样。但不久,这些印象便汇集成一种极深的惊骇感,一种她从未经历过的惊惶。

她成长在一个前瞻远虑、行事谨慎的环境中。父亲是个诚实的商人,既害怕赔钱,又害怕让客户失望,这种双重的危机感有时会使他感到忧伤;母亲是个敬畏上帝的年轻女人,是虔信派[1]信徒;两位老姑奶奶严格遵守道德准则,同时也十分关心世界舆论。在家时,詹辛时常认为自己胆大包天、渴望冒险。可此时身处这野性浪漫的景色之中,因毫无准备,却被自己内心一种狂野、未知、可怕的力量所压倒。她环顾四周,寻找支撑。到哪里去寻找这种支撑呢?带她来这儿的年轻丈夫,和她形成孤独的一对,是无法帮助她的。相反,正是他引起了她内心的动荡不安。在她看来,他也被明显地暴露在外部世界的危险之中。因为婚后不久詹辛就意识到——可能从他们第一次见面时她就朦胧地感觉到——他是一个完全没有恐惧感、不懂惧怕的人。

她在一些描写英雄的书中读到并真心钦佩那些英雄。但亚历山大并不像她书中的英雄,他不是敢于面对或征服这个世界的危险,而是压根不知道危险的存在。在他看来,群山就是个游乐场。生活中的万千气象,包括爱情本身,都是他在其中的玩伴。"亲爱的,"他对她说,"百年之后,万事归一。"她不能想象,他是怎么活到现在的。但她知道他生活的方方面面都跟她不一

---

[1] 十七世纪德国路德教的一派。

样。这时她恐惧地感到，现在孤身一人在这个做梦都想不到的高峰和深壑的世界中，自己的生命掌握在一个完全不懂万有引力法则的人手中。在这种情况下，她对他的情感变成了强烈的道德愤怒，好像他在故意背叛她；但同时又陷入了极度的温柔，就像她会对一个地处险境、完全无助的孩子产生的那种柔情。这两种情感是她本能产生的最强烈的情感。它们在她内心迅速膨胀，形成一种强迫症。她回忆起童话故事中的那个男孩儿被送到外面世界去学习惧怕。她似乎感到为了她，也为了他，为了自我防护，也为了保护和拯救他，她必须教丈夫懂得惧怕。

他不知道她在想什么。他爱她，钦佩她，尊重她。她纯洁无瑕、天真浪漫，是那一类可以通过自己的智慧创造大笔财富的人的后代。她会说法语和德语，精通历史和地理。他对这些素质绝对崇敬。他已经做好准备经历她内心深处可能使他感到惊奇的东西。这是因为他们的交往还非常浅，结婚前两人在一块儿单独相处不过三四次。此外，他也不假装懂女人，但认为她们的不可预知性恰恰是女性魅力的一部分。他年轻妻子的情绪波动和任性多变让他进一步确认了第一次见面时，她在他心中激起的这辈子就要她的信念。他希望的是她能够成为他的朋友。他反思过：这辈子他还从来没有一个真正的朋友。他没对她讲过以前的恋爱故事。确实，即使他想告诉她，也说不出口。但在其他方面，他竭尽可能向她讲述了自己和自己的一生。一天，他谈到他如何在巴登－巴登[1]赌博的情况：他把最后一分钱都押上了，后来赢了。他不知道此时她在他身边想："他就是个贼，不是贼也是个分赃

---

[1] 德国西南部黑森林地区的水疗城，近德法边界。

人，跟贼一个样。"有时他会拿自己欠的债务开玩笑，大谈为了避免直面他的裁缝所费的心机。这些话在詹辛听来简直荒诞不经。对她而言，欠债令人深恶痛绝。而他负债累累却毫不担忧，笃信命运会为他偿清债务。这似乎有违人性。但她也想到：她自己，他娶的这个富家千金，不正是为了证明他在裁缝眼里值得信任而作为命运的驯服工具及时来临的吗？他还对她讲过，他曾跟一名德国军官决斗，并把决斗留下的伤疤亮给她看。这一切都过去了。他把她搂在怀里，站在高高的山顶上，让整个天空看着他们。她在心中呐喊："如果可能，请将圣杯从我这里传过。"[1]

当詹辛着手教丈夫如何惧怕时，脑子里想到的是马伦姑奶奶讲的故事。她发誓说，她绝不大声祈求，祈求者应是他的角色。鉴于她与他之间的关系对她而言是生存的核心因素，当然应该首先试图用可能失去她来吓唬他。她是个单纯的姑娘，采取的手段十分简单。

从此刻起，她爬起山来比他更玩命。她会站在悬崖边上，倚着阳伞问他悬崖有多深；她会在狭窄、单薄的小桥上寻找平衡，桥下就是冒着白沫的汹涌激流，而她还跟他喋喋不休地闲聊；她会在电闪雷鸣中划一条小船荡入湖面。夜晚，她会梦见白天的骇人风险，尖叫着醒来，让他把她抱在怀中，予以安慰。但她的冒险行为全无效果。丈夫对一个娴静的女孩儿突然间变得胆大妄为感到吃惊，感到入迷，认为一定是婚后生活产生的影响，因而不无骄傲。到头来她暗自思忖，她的大胆表现究竟是受到他为她感

---

[1] 见《圣经·马太福音》第26章第42节。此处比喻圣杯中装的是耶稣即将被钉上十字架的苦难，要他饮下。耶稣表示服从上帝的意愿，但也祈求：如果可能，请将圣杯从我这里传过。表现了人类希望免受痛苦的本性。

到自豪并赞扬她的激励呢，还是被自己要征服他的决心所驱使。随后她对自己、对所有的女人大为生气，并怜悯他，怜悯所有的男人。

有时亚历山大会出去钓鱼，这对詹辛来说是独自整理思绪的大好时机。于是年轻的新娘穿上花格呢外衣，独自游荡，成为万山丛中的一个小人影。有一两次在单独漫步中，她想到父亲对她上心的关怀。这种回忆使她热泪盈眶。但她会一再把父亲送走：这些事情必须自己解决，不能让父亲知道。

一天，她坐在一块石头上休息。一群放羊的孩子走近她，盯着她。她叫他们过来，从手袋中拿出糖果分给他们。詹辛极喜欢她的洋娃娃，喜欢程度达到了当时一个温文尔雅的女孩儿敢于表现的极致。她始终渴望有自己的孩子。这时她突然沮丧地想到："我永远不会有孩子了。只要我必须这样绷紧我和他之间的关系，我们就永远不会有孩子。"这一想法深深地压抑着她。她起身离去。

另一次在单独散步的时候，她想到一个在父亲办公室工作、曾经爱过她的年轻人。他名叫彼得·斯可夫，是个非常精明的年轻商人。她从小就认识他。她回忆起在她出麻疹的时候，他如何天天守在她身边为她读书；他又如何在她出去滑冰时陪伴她，如何怕她感冒、跌倒或掉进冰窟窿。从她站的地方，她可以看到远处丈夫小小的身影。"是的，"她想，"这是我的最佳方案了。等我回到哥本哈根，我以我的名誉——那名誉依然属于我（虽然她对这一点有所怀疑）——起誓：彼得·斯可夫将成为我的情人。"

在他们结婚的那一天，亚历山大送给新娘一串珍珠。这是他祖母的珍珠。祖母是德国人，曾经是个极具才华的大美人。她把珍珠留给他送给他未来的妻子。亚历山大给詹辛讲过许多有关祖母的事。他说，他第一次爱上她是因为她有几分像他的祖母。他要她每天都戴上那串珍珠。詹辛从未有过珍珠项链，对自己的这一串感到非常自豪。最近她经常需要支持却无法获得，于是用手拧珍珠项链并把它咬在两唇之间成了她的习惯。"你如果再这么做，"亚历山大有一天说，"你会把项链弄断的。"她看了看他——这是他第一次预报灾难。"他一直爱他的祖母。"她想，"或者，是不是必须等到死了之后一个人才会在他心中有分量呢？"此后她经常想到那位老太太。老太太同样来自与众不同的环境，在丈夫家和朋友圈中也是陌生人。她设法从亚历山大的祖父那里获得这串珍珠，并通过它使今世后代的人能够记住她。詹辛想：这串珍珠是胜利的象征，还是服从的象征？她已经把祖母当成家中最好的朋友，十分希望能对她进行孙女式的拜访，并就自己面临的难题向她请教。

　　蜜月已接近尾声，而这场交战双方只有一方知道战争存在的奇怪战斗尚不见分晓。两个年轻人都因为将要离去而伤感。直到现在，詹辛才充分意识到周围的景色有多美。因为归根结底，她已把美景变成自己的同盟。在群山中，她反思道：世上的危险非常明显，永远摆在你眼前。而在哥本哈根，生活看起来四平八稳，实际上可能更凶不可测。她想到自己漂亮的婚房在那里等着她。想到房子中那些带花边的窗帘、吊灯、放着桌布床单的橱柜。她完全无法想象，婚房中的生活会是怎样。

　　启程的前一天，他们住在一个小村庄里。从那里到海边的汽船码头乘马车要走六小时。早饭前，他们又出门了。回来后詹辛坐下来解帽带时,珍珠项链挂住了她的手链,珍珠撒了一地,好像她突然洒下了一阵泪雨。亚历山大手膝并用,趴在地上一粒一粒地把珍珠捡起来,放在她腿上。

她坐在那儿,有些惊惶:她弄断了这个世界上她最害怕弄断的东西。这对他俩是何先兆呢?"你知道一共有多少颗珠子吗?"她问他。"知道。"他趴在地板上说,"爷爷是在他们金婚纪念日那天送给奶奶这串珍珠的。五十年每年一颗。但后来他又在每年她过生日时,增加一颗。一共五十二颗,很容易记,正好等于一副扑克牌的张数[1]。"他们终于找齐了全部珍珠,用他的丝绸手绢包起。"这样在抵达哥本哈根前我就戴不成它们了。"她说。

这时女房东端着咖啡走进来。她看到了这场灾难,立刻提出要帮助他们。她说,村子里的鞋匠可以帮他们把项链修好。两年前有位英格兰的勋爵和他的夫人还有一群朋友来山中旅行,其中一位年轻的女士也弄断了珍珠项链。他想办法帮她穿好,她万分满意。他是个诚实的老人,很穷,而且有残疾在身。年轻时他在山里的暴风雪中迷了路,两天后才被找到。他们不得不锯掉他的双脚。詹辛说,她要拿着珠子去找鞋匠。女房东给她指出去他房子的路。

她孤身前往。她丈夫在家捆扎行李箱子。她在鞋匠狭小阴暗的作坊里找到了他。他是个瘦小的老人,穿一件皮围裙,饱经沧桑的脸上带一丝羞涩狡黠的微笑。她当面点清珍珠的数量,庄严地放在他手中。他看着珍珠,答应第二天中午交活儿。事情办完

---

[1] 大小王不计在张数之中。

了，她还坐在那张小椅子上，双手摆在腿上。没话找话，她问他那位弄断了项链的英国女士叫什么名字。他不记得了。

　　她环顾了一下这间屋子，很贫寒，什么都没有。墙上钉着两张宗教画。她奇怪地感觉到在这里她好像回到了家。一个老实人，经受过命运的严峻考验，在这间小屋里度过漫长的岁月。这里是人们工作的地方，耐心解决困难的地方，为每天的面包操心的地方。她现在仍然感到自己离学校的教科书非常近，内容都还记得。她开始想到她读到的关于深水鱼的情况：深水鱼已经习惯背负数千英寻[1]水的重压，如果把它提到水面，它就会爆炸。她想自己是不是这样一条深水鱼，只有在生存的压力下才感到自如呢？她父亲、她祖父，还有他们的先辈，是不是也这样呢？一条深水鱼如果嫁给了一条她在瀑布里看到的活蹦乱跳的三文鱼会是什么情况？要是嫁给一条飞鱼呢？她与老鞋匠告别，走了。

　　在回家的路上，她看见面前的小路上有一个矮矮胖胖的人，戴一顶黑帽子，穿一件黑外衣，在快步行走。她记得她之前见过他，甚至认为他和她住在同一幢房子里。路边有张板凳，坐在板凳上可以欣赏壮丽的风景。穿黑衣的男子坐下来。詹辛坐在板凳的另一头。这是她在山里的最后一天了。陌生人向她抬了抬帽子。她本以为他是个老人，但现在看清楚了：他不过三十出头，有一张精力充沛的脸和一双清澈、穿透力很强的眼睛。过了一会儿，他微笑着对她开了口。"我看见你走出鞋匠的作坊。"他说，"是不是在山里弄丢了鞋跟？""不是，我给他拿去了一些珍珠。"詹辛说。"你给他拿去了珍珠？"陌生人诙谐地说，"我正要到

---

[1] 长度单位，1英寻约合1.83米。

他那儿去收珍珠呢。"她想他是不是脑子出了问题。"那位老人，"他说，"在他的小棚子里藏了一大堆我们的老国宝——你可以管它们叫珍珠——我正好要收集这些国宝。你要是想搜集儿童故事，那整个挪威没人能比我们的老鞋匠讲得更好的了。他曾经梦想成为一个学者，一个诗人。你知道吗——但是命运给了他沉重一击，他不得不干了鞋匠这一行。"

他停顿了一下，接着说："我听说你和丈夫从丹麦到这里蜜月旅行。这可是件不寻常的事。这里的山又高又险。你们两个是谁热望到这儿来的，是你吗？""是的。"她说。"是啊，"陌生人说，"我想也是。他可能是那只鸟，可以一飞冲天；而你是那微风，载他前行。你知道这句语录吗？它对你难道没有启示？""有。"她说，有些迷茫。"冲天。"他说，往后坐了坐，沉默了。他的手放在手杖上。过了一会儿，他接着说："顶峰！谁知道呢？我俩在这儿为鞋匠的厄运感到惋惜。他不得不放弃成为诗人——声名显赫的大诗人——的梦想。我们怎么知道他碰上的不是他最好的运气？伟大，群众的欢呼！说真的，我年轻的女士，也许最好别去招惹这些东西，也许在一般生意中，这些东西连一块鞋匠的招牌和缝鞋底的知识都买不来，能以成本价摆脱它们就相当好了。你怎么想，夫人？""我想你说得对。"她缓慢地说。他用冰蓝色的眼睛敏锐地扫了她一眼。

"真的，"他说，"在这么个晴朗的夏日，这就是你给出的建议吗？'鞋匠，守着你的木楦。'你在想，为这个世界上的病人和牛羊制作药丸和水剂会比这强吗？"他笑了几声，"这是个很好的笑话。一百年后它会被写进书里：一位来自哥本哈根的女士建议他守住木楦。遗憾的是，他没有照办。再见，夫人，再见。"

说完这番话，他站起来，继续往前走。她看着他黑色的身影在群山中渐渐变小。女房东走出来打听她是否找到了鞋匠。詹辛看着陌生人的背影。"那位绅士是什么人？"她问。那女人手搭凉棚看了看。"哦，真的。"她说，"他是个有学问的人，很了不起。他到这里来搜集古老的故事和民歌。他当过一阵子药剂师。现在在卑尔根[1]有一家剧院，还给这家剧院写剧本。他的名字是易卜生[2]先生。"

早晨，从汽船码头传来消息说，船会提前抵达，他们必须马上出发。女房东叫小儿子去鞋匠那儿取詹辛的珍珠。就在旅行者们都在马车里坐好时，他把珍珠拿回来了。珍珠被包在从书上撕下的一页纸中，用一条上过蜡的绳线捆住。詹辛解开绳线，准备数一数珍珠，但随即一想，没有去数，而是直接把珍珠戴在脖子上了。"你不该数数吗？"亚历山大问。她使劲瞥了他一眼。"不了。"她说，一路上再没出声。他的话语在她耳边回响："你不该数数吗？"她坐在他身旁，俨然是个胜利者。现在，她尝到胜利者的滋味儿了。

亚历山大和詹辛回到哥本哈根之际，正是大多数人离开城市之时，所以没什么重大社交活动。但他在军中的年轻朋友的妻子都来看望詹辛。这些年轻人一同在夏天的夜晚去哥本哈根的趣伏里游乐园。大家对詹辛赞不绝口。

她的婚房就在城中一条古老的运河旁，俯视着托瓦尔森博物馆。有时候她会站在窗前凝视运河，想着哈当厄。在这期间，她从未取下过珍珠项链或数数珠子。她肯定珠子起码少了一颗。她

---

[1] 挪威地名。
[2] 易卜生（1828—1906），挪威戏剧家，现代欧洲戏剧的先驱之一。

觉得自己能感到项链在她脖子上的分量跟以前不同。她想她为了战胜丈夫牺牲的会是什么呢？金婚前的一两年婚姻生活？金婚还早着呢，但每一年的婚姻生活都非常宝贵，她怎么能舍弃其中的一年呢？

在这个夏季的最后几个月中，人们开始讨论战争的可能。石勒苏益格－荷尔斯泰因问题[1]已迫在眉睫。三月份丹麦皇家的一份宣言批驳了德国对石勒苏益格地区主权的所有宣称。现在在七月份，德国的一份照会要求丹麦撤回这份宣言，否则就痛下杀手。

詹辛是个狂热的爱国者，对国王忠心耿耿：是国王给了人民自由的宪法。这些谣言使她极度不安。她想到那些年轻的军官，亚历山大的朋友，在谈到国家危险时，那种轻松、吹牛的腔调是多么轻浮。想要严肃地讨论这一危机，就必须到自己人当中去。她跟丈夫根本无法讨论这个问题。但在她的心中，她知道他坚信丹麦不可战胜，就像坚信他自己永远不会死一样。

她从头至尾地阅读报纸。一天在《贝林时报》[2]上，她看到下面几句话："现在国家形势非常严峻，但我们坚信自己正义的事业，毫不畏惧。"

也许是"毫不畏惧"这四个字使她鼓起勇气。她坐在窗边的椅子上，取下珍珠项链，放在腿上。她坐了一会儿，祈祷似的双手合十放在珍珠项链上。然后她开始数珍珠的数量。项链上有五十三颗珍珠。她无法相信自己的眼睛，又数了一遍。没错，就是五十三颗。中间那颗最大。

---

1 石勒苏益格－荷尔斯泰因位于丹麦南部、德国北部，丹麦、德国两国对其部分领土归属曾有争议。
2 丹麦的国家日报，世界上历史最长的报纸之一。

詹辛在椅子上坐了很长时间，头晕目眩。她知道她的母亲信鬼神。此时此刻，做女儿的她也信起鬼神来：此时她要是听到沙发后发出笑声，也不会感到惊奇。她想：是不是宇宙中的一切力量此刻都联起手来开一个可怜姑娘的玩笑？

当她能够再次正常思维时，她想起在给她这串项链之前，她丈夫家族的老银匠曾经修过这串项链的搭钩。所以他知道这串珍珠，可能可以告诉她是怎么回事？但是她被彻底吓着了，不敢亲自去找他。几天后，彼得·斯可夫来看望她，她请他拿着项链去找老银匠。

彼得回来后告诉她，那位老人家带上眼镜仔细地检查了那串珍珠，然后非常惊奇地宣布，珠子确实比他上次见到时多了一颗。"不错，那颗是亚历山大给我的。"詹辛打断了他。自己的谎言使她深深羞红了脸。彼得和老银匠一样，也思考了片刻，觉得这是年轻中尉出于内心的廉价慷慨而送给他刚娶的富家千金的一份厚礼。他对她重复了老人的话。"亚历山大先生证明了自己是个少有的珍珠鉴赏人，"老人认真地说，"我可以毫不犹豫地宣布，这颗大珍珠的价值相当于项链上其余珍珠的总和。"詹辛大骇，但还是面带笑容谢过彼得。彼得走时很是伤感，似乎觉得是自己使她如此不快或害怕。

一段时间以来，她一直感到不太舒服。九月份，哥本哈根经历了一阵沉闷、湿热的天气，使她面色苍白、无法入眠。她父亲和两位姑奶奶对她十分担心，努力劝她回来到城外父亲在斯特兰德维奇的别墅中住些日子。但她不愿离开自己的房子和丈夫，并认为在弄清珍珠的秘密之前，她永远不会好起来。一星期后，她打定主意给奥达[1]的鞋匠写信。如果像易卜生先生告诉她的那样，他曾经是个学者和诗人的话，他就应该识字，并给她回信。她似乎觉得在现在的处境下，除了这位有残疾的老人，她在世界上没有朋友。她希望能够回到他的作坊，回到那光秃秃的墙壁和三条腿的椅子中去。她夜里梦到自己在那里。他慈祥地对她微笑。他知道很多儿童故事，也许知道该如何安抚她。但也有一刻，她因想到他可能已经死去而战栗。要真是这样，她就永远不可能知道真相了。随后的几个星期，战争的阴影越来越浓。她父亲对前景，对弗雷德里克国王的健康忧心忡忡。在这种新的情况下，这位老商人开始对把女儿嫁给一名战士而感到自豪，而此前他从来没有这样想过。他和她的老姑奶奶们对亚历山大和詹辛表现出极大的尊敬。

一天，詹辛半不情愿地直接问亚历山大是否认为会爆发战争。"会的，"他迅速而坚定地回答，"一定会的，无法避免。"接下来他用口哨吹了一段军旅歌曲。她脸上的表情使他停下来。"你害怕战争吗？"他问道。她觉得向他解释她对战争的感觉是对牛弹琴，十分荒唐。"你是因为我而感到害怕吗？"他又问她。她把头转开。"当一名英雄的未亡人，"他说，"是最适合你的角色了，我亲爱的。"她眼中充满了泪水，也充满了恨和痛苦。亚历山大走过来拉起她的手。"如果我倒下了，"他说，"请你记住，在你允许的每一刻我都吻了你。这对我将是一个极大的安慰。"他又一次亲吻了她，补充说："这对你是一种安慰吗？"詹辛是个诚实的女孩儿，回答问题时，总是努力寻求真实的答案。这时

---

[1] 地名，老鞋匠居住的地方。

她想：这对我会是一种安慰吗？她在自己心中却找不到答案。

这一切使詹辛的思绪应接不暇，于是她部分地忘记了鞋匠这回事。可是有一天，她看到他的来信放在早餐桌上。起先，她以为是一封医生的信。这种信她收到了许多。但接下来，她的脸色即刻变得十分苍白。她丈夫坐在对面问她出了什么事。她没有回答，站起身来，走进自己小小的起坐间，在壁炉旁打开那封信。信上的字迹都是认真地用印刷体书写的，让她想起了老人的面孔，就像寄来的是他的肖像。

亲爱的、年轻的丹麦女士，——信这样开头。

是的，是我把那颗珍珠穿入了您的项链。本想给您一个小小的惊喜。您对您的珍珠如此大惊小怪，您把它拿给我时好像害怕我会偷您一颗珍珠似的。跟年轻人一样，老人也得时不时地找点儿乐趣。如果我吓着您了，我请您原谅。这颗珍珠是我两年前得到的。当时我为那位英国女士穿项链，忘记把它穿进去了，事后才发现。这颗珍珠在我这儿有两年了，对我毫无用处。最好让它陪在一位年轻女士身边。我记得您坐在我的椅子上的样子：很是年轻、漂亮。我愿您走运。希望您在收到这封信的时候能够有快乐的事情发生。希望您以一颗谦恭的心，以对上帝的坚信不疑和对我这位住在奥达的老人的友好回忆日久天长地戴着这串项链。再见！

您的朋友，彼得·维肯

詹辛读信时一直将胳膊肘放在壁炉台上支撑着自己。她抬起头来，迎接她的是壁炉台上方镜子里映出来的自己面孔上那双严峻的眼睛。它们严厉极了,可能在说:"你确实是个贼。就算不是,也是个分赃人,比贼好不到哪儿去。"她站了许久,像被钉住了一样。最后她想:"一切都完结了。现在我知道我永远征服不了这些人。他们既不在意,也不恐惧。就像圣经里所说的:我可以弄伤他们的脚跟,他们却会弄伤我的头。[1] 还有亚历山大,就他而言,他应该娶那位英国女士。"

使她大为意外的是,她感到自己并未吃醋。亚历山大本人在生活的大背景下已经变成一个非常渺小的人物。他的所作所为所思所想根本不重要。而她自己被弄得像个傻瓜似的也无关紧要。"百年之后,"她想,"万事归一。"

那什么才重要呢?她想认为战争重要,但发现战争也无关紧要。她感到一阵奇怪的晕眩,好像屋子在她周围陷了下去,可这并未让她感到不快。"难道在周而复始的月亮之下,"她想,"就没有任何值得注目的东西啦?"[2] 想到"周而复始的月亮"这几个字,镜子中那张脸上的眼睛睁得大大的,镜内镜外两个年轻女人紧盯着对方。这时她确信,有一个非常重要的东西现在来到这个世界,一百年后依然存在:那就是这串珍珠。她看见一百年后,一个年轻男子把珍珠交到妻子手中,并对年轻女子讲述詹辛那段关于珍珠的故事,就像亚历山大将珍珠交给她并对她讲述祖母的故事一样。

想到一百年后的这两个年轻人触动了她的柔情,使她眼睛里充满了泪水,使她感到快乐。仿佛他们是她的老朋友,失散后再次相逢。"不要大声祈求?"她想起,"为什么不呢?是的,

---

1 见《圣经·创世记》第3章第15节。
2 莎士比亚语,见《安东尼与克里奥佩特拉》。

我要尽全力大声喊叫。现在我已经记不起我不能大声喊叫的原因了。"

亚历山大，那个非常渺小的人物，在另一间屋子的窗边对她说："你的大姑奶奶正手捧一大束鲜花沿街走来。"

詹辛慢慢地、慢慢地将眼睛从镜子上移开，回到现实世界中来。她走到窗口，说："不错。是'良景花园'的花儿。"那是她父亲别墅的名字。从他们的窗口，丈夫和妻子一道垂眼朝街上望去。

梅江中 译

旧金山来的绅士

作者 | 伊凡·蒲宁

伊凡·蒲宁（Иван Бунин，1870—1953），俄国作家，1933年获诺贝尔文学奖，是获得该奖项的第一个俄国作家。

主要作品：《米佳的爱情》（*Митина любовь*）、《幽暗的林荫小径》（*Тёмные аллеи*）、《阿尔谢尼耶夫的一生》（*Жизнь Арсеньева*）等。

尽管诺贝尔奖获得者俄国作家伊万·蒲宁在他难忘的经典著作《旧金山来的绅士》后又出了几个短篇小说集,他还是倾向于以这篇作品代表他在本书中出现。在请他就这篇小说发表现时评论时,自 1919 年离开俄国后一直住在法国的蒲宁先生回答说,他已经八十岁了,无意做任何进一步的评论。

惠特·伯内特

旧金山来的绅士

啊呀!啊!伟大的巴比伦城,那座万能的城!

——圣·约翰启示

旧金山来的绅士——在那不勒斯[1]或卡普里岛[2]上,没人想得起他的名字——正和妻子和女儿前往欧洲,打算在那儿住上两整年,好好享受享受。

他坚信自己有休息、享乐、进行一次舒适的长途旅行等等的充分权利。这一信念基于两个原因:第一,他有钱;第二,虽然已经五十八岁,他才刚开始涉入人生快乐的溪流。迄今为止,他并未真正生活,不过生存而已。当然生存得相当不错。他把众多最美好的希望寄予将来。他不辞劳苦——那些为他工作,被他弄进来的千万个中国工人对此最为了解——后来,他终于看到自己赚钱无数,已经接近他视为榜样的人的水平,于是决定喘口气。他那个阶级的人习惯于以去欧洲、印度、埃及旅行一趟作为享受人生的开始。他决定依法炮制。当然,首先这完全是为了对自己

---

[1] 意大利地名。
[2] 意大利地名。

多年来的辛苦犒劳一番,同时也是为了妻子和女儿。妻子从来没有渴求新见识的特质,但所有上年纪的美国女人都酷爱旅行。至于女儿,正值豆蔻年华,但好像有点儿病态,旅行正是她需要的。且不说这对她的健康有好处,谁说快乐的巧遇就不会在旅行中发生呢?在国外,你可能有幸跟王子同坐一桌,也可能和一个百万富翁并肩欣赏壁画。

旧金山来的绅士的旅行计划行程广泛。十二月和一月,他要享受意大利南方的阳光,欣赏名胜古迹、塔兰台拉舞[1]、游唱乐团演奏的小夜曲,还有在他这个年龄最能急切感受到的——尽管不是不讲其他条件的——年轻的那不勒斯姑娘的爱。他计划到尼斯[2]和蒙特卡洛[3]去度狂欢节,那正是一年一度上流社会聚集的地方,文明带来的所有福气都靠这些人支撑着:西装的裁剪、宝座的稳固、战争的宣布以及旅馆的繁荣。他们中有的狂热地献身于赛车和赛船;有的热衷于轮盘赌;有的忙于所谓调情;还有的喜欢射击鸽子:这些鸽子从鸽棚中华丽飞出,直上云霄,在碧绿的草坪上翱翔,背景是勿忘我花色的海洋,却突然间一头栽在地上,像一坨坨小小的白色肉块。三月初,他打算完全奉献给佛罗伦萨[4],复活节则去巴黎听圣经乐章[5]。他的计划还包括去威尼斯、巴黎,去塞维利亚[6]看斗牛,去大不列颠岛上洗浴,还要去雅典、君士坦丁堡、巴勒斯坦、埃及甚至日本,当然是在回来的路上……的确,开始时一切都非常顺利。

---

1 意大利南部一种轻快的民间舞。
2 法国南部地名。
3 摩纳哥地名。
4 意大利地名。
5 Miserere,拉丁文圣经《诗篇》第50篇的一组乐章。
6 西班牙地名。

当时是十一月底。在通往直布罗陀[1]的整段跨海航行中,那条船一直处在被冰冷的黑暗笼罩或被夹杂着雨雪的风暴横扫的海域之中。但有惊无险,船身甚至没怎么颠簸。船上的旅客数不胜数,都是有头有脸的人物。而这条著名的"亚特兰蒂斯号"游轮,就像拥有全部最新设备、最昂贵的欧洲旅馆一样:有一个夜间酒吧、几处东方浴室,甚至有一份自己的报纸。这里的生活方式是登峰造极的贵族范儿。旅客们起得很早,被一支号角尖锐的声音唤醒,号声在这灰蒙蒙的时刻在走廊里回响。曙光缓慢而不情愿地闪现出来,朦胧地照在翻滚起伏于晨雾中灰绿色的荒凉水面。他们穿上法兰绒睡衣,然后喝咖啡、巧克力、可可;他们坐在大理石的浴室里,完成锻炼程序,刺激胃口和增加幸福感,为新的一天着装打扮,吃早饭。十一点之前,他们应该在甲板上散步,呼吸海洋清新凉爽的空气,或者打乒乓球,或者做其他游戏以刺激食欲。十一点钟上小吃,有三明治和肉汤。此后,人们阅读报纸,静等午餐。午餐比早餐滋养、丰盛得多。其后的两小时是休息时间,各层甲板上都摆满了躺椅,旅客们裹着方格花呢毛巾舒展地躺在上面,懒懒地打着瞌睡,或眼望多云的天空和闪现在船舷四周的白沫镶边的水山浪丘。下午五时,休息好了,快乐了,他们喝浓烈芬芳的茶。晚上七点,号角声宣布有九道菜的晚餐开始……然后旧金山来的绅士精力涌动,搓着双手急匆匆地回到豪华的船舱去更衣。

晚上,"亚特兰蒂斯号"的层层甲板在黑暗中张开大嘴,用数不清的眼睛将船体照得通体透亮。厨房里、洗碗处和酒窖里,

---

[1] 英国海外领土,位于西班牙南部海岸,是地中海通往大西洋的门户。

众多服务生越干越欢。船身周围的海水大起大落,十分可怕,但无人在意。大家都对船长控制船的能力深信不疑。船长是一位红头发的魁梧巨人,总是一副昏昏欲睡的样子。他穿着一件有宽宽的金色条纹的制服,像个巨大的偶像,但为了公众利益,很少从自己神秘的藏身之处现身。前船楼上,汽笛阴沉地咆哮或怒火冲天地尖叫,不过用晚餐的人们听不到汽笛:它地狱般的声音被一个顶级弦乐团的演奏所掩盖。弦乐团在宽广的大厅里持续曼妙地演奏着,镀金的水晶大吊灯将明亮的光线激流般地倾泻在用大理石装饰、铺着丝绒般地毯的大厅里,大厅里挤满了珠光宝气袒胸露背的女士、身着晚宴礼服的男士、举止优雅的服务生,还有彬彬有礼的服务经理。他们中的一个——专门负责点酒——脖子上戴着一条链子,像市长大人似的。晚礼服和裁剪得体的亚麻衬衣使旧金山来的绅士看上去非常年轻。他皮肤干爽,中等身材,体型虽不甚匀称但体格健壮。彻底的洗干刷净使他容光焕发,情绪相当高昂地坐在这座宫殿的金碧辉煌之中。他身边立着一瓶琥珀色的约翰尼斯贝格酒[1]、用最精致的玻璃制成的大大小小的高脚杯,还摆着一束卷起的新鲜风信子。他黄黄的面孔和修剪齐整的银灰色小胡子有一种蒙古人的气质。大金牙闪闪发光,壮硕而秃顶的脑袋像老象牙似的发出暗淡的光亮。他的妻子是一个高大、宽体、温和的女人,穿得富丽华贵,但很适合她的年龄。他女儿的服饰很复杂,但轻盈透明,天真无邪,毫不掩饰。她个子高挑,身材苗条,美丽的秀发梳理得十分优雅,紫藤味道的含片使她呼吸甜美。在她嘴唇附近和两片微施香粉的肩胛骨之间有一些

---

[1] 德国约翰尼斯贝格村产著名白葡萄酒,有九百多年历史。

极为细小的粉红色小痣……

晚餐持续了整整两个小时，随后在舞厅举办舞会。男士们——包括旧金山来的绅士——前往夜间酒吧。在那里，身着红夹克、眼球如同剥了皮的煮鸡蛋的黑人为他们服务。他们把脚翘在桌子上，抽着哈瓦那雪茄，喝得脸上发紫，开始以最新的政治和股票交易消息为基础，大谈各国命运。船舱外，大海轰鸣，卷起山一般的黑色巨浪，将它们满是白沫的尾巴甩得又高又远。汽笛痛苦地呻吟着，被风暴和浓雾掐住嗓门。瞭望塔上的瞭望人员被冻僵了，在这种超人的压力下，几乎丧失理智。大船的子宫淹没在水中，就像阴森酷热的地狱的最后一层———第九层[1]。那里怪兽般的锅炉打着哈欠，张开通红火热的大嘴，喷发出低沉轻蔑的冷笑。加煤工人赤裸着上身，浸泡在自己肮脏酸臭的汗水中，火光映得他们浑身发紫。而在这边的点心酒吧，无忧无虑的人们把穿着舞鞋的脚翘在桌上，品着上等白兰地和餐后甜酒，游弋在带着香味的烟海雾浪中，交换着微妙的话语。舞厅里，一切都闪闪发亮，散发出光明、温暖和快乐。人们双双起舞，时而在华尔兹中旋转，时而在探戈中摆动；那音乐甜美得不知羞耻，又带有一丝悲哀，没完没了，如泣如诉……在这群了不起的人当中不乏有头有脸的人物：某位大使，一个干枯而貌不惊人的老人；一个百万富翁，脸刮得干干净净，个子很高，看不出年龄，穿着老式礼服，看上去像个高级传教士；还有一个著名的西班牙作家和一位徐娘半老、操守可疑的国际美人。他们当中还有一对热恋中的情侣，相貌俊美、气质高雅，人人都好奇地盯着他们，他们也毫

---

[1] 十四纪意大利作家丹特·阿里吉埃利在其作品中将地狱描述为九层。

不掩饰自己的快乐。他只跟她跳舞,歌唱得很好,也只为她伴唱。他们如此迷人,如此优雅。只有船长知道他们是公司高薪聘请来展示爱情的。他们在这条或那条船上已经航行了很长时间了。

在直布罗陀,太阳和早春般的天气令大家感到愉悦。一位新旅客出现在"亚特兰蒂斯号"上,引起了每个人的兴趣。他是亚洲某国的王储,微服出访。他身材瘦小,异常敏捷,看上去像是用木头雕的。他宽宽的脸、细细的眼睛,戴着金丝边眼镜,由于他唇上的小胡子留得过长,让人不太舒服。他的小胡子像死尸身上的一样稀疏。要不是看这些,他还是挺迷人、挺朴素、挺谦虚的。到了地中海,冬天的气息又来了。大海像孔雀尾巴一样沉重而多彩。海浪被来自岸边嬉戏无度的山风高高掀起,将白色的浪峰抛洒在光辉灿烂、无比清澈的苍穹之下。第二天清晨,天空变得较为苍白,天际线有些模糊。已经接近陆地。随后就看到伊斯基亚[1]和卡普里岛。用歌剧望远镜可以看到那不勒斯像一把糖块儿撒在一片模糊的暖灰色物体脚下。在它们之上,是远处一连串清晰的雪山。甲板上挤满了人。许多太太和先生穿上了轻装衩。一伙罗圈腿的年轻华人服务生——拖着长及脚后跟的乌黑的长辫子,有着姑娘般浓密的眼睫毛——永远平心静气、低声细语,把方格纹大毛巾、拐杖、鳄鱼皮旅行袋和手包送到楼梯口。旧金山来的绅士的女儿站在王子身边,快乐的机缘巧合使他昨晚被介绍给她认识。她正假装死死地凝视远方他向她指出的什么东西,而他在快速悄声地向她解释着什么。他如此矮小,站在男人中间就像个男孩,而且根本不帅气。他身上有些东西很奇怪:他

---

[1] 意大利地名。

的眼镜、圆顶礼帽和外衣均平淡无奇，但是他稀疏的胡子有些像马毛。他扁平的脸上那被晒得黝黑的薄薄的皮肤看上去好像被拉扯平并上过光。那姑娘倾听着，如此激动以至于几乎听不懂他在说什么。她的心由于一种莫名的狂喜而悸动，对他唯独和自己站在一起对自己说话感到自豪。他的一切都与众不同：干爽的双手、洁净的皮肤、皮肤下流淌着的古老的帝王血液，连他轻便的鞋子和欧洲式礼服——平淡但非常整洁——都暗藏着一种无法解释的迷人之处，使人产生爱的遐想。旧金山来的绅士本人头戴丝绸礼帽，身穿灰色紧身裤，脚踏漆皮皮鞋，不断用眼睛瞄着站在他身边的著名的大美人。她身材修长，气质高贵，金发碧眼，有一双以巴黎最新潮的方式描画出的眼睛。她抱着一只小小的、十分任性、浑身无毛的宠物狗，在和它说话。他的女儿陷入一种说不清的迷茫，努力不去注意他。

和所有有钱的美国人一样，他在旅行时十分大方。他真心相信那些没日没夜竭尽全力为他提供餐饮和服务、揣测他最细微的愿望、保护他远离尘埃不受干扰、为他搬运沉重的物品、为他叫车、把他的行李送到各家旅馆的人的诚挚和善意。各地都是如此，那不勒斯也一定不会例外。此时，那不勒斯越来越近。那些音乐家已经拿着金光闪闪的铜管乐器在甲板上摆开阵势，突然奏起拉格泰姆[1]进行曲，胜利的乐曲声震耳欲聋。巨人身材的船长身着全套礼服出现在船桥上，宛如一座高雅的异教偶像，向旅客们频频挥手。在旧金山来的绅士眼里——就像在其他每个人眼里一样——这被骄傲的美国深深热爱的震天的进行曲似乎只为他一

---

[1] 二十世纪初流行于美国的一种音乐。

人奏响，船长只为他一人的安全抵达表示祝贺。等"亚特兰蒂斯号"最后进入港口，那甲板重叠的庞大船身靠在码头上后，下船的舷梯被压得吱吱作响——好大的一群脚夫，还有他们的帮工，头上戴着有金色花边的帽子；好大的一群行当不同的男孩儿和衣衫褴褛的壮汉手持一沓沓五颜六色的明信片向旧金山来的绅士发起攻势，争先恐后地向他提供服务！他善意而轻蔑地向这些乞丐笑了笑，走向王子可能下榻的旅馆的汽车。他一会儿用英语，一会儿用意大利语，咬着牙嘟囔着说："走开，别挡道……"

那不勒斯的生活立刻开始进入预定日程。一大早，在阴暗的餐厅用早餐。餐厅窗户正对一个石头园林，潮湿的海风从敞开的窗户吹进来，室外的天空多云而阴沉。一大群导游拥在前厅的大门外。随后，温暖的、玫瑰色的太阳第一次露出笑脸。高高吊起的阳台上自动展开一幅广阔的画面：维苏威火山[1]，山脚被清晨发光的雾气紧紧裹住。海湾珍珠般的涟漪闪现出一片银光，卡普里岛精致的轮廓显现在天际线上。远远望去，小不点儿似的毛驴拉着两轮小车，沿着松软泥泞的岸边行走，成队的微小士兵随着欢快不屈的乐曲在操练。

那天日程的下一项是乘车缓缓通过拥挤、狭窄、潮湿的街道，在有众多窗户的高高建筑物中穿行；然后是参观各家博物馆，博物馆干净得一尘不染，光线均匀，令人愉快，不过光线好像是由白雪反射过来的，又有些沉闷；——然后是几座教堂，阴冷、一股蜡味，总是大同小异：一个庄严雄伟的入口，被笨重的皮革门帘关起来，走进去是——一大片虚空，鸦雀无声。在教

---

[1] 位于那不勒斯以东 9 千米，公元 79 年的一次爆发摧毁了罗马城市庞贝。

堂另一头装饰华美的神坛上,有七个分枝的蜡烛台上的烛火默默地燃着,送出暗红色的光。一位孤独的老妇人掩身在深色的木头长椅中;脚下是光滑的墓碑[1];一幅不知何人画的、肯定远近闻名的《耶稣移离十字架图》。下午一时,在圣·玛吉斯山用午餐。每天中午那里是最高档人群的汇集地。就是在那里,旧金山来的绅士的女儿差一点高兴得晕过去,因为她似乎觉得在大厅里看见了王子,虽然她已从报纸上得知他临时离开了罗马。下午五时,人们习惯在旅馆一个非常漂亮的客厅里用茶。由于铺有地毯,且壁炉中火苗熊熊,客厅里实在太热了。接下来是晚餐时间。那庄严权威的锣声再次响彻全楼;窸窸窣窣的丝绸摩擦声再次伴随镜子里反射出的一排排身着低领晚礼服的女士登上楼梯;宫殿般的豪华餐厅再次以盛情款待天下客的情怀打开大门;乐手们的外套再次在小舞台上形成一片红;服务生的黑色身影簇拥着旅馆服务经理。他以极高的技巧将粉红色的浓汤倒入盘中。跟所有的地方一样,晚餐是一天中的最高潮。人们为它着装就像为婚礼打扮一样。各种佳肴、葡萄酒、矿泉水、糖果和水果,取之不竭。大约夜晚十一时,女仆给所有的房间送去热水袋。

那年的十二月好像不十分吉利。旅馆的守门人在人们向他们问起有关天气的问题时,感到有些羞愧。他们内疚地耸耸肩膀,喃喃地说,他们不记得有过这样的年景。说实在的,这并不是他们第一年这样说,讲完之后总会加上一句"哪儿都一样糟糕"。里维埃拉[2]爆发空前的阵雨和暴雨;雅典下雪;埃特纳山[3]也被雪

---

1 欧洲许多教堂内葬有名人遗体,墓碑往往构成地面的一部分。
2 法国东南部和意大利西北部沿地中海北岸的度假胜地。
3 位于意大利西西里。

封住，晚上都发出白雪明亮的反光。旅游者从巴勒莫[1]逃离，拯救自己免受寒流之苦……

那个冬天，那不勒斯早晨的太阳天天偷懒：中午时分，天会无一例外地变得灰暗，开始下小雨，越下越大，越下越沉闷。随后，旅馆门前的棕榈树像潮湿的铁皮般发出讨厌的闪光，整个城镇显得非常肮脏、拥堵。博物馆都显得太单调。赶车的穿着橡胶雨衣，雨衣被风吹得平平的，像翅膀一样。他们抽的雪茄臭得叫人受不了。他们在脖子细细的马身上抽着响鞭，显然是假打。清扫街车轨道的男人们的鞋破烂不堪；在泥水中挣扎走过、黑头发饱受雨淋的女人们又丑腿又短。潮湿的空气混杂着烂鱼的臭气，从满是泡沫的海水中飘过来，令人十分沮丧。于是，旧金山来的绅士和妻子的清晨吵架开始了。他们的女儿时而脸色苍白、强忍头疼，时而轻松活跃、精力充沛，轻松活跃时她变得可爱而美丽。与那个笨拙的男人相遇，在她心中引发的温柔、复杂的情感是美丽的——那个男人的血管里流着不一般的血液。归根结底，能够搅动年轻姑娘灵魂的具体因素是什么并不重要：金钱或名气或贵族出身……每个人都向旅游者保证索伦托市和卡普里岛一切都大不一样。岛上柠檬花正在怒放，天气温暖，阳光明媚，道德风气更加纯朴，葡萄酒里很少掺水。旧金山来的一家人决定带上他们的全部行李前往卡普里岛。他们计划在索伦托住下，但先要参观一下卡普里岛，踩踏一下泰比里厄斯的宫殿[2]曾经矗立其上的石头，观赏蓝窟[3]了不起的奇迹，聆听阿布鲁[4]风笛手演奏：他

---

1 意大利西西里岛首府。
2 罗马皇帝泰比里厄斯在卡普里岛上建筑以统治罗马的宫殿，建于公元27年。
3 卡普里岛海岸一处海中洞穴，阳光通过洞中海水折射，产生蓝色反光。
4 意大利一地区，位于罗马市以东。以在圣诞节前夕在圣母像前进行传统风笛演奏著称。

们在圣诞节前的一整月中，将在全岛各处漫游演唱，赞美圣母玛利亚。

出发的那一天——对于旧金山来的一家人而言十分难忘——整个上午太阳根本没露面。浓浓的冬雾将维苏威火山从头到脚全部盖住，并像一道灰色布帘低低地挂在沉重的海潮之上，半英里之外，完全看不到火山的存在。卡普里岛也无影无踪，似乎地球上从来没有这个岛。驶往岛上的那条小汽船被猛烈地抛来甩去，一家人痛苦地趴在船舱中的沙发上，脚上裹着方格毯，因为恶心而紧闭双眼。那位太太，正如她自己想象的那样，最为痛苦，有好几次晕船让她生不如死。可舱中那个女仆，那个多次给她端来水盆、多年来无论严寒酷暑始终颠簸在风浪之中且永远孜孜不倦、对每个人都非常友善的女船员却只是笑了笑。那个女儿的脸色苍白得吓人，嘴里咬着一片柠檬，甚至连能够在索伦托与王子不期相遇的希望——王子打算圣诞节抵达索伦托——也未能使她振作起来。旧金山来的绅士仰面躺着，穿着一件很大的外衣，戴着一顶很大的帽子，整个航程中从未松开紧咬着的下颌。他的脸变得很黑，胡子变得很白，头很疼。在过去的几天中，由于天气太糟，他晚上喝了太多的酒。

雨点不停地敲击哗哗作响的窗户玻璃，水从窗户玻璃滴到沙发上。呼啸的狂风对旗杆发起攻击，时而与沉重的大海沆瀣一气，将小汽船完全倾向一侧。船舱下什么东西翻滚起来，发出一阵响声。

当汽船在斯塔比亚海堡[1]和索伦托抛下铁锚时，情况有所好

---

[1] 位于那不勒斯东南30千米处通往索伦托途中。

转。但即使在停靠时，船还是摇晃得令人恐怖：海岸连同海岸上的峭壁、花园、松树、粉红色和白色的旅馆、雾蒙蒙的披着草木绿装的群山都在眼前上下飞舞，好像长了翅膀。划桨的小船撞击着汽船的船舷。水手和甲板上的旅客声嘶力竭地大声呼喊。有个婴儿在尖叫，好像正在被压成碎片。一阵潮湿的风从舱门刮进来。一条摇摇晃晃的拖船上打着一面"皇家旅馆"的旗帜，一个小家伙不知疲倦地大声喊叫"皇家，皇家旅馆……"以招徕旅客。旧金山来的绅士此时感到自己确实老了——他非常厌倦并有些敌意地想着这些"皇家"啊"辉煌"啊"美轮美奂"啊，还有那些被称作意大利人的、浑身大蒜味的贪婪蛀虫。在一次停船中，他睁开双眼从沙发上半坐起来，注意到在石头海滩的阴影中，有一堆破旧不堪、里外霉透了的石头窝棚挤在水边，旁边是小船、破布、铁皮盒子和褐色的渔网——他记起来，这就是他前来享受的意大利啊。他感到一阵莫大的绝望……终于，在暮色中黑色的岛屿越来越近。岛的底部好像被掏空了似的有红色火光从中透出。风变得柔软、温暖、芬芳了些。码头上的灯像一条巨大的金色巨蟒从黑色石油般上下起伏却十分温顺的波浪中漂流下来……突然，铁锚被轰隆隆地放入水中，溅起一片水花。船员狂野的叫声在空中回荡。顷刻间，每个人的心都放松下来。船舱里的电灯变得更加明亮。人们又有了吃喝、抽烟、行走的欲望……十分钟后，旧金山来的一家人登上了一条大渡轮。又过了十五分钟，他们踩着码头上的石头，坐进一节小小的、亮着灯的缆索车厢。缆索车发出一阵声响，开始爬坡。这时，葡萄藤和损毁了一半的石墙，以及立在被草棚遮挡处、树上闪着橘黄色果实和浓绿树叶的潮湿而歪七扭八的柠檬树，从敞开的车窗前一一滑过……雨后，意大利的土壤散发出甜美的气味,每个岛屿都有自己独特的香气。

卡普里岛那天晚上又黑又潮,但有一段时间,某些地方会变得生气勃勃,轻松起来。汽船到达的时刻总是这样。在小山顶上的缆索车站,已经聚集了一群人,他们的职责就是妥善接待旧金山来的绅士。车上的其他旅客根本无需理睬:他们中有几个在卡普里定居的俄罗斯人,个个衣冠不整、心不在焉的,整天沉浸在自己书呆子的思绪中,戴着眼镜,留着胡子,棉布大衣领子竖得老高;还有一群长腿、长脖子、圆头圆脑、身穿蒂罗尔地区[1]服装、背着亚麻布背包的德国青年。他们不需要任何人服务,四海为家,花钱绝不大手大脚。旧金山来的绅士对俄国人和德国人都保持缄默,相当矜持,他马上被人注意到了。他和两位女士被匆匆扶出缆索车厢。一个人跑在他们前面为他们指路。他们又一次被一群男孩和肥壮的卡普里农妇包围起来。她们用头顶着为有钱的旅客搬送的行李箱和旅行袋。她们的木套鞋在这个看上去像歌剧场景的车站小广场的路面上噼啪作响。一盏电灯被潮湿的风吹得来回摆动。一群小家伙像鸟一样吹着口哨,翻着跟头。旧金山来的绅士从他们当中走过,觉得这简直是舞台上的场景。他首先走过某个中世纪的圆拱门——那下面的房子紧紧地挤在一起,然后又沿着通往旅馆的陡峭的、发出回音的小胡同走下去。旅馆的入口灯火通明。左侧的一棵棕榈树的枝叶高出平平的屋顶。更高处是蓝色的星星,在黑色的天空中燃烧。这情景看上去又像一切都是冲着旧金山来的绅士的面子:因为他,在地中海一个石头小岛上的小城才会苏醒过来;旅馆的老板才会如此高兴,满脸堆

---

[1] 位于德、奥、意、瑞边境的阿尔卑斯山区,有独特的服装。

笑；那面中国大铜锣才会在他们一进入旅馆大厅时敲出那响彻全楼的晚餐锣声——它专等他们到来。

旅馆老板是个优雅的年轻人，彬彬有礼，以优美的动作频频鞠躬，迎接客人，一时间使旧金山来的绅士大吃一惊。看清他的长相后，旧金山来的绅士突然想起，在前一晚干扰他梦境的杂乱无章的人群中，他见过他。梦中人的形象跟旅馆老板一模一样：同样的脑袋，同样梳得油光锃亮、一丝不苟的头发，同样有圆形下摆的长衫。他差一点停下脚步。鉴于他心中根本没有哪怕一丁点儿被称为神秘主义的东西，他的诧异瞬间消退。走过旅馆走廊时，他打趣地告诉妻子和女儿那个奇怪的梦和现实之间的巧合。只有他的女儿吃惊地扫了他一眼：思念突然压上她心头。在这个陌生、阴暗的小岛上，如此强烈的孤独感抓住了她，她差点儿哭出声来。但跟往常一样，她没对父亲谈及任何有关她的情感的事。

雷克斯十七世是个很尊贵的人物。他在卡普里度过了整整三个星期，刚刚离岛。旧金山来的客人们被安排住进他住过的房间。供他们使唤的有：一名最俊俏最能干的女佣，她是比利时人，被紧身束衣束着的身材十分苗条挺拔，头戴浆过的帽子，形似一顶锯齿形的小皇冠；一名外表最为体面的胖胖的男仆，他是一个眼睛漆黑火热的西西里人；还有一个动作最快的服务生，矮小粗壮的路易吉，他是笑话大王，一生中待过许多地方。这时旅馆的服务经理，一个法国人，轻轻敲了敲美国绅士的房门。他来问绅士和女士们是否用餐，如果要用的话——他对此毫不怀疑——则向他们报告，那天晚餐有龙虾、烤牛肉、芦笋、野鸡，等等。

旧金山来的绅士仍然感觉地板在脚下摇晃——那艘倒霉的意

大利汽船使他晕眩不已——尽管如此,他还是慢慢地、笨拙地将服务经理进来时乒乓作响的窗户关上。窗外飘来远处厨房和花园中潮湿的花朵散发出的气味。他缓慢地、很有尊严地回答说:他们要用餐。他们的桌子必须离门远一些,在餐厅深处;要当地葡萄酒和香槟,干甜度适中,稍微冰镇一下。服务经理用各种语调表示赞同,实际上说的都是一回事儿,即毫无疑问,旧金山来的绅士的愿望全都正确,一切照办,完全遵从他的要求。最后他抬起头来,非常柔婉地问:"就这些了吗,先生?"

在得到一个很慢的"是的"的答复后,他补充道:今天晚上在前厅会由卡梅拉和吉乌塞比献演塔兰台拉舞。他俩可是声震全意大利和"整个旅游世界"啊。

"我在明信片上看到过她的照片,"旧金山来的绅士说,语气未置可否,"这个吉乌塞比是她丈夫?"

"是她表兄,先生。"服务经理说。

旧金山来的绅士停了一下,显然在考虑什么,但没说什么。随后点了一下头,打发他走了。

他开始准备,像是为了参加一场婚礼。他把电灯全数打开,镜子里满是反射的灯光以及家具和打开的行李箱的光泽。他开始刮胡子、盥洗。他召唤仆人的铃声每分钟都可以在走廊里听到,其中还夹杂着从他太太和女儿的房间里传出的不耐烦的召唤铃声。路易吉穿着红色围裙,以矮胖人特有的松弛对手提用具桶匆匆走过的女仆做了个滑稽鬼脸,把她们逗得哈哈大笑,眼泪直流。他一个跟头滚到门前,用手骨节敲着门,用装出来的胆怯和拿手的白痴般的谄媚说:"是您在摇铃吗,先生?"

门后一个缓慢、刺耳、礼貌得令人屈辱的声音回答说:"是的，进来。"

旧金山来的绅士对那个终生难忘的夜晚做何感想呢？必须坦率地说，绝对没什么特别的。问题在于这个地球上的一切都显得太过简单，即使他在内心深处有什么感触，预感到有事情发生，他也不会想到一切会如此迅速地到来，起码不会马上发生。通常在晕船结束后，他会饥渴难耐，期待着第一勺汤、第一口酒能给他带来真正的愉悦。因而他按部就班地着装，心情激奋，根本没时间细想。

刮光洗净之后，他灵巧地将几颗假牙安装到位，然后站在镜子前润湿并使劲涂抹他曾经浓密而现在所剩无几的珍珠色头发，让头发紧贴在他黄褐色的脑袋上。然后，他有些费力地穿上一件奶油色的绸缎紧身内衣，紧紧地绷在他强壮、年老的身体上。他的腰部因饮食无忧而凸起。他把黑色丝袜和漆皮皮鞋套在足弓变平、十分干枯的脚上。他蹲下来整理好黑色长裤，用丝织吊带把裤子提上去，调整好，整了整前面鼓出来的雪白的衬衫，扣上闪光的袖扣，开始了在硬领圈下寻找衣领下面第一颗纽扣的痛苦历程。脚下的地板还在摇晃，指尖疼得要命，有时纽扣还会把他喉结凹处松弛的皮肤夹得生疼。但他坚持住了。他的眼睛因努力而放光。他的脸因狭窄的脖领挤压而发蓝。最终他战胜了困难，也筋疲力尽了。他在大镜子前坐下，镜中反射出他的形象，又在所有的镜子中不断重复。

"太可怕了！"他喃喃地说，垂下强壮的秃头，并不去弄明白究竟是什么太可怕。然后。他认真地用习惯的姿势检查了一下自己关节上布满痛风结疤的短短的手指，还有手指上凸鼓起来的硕大的杏仁色指甲，信服地重复道："太可怕了。"

这时,铜锣第二次敲响,洪亮的钟声响彻全楼,就像在一座异教的神庙里。旧金山来的绅士急忙起身,将脖子上的领带拉得更紧、更坚实,用一件紧身小背心收住肚皮,穿上晚宴礼服,调整好袖扣,最后一次在镜子中审视自己……这个卡梅拉像黑白混血一样,肤色褐黄,眼睛燃烧着火焰,穿一件令人眼花缭乱、以桔黄为主色的裙子,肯定是个无比出色的舞神——他突然想道。他情绪高昂地离开房间,踏着地毯走向太太的房间,大声问她们还要多长时间。

"爸爸,再过五分钟!"一个少女般的声音振奋而愉快地回答,"我正在梳头。"

"那好。"旧金山来的绅士说。

想着她一头秀发垂落肩头,他缓慢地沿着走廊和铺着红色丝绒般地毯的楼梯走下——去寻找图书室。他遇到的仆人们都将身体贴在墙上,他从他们身边走过,旁若无人。一位老妇人晚餐迟到了:岁月已令她弯腰驼背,满头白发,但她还穿着件浅灰色的丝绸晚裙,裸露着脖颈,奋力向前。她走路的姿态矫揉造作、滑稽可笑,活像一只老母鸡。他轻而易举地超过了她。客人们已经聚集在餐厅里吃起来。他在餐厅玻璃门前一张摆满了火柴盒和埃及香烟的桌子前停下来,拿了一支很大的马尼拉雪茄,往桌上扔了三里拉[1]。在冬天的凉台上,他向开着的窗户扫了一眼,一阵柔和的气流从黑暗中飘向他。远处那棵老棕榈树的树冠出现在他眼前。它的枝叶在群星中展开,看上去巨大无比。远处海浪均匀的涛声传入耳畔。图书室里舒适、安静。一个戴圆形银边眼镜的德

---

[1] 改用欧元前的意大利货币。

国人瞪着双疯狂的、滴溜溜转动的眼睛站在那儿哗哗地翻阅报纸。旧金山来的绅士冷冷地打量了他一番,然后在一个有绿色灯罩的电灯旁一张深深的皮沙发上坐下来,带上夹鼻眼镜。因领子太紧,令他窒息,他抽动了一下脑袋,用一张报纸遮住自己。他瞄了几眼大标题,读了几行有关没完没了的巴尔干战争的报道,用习惯的姿势翻过那一页。突然间,报上的字句带着玻璃的闪光燃烧起来。他脖子上青筋暴现,眼睛凸出,夹鼻镜从鼻子上掉下来……他俯身向前,想要吞吸一口空气,发出一阵狂野的啊啊声。他的下巴垂下来,垂到肩头,并开始颤抖,衬衫前襟鼓了出来——他全身扭动,脚跟蹬踹着地毯,在与一个看不见的敌人的拼命搏斗中慢慢倒在地板上……

要不是因为图书室里有那个德国人在场,这一恐怖的事件可能会被迅敏地遮掩起来。旧金山来的绅士会被迅速送往某个偏远的角落——没有客人会知道发生过这回事。但那个德国人冲出图书室,大喊大叫,把令人震惊的事情传遍全楼。很多人从餐桌前站起来,打翻了座椅。还有人面色苍白,顺着走廊跑进图书室,用各种语言询问:"怎么回事儿?出什么事儿了?"没人能够清楚地回答这个问题,没人搞得懂是怎么回事儿。因为迄今为止人类还是对死亡大惑不解,大多数人根本拒绝相信死亡。老板在客人之间跑来跑去,努力稳住跑动的人,匆忙地向他们做出保证,予以宽慰,说这没什么了不起,小事一桩,不过是旧金山来的绅士感到一阵小小的晕眩,躺倒了而已。但没人听他的。很多人看见男仆和服务生从这位先生身上扯下他的领带、领圈、背心和弄皱了的晚礼服,甚至没什么明显理由地从他穿着丝袜的脚上脱下舞鞋,而他在不断扭动,顽固地与死神搏斗。他不愿向如此突如其来、下流无耻地对他发动袭击的敌人屈服。他摇晃着脑袋，发出似乎被掐住脖子般的咳咳咳的声响，像醉汉一样眼球上翻。他被匆匆送到 43 号——旅馆最底层走廊尽头一间最小、最差、最潮、最冷的房间里，平躺在床上。他的女儿跑过来，头发散落在肩膀上，更衣袍敞开着，被束身衣支撑住的乳房裸露着。他的太太，高大、沉重，差不多已经为晚餐装扮完毕，因恐惧而将嘴张得圆圆的。

一刻钟之后，旅馆中一切又都归置齐整。不过那个晚上是不可弥补地被毁掉了。有些游客回到餐厅，吃完晚餐，但一声不吭，显然他们把这事件看成是对自己的不敬。老板从一个客人转向另一个客人，无可奈何又恰如其分地耸动肩膀，表示愤慨，觉得自己是一个无辜的受害者。他向每个人保证，他对这一切充分理解，知道这多么令人不快，并放出话来，将竭尽自己权力之能事采取一切措施消除影响。不过塔兰台拉舞必须取消，不必要的灯必须关掉。大多数客人离开餐厅前往啤酒厅，旅馆变得如此寂静，可以清楚地听到接待厅里时钟的滴答声。接待厅里，一只孤单的鹦鹉用它毫无表情的方式，不知所云地说着什么。它在笼子里动了几下，努力入睡。它的爪子近乎可笑地紧紧抓住最上层的立脚棒。旧金山来的绅士直挺挺地躺在廉价的铁床上，盖着一条粗糙的毛毯。天花板上吊着一盏灯，昏暗地照着房间。一只冰袋从他潮湿、冰冷的额头上掉下来。他青色的、已经毫无生气的脸变得越来越冷，闪着金牙的嘴里发出的沙哑的咔咔声也越变越弱。发出这些怪异声响的已经不是旧金山来的绅士了，他已经不在了——制造这种声响的已另有他人。他的太太、女儿、医生还有仆人们站在周围，冷冷地看着他。突然间，他们预料之中、也非常害怕的事情发生了：咔咔声停止了。在每个人的注视下，一片苍白慢慢地、悄悄地爬上死者的脸。他的五官开始变薄，变得更有光泽，因闪现出一种长期以来他一直回避却十分适合他的美而变得美丽……

旅馆老板进来了。"他死了。"医生悄声对他说。旅馆老板冷淡地耸耸肩。太太的泪水慢慢流下来。她走近老板，怯生生地对他说现在死者必须被抬回自己的房间。

"啊，那可不行，太太。"旅馆老板礼貌地回答，但毫无亲善之意，用的不是英文，而是法文。他已经对旧金山来的这几位客人现在能给他的收银室留下的几个小钱完全不感兴趣了。"这绝对不可能。"他说，并解释似的补充道：他对这幢房子极为珍视，如果他满足她的愿望，整个卡普里岛都会传遍这件事，旅游者就会对它避之不及。

姑娘一直在奇怪地看着他，现在坐下来，用手绢捂着嘴哭起来。她母亲的眼泪瞬间干去，面带怒色。她提高音调，开始提要求，用的是自己的语言。她还是无法意识到，对她的尊重已绝对云消雾散。旅馆老板礼貌而体面地打断了她的话："如果太太不喜欢该旅馆的做法，我不敢强留。"随后他坚定地宣布，尸体必须当天离开旅馆，天一亮就走。已经通知警方，马上就会有警员来此办理一应手续……"卡普里岛上有无可能起码买到一具普通棺木？"太太问……很遗憾，买不到，根本买不到。至于现做一具棺材，现在根本没有时间。必须做出其他安排……例如他是用大的长方形的盒子来购买英国苏打水的……这种盒子里的隔板可以取出来……

夜幕降临，整个旅馆都睡着了。一个服务生打开43号的窗户——窗户正对着花园一角,一棵茂盛的芭蕉树长在高高的石墙的阴影里,石墙顶端插满了碎玻璃——关上电灯,锁上门,走了。死者依旧孤独地躺在黑暗中。漆黑的天空中蓝色的星星俯视着他。墙里的蟋蟀无忧无虑地唱着悲伤的歌,在灯光昏暗的走廊上,两名女佣坐在窗台上缝补着什么。路易吉走进来,脚上穿着拖鞋,怀里抱着一大堆衣服。

"好了吗?"——他用戏剧表演般的耳语问道,好像十分关心。他眼睛看着走廊尽头那扇可怕的门,并用空着的那只手指着那个方向。"走啦!"他用耳语式的发音喊叫出来,好像是目送一列火车离去——那两个女仆无声地大笑,笑到喘不过气来,相互把头靠在伙伴的肩膀上。随后他轻移脚步,跑到门前轻声地敲着,然后抬起耳朵,极尽谄媚地低声说:

"是您在摇铃吗,先生?"

接着他捏起嗓子,撅着下巴,用一种拖长、刺耳、悲伤的声音回答,声音好像来自门里。

"是的,进来……"

黎明时分,当43号窗外天色开始发白,潮湿的风将芭蕉树叶吹得飒飒作响;当早晨淡蓝色的天空缓缓提升,慢慢地盖在卡普里岛上,太阳从意大利的远山后升起,把索拉罗山[1]纯净清晰的顶峰轮廓染成金黄色;当担负着为旅游者维修岛上道路任务的石匠们出门工作——这时,一个长方形的木盒被送进43号房间。守门人助理乘坐一辆单匹马车运送木盒。木盒很快变得十分沉重,压在他的膝盖上十分疼痛。马车沿着蜿蜒在石墙和葡萄园

---

[1] 卡普里岛最高峰,海拔589米。

之间的山坡上的白色大道，一直驶向海边。赶车人是个病恹恹的男人，两眼通红，穿一件袖子太短的旧上衣和一双破鞋，因为醉酒而头疼；整整一晚上，他都在小店里掷骰子。他不断抽打那匹精力旺盛的小马。小马按照西西里的习惯身负诸多装饰。各种马铃在装饰着彩色羊毛穗子的马笼头上摇响，高高的马鞍边上也缀有铃铛。一支一俄尺[1]来长的鸟羽插在经过修剪的马鬃上，上下晃动。赶车人不声不响。他因自己头脑糊涂、身染恶习而沮丧。昨天晚上，他把满满一口袋的铜币一下子输个精光，不多不少整整四里拉四十分啊！不过在这样的早晨，空气如此清新，海洋在身边一望无际，早晨的天空一片宁静，头痛很快消失，人马上又变得无忧无虑。此外，躺在自己身后木盒子里、脑袋不断撞击盒边的旧金山来的绅士给他带来的一笔意想不到的小财，也使他有所振奋。那条形状像只大甲虫的小汽船正远远躺在那不勒斯湾的码头边，湾中满满的海水温柔且蓝得灿烂。小汽船正鸣响出发信号。这声音迅速响彻整个卡普里岛。岛上每一处转折、每一处山梁和每一块石头都清晰可见，好像天地之间没有空气似的。快到码头时，赶车人被旅馆守门人追上。守门人开着一辆汽车送旧金山来的绅士的妻子和女儿。她们脸色苍白，眼睛因充满泪水、一夜未眠而下陷。十分钟后，那条小汽船再次搅起水花朝索伦托和斯塔比亚海堡前进，带着这家美国人永远离开了卡普里岛……与此同时，岛上恢复了和平和安静。

两千年前，岛上曾住过一个男人。他完全沉溺于自己残酷肮脏的行为之中。鉴于一些不为人知的原因，他篡夺了对几百万民

---

[1] 长度单位，1俄尺约合71厘米。

众的统治权，这一权力的荒唐程度令其智昏。同时，他又担心会被不知不觉地杀掉，因而采取了一些令人发指的非人行为，在人类史上留下了一笔。而现在，作为一个整体，那些统治世界的人同他一样不可理喻，基本上同他一样残酷。他们中的一些人从地球各个角落来这里参观他曾经住过的石头房子的残垣断壁。这些废墟就立在岛上一处最陡峭的悬崖上。在那个极好的早晨，就是为了这一目的来卡普里岛的旅游者还在各自的旅馆里熟睡，但背着红色鞍子的长耳朵小毛驴已被领往各旅馆的入口处。那些美国人、德国人、男人、女人、老人、青年人起了床，在美美的一顿早餐后，会争先恐后地骑上毛驴。卡普里岛上的老乞婆们精瘦的手上拿着棍棒，会再次沿着多石的山路跟着他们，直到提比略山[1]的顶峰。旧金山来的已故老人本打算陪伴这些旅游者，现在却提醒他们死亡无处不在而吓了他们一跳。他已被运往那不勒斯。这一点让旅行者们放宽了心，又能香甜入睡了。寂静再次笼罩全岛。小镇里的商店依然关着，只有小广场上的鱼店和蔬菜市场例外。在广场上忙忙碌碌的芸芸众生中，闲站着劳伦索，一个高大的老船员，一个无忧无虑的乐天派。他曾经十分英俊，名气遍及全意大利。他曾多次为画家做过模特。他带了两只很大的海龙虾，已以很低的价格出手。这两只龙虾是他夜里捕获的，眼下正在旧金山来的那家人下榻旅馆的厨师唐·卡泰尔多的围裙里活蹦乱跳。这下劳伦索可以平静地站在那儿，直到夜幕降临。他以王子般的气质，卖弄他的破衣烂衫和他那支用长长的芦苇做烟嘴的泥烟斗，以及那顶歪戴在一只耳朵上的红色羊毛帽。在索拉罗

---

[1] 卡普里岛第二高峰，海拔334米，宫殿废墟所在地。

山的悬崖之间,有一条在岩石上凿出来的巨大台阶,一直通到古老的腓尼基人的古道上。此时,有两个阿布鲁的登山者正从上卡普里[1]来。一个在皮斗篷下背着一支风笛:很大的山羊皮袋里插两根管子;另一个带着一支类似木笛的玩意儿。他们走着,愉快、美丽、阳光灿烂的乡间风光尽收眼底,脚下是海岛上突起的岩石,是海岛畅游其中的神话般的一片蔚蓝。闪光的晨雾笼罩着西边的海面。耀眼的阳光下,意大利蜿蜒曲折的远山近峰混为一体,美不胜收。人类的语言实在无力描述……中途,他们慢下来。在索拉罗山岩壁的一个石窟中,高高挺立着圣母玛利亚:她通体闪亮,沐浴着阳光的温暖和灿烂。她雪白的熟石膏外衣和女王般的皇冠上的锈迹被描成金色,她那双充盈着温柔和慈爱的眼睛向上抬起,直视天庭,看着她受到三重保佑的儿子永久和幸福的住所。他们摘下帽子,将乐器送入唇间,赞美的颂歌随即流淌,坦率、虔诚、愉快:赞美太阳,赞美早晨,赞美她——邪恶而又美丽的世界上所有受苦受难的人的完美无瑕的仲裁人,也赞美他——在遥远的朱迪亚的伯利恒[2]山中一个贫贱牧羊人家的棚子里诞生自她的子宫。

　　至于旧金山来的绅士的尸体,正在回家的路上,前往新世界的海岸,那里有一座坟墓等待着他。近一个星期以来,在经受了许多屈辱和白眼、从一个港口仓库转到另一个港口仓库之后,他终于上了那条不久前曾载着一家人气势如虹地来到旧世界的著名轮船。不过这次他被藏起来,不让活人看见,在一具涂着沥青的棺材里被深深放入轮船底层的黑洞中。轮船再次开始远洋航行,

---

1　卡普里岛上一地区,海拔高于卡普里市,故名上卡普里。
2　耶稣诞生地。

在晚上驶过卡普里岛。在岛上目睹她驶过的人眼中，她的灯光缓缓消失在黑暗的海洋之中，似乎无限悲伤。但在这条大船上，灯火依然通明。用大理石装饰的华美的舞厅中正在进行喧闹的舞会。

在第二和第三天晚上，船上又有舞会。这次是在大洋当中。愤怒的风暴像葬礼上的众人那般肆意发泄，掀起山一般的巨浪，浪峰上镶着哀悼的银色泡沫。魔鬼在直布罗陀这个新旧世界进出门户的岩石上，看着轮船消失在夜晚和暴风雪之中，几乎看不清船上无数只闪着火焰的眼睛。魔鬼像悬崖一样高大，但轮船比他更大：层层的甲板，高大的烟囱，是怀有古道热肠的新人[1]傲视一切制造出来的庞然大物。暴风雪敲打着轮船上的设施和粗壮的烟筒。船因冰雪而变成白色，但依然坚实、威严、可怕。在最高一层的甲板上，在卷起雪花的旋风中，孤独地显现出一个舒适、灯光阴暗的船舱。在这里，半醒半睡、高大蠢笨的船长统领着整条大船，看上去活像一尊异教偶像。他听到汽笛像被风暴掐住脖子般地呻吟和刺耳地尖叫。然而一墙之隔那些他根本一窍不通的玩意儿却消除了他的恐惧。想到庞大的铁甲舱使他安心。舱中不时发出神秘的轰隆声，蓝色的火焰噼啪作响，噪音在一个戴着金属耳机的人耳中激增、爆炸。这个人正在急切地捕捉几百海里[2]外的船只向他发出的很不清楚的声音。在"亚特兰蒂斯号"的最底层、在她水下的子宫中，巨大的铁罐和其他各种机器的钢铁部分发出暗淡的光泽，嘶嘶地喷着蒸汽，渗出热水和机油。这里像是个巨大的厨房，被地狱般的锅炉烤得火热，生产出船上的全部动力。这里压抑着聚集在一起可以成为可怕力量的动力源，通

---

1 "新人"是空想社会的概念：创造新的理想公民以取代老的不理想公民。
2 长度单位，1海里约合1.85千米。

过无限长的管筒传输到船的龙骨。管筒被电灯照亮，看上去就像一个巨大的炮筒，以极度的精准和笃定慢慢地碾压着人的灵魂。一个巨大的传动轴在满是润滑油的筒底转动，就像一头活着的怪兽在窝穴中伸懒腰。至于"亚特兰蒂斯号"中部，温暖豪华的客舱、餐厅和舞厅则光明愉快。衣着华丽的人群交谈甚欢，到处飘散着鲜花的香气，回响着弦乐队动听的乐曲。那对雇来的、身体苗条而柔软的情人正在痛苦地扭转腾挪，不时在灿烂的灯光、华丽的丝绸、钻石以及赤裸的女性肩膀间痉挛似的相撞。她——一个太过谦虚的曼妙女郎，有着低垂的睫毛，天真的发型；他——一个身材高挑的青年男子，乌黑的头发好像浆过一般、面施薄粉、略显苍白，脚蹬一双极为雅致的漆皮皮鞋，身穿一件瘦长的、带有长长裙摆的晚礼服——好一个俊男，却酷似蚂蟥！没有人知道这一对情侣早已厌倦了用假装出来的快乐在无耻和忧伤的音乐中折磨自己的痛苦，也没有人知道在他们脚下很深很深的地方，在货舱的最底部，在轮船阴暗肮脏的腹部周围，正在跟海洋、黑暗和风暴生死搏斗的是什么……

梅江中 译[1]

---

[1] 译自 A. 亚莫里斯基（A. Yarmolinsky）的英译本。原作为俄语。——编者注

幽灵进入的那天晚上

作者 | 詹姆斯·瑟伯

詹姆斯·瑟伯（James Thurber，1894—1961），美国作家、漫画家。

主要作品：《想我苦哈哈的一生》（My Life and Hard Times）、《当代寓言集》（Fables for Our Time）等。

简单的事实就是，我以前住过的那座房子，经常披着一件会令人产生荒诞奇想的外衣。那里确实有一个幽灵（在我们迁入之前曾住在那栋房子里的几家人都听到过绕圈行走和上楼梯的脚步声）。那里也确实有一只豚鼠睡在一个齐特琴[1]里。这个故事比其他任何故事都更多地集中了我在哥伦布市[2]生活中的非常怪异的平常往事。

詹姆斯·瑟伯
纽约

---

1 一种类似古筝的琴。
2 美国城市名。

幽灵进入的那天晚上

那个于1915年11月17日晚进入我家房子的幽灵引起的误解被炒得沸沸扬扬，使我感到十分后悔。为什么不让他走他的路，我睡我的觉呢？那件事情惹得我母亲扔出一只鞋子飞进邻居房子的窗户，最终以我爷爷枪击警察结束。因此，像我刚才所说的，我非常后悔注意到了那个脚步声。

那个脚步声始于凌晨一时十五分左右：节奏分明、步速很快地绕着餐厅的桌子行走。母亲在楼上的一间卧室里熟睡，弟弟赫尔曼睡在另一个卧室里。爷爷在阁楼上睡在那张你可能还记得，曾经砸在父亲身上的老核桃木床上。我刚刚迈出浴缸，正忙着用毛巾擦拭全身。这时，我听见了那个脚步声：是一个男人绕着楼下餐厅的桌子迅速行走。浴室的灯光照在后楼梯上。后楼梯直通餐厅。我可以看见盘架上盘子发出的暗淡的光，看不见餐桌。脚步继续绕着餐桌一圈又一圈地走，踩到某处地板时发出有规律的吱吱声。一开始，我以为是父亲和哥哥罗伊，他们去了印第安纳波利斯[1]，随时可能到家；后来我怀疑可能是窃贼；最后才想到也

---

[1] 美国城市名。

许是幽灵。

脚步声持续了约三分钟。我踮着脚尖走进赫尔曼的房间。"噗嘶。"我轻声发出招呼,在黑暗中摇醒他。"怎么啦?"他说,声音低沉而绝望,就像一只垂头丧气的小猎犬。他总是怀疑有一天会有东西在夜里骚扰他。我告诉他我是谁。"楼下有东西。"我说。赫尔曼跟着我,走到后楼梯口,我们一块儿倾听:没声音。脚步声停了。赫尔曼吃惊地看着我。我身上只围了条浴巾。他想回去睡觉,但我抓住他的胳膊。"楼下肯定有东西。"我说。突然间脚步声又开始了,绕着餐桌,好像是一个人在奔跑,而且开始上楼朝我们跑来。脚步声很沉重,一步两个台阶。灯光依然苍白地照着楼梯。我们看不到有东西过来,只听到脚步声。赫尔曼冲回自己的房间,"砰"的一声关上门。我也"砰"的一声关上楼梯口的门,用膝盖顶着。过了很长的一分钟后,我慢慢将门打开:什么都没有。声音也没有了。再也没有人听到幽灵。

"砰、砰"的关门声惊醒了母亲,她从卧室向外张望。"你们两个熊孩子干吗呢?"她大声问道。赫尔曼壮着胆子走出房间。"什么也没干。"他粗声说,但是如果用色彩来描绘他的话,他是淡绿色。"楼下有人绕着圈儿跑是怎么回事儿?"母亲说。这么说,她也听到了那个脚步声。我们只能看着她。"窃贼!"她本能地大叫。我悄悄走下楼去,以便使她安静下来。

"来呀,赫尔曼。"我说。

"我得守着妈。"他说,"她太亢奋了。"

我又回到楼梯口。

"你们两个都不许动。"母亲说,"我们打电话叫警察。"电话在楼下,我实在看不出怎样才能给警察打电话——我也不想让警察来——但是母亲做了一个迅雷不及掩耳、不可思议的决定：她飞身跳上卧室的窗台，这个窗户正好对着邻居房子的卧室窗户。母亲捡起一只鞋，狠狠地扔出去。鞋子飞过两幢房子之间狭窄的空间，砸碎一块玻璃，飞进一个已经退休、名叫鲍德维尔的老雕刻匠和他妻子的卧室，碎玻璃撒了一地。近些年来鲍德维尔身体状况一直不佳，总是受到一些不太严重的心脏病的侵扰。我们认识的或住在附近的几乎每一个人都曾受到过某种侵扰。

那是个没有月亮的夜晚。此时是凌晨两点钟左右。云层很黑，也很低。鲍德维尔立即出现在窗口，大喊大叫，口喷白沫儿，晃着拳头。"咱们卖掉房子回皮奥里亚[1]去吧。"我们听见鲍德维尔太太说。"窃贼！"母亲大叫，"窃贼入室！"我和赫尔曼没敢告诉她那不是窃贼，而是幽灵。因为比起窃贼来，她更怕幽灵。鲍德维尔一开始以为她是说他家房子进了窃贼，但最终他平静下来，用他床头的电话分机为我们给警察打了电话。在他从窗前消失后，母亲突然做了一个好像要把另一只鞋也扔出去的动作。她后来解释说：其实并非有必要这样做，而是因为使劲把一只鞋穿过玻璃扔进别人屋里去的那种亢奋的畅快感使她欲罢不能。我阻止了她。

警察以令人夸赞的速度迅速光临。一辆福特轿车坐满了警察，两个警察骑着摩托车，还有一辆巡逻车里坐了大约八个警察。还来了一些记者。他们开始敲我家的前门。手电筒射出的光束在墙上上下闪动，穿过小院，照在我们和鲍德维尔家之间的小道上。"开门！"一个沙哑的声音大叫，"我们是总部来的

---

[1] 美国城市名。

人。"我想下楼让他们进来,因为他们已经来了,但母亲全然不听。"你一丝不挂的,"她指出,"找死啊!"我把毛巾在身上又缠了一圈。最后警察用肩膀撞击我家那扇有着厚厚斜面玻璃的又大又重的前门,破门而入。我可以听见木头碎裂和玻璃片撒在前厅地板上的声音。他们的手电光在整个客厅里上下飞舞,紧张地对餐厅交叉探照,刺入走廊,射上前楼梯,最后照到后楼梯上。他们照到我裹着浴巾站在后楼梯口。一个身体沉重的警察奔上楼梯。"你是谁?"他问。"我住在这儿。"我说。"那你是怎么回事儿?太热了?"他问。事实是,太冷了。我走进我的房间,胡乱套上裤子。我走出来时,一个警察用枪顶着我的肋骨,"你在这儿干吗?"他问。"我住在这儿。"我说。

领头的警官向母亲报告。"毫无痕迹,夫人。"他说,"肯定是逃走了。他长什么样?""他们有两三个人。"母亲说,"呜呜地叫,并且不断砸我们的门。""这就怪了,"警察说,"你们家所有的窗户和门都从里面锁上了,严丝合缝。"

我们可以听见楼下其他警察沉重的脚步声。房子里到处是警察。门被强行拉开;抽屉被强行拉开;窗户被推上去,又拉下来。家具随着沉闷的响声倒在地上。有半打警察从楼上前厅的黑暗中现身。他们开始翻查整层楼。把床从墙边拉开;把衣服从壁橱的衣钩上扯下来;把箱子、盒子从架子上扯下来。一个警察发现了一把罗伊在一次台球比赛中赢来的古旧的齐特琴。"瞧这儿,乔。"他说,用他的大爪子拨了一下琴弦。那个名叫乔的警察接过琴,把它翻转过来。"这是什么?"他问我。"这是一把老齐特琴。我们的豚鼠以前喜欢睡在上面。"我说。我们确实曾经有一只宠物豚鼠除了在这把齐特琴上,绝不在别的地方睡觉。但我真不该这么说。乔和另一个警察长时间地看着我。他们把琴放回到架子上。

"没有,什么迹象都没有。"先前对母亲说话的那个警察说。"这家伙,"他朝我晃动着大拇指,向其他警察解释道,"刚才一丝不挂。夫人似乎有些歇斯底里。"他们都点点头,没说什么,只是看着我。在这短暂的片刻安静中,我们都听到阁楼上一阵吱吱作响,这是爷爷在床上辗转。"那是什么?"我还没来得及说话和解释,就有五六个警察一跃而起,直奔阁楼门。我意识到如果他们未经通报,或者就算通报了,却一拥而入爷爷的阁楼,事情将会非常糟糕。他正在经历一个时段,认为米德将军[1]的部队在受到石墙杰克逊[2]的不断打击下,正在开始撤退甚至脱逃。

等我走进阁楼时天下似乎已经大乱。爷爷显然一下子得出结论:这些警察就是米德将军部队的逃兵。他们想要躲在他的阁楼上。他一跃而起,跳下床来,身穿一件长长的法兰绒睡袍,套在长长的羊毛内衣外,头戴睡帽,胸前裹着一件皮夹克。警察肯定立刻意识到,这个怒火万丈、满头白发的老人属于这个家庭,但他们根本没有机会这么说。"滚回去,你们这些懦弱的狗。"爷爷咆哮着,"滚回前线去,你们这些该死的娘炮。"他一边说一边抓过那个发现齐特琴的警察,一巴掌拍在他脑袋上,把他打趴在地。其他警察马上撤退,但不够快。爷爷一把抓住齐特琴警察的枪,把它从枪套中拔出来,开了一枪。听枪声子弹似乎打裂了橡子,阁楼里顿时烟雾弥漫。一个警察骂骂咧咧地伸手

---

[1] 乔治·米德(1815—1872),美国内战时期北军将领,在葛底斯堡战役率部一举击败南军将领罗伯特·李。
[2] 托马斯·杰克逊(1824—1863),美国内战时期南军将领,内战中在东部战区打了许多胜仗,名气仅次于罗伯特·李。

抓住自己的肩膀。最后,我们都莫名其妙地重新下得楼来,锁上阁楼的门,把老先生锁在里面。他在黑暗中又开了一两枪,然后回床上睡觉去了。"那是我爷爷。"我上气不接下气地对乔解释说,"他以为你们是逃兵呢。""我看他就是把我们当成逃兵了。"乔说。

除爷爷之外,警察没跟其他人交上手,显得不愿离去。那天晚上他们显然是铩羽而归。此外,他们显然不喜欢整个事件的"布局",有些东西看上去——我能理解他们的看法——很假。他们开始调查此事。一个面孔瘦、身子弱的记者找到我。我当时穿着一件母亲的女式衬衣,因为一时找不到其他可穿的衣服。那位记者看着我,满脸狐疑又十分好奇:"我说伙计,刚才他妈的究竟是怎么回事儿?"他问。我决定对他实话实说。"我们家进了幽灵。"我说。他盯着我看了很长时间,好像我是一台他刚刚投入五美分硬币却一个子儿也不出来的老虎机。然后他走开了。随后警察们也离开了。被爷爷打伤的那个警察捧着现在已经上了绷带的胳膊,骂骂咧咧地满嘴污言秽语。"我得从那个老混蛋那儿取回我的枪。"那个找到齐特琴的警察说。"是啊,"乔说,"你——还有谁?"我告诉他们第二天我会把枪送到警察局去。

"那个警察是怎么回事?"等他们走了之后,母亲问。"爷爷用枪打伤了他。"我说。

"为什么?"她问。我告诉她,他是个逃兵。

"怎么偏偏是个逃兵?"母亲说,"他真是个漂亮的小白脸。"

第二天早晨,爷爷像一朵雏菊那样光鲜,并且笑话连连。我们起初以为他对发生的一切早已忘记,但他没有。在喝第三杯咖啡的时候,他用闪光的眼睛看着我和赫尔曼:"昨天晚上,警察跑到咱家来胡闹究竟是怎么回事?"他问。我们无言以对。

梅江中 译

哥伦布在信风中

作者 | 约翰内斯·威廉·延森

　　约翰内斯·威廉·延森（Johannes Vilhelm Jensen，1873—1950），丹麦作家，1944 年获诺贝尔文学奖。
　　主要作品：《漫长的旅行》(*Den Lange Rejse*)、《世界的光明》(*Verdens Lys*) 等。

因其出身所缺失的因素而产生的力量，受到各方面的影响而形成的趋势，在引导哥伦布前进，去寻找他永远找不到的那个世界。

骨子里的北方人天性，与塑造他良知的南方人世界的激流交汇，并受其控制，加上地方和时代的烙印，使他的行事风格时而属意大利式，时而为西班牙式，但永远是基督教徒式。在他和大自然之间屹立着一个内心的幻影世界，他还在用他那个年代颇带偏见的眼光看待它。众多的"现实"像那个时代的天堂一样，都不是亲身经历，都在迎合当时的地图。然而，哥伦布冲破所有虚幻的"现实"，带来一片新天地。

使这成为可能的，是他内心纯洁和永恒的素质：勇气——那从曾为征服者和殖民者的祖先那里继承来的完全的大无畏。对他的世代祖先来说，天有不测风云，为大赌注而拼搏是他们的生存方式。勇气和毅力、航海家的胆大包天和执着的信念，是贯穿哥伦布作为伟大发现者品质的一条清晰的底线。

他是体育运动员，是天才。他的内在动力远远超出他的年龄。他把航行看成使命，调动了体内一切因素。他勇往直前，似乎其人类的全部本性都在敦促他……

而他只是在为未来承载和输送历史。哥伦布随其开拓功绩而成长。然而回过头来，我们看到历史的脚步走过他心田：他撑起一座将远隔万里的世界和时代连在一起的桥梁；他划清了幻想和真实之间的界线：不是通过他的思想，而是通过他的为人和激情所在。

约翰内斯·威廉·延森

哥伦布在信风中[1]

在距离陆地数百里格[2]的马尾藻海[3]上,有三条小船在无边的大洋中迷失了方向。船员们陷入绝望。

大洋中漂浮着延绵数百英里的海草,虽然这一闻所未闻的骇人景象带来的惊恐万状已有所缓解,但这确实是一次严峻的考验。第一个漂浮着的海草岛被误认为是坚实的陆地,看上去像一片低平的茂盛草地躺在水中。一时间,这可能是陆地的猜想使人们心中升起一线希望,但随即又跌入深深的失望和不安的谷底——如果这不是陆地,那又能是什么呢?

不久,这些岛屿变得数不胜数,形成了一片连续不断的海草地毯,盖满了整个海面,一眼望不到边。海军上将[4]满舵向前。船员们却大喊大叫,祈求上帝保佑,苦苦哀求舵手后退。但为时已晚:他们已被海草围在当中。可是看啊,船可以驶过海草,基本不受阻碍——眼下是这样,但要是海草变得更密,把船紧紧缠

---

[1] 本篇节目选自小说《漫长的旅行》。——编者注
[2] 长度单位,1里格约合5.56千米。
[3] 大西洋中一处由四股不同洋流围成的圆形海域,多棕色果囊马尾藻。
[4] 西班牙国王授予哥伦布海军上将的军衔,派其率领由"圣玛利亚号""平塔号"和"尼娜号"三条船组成的船队探险。

住可怎么办？这就是一种水草，海军上将说服大家，并捞起一些。但这不是人们认识的海草。它怎么会长在这儿？难道是从千百里格之外的陆地漂到这里来的吗？

海军上将建议大家不要对自己离陆地遥不可及这一点过于肯定。他当然还像往常那样乐观，在大家都垂头丧气的时候呈现出一张勇敢的脸。可这片陆地能在哪儿啊？不管怎么说，一眼望去，前方和两边的海平线上都看不到陆地。有的只是无边无际、海草丛生的淡绿色海水。还有假草地带来的希望。它们以假乱真，真有人信了它们。难道它们真的不可能是沉没的国家或水下王国的草原，脱离了土地漂到水面上来啦？要是那样就危险了：附近一定有浅滩，他们随时会搁浅，被困在离海岸如此遥远的地方就死定了。海军上将对这些牢骚的唯一回答就是测量水深：铅锤长达几百英寻的测量绳都放完了，却还是没到底。如果他们谈论的陆地草原真的在下面的话，必须说它长得很深很深。海军上将甚至残忍地补充了一句，说，现在谁也别指望一头母牛会把脑袋从水下牧场伸出海面，或者看见一个教堂的尖顶冒出来了。痛苦的呼喊声淹没了他的声音。人们被从害怕直接抛入恐惧：这么深！怎么，这里根本就没有底！所以他们现在已在世界之外，在不可思议的海洋深渊之上。想到这些，他们不得不相互支撑。他们的眼睛几乎从脑袋上掉下来。船要在这里出事儿，下沉下沉下沉……但海军上将冷冷地问他们，如果要淹死的话，死在一英寻深的水里和一英里深的水里不都一样吗？这话说得太无情，也太不谨慎。船员们咆哮起来，有个人摘下帽子向他砸去。海军上将转过身去，背对他们。然后又转过身来，胳膊在海面上划了一圈，指向水草的海。水草在耀眼的阳光下像金子一样闪着光：如果他们相信这些光辉都来自不可能存在的海底岛屿的话,那么他认为这预示着真的岛屿,也许不那么遥远,那里黄金般的田野跟这里的水草一样广阔——黄金铺就的地面又长又宽。随后船员们又像一群女人那样喋喋不休地大谈到那儿去的麻烦和风险——好像如果没有这些风险的话,这些岛屿不会早就被人发现和定居似的!

  沉默。毫无声响。一些人感到羞愧。其余的被引入新思绪——遍地黄金,听起来真美妙啊。其结果是他们继续航行。且行且争吵,很容易地航行了半天。但水手们还是固执己见。虽然他们相当顺利地驶过海草,但依然认为海水越来越稠是个凶兆。这么稠下去怎么得了?他们可能要在粥里航行了,在粥里任何人都会被粘住。而海军上将的话,也使他们感到如芒在背。就算他懂得多,也无权拿穷苦的基督徒开玩笑。

  然而,如果说对于陷入海草的危险有人怨天尤人的话,他们的船轻易驶过海草的事实不久便让位给了新的不安。这到哪儿是个头啊?永不间断的小东北风挥之不去!它是怎么回事?已经持续好几个礼拜了。他们压根儿没有去碰那些日夜立在船体右侧的船帆。航行太容易了。但如果他们必须转变方向该怎么办?他们怎么回家?这究竟是什么风啊?其他地方从来没有报告说来自一个方向的风能持续这么长时间。很难有别的解释,一定是相反的方向有一股巨大的吸力,正在把他们吸过去。就像瀑布上方的那种风,吸力来自瀑布下的深渊。他们现在就身处其中。这是件玩命的事;这是在刺激上帝;这是在摒弃一个人命中的好运;这是一股魔鬼送来的风……

  海军上将耸了耸肩。说真的,他自己也搞不懂,为什么这股风能持续这么久。这在他的经验中是个新鲜事儿。他每天都扫描云层，观察海员烂熟于心或事后意识到的各种迹象，但这片水域对他来说十分陌生，迄今也无人知道这股风会怎么样。然而，要不是船员们日益焦虑，长远看来越来越难管理，他真有千万条理由感谢这股风。

一天，事情终于发生了，那是九月二十三日：风向变了，他们顶风了。这下船员们不能再坚持说这一带海域除了东北风再没有其他风了。哥伦布得救了：柳暗花明。那天晚上，虽然累了一天，船队寸步难行，他却双手紧抱在胸前，向上帝致以最深切的感谢。

在他面对圣经和航海日志私下冥想的时候，他不禁想到摩西之夜[1]：摩西带领他的人民经历了千真万确的千难万险，但他最困难的任务是保全他们不受他们自己的想象和本能的摧毁。

然而，在风向又一次改变时，所有的抱怨又以新的势头卷土重来。每个人都再次清楚地看到海浪全都涌向西方，整个大海都在朝那个方向流动，直接流入深渊！

此时他们已经驶出了马尾藻海，再次进入清澈深厚的海浪。如果说近来他们一直以痛苦的眼光偷看那些可恶的海草的话，现在则是十分伤心地回顾这些海草了。因为在海草中时海军上将用他的三寸不烂之舌编造的所有陆地的迹象，现在都烟消云散了。说有海草表明附近就有一条海岸的说法听起来很有道理。但现在呢？说他们在海草中发现的螃蟹是个好兆头；说他们看到的在海草中觅食的鸟儿和鱼儿当然也说明已经接近大陆了。可那已经是

---

[1] 见《圣经·出埃及记》第16章第6节至第8节。摩西对以色列人说：今晚你们将知道是上帝带你们出埃及。你们的抱怨不是对我们，而是对上帝。

好几天以前的事儿了，到现在还是看不到陆地！

　　船员们的头脑现在开始变得有些迷糊了。他们在每一个卷起的海浪中都看到海怪。夜晚，他们害怕黑暗，一群群地抱在一起。他们因为天气越来越热而哭泣。他们确信自己无疑正在接近太阳附近的炙热地区，那里除却火蛇什么都无法生存；他们逃不脱变得像非洲黑人一样黑的命运，他们会被彻底烧焦，像苍蝇一样被活活烤死。整条船都会燃烧起来——以大慈大悲的上帝的名义，好人呐，调转船头吧，不然就晚啦！

　　其他声音也冒出来，是船上最清醒的人的声音，是船上官员的声音：船上的粮食已经见底，真的见底了。有好几处地方，粮食已经遮不住货仓底部的船板。如果他们回去的天数跟来时一样的话，从食物的角度计算，必须赶快掉头。哥伦布对此没说什么。他脑中期待着无法回头的那一刻：等他们眼见得弹尽粮绝时，就没有其他路可走，只能直线前进。但他没这么说。

　　对于其他抱怨，他相当高兴地让它们继续下去，从而遮掩人们对粮食的担忧。他一次又一次地跟全体船员谈论这些事情，想谈几次、想谈多久都行。谈啊谈啊，谈得两眼发直，又累又困，但孜孜不倦。最后这竟成了一种船上的"常设议会"，每个普通船员都能发出自己的声音。讨论语气也日益尖锐。在这些讨论中，此次航行所有理论方面的问题都得到越来越深刻的探讨，成了一种交叉讯问。而对其内容，海军上将大部分接受，同时以相当的热情予以修正。他的内心自始至终在关注着航海日志。

　　十四年来哥伦布反复在葡萄牙的学者委员会和萨拉曼卡[1]的

---

[1] 西班牙西北部一城市，为萨拉曼卡省首府。

学术委员会阐述的那些问题都被一股脑儿地提出来。他不得不再次听到那些反对他的论调,并再次尽最大努力予以反驳。在这条航线上每走一天就离印度更远一天,现在他对通过这条疯狂之路如何能够抵达印度作何考虑?

简言之,如果地球是圆的……

是啊,可地球不是圆的!每个人都知道这一点。每个人都可以看到这一点。相反的意见都是旁门左道,是对基督教会和上帝的叛逆。胡安·德·拉·科萨[1]是这条船的船主,并以船主身份陪同探险,现在充当起发言人,展示了丰富的圣经知识。五部圣典[2]和众先知都从未说过地球是球形的。此外,最普通的常识也会告诉你,说它是个球是错误的。就拿大洪水[3]为例吧,地球怎么可能不是平的呢?它要是圆的水不全都流跑了……

全体船员对胡安·德·拉·科萨报以暴风雨般的掌声。他谦虚地退回人群。有人对哥伦布发出恶意的犬吠似的狂叫。

这时,海军上将用拉丁语和希腊语应对胡安·德·拉·科萨,引用圣奥古斯丁的语录并将它与亚里士多德的言论相对比……还有斯特拉波[4]、塞内卡[5]、毕达哥拉斯[6]、厄拉多塞[7]……

亚里士多德……胡安·德·拉·科萨以男人的风度点点头。这个名字他听说过,知道这个人有分量,但对他的立场没有把握。这给了海军上将一个机会。他长篇大论地引用引导古人设想

---

1 胡安·德·拉·科萨(约1450—1510),"圣玛利亚号"的船主,地理学家、制图家,在哥伦布第一次航行中起重大作用,并将航行发现首先绘入海图。
2 希伯来圣经的前五部,包括《创世记》《出埃及记》等。
3 上帝为了惩罚人类的堕落而使用的大洪水。
4 斯特拉波(约公元前64—公元24),古希腊地理学家、哲学家和历史学家。
5 塞内卡(约公元前4—公元65),古罗马哲学家。
6 毕达哥拉斯(前570年—前495),古希腊哲学家。
7 厄拉多塞(约公元前276—约公元前194),古希腊数学家、地理学家。

地球是圆形的种种原因，列举了其中最有分量的证据：月食时地球投在月亮上影子的形状。这如同最烈性的私酿酒直冲船员们的头。然而，胡安·德·拉·科萨听懂了，站出来表示反对：

即便地球是圆的，又怎么可能把影子投在月亮上？要做到这一点，太阳必须绕过地球，也就是说要绕到地球下面去……

哥伦布：正是如此。

胡安·德·拉·科萨：啊，我明白了。不过不管地球是平的还是圆的，总得放在什么东西上，得有个地基吧。一个天体怎么可能从地球的地基下通过呢？

哥伦布：地球没有地基。它是个悬在空中的自由球体。

轰动！船员们压住狂热，每双眼睛都定在胡安·德·拉·科萨身上。胡安·德·拉·科萨十分沮丧。他看着海军上将，眼睛里充满了真诚的遗憾，声音颤抖地问：这……这个……重达数千万磅的地球……怎么可能自己悬在空中……这怎么可能？

对于万能的上帝，有什么是不可能的？海军上将有力地回答。上帝创造了世界，使星移斗转，让太阳、月亮、星星发出光辉，让日夜交替。他就不能让地球悬挂在空中？只有他才知道这怎么可能！

胡安·德·拉·科萨低下头，食指上行至胸口，在提到上帝名字时自然而然地画了个十字。

船员们紧随其后，都画了个十字，仿佛觉得自己身在教堂。那使人感觉受到威胁的意见对峙，在这庄严敬畏的时刻一下子化解了。

但随即争论再次燃起。胡安·德·拉·科萨代表大家顽固地坚持说，即便地球是圆的，（而它不是，）即便它以上帝的力量自行悬在空中，（赞美上帝，）他们现在想要做的事情也是完全不可能的。一个球体可能大到我们人类从自己站的地方看去好像是平地的程度，就算真是这样，那我们站的地方必须是球体的上部。而如果一个人离开了地球的上部，他就会沿着坡儿走下去，这个坡儿会变得越来越陡，最后垂直起来，转向底部的那一面——假设球形理论站得住脚的话，当然，那纯粹是一派胡言，水怎么可能绕着圈儿地挂载在一个球体上？

鼓掌。说得好！说得好！他们向胡安·德·拉·科萨欢呼。他的确非常勇敢。他直视海军上将的脸，向他的上司鞠了一躬。回到人群中去。

海军上将没去理会最后一个问题。他抓住第一个问题，像猎鹰一样发起攻击：

我们现在就在向下航行！

沉默，直到他们的头脑对这句话开了窍。随后是极度抓狂。有几个人大声尖叫着跑到舷墙边向下张望。有几个人本能地把手放在桨把上。胡安·德·拉·科萨脸色煞白，竭力恢复镇定，问道：

海军上将认为如何才能再次向上航行？

大家一下子抓住胡安·德·拉·科萨话语的坐标，在心中描绘自己正在经历的向下航行的巨大弧线，看到绝不可能再重新走到上面来。众人好像变成了石头，一动不动地立在那里。

在这片惊惶中，人们听见海军上将放声大笑。在这严峻的时刻，这样放肆地大笑真是太过分了。他在嘲笑他们。他们正驶向地狱。他们受够了，再也不要听他的了……

不过此刻我们也在朝上航行。海军上将温和地对胡安·德·拉·科萨说，继而更加准确地解释了他的意思：如果地球真是圆的，那在地球表面任何一点上都没有什么上下之分，除非是朝着地球中心和黄道带的方向……但是胡安·德·拉·科萨摇着头，诚实地看了海军上将一眼，又摇摇头，为他、为自己的船、为所有的人感到悲伤。

海军上将转变了语气，深邃的眼睛里透着笑意，好像因为他们是大多数而接受了他们的观点：假设他们是正确的，地球是平的。不过如果是那样的话，它就不可能被一个水流正在涌入其中的深渊所包围。因为那样海水早就会脱离地球，如同胡安·德·拉·科萨非常正确地指出的那样，也就不可能出现大洪水了。但如果从另一方面来看，大洋是环形地躺在地球周边的，这是较普遍的概念，那就完全不能排斥向西航行抵达印度的想法。印度在球形的后面而不在笔直的前方。不是在一个球体上，而是在一个圆圈上，要经过地球这片碟片边缘的一半才能到达，如果你们更喜欢这种说法的话……

全体成员齐声高呼胡安·德·拉·科萨是正确的，愤怒地高声谴责海军上将：明目张胆地模糊问题的核心，逃避胡安·德·拉·科萨提出的直接问题——一旦你异想天开，航行到地球下面，怎样才能再次沿着地球弧度向上行驶？你回答！

海军上将：现在是你们一口咬定地球是圆的了。

狂叫、吼叫、高喊"无耻"的大叫、无言的号叫！就这样，这堂课上完了。

下一堂课，除了宇宙方面的问题，海军上将必须拿出所有理由和证据表明大洋西部有陆地存在。这个论点他们以前听过，每个西班牙和葡萄牙人都听过，直到他们一见到哥伦布就大喊饶命。这一次绝对是他最后一次重复他老生常谈的陈腐课程，用的是流利的西班牙语,只是他的口音揭穿了他是意大利人。要是在其他的情况下,要不是生死攸关,他们会因为他而感到野蛮的快乐:船上有这么个光彩照人的大傻瓜!而且他如此高大,在上流社会那么吃得开,这就更加耀眼了。要是他们不像现在这样憎恨他、厌恶他的话,他们甚至会可怜他:孤身一人面对众人,在遥远的大海上承受作为陌生人中的陌生人的双重孤独。这条越来越老的怪鱼,一遍又一遍万分教条地重复解释同一件事请,已经让自己成为笑柄了——

例如:从亘古时起——("亘古时⋯⋯"迪亚哥惟妙惟肖地模仿他:用他的意大利口音,用他严谨的语气⋯⋯当然脸是朝着另一边的,但声音还是大得让周围的人都能听到,都能拾乐儿。)——从亘古时起,就有报告说大西洋中有一片消失了的陆地:柏拉图的亚特兰蒂斯[1]。有两派观点:它被海洋吞噬了,或是通往那儿的路被遗忘了。后一种意见得到多年来反复出现的谣传的支持,说在距离欧洲遥远的西方有这片土地或岛屿。许多人认为那就是人间天堂本身,是那片丢失了的国度:人类从该乐园中被赶出,却再没能找到回去的路。圣布伦丹[2]出发寻找它,确实抵达了大洋中一个快乐幸福的小岛。从有关他的传奇故事中可以读到,那是"有福人"居住的地方。可打那以后,通向那里的航路又消失了。圣布伦丹的航行距今已经八百年了。这一传说后来跟金丝雀岛[3]关联在一起,当然是错误的。那些岛屿肯定位于

---

[1] 亚特兰蒂斯是传说中大西洋中的一个岛国。柏拉图在公元前360年前后讲述了亚特兰蒂斯的故事,纯属虚构,他说亚特兰蒂斯的缔造者是半神半人。
[2] 圣布伦丹(约484—约577),爱尔兰航海家,爱尔兰十二圣徒之一,是航行、海员和鲸鱼的保护圣人,以传说中寻索"有福人"之岛而闻名。
[3] 位于非洲西北海岸的群岛,属西班牙。

大洋中遥远得多的地方，最少有两个亚速尔群岛[1]那么远，当然也绝对不会是亚速尔群岛。据推测，它们的位置更加偏南，很可能就在他们现在航行的方向上。

现在要说明的是，另一种较新的观点认为，这些关于遥远的西方的神秘岛屿或大陆的说法可以被认为是若干虽然含糊不清但相当正确的对印度东部海岸的报告。它们延伸在地球那一面十分遥远的地方，也许不时有人以其他方式接触到它们，例如直接穿越大西洋。人们知道印度沿海有一些很大的岛屿，例如日本国，马可·波罗[2]对它进行了许多相当可信的描述。它们肯定是像安提利亚[3]或巴西岛[4]那样的，一些最新的地理学家预测它们会被发现，已经将其标在自己的地图上了，学问最多、名气最大的托斯卡内利[5]就是一例。（"他是个什么样的傻瓜呀？"迪亚哥说。）鉴于人们对欧洲西海岸与印度顶端之间的距离已经多少有些了解，而大西洋的宽度，也就是要从地球周长上减去的距离已经可以大体算出来。在海军上将看来，这跟他们已经航行的距离不多不少正相当。所以那些岛屿随时可能会出现。（迪亚哥和其余听众都轻蔑地喷着鼻子：这种乐观而又不负责任的故事，他们已经听了不知多少遍了！）

好吧好吧，如果他们对地理方面的争论和对宇宙的情况一样一窍不通，那么他们应该知道还有更直接、更具体的证据。那些不时由大西洋带来的肯定已经受到关注和被感觉到的迹象无疑指

---

[1] 位于中大西洋，是葡萄牙的一个自治区。
[2] 马可·波罗（1254—1324），威尼斯商人、探险家、作家。于1271年至1295年间沿丝绸之路穿越亚洲，著有游记。
[3] 传说中位于葡萄牙以西大西洋中十分遥远的一个想象的岛屿。
[4] 传说中位于爱尔兰以西大西洋中的一个想象的岛屿。
[5] 托斯卡内利（1397—1482），意大利数学家、地图制图家。

出大洋另一边有陆地。首先有许多人报告说,他们在非常晴朗的日子里在大洋中金丝雀岛的西边看到过那些岛屿。("必须说这些人都是千里眼。"——迪亚哥说。)真有这种可能。个人证据:哥伦布本人多年前在马德拉岛[1]曾经收留过一个船只被毁的男人,咽气时他对哥伦布透露,他是在去英格兰的航行途中被一场暴风雨吹到大西洋上二十八天。他看到一些岛屿。岛上的原住民赤身裸体,到处乱跑。后来他碰到好风返回欧洲,但已筋疲力尽,死在马德拉岛。船上共有十七名船员,他是最后一个。("真是个绝妙的故事。他为什么不留在那些岛上?那些岛不值当吗?")

还有那个彼得·考利尔。("哦,那个家伙。")他告诉哥伦布一块在圣港岛[2]被海水冲上岸的神奇的木头,一块非常奇怪的黑色木头。请注意,它是经过雕刻的,虽然看上去用的不是铁制工具。还有更神奇的:一些巨大的芦苇也漂上同一个海岸。像是某种草类的大比例尺版本——好像来自某个什么都巨大无比的国度。("让我们亲眼瞧瞧!")哥伦布本人倒是真有可能亲眼看到它们被冲上来。他在圣港岛待过三年,在那里亲自观察到很多东西间接地指向西边的大陆。他并不看重那些奇特的云彩模式和天空状况,但那些芦苇被送到葡萄牙国王面前,他在那里看到过这些芦苇。马丁·文森蒂,一个可信的海员("我想把他请到这儿来。"——迪亚哥说。)也在圣文森特角[3]西边很远的地方发现过海上漂流过来的经过雕刻的木头。

但所有证据中最突出的是来自亚速尔群岛的报告:一次西风

---

[1] 群岛,位于非洲海岸线西北部,是葡萄牙的一个自治区。
[2] 葡萄牙属群岛,位于马德拉群岛东北43千米处。
[3] 葡萄牙和欧洲大陆最西南部的海角。

过后，人们发现海滩上有船只被冲上岸，都是用单一树干挖空了的独木舟，显然是野蛮人的手艺；在亚速尔群岛一个叫弗洛里斯的岛上，有两具尸体被冲上岸来，很可能也是同一种野蛮人。他们的面孔很宽，跟已知的人类种群都不相像。这几乎可以被称作是地球的另一面真正存在的具体证据了……

地球两面论……胡安·德·拉·科萨咳嗽了一下，大胆提出一点观察。在一个头脑清醒的人看来，发现了这样两具尸体——如果说法可靠的话——似乎也未能提供任何关于地球两面论的信息。因为从人们对地球那一面的了解来看，那里人的相貌肯定跟我们完全不一样。不可能仅限于面孔过宽这种微不足道的差别。从事物的本性出发，是无法了解有关地球两面论的任何具体情况的。但非常明显的是，那些住在树朝下长、雨水直飘上天的地球下方的东西，不管怎么说，脚上一定有吸盘，就像某种蜥蜴那样，这样才能待住。毫无疑问，他们的其他方面也跟基督徒大不一样。确实没有必要长途跋涉到地球的两极或两个支撑点上去寻找怪物。要是人们能相信一些德高望重的旅行家和古典文献的话，即便在地球边缘异教徒的世界里，人的形体也一定会有巨大的蜕变。并不是说他自己是一个饱读诗书的人，但他还是听说过阿里马斯皮人[1]和萨堤尔人[2]；知道在阿拉伯以东的地方有一种人只有一条腿，到处跳，而且跳得非常快；人们还知道亚马逊人[3]和一种没有头，但肚子上长了一张脸的男人。这似乎表明离基督教社会越远的地方的人就越不再基于上帝的形象。好像有很好的

---

[1] 传说中的一个独眼人部落。
[2] 希腊神话人物，长有马耳和马尾。
[3] 希腊神话中一个全女性战斗部族。

理由推定住在咱们下方最遥远地方的人是根据另外一个完全不同的人的形象创造出来的。这样就真的可以把魔鬼也包括在造物主之列了。如果是那样，他们就会有翅膀，从而能够在地球下方生存。即使是一个蒙昧的人，也不会想象那里会有天堂乐园。更自然的想象是地狱会在那儿，因为有一切理由设想地球是放在火上的，要不就是地球深处有火，就像从火山中看到的那样。越往南航行越炎热这一事实同样表明了这一点，在座的每个人都可以证明。这样，在胡安·德·拉·科萨这个卑微的外行人看来，亚速尔岛发现的两具尸体并没有告诉他们什么关于地球两面论的情况。从另一个角度来说，提及它们都会让头脑产生其他可怕的想法。

听了胡安·德·拉·科萨理智的话，船员们陷入一片怪异的沉寂。当然，海军上将总是让他们感觉到他们热切希望的唯一目标就是看到陆地，但他们的热情在很大程度上取决于当他们真正抵达陆地时，等待他们的会是什么。想到胡安·德·拉·科萨描绘的景象，对海军上将悄然上涨的厌恶情绪此时写在了他们脸上。他们找不到语言来描述自己的恐惧和厌恶。是否有可能他从一开始就打算带他们直接驶入地狱？他们会不会既无法拯救灵魂，又丧失生命？他是不是出卖了他们的灵魂，然后让魔鬼附上他的身体……他们想骂，但骂声卡在了脖子中——因为如果他本人就是肮脏的魔鬼的话……

不祥的沉寂。乔治，船上那个完全说不清话的老奴隶，坐在甲板上用刀将一小块一小块的咸猪肉戳进嘴中，并从牙齿之间有声地将刀拔出，裸露的脚踝上留着镣铐磨出的伤疤，脖颈上几处秃斑就像一匹被笼头磨秃马鬃的老马一样。就连他也发出了一声不屑的喷鼻声,扬起那张麻脸,愤怒地微微颤抖。他眨巴着眼睛,竖起耳朵:怎么回事?伙计们怎么这么安静?他总觉得一旦嬉笑怒骂从伙计们嘴上消失,大势肯定不妙。难道还会发生比他在漫长动荡的一生中已经经历过的更加糟糕的事情吗?

但乔治很快又重新安下心来,把刀尖上那块停在半空中的咸猪肉插入口中,因为很显然,海军上将说了一番话,使众人恢复了呼吸和说话的能力。在大家提及魔鬼时,海军上将为自己扮演的角色特别坦诚地在胸口画了个十字。他的态度使得只有最恶毒的人才会怀疑他的虔诚。请大家放心,他和地狱火王不是一伙儿的,更不要说他就是火王本人了。这一点大家必须承认。

接下来的是就非常难懂的理论问题进行的长时间意见交换。海军上将不认为地狱能够以任何已知方式抵达。反正走海路绝对行不通,想都不要想,因为水火不相容。地狱之门活人是进不去的。而对那些死得可耻的人,这条路就在眼前。另一方面,人们普遍认为存在于天堂的乐园也没有更多的具体迹象可以证明……好吧,船上没有牧师。就算没有牧师,圣经的神圣信条和启示也应全然不受干扰。就连圣经也未就天堂王国的位置给出任何能被称为具体描述的内容。鉴于我们被告知我们的第一代父母是被从乐园里赶出来的,我们可以设想它依然躺在地球的某个地方。跟进入地狱不同,圣经中有一个例子说明人是可以活着进入天堂的:先知伊莱贾[1]。虽然这发生在很久很久以前,但不能因此就认为它绝对不可能再次发生。

海军上将的听众中,有些人因意见分歧和内心感觉不舒服而

---

[1] 圣经中的一位先知,上帝通过伊莱贾展示了许多奇迹,包括活着进入天堂。

摇头。像往常一样，谈话没有确定和令人满意的结果。对许多人来说，唯一不愉快的想法是被遗弃在大洋之中，未来显得充满疑虑、毫无希望。说实在的，尽管船上的官员们费尽口舌提出了各种远景，但此时"陆地"的欢呼声来得正当其时！

它终于来了！它的到来将其他想法一扫而空……

陆地！陆地！

这天佑之声出自马丁·阿朗索·平桑。他刚刚在"平塔号"上降下船旗。他将航海日志和海图进行了一番对照，显然有些不安。这时，马丁·阿朗索注意到西面正前方有一片像很低的云层又像大陆的迹象出现了，就在落日之中。相当遥远，但绝对有蜿蜒曲折、漫长破碎的海岸线的特点。阿朗索毫不怀疑地大喊：

陆地！陆地！

大家都看到了。海军上将看到了，立即双膝跪在后甲板上，两手高举，开始感谢上帝。巨大的轰动！所有的烦恼都云消雾散。看到远方那条忽隐忽现、上帝保佑的土地，整条船都沉浸在狂喜之中。船员们爬上桅杆，又滑下来，跌入相互的拥抱，完全不能自已。

哎，一片疯狂的混乱！直到海军上将用一个响彻船头船尾、庄严有力的声音命令全体船员到甲板上做神圣祈祷。

一声炮响，"尼娜号"驶过来了。三条船在缓缓降下的夜幕中齐头并进。那条土地逐渐消失在落日美丽的霞光之中，余晖渐渐淡去，将天空让给第一批微小、闪亮的星星。赞美诗在"圣玛利亚号""平塔号"和"尼娜号"船上响起。三个男声合唱团同声在海上向群星高声祈祷：

赞美你啊！大慈大悲的圣母玛利亚。你是我们的生命，我们的幸福，我们的希望！

我们在眼泪深谷中痛哭时向你呼唤：

啊，我们生命的维护人，用你慈悲的目光看着我们吧！

让你子宫的神佑之果耶稣在我们此次流放后大显其灵吧！

啊！慈悲、博爱、善良的圣母玛利亚！

梅江中 译[1]

---

[1] 译自亚瑟·G.查特（Arthur G. Chater）的英译本。原作为丹麦语。——编者注

逃向无产阶级

作者 | 约翰·多斯·帕索斯

约翰·多斯·帕索斯（John Dos Passos，1896—1970），美国作家，1962年获费尔特里内利国际文学奖。

主要作品：《三个士兵》（*Three Soldiers*）、《美国三部曲》（*U.S.A.*）等。

从自己的作品中选出一件参加展览不是件容易的事情。你记忆犹新的那些作品曾经十分成功，却总有一种趋势：当你回过头来再去读它们时，总会觉得它们已经开始发酸。多半时候你还没读完前十行就已经感到不爽了。也许开始时你是以记忆中那些作品的精妙之处所产生的热情为动力的，但没读多久，你就会划破光鲜的表面，陷入作品下面那总让人觉得意犹未尽的流沙之中。你知道自己没有做好原本想做的事，而回顾初衷会破坏你好不容易写下的现实生活带给你的满足感。我觉得也许你越是能用最简短的篇幅写下尽可能多的经验，就越有机会写出可以长久留存在书页上的东西。

在这个选自《一个年轻人的冒险》（*Adventures of a Young Man*）一书的片段中，我尽力把大量未描述的背景纳入一个一气呵成的叙述中。我当时特别注重叙述节奏问题，认为小说中的叙述节奏就像一条紧绷的钢丝索，作者意图向读者传输的所有形象和情感方面的压力都是通过它进行的。

约翰·多斯·帕索斯
马萨诸塞州普罗威斯顿

逃向无产阶级

被撕碎的云片迅速滑过广场低垂的天空。格伦站在那面小小的美国国旗旁的木箱上，迟疑了一小会儿。他看着集会上人头攒动，看着那些湿透了的帽子和大边毡帽，感到有些透不过气来。身穿大衣的人群乌压压的一片，夹杂着个别女人的服饰偶然带来的一小片光鲜色彩，占满了广场一角，并顺着弯曲的沥青小道渐渐散开。在那边一些稀疏的树下，男人们懒散地坐在排椅上，或三五成群地交谈，或来去匆匆。对面那条街上，小轿车和卡车不停驶过，车身闪着的瓷漆和金属光与廉价服装店五颜六色的橱窗玻璃相映成趣。头顶上，字体很大的商店招牌刺破了蠢笨肮脏的楼群的轮廓线。他不能就这么站着。"我是来告诉大家，"他喘着粗气说，"告诉大家工资低廉的墨西哥工人针对得克萨斯州血汗工厂系统所做的伟大斗争的情况的。"

他沙哑的声音在自己耳畔空洞地回响。他们没有看他。小伙子和姑娘们在人群边上谈笑风生。他必须把他们逗乐。

"当核桃[1]脱壳工人们抱怨说每小时四美分的工资活不下去

---

[1] 美洲山核桃。

时,老板们说,他们无需更多工钱,因为他们吃核桃就吃饱了。"有几个人笑起来。

这时,那些帽子开始向上翻转,他可以看到一片白乎乎的面孔了。人们的眼睛盯着他的脸。整个人群只剩下面孔。格伦发现自己在众多面孔中挑出一张年轻、红润、长着卷发的男人的脸:他好像在仔细听,格伦便直接对那张脸讲起来;当讲到妇女儿童正在进行的英勇斗争时,他把整个故事都讲给一个黑眼睛、带绿色帽子的犹太姑娘听;最后他讲到,没有人会去帮助这些可怜的、被剥削的、只会说外国话的人,能够帮助他们的只有全国的工友。工友们决不能忘记:伤一人就是伤大家。他走下木箱时,约有一半人鼓了掌。

开始下小雨了。格伦站在那儿,抹去脸上的雨水。欧文·西尔弗斯通急忙宣布,当晚为捍卫核桃脱壳工人召开募捐大会。一阵带雪的雨刮过广场。人群开始分散而去。当他们沿着扔满湿报纸的小路、在警方炸弹组一个鼻子被打破的侦探搜寻的目光中行走时,欧文抓住格伦的胳膊说,他干得相当好。但他为什么要用世界产业工人组织[1]那一句老口号:伤一人就是伤大家?

这话不对吗?格伦问。欧文说,当然对。但让工人们想起世界产业工人组织是步臭棋,该组织早已是明日黄花了。无政府工团主义已被全部冲垮。他怎么没提起约翰·D. 洛克菲勒[2]呢?

格伦边笑边说,他看不出这两者有什么关系,也不相信个人的人格品性,错的是制度,不是吗?这不是哪个人的错,对不

---

1 1905 年美国 43 个团体在芝加哥组建的激进的劳工组织。该组织反对承认资本主义,反对美国参加第一次世界大战。后分裂衰败,及至 1925 年,人数下降到微不足道的程度。
2 约翰·D. 洛克菲勒(1839—1937),美国实业家、慈善家和美孚石油公司创办人。

对？你必须正确地向工人展现事实，欧文喃喃地说。

风雨中，有人在身后边跑边叫格伦，格伦。是格拉迪斯。她身穿绿色雨衣，面色红润，一头扑到格伦怀里，在他的唇上吻了一下。他太棒了！欧文，他是不是棒极了？她刚才还在想格伦肯定变成了一个地道的南方3K党人和私刑者，想停下听听集会的情况，却看见格伦在那儿对工人演说。"那当然，"欧文用导师的口吻说，"我们可以让他成为一个演说家，只要他能克服自己的小资产阶级思想。"

这时欧文说他得去参加一个会议。在叮嘱格拉迪斯一定要让格伦参加晚上的会议并准备好做二十分钟的讲演后，他躲闪着穿过车流，跑过大街，把他俩留在雨中的人行道上。"咱们找个地方聊聊，我有事要跟你谈。"格拉迪斯一本正经地说。格伦答话时没有看她，感到嗓子有些僵硬："你说去哪儿就去哪儿，格拉迪斯……哎，鲍里斯怎么样？"

"哦，他还好……不，他很糟。快走吧，我都快湿透了。"

他们穿过马路，在拥挤的人行道上小跑了两个街区。他们低着头、顶着东风，急匆匆地走着，雨水使他们成了半盲人，撞到别人身上就边笑边道歉。"鲍里斯一天比一天更社会法西斯化。"格拉迪斯喷出这几个字，"进屋后我再告诉你怎么回事。咱们去皇家餐馆吃奶酪蛋糕吧。"

餐馆里很暖和，弥漫着雪茄的烟雾，坐满了中欧相貌的人。他们围坐在铺着污迹斑驳的白色桌布的圆桌旁，飞快地说着话。他俩向一个头发花白、年纪较长的服务员要了咖啡和奶酪蛋糕后，他在桌前坐下，感到双脚又冷又湿，什么也没想，只是愣愣地盯着前方，眼睛里空洞无物。她去洗手间整理头发，潮湿的头发粘在脑门上，支棱在耳边。她回来时看上去干净整洁，满脸微笑，嘴唇和面颊有了色彩，容光焕发。她卷曲的短发梳到一只耳朵后面，露出粉红色的耳廓。"现在告诉我你所做的一切。"

格伦嘟囔着说，没什么好告诉的。他叔叔为他在霍顿的银行找了份工作。他因为担任"捍卫核桃脱壳工人委员会"的财务主任而被解雇。一到这里，欧文就带着他到处走，并让他去见了埃尔默·威克斯。埃尔默·威克斯对他讲了一大通为什么他就应该是下去组织墨西哥工人的那个人。可他说他不懂西班牙语，感到自己准备不够充分。"但你有勇气……你知道这个制度已经烂透了……任何有头脑的人都会认同你。这还不够吗，格伦？"格拉迪斯说。

"我知道，埃尔默·威克斯也这么说。但我搞不清他是在自欺欺人呢，还是在欺哄我。"

"格伦，他说的是实情。"格拉迪斯说，俯过身来紧紧握住他放在桌上咖啡杯旁的那只手，"威克斯同志真的很棒，是不是？"

她把头发甩到脑后，笑着说："我敢打赌，你说的那家银行已经垮了。"

"资本主义的种种矛盾已经像一个发炎的拇指那样开始凸显。"格伦说，"不过鲍里斯是怎么回事？"

鲍里斯是他们中的一个，她噘着嘴说。她觉得她也许应该离开鲍里斯一段时间，献身于党的工作。格伦将自己的手翻转过来，一把抓住她的手，脱口而出："来跟我一起生活吧。"

她没有回答，但她的眼睛看上去很大，很黑。她向那位年长的服务员招招手。服务员把那张满是失望酸楚之皱纹的脸转向她，然后又转向他。她又点了一些咖啡和奶酪蛋糕。那个服务员正在分神，她不得不对他重复一遍，说话时声音在颤抖。"我敢打赌他是个社会民主党人。"他走了之后，她说，"我憎恨疲惫不堪的老犹太人。"

格伦感到桌子下面，她的腿擦到了他的腿。他想用双脚锁住她那只脚，但她把脚抽了回去。她那双那么大、那么黑的眼睛正盯着他的嘴唇。"天哪，要是能这样就太走运了！"他底气不足地说。

随后他开始长篇大论起来，说他要在一个矿山或工厂之类的地方找一份工作，找一份普普通通、下力气干活的工作，像工人那样生活、吃饭、睡觉。他厌倦了白领工作，对有产阶级完全不感兴趣，绝不再做室内的花朵。他对此种生活十分厌倦，想起来就恶心。以后他怎么想就怎么说。让一切见鬼去吧。"那党呢？"格拉迪斯问，脸红起来。格伦攥紧拳头，砸在桌上。他将作为一名工人而不是一个白领奴隶入党。等他真的成了一个名副其实的诚实工人，他一定会入党的。

"我这里不是群众大会。"格拉迪斯说。她由于担心而噘起的小嘴唇松开了，变成一个微笑。"你对我讲话就像在大会上讲演。"他俩都笑了。格伦说，天哪，他得回去写晚上的讲稿了。她干吗不来帮帮他呢？他在前面拐角处有一间家具齐全的房间，他觉得可以躲过女房东的眼睛，把她悄悄带进去。"我还有事要做，"格拉迪斯说，"不过我已经忘记是什么事儿了……啊，格伦。"

他们走着，轻松而正经地谈着政治。两个街区之外的拐角处就是格伦租的那个家具齐全的房间。那是幢高高的褐沙石小楼，有突起的窗户和起泡的绿漆大门。楼里的走廊很热,有一股陈腐的卷心菜和蟑螂粉的味道。他们踮起脚尖、屏住呼吸,走上通向格伦房间的吱吱作响的楼梯。房间是走廊尽头隔出来的,很黑,蒸汽式暖气发出咝咝的响声和浓重的味道。他随手将门轻轻关上,插上门闩,向她伸出双臂。她转身背对着他,好像在发抖。"可怜的姑娘。"他悄声说。他非常温柔地把她的头转过来,直到他的嘴唇压上她的。她任由他亲吻。她的胳膊紧紧搂住他的脖子。

那天晚上的会场很小,但他们还是筹集了一百零八美元。当他们离开其他人,走向地铁站时,格拉迪斯说,她得回家去跟鲍里斯谈谈。格伦用沙哑的嗓音问她是否认为他最好同去。她说,不用了。他们是太好的朋友,他要是去了会使他俩的同志关系太过紧张。鲍里斯会理解她已无法再跟他继续生活下去、忍受他对她所信仰的一切的冷嘲热讽。格伦让她觉得自己像一个真正的工人那样坚强。科学家和工程师们不能克服对资本主义奴颜婢膝的习性真是太可怕了,而可怜的鲍里斯曾经是个多么可爱的小伙子。

他们一块儿乘坐东边地铁快车。格伦一手拉住吊环扶手,另一只手被她紧紧抓着。两人的胳膊靠在一起,随着火车前后晃动。车厢内水泄不通,人们将他俩的身体紧紧挤在一起。"天啊,我们会幸福的,"格伦在她耳边轻轻说道,"等我们蜕去僵硬的老皮。""我们会到某处乡下,躺在阳光下。"她轻声用如歌的嗓音说。"像蛇一样蜕换我们的肌肤。"他说。他的嘴唇触到她的耳廓。"哎,我害怕蛇!"她咯咯地笑着说。"我不信奉害怕这两个字……特别是在春天。"格伦认真地说。在车厢里的喧嚣声之上谈话十分困难。

格伦陪她一路来到布鲁克林[1]。随着车厢内的人群逐渐减少，坐在她身旁真是一种折磨：只有他们的大腿和手掌边缘在互相触碰，而这段时间他一直热望能紧紧地拥抱她。到地方了，她在他脸上匆匆一吻，随即跑上楼梯。在等待返回曼哈顿[2]的地铁时，他在凉风嗖嗖、空无一人的站台上来回踱步的感觉更是糟糕。

他躺在床上，却无法入睡：他对钱包里只有三十美元忧心忡忡，这意味着他必须马上找到工作。就在那天早晨女房东还保证一定会杀灭的臭虫现在开始出击，对他乱叮乱咬。他满脑子都是对格拉迪斯的回忆：回忆他亲吻格拉迪斯的面庞、格拉迪斯的嘴唇和格拉迪斯的脖子的感觉，回忆她头发的味道和甜美的嗓音。他终于无法忍受再这么躺下去。他起身穿上衣服，走了出去。

黎明第一线灰色的曙光给路灯罩上一层诡异的红光。一组组垃圾桶立在未经打扫的褐沙石小楼的台阶和老房子之间，不时有一只骨瘦如柴的猫从垃圾桶间窜出来。公寓入口处的灯光暗淡地照在一排排脏兮兮的邮箱上。西边[3]的夜生活区还有响动：几个年轻的醉鬼；一个穿晚装的女孩儿尖叫着被扶进一辆出租车；出租车司机们将衣领竖起，站在繁忙明亮、白瓷砖贴墙的快餐厅附近一排刚刚油漆过的黄色出租车前；拖着脚步的乞丐；还有用胳膊拍打成捆早报的卖报人。格伦走着逛着，直到天明。他给自己买了杯咖啡，回到房间，穿着大衣瘫在床上，睡着了。

一阵敲门声将他惊醒。他一跃而起：女房东已站在床前，对他咧着嘴笑。她是个看上去疲惫不堪的女人，一张脸就像泄了一

---

1 纽约市五个行政区之一。
2 纽约市五个行政区之一。
3 纽约曼哈顿西边，以红灯区闻名。

半气的玩具气球那样疲软、褶皱。敏锐的眼睛下面眼圈发紫。她头发花白,发尖用散沫花[1]染过,盘着一个老式发髻。"有位年轻女士要见你。"她说,脑袋偏向一边,斜眼瞧着他。"我对她说只能在走廊里等着。等你穿好衣服下来见她……那没办法,我不能让……让我的房间里有社交生活。这我承担不起,根本说不清这种事到哪儿是个头。一幢房子的名声臭了,等着你的就是风化小组跑来敲诈保护费。"

"是的,我懂。"格伦打断她,当着她面把门关上,不让她那双有穿透力的眼睛看到他的脸。他急忙把自己的东西扔进一只手提箱,匆匆跑下楼去。格拉迪斯坐在走廊镜子下面那张橡木凳上,身旁放着一只小柳条箱。她一直在哭。他一把抱住她,亲吻她,说看在上帝的分上,他们必须离开这个城市,必须过一天像人的生活,而不必忍受周边的一切肮脏和恶臭。"格伦,这就是我们要改变的东西。要改变这种肮脏陈腐的生活。"她用一种可笑的哄人的语调说。然后她把头放在他肩膀上,悄声说:"格伦,带我离开这儿吧。"

弗莱德·戴尔曾主动提出将他在特拉华河上游的一处石头别墅借给格伦度周末。于是他们把行李带到宾夕法尼亚车站[2]后,所做的第一件事就是给他打电话。格伦将格拉迪斯留在车站,让她坐在那儿看书。他自己乘地铁去弗莱德的办公室取钥匙。

他回来时上气不接下气地穿过整个车站,肯定她已经离开了,可她静静地坐在原地一动未动。她一边看书,一边吃巧克力。她吻了他一下,吻中带着巧克力味儿,说,车站是她唯一可

---

[1] 一种天然的染发材料。
[2] 纽约市通往美国各地的主要火车站。

以安心读书，无人打搅的地方。以后她将把所有的书都带到火车站来读。坐在近处椅子上的人开始盯着他俩看：他们的行为太过激动。他们抓起行李迅速走向售票处。火车马上就要开了，他们气喘吁吁地跑进一节几乎空无一人的车厢，感到脚下的车轮开始滚动，格伦大叫："现在我确信我不是在做梦了。"

他们把自己、行李和大衣安顿在两个座位上。"你有没有告诉欧文你会参加星期六的大会？"格拉迪斯问。

"我会写信给他，让他发电报叫杰德·法林顿来……只要你邀请，他会像闪电一样转眼就到。"

"他不是个腐败分子吗？"

"那都是欧文说的。他是个诚实的自由派律师，就是酒喝得太多……他还是个极聪明的家伙。"格拉迪斯做了个鬼脸，"听起来像是个改革派政客想骑在工人背上出人头地。"

她双手摆在腿上，就在他眼前。她好像并不知道自己那双手在不停地微微抖动。他紧紧抓住她的手，说："格拉迪斯，别不快活。除了我们之外，你什么都别想。我们从头做起。此前我们从未出过事。我们会从农场回来，找到工作，跟工人们一道成长。"

格伦从与她面对面的座位移到她身旁。她的手臂搂着他的腰，紧紧地搂着。他把嘴唇贴近她耳畔："我们必须过真正完整、全面的生活。我们会有孩子。啊，天哪，我真感到幸福。"

火车驶出隧道。在那些因冒烟的垃圾堆而变得雾蒙蒙的淡紫色公寓楼上面，一轮单薄的春日把它粉红色的光照在桥梁的钢架、远处工厂的烟筒和银色的油罐上。他们驶过一条黑色的河流，河里有一长串锈迹斑斑的货船，船壳上都有大块的红色补丁。在一排排七扭八歪、烟熏火燎的木房子之间，时不时会冒出一棵树,立在一闪而过的淡淡的绿色之中。"哦,已经有花了。"格拉迪斯说,"你看那些黄色的花。我真高兴我把画具也带来了。"

格伦感到一股凉气传遍全身。"我们要做的第一件事,是自身要过一种真正自然的人类生活,然后才能告诉别人应该怎么做。"他的声音在自己耳朵里显得很空洞,"见鬼,听起来真够假的,就像我以前曾经工作过的男孩营的营长说的那样。你懂得我的意思。"格拉迪斯很快地点点头,嘴唇紧紧地闭在一起。他发现自己口吃了:"我一直过着半个生活……没有另一半……你懂的……天啊,在现在这种时候,我们需要的是完整的人。"

乘出租车来到弗莱德·戴尔的别墅花了他们两个半美元。其实那是一座溪畔小石屋,可以看到大河和前院草地上盛开的旱水仙。他们扛着菜蔬摇摇晃晃地走进房子,鼻子很长的出租车司机拿着他们的行李紧随其后。格拉迪斯浑身一抖:"哎,这里真冷啊。"

没有劈好的现成木柴。格伦不得不脱去外衣,拿斧头去柴棚劈柴。他抡斧头的样子很笨拙,因为他已经好久没用斧头了。这时格拉迪斯穿着大衣,肩膀上披了条毯子,站在房前的阳光下。她似乎觉得他能够把木头劈开真了不起。

等他生起炉火,并在四面是老式白石灰墙的客厅里的大壁炉中燃起熊熊火苗后,她才离开下午斜射的阳光,走进屋里。天气已经开始变冷了。她裹着毯子趴在壁炉前瑟瑟发抖,潮湿的鞋和长袜子在她身边冒着热气。他搓揉她的脚让它暖和起来,可她仍然抖个不停。

他给她准备了热茶,她才觉得好些。等他做好煎牛排、煮土豆和炸洋葱当午饭时,暗蓝色的黄昏已挤上窗口。屋里开始变得暖和、舒适,弥漫着牛排的香气。屋里没有电灯,而他们又忘了带点灯用的煤油,不得不借炉火的光亮用餐。

饭后,格伦尽可能多地把他在黑暗中能够找到的小木头抱进屋。格拉迪斯则把碗碟摆放好,把东西收拾干净。这是一个清朗、寒冷、潮湿的春夜,满天星斗。附近山谷中一处池塘边的雨蛙和小青蛙的鸣唱仿佛雪橇上的铃声。他在柴棚里四处寻找小木头时,可以看到格拉迪斯苗条娇小的身影,在被火光染成粉红色的窗户前走来走去。当他抱着一大摞木柴从后门撞进来时,格拉迪斯说:"唉,格伦,我刚才突然害怕起来,要是这别墅里有鬼……"他把木柴丢进柴盒,发出很大的响声。"这就把鬼吓跑了。"他笑着说。

房子里没有双人床。他们拿了两个床垫,并排放在炉火前的地板中央。他们相当庄重地把床单四边塞在床垫下,铺上毯子,然后并排坐在炉火前慢慢脱去衣服。突然间,格伦把她拉过来,不断亲吻她的面庞和脖颈。"这下我们毫不害臊了,是吧?"他悄声说。格拉迪斯跳起来:"除了愚蠢的想法,可能还有臭虫,生活中没什么可害臊的。"她像发表演说似的说道。他笑出声来:"你说得对,上帝可以证明你说得对。"他站起身来,两只光脚分得很开,立在炉前温暖的石头地上,将她从地板上抄起,拉向自己。

早晨,格伦首先醒来。他爬起身,仔细为仍在沉睡的姑娘掖好毯子,然后穿上长裤和鞋。屋外大雨滂沱,一阵阴冷的强风从敞开的窗户灌进来,撞在他赤裸的胸膛和臂膀上。他生好炉子,把咖啡放在炉上,又把鞋子脱掉,以免吵醒她。他在壁炉里生上火,木材开始发出噼噼啪啪的响声。在厨房的水泵上洗漱完毕后,他围着炉子开始工作,情不自禁地吹起口哨。他切了些面包,放在滚烫的炉子上烘烤,又在煎锅里滋滋作响地煎了些培根肉。

雨停了。除了客厅壁炉和炉子里呼呼作响的火苗外,屋子里一片寂静。他可以听见雨水自房檐滴落及屋外小溪略带共鸣的流水声。屋后某处有只知更鸟在鸣啭。

在石头围墙的那一边,他看到山坡上绿油油的冬小麦弯弯曲曲地沿坡而上。潮湿的泥土味从窗户飘进来,夹杂着烤面包、热咖啡和煎培根的香气。"你是我认识的男孩儿中唯一先起床的人,"是格拉迪斯的声音,"这展示了很好的人品。"她盘腿坐在炉火前的床垫上梳头。

早饭后,他们穿上胶鞋,出门散步。格伦感觉如此良好,根本无法放慢脚步,一直跑在她前面,沿着泥泞的道路经过农场的石墙和满是去年庄稼根茬的田地。在这里,他们听到了鹌鹑的叫声。他用口哨模仿它们独特的怪叫,引得它们纷纷呼应,逗得她大笑不已。

天晴了,阳光明媚,很热。他们回到房子附近,在小溪中找到一处小水潭。水够深,可以下水玩耍。他们互相激对方下水。水冰凉,他们不得不夹着衣服、拎着鞋子跑回房间,在火前将自己烤干。这使他们胃口大开,午餐把房子里的食品一扫而空。午饭后,他们洗净碗碟,扫了地,整理好床铺,然后走去村子里买菜。路上,格伦开始谈到想在附近农场找个活儿干。

第二天,他留格拉迪斯在家画她的水彩画。他走了几家农场,问他们需不需要雇人。农场主大多是荷兰人,似乎觉得这是个天大的笑话。不，他们从来不雇外面来的人。随后他去了他在村中一个货运站后面看到的制盒厂，也没活儿干。他们每天都在解雇人。两天后，他乘火车去了伯利恒[1]，找到一家钢铁厂的招聘办公室，刚进门就看到布告板上写着几行字，说：来此找工作纯属徒劳。这里没工作。我说的就是你。

他买了些蔬菜，装进一只帆布洗衣袋，斜挎在背上开始爬山。他数了一下手中的钱，发现自己只有两美元六十八美分，连回纽约的路费都不够，想回都回不去了。见鬼，他对自己说，明天他必须给保罗或杰德发电报借钱。天哪，他知道保罗一分钱也拿不出来，他现在有两个孩子，哎，佩吉又在生病。杰德似乎是个大手大脚的主儿，但你永远说不准。鲍里斯是可以很快把钱借给他们的，但是天啊，他绝不能对鲍里斯开口。

回到小石屋的门口时，格伦感到十分疲倦，鞋子结成了红褐色的泥饼。他停下来，在充当门前第一级台阶的大磨盘周围长长的草茎上将鞋擦干净，转过身来看了一眼黄色的日落，看见周围镶着纤细的三文鱼色云柱的夕阳挂在麦田里隆起的紫色和绿色的小山包后面。

屋里有说话的声音，有人来看格拉迪斯。格伦打开门，走进去，把装菜的包放在桌上。傍晚的昏暗和夕阳刺眼的余晖使他一时间看不清谁在那里。"嘿，格伦，"格兰迪斯口气生硬地说，"我们需要添些柴火，冻死我们了。"

她坐在奄奄一息的炉灰前的床垫上，有个人躺在那儿，头枕着她的膝盖。

---

[1] 美国宾夕法尼亚州一城镇，距离纽约市一百多千米。

格伦感到全身僵硬。他划着一根火柴,点亮桌上的油灯。"鲍里斯来找我了……我要跟他一起回家。他一直非常不快乐。"格拉迪斯用一种梦幻般不带个人感情的语气说。

格伦朝他们走了一步,把灯放在身后。鲍里斯闭着双眼平躺在那儿。他的头枕在她腿上。她在用她的手指温柔地揉着他的太阳穴。"他的头疼得快炸开了。他太拼了。"她用哄孩子似的轻柔语调说。"我去拿木柴。"格伦说,走出房门。

他在柴棚里劈着坚硬的老松树干,开始不那么发抖了。他双臂抱满散发着松香味道的木柴往屋里走,发现双膝不听使唤地相互磕碰。他从厨房门走进屋去,站在那儿看着他俩。

他手里还拿着那把斧头。格拉迪斯仍坐在老地方,但鲍里斯已经站起身来,背对格伦在对格拉迪斯悄声说着什么,他听不清。

格伦感到自己的右手紧紧攥住斧头把。鲍里斯被卷曲短发覆盖着的圆形头盖骨就在他眼前。格伦站在那儿,感到那把锋利的新斧头在手中沉甸甸的。鲍里斯的大脑袋看上去像个脆弱的大鸡蛋安放在他瘦小的躯体上。斧头在格伦手中微微抖动了一下。

格伦发现自己正咬着嘴唇。他猛一转身,把斧头放在厨房门外,随后走回客厅,一言不发,开始往火里添木柴。冷汗凝结在他法兰绒衬衫的脖领上。等火苗重又燃起后,他转过身来,站在壁炉前,将仍然冰冷和颤抖的双手插进口袋,用控制住的嗓音说:"你好,鲍里斯,我以为你已经回德国了。"

"我还是有可能回去的。"鲍里斯说,脸上的肌肉纹丝不动。

"要回去不能没有我。"格拉迪斯说,神经质地傻笑着。鲍里斯用舌头舔着嘴唇:"你看,她以前就来过这一手……我们本应知道她会缓过来的。"语气中有一丝温暖和推心置腹。"以前就是一个星期左右,她就能缓过来。"

格伦清了清嗓子,对斧头的处理使他大大松了口气,他觉得对其他事情已经完全无所谓了。"好吧,我猜我得主动退出了。"

"哎,开始下雨了,这天气真烦人。"格拉迪斯尖叫道。

"听着,"格伦说,感觉血液已开始流回胳膊和大腿,四肢也不再像木头了,"你们用完这个小……这个小爱巢之后,把钥匙带回去还给弗莱德·戴尔。"

"是,这是肯定的。"鲍里斯严肃地说,"我有他的地址。我就是这样找到格拉迪斯的。"

"哦,鲍里斯,我可是给你写过信的。"格拉迪斯抱怨说。

"我得弄清楚怎样才能找到这个鬼地方……和往常一样,你信中从来不写地址。格拉多[1],我想这就是艺术家的脾性吧。"

"一定要把该锁的都锁好。"格伦说,"斧头在厨房门外,别让它留在外面淋雨。"

格伦在房间里走来走去,把他的东西集中在一起,塞进手提箱。没有一个人说话。他没有再看他俩中的任何一个,戴上帽子,穿上大衣,提起手提箱,离开了那所房子。

梅江中 译

---

[1] 格拉迪斯的昵称。

一个波士顿人的最后时光

作者 | 约翰·菲利普斯·马昆德

约翰·菲利普斯·马昆德（John Phillips Marquand，1893—1960），美国作家，1938年因小说《已故的乔治·阿普利》(*The Late George Apley*) 获普利策小说奖。

主要作品：《已故的乔治·阿普利》、《威克福德角》(*Wickford Point*) 等。

一些非常成功的编辑最近发现,几乎所有的文字作品都可以被缩写。这一发现引发的热情使他们当中的某些人宣称——也可能是真诚地相信——几乎所有作品的缩写版都比原作更清楚,更好。他们发现,任何小说都可以被缩写,且缩写后仍能被读懂。所以我们现在看到一些十万字,甚至更多字数的作品被缩写成五千字,形成了被编辑界称为"一锤子"或"微型书"的一族。不用说,用这种方法为读者省下的精力和痛苦是相当可观的。我认为这套做法唯一的争议之处在于,这些精简后的作品让人产生的印象跟作者在其原作品中想要传达的印象绝不一样。字词是表达方面最难驾驭的艺术媒介,因为它们会在每一个接触它们的不同的头脑中展示不同的图像,而要使这种媒介能够获得哪怕一点点成功,就必须让时间和空间起到重要作用。小说允许读者有悠闲的态度和遐想的机会,这对小说的最终效果至关重要。因为读者对情景和人物的印象基本上完全靠字词的叠加效果而产生。缩写会丧失这一点。同样,为了出版选集而挑选作品的片段也是如此。

我说明这一点,只是为了使读者们能够理解我从自己以前写的一部小说中选择的以下章节[1]是我从来没打算让其独立存在的。实际上它是一本书的结尾。在阅读这些章节之前,读者本该早已对有关人物和有关情景有了具体了解。尽管如此,独立出来后,这些章节可能会给你展示出一种也许——借用当前的一种说法——会有某些价值的思想态度和生活方式,而这恰恰是因为它和我们以前看到的以及将来可能看到的东西大相径庭。

约翰 · 菲利普斯 · 马昆德

---

[1] 这一章节选自小说《已故的乔治 · 阿普利》的结尾部分。——编者注

一个波士顿人的最后时光

最后的朝圣
一个健康状况每况愈下的性情中人眼中的罗马

1929年秋天,我们在阿普利的生活中,看到了一个令人愉快的插曲。当时,他从自己伟大的活动中抽出时间,进行了一次极为需要的休息。我们看到他踏上从波士顿前往欧洲的旅途,特别是要对罗马做一次较长时间的访问。罗马是他梦中的城市,但他从未去过。这项决定基于两个理由,第一个理由与他的远房侄子霍雷肖·阿普利那年的一项重要任命有关:他身负要职被派往美国驻罗马大使馆工作。虽然乔治·阿普利跟霍雷肖·阿普利只在多年前的一次足球赛事中有过一面之交,但这种熟悉度的缺失并没有减弱他对这个亲戚意外的成功所产生的兴趣。他在给儿子的一封信中挚爱地谈到霍雷肖·阿普利……

亲爱的约翰:

毫无疑问,你已经听到关于你的堂兄霍雷肖去大使馆的消息,这是我们为什么会全体前往罗马逗留几个月的原因之一。我觉得我们应该对霍雷肖,同时也对其他人表明,在他取得杰出成就的过程中,家族始终是支持他的。打从你的堂妹阿普尔盖特跟乔治男爵结婚之后,我们这个家族就没有什么像这样真正值得一提的荣耀了。我们都必须为家族争光。虽然因霍雷肖的口碑,我从未对他表示过赞赏。

此外,这也可以给埃莉诺一个机会去了解一下快乐的大都市世界。知道总有一个地方在为我们保留一席之地是一件令人愉快的事情。我已给霍雷肖发了电报,告诉他我们即将前往,请他把我们包括进一些不太对外的社交活动中。我已经向他解释过,教皇阁下就免了。至于那个非常了不起的墨索里尼[1],他似乎有根除激进主义的勇气,就另当别论了。当然霍雷肖会非常高兴安排这一切的。我们不想住在他家,而是住在他家附近的旅馆里。

这话我只对你说:我非常希望此行能把埃莉诺的思想掉个个儿。我曾问过你对威廉·巴德这个人有何看法,你当时未置可否。我本人根本不看好他。为什么我的女儿、我的小棉袄能够容忍这种人,我实在无法理解,尽管我没总把这挂在脸上。在我看来,埃莉诺一直是家族中最为娇嫩、甜美和敏感的花朵,而这一朵经常使我感到振奋的鲜花,居然会让一个身无分文的记者掐走。他搞的那套东西我好不熟悉,这真让我气不打一处来。上周巴德给我打电话要见我时,我对他真的太不感冒,无法见他。他显然是个冒险家,对他想要混入的世界一无所知,根本就是为了金钱和门第才娶埃莉诺的。我死都想不通,埃莉诺为什么会喜出望外。坦率地跟你

---

[1] 墨索里尼(1883—1945),意大利政客,意大利"国家法西斯党"创始人和领导人,1922 年至 1943 年任意大利总理,1945 年被处决。

说,我也想不通你为什么没有采取一个更明确的立场。你肯定和我一样从骨子里不喜欢巴德这个人,因为归根结底,埃莉诺是你的妹妹……

这一暗示,几乎已经足以清楚地说明这件事对阿普利的含义,但对几乎整个家族来说,这仍然只是个令人悲伤的迷恋过度的事例。就这样,阿普利在股市大崩盘时不在美国。美国股市崩盘造成了如此严重的应该和不应该的不幸,而且尚未有穷期。他人虽然离开了家,但思想没有离开家。他意识到,我们正面临又一个真正的危机。

亲爱的约翰:

我跟克拉拉·古德里奇一块儿在帕拉蒂尼山[1]上进行了一次非常有趣的散步,刚刚回来。那里有那么多非常有意思的古代皇宫的地基。你母亲和埃莉诺还有奇克林两口子选择去大使馆参加一个茶会,古德里奇先生也去了。这下,这些宫殿基本全归我和克拉拉两个人欣赏了。还有那个多嘴多舌的导游,他比正常价多收了我十个里拉。我到现在都没搞清楚他是如何得逞的。回来后,得知最糟糕的事情发生了:金融市场崩溃了。我给你发去一张名单。我认为名单上的某些朋友可能会由于他们自己不当心而深陷其中。告诉他们,我随时准备提供帮助,但不希望对此有任何张扬。令人惶恐的境况总会引发一些善行。这次惊骇应该提醒我们这些上班族

---

[1] 罗马城内七座小山中最著名的一座。

在顺境中需要多多储蓄，而不要购买那些一文不值的零碎，并且不要被新的生活方式磨去棱角。他们必须回到基本原则上来，我们都必须这样做。

罗马确实是一个令人愉快的地方，特别是当你带着一群自己人时。带着一群人会大大减少我认为的旅行危险，该危险在于旅行往往会使人多少脱离自己的家乡，在外面见到的新面孔、接受的新思想，有时会让我们中哪怕最出色的人的心中产生动荡，从而导致像你战后复员回家乡时的那种不安定情绪。我现在太老了，已经不会觉得不安定了。今天的罗马只会教我领悟自己的家乡有多美。

我似乎觉得加德纳夫人[1]把罗马和意大利所有真正最好的东西都带回来给了我们，又非常周到地把其余的部分留了下来。到她的芬威宫[2]去参观一次真的足以大饱眼福。我们博物馆[3]里的阿佛洛狄忒的头像[4]，比我在梵蒂冈看到的一切都更了不起。我还认为我们所拥有的所谓鲁多维奇宝座[5]的这一半要比另一半好得多得多。斗兽场如果设在一个更加开阔的地方就好了，就像我们哈佛的体育场，这样人们一眼就可以看出它的宏伟。当然我去看了济慈墓[6]，但那片墓地在我看来，没有我们的谷仓墓地[7]那么有趣。我们从波士顿图书馆楼上的窗户里就可以舒适地一览谷仓墓地的风貌。我知道

1　伊莎贝拉·加德纳（1840—1924），波士顿百万富翁，十九世纪从意大利等地购入大量艺术作品，创建了波士顿伊莎贝拉·加德纳博物馆。
2　加德纳博物馆所在的建筑，位于波士顿芬威地区，具有文艺复兴时期威尼斯宫殿风格。
3　指波士顿艺术博物馆。
4　波士顿艺术博物馆的著名馆藏。
5　藏于美国剑桥市（与波士顿市一河之隔）古典考古博物馆中的著名大理石雕，馆藏为原作的一部分。
6　英国著名诗人约翰·济慈之墓，在罗马。
7　位于波士顿的公墓，埋葬着众多美国名人。

你会因为我这么说而嘲笑我。但我说的是心里话。当然罗马是永恒之城[1]。它黄色的城砖，大片的古建筑，还有坎帕尼亚[2]那些古老的坟墓，给了她伟大的亘古感。人人都爱罗马，所以我们才会把这么多罗马的精髓带回美国。我想我是上年纪了：我觉得这就是为什么这里有这么多东西使我想家。我在罗马看到了许多比我的个人梦想大得多的希望的破灭。从个人角度来说，我渴望回家。但我认为改变一下环境对埃莉诺来说大有好处。虽然霍雷肖很忙，他还是尽力为我们做出安排。我们参加了一次午餐会和两次茶会，见到了几乎所有值得见的人。但我在这里仍然感觉自己有些不接地气。如果你能抽出时间，能否请你到波士顿去看一下希尔克莱斯特[3]平台拐角处的房顶是不是还在漏水。就此事我跟木匠怎么也说不通。我还想知道对侵入我家阁楼的那一家松鼠采取了什么措施。我不想杀死它们。但它们必须被赶出阁楼，我对此非常担心。埃莉诺要我通过此信送去她的爱。据我所知，她已经三天没给巴德写信了。我和你母亲都认为她总算过了这个坎儿。这足以让我觉得我为来这儿所做的牺牲值了。昨天我在身上发现了一只跳蚤，我想可能是在一个小教堂里沾上的，这玩意儿我们波士顿是没有的……

亲爱的约翰：

我刚刚到弗拉斯卡蒂别墅[4]去了一趟。看着那么多喷泉，

---

1 罗马的别称。
2 罗马地名。
3 波士顿著名富人区。
4 意大利早期巴洛克风格保存最好、最为出名的园林豪宅，可以鸟瞰罗马城。

我怎么也想不起来我们是否关上了希尔克莱斯特家中的水管,能否请你就此发一份电报。同样,这里的柏树,也使我想起我们家族墓地的冬青树篱笆还没有修剪,能否请你也安排一下。我离开的时候肯定忽略了很多事情。埃莉诺在教皇卫队中邂逅了一个小伙子。我真希望他能把她的心转离巴德。小伙子似乎正在做此努力。我给小约翰买了几幅画,你能不能给他买一个你能找到的最好的摇动木马作为给他的圣诞礼物?我正在数回家的日子,克拉拉·古德里奇也是如此。你母亲一直希望能多留些日子。请相信我,我在这儿完全是为了埃莉诺,如果说罗马很美的话,这里的饮食可不怎么样。能不能请你关心一下灯塔街[1]上的酒窖是不是锁严实了?……

亲爱的约翰:

　　这三个星期我一直病得很厉害,这辈子这是头一次。一开始是因为观日落时间太长受了风寒,后来转成流感。我现在仍然非常虚弱。此行唯一的好处是它对埃莉诺可能产生的影响。她和你母亲一直伴随在我身旁。我最担心的是——你母亲恐怕已经写信告诉你了,不过你一定不能对此话太当真——我担心的是有一名医生谈到我的心脏。请不要对任何人谈及此事,我的心脏一直不错。归根结底,我还没那么老。不管怎么说,这些意大利医生从本韦努托·切利尼时期[2]后就毫无长进,而且个个不讲卫生。我根本就不担心,

---

[1] 波士顿著名富人区。
[2] 本韦努托·切利尼(1500—1571),意大利著名雕塑家。此处暗指文艺复兴时期。

等回家后进行一次彻底检查再说。我也不想让你担心。克拉拉·古德里奇一直在为我读《大理石牧神》[1]。我确实觉得霍桑极好地抓住了此地的精髓。我再次提醒你,不要对任何人谈及我的心脏问题,因为那完全是一派胡言……

就这样,我们得到了传达阿普利健康出了问题的第一次暗示。他以他这类人的勇敢面对自己每况愈下的健康是十分自然的。这是他家族传统的一部分。虽然他对这件事轻描淡写,但他的妻子和女儿并不这样看。毫无疑问,他在内心深处也知道有害怕的理由。这可能可以解释他在生命的最后几年所采取的行动,以及他为何急于将自己的头脑和家事清理好。这次生病之后,人们明显感到阿普利放下了不少,开始平衡自己的功过账目。他越来越多地生活在一个记忆中的世界,越来越多地作为旁观者目睹世界从身边走过。就连他女儿埃莉诺跟威廉·巴德——来自宾夕法尼亚州兰卡斯特的纽约记者——的婚事都没能对他产生像以前那些年那样可能产生的巨大干扰。阿普利对此事的唯一评论是他已经尽力了。

  我尽力了。(他写信给他的朋友沃克尔)人能做到的只能是尽力而已。现在是让其他人努力的时候了。那些在我看来无知得一塌糊涂的医生们,整整一夏天都让我待在希尔克莱斯特一动不动,但我始终坚持跟克拉拉·古德里奇还有凯瑟琳做星期六的观鸟散步。那些医生不能阻止我这样做。至

---

[1] 美国著名作家霍桑于 1860 年发表的小说,背景为意大利。

于埃莉诺，我非常高兴地说，我从来未以任何方式试图影响我的子女。她有她的生活。我有我的生活。当然了，婚礼办得相当隆重。我想我的新女婿已经最终了解他把自己弄进了怎样的生活。当我把埃莉诺交给他时，他似乎浑身都在颤抖。在婚礼招待会上，他似乎在竭力恢复平静。但他的举止好像不是出自内心。他和埃莉诺现在在西海岸的某个地方。当然，我告诉每一个人我对巴德非常满意。我们应该就此放手了。对我来说，这就像是一个章节已经确定了的结尾。我很高兴我的小孙子现在和我在一起。他已经会走路了。我跟他的共同点，似乎要比我与大多数人的多得多。他有阿普利家人的眼睛，有同样的金发。他的保姆、奶奶、外婆还有我都觉得太忽视他了，但他好像活得挺好。

我写这封信的真正原因是想请你上来[1]看看我。迈克，我已经很长时间没见到你了。我确实认为你离开波士顿的时间已经够长了。如果你回来做一次小小的访问，是不会引起很多闲话的。我会注意安排只让我们这伙人与你见面，我们可以好好聊聊往事。我真的不认为如果你现在上来看望一个身体不好的老朋友会造成任何伤害。尽管那些关于我现在身体欠佳的说法基本上都是胡说八道。

反对把下面这封信包括进来的理由很多，因为很显然这封信是写在阿普利健康状况恶化的时候。当人们记起他作为一个积极向上的人，面对疾病时的勇敢时——因为医学检查已经非常清楚

---

[1] 波士顿位于美国北方，从南向北在地图上是自下而上，故有上来、下去一说。

地证明他的身体存在严重问题——出版这封信可能不够仗义。不过尽管这封信描述了他情绪的压抑,但它蕴含着一种内在的健康,此外还对他的哲理有很好的说明,所以不得不把它包括进来。

亲爱的约翰:

这些天来我手上时间很多,比我记忆中任何时候都多。除了上午用两个小时跟办公室的费尔林小姐一道处理信件之外,大部分时光好像都在沙发上看小约翰在我们为他建造的沙堆上玩耍。今天我看到他好像在一遍又一遍地反复做同一件事情,给了我深刻的印象。他在行动和思想上肯定有了局限性。不过我们中的大多数人都这样:我们都在反复做同一件事情。

今天,我为了消遣,读了埃默森关于"自我依赖"的文章[1]。"自我依赖"这几个字有一种非常勇敢的色彩,体现出一种勇气。我觉得埃默森和我们其他人(也许程度比埃默森轻一些)是从多石的土壤和严峻的气候中汲取了这种勇气。我认为从某种程度上来说我们都在自我依赖。但有时埃默森会把人们的思想领上一条令人不安的轨道。今天下午,埃默森就使我感到不安。

他让我做了我从来没有真正做过的事情。他要我客观地审视自己的生活。我不能说我非常喜欢这样做,但我也许可以像你和其他人看我那样看看自己。我似乎觉得,虽然我努力了,但举个例子,和我的父亲与祖父相比,我的成就却少

---

[1] 美国哲学家拉尔夫·沃尔多·埃默森于1841年发表的文章,谈到每个人都必须避免随大流和虚假的一致性,要跟着个人的直觉走。

得令人吃惊。我重申一遍，这种负面结果并非因为我努力不够，难点似乎在于总是会有东西跳出来挡道，阻止我采取行动。从童年时起，我就一直面对传统加在我身上的责任，而所有这些传统都是其他人搞出来的，是历史编织出来的。他们以某种方式隔在我和生活之间，我不得不认为它们就是为此目的而设计的：就是为了促进稳定和继承而设计的。也许它们有点儿过分了。

当我停下来考虑这一点时，我得出了一个令人不愉快的结论，那就是我所做的一切几乎都毫无意义。我努力思考那些我最为关心的事情，凭良心说它们都是些简单的事情：诸如身体疲惫时的放松；风吹面颊的感觉；冷水扑在身上的感觉。我可以在括号里加上医生已经不再允许我每天泡冷水澡了。不时会有一些东西在出乎意料的时刻出现在我眼前，例如当我在黄昏时走近森林或水面的时候。在这种奇怪的时刻，我会感受到一种和平和幸福，使我产生了一个信念：我正在融入一种无限。就像你们小时候我和你和埃莉诺在一起的时光一样。我不时会感觉到有人陪伴的惬意；我也体会过友谊带来的深深的满足；我还体验过完成自己把全部精力和希望都投入其中的事情的满足感；我感知过温暖的地面的舒适感；我听过冬天雪橇上银铃的声音。这一切都赏心悦目，但不知何故，我似乎很少去欣赏这些美妙的感觉，因为我好像从来没有时间去欣赏它们。不仅如此，我要坦率地告诉你，有些时候我是故意努力不去欣赏它们。我之所以避讳它们是因为我深信这些快意大都属于声色犬马的感官快乐，而不是心智快乐。从孩提时代起，我就受教育不能够沉溺于感官快乐。今天下午我觉得——可能已经太迟了——这一观点可能有些不对头。我这一辈子话说得太多,行动太少。

当我来书房写这封信时,这些想法依然萦绕在我的脑海中。现在我到了书房,感觉好多了。家族的肖像包围着我:有我的祖父,是他有一次造访巴黎时在那儿画的;有我的父亲,他当时还是个年轻人。这里还有那些奇彭代尔椅子[1]、高高的大钟以及精美的可以折叠的桌子。今天下午所有这些东西都给人以许多宽慰。我现在能够认识到,是这些东西使得像你我这样的人能够循规蹈矩。我们无法逃离这些像暴君一样的东西。但在它们的规矩之下也有有益之处。记忆和传统都是我们生存环境中的暴君。你在注视摩西·阿普利[2]的面孔时是不可能变得非常激进或出大错的。他使我想到在我一生的记录中的一些其他正面的东西。我一贯实话实说。我一向敢于坚持自己的信念。我始终在努力认识,我的地位需要并且仍然需要我去帮助他人。我谦卑恭谨,一直努力用不会玷污自己地位的方式对待他人。现在,我可以因为我这么做了而感到一种卑微的自豪。

可我在这么做时并不感到幸福。这些日子里,人们对于幸福谈论得很多。有个名叫伯特兰·罗素夫人[3]的英国女人,她生活中有很多地方跟我的不一样。她写了一本奇怪的题为《幸福之权利》的书。这本书甚至扰乱了你母亲令人钦佩的平衡感。我觉得今天在这个不幸福的国度里似乎出现了一个

---

[1] 美国十六世纪起设计的一类名贵家具。
[2] 阿普利家族的一位祖先。
[3] 指朵拉·罗素(1894—1986),英国作家、社会活动家、女权主义者,倡导避孕,倡导和平。哲学家伯特兰·罗素的第二任妻子。

响亮而孤独的要求幸福的呐喊。要是人们能够认识到幸福只能间接到来就好了：它绝不可能直接产生于主观意志的任何有意识的行动。我觉得这正是你和埃莉诺以及其他所有人犯下的错误。等到你们最终必须平衡自己功过账目的时候，我很想知道你们是不是度过了比我更加幸福的时光。对此我十分怀疑。

不管怎么说，我认为自己一直是一个使某些比幸福更有价值的东西延续下去的手段。我支持了很多我希望不会在这个地球上消失的东西。我只是千千万万这样做的人当中的一个。我所生活的这个世界也许从某种意义上来说很约束人，但它是一个好的世界、是一个公正的世界。这个世界的很大部分可能建立在正在失去的安全感上，但它也建立在一些永远安全的精神因素上——建立在荣誉、勇气和真理上。

过去的两个星期我一直在审视我的遗嘱的一些细节。我对于某些小宗财物应该落入适当人之手、你和埃莉诺不要因为我的遗嘱而争吵格外关切。昨天我已经把那些青铜器送去艺术博物馆。它们会被放在博物馆大侧厅的阿普利一边展出。我个人对能把它们请出我们这栋房子感到高兴。家中的银器正在被仔细清点入册。家具也是如此。我希望你能特别注意关照住在皮阔德岛[1]上的诺尔曼·罗。我在为仆人们拨出一笔款项。你想不想要你曾祖母那个装有你曾祖父头发的项链挂锁？你如果不想要的话，我会把它捐献给历史学会。我对应该如何处理某些家庭信件感到迷茫。我不觉得这些信

---

[1] 位于美国缅因州。

中会有任何东西有大害。我不想烧掉它们。它们现在在阁楼楼梯左侧的五个铁皮箱子里，你也知道，阿普利书信录的大部分都借给了埃塞克斯学会[1]。我想你可能会愿意把它们留给该学会。关于书信录的其余部分，你必须上来面见我。我自己的书信的副本、一些小册子，还有一些文件我已有序地放在合适的盒子中，写了标签，登记在案。每天下午都有很多人来看望我。家族中各式各样的年轻成员，还有很多老朋友。我从来没有想到自己如此有人缘……

一个清理完毕，有条不紊的家
为一个朝圣者离去而做的最后安排

亲爱的约翰：

　　这封信在你看来可能是暗淡的，但对我来说则不然。我与我的医生迈诺特·温盖特的一番对话，促使我写了这封信。我认为他太大惊小怪。在很多方面，我这辈子从未像现在感觉这么好、对周边的一切如此感恩。然而，在某些时候做出某些安排还是有必要的。我目前给你提出的要求和建议毫不紧迫，尚有若干年的时间。

　　我一旦去世你就要承担很多压力去搞一个烦琐的葬礼。我从属的各个学会和那些慈善组织因为这件事的性质，都会派出代表。他们非常可能要求充当荣誉抬棺人。这样教堂的

---

[1] 位于美国马萨诸塞州塞勒姆市。1992年并入皮博迪博物馆。

走廊就会变得非常拥堵，非常不舒服。根据我对最近参加过的一些葬礼的观察，这一趋势似乎有增无减。就我而言，我不希望任何这类的事情发生，我希望在教堂中间给这些代表留出位置，并把他们将要献出的那些精致复杂的花圈放在尽可能不显眼的一边，但要合乎礼仪。家人的座次安排对你来说可能有点费解，因为你可能对家族各个分支没有我那么熟悉。我给你提供一个备忘录和一张图。我也给你提供一张抬棺人的名单和他们的次序。你注意我在其中包括了诺尔曼·罗和我们家的老赶车人，如果他还活着的话。按照习俗从阿普利工厂的工人中选一名代表，这样就足以展示出必要的简化原则了。我无需告诉你，必须给他们以与其他抬棺人一样的礼遇和尊重。葬礼后你将给他们三人在灯塔街或希尔克莱斯特佣人的小餐厅里上特殊的点心。我这样做的唯一理由是我不希望他们因为其他人身份高贵而感到尴尬。我希望你亲自陪同他们至少十五分钟，并亲自关注，保证他们的所有需求都得到满足。同样，你还要给他们每人一枚我直接送给他们的二十美元的金币，并转达我最诚挚的敬意。

我希望你特别认真地关注我在哈佛上学时班上的秘书和官员们，使他们感到舒适，受到真诚的接待。必须在书房为他们和其他几个人，当然包括遗嘱执行人，备下威士忌和雪茄。我希望你特别留意一下我所有可能参加教堂葬礼的朋友，如果有谁的衣服和外表可能使他们感到尴尬的话，能得到尽可能多的关照，并由你或家族的其他代表亲自对他们的光临表示感谢。

关于家族说上一句话就够了。在我的经验中，这种场合很容易变成摩擦和不满情绪的滋生地，可能会持续不少年。那些认为自己被死者十分看重的人很容易表现出一定程度的嫉妒感。你的母亲和我的妹妹艾米莉娅会帮助你估算你必须向每个人表示出的具体的关注程度。道格拉斯·阿普利夫妇会像以往一样，容易变得指手画脚，颐指气使，也许最好把他们安排在教堂后排的椅子上。如果你的姑姑简还活着的话，我希望她也能出席葬礼，但得让精神病院的医生做此决定。换句话说，我希望一切都能够顺利进行，就像我在亲自监督办理一样。

墓碑已经安排好了。我不想在上面增加任何新词句。这几句话再加上我即将发给你的备忘录就够了，除非我不时会有一些新的补充。这样可以减掉你相当多的责任。还有一件事情留待你去完成，我希望你亲自督办，使其不会引起闲话。我集中了几个小物件，包括一些我在上大学时拥有的书籍，希望你亲自交给莫纳汉·奥赖利夫人。她的地址你会在我的地址簿中找到。我希望你亲自去见她，并告诉她我希望她能拥有这些东西。我还希望你能够答应我她在任何时候有任何困难都能找你帮忙，而你一定得帮。关于这件事我就不多说了，全靠你的技巧和良好的判断了。

如果我自己来不及去修的话，我希望你能记住在希尔克莱斯特老洗衣房下面的酒窖的托梁状况很糟，全都干朽了，应该换掉。如果你要换，我希望你能找一个新的木匠。我用的那个木匠在最近开出的账单中占我便宜。你必须学会认真当心这类人。我无需向你建议应该如何照料家中的四条狗和几匹马，因为你一贯喜爱动物。最近那个养马人雅各布酒喝得很多，你须得尽可能睁一只眼闭一只眼。雅各布在很多方面是个好人，是他教会你骑马的。不知何故，马与烈酒很有缘分，个中缘由恐怕不在你我考虑之列。

在过去的几个星期里，这儿的一切都非常欢快愉悦。我从来没有过这么多造访者。在普罗旺斯俱乐部专门为我举行晚宴；有两名阿普利水手之家的老海员——他们记得你的祖父——专程上来看我。你叔爷爷的园丁也从帕丘格耐克[1]上来。诺尔曼·罗也从缅因下来。你的那些兄弟姐妹们每天都来看我，我觉得他们都是好苗子。他们的想法跟我的可能稍有不同，但总的来说，有基本一样的家族特点。我对与他们有亲戚关系感到自豪。

传统感恩节聚会的准备已经开始。今年的聚会规模会很大，我希望将每一个能够被包括在内的家族成员都包括进来。如果安排得过来，你和路易丝最好能提前一个星期上来。我需要你们为那些纸笔游戏出谋划策，我正在编写一部小小的家庭剧。你当然要扮演约翰·阿普利一世的角色，我在阁楼里找到了一些他的旧衣服，但愿能适合你的身材。现在应该是你以比以往更加认真努力的姿态，融入感恩节精神的时候了。

在过去的一个星期里，我在努力制订几个把那些灰松鼠赶出阁楼的计划。现在看来唯一可行的是密切注意那棵榆树的枝干，在它们想要通过天沟下面的那个洞往里钻时射杀它们。因为如果把洞堵上，它们就会再咬开另一个洞，我还是

---

[1] 美国纽约州长岛地名。

希望由你来射杀它们而不要由雇来的枪手。我真的觉得这样会更好些……

我亲爱的儿子：

我无法向你描述你的上一封信给我带来的一组好消息使我多么深受感动。你必须承认我始终认为你具备良好的素质。如果是战争在你头脑中植入了一些奇怪的想法的话，你不应该因此而受到责怪。在许多方面战争也使我变得有点儿古怪。我在脑海深处一直相信总有一天你会安定下来。你会发现，纽约虽然在某些方面是挺好的，但不是养儿育女的好地方。你在纽约的熟人可能比较轻松有趣，但是他们跟这里的老朋友不能同日而语。比任何事情都更使我感到高兴的是，我知道你是在没有我敦促的情况下自己做出了这个决定。我不止一次地告诉过你，有些事情你是躲不过去的。现在你知道了。你已经在外面野过，现在该回家了。你是我们的血肉，不可避免地必须回来承担你的责任。我对自己能够活着看到那些胡说八道和废话销声匿迹真是感激不尽。

当然你会理解，你长期离开波士顿对你来说永远是一个相当大的损失。你和路易丝会认识到承担起一直在这里等待你们的责任和地位是会有困难和烦人之处。你也说过路易丝才是真正促使你迈出这一步的人。也许她能够比你更深切地理解这些困难。你母亲已经给她写信，并已采取步骤让她成为适合她年龄的缝纫俱乐部的成员。在她抵达波士顿时，她还会发现自己成了周四下午辩论俱乐部的成员。这个俱乐部给了你母亲和你艾米莉娅阿姨很大的乐趣。如果她能够在一个月之内上来的话,将有机会参加讨论"真正的幸福是来自工作,而不是来自玩耍吗?"女士们都非常喜欢这类话题。也许我和你可以在图书室一边享用好雪茄,一边想出一些更有趣的话题。医生们还是允许我每天抽一支雪茄。你回来的那天我要抽上两支。千万给我带一些最新的故事回来。

不用说,你在回到我们中间时会面临许多问题。我正在计划辞去几家董事会的职务,提名你来替代我。你肯定要担任阿普利水手之家的下一任总裁。但成为图书馆的成员则是另外一码事。在你对文学的观点变得更加全面一些之前,我不认为你应该努力加入该图书馆。

这里,顺便说一声,我希望私下告诉你:我从一个非常权威的渠道听说哈佛公司可能会有一个空缺。我们当中的一些人正在寻找一个比较年轻的合适人选。最近这里有太多让外部人士或所谓"新鲜血液"进入哈佛的呼声,但哈佛的传统绝不能受损。现在实际上已有一些关于要找一位新总裁的议论,而被议论之人好像根本名不见经传。当然,这只是在这种时刻会满天飞的谣言中的一个。哈佛就是哈佛。一如当初耶鲁还少不更事时,哈佛就已经是老哈佛了。说真的,我认为你可能适合在哈佛公司任职。确实,你从来就不是个学者,但现在你真的要在波士顿生活了,是不是学者也就没那么大差别了。我将安排几位合适的人跟你见面,看看我们能做些什么。

普罗旺斯和伯克利俱乐部都有许多艰难的工作等着你。虽然你参加这两个俱乐部已经好几年了,但你从未真正认同其中的任何一个。认同它们需要一段较长的时间,因为这两个俱乐部中都有一些小集团必须认真对待。但我坚信，假以必要的耐心，你会做得很好。有一件事你必须牢记：虽然你必须尽可能经常地出现在这两个俱乐部里，甚至牺牲一些其他的社会责任也在所不惜，但总的来说，你必须保持缄默和认真观察，在波士顿住满至少五年之前，绝不要跟俱乐部任何成员讨论任何事情，否则会给人留下很糟糕的总体印象。伯克利俱乐部是建立在一种比较松散的精神基础上的，但绝不能对它掉以轻心。你在那儿固然需要坚持原则，但必须竭尽全力用友好的方式坚持你的原则。毫无疑问，在某个晚上的常会上，会要你讲个故事，或唱个歌什么的。你一定要选择一个很好的故事。因为人们在很大程度上会以你的第一次表现认知你，并且可能会常常要求你重复同一个故事。我注意到你对某些社会问题很感兴趣，如果一定要应对这些问题的话，应对时要轻松自如——最好完全不去应对这些问题。你必须明白，伯克利俱乐部也好，普罗旺斯俱乐部也好，都是避风港。在那里没有人愿意在情绪上受到干扰。

　　我扯得太远啦。你的归来使我感到非常高兴，所以有些啰唆。我们可以更加理智地讨论所有这些问题。这要比我能够写在纸上的理智得多。我现在脑子里、心里东西太多，无从下笔。我再说一遍，我是一直知道你有良好的素质的。现在我们能有机会相互了解了。我特别希望能够举办多次小型的男士晚餐。要讲的太多了，要讨论的也太多了。愿上帝保佑你……

乔治·阿普利于1933年12月13日,约翰·阿普利回到波士顿两星期后,在灯塔街他自己的房子里与世长辞。

梅江中 译

人 民 的 首 领

作者 | 约翰·斯坦贝克

约翰·斯坦贝克（John Steinbeck，1902—1968），美国作家、战地记者，1940 年因《愤怒的葡萄》(*The Grapes of Wrath*) 获普利策小说奖，1962 年获诺贝尔文学奖。

主要作品：《愤怒的葡萄》、《伊甸之东》(*East of Eden*)、《人鼠之间》(*Of Mice and Men*) 等。

约翰·斯坦贝克是一个少言寡语的人。他直言不讳地说：很抱歉，他无法在他最喜爱的作品中做出选择，并坚持说：他不对哪个具体作品有特殊的喜爱。这里代表他作品的这个短篇选自小说集《长谷》(*The Long Valley*)。选择这篇作品的是帕斯卡尔·科维奇先生。多年来，他一直是斯坦贝克先生最亲密的文学顾问，并自始至今一直是他的编辑和出版人。科维奇先生给出如下评论：

至少在我看来，约翰·斯坦贝克的卓越素质体现在他对地方词汇的掌握、诗一般的节奏感，以及他出自内心的最伟大的社会同情心。我在他的《玉米饼公寓》《人鼠之间》及《月亮下山》等作品中都看到了这些素质。但最为淋漓尽致的是在《愤怒的葡萄》一书中，如果非要我选择一个单独的章节来展示最优秀的斯坦贝克的话，我会选择《愤怒的葡萄》第三章《乌龟的故事》；如果要选一个完整的短篇小说，我会建议《人民的首领》。它是短篇小说集《长谷》的压轴篇。

帕斯卡尔·科维奇
纽约

人 民 的 首 领

　　星期六下午,牧场长工比利·巴克把去年剩下的最后一点儿牧草耙在一起,一小叉一小叉地喂给铁丝网另一边几头兴味索然的牛。高高的天空上,缕缕云朵像大炮喷发出的烟团似的被三月的风吹向东边。可以听到那风在小山顶上的灌木丛中呼呼作响,却丝毫没有吹入牧场盆地。

　　小男孩乔迪从农舍里走出来,吃着一片涂着黄油的厚厚的面包。他看见比利正在清除最后那点儿牧草。乔迪使劲地踩着脚,他听说这样对鞋子的优质皮料损伤最大。乔迪经过时,一群白鸽从墨绿的柏树上飞出,绕柏树飞了一圈又停回去。一只半大的玳瑁色的猫从仓房的前阳台跳出来,腿脚生硬地狂奔到大道对面,转了一圈又狂奔回来。乔迪捡起一块石头,想给这场游戏加点儿油,但是晚了:那只猫在他把石块扔出之前就钻到阳台下面去了。他把石头向柏树扔去,惊得那群白鸽又表演了一次环绕飞行。

　　走到已经用完了的草垛跟前,小男孩靠在铁丝网栅栏上:"就这些了吗?"他问。

　　中年的牧场长工停下对牧草的仔细耙理,把草叉插在地上,摘下黑色的帽子，抹了一下头发。"剩下的都被地面水汽弄得湿漉漉的了。"他说。他重又戴上帽子，搓着那双干得像皮革似的手。

"老鼠肯定特别多。"乔迪说。

"太讨厌了。"比利说，"到处都是。"

"那等你全干完了，我可不可以让那两条狗抓这些耗子？"

"当然，我想可以。"比利·巴克说。他叉起一叉子湿草向空中抛去。马上有三只老鼠跳出来，拼命抓刨，钻回牧草。

乔迪满意地出了口气。这些胖胖的、昏昏欲睡、目中无人的耗子就要完蛋了。八个月来，它们住在草垛里生儿育女。什么猫啊、老鼠夹啊、耗子药啊，还有乔迪，都对它们一筹莫展。太平日子把它们养得肆无忌惮、胆大包天、脑满肠肥。现在灾难的时刻来临了：它们谁也活不过明天。

比利抬眼看了看牧场周围的小山。"动手前恐怕最好问问你父亲。"他建议。

"好的。可他现在在哪儿呢？我这就去问他。"

"晚饭后他骑马去山梁牧场了，一会儿就回来。"

乔迪懒洋洋地靠在栅栏柱上："我想他不会介意的。"

比利一边继续干活，一边预感不祥地说："还是问问他的好。他的脾气你知道。"

乔迪确实知道。他父亲卡尔·蒂夫林坚持说：牧场的一切，事无巨细，都必须得到他的允许。乔迪在栅栏柱上越滑越低，直到一屁股坐在地上。他抬眼看了看那些被风驱赶着的云团："会下雨吗，比利？"

"有可能，风助雨势，可惜风不够强。"

"那好。我希望在我把他妈的那些讨厌的耗子赶尽杀绝之前，不要下雨。"他回头看看比利，看他是不是注意到他在讲大人们的脏话。比利继续干他的活儿，未置可否。

乔迪回身看着外面通入牧场的大道越过的小山口。小山上洒满了三月淡淡的阳光。银蓟、蓝羽扇豆和一些罂粟花在北美艾灌丛中绽放。乔迪可以看见在半山坡上，那条名叫双树杂种的黑狗正在刨一个松鼠洞。它用前腿刨一会儿，然后停下来，用后腿把刨出来的土蹬出去。它全神贯注地刨着，看不出它是否知道从来没有哪条狗能够通过挖洞抓到松鼠的这条真理。

突然，就在乔迪的注视下，黑狗全身发硬，从洞中退出，朝小山口大道通过的地方看去。乔迪也看过去。不一会儿，卡尔·蒂夫林骑在马上，背衬苍白的天空，出现在山梁上。随后他沿着大道朝农舍走来，手里拿着一件白色的东西。

男孩儿一跃而起。"他收到了一封信。"乔迪大叫。他一路小跑朝农舍奔去——那封信很可能被大声朗读，他希望在场。他在父亲之前赶到农舍，跑了进去。他听见卡尔从吱吱作响的马鞍上下来，用手拍了一下马肚子，让它去牛棚，比利会在那儿卸下马鞍，放它出来。

乔迪跑进厨房。"来信啰！"他大声喊叫。

母亲正在煮豆子。她把眼睛从锅上抬起："信在哪儿？"

"在爸爸那儿。我看见他手里拿着一封信。"

卡尔大步走进厨房。母亲问："卡尔，谁来的信？"

他一下子皱起眉头："你怎么知道有信来？"

她朝男孩的方向点点头。"大能人乔迪告诉我的。"

乔迪感到很难为情。

父亲满脸不屑地低头看着他。"他现在可是能得不得了。"卡尔说,"谁的事儿他都管,自己的事一件都不做。什么事儿都要插一杠子。"

蒂夫林太太放他一马:"我看他是闲得慌。谁来的信?"

卡尔还在对乔迪紧皱眉头。"他要是再不当心,我就叫他忙死。"他拿出一封未拆的信,"我猜是你父亲来的。"

蒂夫林太太从头上拔下一根发卡,划开信封。她的嘴唇聪慧地噘着。乔迪看着她的眼睛在信上一行行地来回扫。"他说,"她说,"他说他星期六赶车出来到咱们这儿住一阵子。怎么回事儿?今天就是星期六了。这信肯定耽搁了。"她看了一眼邮戳:"信是前天寄出的,昨天就该到了。"她满脸狐疑地抬眼看着丈夫,脸色马上不高兴地沉下来,说:"你干吗摆脸色,他又不经常来。"

卡尔的眼睛避开她的怒火。在大部分情况下,他可以对她很严厉。但在她偶尔发脾气的时候,还是让着点儿好。

"你干吗不高兴?"她追问道。

他的解释中含有一种乔迪可能会用的道歉的语气。"因为他话太多。"卡尔理亏地说,"说起话来就没个完。"

"那又怎么啦,你自己也说话呀。"

"没错,我也说话。可你父亲只说一件事。"

"印第安人!"乔迪兴奋地插嘴说,"印第安人和穿越平原!"

卡尔愤怒地转向他:"给我滚出去,你个大能人,现在就滚,滚!"

乔迪痛苦地走出后门,小心翼翼、毫无声响地关上纱门。他那羞愧、丧气的目光落在厨房窗户下一块形状非常奇特的石头上。这块石头真醒目!他蹲下来,把它捡起,在手中翻看。

透过厨房敞开的窗户,他可以清楚地听到屋里的声音:"乔迪真他妈一点没说错。"他听见父亲说,"整天就是印第安人和穿越平原。那个马匹被赶跑的故事我已经听了差不多有一千遍了。他讲啊讲啊,没完没了,一个字都不带变的。"蒂夫林夫人回应他的语气却变了许多,使得在窗外的乔迪从正被研究的那块石头上抬起眼睛。她的声调变得柔和、耐心。乔迪知道她的脸色也一定起了变化,跟语气相适应。她平静地说:"卡尔,你就这么想,那是我父亲一辈子的大事。他率领大车队,扫平障碍,穿越平原,抵达了海岸。完成这一壮举之后,他的生命就结束了。这是件了不起的大事,可惜持续的时间不够长。听着,"她继续说,"就好像他是为此而生,事情完了,没事做了,只剩下回想这件事、讲述这件事了。要是西边还有地方可以再接着走,他肯定去了。他亲自对我这么说过。但最终走到了大洋边,现在就生活在大洋岸上,不得不停下来了。"

她打动了卡尔,用她柔软的嗓音网住了他。

"我见过他那副样子。"他平静地附和说,"他会走到海边,越过洋面眺望西方。"他的声音又硬起来,"随后他就去太平洋丛林的马蹄铁俱乐部给别人讲那些印第安人如何赶走了马群。"

她努力想再次打动他。"是啊,对他来说这就是一切。你可以对他耐心一些,假装听他说就是了。"

卡尔不耐烦地转身走开:"好吧,就算事情变得忍无可忍,我总还可以去仓房跟比利坐坐。"他很不高兴地说,穿过房子,"砰"的一声带上了前门。

乔迪卖力地干分配给他的活儿:他把谷物一股脑儿倒给鸡,

而没去撵它们;他从窝中取出鸡蛋;跑着把柴火抱进农舍,非常认真地把柴火码在柴火箱里,两抱柴火好像就已经让柴火箱满出来了。

这时母亲已经把豆子煮好。她捅了捅炉火,用一只火鸡翅膀将炉面刷干净。乔迪小心地偷眼瞧她,看她是否还在对他生气。"他是今天来吗?"乔迪问。

"他信上是这么说的。"

"我最好到大道上去迎迎他。"

蒂夫林太太"咣当"一声关上炉门。"那敢情好。"她说,"他一定喜欢有人去迎接他。"

"那我就去迎他了。"

乔迪出了农舍,朝两条狗尖利地吹响口哨。"跟我上山去。"他发出指令。两条狗摇着尾巴,跑在前面。路边的北美艾灌丛已经抽出新芽。乔迪扯下几片嫩叶,在手中搓揉,直到空气中弥漫起野性的刺鼻味道。两条狗突然急匆匆地跳离大道,大叫着跟随一只兔子钻进灌木丛。乔迪再没看见那两条狗,因为它们没抓着兔子,干脆跑回家去了。

乔迪费力地沿山坡走向山顶。当他走到大道顺势而下的山口时,下午的风吹在他身上,吹起他的头发,吹乱他的衣衫。他看着脚下的小丘陵和小山梁,放眼瞭望那片巨大的、绿色的萨利纳斯山谷[1]。他可以看到远处平地上白色的萨利纳斯城,可以看到在夕阳照射下闪闪发光的玻璃窗。在正对他脚下的一棵橡树上,一大群乌鸦正在开大会。它们聒噪成一团。整棵橡树都变成了

---

[1] 加利福尼亚农业区最富庶的主要山谷。

黑色。

乔迪的眼睛沿着从他站立的小山梁一路下坡的大道看下去，大道消失在一座小山的背后，又从山那边绕出来。在很远的那截路上，他看见一匹枣红马缓缓地拉着一辆车，又消失在小山后面。乔迪一屁股坐在地上，盯着马车会再次出现的地方。风在山顶鸣唱，棉球般的云朵匆匆向东奔去。

马车又出现了，并且停下来。一个身穿黑衣的人从车座上下来，走向马头。虽然相隔甚远，乔迪知道他一定去松开了缰绳的挂钩，因为马头向前垂了下来。马继续向前走。那人在马车一旁，慢慢地走上小山。乔迪一声欢呼，沿着大道向他们跑去。松鼠从大道上四散跑开，一只走鹃风骚地翘起尾巴，迅速跑过山梁，然后像一只滑翔风筝一样，随风而去。

乔迪尽力每一步都跳入自己影子的中心。石块在他脚下滚动。他跑下坡去，赛跑似的转过一道弯：就在那儿，就在前方不远的地方，他看到外祖父和马车。男孩儿立刻从飞奔减速，很有尊严地向马车走去。

那匹马步履蹒跚，费力地爬着山路。老汉走在车旁。在不断下沉的夕阳里，他们巨大的身影黑沉沉地在身后晃动。外祖父身穿一套黑色绒面呢西服，带着小羊皮护腿，短硬领圈上系着一条黑领带，手里拿着那顶松垮的黑帽子，白色的胡须剪得很短，白色的长眉胡须般地垂挂在眼上，蓝色的眼睛严厉而欢快，整张脸和身体都溢出一股花岗岩般的尊严，让人感到想撼动一下都不可能。一次停下来休息时，老人看上去像块石头，似乎永远不会再动。他的步伐缓慢而沉稳，一旦迈出，绝不收回；一旦朝着一个方向迈进，绝不改道或变速。

当乔迪出现在转弯处时,外祖父慢慢地挥动帽子以示欢迎,并大声说:"哈呀,乔迪!你是来接我的,是吗?"

乔迪挨近他,转身跟上他的步伐,将身体绷得紧紧的,微微拖着脚跟。"是的,外公。"他说,"我们今天才收到你的信。"

"信该昨天到的。"外祖父说,"绝对应该昨天到。家里人都好吗?"

"他们都好,外公。"他犹豫了一下,然后不好意思地问:"外公,你明天想参加一场猎鼠战吗?"

"猎鼠战啊,乔迪?"外祖父笑着说,"你们这代人已经沦落到猎老鼠了?新的一代人是没那么强壮,但我真没想到老鼠会成为他们的猎物。"

"不是的,外公,只是玩玩而已。草堆没有啦,我要把耗子赶出来让狗去抓。你可以坐在旁边看,也可以和我一块儿打草惊鼠。"

那双严厉欢快的眼睛俯视着他。"我懂啦,你们不会去吃老鼠。你们还没到那一步。"

乔迪解释道:"狗会吃的,外公。我想这恐怕很像猎杀印第安人。"

"不,根本不像。不过后来军队开进来猎杀印第安人,枪击儿童,烧毁帐篷,就跟你猎杀老鼠差不多了。"

他们爬上山梁,开始下坡进入农场。肩膀上的阳光不见了。"你长高了。"外祖父说,"差不多长了一英寸。"

"不止。"乔迪吹嘘地说,"他们把我的身高刻在门上。就算从感恩节算起,我也长了一英寸多了。"

外祖父用洪亮深沉的嗓音说:"恐怕是给你水浇得太多,让你长成一棵细长秆儿了，等你抽了穗儿，咱们再瞧吧。"

乔迪迅速地瞥了老人一眼，想看看自己是否应该表现出感情受挫，但从老人那双热切的蓝眼睛中看不到有任何伤害他、惩罚他或杀杀他傲气的意思。"我们可以杀头猪。"乔迪建议说。

"啊，不行，我不能让你们杀猪。你们是在迁就我。现在不是杀猪的时候。这你是知道的。"

"外公，你知道那头叫赖利的大公猪吧。"

"是啊，赖利我记得很清楚。"

"可是赖利在那个草堆里拱出了一个大洞，结果草堆塌下来把它憋死了。"

"猪嘛，就是这德行。"外祖父说。

"外公，赖利是头好猪。我常骑它，它也不在乎。"

他们脚下的农舍门"砰"地响了一下。他们看到乔迪的母亲站在阳台上挥舞围裙欢迎他们。他们也看见卡尔·蒂夫林从牛棚上来，去农舍欢迎他们到来。

此时，太阳已从小山上消失。农舍烟囱冒出的蓝色青烟一层层地飘在渐渐变成紫色的牧场上。棉花球般的云被不断变弱的风所抛弃，没精打采地挂在天上。

比利·巴克从仓房出来，把一盆肥皂水泼在地上。他在一周当中刮胡子是因为他对外祖父十分尊重，而外祖父说比利是新的一代人中少数没变软的男人之一。虽然比利已人到中年，可外祖父还是把他当作一个男孩儿。眼下比利也在匆匆朝农舍走去。

当乔迪和外祖父到达时，三个人都在院门前等候。

卡尔说："老爹，你好。我们正盼着你呐。"

蒂夫林太太吻了外祖父胡子的一侧，静静地站着。外祖父用一只大手拍了拍她的肩膀。比利庄重地与外祖父握手,咧开长着麦草般小胡子的嘴笑了。"让我来照料您的马。"比利说,牵着马车走了。

外祖父看着他离去,转身对全家人说,如同他已经说过的前一百次一样:"那是个好孩子。我认识他的父亲,老骡子尾巴巴克。我从来不知道他们为什么管他叫骡子尾巴,只知道他赶过骡子。"

蒂夫林太太转身带大家走进农舍。"爸爸,你会在这儿住多久?你信中没说。"

"啊,我也不知道,恐怕会住两个星期吧。不过我从来没有住过像我预想的那么久。"

不一会儿,他们坐在铺着白色油布的桌子周围,吃起晚饭。那盏带有铅皮反光罩的油灯吊在桌子上方。餐厅外的大蛾子撞击着窗户玻璃。

外祖父把牛排切成很小的小块,慢慢地咀嚼。"我饿了,"他说,"一路赶车,让我胃口大开。就像我们穿越平原的时候,每天晚上是那么饿,根本等不及肉熟。每天晚上我都能吃它五磅野牛肉。"

"都是走路走的。"比利说,"我爹干过政府运输工。我小时候帮他干过活儿。我们两个就能吃光一条鹿腿。"

"比利,我认识你父亲。"外祖父说,"他是个好人。人们管他叫骡子尾巴巴克,我不知道为什么,只知道他是赶骡子的。"

"就是因为这个。"比利附和着,"他是赶骡子的。"

外祖父放下刀叉,环视了一下餐桌。"我记得有一次我们的肉吃完了——"他的嗓音压得很低,变成了一种奇怪的低声吟唱,音调滑入了那个被无数遍讲述的故事磨出的窠臼。"当时周边没有野牛,没有羚羊,甚至连兔子都没有。出去打猎的人连一只土狼都打不到。那就是领头人需要万分警觉的时候了。我是领头人。我眼睛睁得大大的。知道为什么吗?因为一旦饥饿来临,人们就会开始屠宰拉车的公牛。你们能相信吗?我曾听说过有些车队干脆把他们拉车的牛吃光了。从车队中间吃起,一直吃到车队尾部。最后他们会吃掉领头的那一对。然后再吃掉驾辕的牛。车队的领头人必须防止他们这样做。"

一只大蛾子不知怎的进到屋里,绕着头顶上的煤油灯乱飞。比利站起来想用双手拍死它。卡尔先出手,用一只弓成杯状的手抓住它,捏死,走到窗前把它扔出去。

"我刚才说到……"外祖父又开始了。但卡尔打断了他。"你再多吃点肉,其他人都在等着吃布丁了。"

乔迪看到母亲眼中闪出一丝愤怒。外祖父拿起刀叉。"我真的挺饿。好吧,"他说,"我待会儿再讲。"

吃完晚饭,全家人和比利·巴克坐在另一间屋子的壁炉前。乔迪急切地看着外祖父,看到他熟悉的信号:长满胡须的头微微前倾,眼睛失去了严厉,沉思地看着火苗,瘦长的手指放在黑色的膝盖上。"我在想,"他开口说,"我只是在想我是不是给你们讲过那些偷盗成性的派尤特人[1]是怎样赶走我们三十五匹马的。"

"我觉得你讲过了。"卡尔打断他,"是不是就在你们进入塔霍地界[2]之前?"

外祖父迅速地转向女婿:"说得对,我肯定给你们讲过这个

---

[1] 当地的几个印第安人部落。
[2] 内华达州和加利福尼亚州之间的塔霍湖地区。

故事了。"

"讲了很多遍了。"卡尔残酷地说,避开妻子的目光。但他能感到那双怒气冲冲的眼睛正盯着他,于是说:"当然我还想再听一遍。"

外祖父又转过头来盯着火苗。他的手指打开了又交叉。乔迪知道他的感受,知道他内心崩溃,什么都没有了。就在那天下午乔迪不是还被称作大能人吗?此时他英气勃发,冒着再次被骂"瞎逞能"的风险,柔声地说:"给我们讲讲印第安人吧。"

外祖父的眼睛又变得严厉了。"男孩子总喜欢打听有关印第安人的事儿。那是男人的活儿,但男孩子总想要听。好吧,让我想想。我有没有跟你们讲过我是如何要求每辆大车带一块长长的铁板子的?"

除了乔迪,其他人一言不发。乔迪说:"没有,你没讲过。"

"好吧。当印第安人进攻我们时,我们总是把大车围成一圈,从轮子与轮子之间的缝隙进行反击。于是我就想,如果每辆大车上都有一块钻有来复枪孔的长铁板的话,我们的人就可以在把大车围成圈后,将铁板立在车轮之外,护住大车。这样可以救很多命,足以弥补带一块铁板的额外重量。当然,人们不愿意这样做。没有哪个车队以前这样做过。他们看不出为什么要花钱搞这个。现在,他们要后悔一辈子了。"

乔迪看着母亲:从她的表情上可以看出她根本没在听。卡尔在抠大拇指上的老茧;比利在注视一只蜘蛛往墙上爬。

外祖父的音调再次跌入他讲故事的窠臼。在他开口之前,乔迪就精确地知道他后面出口的是哪个字。故事没完没了:讲到进攻时速度加快;人们受伤时语气悲哀;在大平原上埋葬同伴时奏起哀乐。乔迪静静地坐在那儿，注视着外祖父。那双严厉的蓝眼睛很是超然，看上去好像他自己对这个故事也不是十分感兴趣。

等故事讲完了，等给故事结束后留下的礼貌空间得到尊重之后，比利·巴克站起来，伸伸懒腰，提提裤子："我想得回去睡觉了。"他说。然后他面对外祖父："我搞到一只装火药的旧牛角和一支雷管枪，就在仓房里。以前我拿给您看过吗？"

外祖父慢慢地点点头。"看过，你让我看过。比利，它让我想起我带领大家穿越平原时拥有的那支手枪。"比利礼貌地站着等他把这小段故事讲完，然后说"晚安"，走出农舍。

卡尔·蒂夫林努力想扭转谈话方向。"蒙特雷情况如何？听说那里旱得够呛。""相当旱，"外祖父说，"塞卡潟湖[1]里滴水全无。但和1887年比起来，还差得很远，当时整个地方都干成土面儿了。而1861年，恐怕所有的土狼都饿死了。今年我们还算下了十五英寸雨。"

"是啊，不过都下得太早啦。要是现在能下一点就好了。"卡尔的眼睛落在乔迪身上，"你还不赶快去睡觉？"

乔迪顺从地站起来。"爸爸，我可不可以把老草料堆里的耗子干掉？"

"耗子？啊，当然可以。把它们全干掉。比利说那里没剩什么好草料了。"

乔迪偷偷跟外祖父交换了一个满意的眼色。"明天我要把它们赶尽杀绝。"乔迪发誓说。

乔迪躺在床上，想着那不可思议的印第安人和野牛世界。这

---

[1] 位于加州蒙特雷郡。

个世界已经永远不存在了。他要是能生活在那个英雄时代就好了，但是他知道自己不是当英雄的料。当今世界活着的人当中，恐怕除了比利·巴克，没人配去完成那些已经完成的事业。当时生活着一种巨人，无所畏惧，坚毅果敢，是当今世界闻所未闻的。乔迪想着那广阔的平原，想着一辆辆大篷车像毛毛虫一样穿越平原，想着外祖父骑在一匹巨大的白马上率领民众。在他脑海中前进的是一些了不起的幻影——他们大踏步地走出地球，消失了。

一时间他的思绪又回到牧场。他听到空间和寂静制造的沉闷的穿越声，听到一只狗在室外的狗舍里挠跳蚤，每挠一下它的前腿肘都会撞在地板上。又起风了，黑色的柏树随风呻吟。乔迪睡着了。

他在三角铁为开早饭而被敲响的半小时前就起床了。母亲正在捅炉子让火苗蹿上来。乔迪走过厨房。"你起得很早啊。"她说，"你要上哪？"

"出去找一根好棍子。今天我们灭耗子。"

"谁是我们？"

"什么？当然是我和外公了。"

"好啊，你把他也搅进来了。你总是喜欢有人跟你搅在一起，这样要是挨骂，也有人分担了。"

"我马上就回来。"乔迪说，"我去找一根好棍子，为早饭后做好准备。"

他关上厨房纱门，走进凉爽、蓝色的早晨。清晨，百鸟齐鸣。牧场里的猫像莽撞的蛇似的从山上跑下来。它们在夜晚的黑暗中捕猎金花鼠。虽然这四只猫已经吃饱了金花鼠肉，它们还是在后门口坐成一个半圆形,可怜地喵喵叫着要牛奶。双树杂种和碎碎[1]走过来一路嗅着灌木丛的边缘,以僵硬的仪式完成了这项职责。但当乔迪吹响口哨,它们猛地抬起头,摇动尾巴,冲下来朝他扑去,扭动着皮肉,打着哈欠。乔迪严肃地拍拍它们的脑袋,走向风吹日晒的废料堆。他选了一支旧扫帚把和一根短短的、一英寸见方的废木条,从口袋里掏出一根鞋带,把两根棍棒松松地绑在一起,做成一支连枷。他"嗖嗖"地在空中舞动这件新武器,试着敲击地面。两条狗赶忙跳开,发出不安的哀鸣。

乔迪转身,下坡经过农舍,走向老草堆去观察屠鼠场。比利·巴克耐心地坐在后门的台阶上招呼他:"你最好回来。再过两分钟就开早饭了。"

乔迪改变了行走路线,朝农舍走去。他把连枷靠在门口的台阶上。"我要用它把耗子赶出来,"他说,"我敢打赌,它们肥极了。它们肯定不知道今天会大祸临头。"

"是啊,你也不知道。"比利富有哲理地说,"我也不知道。任何人都不知道。"

这一想法令乔迪晃了一下。他知道他说的是对的。他的思绪从猎杀耗子转开。这时母亲出现在后阳台上,敲响了三角铁。他所有的想法都一股脑儿地跌到了地上。

他们坐下来时外祖父还没有露面。比利朝着他空着的座位点点头:"他没事吧?没生病吧?"

"他穿衣服要用很长时间。"蒂夫林太太说,"他要梳胡子、擦皮鞋,还要刷外衣。"

---

[1] 另一条狗的名字。

卡尔往玉米粥上撒着糖粉："一个率领大车队穿越平原的人，对于自己如何穿戴，必须十分讲究。"

蒂夫林太太转向他，"卡尔，别这么说。请不要这样！"她的语气与其说是要求，还不如说是威胁。这种威胁使卡尔感到不快。

"你说，那个关于铁板和三十五匹马的故事，我得听多少遍才是个头啊。那个时代已经过去了。时过境迁，他怎么就忘不掉呢？"他越说越生气，声音也越来越大，"他干吗非要一遍又一遍地重复？不错，他穿越了平原。可现在此事了结了。没人愿意一遍又一遍地听它了。"

进厨房的门被轻轻关上。桌前的四个人一下子僵住了。卡尔把粥勺放在桌上，用手指摸着下巴。厨房的门开了，外祖父走进来。他绷紧嘴巴微笑着，眼睛有些斜视。"早上好。"他说。他坐下来，看着他的玉米粥盘子。

卡尔不能就这么僵着。"你——你听到我刚才说的话了吗？"

外祖父生硬地微微点了点头。

"我不知道自己中了什么邪，老爹，那不是我的本意。我只是想逗大家一乐。"

乔迪满脸羞愧地斜了母亲一眼。他看到她正注视着卡尔，看到她屏住了呼吸。他这事儿做得太可怕了。说出这样的话就是把自己撕成了碎片。要他收回说出口的话就已经很糟糕了，而要在羞耻中收回说出口的话就更要他的命了。

外祖父朝旁边看去。"我想把事情捋直了。"他和蔼地说，"我没生气。我不介意你刚才说的话。但你说的可能是对的，如果你说的是对的，我就得在意了。"

"我说的不是真的,"卡尔说,"今天早晨我不太舒服,很后悔说了那番话。"

"卡尔,你不要后悔。一个上了年纪的人有时会犯糊涂。也许你是对的。穿越平原的事已经结束了。也许完成了就该把它忘掉了。"

卡尔从餐桌前站起来:"我已经吃饱了。我去工作了。比利,你慢慢吃!"他迅速走出餐厅。比利三口并作两口把饭吃完,马上跟上。但乔迪不忍离去。

"你以后还讲故事吗?"乔迪问。

"怎么?当然要给他们讲。不过只有在——我确信人们想听时才讲。"

"外公,我喜欢听这些故事。"

"啊!你当然想听。可你还是个小孩子。这是男人的事儿,可只有小男孩才想听。"

乔迪站起身来。"外公,我在外面等你。我已经为那些耗子准备了一条好棍棒。"

他在门口等着,直到老人家走到阳台上。"打耗子去啰。"乔迪一声呐喊。

"我想就坐在这儿晒晒太阳。你去打吧。"

"你要是喜欢可以用我的棍子。"

"不了,我就在这儿坐一会儿。"

乔迪伤心地转身朝旧草堆走去。他努力想通过想象那些肥肥嫩嫩的耗子来激起自己的热情。他用手中的连枷敲打着地面。两条狗在他身边哄他、哀求他,但他无法继续下去。回到农舍,他可以看到外祖父坐在阳台上,看上去又小、又瘦、又黑。

乔迪放弃打耗子，走过去坐在老人脚下的台阶上。

"已经回来啦？耗子都打死了？"

"没有，外公。改天再打它们吧。"

早晨的苍蝇贴着地面嗡嗡乱飞。蚂蚁匆忙地在台阶前奔波。小山上飘来一阵阵浓烈的北美艾灌丛的香气。太阳把阳台板照得暖暖的。

乔迪几乎不知道外祖父何时开始讲话的："照我现在的感觉，我不应该坐在这儿。"他察看着他那双强壮的老手。"我现在感觉穿越大平原似乎不值得。"他的眼睛移向牧场周围的小山，目光停留在一只立在枯树干上一动不动的猎鹰身上。"我讲述那些老掉牙的故事。但我要讲的并不是这些故事本身。我只知道我在讲这些故事的时候希望人们感觉到什么。

"重要的不是印第安人，不是历险，甚至也不是来到这里。重要的是，一大帮子人啊，汇聚成一条巨型大爬虫，而我就是它的头。我们西进西进西进，每个人都有自己的打算，但我们聚成的那条大爬虫要的只是西进。我是首领，但如果没有我，还会有其他的人打头。这玩意儿必须有个头。

"在白色的大中午，小灌木丛下的阴影是黑色的。等到我们终于看到群山时，大家都哭了——每个人都哭了。但重要的不是我们到这儿了。重要的是前进，是西进。

"我们把生命带到这里，定居下来，就像那些蚂蚁在搬卵。我是首领。西进像上帝一样神圣。缓慢的前进步伐一步接一步，从不停顿，直到我们穿越了整个大陆。

"然后我们走到了海边，大功告成。"他停下来，擦拭他的眼睛，直到眼圈变红。"我应该讲的是这些，而不是那些故事。"

乔迪开口说话时，外祖父一惊，然后俯身看着他。"也许有一天我可以率领民众。"乔迪说。

老人微笑了："没地方去啦。大海挡住了你。现在海边有一大排老男人在那里愤恨大海，因为海水阻止了他们。"

"外公，我可以乘船。"

"没地方去了，乔迪。每个地方都有主了。但这不是最糟糕的——不，不是最糟糕的。西进已从人们心中泯灭。西进不再是一种饥渴。它已经全部完成了。你父亲是对的：它结束了。"他把手指交叉在一起放在膝盖上，看着它们。

乔迪感到非常悲伤。"你要是想喝柠檬水，我可以为你做一杯。"

外祖父打算拒绝，但他看到了乔迪的脸。"好啊，"他说，"能喝一杯柠檬水太好了。"

乔迪跑进厨房。母亲正在将最后几个早餐盘碟擦干。"能给我一个柠檬为外公做一杯柠檬水吗？"

母亲学着他的腔调——"另外再给一个柠檬为你自己也做一杯。"

"不，妈妈。我自己不要。"

"乔迪，你有病啊！"然后她突然打住了。"从冷藏盒里拿一个柠檬，"她柔声说道，"来，我把榨汁机给你够下来。"

梅江中 译

在学院的房顶上

作者 | 朱尔·罗曼

朱尔·罗曼（Jules Romains，1885—1972），原名路易斯·让·法里古勒，法国作家、诗人。

主要作品：《善良的人们》(Les Hommes de bonne volonté)、《克诺克医生或医学的胜利》(Knock ou le Triomphe de la médecine) 等。

我之所以选择这篇作品：

一是因为它出自我的主要著作《善良的人们》；

二是因为它向大家展示了我书中的两个主要角色——哲菲宁和巴黎——面对面的情况；

三是因为我作品中一些重要的主题在这里面有所表现。

朱尔·罗曼

在学院的房顶上

"咱们走这儿吧。不知它是不是最佳途径,但也算是条路。"

"不会摔断咱们的脖子吧,啊?"

"不会的,我想有记录以来还没有人摔断过脖子。上天肯定对我们格外关照——想想许多大学生,比如我自己吧,根本就是笨手笨脚的乡巴佬,根本玩儿不了杂技。我告诉过你,我信仰的神是伏尔泰[1]和维克多·雨果[2],是不是?这扇窗户真他妈难开。我是自然神论者——真的。就是说,是个会被神学领袖当作天大错误的那种人。我在离这儿不远的一个阁楼上做了记号,认真锁好,那是鲍特保存他那些古典书籍的地方。我们从窗户爬进去应该没什么问题。一切有我呢。"

"告诉我,"哲菲宁要求道,"像你这样一个研究语法的——"

"我吗?"科莱做了个抗议的动作,严肃地掀起斗篷的下摆。

"不过——"

"你别想歪了,我选择学语法是因为他们说语法奖学金最容

---

[1] 伏尔泰(1694—1778),原名弗朗索瓦-马利·阿鲁埃,笔名伏尔泰,十八世纪法国思想家、文学家、哲学家,被誉为法兰西思想之王。
[2] 维克多·雨果(1802—1885),法国十九世纪前期积极浪漫主义文学的代表作家,被称为法兰西的莎士比亚。

易拿。要是有字母表奖学金,我一定选学字母表。"

"不管怎么说,作为一个学语法的人,难道你就不对'鲍特'这个词在大学俚语中有两个完全不同的意思感到吃惊吗?"

"要说这个词,它有三个不同含义:狭义是一餐饭;广义是喂食;再有就是财务主管,因为在他负责的其他低等职能中,也包括伙食。"

"这种词汇量的贫乏难道不让你感到痛苦吗?"

"有人对我说过,有一个中国词,也是个单音节词,词义是——你一定感兴趣——夜晚的星星、流过第十七个省份的河、收税人,还有女孩儿的初次来潮,三千年不变。你瞧这天沟有多宽。我告诉你,昨天我已经沿着这条路走过一趟了。我会再走这一趟说明这儿的危险度几乎为零。我的老祖宗传给我的是对危险的极度恐惧。"

"你的斗篷不碍事吗?"

"不碍事。嘿!——我稳住了,不错吧?把你的手给我,我拽你上来。我抓着这个山墙呢。我穿着斗篷是因为高处不胜寒,我很容易感冒。'冬天来了,这个穷人的杀手'。别吃惊,这是现代诗中我唯一愿意引用的一句。加上埃雷迪亚[1]的两三行。'像猎鹰似的飞出它们出生的尸房',还有那个以'流血的皇帝'结尾的玩意儿。我发现它们适用于生活中各种场合。我们刚才不是'像猎鹰似的飞出'阁楼的吗?真的很像。还有西德尔,瞧他站在那边的屋脊上,背对十一月份红色的天空——如果你觉得想把他比作什么的话,还有什么能比一个'流血的皇帝'更妙的呢?

---

[1] 埃雷迪亚(1842—1905),古巴出生的法国诗人。

这几个诗句总是恰如其分。"

科莱正谨慎地走在天沟正中。每走三步就有一个阁楼檐口正好供他用左手去扶。他以此保证自己的平衡。从一个阁楼走到下一个阁楼，他觉得时间在拖长。他斗篷下面的双臂像走钢丝的人手中的长杆，做着各种谨慎的动作。

"没那么糟糕吧，是不是？"

哲菲宁在村子里的房顶上玩耍过，爬过瀑布上面的岩石，光脚跑过悬崖边山羊走出的小道。他不过是冷不丁对巴黎房顶上排水用的天沟有些害怕。再说，学院房顶展示更多的是庄严，而不是危险。在了解巴黎之前，巴黎让你丈量她四边形楼宇内部所有的广阔空间。两脚站在天沟当中，你可以欣赏阁楼高雅的排列和烟囱的对称。下面很远的地方，可以看到一个深深的庭院，稍逊于皇家气派。院中有个圆形水塘，周边绿草青青。

人行道上的行人永远不会感觉到的风开始从肩膀下吹上来，因为被锁在城市街道中的风和在城市上空作威作福的风之间的差别不完全在于风力大小，更多地在于后者始终围绕着你，把你往死里裹。

这些唬人的屋顶有不少陡坡，令人望而却步，感到它们确实与周围很不协调。不过一旦了解了它们结构的秘密，就会知道设计其实是让人好走的。在天沟尽头楼顶的一角，等着你的是一个小小的镶嵌式台阶，用一种比黄铜重一些的金属制成，轻松地依附在屋顶的斜坡上。你只需沿着台阶，就能到达屋顶本身的屋脊。与大楼一样长的屋脊上装有过梁，一英尺来宽，并带有伸出来的小小横杆。

这条小道像激流上的步行桥那样生气勃勃而又有风险，它给大脑一种登上高台的兴奋和欣快感，但不允许身体松懈分毫，任性妄为。那里没有明显的危险，身体也无需十分灵敏。但一定要牢记不能迈错步。这些斜坡和陡峭之处丝毫不威胁你的安全，但始终伴随着你，就像某些国家的那些野兽，据说会跟着旅行者，如影随形，却永远不发动攻击，单等你马失前蹄。你必须始终绷紧肌肉，拉紧缰绳。这足以吓退胆小鬼、老年人或紧张的妇女。你千万不要把这段路贸然推荐给哲学家帕斯卡[1]，走在巴黎圣母院两个高塔之间铺设的人行板上都让他晕眩不已。简言之，这是个属于年轻人胆大妄为的地方，也是放飞你雄心勃勃的梦想的好去处。

"要不要来片瓦尔达含片？"科莱说，"要想不让嗓子疼，这种玩意儿必不可少。你可以想象瓦尔达是个白衣白裙的女神，从寄生在老橡树上的槲寄生中提取树汁。或想象成是一个俄罗斯女学生，更准确地说，是摩尔多瓦-瓦拉几亚女学生。这使我想起——我给你一个忠告——当心索邦神学院为摩尔多瓦-瓦拉几亚学生开的课。她们蜂拥而至来法国嫁人，'像猎鹰似的'飞来。她们对索邦神学院的人相当满意，他们可以成为她们口中一小口美食。但她们认为大学生才是奢侈品。我是老油条，油盐不进，不会有任何风险，但像你这样的雏儿之中——会有受害者的。可怜的法国家庭！

"从这儿走。如果你害怕可以抓牢烟囱。这含片这么清新，我都快醉了。上了鸦片瘾可能就是这个样子。多年来我一直酷爱甘草含片，这很可怕。从早到晚，我滴的口水是甘草味儿的，打

---

[1] 帕斯卡（1623—1662），法国数学家、哲学家、作家。

的嗝也是甘草味儿的。我可以告诉你，我的肚子就像一口修人行道的工人用来熬沥青的大锅。

"当然了，你对巴黎的文明不熟悉。你们里昂人是不是已经发现能用沥青修人行道了？别以为他们一定发现了。至于勒皮昂瓦莱地区，我能想象的就是街上铺着大鹅卵石、小溪在马路中间流淌，还有宵禁后守夜人的脚步声……你看见那边那个塔了吗？"

"看见了。"

"那是圣雅克塔。"

"是吗？"

"不，不是的，老伙计。你天真无邪，我真不能骗你。那是亨利四世中学塔，是我的塔。我在它的影子里生活了三年。你看，我还是没有摆脱它。圣雅克塔在那边，比这个远很多。不对，它肯定在那片洼地中，在先贤祠后面。从这儿看先贤祠是不是个巨无霸？真要命，我想，那个才是先贤祠，那个把圣心教堂和小丘广场都遮住的那个。因为那里真没什么雾气，而圣心教堂又那么洁白。"

"那边那个圆顶是什么，离我们这儿很近的那个？"

"那是荣军院，拿破仑，那个流血的皇帝，就躺在那儿。不是的，老伙计，我实在不忍心骗你。骗你太容易了。那个圆顶是圣恩谷教堂。我没见过罗马，但这一切都让我感到像极了罗马。圣恩谷教堂甚至比先贤祠更像罗马。我没有一丝艺术细胞，但那里确实有些东西打动了我。除了文学课规定的作者，其他东西我一概不读，必读作者也是能少读则少读。但我偶然涉猎了一些有雕刻的古墓，其中一些有类似的圆顶，还有其他古迹，都围在一个大广场周围，里面却连一个会喘气儿的都没有。最多就是有个让人几乎察觉不到的小牧师。不知为什么，我对它们无比向往、印象极深。我这个人鲜有浪漫的思乡之情，却感到愿意生活在那儿——生活在一座像墓中雕刻所描绘的城市里，有我自己的一席之地。我生来就应该有基督教的尊严，有圣奉，有神职（只活七十八岁，然后一命呜呼）。当你把双手交叉在肚子上诵读那些玩意儿的时候，可以憧憬正在等待你的晚餐……"

"和那些为你服务的女佣……"

"那还用说。至于忏悔嘛，因为我生性怕羞，除非在某些极为肃穆的神秘状况下、在绝对安全时，我是绝对不会亵渎神明的。瞧，那边的天空真美。看那片红色！我得带你去动物园看看，那里有些猴子臀部的皮肤就是那个颜色，但猴子屁股不像那里有一层朦胧的面纱，我向你保证它们不会这么模糊不清。"

哲菲宁面对地平线思索着，心情既克制又热切。这是他第一次从这么高的地方看巴黎。到目前为止，雅莱一直在劝阻他上房顶："你现在看不出什么名堂。你会被光线效果所迷惑。往后推推吧，你有的是时间。"他们甚至把它推后到哲菲宁一直想要去的攀登蒙马特山顶的远足之后。

但学院的房顶不能自夸可让你鸟瞰巴黎。它不过把你放在跟巴黎相同的高度。就像你从大船底舱露出头来，看到四周都是大海，风在水平高度舒展它的衣袖。你看到远处红色的迷雾及其环形的背景，巴黎从你身边滑行而过。虽然于近处看，她的名胜古迹灿烂辉煌，但这个城市没有自己的特别气度。她体现更多的是一个难以解读的因素：航海家们测量过它，它的躁动使他们着迷、使他们无法看到他们应该看到的远方，弄不清搅动它的力量源泉。

哲菲宁从未见过海,却像海员一样感到海是自己的家。他沿着这条狭窄的小道前进,可以很容易地把它想象成被海浪晃动的某个船体上一条海员的通道,供海员敏捷地大步前进。他们同样没有失足的权利。

"我们是不是又该下去啦?"科莱说,"我感觉有点冷了。"

"你冷吗?……我还想再待一会儿。"

"那你能找到回去的路吗?"

"当然能。"

"你要是摔断了脖子,我会觉得这是我的错。"

"你说过从来没有人摔断过脖子。"

"反正你在看到我安全进楼之前不要轻举妄动。你摔下去的声响可能会使我失去平衡。我不介意事后听人讲述事故,实际上我挺喜欢听的,但我最恨事故发生时自己在场。"

科莱开始往回走,脑袋微微偏向一边,不紧不慢,没有用臂膀作为平衡杆,还用右手捋着胡须:一副若有所思的散步者的派头,却本能地走在道路的内侧。

哲菲宁向前走,倚靠在一个烟囱上,现在先贤祠在他的背后,前面是圣恩谷教堂,远处是一处挺性感的隆起,可能是天文馆的小穹顶,但他不能肯定。

"伟大,我脑子里想的——就是伟大。科莱总是装模作样,好像很了不起,但是绝不能轻视他。我宁可与他为伍也不愿要那些在书房里一点点消耗生命的可怜虫,就像那些令人尊重的文牍员，在试图改进摆在他们书架上的著作。他们可以把品达[1]和卢克莱修[2]的著作弄成座右铭，像鞋子合脚那样吻合他们自己的心思。他们的前任曾宣誓效忠第二帝国，啊呀，思想上毫无保留。他们在修辞课上把雨果剁得粉碎。远隔海洋的雨果啊。眼前这片天空是雨果的天空，是根西[3]十一月份那红色和海洋色的天空。

"十年后我会成为什么？我不能接受自己成为失败者。第一天我们一块儿去散步时雅莱是怎么说的来着？他说他除了真正的伟大，不会容忍其他东西，他绝非说大话，他对自己了如指掌。我必须跟雅莱谈谈斯宾诺莎[4]，他应该会喜欢他的。科勒鲁斯[5]在《斯宾诺莎的一生》中写：'有时他会到房东那儿吸一斗烟。'我在哲学方面没有天赋，也永远成不了一个伟大的作家。

"到何处去寻找我的伟大呢，好像必须在眼前寻找。它似乎就在那儿，在我和地平线之间的杂乱无章之中。我一直有这个想法：现实中到处有神谕。我一直有这种冲动，要依靠它来寻找答案——依靠神谕而不是依靠自己。我不是个实干家，如果实干意味着做牛做马，随时准备架起车辕，比其他任何人都努力地拉车，而不真知道为什么拉或往哪儿拉。我不愿这样，我更愿梦想。但我是那种做了梦便注定不会让梦烂在脑子里，或写出来了事的人。

"不知西德尔是否在注意我？他的脑筋很古怪，令人感到不舒服。惯犯常会有他那种表情。

---

1 品达（约前518—约前438），古希腊田园诗人。
2 卢克莱修（约前99—约前55），古罗马诗人、哲学家。
3 英吉利海峡中从属英国的海岛，位于法国诺曼底西边48千米处。法国第二帝国期间（1852—1870），雨果因反对拿破仑三世而被流放于此长达十五年（1855—1870）。
4 斯宾诺莎（1632—1677），十七世纪荷兰最伟大的哲学家之一。
5 科勒鲁斯（1647—1707），荷兰福音传教士，斯宾诺莎的早期传记作者之一。

"我在这儿没什么地位,因为虽然通过了考试,名次却接近成绩榜底部。我是个粗俗的乡巴佬,没什么了不起的口才。而雅莱却选择了我。很明显,他一直对我青睐有加。雅莱受到不少责难。可那些人能奈他何?他考试成绩出色,是个地道的巴黎人,只要来情绪,讲起话来出神入化。他的文化之广博可以把他们统统压倒,就算你能猜出他的背景,也永远摸不透他的知识来自何处。他对自己总是讳莫如深,不屑于推销自己。

"我永远不敢对他谈我自己和我脑子里那些关于伟大的美梦。我不喜欢看他眼睛周围拧起的细小皱纹,即使随后他会说些友好和纵容的话。我害怕他的讥讽。倒不是说他经常讥讽人,他绝不会滥用这一招。我还没受过——至少我自己认为——他讥讽的任何伤害。但还是能感觉到他的讥讽如剑在鞘,总是磨得十分锋利,待时而飞,非常可怕……

"有一点是肯定的,那就是社会一定会改变——并且是在我们的有生之年。当然,这里展现在我眼前的,并不是实实在在的社会。社会比这简单,但又比这——拿雅莱的话说——复杂。总之变革正在社会内部发生。

"正义这一理念无法抗拒,一小滴足矣。从社会接受那一小滴正义开始,你就可以预测,在它把一切搅得天翻地覆、面目全非、万事公允之前一定不得安宁。

"我本人对此醉心不已。我完全可以想象自己站在公众面前。我相信自己很雄辩,或者说可以变得很雄辩,真正的雄辩——不是像勒鲁那种可悲的演讲术。昨天他讲课时就像一台机械的钢琴,只能让你尝到结巴的味道。

"刚开口时我可能找不到合适的词。头脑发沉,思绪停顿,甚至大脑空空如也。但我的思想随即被调动起来，讲演要点各就各位，整装待发，确保万事俱备，力求无一遗漏。此刻，将各讲演要点整合起来的地方还是一片空白，但是激情会一点点到来，就像米拉波[1]早期的讲演。想到群众，我顿觉高大，有升华之感——我依赖这种感觉。

"我的嗓音堪当重任。我大声呼唤时，峡谷的另一边都能清楚地听见。我的口音？我口音不重，当然自己很难这么说，因为你从不听自己说话。你的嗓音对你自己而言是陌生的。自从发明了镜子，我们对自己的面孔不再陌生。再说还有相片，人们可以在自己的相片面前想很多事情。或许有一天我们可以像现在使用镜子一样使用留声机……

"在一般情况下，人们应该觉察不到自己的口音。我们说出的话就是脑中词语存在的现状，根本没有口音。是语言将规范强加于我们。尽管如此，每当我不能像雅莱那样发音时，就会清楚地意识到自己说话带口音。

"但在大庭广众，特别是普通老百姓面前，有点儿口音肯定算不了什么，除非那腔调十分愚蠢、可笑。撇开偏见不谈，有些口音简直是在挠你的痒痒肉，你根本无法抵御。我的口音并不可笑，充其量会让人想到农民的迟钝和山野的空旷。它带有一丝南方的矫饰。但无论如何，它十分听话，可以任凭你随时见风使舵。例如我叔叔，现在谁还能辨认他来自何处？正是他现在的口音拯救了他，再也不是那种低俗不堪、让我惊骇不已的城郊发音。我要是那样发音，雅莱绝不会喜欢……在里昂，我用了不到

---

[1] 米拉波（1749—1791），法国政治家，法国大革命前期领导人之一。

三年时间，改变了自己的口音。可我有一个朋友的父亲，好像是阿韦龙人，在里昂当了二十年官员，人们却还是得咬着嘴唇生怕对他的口音笑出声来……

"这会儿有点儿凉了，我总是感到脚冷，血液循环不好……

"我不会选择让自己站在一个立法机构，一个议会面前。我对折中妥协、假公济私深恶痛绝。我不要为个人出风头的职业，不愿搞人身攻击或在走廊里交头接耳，也不想知道那个地方每个人的姓名。我希望做隐姓埋名的事情，做一个无名英雄。'啊，士兵们，啊，战争，啊，史诗！'"

在红色晚霞依然笼罩着的古迹中，他看着巴黎城市中心逐渐暗下去。他梦想的并不是战争、史诗和士兵。他在审视自己周围既像液体那样流动又像固体那样坚实的广阔空间：房顶之间的缝隙和平台，道路上的峡谷和平原，金属，烟囱，新凿出来的石块，一座高塔，一个尖顶，一片浓雾。尽管大小不同，伟大程度也不相同，却都令人头晕目眩，然而一个人在如此大的舞台上行动并非不可想象。

哲菲宁模模糊糊地想象着，一股力量离开他本体，向远处运行，在那里进入某个断层、某种裂缝，并获得杠杆之力。城市被撬成巨大的碎片腾空而起，整座城市的石头外壳与人截然分开。这一愿景使他感到耗费了巨大的体力。

但这一愿景中最为重要的不是这股力量的大小，也不是要获取这股力量的欲望，而是这股力量的运行方向。一个冒险家能够为了自己的快乐、骄傲，或纯粹为了使自己的天才有用武之地而凭空打造出一个帝国的时代已经一去不复返。说真的，哲菲宁确实想到了那些金融大鳄和工业大亨，即使在今天，他们也还在仅为一己之私霸占社会的广大领域。但他缺乏估算他们力量的经验，而且倾向于相信他们的力量比人们所说的要小很多。

不管怎样，他希望确保自己的热情跟那些人的那种贪婪毫无关系。如果他们中的一个，在自己这般年纪时，发现他也在这个房顶的这个地方，会不会有跟自己完全一样的内心冲动呢？他会有与自己同样的想象吗？哲菲宁不能让自己这样想。一种阴谋策划、贪婪攫取的态度；一副贪得无厌、无孔不入的嘴脸；一次狡猾奸诈、无情猎捕的行动；一个胆大包天、把手伸得长而又长、大捞好处的姿态……这些肯定是那类人白日梦中的货色——他的愿景绝不会是全力以赴拼命压住那根巨大杠杆，完全不考虑他个人，而是像一个工人一样，只考虑要完成的工作、要移除的物体。

"那些家伙——他们人生的座右铭会是什么？一定是利用体制将自身利益最大化，当然是指现有体制。他们因此而煞费苦心地竭力维护现体制，没有什么特别信仰，就像一个赌徒反对任何人在赌博过程中改变纸牌点数一样。至于改变现有体制，创造新世界，他们想都不会去想。不想也好，因为创造一个新世界需要的不只是巨大的力量加上你喜爱的技能。"

哲菲宁未能认识到工业和金融业对社会自行转化所施加的力量。这些力量在发展过程中变得越来越集中，联系越来越紧密。他对马克思的理论并非不了解，但因缺乏根本性的认同感，他能在一定程度上赞赏辩证法的创新性，却认识不到用辩证法解释问题的积极意义。

如果你敢于梦想改变社会，那么你所需要的就是"理想"这个陈词所包含的理念——它是任何力量都替代不了的。但它又是那么陈腐、那么老套，似乎让你感到自己没话找话，在咀嚼一句毫无生命的话语。至于那个理念本身，哲菲宁再三对自己阐明，要坚信不疑。世上有这么个人，肩膀上扛着个脑袋，这颗脑袋中有些想法在其他人的脑袋里或多或少也能找到，但组合方式不尽相同，或没有同样持久的热度，或没有同样清晰的亮度。此外，思想应尽可能不坏死、不灭绝，尽可能强烈和活跃。这组思想不会像一般人的思想那样对外保持无害，对内仅负狭小责任，它会使周围的一切不再平静，在其沉浸和游弋的人文领域中建立一个思想活跃、生活纷繁激荡的区域。

透过眼前广阔的石头空间和红色雾气，哲菲宁想象自己看到这组思想被一个人承载着向前挺进。那个人披荆斩棘、消除障碍、占领战略要地（像杠杆愿景中一样，奋力压在撬棒上）。

剩下来的事情就都由这组思想本身完成了。在它们前进、辐射的过程中，相应的变革开始了，扩散了。在它们的影响下，大众的古老思想模式发生了一系列扰乱平衡的动荡，最终扩展到整个社会。

同样关键的是，旧的平衡必须已经濒临破碎。并且，在有可能替代它的新组合中，此人的理想应该是最合适的思想之一，甚至没有之一（因为不存在只破不立的问题）。

这些想法是否都符合实际？哲菲宁有时会问自己。一个伟人的全部作用，不仅仅在于大力推动绝非自发而是注定会发生的深刻变革，还在于对一些小事业的热切需求做出反应。正因为这些事业非常微小，所以频繁发生，并且从长远来看，不可避免。这跟否认伟人的重要性，或认为伟人对事态的发展可有可无是两码事。

一方面，有两种截然不同的变革，发生几率不相上下，由于伟人的干预才在两者间做了抉择；另一方面，变革的时机，如同收获的时机一样，会影响获得的成果。把果实从树上摇下来跟等果实自己掉在地上是不一样的。如果缺少伟人在正确的时机摇动果树，果实就会过于成熟和腐烂。更不用说可能永远无法确定对那些小小的普通事业的担忧最终是否会取代由一个单一的伟大事业产生的震动。哲菲宁做过充分的数学计算，从而知道"长远来看不可避免"这种说法并无十分把握。不管怎么说，他通过这些思考，为自己找到了一条区分有雄心壮志的人和追名逐利者的途径。

从也许是相当严格的狭义上，他把"雄心壮志"这个词留给那些梦想对社会采取行动，通过给社会提供其所需心智力量以启动变革的人；而"追名逐利"则指觊觎现有制度下最美肥差的人。这些定义使他能够让自己站在正确的一方。

可以肯定的是，他没有物质贪欲。在他看来，贫困似乎与英雄的生活密不可分。在粉刷成白色的屋子中放一张铁架子床，这就是肯定能使他坚强的室内装潢了。（在这方面，他的大学宿舍使他感到非常满意。他对自己的斗室唯一不满的是它的私密性不够，一道没有顶到天花板的隔墙是对每个君子独处权的粗暴侵犯。）

说到荣誉，他可能有些不够超脱。当他拿自己跟被考试断然拒于门外的不够幸运的同志相比较时，他很难不为自己成为一名大学生而感到自豪，同时也很难不为由于考试名次靠后而感到相对羞耻。

如果社会突然给他一个报酬很低但地位显赫的职位——在痛

苦的清醒时刻,他再三告诫自己,如果接受,可能会给现有制度增添人马。但在内心深处,如果他不是天性巧取豪夺,也不是生来就甘愿受穷的话,他没那么肯定。不过那个显赫的地位也不会使他安分多久。他很快就会利用它从一个更高的层面开始对不公正的社会制度发起进攻。起码这是他得出的结论。

不管他内心存在的虚荣程度如何,他总能在他的思想赢得的胜利中找到满足它的手段。因为最纯洁的胜利也会带来一系列较卑鄙的满足感,而我们内心的低俗部分总可以在那里找到酒肉。所以虚荣的危险并不使他十分担心。

另一个顾虑使他更为尴尬。他用了不少时间去清除它。"我已经承认,"他对自己说,"伟人的行动作用包括激起变革,即在任何特定时刻激励最合时宜的两三个社会变革中的一个,也可以说,启动那个时期社会同样最为需要的两三个变革中的一个。但是他所承载的,也是构成他力量的'那组思想'可能会以两种完全不同的方式来临。第一个可能的起源是内在需求:这些思想在他看来是真理,是他内心认可、亲眼见证、即使那个时代不予支持他也要为之奋斗的真理,甚至除他之外,无人赞同也在所不惜。他发现这与社会的某种期待及愿望不谋而合。而他从未寻求过这一巧合,当时甚至可能视而不见,直到后来——在社会开始做出反应后才意识到。

"另一方面,可以想象一个本身中立、超脱的人。这里对事不对人,人们甚至可以说除了承载'这组重要思想'的天赋外,他没有任何特殊之处。他研究他那个时代的社会,嗅它,闻它。他问自己,社会的愿望是什么?他认真感觉哪些思想最有机会引发和指引变革,然后去接纳这些思想。这是否叫人有些不寒而栗：他的冷血，他的无原则，是不是几近无诚意？这个我想象的伟人——他是否只是一个煽动者，可以支持任何事业？"

当然，哲菲宁补充道，在实践中，这种反冲从来不像这样有棱有角。一组思想，不管是政治的，还是社会的，是不会产生于一个单一的觉悟过程的。你必须对社会进行总体反思，然后具体地质问自己社会要求什么，期待什么。通过独立思考去认识一件事物是否是真理和正义，与认识它是否确实是社会的深切愿望，往往是同一个任务。

这种态度只有体现在冷血的野心家身上才变得令人不快：这种人没有信仰，没有真爱，在他看来，所有人类的愿望都是同样没有价值的幻想。（就像一个雇佣军头目同意为他所不齿的国家事业而战。）如果机缘巧合，这个野心家明知社会正在步入歧途，想要的其实是跌入深渊，而他为了成就个人伟业而狡猾地助推社会跌入深渊，那就绝对遗臭万年。

但哲菲宁发现很难以任何方式生动地描绘出这种态度。他设想此种态度是可能存在的，因为他读过一些书，也因为有两三次，他曾接触过几个似乎包藏此类祸心的人。就他个人来说，他不能想象自己会对一个已经认清的真理产生怀疑，更不要说会缺乏热情了。

他比较容易理解的是——当然不带任何倾向性——当你肆意推行一个明知会给社会带来致命伤害的错误时，内心或许会体验到的一种魔鬼的快乐。你也许想报复社会——跟无政府主义者的炸弹一样。社会对思想犯过许多罪行，思想可能会对社会进行慢性惩罚。

不过这些想法离他极其遥远，他未在其中彷徨。对他来说，为了使自己完全安心,他必须告诉自己,那些他可以感觉到的、正在一点一滴成为自己想法的思想,是由他的性格和经验所确立、被他的理智所认可的——什么也挡不住他拥有这些思想。

"一个农村校长的儿子、农民的孙子和侄子,属于一个强壮、纯粹的人种,是这个国家中最健康的:既没有大城市的陈腐恶习,也不被平民嫉妒,完全不是'无产阶级'一词所暗示的痛苦哀怨、陈腐酸臭、肮脏不堪的一族。(亲爱的无产阶级,别管他们怎么说,我可怜的兄弟!……)没有必要进行报复。死死盯住非正义。怒火只能产生于判决之后,绝不能让怒火左右判决。

"至于我的经验——因为我有些经验——尽管以我这个年龄对老者谈经验会引老人家发笑。我从近处和内部观察过普通老百姓。我知道他们在干什么,住在哪儿,赚多少钱,在想什么。虽然我在巴黎逗留的时间很短,但我已经——因为我掌握了钥匙、密码、路标——牢牢掌握了人民状况的很多细节:我叔叔的房子、巴黎的街道、商店里人们谈论的话题,以及汽车和地铁上站着的一言不发的人群。我对于这一切了解的程度要比生于此长于斯的圣·帕普男孩[1]多十倍,也比任何一个心地善良的中产阶级分子的儿子多得多。当然不能跟雅莱比,因为除了农民的生活,没有任何其他东西雅莱知道的不比我多。不过迄今为止,雅莱对此还未产生与我同样的热情。我似乎感到,他的热情属于另一种性质……

"我懂非正义,不是大而化之——像一个热衷于社会问题的中产阶级青年男子——而是知道它的来龙去脉:其里里外外都迷

---

[1] 导游,特指提供性服务的陪客导游。

漫着日常苦难的气味。甚至雅莱也有一点点中产阶级的味道（我这么想他有点儿不仗义），当然只是那么一丁点儿。因为在像巴黎这样的城市中，一旦放弃了自己百分之百属于人民的信念，就很难不变成某种程度的中产阶级……"

然而，哲菲宁还是冒险向自己提出这个问题："假设我坚信社会的转化正与我的思想背道而驰，而未来也反对我的思想，那我会不会继续保留这些思想，屈身捍卫一个先兆失败的事业呢？"

他必须向自己坦白：他不会。尽管他对自己一贯严厉——身为天主教徒，受母亲熏陶，从群山中吸入了一丝新教[1]的严格——他不觉得自己有任何权利将对待失败事业原则上的厌恶归咎于自己的不良动机。

"我对自己的成功绝无盲目崇拜。但反过来与群狼同嚎？匆忙投入胜利者的怀抱？这绝不是我。我有的更多的是矛盾的精神[2]。我来自不循规蹈矩的祖先。成为一个战斗的少数派，甚至是受迫害的少数派的一员——我实在想不出还有什么能比这更让我兴奋的。我不在乎我的思维方式是否形单影只或在孤身奋战。但我为之奋斗的事业必须有获得胜利的那一天。如必要，就让未来作为我唯一的同志吧。未来必须站在我这边。

"我没那么业余，不容忍浪费我的时间。献身于一个失败的事业？啊，是的。我知道，这样做很有骑士风度，非常时髦。但是从根本上说，这一切太令人怀疑了！我很快会被人当作傻瓜。因为很显然，相信最好的事业必须依靠未来是一种愚蠢。但迄今

---

1 与罗马天主教相分离的基督教派。
2 坚持不同意见的精神。

为止，这种愚蠢却是世界能够运行的主要发条。是的，这和笃信进步同宗同派。我们被告知这种认识太肤浅。对那些聪明和疲倦的人来说，这真是很糟糕了！我笃信进步。"

他相当雄辩、相当有启发性地思考着，好像在直面对手或舌战群雄。但在他好战的基调中，他更深地感到，面对人性，一个人是不可能无限制地永远正确的。他的最大希望是能提早证明自己是对的。

当哲菲宁站在学院房顶上冥想的时候，瓦泽姆斯可能正代表哈佛坎普探索一些偏僻邻里中的小街小巷，自觉更新自己对生活中许多怪异之处的了解。他正在再次讯问自己关于"人民"的观点。这两个年轻人是同龄人。这样看起来，他们都在以各自的方式，拜倒在集体智慧面前。

然而他们的行事方式大不相同，他们都想获得实用的结论，但两人的结论针锋相对：瓦泽姆斯向"人民"要求的是关于个人生活艺术的建议乃至"窍门"；而哲菲宁的问题则是找出如何通过一个"理想"的力量使个人得以帮助社会分娩它孕育的未来。

梅江中 译[1]

---

[1] 译自沃尔·B. 威尔斯（Warre B. Wells）的英译本。原作为法语。——编者注

神奇的新机器

作者 | 克努特·汉姆生

　　克努特·汉姆生（Knut Hamsun，1859—1952），挪威作家，1920年获诺贝尔文学奖。
　　主要作品：《大地的成长》（*Markens Grøde*）、《神秘》（*Mysterier*）、《饥饿》（*Sult*）等。

克努特·汉姆生从代表作《大地的成长》中节选了一章，这一章书写的是北方的土地上，伊萨克作为北方荒野的开拓者，现在已经成为定居的农民。他从遥远的村庄带回一匹马和一部神奇的新机器。

惠特·伯内特

神奇的新机器

伊萨克从村里带回一匹马。

对,就是这样:这匹马是从区长助理手中购得,吉斯勒区长说要卖掉这匹马,售价是二百四十克朗——也就是六十塔勒。马匹的价格涨得离谱。伊萨克小的时候,最好的马也不过四十塔勒一匹。

可他为什么从不自己养马呢?他不是没有盘算过,还动过养一匹小马驹的念头——过去两年他一直憧憬着这些事。但是要做这些事,除了在土地上劳作之外,得抽出额外的时间,还得任由一些地荒着,直到把马儿养到能够往家里驮粮食为止。区长助理说:"我可不想在养马上花费,我出去值勤的时候,家里的女眷们根本弄不到足够的草料。"

伊萨克早就想买一匹新马,他已经盘算了好几年。这可不是因为受到吉斯勒的怂恿。他还做了各项力所能及的准备,盖了新马厩,置办了夏天拴马用的新缰绳。至于马车嘛,他已经有了几辆,必须再备几辆秋天用。最重要的是饲料,当然啦,这他可忘不了,不然去年他为什么要大费周章地垦出最后一块荒地呢,不就是为了保住所有奶牛,同时养一匹新马吗?眼下这块地已经种上青饲料,为的是给下犊的奶牛提供饲料。

对，他都已经安排停当。英厄可能会大吃一惊，像很久以前一样，她会鼓掌称赞。

伊萨克带来了村里的消息：布里达布立克农场要出售，教堂外面贴了告示。农场里的一点儿庄稼——干草和土豆，还有些别的作物一起出售。或许牲畜也要一起卖掉。只有几头小牲口，没有大的。

"他连房子也要出售，什么都不留吗？"他妻子惊叫道，"他准备住哪里？"

"回村里住。"他回答英厄说。

伊萨克从村里还带回一个消息：区长老婆生了孩子。英厄立马来了兴致："是个小子还是闺女？"

"嗨，这我倒没留意。"伊萨克说。

伊萨克了解自己的工作，清楚自己的使命。现在他有钱了，有一座大农场，但他并不动用偶然之间得来的一笔现金，而是把钱存放起来。土地给他省了许多花费。设若他住在村里，或许他的生活习气也会受到沾染——各种吃喝玩乐，各种繁文缛节。他可能也会买些毫无用处的东西，甚至平日里也穿着星期天才会穿的大红衬衫。如今这荒野成了他的福地，免受那些恶习侵染。他呼吸的是新鲜空气，星期天早上盥洗，去湖边的时候顺便沐浴一回。这一千塔勒——这可是天赐之财，得原封不动地存起来。他还要做什么呢？地里的粮食果蔬和牲口的皮毛肉乳足够应付他的吃喝拉撒。

当然，埃勒苏见的世面更多，他建议父亲把钱存到银行。嗯，或许这是最好的办法，可是眼下伊萨克只得拖延——或许他根本就不会这么做。倒不是说伊萨克不屑于听任儿子摆布，埃勒苏不傻，这一点以后可以看出来。目前正是晒干草的时节，埃勒苏已经试过拿长柄大镰刀去割草——但这可不是他的强项，真不是。他紧跟着弟弟西韦特，每次都要请他帮忙磨镰刀。但埃勒苏胳膊很长，拾掇干草的本事首屈一指。他和弟弟西韦特、妹妹莱奥波尔迪娜、女佣简森这时都在地里，忙活着今年的第一茬干草。埃勒苏干起活来不遗余力，双手磨起水泡，不得不用布条包扎起来。一个星期以来他一直没有胃口吃饭，但是到目前为止干起活来毫不含糊。他看起来像是经历了失恋之类的事情，一种永远难以忘怀的痛苦和悲伤让他倍受打击。现在，看吧，他从城里买来的最后一丝烟叶已经抽完。通常，这种事会让职员们火冒三丈、牢骚满腹，不过埃勒苏并没有那样，他反而干得更加安稳，更加坚定和正直，真像个爷们儿。连爱开玩笑的西韦特都没法让他难堪。今天，两兄弟趴在河里的大石头上喝水时，西韦特挖苦他说要帮他采些上好的青苔晒干做烟叶——"或者干脆你就这么抽吧？"他说。

"我这里有烟。"埃勒苏说着，伸手将西韦特的头和肩膀按到水里。嗨，可够他受的！弟弟回到家里，头发还在滴水。

"看起来埃勒苏要学好了。"伊萨克看着儿子干活时心想。他对英厄说："嗯——不知道埃勒苏会不会在家里老实待着？"

她又格外谨慎地说："我可说不准。不会，我看他不会。"

"嗨！你有没有跟他提过？"

"没有——哦，是的，我跟他说过几句。但那是我的想法。"

"现在，我想知道——如果给他一块土地让他自己……"

"你什么意思？"

"如果他有一块自己的土地可以打理……"

"不会。"

"嗯,你说了什么吗?"

"说什么?你自己看不出来吗?没有,我从埃勒苏身上可看不出什么来。"

"不要坐在这里讲他的坏话,"伊萨克公正地说,"我能看出来,他在地里踏踏实实干了一天活儿。"

"对,或许是吧。"英厄顺从地说。

"我不明白你怎么能挑这孩子的毛病,"伊萨克显然有些不悦地说,"他的活干得一天比一天好,你还想怎样?"

英厄喃喃说道:"对,但他跟以前不一样了。你跟他谈谈背心看。"

"背心?你什么意思?"

"他说他住在城里时,夏天经常穿白背心。"

伊萨克沉吟了一阵。这一点他倒是无法理解。"他买一件白背心又怎么了?"他说。伊萨克就是想不通。当然,不能跟妇人一般见识,在他看来,如果这孩子高兴,他完全有权买一件白背心。不管怎么说,没必要为这事大惊小怪,他决意将这件事放到一边,继续往下说。

"好吧,你看,把布雷德的那块地交给他自己打理怎么样?"

"给谁?"英厄问。

"埃勒苏呀。"

"你说布里达布立克农场?不行,不值得这么做。"

实际上,这个想法她已经跟埃勒苏谈过。她是从西韦特口中得知这个消息,西韦特可不善于保密。再说了,西韦特完全没有必要保密,父亲告诉他这个消息不就是让他探探口风吗?这已经不是父亲第一次让他当传话筒了。不过，埃勒苏是怎么答复的？跟他以前从城里寄来的信如出一辙，他不愿意扔下他平生所学，当个毫不起眼的农民。这就是他的答复。然后，母亲给他讲了一通大道理，都被埃勒苏一一否决。他对生活另有打算。年轻人的心思捉摸不定，经历了这一切之后，他再也不想跟巴布罗做邻居。谁能说什么呢？他和母亲谈话的时候显得雄心勃勃。他能在城里找到更好的职位，到高官手下当职。他必须努力奋斗，大展宏图。或许过不了几年，他就能成为区长，当上灯塔管理员，或者进海关工作。有学问的人前程广阔。

无论如何，母亲被说动了，转而支持他的观点。哎，她自己也没个主心骨，外面的世界对她仍然不乏吸引力。去年冬天她还时不时读一读那本她从特隆赫姆学院带回来的祈祷书……但是现在，埃勒苏将来有一天可能会成为区长！

"为什么不行？"埃勒苏说，"郝耶达尔区长以前不也是从职员升上去的吗？"

前途一片光明呀。他母亲也劝他不要放弃事业，不要自暴自弃。一个男人待在穷乡僻壤能有什么出息？

那为什么埃勒苏现在还要在父亲的土地上卖力而又沉稳地劳作呢？天知道，或许他有自己的理由。或许，这是他与生俱来的自尊——他不愿被人比下去。再说，离家之前给父亲留个好印象也没有坏处。说实话，他在城里欠下几笔不大的债务，如果能一次偿清倒是大快人心，那样可以极大地提升他的信誉。这回可不是一百克朗，而是一笔相当可观的数目。

埃勒苏非但不傻，反倒有些狡诈。他瞧见父亲回到家里，料定他会坐在那里，观望地里的情况。暂时卖点力气，辛苦一点儿——对谁都没有坏处，对他还有好处呢。

埃勒苏有些变了。不管怎么说，他的思想有些扭曲，无形之中变得骄纵。人倒是不坏，但有了瑕疵。是不是过去这些年没人给他指路？现在母亲又能帮上他什么忙呢？她只是站在一边点头称赞。她只会被儿子描绘的光明前景弄得晕头转向，然后站在父子中间，为儿子说话——她会这样做。

伊萨克终于对她的反对意见感到厌烦，在他看来，让儿子接手布里达布立克农场无疑是个好主意。就在今天，他牵着马回家的时候，还无意间停了下来，将那片疏于管理的农场打量了一番。对，如果精心打理的话这块地可不孬。

"为什么不值得？"这时他问英厄，"我看好埃勒苏，我支持他。"

"如果你看好埃勒苏，就永远也不要再提布里达布立克农场这档子事。"她回答说。

"嗨！"

"对，他脑子里的理想比我们这些人远大得多。"

这时，伊萨克也不能确定自己就是对的，因此他的态度缓和下来。但毫无疑问，他很高兴已经把心里的想法直截了当说了出来。现在他还不打算放弃。

"他必须按我说的做。"伊萨克突然说道。他提高了嗓门，唯恐英厄耳背。"你就看着吧。我什么都不会说。那地方并不偏僻，旁边就是学校，样样都方便。他还有什么远大理想，我倒想看看？有这么个儿子，我只怕得饿死——那样你就得意了，是吧？你能告诉我为什么我的亲儿子要来反对我这个亲老子？"

伊萨克就此打住，他意识到自己说得越多越是适得其反。他已经拿出最好的衣服,本来打算换上衣服去村里,却改变了主意,他就穿身上这套衣服——不知道这么做用意何在。"你最好给埃勒苏通个气。"他说。

英厄回答说:"还是你自己跟他说吧。我的话他不听。"

好吧,伊萨克是一家之主,他想:我倒要看看埃勒苏敢不敢说个不字!不过,不知道是因为他怕儿子不听还是怎的,他退了回来,说道:"说得对,我会自己跟他说。不过我手头事情很多,忙这忙那的,我还有件事要做……"

"噢?"英厄诧异地说。

伊萨克又出了门——他并没有走远,只是到了比较偏远的地里,但还是出了门。他身上都是谜,必须隐藏得严严实实。事实是这样:今天他还从村里带回第三条消息,这条消息可远胜另外两条,这是个重大消息。他把它藏在了树林旁边。现在这东西正立在那里,用袋子和纸包着。他打开包装,看哪,是一台硕大的机器。看,红蓝双色,让人赏心悦目,这机器长满尖牙和刀片,有关节,有曲柄,有螺丝,有轮子——这是一台割草机。其实,要不是为了这台机器,伊萨克今天根本不会去村里买那匹新马。

他站在那里,一脸着迷的神情,心里正从头到尾回味着店老板读给他听的操作指南。他在这里安装一个弹簧,又在那里插上一个插销,接着给每一处开孔和缝隙都上了油,然后再次端详着这玩意儿。这一个小时的经历伊萨克从未有过。拿起笔在纸上写下名字,签下一份文件——对,毫无疑问,这是件很危险的事。有点儿像他之前弄来的耙——上面有许多扭曲的部件。更不要提那台圆形的锯子,各部分必须按照铅笔画的线完美组装起来,不能东摇西晃的,否则就会分崩离析。但是这台机器——他的这台割草机——有太多钢弹簧、钩子、部件，还有成百上千的螺丝——英厄的缝纫机跟这家伙比起来简直是小巫见大巫。

伊萨克扶住把手，尝试一番。机器神奇地开动了。真是激动人心的时刻。这就是他为何要把机器放在没人的地方，把自己当马使。

因为——万一机器组装错了，不能正常工作，一下子散了架怎么办？幸好，这种灾难并没有发生，割草机能正常割草。伊萨克已经站在这里研究了几个小时，它当然应该正常割草。日头已经西沉。他又拉着机器试了一下。对，机器能够割草。确实应该这样！

热气消散，田野里下起露水，两个儿子走出家门，手里都拿着第二天割草要用的镰刀。伊萨克走近屋子说：

"今晚把镰刀收起来吧。你们能不能把新买的马牵出来，牵到树林边上来？"

说完，他没有回屋吃晚饭——其他人都已经吃过晚饭——而是转身回到原地。

"要带上车子吗？"西韦特喊道。

"不用。"父亲说着，继续往前走。

他显得神神秘秘，自豪之情溢于言表，每走一步膝盖抬得老高，步伐显得飘飘然，仿佛一名奔赴死亡和毁灭的勇士，只是手中少了武器。

两个儿子牵来马匹，突然看到割草机，惊讶得一动不动。这可是这片荒野里，甚至整个村里第一台割草机——这台机器红蓝双色，看起来十分养眼。父亲摆出一副稀松平常的样子，用故作平淡的语气喊道："把马套到机器上吧。"

他们赶着马，父亲开动机器。呵！随着机器发出扑扑的声响，一行行草应声倒下。孩子们空着手跟在后面，什么都不用做，脸上洋溢着笑容。父亲停下来，朝后面看了一眼。嗯，割得不太干净。他这里拧一下螺丝，那里拧一下螺丝，让刀片与地面贴得更近，然后再次开动机器。不行，还是不对，割得高低不平；刀片的框架似乎有些上下跳动。父亲和儿子们商讨是怎么回事。埃勒苏找到说明书，这时正在阅读。"这里，上面说开动的时候人要坐上去——这样机器会更加平稳。"他说。

"哦！"父亲说。"对，就是这样，我知道，"他答道，"我已经彻底研究过了。"他坐到座位上，再次开动机器，现在割草机平稳运行。突然，机器停了下来——刀片根本没有割草。"呀！怎么回事？"父亲从座位上下来，自豪之情荡然无存，只见他低头看着机器，一脸焦虑和疑惑。父亲和儿子都盯着机器：肯定是哪里出了毛病。埃勒苏站在那里，手里攥着说明书。

"这里掉了一颗螺栓还是什么。"西韦特说着，从草里捡起来。

"嗨，这就对了，"父亲说，仿佛这颗螺栓就能解决一切问题，"我正在找呢。"但是他无论如何也找不到螺栓该插在什么地方——这颗螺栓到底是从哪里冒出来的？

这时，埃勒苏才开始意识到自己的价值：只有他能读懂白纸黑字的说明书。如果没有他大家该怎么办？他故意慢条斯理地指着一处孔洞说："按照说明书上画的，螺栓应该在这里。"

"对，就是这里，"父亲说，"我之前就是插在这里的。"为了挽回颜面，他让西韦特继续在草丛里寻找别的螺栓。"找不到了吗？好吧，好吧，应该还在上面，没问题了。"

父亲又开动机器。

"等会儿——这里有毛病。"埃勒苏喊道。嘀，埃勒苏手里拿着图纸,站在那里,仿佛手里掌握着法律,谁也无法从他手里逃脱!"那里的弹簧应该从里往外装。"他对父亲说。

"对,然后呢?"

"嗯,你装反了,这样不对。这是个钢弹簧,必须从里往外装,不然螺栓会蹦出来,刀片会停下。你看这里有图。"

"我没带来眼镜,看不清楚,"父亲顺从地说,"你看得清楚——你把它安好吧。我现在不想回去拿眼镜。"

一切就绪,伊萨克又坐了上去。埃勒苏在身后叫道:"开快点,这样割的效果更好!——说明书上说了。"

伊萨克开呀开呀,一切顺利,割草机扑扑作响。父亲身后留下一行整齐的草,等待捆扎。这时,大家从屋里都能看到父亲,但所有女眷都走出屋子——英厄怀里抱着小丽贝卡,孩子早已学会走路。大大小小四位女眷都走了出来,看着这神奇的一幕。噢,这一刻属于伊萨克。只见他一脸自豪,气势威武,穿着节日盛装端坐在割草机上,衣冠楚楚——穿着夹克,头戴帽子,汗水正不停往下滴淌。他沿着四边形转弯,割了一大片草地,掉转头,开动机器,不停割草,从女眷们身旁经过。大家目瞪口呆,她们从没见过这阵势,割草机发出扑扑的声响。

然后,伊萨克停了机器,走了下来。毫无疑问,他期待着站在一旁的人们给他评价——看他们会怎么说。他听到一阵惊叹。他们这群凡夫俗子怕惊扰了他神圣的工作,面面相觑,惊叹不已。他听到大家的议论。此时此刻,他就成了大家宽厚仁慈的君主,他鼓励大家说:"今天就干这么多吧,你们明天可以把草翻一下。"

"忙完了吗,回屋吃饭吧?"英厄心悦诚服地问。

"不行，我还有别的事要做。"他回答说。

然后，他又给机器上了一遍油，让大家知道他正忙着科学工作。然后再次开动，又割了一些草。最后，女眷们纷纷回到屋里。

快乐的伊萨克！——赛兰娜农场快乐的人们！

很快，山下的邻居纷纷赶来。阿克塞尔·斯特伦对新鲜事物最好奇，他明天会来。但是布里达布立克农场的布雷德可能晚上就会过来。伊萨克会毫不吝啬地将机器展示给大家看，告诉他们怎么割草，还有各种各样的细节。他会说人拿镰刀无论如何也割不出这么整齐的草。但是当然了，机器要花钱——像这样红蓝双色的机器可是要花费不少呢！

快乐的伊萨克！

但是，当他第三次给机器上油的时候，不妙！他的眼镜从口袋里跌落出来。最糟糕的是，两个儿子都看到了。还有什么比这个插曲对他的自负打击更大吗？这一天，他无数次戴上眼镜研究说明书，可是一个字也没认出来，幸亏有了埃勒苏帮忙。嗨，天哪！毫无疑问，有学问是件好事。这下他自甘认输，伊萨克决定放弃自己的想法，不强求埃勒苏在荒野里务农。这件事他再也不提了。

不过，孩子们对眼镜的事倒也没有大惊小怪。一贯喜欢逗乐的西韦特当然禁不住要说点儿什么，他可不会放过这个机会。他抓住埃勒苏的袖子说："来吧，我们回去把镰刀烧掉。有了这台机器，爸爸一个人就可以把草割完。"这孩子真是会说笑话。

鄢宏福 译[1]

---

[1] 译自 W.W.沃斯特（W.W.Worster）的英译本。原作为挪威语。——编者注

印度之雨

作者 | 路易斯·布罗姆菲尔德

路易斯·布罗姆菲尔德（Louis Bromfield，1896—1956），美国作家，1927年因小说《早秋》（*Early Autumn*）获普利策小说奖。

主要作品：《早秋》、《印度之雨》（*The Rains Came*）等。

下面这段文字涉及《印度之雨》一书中四五个主要人物生活中的危机关头。尽管该书写于五年多之前,但我选择的这段文字在有关整个世界,特别是在有关英国的社会背景方面,其意义从来没有像今天这样清楚。

我从《印度之雨》一书中选择这段文字是因为它在我的全部作品中最好地代表了我写小说追求的目标,即处理各种人物以及这些人物在激励和塑造他们的思想行为方面起过确切作用的背景下和环境间的互动。对我来说,剧情不能强加于人物,而只能出自人物及其环境和背景。我选择这一段,还因为它代表了我希望形成的写作风格:每句话都必须十分清楚。不管句子有多长,结构必须简单明了。如可能,应该有清楚的节奏并与环境紧密关联。对我来说,一个必须读两遍才能理解其含义的句子不是好句子。文字首先,并永远服务于人与人之间的思想和情景交流。好的写作风格应能尽量顺畅无误地完成这一交流。

我认为这段文字可以很好地独立存在。

路易斯·布罗姆菲尔德
俄亥俄州卢卡斯县

印 度 之 雨

他驾车驶过电影院旁的广场时，雨停了一会儿。这个地区一下子活跃起来。人们趁大雨这短暂的停歇从商店和房子里冲出来：仆人们忙着办差；女人们赶往集市；商人们以物易物；洗衣娘直奔大水池。他在广场转弯，经音乐学校进入工程学校路。这条路其实叫灯塔地大道，但从来无人使用此名，说起来都叫它工程学校路。随后，好像是上帝拉动了控制巨型淋浴喷头的链子，雨又开始倾盆而下。在右前方不远处，他看见德克斯小姐的身影。她身穿油布雨衣，头戴男式毡帽，正在艰难前行。他想："我去停下来问问这可怜的小老太婆是否需要搭车。如果她拒绝了，我就永远不用再问她了。"

她在冒着大雨，艰难前行的时候，一定在想一件非常遥远的事情。因为当他在她身边停下，与她打招呼时，她很吃惊地看着他，几乎没认出他来，就好像她刚从远方归来。

"我能送您一程吗？"

她没有笑容，说："早安。不用了。谢谢您。我喜欢走路。我运动太少。"

（好，那你就走路吧！以后我要再问你，就是我该死。）

她说话时，脸突然红了，样子极为特别。这使兰塞姆感到纳闷：与男子交谈是不是总会对她产生这样的影响。他脚踩离合器，准备继续向埃尔考塔拉行驶。这时她又开口了。

"真有意思，"她说，"我刚才正好在想您。"她咳嗽了一声，说："今天下午我能去拜访您吗？"

他的第一反应是找个借口，但对她的怜悯和好奇阻止了他。她身上有一种东西使他突然觉得她很有英国味儿。他知道自己的血缘跟这个不苟言笑的老姑娘很近；突然感到他们在这个似乎一切都不像从前、被阴雨浸透了的小镇中的孤独；并且看到两人都以某种方式被从自己感触颇深的一切中放逐出来。

他说："当然可以。而且我可以省掉您这一麻烦。我可以去拜访您。"

但她马上回绝："最好还是在您家。在我家我们无法单独交谈……"她又咳嗽了一下，"您瞧，这件事挺私密的。"

"好吧……那就悉听尊便。什么时间？您来喝茶好吗？"

"可以，就一块儿喝茶吧。再早了我也无法从学校脱身。"

"那我五点左右在家等您。"

她脸上的红晕突然消失，只留下死亡的颜色。她说："您很善解人意，再见。"说完便突然转身，姗姗离去。

通往阿巴纳山庄的道路泥泞不堪。黄色的河水从瑞士工程师建造的那些新桥下涌过，离桥洞顶只差一两英寸。他想："他们应该把桥洞造得高一些。如果洪水暴发，这些桥就成水坝了。"

他在路上缓慢行驶。那座大山好像置身雨外，如同一座巨大的金字塔耸立在平坦的平原之上。因为下雨，此刻没有朝圣者。那条从平地通向山顶寺庙的宽大阶梯也不像往常那样挤满从印度各地来此朝拜、上山下山、形形色色的耆那教徒。值此季节,山顶上的僧侣过着潮湿而孤独的生活。兰塞姆心想:"要不是有其他僧侣干扰,这种日子倒也不错。"

他被迫缓缓驾驶,因为道路泥泞,随时有滑出道路的危险。两小时后,他到达埃尔考塔拉已成废墟的大门。大门用红色砂岩建成,上面精巧的莫卧儿[1]雕刻已被杂乱无章的野藤和杂草盖住一半。这座死了的安静城市坐落在山脚之下,厚厚的城墙周围是一条宽宽的、已成废墟的护城河。曾经,这条河也灌满过水。这使他一时间对这座城市的广场和清真寺挤满了商人、士兵、上等妓女、舞娘、马匹和大象时该当如何产生了一种幻觉。这一幻觉稍纵即逝:这是一个死亡和荒废的地方,大地已经开始将它再次收归自然了。

在街道和广场的废墟中有一条小路。清除出来的路面宽度刚够一辆汽车驶过。兰塞姆驾车沿着小路缓缓行驶,避开东一处、西一处的深水坑。在已成废墟的院落中或是宫殿和房舍的院墙内,野无花果树和榕树开始蹿出来,顶裂并掀翻了很久以前从北方——从德里、阿格拉和拉合尔运来的砖瓦。

以印度历史来看,它算不上古城。从最后一批莫卧儿属民最后一次回首它破败的城墙至今,最多不过一百五十年。但它已经消失了。它的历史已被吞噬。没人知道它为什么会遭遗弃而任其消亡。印度就是这个样子,兰塞姆心想,它吞噬了一切,包括人的野心和信仰、城市和征服者、名声和荣耀。只有阿克巴[2]幸存

---

[1] 十六至十九世纪统治印度次大陆的穆斯林王朝。
[2] 印度莫卧儿帝国的皇帝。

下来。他的继承人跟东方的时间一样,还只是生活在昨天[1]。阿育王[2]和亚历山大大帝早已成为传奇中的半人半神,就像罗摩[3]和讫里什那[4]一样。空旷院落里的树上倒挂着大蝙蝠,等待夜幕降临后像云层一般掠过兰契堡那边的平原。在残片仅存的房顶下,他一次又一次地看到被油腻的黑色长发衬托着的野蛮面孔不怀好意地一闪而过,从荒废的圆拱后面窥视他。他突然感到,行驶在这漫长空旷的街道上,他被人盯上了。他们是比尔人,是阿巴纳那边丘陵地带野蛮的土著人。只要雨季来临,他们就会到清真寺和神庙的废墟里来为他们的孩子和山羊寻求庇护。

他在一个巨大的、被废弃的清真寺前的大广场上停住车,在那里坐了很久,终于让身体平和下来,将烦恼一扫而空。在这孤寂之中,有一种苦涩和邪恶的快感。因为此情此景在对他说:"瞧,这里曾经是一座富强的城市。现在它消失了。其余追随它的一切也必须消失。"它似乎在对全世界,对那些独裁者、政客和银行老板等自视甚高的人说:"瞧,这就是你们通过贪婪、愚蠢、邪恶所获得的一切的必然结果。看吧,总有一天,你们建造的东西会坍塌。它们的废墟会成为蝙蝠、虎豹和野蛮人作祟的场所。"

等埃德温娜穿好衣服,大家都走了,连贝茨也走了。埃德温娜走进埃斯克斯的房间,坐了很久,看着,想着。她没坐在床边,而是坐在房间另一头的一把椅子上。这样可以让他客观地展

---

[1] 东西方对待时间的态度不同。西方人认为东方人似乎觉得时间无穷无尽、循环往复,感觉东方人生活在昨天。
[2] 印度孔雀王朝的一个皇帝,推动了佛教在古代亚洲的传播。
[3] 印度史诗中的英雄,被视为印度教守护神毗湿奴的化身而受到崇拜。
[4] 印度教守护神毗湿奴最重要的化身。

现在她面前,让她不受任何情感左右。她进来时,他没有动。没有迹象表明他知道她在那儿。他只是臃肿沉重地躺着,脸肿着,脸色比三小时前更加红紫。萨弗提少校告诫过她,在埃斯克斯确诊之前不要进这个房间。他说如果是瘟疫,对她会有危险。但她并未觉得危险,因为她内心深处有一种信念,就像战斗中某些战士的信念,觉得自己刀枪不入。她又是个天生的赌徒:如果注定要感染瘟疫,那就怎么做都躲不掉。

身患重病,昏迷不醒的埃斯克斯似乎对她有一种可怕的迷恋。这一感觉促使她回到这个房间。因为第一次看着他如此无助、颓丧、泄气,给了她一种变态的快乐。她坐在那儿,心想:"看看你吧,再也不是那个妄自尊大、神气活现、大话连篇、欺凌弱小、挥金如土的埃斯克斯勋爵,而只是平庸、下作的艾伯特·辛普森,利物浦一个卑微的建筑包工头的儿子。小人得志。你从未对任何人做过一件好事,除非能给你带来名利。你毁了多少因为你的权力和金钱而信任你的男男女女。你给过慈善机构大笔钱财,并在你的报纸上大肆宣扬,但这从未要你自己出过一个子儿。你从来不会错过这种机会,这样做会使不了解你的人说你如何慷慨,粉饰你的人品,遮掩许多谎言,扼杀敌手对你的批评。只要能给你增加一先令财富,或一盎司权势,你就会不惜背叛自己的国家。早先,你把来复枪和炮弹卖给土耳其人,让他们在加里波利[1]屠杀来自你自己国家的青年。比你优秀的男人挺身赴死,你却赖在家中,利用同胞的悲惨需求大肆敛财,并在自家的报纸上撰写毫无理智的专稿鼓动战争继续下去。而如今,仅在

---

1 土耳其一半岛,是第一次世界大战加里波利战役的战场。该战役以土耳其部落建立的奥斯曼帝国一方胜利而结束。参战的英国军队死伤惨重。

两周前，你在德里写了一篇专稿拟在所有埃斯克斯家的报纸上刊登。这篇专稿必定会导致怨恨和血仇，会引发更多的战争。从德里大老远地将专稿用电报发回去花了你不少钱，但没关系，因为只要有战争，你就可以把这些钱十亿倍地赚回来。你不知道我先读了这篇专稿，我确实先睹为快了。关于我，你不知道的事情太多了。你也不知道我对你有何了解。我和贝茨联手，可以给你写一部传记，把你送进监狱或疯人院。你很精明……无休止地轮番使用自家的报纸、矿山、工厂和轮船，为你日进斗金。吃亏的是工人、股东，丧失的是人性。你没有一个朋友不是用钱买来的，甚至连自己的老婆都是买来的，而且很不合算，也许是你所有交易中最糟糕的一次。在遥远的过去，可能在你还是个小孩子的时候，究竟发生了什么令你渴望得到这一切并因此牺牲了自己的全部体面？很久以前你在马来亚叫卖廉价小刀和手表时可曾想到过这一切？是谁伤害了你？是谁把这种权力和金钱是生活中唯一值得拥有的东西的理念植入了你的脑海？是什么使你认为自己可以买到生活中的一切，包括爱情、忠贞、尊重和教养？你内心是何模样？成为你是何滋味？如此无情、怨恨和孤独，憎恨每一个不肯舔你靴子的人是何感觉？你永远不会告诉任何人，因为连你自己都不知道它是何感觉。你从来就不知道，也不可能知道，因为你就像一个天生身体有可怕畸形的人永远不会知道健康、挺拔、年轻、美丽是何感觉。你的头脑、你的灵魂肯定有可怕的畸形。这种畸形因见不得人而更为恶毒。你一定是个可怕的孩子——贪得无厌，机关算尽，连自己母亲的钱也要赚。这一切把你自己也毁了。艾伯特·辛普森，你已经无可救药，世界已经遗弃了你。而你对自己也厌恶了，你被自己阴险狡诈、野心勃勃地创建起来的一切弄得心力交瘁。你将死在你憎恨的印度，死于这遭人嫌弃的疾病。没有人会在乎你：世界上没有一个人，就连你老婆或仆人或你派往孟买的秘书都不会在乎你。那节你认为会使你显得高人一等的漂亮的私人火车厢回去时将不会带着你。也许你的骨灰会搭乘那条美丽的快船返回故里，但也可能不会。总之，你是完蛋了。上帝诅咒你！你再也不能活着离开那张可怕的床，像野兽一样睡我；你再也不能向仆人们咆哮，把他们当成狗；你再也不能让我因为认识你而在公众面前蒙羞。你对我和我的灵魂做下了可怕的事情。是啊，我让你得逞是因为我疲倦了，已经不在乎了。但你原本是可以帮我一把的，你本可以看到能救我的东西——那么微不足道的东西——你完全可以救我，但你视而不见，永远无暇顾及。你所做的只是把钱推给我。好啦，现在你完蛋了，行将就木、即将腐烂，几年后不会有人再记得你是谁。你身后甚至没有子嗣。我很高兴你恶毒的血液不会因为我给你生了孩子而继续流淌。我很高兴我确保你断了子，绝了孙。你完蛋了，没人在乎你。你是头不折不扣的野兽，那就像野兽般打着呼噜睡下去吧。曾经，你以为你可以粉碎我的自尊，使我变得像你一样粗俗，但你从未得逞。归根结底，是我赢了。甚至昨天晚上我也赢了：我把你的鬼祟赶出了我的房间。你毫无善心、寡廉鲜耻，所以除我之外无人能触及你的痛处。我对你太过了解，知道哪儿是你的痛点。是你迫使我这么做的，是你逼的。我不觉得有愧。要是能再残酷点儿就更好了。真希望你能知道我已经多少次背叛过你，每次的男人都比你强。他们都比你善良、温暖、体面、漂亮。是的，作为情人，他们个个都比你强。相由心生啊，艾伯特，你就是一头猪，所以长得也像头猪，躺在那儿，在自己的痰液里打呼噜睡觉。好了,你就要死了,活到头了。整个世界,就连印度街头的熊孩子都比你幸福,比你活得好,因为你已经死了。"

这时,她感到一阵野性的渴望,想走过房间去啐他一口。但她没那么做。因为她立即想到,此情此景只会显得格外可笑。"我怎么了?"她想,"也许我也要生病了。我不应该在这间屋子里。不过即使我染上了什么,又会有什么不同呢?我不该在乎这个。我为何会突然对艾伯特的恶毒如此在意?我为何要歇斯底里?"

离开他后,她回到自己的房间,一头扑倒在床上。一时间,她发现自己在无声地哭泣。眼泪顺着脸颊流下来,在粉红色的双绉枕头上积成一处讨厌的小水洼。她想不出自己为什么会哭,肯定不会是因为埃斯克斯,也不是因为怕死。她从不怕死。对死的恐惧与对自己会变老、皮肤会不再洁白滑润、金发会失去光泽等的恐惧相比,恐怕连一半都不到。她不记得离开学校后自己哭过,而此时,那种哭泣又回来了:完全是犯神经,毫无缘由,不过是因为受到与昔日相同的情欲和忧郁的刺激而做出的一场令自己放松、满足的表演罢了。

"不过我从来没有过神经问题,"她想,"一定是因为这该死的国家、该死的气候——这倒霉的雨、炎热和无聊。"

过了一会儿,她感到好些,坐起来,拿过镜子,看着自己。她的头发如此凌乱、眼睛如此红肿,她大为吃惊。看着镜子中的自己,她想:"这真是我吗?绝不可能。"因为她看到的是一个已不再优雅、华润、美丽的女子,而是个濒临中年、相貌平平、蓬头散发的东西。她恐惧地放下镜子。

"要是我永远不能逃离怎么办?要是我不得不在这个可怕的国家待一辈子怎么办?要是我花容尽失,还能拿什么奉献给男人?不行,"她想,"我必须迅速行动,必须在可为之时抓住一切。"她想知道自己在萨弗提少校眼中,是不是跟刚才在镜子里看到的一样。她曾想向他展示最美的自己,因为他比记忆中的还要可爱。要不是因为他,她现在就会收拾行李离去。让艾伯特见鬼去吧!甚至连少校也见鬼吧!她将身体探过小桌去按铃传唤女仆,告诉她马上开始收拾行李。手刚伸出一半,又突然停住:你不能这么做,就算对艾伯特也不能这么做。

德克斯小姐喝茶迟到了。不是因为在学校无法脱身而未给自己留下足够的时间,而是因为在路上多次停留:在商店、在图书馆,甚至在博物馆,假装在找什么新的波斯图案,可以让较小的女孩儿们用于刺绣和水彩作业。她第一次来兰契堡时,就连街头很少会大惊小怪的印度人都会回头看她。不仅因为她不男不女的怪异形象,同时也因为她身上有种与众不同的东西,有一种直截了当、义无反顾的气质:责任在印度人中是一位鲜为人知、无人认识的主宰。不过现在他们已经不再注意她了,因为她已经变成一种固定装饰,就像动物园大桥正中石柱上维多利亚女王的雕像一样。

去和兰塞姆共进下午茶对她来说并非易事。有好几次,她几乎失去勇气。要不是近乎偏执的责任感,她早就打道回府了。她约好去喝茶,而兰塞姆先生正在等她,为了不失信于他,她可以赴汤蹈火,置战争和瘟疫于不顾。

这是二十五年来她第一次去拜访一个欧洲人,也是她一生中第一次去拜访一位男性。一两年前，在她感到自己强壮得像匹马时，这么做肯定会容易些。但现在的她虚弱而疲惫。她走在雨中，几次感到一种奇怪的动物欲望：想爬进竹林，安静地死去。就这样孤身离去，让世界去应对那些折磨她的烦恼，躺下来，像一匹再也无法前进一步的忠诚的老马那样离世。当她穿着沉重的靴子艰难前行时，死的诱惑成了一种热望，成了天堂里才会有的奢侈。她的疲惫似乎也在拉她穿越所有孤独岁月而返回她的童年。她好像已经衰老不堪，老到会忘记昨天的事情而只记得青少年时的往事。她已不再是莎拉·德克斯小姐、女王公女子高中那位在最令人灰心的环境下做出卓越成绩的尊贵能干的校长，而只是平庸笨拙的莎丽[1]·德克斯，一个诺尔汉姆布商的女儿，正前往城堡去为一年一度的孤儿福利义卖集市帮忙。

想到要和兰塞姆一起喝茶，这个疲惫不堪、年届半百的女人心中充满了昔日那种朦胧的敬畏和迷茫，一切都回到她的脑海，历历在目：城堡的全貌、大片的草坪、摆满草坪的义卖摊、不住干扰这一幸事的阵雨，以及该场景中兰塞姆的母亲诺尔汉姆勋爵夫人——全身的花边装饰，巨大的绘花帽子，大惊小怪、毫无目的地四处张罗并和镇民们打招呼，尽管如此却依然是局外人。她还记得那个紧紧抓住夫人手的三四岁的孩子的身影：那是个漂亮的孩子，有着黑色的卷发。他是家中最小的一个，逐渐长大，成了汤姆·兰塞姆。

荒唐，她告诫自己，去拜访一个年轻得可以做自己儿子的男人会使她惴惴不安实在荒唐。她竭力想说服自己摆脱这种感觉，

---

[1] 莎拉的昵称。

但论据用尽，她还是感觉自己跟十七岁时一般无二，还是那么苍白、那么不漂亮、那么羞涩：一个村里布店老板的女儿，在一年一度的集市和园艺展期间被允许进入城堡的领地。三百年来，城堡里的人一直在认真妥善地照顾村子里的人。

五点半了，她终于到了。看到兰塞姆在游廊上喝着白兰地等她，她的心怦怦乱跳。他看上去像他父亲，她想。不过饮酒过度的后果已经开始显现。她觉得他看上去很疲惫，已步入中年。酗酒的毛病可能来自他母亲。在她从诺尔汉姆收到的最后一封信中，她姐姐写到，诺尔汉姆勋爵夫人（她这么听说）很不快乐，在偷偷喝酒。

一时间，她似乎感到自己无力爬上那五级台阶，走上游廊。不仅因为她感到疲倦和不适，同时也因为她心中承载着洪水般的新回忆的千钧之重，一看到他，这些回忆汹涌而至。

他待她很好，在帮她取下身上的雨衣时，他在那把深深的椅子上特意加了个坐垫。此举动作优雅、感情真挚。"他们从来就是谦谦君子。"她想。他会这么做，就像他父亲肯定会这么做一样。她清楚地记得老诺尔汉姆勋爵，他去她父亲的店里消磨过时光。他也有那种敢于拼搏却十分安静的相貌。她记得他是个非常英俊的男子，跟龙狮戴尔伯爵[1]一样也留着络腮胡子。

她说："我希望我如此到来没让您感到讨厌。"听到自己的声音，她感到自信心回升了一些。

他高兴地笑起来，展现出雪白的牙齿。她突然为这样一个年轻英俊的男子显然在通过放纵摧毁自己而感到遗憾。

---

[1] 古老的英国贵族，以热衷于户外运动著称。

"我无事可做,"他说,"向来无所事事。说到底,兰契堡的生活非常简单。特别是像我这样无事可做的时候。"

圣洗者约翰[1]端着茶水出现了,缄默不语,但他那双大大的黑色牛眼在观察一切。德克斯小姐说:"我来倒茶好吗?"

"请便。不,我不喝。"

她为自己倒上茶。她那双大而骨感的手,因为虚弱和兴奋在颤抖。"听说您成了画家?"她说。他又笑了笑:"不,不准确。我没什么天赋,画画儿只是为了消磨时间。"

谈话开始时很是不易:有短暂的停顿,也有较长的沉默。他发现,由于羞涩,德克斯小姐开始口吃,使他有时难以听懂她在说什么。这很别扭,因为两人都在等待——德克斯小姐等待阐明她来访的原因;兰塞姆等待弄清她此行的目的。他们谈到雨,谈到霍乱,谈到学校,谈到王公[2]即将离去。一段时间后,兰塞姆开始感到那种跟缺乏坦诚、半遮半掩的人谈话的厌倦。他感到自己在和一个影子般的对手击剑,在奋力寻找他知道存在但又找不到的东西。与此同时,德克斯小姐坐得笔直,一副很有权威的样子,好像在给学生上课。他注意到她脸上的肌肉会不时猛然而生硬地抽搐,脸色会变得死一样苍白。

圣洗者约翰回来收走了茶具。这时德克斯小姐发话了。

她说:"您最后一次去诺尔汉姆离现在有多久了?"听到这个地名,他突然放下手中的白兰地杯。

"诺尔汉姆?啊,最少有十年了。您对诺尔汉姆有何了解?"

"您还记得德克斯先生——那位布商吗?"

---

[1] 兰塞姆的仆人的名字。
[2] 当时统治印度各邦的土邦主。

"老达西·德克斯？我当然记得。噢，我明白了。您是他的亲戚吗？"

"我是他女儿。他只有两个孩子。我姐姐仍然住在诺尔汉姆，继续经营那家布店。"

局面打开了，障碍清除了，她突然感到自由了。他们立刻觉得一见如故。德克斯小姐控制不住，特别想哭。

"您以前怎么从未告诉过我？"

"哦，您瞧，我几乎不认识您，想不出这有什么重要。真的，我觉得这样……"她痛苦地迟疑了一下，然后说："我觉得这会显得太冒昧。"

"您应该告诉我。我从来没把德克斯和诺尔汉姆这两个名字联系起来。我是说我从来没往那儿想。您父亲去世时我还是个小男孩儿，自从哥哥接手后我就再没回过诺尔汉姆。"

"到今年秋天，我父亲去世就二十一年了。"

"对，我当时想必是十八岁左右。我记得他的葬礼。我是跟父亲一块儿去的。当时我休假在家。"

"是啊，他是在我来到这儿之后去世的。"

"您有诺尔汉姆的消息吗？"

德克斯小姐刻板的脸上滑过一道阴影。

"我得不到什么消息。"她说，"您瞧，我几乎放弃了往家写信的习惯。我已多年没有收到过信了。"二十五年了，她仍然认为诺尔汉姆连同它的公共绿地、那岸边长满芦苇的河是她的家，而印度还是"外地"。

"我知道，"他说，"人是会失去联系的。嗯，我也有三四年没从那里获得任何消息了。最后一条消息来自班克斯，那个房地产中介，有关我父亲留给我的一些东西。"

"不会是老摩根·班克斯吧？他不会还活着吧？"

"不是他，是他侄子。您肯定记得，那个长着红头发的。"

他们的谈话变得投机起来，他们一下子奇迹般地回到他们都早已切断了的古老的关系中去。没有任何东西真正改变了城堡和村子之间的感情，它还是老样子。好像他们都不曾离开过诺尔汉姆，好像他们是邂逅于孔雀茶室，而不是在兰契堡房子的游廊上。

他们谈到诺尔汉姆镇子上的各种人物，谈到自两人离开后那里发生的变化。她的热切中有一种东西使他感到说不出的悲伤。她又红了脸，激动起来。最后她承认："您不知道有时候我是多么想跟您谈谈那里，却无法鼓起勇气。您看伊丽莎白，就是霍奇小姐，她从未去过诺尔汉姆。她是伯明翰人，在城里长大，永远无法理解诺尔汉姆是怎么回事儿。"

他已经完全忘记她来见他是为了一件私事，直到她突然又变得那么严肃。她说："不过这并不是我此行的目的，我来是为了谈另一件事，谈谈萨弗提少校。"

"他是我的好朋友。"

"是啊，所以我才来找您。您瞧我已经病了好几个月了，"她脸又红了，补充道，"我可能得做手术，我想了解他的情况。"

"印度没有比他更好的医生了。"

一抹红晕又爬上她的脸："我说的不是这个，我的意思是他是个怎样的人？"

这时，他缓缓地意识到她的寻索是多么荒唐。他感到有一种想笑的低俗欲望，却成功地把它变成了一个令人安心的微笑。

"哦，他是个正人君子，"他说，"是我认识的人中最正派的。

而且有魅力、有人情味儿。"为清楚起见,他又加了一句:"他非常善解人意。对于您这种情况,他的态度绝对科学、专业。"

"那您是建议我去找他了?"

"我觉得在整个印度,要找就得找他。您在他身边不必害羞,他不会让您感到羞涩的。"

(上帝呀,我现在变成为老处女们解决女性问题的专家了。)

"是的,"德克斯小姐说,"我必须说明,我从未听说过任何对他不利的传闻。我这样做只是因为他是印度人。我一直未能克服总觉得印度人有点儿奇怪的感觉。"

"他和你我同种,连眼睛都是蓝的。"

"这我知道……我知道,"德克斯小姐说,"不过印度人总让人感到有些奇怪。"

他以为她要走了,她却留下来,又一次偏离主题,心不在焉地跟他聊他的花园及圣洗者约翰什么的。最后,她说:"这还不是我要问的全部,还有一件事……是关于霍奇小姐的。"

"若能以任何方式效劳,本人不胜愉快。"

德克斯小姐的脸又红了:"您瞧,我和她已是多年好友。她渐渐依赖上我,过分依赖,甚至已经不再独立思考。"她犹豫了一下,随后很快地说:"除非在反抗时——这时她会失去判断力和理智,就像一个卧床多年后第一次试图下床走路的人一样。"她在那只放在她腿上的破旧手袋里摸了一阵,眼睛不再看着他。"最近她每况愈下,有时甚至显得疯疯癫癫。"她急促地说着,好像在强迫自己。"您瞧,我已和老家所有的亲友断绝联系,她也一样。我担心如果我必须手术,如果手术出了问题……"

泪水突然涌入她的眼睛,但没有掉下来。这种被噬咬般的心痛和身体的虚弱令她哭出声来。她以巨大的努力在泪水即将淌下来之前将它忍住。兰塞姆听着,心想:"她要是能倾吐心中所想的全部,能放下一次就好了。"但现在为时已晚。她跟霍奇小姐一样,也已经瘫痪,只是形式不同而已。

"您瞧,"她接着说,"如果我遭遇不测,伊丽莎白在世界上便只剩孤身一人。我有多少钱都会留给她。钱不多,但足够她舒适地生活:我自己有点儿积蓄,加上我姐姐买我在诺尔汉姆布店的股份支付给我的钱。您看,我们只有姐妹俩,我父亲把布店留在我们二人名下。我姐姐……嫁给了汤姆·阿特伍德,那个药剂师的儿子,也许您还记得。"

"当然记得,非常清楚。"

"姐姐想买我的股份,我就卖给了她。还是言归正传吧……我不能想象让伊丽莎白孤身一人留在此地。她神经那么衰弱,行为那么无常。您瞧,我想打听一下,为她找一个可以担任类似她信托人的人,帮她理财,保证她不会上当受骗什么的。我来找您是因为您是唯一可能帮我的人:并不仅仅因为我们在此地无亲无友,同时也因为您是我唯一能想到可以理解此事的人。如果我遭遇不幸,我希望伊丽莎白能返回英格兰。我希望这种要求不会过于冒昧……我希望……"

兰塞姆说:"这事儿我本人干不了。我不是那种所谓负责任的人。并且我随时可能会出售一切,永远离开此地。但我可以请我的家庭律师承担这一责任,他会为我做这件事。这样您就可以放心,她的收入会永远安全的。"

泪水再次短暂地涌入她清澈的蓝眼睛:"您太好了。您不知道这对我来说是多大的解脱。您瞧,我觉得自己对伊丽莎白负有责任。我觉得似乎是我犯的错。好像是我把她带到此地，使她和家中所有的人失去联系。我一直是较强势的那一个，身体也一直十分健康。我从未想到自己会先遇不幸，从未想到会发生这样的事情。您太好了。这样一切都容易多了。"

"您可以信任他。他清楚该怎么做。"

"钱的一部分在孟买的劳埃德银行，其余的在英格兰家中。这里的钱足够她安全返回。"她又一次犹豫了一下，"当然并非一切都如此简单，如果我真的遭遇不幸，很可能会使伊丽莎白完全手足无措，起码短时间内转不过弯儿来。我在想您是否有可能关注一下，看她是否会得到善待并妥善地返回英格兰。我知道我请您做的事情太多，但我真不知道还能请谁帮忙。我为此事担心很长时间了。我还想到过诺尔汉姆……"

他说："您完全无需担心自己会遭遇不幸，一切都会好的，特别是有少校在。您可以信任他。"

他猜到了她的思虑，尽管她并未阐明，也许是因为她自己理解得也不够清晰，无法用言辞表达。在极端情况下，她落叶归根，回到那个几乎不复存在、他俩早已与之切断联系的体制和文明：她又从村子来城堡寻求帮助了。具有讽刺意味的是，她找的是他，是这个家族中一个叛逆和不愿担负家族责任的成员。他对她来找他感到高兴。与此同时，他又对自己在此事中获得的半封建的乐趣感到羞愧：一下子被推上大家族家主的地位既暖心又唬人。他突然想起自己住在大河城那座带角楼的大房子里的祖母，看到她在同样的情况下接受照顾霍奇小姐的责任、帮助可怜的德克斯小姐：不具中世纪色彩，只是一件简单而合乎人性的事。她现在要是在这里就好了。她可以帮助这两个可怜孤独的老姑娘做太多他永远做不到的事——因为他是个男人，也因为尽管有种种理由，他和她们永远不可能完全忘记城堡与村子的关系。

"现在我认为，"她说，"也许我们住得这么边远是不对的。有些时候，伊丽莎白确实想拜访一些人，请他们来喝喝茶，但总是不了了之。所以迄今我们真的一个人都不认识。"

在她说话的时候，他的思绪自上而下迅速飞转，很自然地从他的祖母想到菲比姨妈，从菲比姨妈想到斯迈利夫妇。这下他看准自己该怎么做了：如果德克斯小姐遭遇不幸，斯迈利夫妇便是照顾霍奇小姐的不二人选。他知道，多一个负担斯迈利夫妇甚至都不大会注意到，他们会朴实而又善良地承担此事，仿佛霍奇小姐就是街对面一个生病的邻居。他听到自己说："也许现在还不算太晚，也许让霍奇小姐能够认识一些好人是个好主意。"他看到她在他说"好人"时，脸上抽动了一下。但他接着说："我肯定您不会有事的。就算出了事，她也不会再感到十分孤独了。由我来举办一个茶会可能是个好主意，您会不会带霍奇小姐一块儿来？"

她没有立即回答他。因为她又在跟只要一提起人与人之间的接触这个话题时就会感到的恐惧和无助搏斗。最后，她说："您的心意我领了，"那张满是皱纹的严肃的脸变得煞白，"但我担心行不通。您看，因为有很多人知道我们也会来就不出席了。"

"哦，这肯定是您的主观臆断。"

她直视着他，搜寻着，似乎在判断他是否能够理解她将要说的话，然后像弗恩·西蒙[1]一样，她在他脸上找到了一些给她勇

---

[1] 书中另一位女主人翁，后与兰塞姆结婚。

气的东西，于是脱口而出："您看，这里有人在散播关于我和霍奇小姐的恶毒谣言。"

他微笑着说："我要请的不是那些人。我本人也从来不跟他们打交道。我要请的是我的朋友，像斯迈利夫妇、斯迈利夫人的姨妈、迈克达德小姐、萨弗提少校，也许还有拉斯奇德·阿里·汗和他的夫人。拉斯奇德可能会对霍奇小姐十分有用。"

苍白从她脸上退去，她迟疑了一下。他知道是因为其中包括的印度人。然后她说："好啊，能这样就太好了。这样我们也可以在家中搞个聚会。我觉得这会使伊丽莎白非常高兴。多年来，她一直希望人们能看看她的房子，看看她把房子装扮得多么漂亮。"

"太好了，那我就这么做了。我会告诉您哪天我能把他们都聚到一起。"

这时，她站起身来，拿起雨衣。在他帮她穿上时，他发现为此次访问所做的努力使她从头到脚都在颤抖。

"我会跟我的少校朋友商量给您做一次身体检查。我知道他会听您的安排随时见您。您不需要害怕他。他是个善良而通情达理的人。"

"那就太好了。今天您对我的帮助太大了。"

"我没做什么。哪天我们得再聊聊诺尔汉姆。它让我想家了。"他马上意识到自己说错了话。因为他给她祭起了一张那个她的灵魂从未离开、而她的身体永远不会再回去的小镇的图像。她哽咽了，说："是啊，有时候我非常想念那片公共绿地、那条河和我父亲的布店。"

她不让他开车送她回家，而是独自走下车道，走进雨中，离开了他和他的白兰地及苏打水。等她走出视野，他又回到历历在目的诺尔汉姆：谈到老达西·德克斯、摩根·贝茨、汤姆·阿特伍德及老药剂师一下子使那公共绿地、广场、酒吧挤满了身影，在那个他们都不曾离开过的框架中活灵活现地来来往往。眼下，他远离家乡，使他足以忘记他曾经憎恶过的往事——他父亲那种可怕的、居高临下的维多利亚式人格；他哥哥那种傲慢势利的态度；他的母亲的令人不解的不快乐——靠她的钱才能支撑诺尔汉姆，她却毫无存在感；那种在他离开轻松自在的大河城回家时总能感到的死气沉沉、令人麻木的雕饰感；以及那种甚至在洗碗池边也能感觉到的种姓制度的僵死性。所有这一切，现在似乎都不重要了。从情感上说，眼下他能看到的是那个自己从未融入过的制度的优越性：稳定、和平以及城堡与村子都接受的职责感。然而这些素质也已开始逝去。诺尔汉姆现在由一位信仰社会主义的议员所代表，土地正被一点点卖掉，只剩下一两个农场和包围着城堡的大片无用的公园。就连早年他外公从内华达群山中挖掘出来、留给他母亲的美国财产也不足以维持这一切了。

在他童年时期所有的身影中，布商老达西·德克斯呈现得最为清晰，也许是因为他惯有的那种不怀好意、近乎威胁的气势：站在自家布店门口，穿一件一成不变带长裙的外衣，打一条白色领带，愤怒地越过小广场看着那正在摧毁那么多优秀小伙子的"野兔和啤酒罐"酒吧。"真是太绝了，"兰塞姆想，"我那天在乔布尼卡先生家猜测德克斯小姐的出身时竟猜得那么准，没有任何提示就猜中了。"

老达西属于普利茅斯兄弟会[1]。他家里从无一点乐趣。达西和他的家人居住的布店后面的那几间房间一定跟布店本身一样平淡乏味、阴沉无光。在安息日，除了读圣经再没有其他事。他的两个女儿从来不跟同龄的男孩子约会。他教导她们说，除了他，其他男人都是吃人的野兽；爱是一种不幸的生活必需，就像到后院上厕所一样。德克斯小姐一不小心跌跌撞撞地过了点儿界，现在病痛缠身、动弹不得，最终会死在这远离葱郁安静的诺尔汉姆、位于地球另一面的印度。除了那种完成使命后的严苛且暴虐的满足感外，她从未尝到过任何乐趣。

她就要死了。当她坐在那儿和他说话时他就知道他是在用茶水招待一个已经死了的女人。他唯一的失误之处在于他以为她本人对此一无所知。

梅江中 译

---

[1] 英格兰的一个基督教会，成立于1938年，强调圣经预言和基督复临，积极向国外传教。

春之祭

作者 | 路德威·白蒙

路德威·白蒙（Ludwigs Bemelmans，1898—1962），美国作家、插画家，生于奥地利。1954年因绘本《玛德琳的亲爱小狗》(Madeline's Rescue)获凯迪克奖。

主要作品："玛德琳"系列(Madeline)，包括《玛德琳的亲爱小狗》等6部。

我开始写作《春之祭》，是希特勒在纽伦堡参加一场党代会后，当我看到小女孩们一边游行一边高唱《战斗圣歌》的时候。我在慕尼黑卢特波德餐厅的石桌上打下草稿，之后我本以为会扔掉这个构思，因为当时作品太过粗劣。我想，有些事情会发生，然后就会过去——之后我就写下了这篇作品。

几个星期之后，当我在慕尼黑参观完宁芬堡回酒店时，我在现场看到一场表演，让我在接下来的一个星期都感到目瞪口呆。约有一千名身穿制服、身材臃肿的中年纳粹军官列队进入城堡美丽而古老的公园。队伍前方的指挥官示意大家停下，命令大家稍息，然后解散队伍，命令他们"花半小时欣赏自然"。这群人依令解散，履行职责般地欣赏树木，观看运河里的水流，观察鸟儿和蝴蝶。半个小时结束，集合命令响起，这群肥胖的家伙又一路高歌，徒步回到慕尼黑。

特别有趣的是，这群人中没有一个纳粹青年。他们都是慕尼黑市民，是亲切的化身，是幽默报纸类型的巴伐利亚人——是实实在在喝啤酒长大的人，是诚实的屠夫、面包匠、陶瓷工和姜饼工。我一直期待他们中间有人发出反抗，发出讥讽，发出小声的怒吼。这场表演看得让人心痛，就像是看到了悬挂在豪夫布洛豪斯大厅教堂椽子上的万字符，同样是在这里，霍斯特·威塞尔[1]的歌变成新的赞美歌。

路德威·白蒙

纽约

---

[1] 霍斯特·威塞尔（1907—1930），德国纳粹活动家，他的歌曲《霍斯特·威塞尔之歌》是纳粹党党歌。

春 之 祭

纪律与秩序部副部长刚将话筒放到阳台上,四季部春天司副司长就在力量来自欢乐部的阳台上派出一个常春藤绿色的信使。然后两人聆听晨钟敲响七点,打开门,门后站着四季部、纪律与秩序部和力量来自欢乐部部长,他们身着制服,扣子扣得严严实实。四季部和纪律与秩序部部长宣布春天开始。

此令一下,国内所有树木立即绽放出花朵,开得五色陆离;溪边的毛茛生长得秩序井然,迎着太阳张开笑脸;还有丛林中的勿忘我,沼泽中的帚石楠,田野里的雏菊,甚至群山之巅的雪绒花。

在工人们的窗台上,天竺葵竞相绽放,一到五等公务员的花园里郁金香次第吐蕊,六到十二等的花园里则是玫瑰盛开。对十三到十五等来说,春天毫无必要——在将军、主教、银行行长和煤气厂厂长们的花园里,花儿一年四季开放。政府部门,尤其是力量来自欢乐部、四季部和纪律与秩序部的部长们,在管理所有细节方面取得了感人和令人羡慕的成功。他们确保女孩儿们得到秩序井然的欢乐。女孩儿们身穿上了浆的白色裙子,排成军队阵形,矮的在前,高的在后,早上七点半出发,前去欣赏可爱的绿色植物。

这时小女孩们停下来歌唱健康的歌曲,这首简单的曲子专门为这种场合谱写。今天她们唱的是椴树之歌以及野玫瑰之歌,歌颂小小的野玫瑰。这些金发小女孩唱得多好!她们的生活多么无忧无虑!四季部、青年部、母亲部,甚至爱情部的工作做得多么精细!

没有一个人被遗忘。铁路部门开通了专列将每一位公民运送到春天里。铁路本身就是这个精细运作的国家在规划与秩序方面的典型范例。一等车厢有红色长毛绒沙发布面和鲜红色的窗帘;二等车厢是绿色人字形平行花纹帆布面;三等车厢(a类)是软木座椅,辅以人体曲线设计;三等车厢(b类)是硬木板凳,少了人体曲线设计;六等车厢乘客只能站着。

反叛者(国家的敌人)和嘲笑者说六等车厢根本没有地板——只有顶棚和侧板——乘客只能沿着轨道奔跑。当然,这绝无可能。而且,根本不可能有反叛者。

司法部时刻戒备,已经将所有反叛者彻底打败,抑或让他们弃暗投明。然而,只有一个人,一个局外人,这家伙名叫埃米尔·克雷齐希,只有他按照自己毫无秩序的道路踽踽独行。

当所有人都外出欣赏春景的时候,只有埃米尔·克雷齐希坐在家里,拉起窗帘,阅读禁书;冬天里所有人都在家里捂得严严实实、唱着《炉子歌》《爷爷的钟表滴答滴答》《我喜欢,我喜欢安静地隐居在家》这些歌曲的时候,他则跑到外面的大雪里吹口哨。

埃米尔·克雷齐希名下有一份冗长的官方报告。不过,尽管政治警察们盯着他,却没有打扰他。"我们必须拯救他,"司法部部长说,"他是最后一个。我们得拿他做个范例。"而且,埃米尔·克雷齐希已经上了年纪,又是个外国人:他的曾祖父是法国人。

于是埃米尔·克雷齐希离群索居。驻扎在市政厅广场上的街警乌姆劳夫负责监视他,还在小笔记本上记录下这个持不同意见者进进出出的报告。

在乌姆劳夫警官官方笔记的第四十八至五十五页,记录着屡教不改、拒不服从命令的埃米尔·克雷齐希人生悲剧的结尾。

在阳光灿烂、草长莺飞的五月的一个早上,当所有市民都身着服饰与内衣部设计的新印花服装,外出赏花、呼吸新鲜空气和歌唱时,克雷齐希则裹着围巾,穿着套靴和沉重的冬季大衣,一个人逃到他能找到的最龌龊的风景里,这里有市煤气厂、垃圾卡车和道路清扫设备。他一整天待在这里,一边在鹅卵石路上走来走去,一边发表言辞激烈的长篇演说,随意点名批评部长们,批评政府,甚至批评整个国家。晚上他回到家里,敞开窗户睡觉。当然,这天晚上有霜,正是这场霜冻摧残了许多花朵,还要夺走埃米尔·克雷齐希的生命。

第二天埃米尔·克雷齐希病了。感冒造成左侧胸膜炎,第二天政府派的医生赶来,命令他待在床上,医生离开的时候摇了摇头。但是埃米尔·克雷齐希不听医生的嘱咐,从床上起来。他不顾自己发着高烧,跑到市政厅。

"啊哈。"乌姆劳夫警官说。他在笔记本上写道:"结局即将到来,埃米尔·克雷齐希终于要被驯服了。"

的确,看起来这个误入歧途的克雷齐希好像已经决定改邪归正。他经过出生署、税务署和婚姻署,不出所料地推开了二楼

54号葬礼署的门。他走进房间,脱下帽子,安静地站在公民组成的队伍里,等待办事员接待。他手里拿着帽子,耐心等待,最终嘟嘟哝哝地讲出了对自己葬礼的想法。

办事员给埃米尔·克雷齐希搬了张椅子。桌上放着一大本簿册。他打开簿册,让埃米尔·克雷齐希查看。

首席办事员来了,他把一排办事员都赶到一边。他吹了吹葬礼簿上的灰尘(这个簿册只有在特殊情况下才会使用),挥了挥手,拍了拍克雷齐希的肩膀,清了清嗓门,然后打开封面。

"这里,"首席办事员说,"是一等葬礼——你不属于这里。这是十三到十五等公务员的层次。"

不过,他指着许多照片中的一幅朗诵道:"一等葬礼配备一等马车。"他用铅笔的橡皮头指了指马车四角立着的四尊柚木雕刻的报喜天使,又指了指橡胶车轮,以及装饰有流苏的黑锦缎幕布。

"这辆马车配有六匹马,马儿身披黑色披风,头戴黑色翎毛,身上套着银质马具。此外,还有一名主教、两名牧师、六十名儿童的合唱团、一支乐队,所有教堂都会鸣响钟声,还有礼炮、焚香,而且在大弥撒上还有十二尊枝状大烛台,上面点的是香气四溢的蜜蜡蜡烛。"

接着他翻到二等葬礼。"这里马车是一样的,也有橡胶轮胎,配四匹马,黑披风、黑翎毛、银马具。有三位牧师,但是没有主教。四十名儿童的合唱团、香,大弥撒上有六尊枝状大烛台,一半教堂会鸣响钟声,没有礼炮,一等大烛台里面点的是普通无香气蜡烛。"

然后他又翻了一页。"现在看到的是三等葬礼,"他接着说,

"马车有所不同,不过也很漂亮,上面立着一位哀悼天使,印花棉布幕布,配两匹马,镍马具、黑披风、黑翎毛。两名牧师,没有儿童合唱团,但是有男声四重唱。镍烛台。礼炮当然没有,但是墓地小教堂有两架钟。一名牧师、两名学徒牧师、香。很漂亮的蜡烛,没有蜜蜡但也有香味。但是你也不属于这里。"

他把身体的重量转移到自己的左脚上,说话的口音也有所变化。"四等葬礼比较普通。车与三等一样,配一匹马,有披风和翎毛、镍马具。一名牧师、一名歌手、两名祭坛侍童、香。弥撒上,有管风琴音乐、两支大烛台和蜡烛。"

"五等葬礼,"他继续说道,"在这儿。"他翻了一页。"这里是结实的硬质马车,配一匹马——没有披风,没有翎毛,但是一匹黑马。一名学徒牧师、一名歌手、一名祭坛侍童。弥撒上没有音乐,有两支木质大烛台、点过回收的蜡烛。"

他稍事停顿。

"最后是六等葬礼,"他说,"车子与五等一样,配一匹黑马。一名学徒牧师,没有歌手,一名祭坛侍童。两支木质大烛台、回收的人造蜡蜡烛、一只小钟。"说着他翻开簿册,找到一张图,"这个级别的葬礼棺材是租赁的——可以省下买的钱。"

簿册上附有这具颇显想象力又十分令人沮丧的黑色棺木的设计图,还有几张照片展示它的经济效能。这具棺木与其他的廉价棺木外观相似,但有一个巧妙的设计——拉开拉杆,棺木下方会敞开两扇门。死者被运到目的地之后,棺木下方打开,死者被放入坟墓。因此,租赁棺木可以反复使用。

"总的来说很简单——"办事员说到一半,发现埃米尔·克雷齐希已经不见了踪影。

直到第二天晚上埃米尔·克雷齐希才再次出现。乌姆劳夫警官站在市场广场中央,看到一个面色惨白的人朝他走来。这人身穿修长的白色睡衣,头戴高顶礼帽,帽子上绑着一片绉绸黑色翎毛。他手中端着两支点燃的蜡烛,胳膊下夹着一把铁锹。

"你叫什么名字?"乌姆劳夫警官问道。

"我叫埃米尔·克雷齐希,"这人回答说,"我昨晚已经死了。我要去墓地。这是七等葬礼。"

鄢宏福 译

在底层的人们

作者 | 马里亚诺·阿苏埃拉

马里亚诺·阿苏埃拉（Mariano Azuela, 1873—1952），墨西哥作家、医生，1949年获墨西哥国家科学与艺术奖。

主要作品：《在底层的人们》(*Los de abajo*)、《莠草》(*Mala yerba*) 等。

我的长篇小说《在底层的人们》,充满墨西哥底层人民最真实最鲜活的生活体验。我属于中层,或许是因为这个原因,中层对我的吸引力反倒没这么大。为了写作我的大部分小说,我与普通民众有了直接接触,这些作品揭示了他们的生活方式、习俗和情感。《在底层的人们》是我对素材处理得最成功的作品,因为无论人们来自哪个阶层,革命会剥去他们的全部外衣。

马里亚诺·阿苏埃拉
墨西哥城

阿苏埃拉先生选取的这一部分[1]揭示了墨西哥革命中两个派系之间的日常斗争。1914 至 1915 年,阿苏埃拉作为医生,站在"底层"一边参与了斗争,这些底层人民四个世纪以来过着被奴役的生活。这部小说在墨西哥出版几年之后,突然被翻译成多种文字,在世界范围内成为畅销作品。

惠特·伯内特

---

[1] 选自同名长篇小说。——编者注

在底层的人们

纳特拉将军开始进攻萨卡特卡斯镇那天,德梅特里奥带着一百人来弗雷斯尼洛与他会面。

这位领导人热情地接待了他。

"我知道你是谁,也知道你带来的人怎么样。我听说,从特皮克到杜兰戈,你们给了联邦军沉痛的打击。"

纳特拉热情地与德梅特里奥握手,这时路易斯·塞万提斯说:"有了纳特拉将军和德梅特里奥·马西亚斯这样出色的领导,必定会给我们的国家带来荣耀。"

在纳特拉反复称呼他"上校"之后,德梅特里奥明白了这句话的用意。

红酒和啤酒端了上来,德梅特里奥和纳特拉推杯换盏。路易斯·塞万提斯提议说:"为我们事业的胜利干杯,我们的胜利就是正义的伟大胜利,因为我们的理想——解放长期遭受苦难的高贵的墨西哥人民——即将实现,这些用血泪浇灌大地的人们即将收获属于他们的果实。"

纳特拉冷酷地盯着这位演说家,然后转身与德梅特里奥交谈。这时,纳特拉手下的一名军官走到桌前,一个劲儿地盯着塞万提斯，他十分年轻，表情坦率。

"你就是路易斯·塞万提斯吧？"

"对，你是索利斯？"

"你一进来我就认出你了。对，对，到现在我还不敢相信自己的眼睛！"

"如假包换！"

"好吧……我们一起喝一杯，来吧。"

"呃，"索利斯一边给塞万提斯让座，一边说道，"你是什么时候加入起义军的？"

"我参加起义军已经两个月了。"

"噢，我知道了！难怪你演讲时充满信仰和激情，我们刚参加革命那会儿心情也这样。"

"你已经丧失信仰和激情了吗？"

"这样，同志，如果我实话告诉你，你不要见怪。我一直渴望在这群人中找个聪明人，一旦找到像你这样的人，我就像在沙漠里行走许久的人抓住一杯水一样抓住你。但是说实话，我觉得你得先解释一下。我不明白，马德罗当权时期官方报纸的记者，后来又在一家保守杂志当编辑作者，一直文辞犀利地将我们描述为土匪的人，现在怎么会跟我们并肩战斗。"

"我就实话告诉你吧：我已经弃暗投明。"塞万提斯回答说。

"你真的被说服了吗？"

索利斯叹了口气，倒上酒。两人举杯对饮。

"你呢？你是不是厌倦了革命？"塞万提斯尖刻地问。

"厌倦？亲爱的，我二十五岁了，身体倍儿棒。但是我有遗憾吗？或许真有！"

"你这么想,肯定有原因。"

"我想在道路尽头找到一片草原,结果却发现一片沼泽。真相是痛苦的。痛苦会吞噬你的心灵,它就是毒药,毒害了一切。热情,希望,理想,幸福——一切都是虚幻的梦,虚幻的梦……等到梦醒,你只能做出抉择。要么像其他人一样,成为土匪,要么等着趋炎附势的人将你淹没。"

听到朋友的这番话,塞万提斯如同受到折磨一般。这种论调显然不合时宜……让人十分痛苦……为了避免做出点评,他请索利斯详细讲讲是什么境况导致他的幻想破灭。

"境况?不,这算不得什么。只不过是些鸡毛蒜皮的小事,除了你自己,没人会在意……冷漠的表情,闪烁的目光,紧闭的嘴唇——说漏嘴的一句重要的话!但这些事情放到一起,就构成了我们这个民族的面具……恐怖……丑陋——一个急需救赎的民族!"

他又喝了一杯,沉吟良久,然后接着说:

"你问我为什么还要继续干革命?好吧,革命就像一场飓风:一旦卷进来,你就不再是人……你变成一片叶,一片枯叶,随风飘荡。"

德梅特里奥再次出现。看到他来了,索利斯停了下来。

"来吧,"德梅特里奥对塞万提斯说,"跟我来。"

索利斯油腔滑调地祝贺德梅特里奥,恭维说他的英勇事迹已经让他闻名遐迩,甚至引起了潘乔·比利亚[1]的北方军的注意。

德梅特里奥听到赞赏愈加起劲。他带着感激,听着对方吹嘘

---

1 潘乔·比利亚(1878—1923),1910至1917年墨西哥资产阶级革命中著名的农民领袖,墨西哥民族英雄。

他高超的技能，听到几个地方他根本不敢相信自己就是对方口中的英雄。但是索利斯的故事如此生动，如此令人信服，没过多久他自己也在像重复福音书一样复述里面的内容。

"纳特拉是个天才！"他们回到酒店时路易斯·塞万提斯说，"但索利斯什么都不是……他只是个趋炎附势的家伙。"

德梅特里奥·马西亚斯欢欣鼓舞得无法继续听对方讲下去。

"我现在当上上校了，小伙子！你就是我的参谋！"

当晚，德梅特里奥的部下认识了许多朋友，为了庆祝新的友谊，喝下许多酒。当然，男人们并不总是心平气和，酒精也不是个好的顾问，大家自然而然起了争吵。但是许多分歧最终都在友好的气氛中，在酒馆、饭店甚至妓院外面得到化解。

次日，伤亡数字报告上来。死亡在所难免。一名老妓女被人发现腹部中弹死亡；马西亚斯上校的两名新人躺倒在水沟里，脸上的弹洞从一边直穿到另一边。

阿纳斯塔西奥·蒙塔涅斯向上司报告了几起事件的经过。德梅特里奥耸了耸肩。

"把他们埋了！"他说。

"他们回来了！"

弗雷斯尼洛的居民惊讶地发现起义军对萨卡特卡斯镇的进攻彻底失败。

"他们回来了！"

起义军仿佛一群发狂的暴民，他们浑身黝黑，邋遢不堪，赤膊露腿。他们戴着高高的宽边草帽，遮住脸颊。就像几天前进发时一样，"高帽子"军兴高采烈地回来，沿路洗劫每一座村庄，每一座牧场，甚至每一间可怜的棚屋。

"这东西谁想买？"其中一个人问道。他已经背着战利品走了太久，累得不行。这是一台新打字机，机身上的镍发出耀眼的光彩，吸引了每个人的目光。当天上午，这台奥利弗牌打字机已经五次易主。第一次卖主赚了十个比索；这次只卖八个比索；每卖一次，价格降下两比索。的确，这台打字机是个沉重的负担，谁背着它也走不了半个小时以上。

"我愿意出二十五分！"奎尔说。

"归你了！"卖主喊道，立即将打字机递了过来，仿佛害怕奎尔会改变主意。于是，仅出价二十五分，奎尔就将这东西拿到手上，他用尽全身气力将它狠狠砸在墙上。

打字机被砸得稀烂。这是给所有人的一个指令，凡是携有大而笨重的物品的人都在石头上将其摔得粉碎。各种各样的物品，水晶、瓷器被纷纷砸碎。沉重的镀银的镜子、铜质烛台、易碎的精致雕塑、中国花瓶，以及所有无法变现的物品都被摔碎，扔到路边。

德梅特里奥并没有参加这场突如其来的乐事。毕竟，他们败下阵来。他把蒙塔涅斯和潘克拉西奥叫到一边说：

"这些家伙没种。攻占一座城镇没什么难度。只需这样。首先，你们展开，像这样……"他张开有力的臂膀，比画出一个姿势。"然后逼近他们，像这样……"他慢慢地把胳膊收拢。"然后砰！砰！砰！砰！"他用双手砸着胸脯。

阿纳斯塔西奥和潘克拉西奥对这简单易懂的分析心悦诚服，回答说：

"千真万确！他们就是没种！问题就出在这儿！"

德梅特里奥的人在畜栏里扎营。

"你记得卡米拉吗?"德梅特里奥一边叹着气问,一边将背靠到粪堆上,其余的人已经躺在粪堆上。

"卡米拉?你说的是哪个姑娘,德梅特里奥?"

"那个曾经在牧场给我提供食物的姑娘!"

阿纳斯塔西奥做了个手势,仿佛在说:"我对女人一点儿都不在意……管她卡米拉还是什么拉……"

"我可没忘,"德梅特里奥一边说,一边掏出烟,"对!我当时感觉糟糕透了!我已经喝了一杯水。上帝啊,那水真是凉爽……'你还想喝水吗?'她问我。我当时发着高烧,奄奄一息……那一杯水在我的脑海里挥之不去,蓝色的水……很蓝……我听到她纤细的声音,'你还想喝水吗?'这声音在我耳朵里回响,仿佛银质手风琴发出的旋律!怎么样,潘克拉西奥?我们要不要回一趟牧场?"

"德梅特里奥,你拿我当朋友对吧?那你就听我一句。你可能不相信,但是我对女人很有经验。耶稣啊,跟她们相处一会儿倒还好!就算相处一会儿都够你受的。德梅特里奥,你最好看看她们给我留下的伤疤……我浑身的伤疤,更不要提心坎儿上的疤了!让女人去见鬼吧:她们是魔鬼,就是这样!你可能会注意到,我有意避开她们。你知道为什么。不要以为我是在胡言乱语。我在这方面的经验可丰富了,真不骗你!"

"怎么说嘛,潘克拉西奥?我们什么时候回牧场?"德梅特里奥坚持说,一边吐出灰色的烟雾。

"随便什么时候,我一定奉陪。你知道,我也把女人留在那里了!"

"你的女人,天哪!"奎尔不悦而又困倦地说。

"好吧,我们的女人!你们都是好心人,这真好,你们把她带过来我们就都能享受了。"曼特卡喃喃说道。

"对,潘克拉西奥,把独眼的玛丽亚·安东尼娅带来。这里实在太冷了。"梅科从远处喊道。

一群人发出哄然大笑。潘克拉西奥和曼特卡两人你来我去,满嘴污言秽语。

"比利亚来了!"

消息像闪电一样传播开来。比利亚——传奇的名字!伟大的英雄,无法征服的勇士,他从远处就能令人感到巨蟒一般的气势。

"我们墨西哥的拿破仑!"路易斯·塞万提斯感叹道。

"对!阿兹特克雄鹰!他那钢铁般的嘴叼住了毒蛇的头!"纳特拉的参谋长索利斯略带讽刺地说,接着又说:"至少,我在华雷斯市的一场演讲上是这么说的!"

两人在酒馆吧台旁坐下,喝起啤酒。"高帽子"们脖子上裹着围巾,脚上穿着厚皮靴,吃喝起来狼吞虎咽。他们扭曲的手放在桌上和吧台上。他们谈论的话题都是比利亚和他的手下。纳特拉的追随者们讲述的传奇赢得了德梅特里奥一帮人的惊讶。比利亚!比利亚的传奇战役!华雷斯战役……蒂拉布兰萨战役……奇瓦瓦州战役……托雷翁战役……

事实也好,亲眼所见、亲身经历也罢,都不值一提。真正的故事,通过英勇与残酷的强烈对比,才显得与众不同。比利亚是不可征服的山地之神,是所有政府抓捕的对象……他像野兽一样跟踪和追捕敌人……比利亚就是古老传说的化身,比利亚就是上帝，是土匪，举着炽热的火把将理想带给世人：他劫富济贫。穷人传唱他的传奇，随着时光飞逝，这传奇愈显离奇，将他塑造成为耀眼的英雄，代代相传。

"看吧，朋友，"纳特拉的一名部下告诉阿纳斯塔西奥，"如果比利亚将军喜欢你，他当场就会送给你一座牧场。如果他不喜欢你，他就会像对一条狗一样将你射杀！上帝啊！你应该看看比利亚的部队！他们都是北方人，穿得像是贵族！你应该看看他们的宽边得克萨斯帽子，还有全新的装备，从美国进口的价值四美元的靴子。"

纳特拉的手下七嘴八舌地讲着比利亚及其部队的传奇，然后沮丧地打量着彼此，发现他们自己的帽子经历风吹日晒已经破烂不堪，上衣和裤子也破烂不堪，勉强遮蔽他们沾满污垢的身体。

"在他们那里没有饥饿。他们的棚车里装满了牛羊，汽车里装满了服装，火车里装满枪炮和弹药，粮食多得能将人肚皮撑破！"

然后他们又谈起比利亚的飞机。

"耶稣呀，这些飞机！你根本不知道飞机靠近之后是什么样！看起来像是小船，知道吧，或者说像是橡皮艇……眨眼之间就能飞起来，发出震耳欲聋的声响。像是每小时行驶六十英里的汽车一样。然后就像是静止不动的大鸟一样。还有更厉害的！这鬼东西里面载着美国人，装有上千的手榴弹。想想这是什么概念！到了开战的时候，对吧？你知道农民是怎么撒玉米喂鸡的对吧？美国人就是这样朝着敌人扔铅弹。转瞬之间，战场就变成一片坟墓……遍地死尸……这里是死尸……那里是死尸……到处都是死尸！"

阿纳斯塔西奥·蒙塔涅斯详细询问对方一些细节。他很快就发现，所有这些称赞不过是道听途说，纳特拉的部队里从来没有谁见过比利亚。

"说实话，我觉得没什么！照我说，没有谁比别人更勇敢。要当优秀的战士，最重要的就是尊严，仅此而已。虽然我穿得像那么回事，但我不是职业军人。不过我可以告诉你，我不是被迫参加这种血腥的工作，因为我拥有……"

"因为我拥有二十头公牛，不管你信不信！"奎尔奚落阿纳斯塔西奥道。

枪声愈来愈稀，最终平息下来。路易斯·塞万提斯此前躲在山顶堡垒旁边的瓦砾堆里，这时他大胆地露出头来。他是怎么坚持下来的，自己也不清楚。他也不知道德梅特里奥和他的部下是什么时候消失的。突然，他发现自己落了单。然后，他被一群步兵冲击，从马鞍上跌落下来。一群人从他身上踩了过去，直到他站起身，有人从马背上将他提起来，藏在身后。过了一阵，他们连人带马一起摔倒。手无寸铁的塞万提斯迷失在白色的烟雾和穿飞的子弹之间。他躲在一片崩塌的石堆中间，暂时安全。

"你好，伙计！"

"路易斯，你怎么样？"

"我从马上摔了下来。他们攻击了我。拿走了我的枪。知道吗，他们以为我死了。我什么都做不了！"路易斯·塞万提斯抱歉地解释说。

"我倒不是被扔下来的，"索利斯说，"我在这里是因为我想谨慎行事。"

索利斯语气中的讽刺让塞万提斯的脸涨得通红。

"上帝啊,你的长官真是个人物!"索利斯说,"多么勇敢,多么自信!他简直让我目瞪口呆——还有许多比我更身经百战的人也同样目瞪口呆!"

路易斯·塞万提斯无言以对。

"什么!你当时不在那里吗?噢,我知道了!你在合适的时机找到了一个安全的地方。来吧,路易斯,我给你解释解释是怎么回事。我们到石头后面去吧。从这片草地到山脚下,除了这条小路之外没有别的通道。右边斜坡太陡,寸步难行。左边更加陡峭,稍不留神就会从石头上跌落,摔得粉身碎骨。好吧!莫亚旅有一群人下到草地,决定出其不意进攻敌人的战壕。子弹在我们四周嗖嗖作响,战斗四处肆虐。有一阵子,敌人停止了射击,我们以为他们背后受到突袭。我们对他们的战壕发动冲锋——看吧,伙计,看看草地!上面堆满了尸体!他们的机关枪朝我们狠狠扫射,像割麦子一样将我们放倒,只有几个人死里逃生。这些该死的军官吓得脸色惨白。尽管援军到了,他们还是不敢继续进攻。正在这时,德梅特里奥·马西亚斯冲了出去。他根本没有等待命令。根本没有!直接大吼一声:'弟兄们,冲啊!消灭他们!'

"'真是个莽夫!'我心想,'他知不知道自己在干什么?'

"军官们个个惊得目瞪口呆。德梅特里奥的战马像是戴上了猎鹰的爪子,在岩石中间敏捷地穿行。'冲啊!冲啊!'他的部下喊叫着,像野鹿一样紧随其后,马和人一路狂奔。只有一名年轻战士栽到坑里。不一会儿,其他人就冲到山顶,冲进战壕,杀死成千上万的联邦军。德梅特里奥用套索套住机关枪,夺了过去,就像是牛群转弯一样。但是,联邦军人数占优,轻而易举就能将德梅特里奥和他的部下消灭,他无法坚持太久。这时我们趁乱发动攻击，敌人迅速土崩瓦解。你的长官真是个出色的军人！"

站在山顶，他们能够清楚地看到布法峰的一侧。地势最高的一处绝壁就像高傲的阿兹特克国王头顶的羽毛一样。三百英尺长的山坡上尸横遍野，死者的头发缠结在一起，衣服上沾满血污。一群衣衫褴褛的妇女，仿佛捕猎的兀鹫，在尚有余温的尸体边盘桓，扒光他们的衣服，抢夺他们身上的贵重物品。

在步枪的白色烟雾和燃烧的建筑发出的火焰组成的烟云之中，房屋紧闭的大门和窗户在阳光下发出闪光。街道层层叠叠，蜿蜒盘旋，一直延伸到山顶。在一片片美丽的房屋上方，耸立着一小排仓库和教堂的塔楼和穹顶。

"革命的风景多么美丽呀！尽管暴力，它仍然不失美丽！"索利斯深有感受地说。然后，他突然被一阵愁绪攫住，低声说：

"可惜接下来要做的事并不美丽！我们必须等待一会儿，等到双方的战斗人员都已经撤离，等到除了抢匪为了争夺战利品而开枪之外，枪声不再回荡；我们必须等到我们民族的心理，像闪烁而透明的水滴一样，凝聚成两个单词：抢劫！谋杀！如果我们倾尽热情和生命粉碎了一个暴君，却又打造了一个拥有一二十万一模一样恶魔的大厦，朋友，我们经受的是多么巨大的失败呀！这就是一群没有理想的人们！一群暴民！所有的流血牺牲又有什么意义！"

在"高帽子"的追赶下，成群的联邦军涌上山头。一颗子弹从他们身边呼啸而过。发表完这通演讲之后，阿尔韦托·索利斯交叉双臂，陷入沉思。突然，他吃了一惊。

"这些该死的蚊子真讨厌！"他说，"我们赶紧走吧！"

路易斯·塞万提斯轻蔑地笑了，这样一来，索利斯倒颇有些惊讶，他镇定地坐到一块岩石上。他面带笑容。他的眼睛扫视着步枪发出的烟雾，房屋在炮火中倒下时激起的烟尘。看着这些烟尘升腾而起，在山上交汇，继而消失，他相信他已经明白战争的寓意。

"天哪！现在我明白了！"

他指着火车站的方向，比画出一个巨大的手势。火车喘着粗气，喷出滚滚浓烟，车上满载着从占领城镇逃离的难民。

突然，他感到腹部被什么东西猛地击打一下。双腿变得瘫软，滚下岩石。耳朵里发出嗡嗡的声音……然后是一片黑暗……一片沉寂……直到永恒……

鄢宏福 译

百岁老人之死

作者 | 梅佐·德·拉·罗切

梅佐·德·拉·罗切（Mazo de la Roche，1879—1961），加拿大作家。

主要作品："贾尔纳"系列（*Jalna*），包括《贾尔纳的怀特奥克》（*Whiteoaks of Jalna*）等16部。

阿德琳·怀特奥克生于爱尔兰，1852年随丈夫从印度来到加拿大。丈夫菲利普·怀特奥克上尉曾任轻骑兵军官。阿德琳在加拿大居住，直到1926年去世。在这里，她和家人骄傲地尊崇传统习俗。

她希望活到一百岁，结果活了一百零一岁。我在这里选取她临终的一幕[1]，因为这一幕在她一生中十分典型。而且，我的戏剧《怀特奥克》在伦敦上映了八百多场，在纽约也取得了成功，这一幕被南希·普赖小姐和埃塞尔·巴里莫尔小姐演绎得淋漓尽致。

这里，我们会看到家人都来到阿德琳身边——女儿奥古斯塔，儿子尼古拉斯和欧内斯特，四个孙子和孙女梅格，以及她死去的儿子菲利普的孩子们。梅格嫁给了莫里斯·沃恩，而沃恩的私生女费伦特嫁给梅格的弟弟皮尔斯后，在这个家庭很不受待见。

年轻的芬奇和阿德琳之间有一个秘密。他一直在深夜去她的房间，从年迈的祖母那儿得到了他需要的同情。

梅佐·德·拉·罗切

---

[1] 选自作者的长篇小说《贾尔纳的怀特奥克》。——编者注

百岁老人之死

奥古斯塔正在帮年迈的阿德琳梳妆,准备喝下午茶。阿德琳头上戴着她最棒的装饰有紫色丝带玫瑰花的帽子,戒指盒摆在面前,奥古斯塔正帮她整理头发。午睡之后,她感觉有些疲倦,于是让奥古斯塔往她嘴里塞了一颗薄荷糖,她一边吃糖,一边看着戒指。她刻意精心挑选了闪亮的宝石戒指,因为牧师要来,她知道牧师不喜欢老人手上戴宝石,甚至不喜欢任何人手上戴宝石。

奥古斯塔端着盒子,耐心站着,顺着修长的鼻子看着母亲更加修长且适当弯曲的鼻子。阿德琳挑了一枚戒指——一枚精致的红宝石戒指,四周另镶有细小的红宝石。她犹豫良久,不知戴在哪根手指上,最后终于戴了上去。戒指盒在奥古斯塔的手中微微颤抖了一下。她母亲身体前倾,摸了一下,又找到她的翡翠戒指,戴到手上。她的身体再次前倾,滴了一些口水在首饰盒的天鹅绒内衬上。

"妈,"奥古斯塔说,"您一定要这样吗?"

"怎么样?"

"把口水流到天鹅绒上。"

"我没有流口水。别管我。"但她摸起手帕,擦了擦嘴唇。

她次第戴上六枚戒指，一只带有浮雕的手镯，一枚装有菲利普头发的胸针。然后她转向镜子，整整帽子，扬起一边眉毛，仔细端详自己的脸。

"您今天下午看起来靓丽着呢，妈。"奥古斯塔说。

老太太抬头看她一眼。"我希望我也能对你说同样的话。"她答道。

奥古斯塔略显不悦地抬起头，对着镜子打量一下自己。说真的，妈妈待人真是无礼！对她可得有十足的耐心……

阿德琳伸出戴满戒指的手，从梳妆台上拿起她的菲利普的相片，相片装在天鹅绒相框里。她看了一阵，吻了一下，又放回原处。

"爸爸长得多帅呀！"奥古斯塔一边说，一边暗自用手帕擦拭了一下相片。

"他是长得帅。把相片放下。"

"没错。我们家的男人都帅！"

"对，我们家的人身形没的说。我准备好了。叫尼克[1]和欧内斯特过来吧。"

两个儿子旋即来到她身边，尼古拉斯的步伐不像平日那般沉重，他的痛风已经痊愈。儿子们几乎是把她从椅子上抬了起来。她一边扶住一只胳膊，转头对奥古斯塔说："把鸟儿带上！可怜的博尼，今儿个太无聊了。"

一行人沿着大厅缓慢前行，奥古斯塔提溜着鸟，感觉时间仿佛已经停滞。但他们毕竟是在往前挪动，最终来到光线透过彩色玻璃窗户照耀进来的地方。

---

1 尼古拉斯的昵称。

"在这儿休息一下,"母亲说,"我累了。"她个头挺高,但在两个儿子中间显得身材娇小,背驼得厉害。

她抬头看着窗户。"我喜欢看阳光从这里照射进来,"她说,"看起来很美。"

他们来到客厅,阿德琳坐到自己的椅子上,博尼安放在她身边。芬内尔先生站起身,等她喘口气,才走上前来,抓起她的手,向她问安。

"我很好,"她说,"没病没痛的,只是胃着了些寒气。但是博尼有些无聊。它已经几个星期没有说一句话了。你看它是不是老了?"

芬内尔先生谨慎地答道:"嗯,只是上了一点点年纪。"

尼古拉斯说:"它在换毛,羽毛掉得到处都是。"

阿德琳向芬内尔先生打听了教区许多居民的境况,不过她记不清这些人的名字。奥古斯塔一边开始倒茶,一边低声对欧内斯特说:"我发现妈妈有些异样。她的记性……知道她准备下楼花了多长时间吗!你有没有觉察到什么?"

欧内斯特焦虑地看着母亲。"她的确是用力靠在我们身上。比平时更加用力。但她昨天晚餐吃得很好。属实吃得好。"

芬奇已经来到他们身后。他偷听到这番话,自认为心里清楚祖母白天为何显得有些慵懒。想起祖母头天晚上的活力以及清晰的思维,今天她不慵懒才怪呢。他心里有些愧疚,昨天午夜打扰祖母休息……他来到姑姑身边。

奥古斯塔端了一杯茶递给他。"端给我妈,"她说,"然后来吃点烤饼和蜂蜜。"

烤饼和蜂蜜!芬奇流出了口水。他不知道自己能不能改掉贪吃的毛病。但是他身材很瘦！他对自己感到灰心。他真希望姑姑没有让他端茶。他总是会把茶洒出来。

老太太看着他将一张小几拉到身旁，将茶水放在上面，她抿起嘴来。她用略微颤抖的双手将洒在茶碟里的茶水倒回杯子，将杯子端到嘴边，猛地喝了一阵。戒指在她优美的手指上闪闪发光。芬内尔先生看着有些不悦。

芬内尔先生的声音透过卷曲的棕色胡须变得有些模糊不清，"噢，芬奇，你排练得怎么样啦？"

"很好，谢谢您关心，先生。"芬奇嘟哝道。

"有天晚上我在花园里待到很晚。十一点左右吧。意外听到管风琴的声音。你要是在白天演奏就好啦。"他的语气里略带责备。

"如果您不介意的话，我就是喜欢在晚上练，先生。"

他的眼神从芬内尔先生的胡须转到祖母的脸。两人像串通好了似的交换了一下眼神。她的眼睛炯炯有神。茶叶唤起了她的活力。

她放下空茶杯说道："我也喜欢孩子晚上练琴。晚上适合音乐——适合爱情……下午适合喝茶——适合社交……早上适合——嗯——喝茶。再给我倒一杯，芬奇。没什么吃的吗？"

费伦特给芬内尔先生端了一杯茶，给皮尔斯准备了烤饼和蜂蜜。皮尔斯穿着白色法兰绒。

"啊，"牧师说道，"看到你穿得这么齐整，真好，皮尔斯！上次看到你的时候你穿得很清凉。"

"是啊，那时天气很炎热。现在好了。已经到了八月下旬，对吧。庄稼已经收完。小水果也已经成熟。苹果还没到季节。"

"但是总会有些库存，对吧？"

"是的,库存总是会有。我没时间闲荡。但是今天是费伦特的生日,我请一天假,换上干净衣服过来参加。"

"她过生日?"芬内尔先生问,"我不知道!不然我一定带个礼物,哪怕是一束小花也好!"

祖母赶忙眨了眨眼睛。她抹了一些蜂蜜到嘴唇上。"费伦特过生日,真的吗?怎么没人告诉我?为什么要瞒着我?我最喜欢生日。我也会给她准备一份生日礼物。"她转向刚进屋的梅格、莫里斯和雷尼,"大家伙儿,你们知道吗?我们正在举办生日聚会。今天是费伦特的生日,我们都盛装出席。看看牧师!看看皮尔斯!再看看我。我们穿得漂亮吗?"她显得活力四射。她朝大家咧着嘴笑——有点儿像宫廷里那种恶毒而又做作的笑容。

"莫里斯,"祖母喊道,"你没有给你女儿准备礼物吗?是不是有了小孩子就忽略了大孩子?"

莫里斯面带羞怯,没精打采地往前站了一些。"我一定会有所表示。"他说。

费伦特的脸尴尬得通红。她年轻、惊讶而又羞怯的眼神打量着家人。

"她收到了祝福,"皮尔斯忧郁地说,"她并没有期待什么礼物。"

祖母听了他的话若有所思。"嗯,"她说着,吞下一块烤饼,接着说,"这有些始料未及。她会得到礼物的。我要送她礼物!"

在场的人陷入忧虑之中。

芬内尔先生有所察觉,说道:"我想,没有什么比意料之外的礼物更令人高兴。"不过,连他自己也觉得这话说得怪没意思。当然他也说不出什么妙语来圆场。

老太太迅速吃完烤饼，又喝了一杯茶。然后她问道："你多大了？"

雷尼用鼓励的眼神看着费伦特，但她的声音依然很低。"二十——"

"二十，嗯？甜美的二十岁！我也曾经有过二十岁——哈！过来，亲一下，甜美的二十岁姑娘！青春易——什么来着？看我这记性。来吧，亲爱的！"

费伦特颤抖着走到她身边。

阿德琳张开双臂，掌心向下，查看了一下她的戒指。梅格以异乎寻常的敏捷跳到她身边。"奶奶，奶奶，"她说，"不要冲动！可以给她点蕾丝，或者给她点钱让她自己买点漂亮东西。可不能——不能——"她把祖母的手抓在自己的手里，将戴了珠宝的手指按到自己丰满的胸口。

"妈妈，"欧内斯特说，"不要激动，这样对你不好。"

"把双陆棋盘拿来，"尼古拉斯说，"妈妈喜欢喝茶之后下棋。"

"我还没喝完茶呢，"他母亲厉声说，"我想吃蛋糕。不是那种黏糊糊的白色蛋糕。我想吃水果蛋糕。"

水果蛋糕从来没有像今天这样准备得这么迅速、这么热情。阿德琳拿了一块，放在盘子里，仿佛之前的插曲根本没有发生一样，她摊开手，手掌朝下。

她看了一眼跪在她身旁的梅格。

"起来吧，梅吉，"她的语气直率而不刻薄，"你不必谦逊。"但梅格仍然跪在地上，双手攥在胸前，眼睛嫉妒地看护着戒指。

阿德琳坚决地从右手中指取下闪闪发光的红宝石戒指。她抓起女孩纤瘦的棕色手指，将戒指戴在她的中指上。她面带微笑，看着女孩的脸。"这戒指会让你增彩,亲爱的。会让你增添灵性。没有什么会像红宝石……现在我想尝尝蛋糕。"

费伦特目瞪口呆地站在那里,用那只只戴着婚戒的手恭敬地握着这只熠熠生辉的手,眼睛闪出泪光。

"噢,"她低声感叹,"多么可爱!多么漂亮!噢,亲爱的奶奶!"

皮尔斯站在她身旁,他体格健壮,一脸傲慢,满面红光。

"真漂亮!"雷尼赞叹说,"我看看红宝石戴在你的小爪子上怎么样!"

但是韦克菲尔德抢先一步,抓起她的手,眨动长睫毛,欣赏着宝石。他用审视的口气说:"这枚戒指真漂亮,亲爱的。希望你好好保管。"

梅格仍然跪在地上,她双眼湿润,紧握着双手。"这不公平,"她喘着气说,"这对我和我的孩子不公平!"

雷尼伸手将她扶了起来。他在梅格耳边狠狠地低声说,"不要丢人现眼,梅吉!别忘了,芬内尔先生还在这里!"从内心里,他感激上帝芬内尔先生在这里。不然,后果不堪设想。她退到他身旁。

牧师希望茶会的气氛平静下来。他捋着胡子说:"我一直觉得,意料之外的礼物最令人高兴。"他又忍不住说,"珠宝戴在年轻人手上让人赏心悦目。"

阿德琳故意装作没有听见。她吃完蛋糕,用勺子舀起蛋糕碎屑放进嘴里。但是过了一会儿,她有些夸张地伸出右手,说道:"你不觉得它们戴在我的老手上也很适合吗?"

他知道如何抚慰她。

"我从来没有见过，"他说，"有谁的手比您更适合戴戒指啦。"

她攥紧手指，放在肚子上，打量着眼前的景象。空气中弥漫着忧虑的气氛，这是她一手酿成的。她直接或者间接地造就了屋里的每个人。这间屋子是离心的，她就是设计师，是绝对的中心。她感到得意、坚决而强悍。她的眼睛盯着雷尼，朝他打趣地点点头。她知道他不介意年轻的费伦特拥有红宝石。他也朝她笑了。他的膝上抱着韦克菲尔德。

阿德琳继续朝雷尼摇头，但是现在目光中带有责备。"这么大了，还抱着干什么。"她说。

"我知道，"雷尼说，"但是他会爬到我身上。"他把韦克菲尔德从膝盖上推下来。

"小家伙！他看起来就像是从巢穴里赶下来的知更鸟！告诉我，你昨天晚上有没有为我祈祷？"

"有的，奶奶。"

她得意地看着大家。"这可是他每晚的必修课！你是怎么祈祷的？"

韦克菲尔德皱起眉头。"我祈祷——等会儿——我祈祷——他的眼睛扫到费伦特的手上——'您今天会发礼物，而且——会收到一个礼物！'"

"哈哈！听听，听听！收到礼物！谁会送我礼物？不用，不用，我只给别人礼物。到我死了，你们就可以给我办个满意的葬礼作礼物。哈哈！"

尼古拉斯对欧内斯特低声吼着说："我得抽这个淘气鬼几个巴掌，看他还在这里胡乱祈祷。"

"别让妈伤心，"欧内斯特忧郁地说，"得赶紧让他打住。"

"玩双陆棋会让她分神。"

欧内斯特的表情有些怀疑。"上次我跟她一起玩,她头脑有些不清楚。"

"没关系。现在必须让她分神。她现在兴头来了,随随便便送人礼物。真不知道她是怎么想的。"

他找来双陆棋盘,还有装着骰子和骰子盒的天鹅绒袋子。他凑到韦克菲尔德身旁说:"问一下你奶奶和牧师,要不要下双陆棋。把小桌给他们摆好。你要是再敢提祈祷的事,我就要抽你。"

"是,尼克叔叔。"

"好。"

小男孩飞跑过去,跟两人讲了悄悄话,然后飞跑回来。

"桌子摆好了,牧师和奶奶也问了。他们很乐意。"

芬奇说:"这就是他瞎编的。他们根本没这么说。"

"你真是讨厌,芬奇。"韦克菲尔德反驳说。他很欣赏奥古斯塔的用词,不自觉地就学了起来。

双方面对面下起来。一方是留着胡子、衣衫不整的芬内尔先生,另一方则是精心打扮的阿德琳老太太。

"我玩白子。"她说。

很好,他玩黑子。他们在棋盘上摆好棋子。掷了骰子。

"两点!"牧师说。

"三点!"阿德琳说。

他们挪动棋子。骰子发出响声。她左手上的翡翠戒指发出闪光。

"两个骰子一样!"

"四点!"她说的是"西点"。

他们不停摇动骰子,思考琢磨,走动棋子。

"两点!"

"三点!"

"五点!"

"一点!"

游戏继续。她的头脑一如既往地清晰。她的双眼炯炯有神。她让芬奇看得入神。芬奇站在芬内尔先生椅子后面看着她。有时,他们眼神相遇,眼神里发出闪光,依然是那种串通一气的眼神。"害怕生活?"她的眼神在说,"一个贵族还会害怕?看看我吧!"

他盯着她。他的眼睛无法移开。尽管两人年龄相差八十多岁,他们的灵魂却走到一起,相互触碰手指和嘴唇。

她一个接一个把棋子走回自家地盘。一个接一个将棋子从棋盘上拿开。她赢了第一局!

"赢了!"她拍手喊道,"赢了!"

房间里,除了对弈的双方,站在牧师身后的芬奇以及趴在祖母椅靠上的韦克菲尔德之外,其余的人分作了两群。一群是梅格、尼古拉斯、欧内斯特和奥古斯塔,他们低声讨论着礼物戒指预兆着什么。另一群是皮尔斯、费伦特、莫里斯和雷尼,他们说话的声音更大,故意对空气中的紧张气氛视而不见。随着祖母喊了一声"赢了!"两群人都把脸转向她,替她鼓掌叫好。

"下得好,奶奶!"韦克菲尔德拍着她的背说。

芬奇的眼睛凝视着她的眼睛。她突然感觉十分疲惫,又分外开心。

"你可让我输惨了。"芬内尔先生说着,捋了捋胡须。

"是啊,今天我状态好,"她喃喃说道,"今晚状态很好。"

博尼在栖木上走来走去,抖了抖身体,打了个哈欠。两根鲜亮的羽毛脱落,缓慢飘落到地上。

芬内尔先生盯着它。

"它现在不说话了?"

"是啊,"她说着,伸长脖子看看这只鸟,"它一句话也不说了。可怜的博尼!可怜的老博尼哟!一句话也不说了。不说骂人的话,也不说讨喜的话。什么都不说,嘿,博尼!"

"我们再玩一局?"芬内尔先生问。

两群人又开始他们各自的谈话。雷尼突然大声笑了起来。

"再玩一局?好吧,我想再玩一局。我是白子!"

芬内尔先生和韦克菲尔德交换了一下眼神。

"可是,奶奶!"韦克菲尔德喊道,"你之前是黑子!"

"黑子!不是,我是白子!"

芬内尔先生换了边,将白子递给她。

摆好棋子,摇动骰子,游戏继续。

"两点!"

"五点!"

"两个骰子一样!"

但她的头脑不再清晰。她摸索着自己的棋子,如果不是靠在她肩上的韦克菲尔德帮忙,她根本玩不下去。

她输了,但她根本没有意识到。

"连赢两局!"她像得胜了一般喊道,"连赢两局!双陆棋连赢两局!"

牧师开怀大笑。

芬奇感觉像是从云端跌落下来。

"可是，奶奶！"韦克菲尔德喊道，"你输了！你输了都不知道啊？"

"我输了？不可能。我可没输。我赢了！"她的眼睛直直地盯着芬奇，"连赢两局！"

芬内尔先生开始收拾棋子。

"还下吗？"他问，"这次，您能得个全胜。"

她没有回答。

韦克菲尔德轻轻推了推她的肩膀。"还玩吗，奶奶？"

"恐怕她有些累了。"芬内尔先生说。

但她仍然面带笑容，眼睛盯着芬奇的眼睛。她的眼神似乎在说："贵族会感到害怕？一个贵族会怕死？双陆棋！"

博尼再次抖动身体，又一根羽毛落到地上。

尼古拉斯站起身，朝这边看过来。突然，他大喊道："妈！"

大家都站起身，只有韦克菲尔德仍然趴在她肩膀上，不明所以。

她的头垂下来。

芬奇看着大家围拢到她身边，将她的头抬起来，将嗅盐凑到她修长的鼻子旁边，在她发白的嘴唇上涂了些白兰地，他们扭动双手，惊恐万分，甚至有些焦躁不安。他看到她坚定而又执拗的灵魂离开了她的身体。他知道，想要找回她的灵魂，注定只是徒劳。

鄢宏福 译

失去和治愈

作者 | 西格丽德·温塞特

西格丽德·温塞特（Sigrid Undset，1882—1949），挪威作家，1928年获诺贝尔文学奖。

主要作品:《新娘·主人·十字架》(Kristin Lavransdatter)、《十一年》(Elleve aar) 等。

你问我为什么选这篇作为我的代表作[1]——是因为这本书不像我的历史小说那样知名,也因为它对我有很深的意味。我认为这段节选文字简洁、直截了当,并且我的原意不易被人曲解。

西格丽德·温塞特

---

[1] 本篇目由作者于1949年6月10日去世前节选自她的自传体小说《十一年》。——原书编者注

失去和治愈

有一天妈妈来告诉她们她在维森租了个房子，他们将在那儿度过夏天假期的下半部分。她的朋友弗里达把在乡村度假的钱作为礼物送给了他们。

当时英格维尔尤其感到震惊、羞愧。对她来说，接受一个陌生人的钱是从来没听说过的事。她妈妈一定觉察到了她的反应，因为她粗率地说："你爸爸需要换换空气。"所以英格维尔就尽可能打消了自己的反感情绪。自然她非常想到乡村去。不过，她很担心自己的花园——如果没人浇水，花园的花怎么能活下去呢？

她又一次享受到整天在户外的生活了。回想起来，她思念森林中的小径，在那儿，被踩平的冷杉树树根伸展开它们的爪子，根须之间的坑里有厚厚的一层老松针。她记得在淡红色的圆岩石堆里有些斜过来的裂缝，裂缝里稀疏地长着被太阳烤焦的草和配有银灰绿叶子的花，让人想起大海。那些小径的尽头是一小块满是贝壳的海滩。在那儿他们脱光衣服，赤身裸体地在光秃秃的岩石上奔跑，岩石灼烤着他们的脚底板。不管峡湾如何平静，与躺在那儿喘息的海藻搅在一起是件可怕的事。但是，他们找的地方完全隐蔽，在那儿游泳根本无需穿衣服。那感觉真是可爱，因为你根本不觉得是在游泳。你能在水里自然地、无忧无虑地自由移动，就像在干干的陆地上行走一样。整整一上午，他们一会儿在水里，一会儿出来，一会儿坐在岩石上，一会儿又回到水里去。

当你面朝天浮在水面，向海岸望去时，乡村看上去美极了。长满树木的山丘像是在用每棵冷杉和云杉的树尖把阳光吸走。从这儿看去，那些小房子，珠灰色的、白色的、红色的，看上去如此舒适宜人、富有居家气息，它们顺着海湾的曲线隐藏在沿途的裂缝里。种满深绿色的樱桃树的果园及人们在家园附近种植的老观叶树，与环绕着这个海边小憩处山脚下的松林形成鲜明对照。

离他们最近的邻居是位海关的船工，他有很多孩子，个个生性欢快，乐趣无穷。他们中的一个女孩与英格维尔年龄相仿，因此英格维尔成天都能找到没完没了的乐趣。

他们当时住的房子室内是什么样子英格维尔一点儿也记不清了。好像那个夏天除了睡觉她很少进屋去。房子有个阳台，她父亲坐在那儿，他们吃饭多数在阳台上。那时她和玛丽特坐在一个用褪色的擦光印花布罩着的沙发上，沙发很窄，她俩坐在上面总是互相推来推去。妈妈要她们小声点儿："你们争吵个不停，让爸爸听见会烦恼的。"其实只有在吃饭时，她们才能见到爸爸。

妈妈过去常叫英格维尔到汽船码头旁边的小店里去买东西。路上走的每一步都很有趣。那只是岩石上走出来的一条小径，从岩石间的小山谷中穿过。房子上上下下不规则地分布在小径的两旁。继续朝着码头的方向有些更大的房子，漆成白色，建有瑞士风格的阳台，周围是大果园。住在这些房子里的是船主和船主那类的人。

码头旁边还有一处沐浴场所，供住在附近的避暑小屋里的夏季游人和捕鱼人及海员的夫人们使用。英格维尔很少见到他们，除非是在小店里和他们在码头上等汽船的时候。走下码头，看着船只来来往往很是有趣。她妈妈训斥她，说她走开的时间太久，让他们担心了。可是，英格维尔在这些事上是屡教不改的。

下午她去取信。邮局是个小木房子，高高地建在光秃秃的崖上。夕阳之下，人们坐着或躺在邮局外面的岩石上，所有来取信的人都是如此，因为此时邮政局长正在办公室里忙着把船带来的邮袋中的内容加以分类。

那儿有个少女，英格维尔一直忍不住盯着她看，她太漂亮了。她头上戴着一顶人们称为"痞子帽"的鲜红的毡帽。那帽子软软的，未经修剪，帽檐直接翻到前额上。帽子下面那女孩儿的一头卷发在阳光下像金子一样闪闪发光。她的脸可谓大胆得出类拔萃，特别是从侧面看，高鼻子、大嘴巴。她的肤色别具一格，面色干而白，高高的颧骨上开着粉红的玫瑰。她的胸部也很有几分莽撞。一根皮带系得挺高，上身穿着一件很薄的淡蓝色衬衫，紧得贴在身上，让人看得见她的乳房像两个又大又结实的半球似的各占一边。在一群姑娘中间她总是令人瞩目的中心。

一天晚上，英格维尔听见她对大家说话——她的声音也不同凡响。她的嗓音尽管有点嘶哑，但有种响亮的气质。那点嘶哑所产生的效果像是露珠落在金属质的嗓音上：

"那点我很清楚——但我不在乎。当我知道自己与其他人方向一致时，我丝毫不在乎别人怎么说我！"

她的朋友们低声发出抗议,但都压低嗓门,让人听出受人惊吓的语调。

"难道我不知道轮到我时我也会死吗?"她的嗓音傲慢而又清晰,外面蒙着一层奇怪的、沾满露水的面纱。"我并不害怕,我向你们保证。万不得已时——"

她的周围有种奇怪的安静。坐在岩石上的人们似乎都缩小了,他们都低下了头。有些人开始叹息,并且震惊而又恐怖地相互耳语起来。那女孩儿站在那儿,身上披着傍晚的太阳发出的忽亮忽暗的光芒。她那盖在火红的帽子下面的浓密的头发、她的脸和胸脯的轮廓在很强的阳光照耀下微微发光。

她父亲拥有海滨的一幢豪华的房子,他还有艘快艇。她曾有好几个兄弟姐妹,但只有她一人幸存下来,其他几人都死于肺结核。英格维尔永远忘不了她,忘不了她那个傍晚站立在阳光的荣耀中,声明她知道自己会死去时的情形。她的命运究竟怎样,英格维尔之后不得而知。

城里的学校开学了,大多数来度夏的游人都离开了。但阿宁决定他们要多待几个星期——爸爸喜欢望海。每过一天,新学期就被掐短一点,孩子们因此开心极了。此外,林子里有许许多多的莓子,并且,游人离开之后,苹果和梨子的价格现在低得像是不要钱似的,所以她们吃多少,妈妈就买多少。

租给他们别墅的那位女士因难缠而出名。她很活泼,也很滑稽,就是一张嘴太厉害。她和阿宁似乎很合得来。她住在自己地产的角落里建造的一个独立小屋里,那其实是个小型公寓。她有个成年的儿子与她住在一起,他是个好脾气的人。他找到一条船,带着她们一道往海岸方向航行。他们去了偏僻的小海湾,并在离海岸稍远处发现了一座孤独的房子。在海滩的淡色沙子那边有片瘦瘠的牧场,在那儿生长着一些高大的、树顶耸尖的松柏,就像图片里看到的那种柏树。英格维尔想,住在这样的地方一定很可爱——她过去从来没见过这么僻静的地方。她也从来没试着去想象住在一个孤单的地方会有什么感受,但她可以肯定如果它在海岸边的峡湾上的话,她是会喜欢这个地方的。她还要有条船,并且,她会在傍晚太阳下山后再洗个澡。妈妈一般在爸爸上床之后去洗澡。有月亮的秋天的傍晚一定会特别可爱。可是,没人允许英格维尔在日落后洗澡。

她一点也不想回学校上学,也不想回城里,或是回天文台街。但是,最终他们还是要回去的。

然后,他们的生活又回到了老一套——一切都是老一套!在她早上上学的路上,公园里树下的土地变得如此轻盈。她蹚过了一堆堆落叶,表皮光滑的(像栗子似的)褐色欧洲七叶树的种子在树叶堆中发出微光。英格维尔把它们捡起来,心里想着她能把这些种子做成各式各样的东西。可是,等它们躺在地上一两天后,就会失去那多汁的光泽,外壳变得又暗又干瘪。因为常常迟到,她在学校里总是得不到好分。

之后,早上越来越黑了,随之而来的是乌云和潮水般的冷雨。接着就是峡湾里的雾。接踵而至的是雪,雪化了就是泥和雪水。英格维尔又想起了爸爸。

餐厅里,妈妈坐在缝纫机前。为了冬天,他们还有诸多事情要准备。爸爸坐在自己的小卧室里,是想避免听到缝纫机发出的嗡嗡声。况且,桌子上堆满了与缝纫有关的东西也不很让人舒服。英格维尔在爸爸的屋里大声朗读。他们开始阅读冰岛传说,但那是丹麦语的译本,对他们不很合适。可她还不能用古挪威文读这些书籍。她父亲只是时不时地要她找到那些曾在译文中读过的段落、对话或那类的内容,他想听听她在朗读那些段落时的实际发音。古挪威文版本多数是印在很粗的纸上的老书,书页的毛边都未经修剪。那些书页翻起来很可爱,印刷的字体也很清晰、优美。所有版本的传说都在书架的最低层,所以英格维尔就趴在地毯上给爸爸读传说。读完一本后,她只需伸出一只胳膊,就能拿到爸爸想要的卷册。妈妈不时出现在门口说:"你能不能来一下?我想要你试试——"英格维尔就要有一件完全用新布做的校服。妈妈在一次贱卖时买了块布头,但英格维尔并不喜欢褐色。她又回头继续给爸爸读有关瓦斯达尔人的传奇,可她被人物之间的相互关系弄糊涂了。那本长篇史书里有趣的东西太少了。

她不耐烦地期待着——期待着圣诞节,还有圣诞节假期,之后过不了多久就是集市了。她期待着去集市。她期待着白天变长,这样她就不需要伴着灯光起床,到了学校还能看见油灯在燃烧。她对春假和夏假如此急切地盼望,以至于她一想到那些假期就伤心。她从来没想象过要发生任何变化。春天和夏天,她总是在户外,一心只想自己的事,别的什么都不管。接下来,秋天和冬天给她机会与爸爸做伴,让自己的头脑得到他的滋养。

她从未想到这一切可能随时结束。也许大人们也不知道变化就在眼前。

十一月底有几天沉默而黑暗,爸爸病得很重,他不得不整天躺在床上。医生是爸爸终生的朋友,每天早晚两次来看他。五六天过去了,他似乎恢复了一点气力。

一个星期六下午,妈妈要出去买东西。她说:"英格维尔,我不在家时，你能不能坐在爸爸身边？"

英格维尔在书架旁的地上躺下，问："我接着给你读书吧，爸爸，好吗？"他躺在黑暗中，头在枕头上稍许动了一下说："谢谢，你愿意吗——"

他们在读哈瓦德·伊斯夫耀丁英雄传奇。奥拉夫·哈瓦德松的血像熊血一样温暖。他强壮而又勇敢，英俊而又善良。根据英格维尔的想象，他就是她的奥拉夫。所以在他被杀害时她感到一阵尖厉的剧痛。可是关于人们是怎样悼念他的那段写得非常美，然后那位爱他的女人离开了，没人再听到有关她的消息。当她读到奥拉夫的母亲去找她的兄弟们，请求她的侄子们替他报仇时，英格维尔看了看她父亲。她期望他会要她用古挪威语再读一遍。可他什么也没说。她想，爸爸一定很累了。她仍在书架上寻找。不管怎么说，她想自己亲自看看原文用的词。但是，她找不到任何用冰岛语写的哈瓦德·伊斯夫耀丁传奇的版本。

第二天，她妈妈一整天陪坐在爸爸身边。下午，一个曾经帮过他们的女佣人来看他们。是她们中的哪一位英格维尔后来记不清了。她所能记得的就是有一种奇怪的压抑感，因为他们不想让来访者注意到她来得不是时候。她尽最大努力让谈话不间断。他们都很艰难地找话与对方说。

妈妈从房间里走出来时，一句话没说，英格维尔就从她脸上的表情猜到了。客人悄悄地走了，对英格维尔来说，那就像是个迹象，表明她过去熟悉的生活现在已悄悄地离他们而去了。她所熟知的妈妈也离去了。她现在已变了个人，一个泪人。她把孩子们带进小房间，好让她们看到父亲躺在床上，已经去世。

她对接下来的时间的记忆像是一面破镜子的碎片所显示出的图像。

棺材已在客厅里放了好几天，他们每天在客厅里走来走去。一个男人躺在那雪白的环境中，他那发黄的、像蜡似的形象非常优美。但是，也非常奇怪，她只知道那人是爸爸，却感觉不到这一点。她和爸爸之间的一切——他们共享的绝不止这些。爸爸有这么长的眼睫毛，可她过去从来没注意到。这时，她刚意识到四十岁的人还不是老人。

与其说她害怕或因此感到悲伤，不如说这奇怪、让人难以理解的一切使她感到压抑。当她抚摸死人时，她感到他的冷与其他冷的东西冷得不一样。打那以后，她才知道人们说死人像石头或冰或其他什么一样冷时，都纯属无稽之谈。死亡之冷与其他冷决然不同。与死亡之冷最相似的冷是用白花，诸如风信子和铃兰，厚厚地盖满尸首的那种冷。在此之后很长一段时间里她都受不了风信子的气味。她认为别的气味，诸如散发恶臭的蜡的气味，都来自风信子花的香味。

她妈妈将来也会变化，这点英格维尔已知道。爸爸去世后及在为追悼会做准备时有许多的具体细节要照料。每当妈妈必须费心处理丧事时，英格维尔就感到，一旦妈妈从当时那种毁灭性的时刻重新镇静下来，她会在很多方面与孩子们记忆中的妈妈有所不同。妈妈会继续生活下去，也许有人会说她会更自我化——因为那个让她自愿而又有意地改变自己的人已经不复存在了。

并且，英格维尔永远忘不掉她对自己的新丧服特别喜欢。那是用上好的薄羊毛面料做的，很时尚，有个披肩，周边饰有许多排黑色马海毛辫子。医生的夫人请求能允许她负责这事。是她让这三个女孩儿穿上了这些漂亮的丧服。

殡仪馆的小教堂里一片忧郁，使她重新感觉到死亡和埋葬的恐怖。葬礼来了一大群陌生人，让她哭不出来。眼前一片黑色的大礼帽和面纱让她感到，如果在生人面前哭会令人无法忍受。她真希望能像妈妈那样有个可以拉下来的面纱。于是，她就坐在那儿，看着堆得像山一样的苍白的冬花和挺直的绿色棕榈枝。山上挂着又长又宽、上面印着字的丝绸横幅。大多数横幅都是耀眼的白色，但也看到一些彩色的，很让人感到宽慰。有些颜色是代表挪威的，有些代表瑞典，还有代表丹麦的。不过，还有些其他颜色，它们所表达的意思她不清楚。棺材被掩放在这堆物品下面，里面躺着她的父亲，可她却对这事感到不可思议。

当棺材被抬出小教堂时，人们跟在后面排成行，她看到了威尔斯特先生。她知道，就是他弹奏了管风琴。这时她终于哭出来了。因为威尔斯特先生在这儿，哭似乎就没关系了。

牧师来叫他们。他的名字叫安德烈亚斯·汉森。她感到他很善良，他身上有种气质使你感到有他在同一个房间里坐一两个小时让人感觉很好。妈妈也有同感。但是，英格维尔记不清他说了些什么——他的善良是内在的。

在起初的一段时间里他们天天去墓地。下雪了，雪又化了，小路一片泥泞，黑色的树上挂满了水珠。坟上的花枯萎了，很不好看，还浸满了雨，已被雨浸湿的丝带都无精打采。坟包上的黄泥土逐渐显露出来。

他们带了个花圈去墓地。花圈是在葬礼之后才收到的，那是玛丽特的教父，也就是爸爸在丹麦的最好的朋友送的。花圈用月桂树叶做成，没用一朵花。那很不错。在那宽宽的红白两色的丝带上有些古代北欧字母，字母下面用丹麦语写着："后无来者。"

英格维尔很清楚那句话的出处——它是特利格杰维尔神谕古文石[1]上刻的碑文的最后一句。那是一位妻子为丈夫立的碑。突然，她好像一切都明白了——男人们一直在死亡，成千上万年来他们不断地死亡。不过，在那些被遗忘的死者当中，总是有些人的最亲近的亲人认为他们的逝去是不可弥补的，他们对这些死者的评价是："后无来者。"这样，这些死者便会在他们心中继续活下去。

那年整整一冬天是与爸爸分别的漫长过程。

英格维尔知道妈妈不清楚今后靠什么生活。她一定要找点事儿做。可是找什么事做却很难说。就连英格维尔都猜得着，尽管她妈妈拥有丰富的知识，并且工作努力得像匹马，但是要她在陌生人当中为自己找工作可能并不容易。

首先，她们一定要找个面积小而且房租低的公寓，并要割舍去自己的许多东西。餐厅的家具已卖掉，客厅里的许多东西都已卖给博物馆和古董经纪商。其他一些东西妈妈已分送给亲戚朋友。

两位过去曾是爸爸学生的年轻人每天都来给爸爸的图书编

---

[1] 特利格杰维尔神谕古文石碑约刻于公元 900 年，现存放在丹麦国家博物馆。

目，而后把书装进纸箱。这使他们的房子显得空了许多，因为四周靠墙放的都是书架。现在，当书架空空如也，咧嘴大笑时，它们已沦为家具中的凄凉之辈。有一天，一箱箱的书都被搬走了——那些书已被哥本哈根的一个旧书商统统买走了。

一天妈妈来告诉英格维尔，说她去见了拉格纳·尼尔森夫人。原因是她无力继续支付她们的学费了，因此她已通知学校，说她的几个孩子要退学，她要送她们去政府办的学校。可是，尼尔森夫人回答说塞明的孩子应该在她的学校免费受教育，三个孩子都一样，一直要上到她们通过大学入学考试。塞明给挪威在外国带来了荣誉，她坚信他的女儿们不会玷污她们父亲的名字。

英格维尔听着，脸红得像火似的。换句话说，她们在学校将会是乘车不买票的人。她妈妈猜到了她的想法："你知道，英格维尔，你难道不明白？尼尔森夫人没有说，也永远不会说的是她期望你们三人能为学校争光。你知道，在某种程度上说，她的宗旨是具有战斗性的，她支持的是新的、激进的原则。我和你爸爸送你们去那儿上学是因为我们总体上相信她的原则，而不相信普通的老派女子学校。你知道她对自己的学生富有雄心。所以从现在起，你在学校必须十分用功。只要你能用心对付那些需要你下点功夫的学科，还有那些让你厌烦的学科，你是很容易做到这一点的。"

对这些英格维尔无话可说。但是对这个情况她心里不高兴。是的，她愿意去拉格纳·尼尔森的学校，而不去她所听说过的其他学校。但是，即便在尼尔森的学校，她也希望自己有权持反对意见。要她今后必须在所有那些她不喜欢的科目上下功夫，对她来说无异于当头一棒。

对这事她无能为力。但是，即便在那个时候她心里就明白她永远不会上大学。她现在是中学三年级。到了六年级他们就可以拿毕业文凭。文凭拿到之后，她就不再上学了。

无论如何，没有机会让她继续学习自己想学的专业。大多数上大学的女孩子命中注定要当教师。在五月十七日[1]的游行队伍中总是有那么多即将当教师的学生，让人看了不寒而栗。并且，她将努力尽快独立。现在爸爸已去世，不再有她愿意依靠的人。不到万不得已，她也不能依靠妈妈。这一点她立刻看得很清楚。

学校和她们的新家紧挨着，她可以给妈妈很多帮助。两个妹妹被送去朋友家了。

她对她们的新街道一见钟情。是的，在这儿她会感到真的到家了！她们将要住的房子是一排四幢大房子中的一幢。街对面只有一栋建在小花园里的老别墅，它不显眼地坐落在布拉森小山丘的后面。若是换了她，她会把布拉森直接放置在前门外，从家到罗德萨音只需几分钟就可跑到。她可以坐在客厅的窗口，看着那座有灌木丛、岩石和一片片草地的小山。从厨房和餐厅看出去，是一片她一无所知的田野，那里还什么都没建。比莱特小河在小山谷里流淌，往前去便是伊迪厄特山。朝着圣汉斯山的方向，很远处便是老别墅花园。时值四月，整个西阿克地区任她漫游。今年她和克拉拉两人就能像她们去年所谈的那样去弗洛伊纳塞特[2]了。

那四幢公寓大楼并不是"高档"房子，她一眼就看出来了。

---

[1] 挪威的国庆节，定于此日最初是为了庆祝1814年挪威宪法的制定。
[2] 指挪威首都奥斯陆市内的一个区，系当地居民喜爱的娱乐场所。

房子窄小，外表呈灰色，且没有任何装饰与花哨之处。入口拥挤，并且欠整洁。但是，与可怕的天文台街的住所相比——那里好像一切都是为了维持表面的斯文和繁荣所设计，而内部却充满了失望和丑闻——这边的房子看上去倒挺舒服。它有种对自己的贫穷直言不讳的新鲜感。在这儿你有自由。

卧室里很拥挤，并排放了两张大人的床——她现在要睡在一张大床上——外加两张小孩的床。但是窗户对着大街。客厅很小，但可以弄得富有魅力，她已经可以看到那种潜力。整个冬天她们每天都会在炉子里烧上火。因为房间的布局得体，每个房间都可以因为炉子里的火而变暖。餐厅长而狭窄，只能在中间放张旧的厨房用桌，周围放上四张小的客厅椅子。爸爸的书桌只能靠着窗户沿着一面墙放，在房间的另一头妈妈放了个旧书架，但现在书架上放满了餐具柜里的东西。看上去很漂亮、充满快乐。

英格维尔无意把一个文件夹掉到地上，从里面掉出一些小幅的水彩画。那是妈妈过去上艺术学校时画的。英格维尔找来一盒图钉，把那些画钉在餐厅门旁边的一块窄窄的墙上。"妈妈，快来看！"她妈妈过来，摇摇头，笑着说："不过，孩子，这些画是不能贴在墙上的——它们没什么好的。"可是，妈妈就让那些画贴在那儿，也没表示不高兴。

第二天早晨，她挺早就醒了。她在外面看到布拉森小山丘身披朝阳。山丘上去年的枯草闪耀着淡黄色，光秃秃的多刺植物闪闪发光。在布拉森的上方，天空晴朗，一片蔚蓝，春意盎然。这景色太让她高兴了，竟然让她的心经历了一阵剧痛。

她好久没感到这么开心了。正因为如此，她想起了爸爸的逝去，没有谁能像爸爸那样令她爱戴了。回想起爸爸，她突然产生一个让她感到刺痛的心愿。她希望自己在爸爸活着的时候能对他更好些，能更忠实地陪伴他。但现在太晚了，她奇怪而又痛苦地确信，事实不可能改变，在那些将会死去和将要生存的人的生命之间有个不可消除的界限。在她看来，她似乎已知道世界上如此之多的恶和无边无际的善。这一切都超越了她。多少事令她战栗，又有多少事让她欢乐，一时间，她几乎提前感到疲倦了。户外的小山在阳光下闪烁；家园离她更近了，在失去之后，开始治愈了；田野里等着她的是自由。生在其中，她感到如此幸福，几乎不能承受这样的幸福。

梅江海 译[1]

---

1 译自阿瑟·G. 蔡特（Arthur G. Chater）的英译本。原作为挪威语。——编者注

与巴比特夫妇共进晚餐

作者 | 辛克莱·刘易斯

辛克莱·刘易斯（Sinclair Lewis，1885—1951），美国作家，1930年获诺贝尔文学奖。

主要作品：《大街》（*Main Street*）、《巴比特》（*Babbitt*）、《阿罗史密斯》（*Arrowsmith*）等。

辛克莱·刘易斯在给编辑的信中说,他希望能选"自己作品中特别喜爱的一篇……但我不得不把这项工作交给卡尔·范·多伦[1]、哈里森·史密斯或明尼苏达大学的约瑟夫·沃伦·比奇教授……"

下面这些信便不解自明了:

在我看来,辛克莱·刘易斯在选集里的代表作不应该是他的一个短篇,而应该是他小说的一个选段。当然,他的小说结构相当紧凑,在很大程度上依靠整体的效果,因此选段很难反映他的写作造诣。但是,在《巴比特》一书中有个章节我一直非常喜欢。那就是第十五章。该章不仅绝妙地描写了同学聚会的情形,而且用反讽和敏感的笔触记录了巴比特夫妇在那次聚会之后参加的两个晚宴。这段不仅表现出作者丰富的讽刺实力,而且提供了一个绝好的例子来证明刘易斯胜人一筹的富有人道的洞察力。将此章节作为节选出版不会让其逊色。况且,刘易斯会毫不费劲地给这个选段提供一个题目。

卡尔·范·多伦
纽约

我很高兴卡尔·范·多伦做了这个选择。我非常赞

---

[1] 卡尔·范·多伦(1885—1950),美国传记作家、文学评论家,辛克莱·刘易斯的朋友,著有其传记。

成他的选择,也同意给这个节选取名为《与巴比特夫妇共进晚餐》。

我希望你会使用你发给我的那篇卡尔的评论,并且说明是他帮我选的这篇。除此之外,我希望在对我的介绍里加上如下内容:

就我自己而言,我对自己的书没有任何特别喜欢的篇章,因为我从来不重读自己的书,从来不在出版社寄来新书让我兴奋五分钟后再开卷重读。每当我写完一本书,奉献出诸多的辛劳和愤怒(其中也可能包括自我奉承)后,我不想再重温那份艰辛。我打算把仔细阅读辛克莱·刘易斯先生的戏剧的工作留到我老年再做,要等到我读完但丁和霍尔·凯恩爵士[1]的作品,外加一本有关野花的手册之后再去做那事。

辛克莱·刘易斯
明尼苏达州埃克塞尔西奥

---

[1] 霍尔·凯恩(1853—1931),十九世纪末至二十世纪初最受读者欢迎的英国作家。

与巴比特夫妇共进晚餐

一

在他走向出人头地的征途上并不是没遇到灾难性的障碍。名气并没有给巴比特夫妇带来他们应得的社交地位的晋升。还没有人要求他们参加托纳万达乡村俱乐部,也还没人邀请他们参加在协会俱乐部举行的舞会。他自己,巴比特,为此感到烦恼地说:"我对那些挥金如土的人没半点兴趣,只是鄙人的夫人有点想出现在那些在场者中间。"他紧张不安地等待着与大学同学的聚会晚餐,当晚他将会与一些社交领袖无比亲密地欢聚一堂。他们中间将有百万富翁承包商查尔斯·麦凯尔维,银行家马克斯·克鲁格,工具制造商欧文·塔特以及时髦的室内装饰师阿德尔伯特·多布森。按理说,他是他们的朋友,就像在大学时那样。大家相遇时,他们还是叫他"乔吉"[1],但他好像与他们并不经常相遇,而且他们也从未请他在他们位于皇家脊背的家里[2]去共进晚餐(配有香槟酒和男仆的那种)。

聚会晚餐前的整整一个星期,他常想到他们。"我们现在没有理由不变得像真朋友一样亲热!"

---

[1] 乔治的爱称,以示关系亲密。
[2] 顾名思义,位于"皇家脊背"的房产必定是当地首屈一指的富居豪宅。

二

像所有真正的美国娱乐活动和精神聚会一样，1896级男同学聚会晚宴的组织工作做得很彻底。晚餐委员会紧锣密鼓地运作，像个销售公司。他们每周发一次文告，借以提醒诸位：

第三号备忘录

老伙计，你打算参加我们尊敬的大学有史以来最活泼的校友聚会吗？08级校友聚会的出席率达百分之六十。难道我们这些男子汉会被一帮穿裙子的女孩子击败吗？快行动起来，伙计们，让我们调动起实实在在的热情，同心协力地举办迄今为止最让人开心的聚会晚餐！等待我们的是优雅的食品，简短而又充满活力的谈话和对人生最灿烂、最幸福的日子的共同回忆。

晚宴在协会俱乐部的一个小餐厅里举行。该俱乐部是幢暗黑的建筑，由三处自命不凡的老住所装修而成。俱乐部入口的大厅像个存放土豆的地窖，可是没见过体育俱乐部之辉煌的巴比特走进这个门时感到几分窘迫。他对门口的守卫点点头。那是个身穿饰有黄铜纽扣的蓝色燕尾服的、年迈而自豪的黑人。他大模大样地走过大厅，尽可能看上去像俱乐部的成员。

六十位男士前来参加晚宴。他们在大厅里形成岛屿和漩涡，他们拥挤在电梯和小餐厅的角落里，他们试图变得亲热、热情奔放。对彼此而言，他们看上去像在大学里一样，仍是不成熟的年轻人，他们现有的小胡子、秃顶、大腹便便和皱纹不过是为今晚特意增添的化装。"你一点也没变！"他们万分惊奇地说。碰到已记不得对方是谁的时候，他们这样打着招呼，"啊，太好了，真高兴再次见到你，老伙计。你现在在做什么——还在干老本行吗？"

总是有人领头喝彩或唱首校园歌曲，但是那倡议总是渐渐变弱，最终以沉默而告终。尽管他们决意要采取民主的方式，他们还是分为两组人：一组身穿西装，另一组没穿西装。巴比特（彻头彻尾地身穿西装）从一个组走到另一个组，他的目的（正如他几乎直言不讳地表白的那样）是要获取社交上的征服。他先从保罗·里斯灵入手。他发现他一人独处，穿着整洁，一声不响。

保罗叹息说："我不擅长那套先握手，然后说'天呐，你看这是谁？'的把戏。"

"别胡说了，小保罗！别太紧张，去和大家交流一下！这些是世界上最好的伙伴儿！哎呀，你看上去有些闷闷不乐。怎么回事？"

"哦，还是那些事儿。与齐拉闹不愉快。"

"好啦！让我们一道参与进去，忘却自己的烦恼。"

他让保罗留在自己身旁，但朝着查尔斯·麦凯尔维站着的地方移动。麦凯尔维站在那儿，像火炉一般温暖着周围赞赏他的人。

麦凯尔维曾是96级的英雄。他不仅是足球队的队长、链球运动员、辩论组成员，而且还有资格领取州立大学的奖学金。后来他继续向前发展，掌控了曾经由齐尼思[1]最有名的先锋家族多

---

[1] 作者为本小说虚构的一个地方。

兹沃思家族所拥有的建筑公司。他建造州议会大厦、摩天楼、铁路终点站。他肩膀宽大，胸部发达，可行动绝不缓慢。他眼睛里露出不声张的幽默，说起话来才思敏捷，甜蜜圆滑，让政客们惊恐，让记者们自危。在他面前，最有才智的科学家或最敏感的艺术家都会显得虚弱、不谙世故、略显形秽。特别在他游说立法机构或雇用劳工间谍时，他很随和、可爱、魅力十足。身为男爵，他是迅速明朗化的美国贵族阶层的成员，其社会地位仅次于目中无人的老家族。在齐尼思，老家族指的是1840年之前来本地定居的家族。他的权力大于他人是因为他做事无所顾忌，全然不受古老的清教徒之传统道德观的束缚。

　　此刻麦凯尔维正平静地与显要人士——那些拥有专职司机并去过欧洲的制造商、银行家、土地拥有者、律师和外科医生们愉快地交往。巴比特挤到他们中间。他喜欢麦凯尔维的微笑，同样喜欢因得到后者的欢心而获取的社交地位上的提携。如果说在保罗身边他感到自己的重量和保护性，与麦凯尔维在一起则使他感到微薄，充满敬慕。

　　他听到麦凯尔维对银行家马克斯·克鲁格说："是的，我们要推举杰拉尔德·多克爵士。"巴比特对爵位的爱慕具有民主色彩，现已变成了一种贵重的爱好。"马克斯，你知道，他是英国最大的钢铁大王之一。有钱得吓人……嗨，你好，亲爱的乔吉！马克斯，你看，乔治·巴比特变得比我还胖了！"

　　晚餐的主席大声叫道："伙计们，请诸位入座！"

　　"咱们挪个位，查理？"巴比特随便地对麦凯尔维说。

　　"好啊。你好，保罗！咱们亲爱的小提琴家还好吧？你计划坐在哪个特殊的地方，乔治？快点，咱们快选好座位。快点，马克斯。乔吉，我读过你竞选中的发言。太棒了！"

听了那话之后，巴比特完全可以跟着麦凯尔维赴汤蹈火。晚餐期间，他忙得不可开交。一会儿笨拙地为保罗喝彩，一会儿向麦凯尔维靠拢，对他说"听说你打算在布鲁克林建造一些码头"。这时他看到班上的那些失败人士冷落地坐在杂草丛生的角落里，羡慕地仰望着他在与高贵人士交往自如。他正在麦凯尔维和马克斯·克鲁格的社交圈里暖身。他们谈到一个"丛林舞蹈"，为此，莫纳·多兹沃思用几千朵兰花修饰自己的房子。他们绝妙地模仿随意的口气，谈论在华盛顿举办的一次晚餐。在那个晚宴上，麦凯尔维见到一位参议员、一位巴尔干的公主和一名英国陆军少将。麦凯尔维称呼那公主"詹妮"，并让人知道他与她一起跳了舞。

巴比特听后很激动，但这并没能让他敬畏得一声不响。如果他没被他们邀请吃晚餐，他还得习惯与银行行长、国会议员以及和诗人有社交来往的俱乐部女成员们交谈。与麦凯尔维谈话时他才思敏捷，频频谈及往事：

"我说，查理，你是否记得大学三年级时我们包了一条航海的船，一下驶到里弗代尔，去看布朗夫人排演的大戏？你还记得你把要拘留我们的那个乡巴佬警察狠狠揍了一顿吗？我们还偷了那个熨裤子的标牌，把它挂在莫里森教授的门上？哦，天呐！那些日子真是令人难忘！"

麦凯尔维表示同意，那些日子真的令人难忘。

巴比特正说到"在大学里重要的不是你读的书，而是你当时结交的朋友"，就在这时坐在桌子上座的男生唱起歌来。他向麦凯尔维发起进攻：

"很遗憾,呃,太遗憾了,因为我们的,呃,商业活动不在一个领域里,咱们就彼此不相往来了。我很喜欢谈论我们过去在一起的时光。你和麦凯尔维太太哪天晚上一定要来府上共进晚餐。"

麦凯尔维含糊地回答:"好的,一定——"

"我想和你聊聊你在格兰茨维尔仓库那片的房地产发展的情况。也许我还可以向你提供一些有用的信息。"

"太棒了!我们一定共进晚餐,乔吉。你只需告诉我一声。能与你和夫人同在府上共进晚餐将是莫大的荣幸。"麦凯尔维说,比刚才少了几分含糊。

此时传来晚宴主席的声音,那惊人的声音曾经激励他们与来自俄亥俄州、密歇根州或印第安纳州的拉拉队毫不畏惧地对垒,此时高声叫道:"快点啦,你们这帮袋熊[1]!咱们大家一起来叫个长的!"巴比特感到生活绝对不会比此时此刻更美好。他与保罗·里斯灵以及新近找回的英雄麦凯尔维一起高叫:

战——斧
拿来战斧,
战——斧
拿来战斧,
谁,谁拿战斧?
——大学!
虎欤!

---

[1] 澳大利亚的一种类似袋鼠的动物,以行动缓慢而著称。

三

巴比特夫妇十二月上旬邀请麦凯尔维夫妇来府上共进晚餐,后者不仅接受了邀请,而且在更改日期一两次后真的来了。

巴比特夫妇颇为彻底地讨论了晚餐的细节,从购买一瓶香槟酒到每位客人面前放几颗咸味杏仁。他们还特别提到邀请其他客人的事宜。最后巴比特坚持要给保罗·里斯灵一个机会来与麦凯尔维夫妇共度时光。"亲爱的查理很希望保罗和弗格·冈奇一道来,而不是什么夸夸其谈的花花公子。"他固执己见地说,可是,巴比特夫人打断了他的话,说:"不错——也许是吧——我想我要设法买些林黑文的生蚝。"等到时机成熟时,她邀请了眼科医生安格斯医生和一位名叫马克斯韦尔的无趣而体面的律师以及他们的浑身闪亮的夫人。

安格斯和马克斯韦尔两人既不属于麋鹿协会[1],又不是体育俱乐部的成员。他俩从未与巴比特称兄道弟,也没向巴比特问起过他对汽化器的看法。巴比特愤怒地说,巴比特夫人邀请的仅有的"以人的身份"赴宴的是利特菲尔德夫妇。可是,霍华德·利特菲尔德有时变得过于注重统计数字,使得巴比特想用冈奇来换换口味,"好吧,亲爱的柠檬馅饼脸,有什么新消息?"

一吃过午饭,巴比特太太就开始为七点半与麦凯尔维夫妇的晚餐布置桌子。巴比特遵命下午四点就到了家。但他们没找到任何可让他做的事,巴比特太太责骂了他三次,"请你不要碍别人的事!"他站在车库的门口,嘴唇向下撇着,很希望利特菲尔德或萨姆·多普尔伯劳或其他什么人能过来与他谈谈。他看见儿子

---

[1] 从上下文判断,这估计是与巴比特夫妇有关系的社交团体的名称。

特德悄悄地从房子的拐角处走来。

"怎么回事,老伙计?"巴比特问。

"是你啊,精瘦的老伙计?哎呀!妈妈一定是吃了枪子儿了!我告诉她我和罗尼不想参加今晚的聚会,为这事她就冲我发火。她还说我必须洗澡。但是,这么说吧,巴比特家的男人今晚都会很帅!想象一下,小西奥多身着一套礼服!"

"巴比特家的男人!"巴比特喜欢听这话。他把手臂放在儿子的肩上。他真希望保罗·里斯灵有个女儿,这样特德就可以娶她为妻了。"是的,你妈是有点奇怪。没事的。"他说。之后他俩一道笑起来,又一起叹气,顺从地进屋去换衣服了。

麦凯尔维夫妇迟到了不足十五分钟。

巴比特真希望多普尔伯劳夫妇能看见麦凯尔维夫妇乘坐的豪华轿车以及他们的身着制服的专职司机在他家房前等候的情景。

晚餐的烹饪技术很高,食物之丰盛让人难以置信。巴比特夫人摆出了她祖母的银烛台。巴比特极为卖力,表现出色。他想说的笑话一个也没说,专心倾听他人的谈话。一开始他就响亮地对马克斯韦尔说:"让我们听听你们的黄石公园之行。"他满口赞词,不停地夸奖别人。他抓住机会说安格斯医生是人类的恩人,马克斯韦尔和霍华德·利特菲尔德都是造诣很深的学者,查尔斯·麦凯尔维是有雄心壮志的青年的灵感,麦凯尔维夫人是齐尼思、华盛顿、纽约、巴黎和其他很多地方的社交圈的装饰。

但是他无法打动听众。这是顿没有灵魂的晚餐。由于巴比特弄不明白的原因,一片沉重的气氛笼罩着他们的晚餐,在座的人说起话来既吃力又不情愿。

他把注意力集中在露西尔·麦凯尔维身上,但注意不去看她那可爱的雪白的肩膀和用来固定她上衣的茶色丝带。

"我猜想你很快又要去欧洲了,是吗?"他主动地问道。

"我非常想去罗马几个星期。"

"大概你在那儿会看到很多绘画、音乐、古董,以及其他各种各样的东西。"

"不,我去那儿其实是为了去斯克罗法街上的一家小饭店。那里的意大利宽面条真是世界上最棒的。"

"哦,我——是的。能吃上那面条一定很让人开心。一定的。"

时至十点差一刻,麦凯尔维颇为遗憾地说他夫人头疼。巴比特帮他穿大衣时,麦凯尔维欢快地说:"我们一定要找个时间共进午餐,好好谈谈过去的时光。"

十点半,其他客人都疲倦地走了之后,巴比特转身对夫人央求道:"查理说他晚上过得很快活,我们一定要一起吃午饭——他说他们不久想请我们去他们家吃晚饭。"

她达到了目的,说:"哦,这着实是个安静的晚上。这样的晚餐通常比吵闹的晚宴更让人享受。在吵闹的晚宴上,每个人都抢着说话,无法真正安静下来,好好享受。"

但是,在他躺在阳台上的歇息床上时,他听到她在缓慢地、无望地哭泣。

四

整整一个月,他们注视着报纸上的社会栏目,等待着回请晚餐的邀请。

在巴比特家参加晚餐之后的整整一个星期里,麦凯尔维夫妇作为杰拉尔德·多克爵士的东道主一直占据着社会新闻的大标题。齐尼思热情地接待了杰拉尔德爵士（他是来美国购买煤炭的）。许多报刊采访他，谈及的问题包括禁酒、爱尔兰、失业、海军航空、汇率、喝茶与喝威士忌相互间的比较、美国妇女的心理学，以及英国县镇家庭的日常生活。杰拉尔德爵士似乎对这些问题都不生疏。麦凯尔维夫妇用锡兰风格的晚餐招待他，《拥护者时代杂志》社会栏的编辑埃尔诺拉·珀尔·贝茨竭尽全力地为此次访问大唱赞歌。巴比特在早饭桌上高声朗读道：

齐尼思从未见过比查尔斯·麦凯尔维先生和夫人昨晚为杰拉尔德·多克爵士举办的锡兰晚宴－舞会更神奇的社交场面。英国装饰和东方装饰互相辉映，食品奇特可口，贵宾、迷人的女主人和著名的男主人的性格相得益彰。在我看来，我们这些幸运儿能够观看这幕仙境般的异国景观应该深感荣幸。在蒙特卡洛[1]或在外国首都中最上等的大使馆所上演的任何表演都无法与之媲美。齐尼思迅速地在社交方面成为美国最有品位的内陆城市堪称当之无愧。

尽管出于谦虚，多克爵士不会承认这点，可是他给我们美丽的邻里带来了一大荣誉，这是自西汀伯伯爵让人记忆犹新的访问之后齐尼思获得的新荣誉。多克爵士不仅是英国贵族的一员，而且他还是（有人这样说[2]）英国金属业的一位领袖。因为他来自诺丁汉，那里曾经是罗宾汉喜爱的一个去处。不过，据多克爵士说，现在那里已是一座生机勃勃的

---

[1] 系被称为"赌博之国""袖珍之国"的摩纳哥公国的一城市，位于地中海之滨。
[2] 此句用的是法文。

拥有275573名居民和重要的蕾丝产业及其他产业的现代城市。我们认为也许在他的血管里还流着那个绿林好汉,那个擅长恶作剧的罗宾汉的血液。也就是说,他的血液可能结合了阳刚之气的热血和纯正的贵族之血。

可爱的麦凯尔维夫人从来没像昨晚那样迷人。她身穿嵌有别致的银色镶边的黑网袍,高雅的腰间挂着一束发光的阿伦·沃德玫瑰花[1]。

巴比特壮着胆子说:"我希望查理他们不会邀请我们去见这位多克爵士老伙计。听上去挺吓人的,我情愿只和查理夫妇清静地共进晚餐。"

在齐尼思体育俱乐部,人们对此事谈论诸多。"我猜想从此以后我们得叫麦凯尔维'查兹爵士'了。"西德尼·芬克尔斯坦说。

"这事可真离奇不过了,"那位数据师,霍华德·利特菲尔德,若有所思地说,"要叫某些人把事情弄清楚可真不容易。在这儿他们叫这伙计'多克爵士',其实应该称呼他为'杰拉尔德爵士'。"

巴比特惊呼道:"原来是这么回事!哦,是这样!'杰拉尔德爵士',是吗?应该这样称呼他?好的,先生,我很高兴得知这一点。"

后来,他告诉手下的销售员:"有些人比山羊还可笑。只是因为很有钱,他们就接待有名的外国人,可是他们在如何称呼这

---

[1] 有名的黄玫瑰,于1907年发现。

些知名人士，使他们宾至如归方面的知识连兔子都不如！"

那天晚上开车回家时，他路过麦凯尔维的豪华轿车，看到了杰拉尔德爵士。他是个身材魁梧、红光满面、眼球突出的有日耳曼血统的英国人，他嘴唇上方的一小撮黄胡子使他显得有几分悲伤、怀疑。巴比特的车继续慢慢地向前开，他意识到空忙一场，心里有种压抑感。忽然，他莫名其妙而又深感恐怖地认定麦凯尔维夫妇在笑话他。

他将此事告诉夫人时表现出一种激烈情绪，就此表露出他的郁闷："真正对商务专注的人不会在麦凯尔维夫妇之辈身上白费时间。社交一类的事就跟其他的嗜好一样。如果你想全力投入，就会有进展。可是，我喜欢的是有机会与你和孩子们一道探亲访友，而不是这样白痴般的追逐名流。"

他们没再谈起麦凯尔维夫妇。

五

在如今这个叫人发愁的年代，不得不去考虑奥弗布鲁克夫妇真是不应该。

埃德·奥弗布鲁克曾是巴比特的同班同学，他诸事不顺，一事无成。他的家庭人口甚多，他在多尔切斯特的郊区有桩不景气的保险业务。他灰白、消瘦、微不足道。他的一生总是灰白、消瘦、微不足道。无论与谁同行，他总是先被人忘记介绍，而后又让人加倍热情地去介绍的那种人。在大学里他敬慕巴比特讲交情，此后一直佩服巴比特在房地产方面的威力，佩服他美丽的房子和精美的衣服。这使巴比特很高兴，不过这也迫使他感到一种责任感。在同学聚会的晚餐会上他看到可怜的奥弗布鲁克身穿一套闪亮的蓝色哔叽西装,与另外三个失意者毫无信心地坐在一个角落里。他走过去,热情地说:"嘿,你好,小埃德!我听说你现在承包多尔切斯特所有的保险业务。好样儿的!"

他们回想起过去的好日子,当时奥弗布鲁克曾经写过诗。可是,奥弗布鲁克很让巴比特尴尬,当他脱口而出:"嘿,乔吉,我真不愿意去想咱俩是如何慢慢疏远的。我希望你和巴比特夫人哪天晚上能来我家里吃晚餐。"

巴比特大声叫道:"好啊!一定!到时告诉我是哪一天就行了。我和我夫人也想请你们来舍下一聚。"他把这事给忘了,不幸的是埃德没忘。他多次给巴比特去电话,请他去吃晚饭。"还是去吧,去过了就不用烦了,"巴比特嘟囔着对夫人说,"可是,难道这条可怜的鱼对社交礼仪一无所知这事不让你感到奇怪吗?想想看,他给我打电话,而不是他夫人坐下来给我们写封正规的邀请!好了,看来我们非去不可了。这就是这番对同学兄弟的鼓吹所引起的麻烦。"

奥弗布鲁克又给他发了一次让人伤感的邀请之后,他接受了。那是请他们两周以后的一个晚上去吃晚饭。两周以后的晚饭,即便是家庭晚餐,听起来都不甚令人震惊。可是,两个星期让人吃惊地溜走了,他们惊讶地面对着遭人埋伏的那一刻。他们不得不因为自己为麦凯尔维举办的晚餐而改换日期。但是,最终他们还是心情忧郁地驱车前往奥弗布鲁克在多尔切斯特的住宅。

晚餐从一开始就很痛苦。奥弗布鲁克夫妇六点半吃晚饭,而巴比特夫妇从未在七点前吃过晚餐。巴比特允许自己晚到十分钟。"我们尽可能在这儿少待些时间。我想咱们快些离开。我就说我明早要特别早就去办公室。"他计划着。

奥弗布鲁克家的住宅很令人沮丧。他们住在一栋两家合住的木质房屋的二楼。房子里放满了婴儿车，走廊里挂着旧帽子，有烧包菜的味道，客厅的桌上有本家庭圣经。埃德·奥弗布鲁克和夫人与往常一样行为笨拙、衣着褴褛。他们当晚还请了两个可怕的家庭，他们的名字叫什么巴比特没听清，也不想听清。可是，奥弗布鲁克对他的不甚圆滑的夸奖很使他感动，也很使他为难："今晚我们为能与亲爱的乔吉同桌就餐而感到异常骄傲！当然，大家都在报纸上读过他的发言和讲演。顺便提一句，咱这伙计也是一表人才，对吧？但我总想到的是我们在大学的时光。乔治总是与大家都合得来，而且他是班上的游泳健将之一。"

巴比特尽量显得愉快，他尽了很大的努力。但是，无奈奥弗布鲁克胆小怕事，其他几位客人头脑空空，奥弗布鲁克夫人才思枯竭，极度愚蠢，外加她的眼镜、毫无生气的皮肤和梳理过紧的头发，他无法从这一切中发现任何让自己感兴趣的东西。他讲了他最喜爱的爱尔兰故事，但那故事就像泡湿了的蛋糕那样一沉到底。最让他感到一头雾水的时刻是当奥弗布鲁克夫人在照看八个孩子、做饭并刷洗地面之余，没头没脑地试图参与席间谈话之时。

"巴比特先生，我猜想你经常去芝加哥和纽约吧。"她问道。

"哦，芝加哥我是挺经常去的。"

"那里一定很有趣。我猜想你常去各种剧院吧。"

"不过，实话说，奥弗布鲁克夫人，我最喜欢的就是在芝加哥卢普区的一家荷兰餐馆吃块巨大的牛排！"

他们再没别的可说了。巴比特感到很遗憾，但已不再抱有希望了。这顿晚餐失败了。晚上十点钟，他从无聊交谈的麻木之中清醒过来，佯装欢快地说："埃德，恐怕我们要走了。明天一大早有个伙计要来看我。"奥弗布鲁克帮他穿外衣时,巴比特说:"很高兴能叙叙旧!我们一定要共进午饭,一定要尽快。"

巴比特夫人在回家的路上叹着气说:"这晚饭吃得真糟糕。但是,奥弗布鲁克先生居然如此敬佩你!"

"是啊。可怜的家伙!他好像认为我是个铁皮做的大天使,而且是齐尼思最帅气的男士。"

"好了,你肯定没达到那个高度。但是,乔吉,你不认为我们必须请他们来家里共进晚餐吧,你说是吗?"

"哎哟!天啊,我希望不是这样的!"

"听着,乔治!你没对奥弗布鲁克先生提起吃晚餐的事,对吧?"

"没有!哎呀!没啊!对天发誓,我没提起过!只是虚假地提到哪天一道与他吃午饭的事。"

"就是……啊,亲爱的……我不想伤他们的感情。但我也不知道如何才能再次忍受像今天这样的晚餐。设想一下,如果像安格斯医生及夫人那样的人在我们请奥弗布鲁克夫妇时走进来,他们会认为奥弗布鲁克夫妇是我们的朋友呢!"

他们担心了整整一个星期,"我们实在应该邀请埃德和他夫人,可怜的家伙!"但因为他们再没见到奥弗布鲁克夫妇,也就把他们忘了。一两个月之后,他们说,"这样最好,就让这事从脑子里溜走吧。要是请他们来,对他们也不好。在我们家他们会感到很不自在,会自惭形秽的。"

他们没再谈起奥弗布鲁克夫妇。

梅江海 译

我的了不起的叔叔

作者 | 斯蒂芬·里柯克

斯蒂芬·里柯克（Stephen Leacock，1869—1944），加拿大幽默作家。
主要作品：《小镇艳阳录》(Sunshine Sketches of a Little Town)、《新型食品》(The New Food) 等。

我建议选择这一篇作为代表作，讲实话，是因为这是我引以为傲的一篇。只有长期坚持写作并抱有巨大的兴趣，作家才能不加修饰地讲述事实，同时不偏离主题。能做到这样，作品就自然具备一种属性，那就是只能通过这种方式来讲述。换句话说，它得像莎士比亚的作品一样简单。到这个地步，原本真实的故事听来更加真实，这就是所谓文学的基础。任何对生活的刻意描绘，读起来都会令人沮丧。

斯蒂芬·里柯克
安大略省奥里利亚

我的了不起的叔叔

　　我这辈子认识的最了不起的人是我叔叔爱德华·菲利普·里柯克——五六十年前温尼伯许多人都称呼他"爱·菲"。鉴于他的性格十分特别，只要如实陈述就好。他的事迹已经传得神乎其神，因此根本不需要添油加醋。

　　我六岁时，父亲带着全家来到安大略省的一处农场定居。尽管这是收音机的时代，我们生活的地方仍然与世隔绝。农场距离铁路有三十五英里。没有报纸可读。没有人员往来。没有地方可去。孤独而又昏暗的冬夜，充满绵延无尽的寂寥。

*

　　两年之后，父亲的弟弟，充满活力的叔叔打破了这种孤独。他刚从地中海旅行一年归来。他大约二十八岁，看起来十分老成，古铜色皮肤，阳光自信，蓄着整齐的胡须，俨然一副金雀花王朝的国王模样。他讲起阿尔及尔，讲起非洲奴隶市场，以及金牛角和金字塔时，如数家珍。对我们来说，这些经历仿佛天方夜谭。我们问他："爱德华叔叔，你认识威尔士亲王吗？"他回答说："跟他很熟。"——寥寥数字便不再多言。这是他出了名的套路。

*

1878年是加拿大大选年。爱·菲旋即投身其中。他一天之内就摸熟了上加拿大[1]的历史政治，一个星期之内与乡下所有人都打得火热。他抓住每一次集会的机会发表演讲，但他的强项在于通过私下接触或者在酒吧慷慨解囊赢得支持。这让他充分施展恭维与扯谎的天才。

"噢，让我想想——"他会端着酒杯，对坐在他旁边、身着破衣烂衫的乡下汉说，"您叫弗莱姆利呀，我在皇家骑马炮兵团有个老朋友查尔斯·弗莱姆利爵士将军，想必您是他亲戚吧？""有可能，"被恭维的家伙会说，"我猜，可能是的。英国的旧亲我也记不全。""天哪！我一定要告诉查尔斯爵士我见到您了。他肯定会很高兴。"……就这样，两个星期之内，爱·菲就为乔治亚镇一半居民平添了荣誉和地位，让他们重拾将军、伯爵的高贵荣光。投票？除了投给像家人一样的保守党，他们还能投给谁？

毋庸多言，爱·菲在政治上一直支持保守党，站在贵族一边，但与此同时又能与平民百姓打成一片。这样就显得与众不同。民主党无法屈尊俯就，他本来就处于底层。但如果保守党纡尊降贵，他就能俘获民心。

---

[1] 上加拿大是1791年至1841年间以五大湖北岸为管辖区域的英国殖民地，是安大略省的前身。

当然，选举如探囊取物。爱·菲本来可以留下来坐享其成。但他显然看得更远。彼时的安大略省前景黯淡。当时正值安大略省农业举步维艰的时期，抵押如雪片般飞落，农民纷纷变卖田产偿债，有的变得身无分文，有的"逃往美国"，有的就此销声匿迹。

但大家都在谈论曼尼托巴省对外开放。爱·菲并没有受到影响，但他和我父亲一定要去西部。于是我们卖掉农场，并且按照习惯，还请买家吃了点心。瘦得可怜的牲口，以及破败不堪的机器设备，卖掉的钱还不够威士忌的价钱。但爱·菲付之一笑，打趣说帝国之星在西部闪耀，于是一家人到了西部，留下我们这些孩子在学校上学。

*

他们到温尼伯的时候，正逢经济繁荣，爱·菲很快就如愿以偿，财运亨通。"繁荣之城"热火朝天，令人神往——十九世纪八十年代的温尼伯市，十九世纪六十年代的卡森市……生活有了焦点，一切都在这里，一切都在当下，没有过去，没有外界——只有斧头和锯子的哗啦声，灯红酒绿，日进斗金。在这种氛围下，每个人都变得了不起，变得非同寻常。大家个性张扬，人格仿佛玫瑰一样绽放。

*

爱·菲也如愿以偿。他很快就接触到各行各业，广结人缘，在波蒂奇大道到处给人授予爵位和荣誉。只消半年时间，他就积攒了大量财富,可惜都是纸上财富。他去了一趟东部,回来的时候从多伦多带回一位漂亮娇妻,在河边建了一幢别墅。别墅里摆满油画,他声称都是他祖先的肖像。别墅里人声鼎沸,盛宴不断。

他的社会活动十分广泛。他同时担任一家银行的总裁(银行从未开业),一家酒庄的老总(酒庄酿的是红河[1]水),最重要的是,他担任温尼伯哈德逊湾和北冰洋铁路公司的财务主管,声称该公司得到许可,待时机成熟就将建设一条通往北冰洋的铁路。他们目前还没有铁道,但打印了信笺和通行证,爱·菲借此取得了整个北美的通行证。

*

当然,他的根基还在政治。他立即被选进曼尼托巴省议会。如果不是因为该省还有一位更加德高望重的约翰·诺基,他会被推举竞选省长。即便这样,没过多久诺基就对他服服帖帖,被他牵着鼻子走。我记得,当时我还是学生,他们带着一帮"西部人"来多伦多,大家都穿着水牛皮大衣,留着亚述人一样的胡须。爱·菲带着他们在国王街上游行,仿佛探险家带着野蛮人凯旋。

自然,爱·菲的政治倾向仍然是保守党。但他的调子更高。光打祖先牌还不够。他还编造出一位葡萄牙公爵的头衔(我们家曾有人在葡萄牙工作过),安到我哥哥吉姆头上,彼时哥哥已经来到爱·菲在温尼伯的办公室工作。待客人们在他的别墅里欣

---

[1] 红河是流经温尼伯市的一条河流。

赏完祖先的肖像之后,他掩手低声说:"说来令人难以置信,要是死上两个人,这孩子将成为一位葡萄牙公爵。"但吉姆从来不知道该弄死哪两个葡萄牙人。

为了提升贵族形象,爱·菲经常给人留下一种神秘的威望,让人觉得他随时有可能受到皇家的召唤。如果有人问:"你整个冬天都待在温尼伯吗,里柯克先生?"他会回答说:"那在很大程度上取决于南非业务的进展。"就这样,一提南非对方便心服口服。

*

后来曼尼托巴省的经济终于崩溃。像我父亲一样单纯的人,一夜之间即被摧毁。但爱·菲并非如此。经济崩溃就像大浪托起强壮的游泳健将一样将他举得更高。他一如既往。我相信,实际上他已经破产。但这对他根本没有影响。他依靠的是借款而非现金。他仍然持有想象中的银行,以及通往北冰洋的铁路。别墅里依然人声鼎沸,商人们仍然乐意买单。所有打电话催款的人都会得到同样的答复,爱·菲的行动还不确定,主要取决于约翰内斯堡业务的进展。这样一来,欠款又能拖延半年。

*

正是在这段时间内,我经常见到他,因为他定期来到"东部",以便在西部的债主们面前装腔作势。最初,他很容易获得酒店信任,借贷或者赊欠。银行经理,尤其是乡镇一级的银行经理,通常最容易成为他的目标。爱·菲的套路很简单,就像是在农民面前玩豌豆顶针游戏。他进入银行经理的办公室时说:"哟,你钓鱼吗？墙上应该是格林哈特钓竿吧？"（爱·菲对各种东西的名字都了如指掌。）用不了几分钟，银行家必定会又羞又喜地向他展示钓竿，还把抽屉里的苍蝇钓饵盒拿给他看。爱·菲走出门时，身上便有了一百块现金。根本无需担保。交易到此结束。

他在处理赊欠、入住酒店、车马出租和商店账单方面也是如此。大家都被他这一招蒙混过关。他买东西出手阔绰，从不问价。他从不主动提出付账，一直等到出门的时候才说："顺便说一下，赶紧记一下账。我要离开一下。"然后装作不让店员听到一样，小声地对我说："亨利·洛赫爵士又从西非发电报来了。"说完就走出店铺。店员此前从未见过他，此后也不会再见到。

*

他对付酒店的策略则有所不同。当然，对付乡下的酒店太过简单。爱·菲有时会付现金，就像狩猎爱好者不会射杀停着不动的山鹑一样。但大型酒店就另当别论了。爱·菲离开的时候——也就是说，他已经做好准备，带上外套、包和所有行李——会到前台索要账单。一看到账单，他就会感叹价格合理。"想想看！"他会小声对我说，"跟巴黎的克利翁酒店比比！"酒店老板可不想这么比，这样一来他只会觉得自己开的是廉价酒店。然后他继续小声对我说："记得提醒我，告诉约翰爵士我们在这家酒店受到热情的款待。他下周要来这里。""约翰爵士"是加拿大总理，酒店经营者不知道他要来——他根本就不会来……然后是最后一招——"我看看……七十六块……七十六……你给我，"——爱·菲目光盯着酒店老板——"给我二十四块，我好记着送一百块整数过来。"对方的手在颤抖，但还是给了钱。

*

倒不是说爱·菲是个骗子，或者不诚实。账单对他来说只是"延迟支付"，就像英国欠美国的债务一样。他一辈子从来没干过，甚至没想过欺骗的事情。他所有的套路都像阳光一样公开——也像阳光一样虚无。

*

在各种待人接物的场合，爱·菲见人说人话见鬼说鬼话。有一次我把他介绍给我的一帮大学同学，大家都快要拿到学位了，对他们来说学位就是命根。聊着聊着，他不经意地转身对我说："噢，告诉你，我终于取得了梵蒂冈给我颁发的荣誉学位！"这个"终于"真是令人印象深刻——那可是教皇授予的学位，而且已经超期！

*

当然，好景不长。渐渐地，他丧失了信誉。债主们变得强硬，朋友们离他而去。爱·菲渐渐失势。妻子去世，他成了孤家寡人，一个行动笨拙、衣衫褴褛的家伙，经常流落街头，如果不是他那不屈不挠的自信，以及他聪明睿智的头脑，他着实令人同情。即便如此，他的日子依然变得艰难。最终，连酒吧的赊欠也不再可能。我听哥哥吉姆——所谓的葡萄牙公爵——说，温尼伯一家酒吧的招待终于幡然醒悟，生气地将他赶了出去。当时爱·菲带了一小群人进来，一只手伸开五只手指说："里柯克先生，五位！……"酒吧招待破口大骂。爱·菲挽起一位朋友的胳膊。"走吧，"他说，"这家伙只怕是疯了！不过我不想投诉他。"

*

这时,他已经失去了旅行的能力。铁路公司发现根本没有北冰洋,而且印刷公司也不再为他印制信笺和通行证。

*

但他终于得到机会再次"到东部"来。那是1891年的六月。我在多伦多见到他沿着国王街往前走——他的衣服有点破旧,但头上戴着一顶礼帽,帽檐上有一圈很大的黑绉纱。"可怜的约翰爵士,"他说,"我觉得我必须赶来参加他的葬礼。"直到这时我才想起来总理去世了,同时也意识到他来这里的交通可以免费。

*

这是我最后一次见到爱·菲。此后,有人资助他回到英格兰。他从家庭信托得到一点微薄收入,或许有每星期两英磅。他就靠着这笔钱,在伍斯特郡一个偏远乡村里过着相应的体面生活。他对村民说——这是我后来听说的——他待多久没准儿,这主要取决于中国业务的进展。但是中国的业务毫无进展,于是他在村里待了一年又一年。他差点就在这里终了余生,但这时有一笔意外之财从天而降,颇有点儿因果报应的意味,让爱·菲的迟暮人生重焕余晖。

*

原来,我们家所处的英格兰地区,曾有一个古老的兄弟会,拥有几百年前传下来的一座修道院和一些年久失修的地产。爱·菲突然找到兄弟会,兄弟会似乎很容易糊弄,的确如此。在他虔诚的"回归"过程中,他查看了一下兄弟会的财务。他本来就机智,很快就发现一项历史悠久的针对英国政府的索赔,数量巨大,而且十分靠谱。

爱·菲立即回到威斯敏斯特,担任兄弟会的代理人。他深谙如何与英国官员打交道。他们甚至比安大略省的酒店老板更容易对付。他只需向对方暗示自己在海外有惊人的投资就行了。他们从未去过那里,但他们记得他们是如何错过约翰内斯堡,又在波斯石油上迟了一步。爱·菲只需提一下他的北冰洋铁路。"等你们方便的时候,我一定带你们看看我们的铁路。我真觉得,等铁路修到科珀曼河,一定要在这里也投些股份。这么大业务光一个纽约市场吃不下。"

于是爱·菲得偿所愿。英国政府对古老的索赔习以为常,他们立即付了款。类似的索赔案子还有许多。

兄弟会得到一大笔钱。为了表示感激,他们邀请爱·菲长期担任他们的经理。于是,他的生活又变得十分富足。他徜徉在如十字军东征般古老的花园、果园和鱼塘之间,时光飞逝。

1921年我在伦敦做讲座时,他写信给我:"你一定要过来。我现在年纪太大,没法过去。不过,只要你需要,我随时可以派司机和两个兄弟会助手过去接你。"我觉得"兄弟会助手"这一点真是有味——这正是爱·菲的风格。

我抽不开身,因此再也没有见过他。他在修道院终老,并没有收到西非的电报。多年以前我一直觉得爱·菲是个骗子,是个笑料。如今来看,我对他的理解更加深刻。现在我觉得他身上有种不折不挠的精神,这正是不列颠民族的标志。

如果真有天堂,我敢肯定他能混得进去。他会在天堂门口说——"彼得？你肯定跟蒂奇菲尔德的彼得勋爵是亲戚吧？"

如果这么说不奏效，那就按照西班牙人所说的，"祈愿泥土轻轻将他掩埋。"

鄢宏福 译

魔鬼和丹尼尔·韦伯斯特

作者｜斯蒂芬·文森特·贝尼特

斯蒂芬·文森特·贝尼特（Stephen Vincent Benét，1898—1943），美国诗人、小说家，两度获普利策诗歌奖，三度获欧·亨利奖。

主要作品：《约翰·布朗的遗体》（John Brown's Body）、《魔鬼和丹尼尔·韦伯斯特》（The Devil and Daniel Webster）、《巴比伦水域》（By the Waters of Babylon）等。

《魔鬼和丹尼尔·韦伯斯特[1]》是我多年来一直想写的那种故事。我们国家有自己的民间神祇、伟人与各种各样的人物。我想为他们写点什么，但经常发现不知道该如何处理这类题材。我1927年写了一系列美国短篇，由一位老人，恐怕是最老的原住民，来讲述这些故事。我喜欢写这样的作品，尽管写作的效果不尽如人意。大部分作品发表在《乡村绅士》杂志上，这家杂志似乎很喜欢这些作品——至少杂志编辑是这样。如果我没记错的话，《乡村绅士》读者反应寥寥。于是这个系列自然消亡。但过了十余年之后，由于发生了许多事，我仍想写这类作品。于是我重新开始。只是这次我抛弃了最老的原住民这一套路，让故事自己来讲述。

斯蒂芬·文森特·贝尼特
纽约

1　丹尼尔·韦伯斯特（1782—1852），美国著名政治家、法学家和律师，曾三次担任美国国务卿，并长期担任美国参议员。

魔鬼和丹尼尔·韦伯斯特

这是在马萨诸塞州、佛蒙特州和新罕布什尔州边境地区流传的故事。

对了,丹尼尔·韦伯斯特死了——或者说,至少,人们把他埋了。但人们说每次马什菲尔德附近遭遇雷暴时,你就能听见他的声音在空洞的天空中起伏。人们还说,如果你来到他的墓地,大声喊道:"丹尼尔·韦伯斯特——丹尼尔·韦伯斯特!"大地就会开始震动,树木开始颤抖。然后,过一会儿,你会听到一个低沉的声音说:"邻居,联邦怎么样了?"你最好回答说联邦很好,稳固如新,完整统一,不然他可能会从地下钻出来。至少,我年少的时候,别人是这么告诉我的。

知道吗,他一度是这个国家最伟大的人物。他没有当上总统,但他是最伟大的人物。成千上万的人对他的信任仅次于对上帝——大家争相传颂他的事迹,就像讲述列祖的事迹一样。人们说,他站出来说话时,天空中会出现星条旗——有一次他对着一条河说话,这条河沉入了地底。人们说当他拿着"杀光"钓竿在树林里行走,鳟鱼会从河里跳起来,掉进他的口袋,因为它知道没有必要与之抗争。当他为案件做辩护的时候,他能召来天使的竖琴为他奏乐,脚下的大地会为之颤抖。他就是这种人,他在马什菲尔德的大农场很适合他。他养殖的鸡全身上下都是白肉,他养牛像照顾孩子一样,他称作歌利亚的大公羊羊角卷曲,仿佛牵牛花的藤蔓,羊角能顶开铁门。但丹尼尔可没有那些乡绅的架子——他对土地了如指掌,每天起早摸黑打理农活。他的嘴长得像藏獒嘴,眉毛像大山,眼睛像燃烧的无烟煤——这就是风华正茂的丹尼尔的形象。他打的最大一起官司并没有写入书籍,因为他的对手是魔鬼,双方可谓势均力敌,不择手段。这就是我听到的故事。

有个叫杰贝兹·斯通的人住在新罕布什尔州的克罗斯科纳斯。他不是个坏人,但他是个不幸的人。他种玉米,玉米就会生蛀虫;他种土豆,土豆就会枯萎。他有良田千亩,但并不富足——他家有娇妻,子女绕膝,但孩子愈多,口粮愈少。如果邻居的田地里出现石头,那他的田地里定是大鹅卵石。如果他的马匹出现跗节内肿,他买的新马定会出现跛脚或者别的毛病。显然,总有些人像他这样。但是有一天,杰贝兹受够了这一切。

他已经犁了一上午地,刚在一块石头上磕坏了犁铧,他敢肯定昨天这里本来还没有石头。他站在那里望着犁铧时,马儿开始咳嗽——咳的声音很粗,说明马儿病了,得请兽医。当下两个孩子正得麻疹,妻子也有病在身,他的拇指还得了化脓性指头炎。这简直就是压垮杰贝兹·斯通的最后一根稻草。

"我发誓,"他说,他有点儿绝望地看着周围,"我发誓,人到这个地步,简直想把灵魂出卖给魔鬼!我愿以二分钱的价格卖掉我的灵魂!"

话一说完,他感觉到身上有一丝不快,但是,作为新罕布什尔人，话说出口，绝不反悔。不过，到了晚上，他看到没有人注意到他说的话，倒是感到如释重负，因为他有宗教信仰。但是，迟早有人会注意到他说过的话，正如圣经上说的一样。果不其然，第二天，大约晚饭时间，一位身穿深色衣服、说话轻声细语的陌生人乘着一辆轻便马车来找杰贝兹·斯通。

嗯，杰贝兹对家人说对方是律师，来找他商量一宗遗产的问题。但他心里清楚对方是谁。他不喜欢陌生人的样貌，也不喜欢他笑的时候咧着牙齿。他满口洁白的牙齿，牙齿很多——有人说这些牙齿被锉得很尖，但我不这么认为。狗看了一眼这个陌生人，立即夹着尾巴叫着跑开了，这也让杰贝兹很不爽。说明来意之后，他或多或少坚持己见，两人到谷仓里讨价还价。杰贝兹·斯通得扎破一根手指签下契约，陌生人借他一根银针。伤口愈合得很好，但留下了一点白色的伤疤。

此后，风云突变，杰贝兹·斯通时来运转，变得家道殷实。他的牛儿长得膘肥体壮，马儿毛色光亮，庄稼长势让左邻右舍嫉妒眼红，闪电四处为害却偏偏不会击中他家谷仓。没过多久他就成为县里的富户。人们请他担任行政委员，他欣然应命——甚至有人让他考虑竞选州参议员。总而言之，完全可以说斯通家的生活幸福美满，日子过得如鱼得水。家人们的确如此，但杰贝兹·斯通一人除外。

头几年他的确过得心满意足。消除厄运是件大事——他脑子里少了许多担忧。诚然，时不时地，尤其是阴雨天，手指上的白色小疤会让他感到刺痛。那个陌生人会一年一度准时驾着那辆轻便马车光临。但第六年这位陌生人从马车上下来之后，他与杰贝兹·斯通之间的和平结束了。

陌生人穿着靴子，拄着拐杖，穿过地势较低的田地走上来——那是一双时髦的黑色靴子，但杰贝兹·斯通并不喜欢靴子的式样，尤其是脚趾的位置。聊了几句之后，他说："哈，斯通先生！你真了不起！你这田产可真是不简单呀，斯通先生！"

"嗯，有人喜欢，也有人不喜欢。"杰贝兹说，因为他是新罕布什尔人。

"噢，不用贬低这个行业！"这个陌生人和气地说，露齿而笑，"毕竟，我们知道这是怎么回事——这都是按照契约上的条款来的。所以——嗯哼——等明年抵押到期，你应该不会有遗憾了。"

"说到抵押，先生，"杰贝兹·斯通说，他四下张望，寻求帮助，"我对这个有一两个疑问。"

"疑问？"这个陌生人有些不悦地说。

"嗯，对，"杰贝兹·斯通说，"这里是美利坚合众国，我一直信仰宗教。"他清了清嗓子，壮了壮胆。"对，先生，"他说，"我开始对这份抵押的法律效力持有很大的怀疑。"

"不同法庭之间的裁决存在很大差异，"陌生人说着，牙齿发出咔嗒声，"不过——我们可以看一下原始文件。"他掏出一大本黑色的口袋书，里面装满文件。"舍尔温——斯莱特——史蒂文斯——斯通，"他喃喃自语，"本人，杰贝兹·斯通——合同期限七年——噢，这里写得很清楚，我觉得——"

但杰贝兹·斯通根本没有听他说的话，因为他看到有东西从黑色的口袋书里飘落出来。这东西看起来像是飞蛾，但又不是飞蛾。正当杰贝兹·斯通盯着看的时候，那东西似乎在用小而尖锐的声音对他说话，这声音很小，很细，但绝对是人的声音。"斯通，好邻居！"它尖叫道，"斯通，好邻居！救救我——上帝呀，救救我！"

但杰贝兹·斯通还没来得及挪动手脚，这个陌生人就迅速掏出一方印花手帕，抓住这东西，就像抓住一只蝴蝶一样，然后开始捆住手帕尾部。

"打扰了，"他说，"我刚才说——"

但杰贝兹·斯通像受惊的马儿一样浑身战栗。

"刚才是守财奴史蒂文斯的声音！"他低声说，"你把他包到手帕里了！"

陌生人显得有些尴尬。

"对，我真该把他装到收纳盒里，"他假惺惺地笑着说，"但收纳盒里有些不同寻常的标本，我不想让里面装得太挤。嗯，嗯，这种不幸的事总是会发生——"

"我不知道你所谓的不幸的事是什么意思，"杰贝兹·斯通说，"但那是守财奴史蒂文斯的声音！他还没死！别告诉我他死了！他星期二还生龙活虎呢！"

"这都是命中注定，"陌生人有点儿虔诚地说，"听听！"这时，山谷里传来钟声，杰贝兹·斯通听着，汗水顺着他的脸颊淌下来。因为他知道，这钟声是为守财奴史蒂文斯敲响，他已经死了。

"这都是陈年旧账，"陌生人叹气说道，"真不想结账。但生意就是生意。"

"他们就这么渺小吗？"他声音沙哑地问。

"渺小？"陌生人说，"噢，我懂你的意思了。嗯，每个人都不一样。"他用眼神打量了一下杰贝兹·斯通，然后露出牙齿。"别担心，斯通先生。"他说，"你的等级很好。我可不会把你放在收纳盒外面。当然，像丹尼尔这样的人——嗯，我们得专门为他打造一个特殊的盒子,即便这样,恐怕盒子的翼展也会让你惊讶。他肯定不一般——希望我们能够搞定他!但是,对你来说,正像我刚才说的——"

"把手帕收起来!"杰贝兹·斯通一边说,一边开始祈求。但他最后最多只能得到三年的延期,而且有附加条件。

但直到你做了这样的交易,你才知道四年时间过得多快。到四年即将结束前几个月,杰贝兹·斯通在州里已经家喻户晓,人们都在谈论让他竞选州长——对他而言,这都是泡影。因为每天起床之后,他都会想"又少了一晚",每天晚上他躺下睡觉时,他都会想到那本黑色的口袋书,想到守财奴史蒂文斯的灵魂,顿时觉得万念俱灰。最终,他再也无法忍受,到最后一年的最后几天,他骑上马去找丹尼尔·韦伯斯特。因为丹尼尔·韦伯斯特是新罕布什尔人,距离克罗斯科纳斯只有几英里的路程,而且众所周知,他对邻居特别友善。

他一大早就到了马什菲尔德,但丹尼尔已经起床,正忙着用拉丁语跟农场工人说话,跟公羊歌利亚练摔跤,训练一匹新马,并且准备对付约翰·考德威尔·卡尔霍恩[1]的演讲词。但是,当他听说新罕布什尔人来找他,便放下手头的各种工作,这是他一贯的作风。他给杰贝兹·斯通准备了丰盛的早餐,分量五个人都吃不完,他不分男女询问克罗斯科纳斯每一位村民的生活状况,最终,他问杰贝兹有什么可以为他效劳。

杰贝兹·斯通说这是一起抵押官司。

"噢,我很久没有接手抵押官司了,我现在一般不帮人辩护,

---

[1] 约翰·考德威尔·卡尔霍恩(1782—1850),十九世纪上半叶美国著名的政治家和政治思想家,美国前副总统。

除非是在最高法院，"丹尼尔说，"不过，如果我能帮你，我义不容辞。"

"那我就有救了，我可是等了十年。"杰贝兹·斯通将事情的始末原原本本说了一遍。

丹尼尔听的时候背着双手前后踟蹰，时不时问个问题，时不时盯着地板，眼神如锥子般犀利，仿佛要钻透地板。杰贝兹·斯通说完之后，他鼓起腮帮吁了口气。然后他转向杰贝兹·斯通，脸上绽放出笑容，那笑容仿佛蒙纳德诺克山上的朝霞。

"你真是钻进了魔鬼的圈套呀，杰贝兹邻居，"他说，"但我同意接你的案子。"

"您同意接？"

"对，"丹尼尔·韦伯斯特说，"我还有七十五件事情要做，还要处理密苏里妥协案[1]——但我同意接你的案子。如果两个新罕布什尔人还不是魔鬼的对手，我们还不如把国家交还给印第安人。"

然后他握了握杰贝兹·斯通的手说："你是不是来得很匆忙？"

"嗯，我承认我是抽空来的。"杰贝兹·斯通说。

"那你得加紧回去。"丹尼尔·韦伯斯特说，他告诉家人把《宪法》和相关法律搬到马车上。两匹灰色的马长得一模一样，一只前脚是白色的，跑起来风驰电掣。

好吧，当他们到家时，斯通的家人看到伟大的丹尼尔·韦伯斯特来做客时的激动和喜悦我就不作太多描述。路上杰贝兹·斯通的帽子被风吹掉了，他们并没有在意。晚饭之后，杰贝兹打发

---

[1] 指1820年美国南部奴隶主同北部资产阶级在国会中就密苏里地域成立新州是否采取奴隶制问题通过的妥协议案。

家人上床睡觉，因为他和韦伯斯特先生有要事相商。斯通先生想请他到前厅就座——但是丹尼尔·韦伯斯特说他更喜欢坐在厨房里。于是他们坐在厨房里等待着陌生人，桌上放了一只壶，壁炉里火光明亮——根据契约上的说明，陌生人应当在午夜时分准时出现。

好吧，有丹尼尔·韦伯斯特和酒壶为伴，夫复何求。但是，随着钟表发出滴答声，杰贝兹·斯通悲从中来。他的眼睛扫视着房间，酒虽倒进嘴里，却根本尝不出味道。最终，十一点三十分的时候，他俯身抓住丹尼尔·韦伯斯特的胳膊。

"韦伯斯特先生，韦伯斯特先生！"他说，他的声音由于恐惧不停颤抖，但绝望之中又鼓起勇气。"上帝啊，韦伯斯特先生，您还是赶紧上马离开这里吧！"

"你这么大老远把我叫来，邻居，又告诉我不需要我陪你。"丹尼尔·韦伯斯特平静地说，一边拉过酒壶。

"我真是卑鄙！"杰贝兹·斯通呻吟道，"我发疯似的把您叫来——现在我发现自己很愚蠢。让他来抓我吧——我不渴望什么，我得说，我能忍受。但您是联邦的支柱，是新罕布什尔的骄傲！他一定不能抓您！韦伯斯特先生！他一定不能抓您！"

丹尼尔·韦伯斯特看着心不在焉的邻居，只见他在火光的映照下面色苍白，浑身战栗，于是将一只手搭在他肩膀上。

"谢谢你，斯通邻居，"他温和地说，"你很体贴。但是桌上有酒壶，手上有案子。我这辈子从没有丢下喝到一半的酒壶，也没丢下没有完成的案子。"

正在这时，门口响起了响亮的敲门声。

"啊，"丹尼尔·韦伯斯特十分冷静地说，"我看你的钟表有点慢了,斯通邻居。"他走到门口打开门。"进来吧!"他说。

陌生人进了屋——在火光中他显得十分阴暗,个头很高。他胳膊下夹着一个箱子——一个黑色的漆盒,盖子上留有细小的气孔。看到盒子,杰贝兹·斯通发出一声低沉的喊叫,缩到房间角落里。

"我看这是韦伯斯特先生吧。"陌生人十分礼貌地说,但他的眼睛仿佛丛林中的狐狸一样发出闪光。

"我是杰贝兹·斯通的代理律师,"丹尼尔·韦伯斯特说,他的眼睛也发出闪光。"敢问尊姓大名?"

"我有许多名字,"陌生人心不在焉地说,"或许今晚叫我斯克拉奇就好。我在这些地区经常用这个名字。"

说完,他在桌边坐下,从酒壶里倒了一杯。酒壶中的酒是凉的,到了杯中却开始散发蒸汽。

"现在,"陌生人笑着露出牙齿,"我要请你作为诚实守法的公民,帮助我取回属于我的财产。"

好吧,争论就此开始——激烈而又庄重地进行。起初杰贝兹·斯通还抱有一丝希望,但是当他看到丹尼尔·韦伯斯特的辩护一条一条被击溃,他只蜷缩在角落里,眼睛盯着漆盒。因为事实和签名,铁证如山——尤其是签名。丹尼尔·韦伯斯特迂回曲折,甚至用拳头狠狠捶打桌子,但这一点他无法辩驳。他提出双方达成妥协,但对方不同意。他说财产已经增值,而且州议会议员价值更高——陌生人仍然紧抠法律条文。丹尼尔·韦伯斯特是个出色的律师——但正如圣经上说的,他知道谁才是律师之王——看起来,丹尼尔·韦伯斯特第一次遇上了对手。

最后,陌生人打了个哈欠。"你为客户如此尽心,这会平添你的信誉，韦伯斯特先生，"他说，"但是如果你举不出更多证据——我还要赶时间。"杰贝兹·斯通已经瑟瑟发抖。

丹尼尔·韦伯斯特愁眉紧锁。

"不管你赶不赶时间，这个人你不能带走！"他声如洪钟，"斯通先生是美国公民——美国公民不能听命外国人！我们1812年曾为此与英格兰开战[1]，我们也会为此与地狱开战！"

"外国人？"陌生人说，"谁说我是外国人？"

"嗯，我从没听说过魔——你，自称是美国公民。"丹尼尔·韦伯斯特惊讶地说。

"谁比我更有这个权利？"陌生人说着，露出狰狞的笑容。"当第一起罪行发生在第一个印第安人身上时——我就在那里。当第一艘贩奴船前往刚果——我就站在船甲板上。从第一块殖民地建立至今，我不是一直出现在你们的书籍、故事和信仰里吗？如今，在新英格兰的每一座教堂，大家不都还在呼唤我的名字吗？的确，北方人把我当南方人，南方人把我当北方人——但我既不属于南方也不属于北方。我跟你一样，只是个诚实的美国人——而且出身良好——说实话，韦伯斯特先生，不是我吹，在这个国家我的名字比你的还古老。"

"啊哈！"丹尼尔·韦伯斯特的额头青筋暴露，"那我就要使用《宪法》！我要求依据《宪法》对我的客户进行审判！"

"这起案子不适合普通法庭，"陌生人说，他的眼睛发出闪光，"而且，时间太晚了——"

"你选什么法庭就是什么法庭，但是法官和陪审员必须是

---

[1] 指美国与英国之间发生于1812至1815年的战争。

美国人!"丹尼尔·韦伯斯特自豪地说,"无论是活人还是死人——我都无话可说!"

"这可是你说的。"陌生人说着,指了指门口。突然之间,门外刮起一阵风,响起一阵脚步声。在这样的晚上,脚步声显得格外清晰,然而,又不像活人的脚步发出的声音。

"上帝啊,谁这么晚了还会来?"杰贝兹·斯通恐惧而又痛苦地喊道。

"这就是韦伯斯特先生要求的陪审团,"陌生人说着,对着沸腾的杯子咂了一口。"抱歉有一两位可能显得有些风尘仆仆——他们从大老远赶来。"

话音未落,火焰变成蓝色,门开了,十二个人依次进屋。

如果说此前杰贝兹·斯通由于恐惧而感到不安的话,那么现在他已经因恐惧而手足无措。因为到场的有反对独立者沃尔特·巴特勒[1],他在革命期间在莫霍克谷纵火并散播恐惧。有背叛者西蒙·格蒂[2],他眼睁睁看着白人受到严厉的惩罚,还和印第安人一起激动地喊叫。他长着一双美洲豹似的绿色眼睛,他的狩猎衫上沾染的血迹可不是来自野鹿。来人里还有菲力浦国王[3],野性与自豪的气势一如既往,头上有一道致命的伤口。有戴尔州长,他善用车裂酷刑。有建立梅里蒙特殖民地的莫顿[4],他令普利茅斯殖民地大动肝火,他通红而又松弛的脸长得十分英俊,他对信徒深恶痛绝。有血腥海盗蒂奇[5],黑色的大胡子垂到胸前。有约

---

1 沃尔特·巴特勒(1752—1781),美国独立革命期间担任英国反独立官员。
2 西蒙·格蒂(1741—1818),美国独立革命期间曾任英军与印第安同盟之间的联络官。
3 菲力浦国王(1638—1676),即梅塔卡姆,美国原住民万帕诺亚格人的酋长。1675至1676年,发动反抗英国北美殖民地严酷统治的战争,即"菲力浦国王之战"。
4 托马斯·莫顿(约1579—1647),自英格兰抵达北美的早期殖民者,建立了梅里蒙特殖民地。
5 爱德华·蒂奇(约1680—1718),诨号"黑胡子",世界航海史上最臭名昭彰的海盗之一。

翰·斯密特牧师，一双扼杀人命的手，一身黑色宽袖法衣，走起路来像他走上绞刑架时一样文雅。他的脖子周围仍然留有绞索的红色印迹，但他一只手里拿着一方喷了香水的手帕。所有人都走进来，他们身上仍然带有地狱之火。陌生人介绍了他们的名字和事迹。这个陌生人说得对——他们都在美国历史上发挥了作用。

"你对这个陪审团的成员满意吗，韦伯斯特先生？"陌生人待各位陪审员就座后奚落道。

丹尼尔·韦伯斯特眉毛上缀满汗珠，但他的声音十分清晰。"非常满意，"他说，"不过阿诺德将军[1]好像没来。"

"阿诺德将军有事在身，"陌生人咄咄逼人地说，"啊，我看你想要的是法官。"

他又用手指指了一下，一个身穿严肃的清教徒服装的高个子走了进来，眼神狂热，坐到法官的位置。

"哈特霍恩[2]法官经验丰富，"陌生人说，"他主持过塞勒姆的巫蛊案[3]。后来有人对这起案件感到后悔，但他从不后悔。"

"对这种离奇的作为感到后悔？"这个表情严肃的法官说，"不，把他们都绞死——全部都绞死！"他喃喃自语，令杰贝兹·斯通感到灵魂战栗。

随后审判开始，你肯定能够料到，审判对辩方十分不利。杰贝兹·斯通根本无法为自己辩护。他看了一眼西蒙·格蒂，发出尖叫，众人只得把几近昏厥的他带回到屋子角落里。

---

[1] 本尼迪克特·阿诺德（1741—1801），美国独立战争中的大陆军第一猛将。

[2] 约翰·哈特霍恩(1641—1717)，马萨诸塞湾殖民地塞勒姆市地方执法官，塞勒姆巫蛊案主审法官之一。

[3] 1692年至1693年间，马萨诸塞殖民地发生了塞勒姆巫蛊案。逾200人被指控施行巫术，20人被处死。最终，殖民政府承认这是冤假错案，并给予受害者家庭赔偿。

但审判并未因此停止——审判继续进行。丹尼尔·韦伯斯特以前曾遇到过难缠的陪审团和严厉的法官——但这一次他遇到的是最难缠的陪审团和最严厉的法官，对此他心知肚明。他们坐在那里，目光如炬，听着陌生人滔滔不绝地陈词。每次陌生人提出反对，都是"反对有效"，每次丹尼尔提出反对，都是"反对无效"。当然，在斯克拉奇先生这样的家伙面前不可能有公平游戏。

最终轮到丹尼尔辩护，他变得像锻铁炉中的铁一样火热。当他站起来说话时，他准备动用他所知晓的以及法官和陪审团所知晓的一切法律技巧谴责这个陌生人。他根本不在意是否有藐视法庭的嫌疑，不在意自己面临的风险。他也不在意杰贝兹·斯通身上已经发生了什么。他只是变得越来越疯狂，想着他该怎么陈述。但奇怪的是，他想得越多，越不知道该怎么表达。

最终，当他必须起身说话时，他站起身，准备好爆发一阵斥责。但开始之前，他打量了一阵法官和陪审团，这是他一贯的做法。他留意到大家眼神中的闪光更加强烈，大家都坐直了身体。仿佛猎狗正盯着狐狸——他打量大家时房间里充满邪恶的蓝色迷雾。这时他明白了该怎么做——他擦了一下额头，仿佛差点跌落到黑暗的坑洞。

他们针对的人是他——而不仅仅是杰贝兹·斯通。从大家眼神中的闪光以及陌生人一只手捂住嘴巴就能看出来。如果他用他们自己的武器来战斗，他肯定会落入对方的圈套——他很清楚这一点，但他不知道为什么清楚。他们眼中闪烁的是他自己的愤怒与恐惧——他必须消除这种愤怒和恐惧，否则这起官司注定失败。他在原地站了一会儿，黑色的眼睛像燃烧的无烟煤一样。然后，他开口陈词。起初他放低声音，但每个字都听得清清楚楚。

大家说如果他愿意,他可以召唤天使的竖琴。这就像人说话一样简单轻松。但他一开始并没有谴责对方,也没有辱骂。他谈的是什么东西让一个国家成为一个国家,什么东西让一个人成为一个人。

他从每个人看得见摸得着的日常琐事谈起——当你年轻时清新的早晨,当你感到饥饿时食物的香气,当你年少时每天都是新的一天。他将这些东西串联起来,为他所用。对任何人来说,这些都是美好的事物。但如果没有自由,这些都会变得索然无味。当他谈到那些被奴役的人,谈到奴隶制的不幸时,他声如洪钟。他谈到美国早期的历史,以及塑造历史的人物。他的演讲并不夸张,但他让你感同身受。他承认犯过各种错误,同时告诉大家,在这是非之中,在这痛苦与饥饿之中,新的东西已经诞生。每个人,甚至包括背叛者都发挥了作用。

然后他转向杰贝兹·斯通,讲述了他的情况——他是一个普普通通的农民,时运不济,于是设法改变,现在他将面临永恒的惩罚。但杰贝兹·斯通有他的优点——他表现出了这种优点。在某些方面,他有些冷酷和吝啬——但他是个人。做人有可悲之处,也有骄傲之处。他阐释什么是骄傲,直到你情不自禁感到这种骄傲。没错,即使身处地狱,如果一个人还能称之为人的话,那他也能感觉得到。他已经不再向任何人祈求——尽管他的声音听起来像管风琴。他讲述的是人类的故事,遭遇的失败,以及无尽的旅程。人类会被欺骗,被围困,被迷惑,但这是一场伟大的旅程。没有哪一个魔鬼能够理解它的灵性——只有人能够理解。

丹尼尔·韦伯斯特说完时,壁炉里的火逐渐熄灭,凌晨的风开始吹起。屋内开始出现灰色的光。最后,他的陈词又回到新罕布什尔——每个人喜爱并眷恋的土地。他描绘了一幅图景——并向陪审团的每一位成员讲述许久已经被忘记的历史。他的声音直抵心房，这是他的天赋和力量。在一个人面前，他的声音仿佛神秘静谧的森林；在另一个人面前，他的声音又仿佛风暴肆虐的海洋；一个人可以从他的声音中听见消逝的民族的呐喊；另一个人可以从他的声音中看见遗忘许久的一幕微不足道的场景。但每个人都看到了什么。当丹尼尔·韦伯斯特说完后，他不知道自己是否已经拯救了杰贝兹·斯通。但他知道，他创造了一个奇迹。因为法官和陪审员眼中的火光已经消失，此时此刻，他们又变成人，他们知道自己是人。

"辩护结束。"丹尼尔·韦伯斯特说完，像大山一样屹立在原地。他的耳朵里仍然回响着陈词，他什么都没听到，只听到哈特霍恩法官宣布，"陪审团休会商定最后裁决。"

沃尔特·巴特勒站起身，他深色的脸上有一种愉快的骄傲之情。

"陪审团已经商定，"他说着，盯着陌生人的眼睛，"我们做出有利于杰贝兹·斯通的判决。"

说到这里，陌生人脸上的笑容一扫而光，但沃尔特·巴特勒并没有畏缩。

"或许这个裁决并没有尊重证据，"他说，"但即使魔鬼也敬佩韦伯斯特先生的雄辩。"

这时，一只公鸡的叫声撕裂了凌晨灰色的天空，法官和陪审团像一缕烟一样从屋里消失，仿佛他们从来没有来过一样。陌生人转向丹尼尔·韦伯斯特，表情冷漠地笑笑。

"巴特勒少校一直都是个勇敢的人，"他说，"我没想到他这么勇敢。不管怎样——祝贺你们。"

"我先得收回那份契约,如果你不反对的话,"丹尼尔·韦伯斯特接过契约,撕成四片。契约摸起来仍然温热。"现在,"他说,"我要你!"他的手像捕兽夹一样伸出来抓住陌生人的胳膊。因为他知道,一旦你在公平竞争中击败斯克拉奇先生这样的人,他对你的力量就消失不见。他可以看到,斯克拉奇先生也知道这一点。

陌生人扭动身体,但他无法挣脱。"来吧,来吧,韦伯斯特先生,"他说着,露出苍白的笑容。"这很荒——荒——荒唐。如果你担心诉讼费——那么,我愿意来付——"

"诉讼费你肯定得付!"丹尼尔·韦伯斯特边说边摇晃着他,直到他的牙齿咔嗒作响。"你得在桌子旁坐下来,拟一份契约,在最后审判日之前,永远不得骚扰杰贝兹·斯通兄弟,也不得骚扰他的财产继承人或者受让人,不得骚扰新罕布什尔州的任何人!因为如果我们要在这个州召唤哈迪斯[1],我们可以自己召唤,不需要陌生人帮助。"

"哎哟!"陌生人喊道,"哎哟!他们可没那么聪明,但是——哎哟,我同意!"

于是他坐下来起草契约。但丹尼尔·韦伯斯特的手一直抓着他的衣领。

"现在——我可以走了吗?"丹尼尔确认契约写得既到位又规范之后,陌生人低声下气地说。

"走?"丹尼尔说着,又晃了晃他。"我还在考虑该怎么处

---

[1] 希腊神话中的冥王。

置你。虽然你已经解决了诉讼费的问题，但我们两个的问题还没有解决。我想我要把你带回马什菲尔德，"他若有所思地说，"我有一头公羊歌利亚，它的角能抵穿铁门。我要把你放开，看看歌利亚会怎么做。"

说到这里，陌生人开始讨饶。他低声下气地讨饶，当然，心地善良的丹尼尔同意放他走。陌生人因此十分感激地说，为了表示他的谢意，他走之前可以给丹尼尔算个命。尽管丹尼尔一般并不相信算命先生，但他还是答应下来。当然，这个陌生人并不一般。

他仔细查看了丹尼尔的双手，告诉他一件又一件神奇的事情。但这都是过去的事。

"对，都是真的，但都是过去的事，"丹尼尔·韦伯斯特说，"将来的事呢？"

陌生人咧嘴笑笑，显得有些开心，摇了摇头。

"将来的事跟你想象的不一样，"他说，"前途黑暗。你有雄心壮志，韦伯斯特先生。"

"对。"丹尼尔坚定地说，因为大家都知道他想当总统。

"你差一点就能成功，"陌生人说，"但你不会如愿。不如你的人会当选，你会落选。"

"就算落选，我仍然是丹尼尔·韦伯斯特，"丹尼尔说，"继续说。"

"你有两个强壮的儿子，"陌生人摇头说，"你渴望延续香火。但两个儿子都会在战争中牺牲，都不会有大的成就。"

"无论是死是活，他们都是我的儿子，"丹尼尔·韦伯斯特说，"继续说。"

"你已经发表了许多重要的演讲，"陌生人说，"你还将发表更多。"

"嗯！"丹尼尔·韦伯斯特说。

"但你最后一场演讲将导致你的许多支持者倒戈相向，"陌生人说，"他们会说你可耻——他们会给你取各种骂名。甚至新英格兰也有人说你叛变、卖国，他们的声音将一直延续到你去世。"

"只要是诚实的演讲，我不在乎别人怎么说。"丹尼尔·韦伯斯特说。然后，他看着陌生人，他们的眼神交汇到一起。

"还有一个问题，"他说，"我一辈子都在为联邦奋斗。不知道最终联邦会胜利，还是会分崩离析？"

"在你有生之年联邦不会胜利，"陌生人冷酷地说，"但联邦终会胜利。在你死后，成千上万人会因为你的呐喊而继续奋斗。"

"好吧，你这个大肚细腰、尖嘴猴腮的讨债鬼！"丹尼尔·韦伯斯特大笑着说，"从哪里来的滚回哪里去，免得我揍你！我要以十三处原始殖民地的名义，亲自去地狱里拯救联邦！"

说完，他使劲踢了一脚。只有鞋尖碰到了陌生人，但陌生人直接飞出门外，胳膊下面还夹着他的收纳盒。

"现在，"丹尼尔·韦伯斯特说，同时看到杰贝兹·斯通开始从昏厥中苏醒过来，"我们来看看酒壶里还剩多少酒，说了一晚上真是渴极了。希望早餐有派吃，斯通邻居。"

人们都说，无论什么时候魔鬼靠近马什菲尔德时，他都敬而远之。从那以后，新罕布什尔州人民再也没有看到他。当然，马萨诸塞州或者佛蒙特州不包括在内。

鄢宏福 译

手

作者 | 西奥多·德莱塞

西奥多·德莱塞（Theodore Dreiser, 1871—1945），美国作家，美国现代小说的先驱。主要作品：《嘉莉妹妹》(Sister Carrie)、《珍妮姑娘》(Jennie Gerhardt)、《美国悲剧》(An American Tragedy)等。

我想选的作品是《手》，我的一篇短篇小说，过去曾在一个题为《锁链》(Chains)的短篇小说集里发表过。我认为《手》代表着我多样化的主题，也说明了我对心理学的兴趣。

西奥多·德莱塞
加利福尼亚州好莱坞

手

一

戴维森可以清楚地记得那个可怕的事件是在蒙特奥特山脉发生的,即他过去的搭档和冒险伙伴默塞罗那让人反胃却罪有应得的死亡两三年之后,他的生活中才开始出现与默塞罗对他的恶意有关,并表明默塞罗可能仍旧存在于精神世界的迹象。

作为探矿者、投资人、房地产发展商,他和默塞罗共事了多年。只是两人在克朗代克发了财之后[1],戴维森才变得在商业和金融事务上更精明、更如鱼得水了。而默塞罗却停滞不前,没能利用当时出现的辉煌战机。可不是?在后来几笔生意中戴维森甚至无法把自己的老搭档介绍给与他打交道的有钱人。可是,默塞罗坚持说,对不起,他有权"参与"一切事务——一切事务!

就拿那美妙的蒙特奥特房地产来说,那是后来一切恐怖的根源。是他,戴维森,而不是默塞罗,发现了,或听说了那个矿,并一直在关注。他把老白斯莫当作一个工具或引诱物,也就是说让白斯莫一直做个虚饰的因素,直到他准备就绪,可以接管、出售或发展为止。然后,就是那个默塞罗,他的老搭档,强行要分

---

[1] 指的是1896年至1899年间在加拿大育空的克朗代克地区发生的"淘金热"。

得整整一半，至少三分之一。他的理由是他们曾经同意在所有这些事上共同合作。

想想看！一天天，一年年，默塞罗变得越来越迟钝，越来越没用，越来越难以相处！一点不假，到后来，他还威胁要揭露他们俩曾在七年前一道使用计谋占有了天屿特关矿，他想逼戴维森退出公共生活和金融工作，要把他（当然是与他本人一道）抓起来，接受审判。想想这一切！

但是，他把他处置了。是的，他把他干了，该死的！那天晚上他跟踪默塞罗来到白斯莫在蒙特奥特的小屋，当时白斯莫不在。默塞罗去那儿是为了偷窃新工地的图纸，不错，他已偷到手了。他是个贼，该死的！不过，正当他想要按计划安然脱身时，他，戴维森，用安在一根核桃木棍子一头的很重的钢轨螺栓直接打到他耳朵上，一下子就把他敲倒了。

天啊，默塞罗耳朵上的那块骨头破裂时发出的是怎样的响声！那钢轨螺栓的一边沾了那么多血！默塞罗还没来得及做任何事就什么事也做不成了。不过，他没有立刻死去，而是翻过身，用他那野蛮的、阴沉的脸面对着他，用那双怒火中烧的野兽的眼睛看着他，戴维森。

默塞罗躺在那儿，用左胳膊肘把身体半撑起来，他那又大又粗，骨节突出的右手朝他伸过来——就是这只右手，他总吹牛说已在不同的场合多次造成很大的损害。默塞罗正怒目瞪着他，像是在说：

"啊，我真希望在我走之前能用手抓到你，只需要一会儿！"

然后，是他，戴维森，又举起了大棒。尽管他感到很恐怖，但下决心要救自己的命。完事之后，他把尸体拖到小屋后面的一个老石缝里,用树枝盖上,用了一大堆松树的枝叶,还有一百五十多个大大小小的岩石,便把他的受害者留在那儿了。那事干得真叫人恶心,那场面也叫人恶心,但不得不那么做。

一切完毕之后,他像豺狼一样灰溜溜地走了,可他心里还想着月光下野蛮地举在那儿的那只手,还有那面部表情。其实,如果不是他成天去想这事,不去想这事的残忍,可能什么事也不会发生。

是的,什么事也没发生。一年过去了,如果要有什么事,一定已发生了。他,戴维森,先去了纽约,然后去芝加哥处理在蒙特奥特的财产的所有权。然后,两年后,他又回到密西西比,在这儿他享受着相对的平静。他在照看着一些过去曾属于他的甘蔗园财产,现在他已能收回它们,让他的妹妹管理,以备日后需要时作住房,他就没有其他烦恼了。

可是,还有留在那儿的尸体!那只在月光下举起来的手,那只如有可能就会抓住他的手!还有那双眼睛。

二 1905 年 6 月

以第一年为例,那年他回到密西西比州的加特查德。他和默塞罗两人都是从那儿出来的。照料好自己的财产之后,他又去他叔叔在伊莎基那县的一处摇摇欲坠的房产。那是个漏雨的斜面房顶的老房子。在那个房子顶层楼的卧室里,他第一次亲身体验了那只手的重要性,或者说是它的现实性。

是的,在那儿他第一次亲眼看见那只手被画得稀奇古怪,让人难以相信。不过,有谁会相信那是默塞罗的手?他们会说那是个事故,是个偶然,是雨点滴下来的。但是在一场暴雨——几乎是一场飓风之后,当那老屋顶的每条裂缝都在漏水时,那只手让人确信无疑地出现在那个房间的天花板上。

夜里,他走上那个有巨大平台的阴沉的楼梯来到那个房间,手里拿着一盏小玻璃油灯。他一下倒在那个沉重的、宽大的、湿漉漉的床上休息,或试图休息。他脑子里正想着在蒙特奥特发生的事和默塞罗(那些天他总是如此),突然暴风雨骤起。他听着外面的风声萧瑟,听到一声某种肢体在抓挠的声音,接着又是一声,又一声……毫无疑问,那是抓挠墙的声音。听起来像——至少他在狂热不安之中感到的是这样——像是有人在用一支生锈的旧笔书写一份对他的控告。

后来,暴风雨越发猛烈了。出于恼怒和对自己的神经质的轻蔑,他走到窗口。但正当闪电击中离他和窗户很近的一条树枝时,好像有人,有什么东西,想要打他(会不会是默塞罗?),就像是受到了那抓挠声的引诱。上帝啊!他向后退了几步,感到那都是冲着他来的。

但是,那只在夜里被漏进来的雨水画在天花板上的多结的大手!他醒来时那手就在他的正上方,好像是用湿的灰白涂料勾勒或涂画在那陈旧的、干了之后呈淡蓝色的天花板上的。你看,就在那儿呢,一只巨大的、多结的、粗糙的手,它的手指伸开着,像是很紧张,想抓东西。并且,如果你相信的话,手旁边像是有支笔,一支旧的长柄笔——这恰好解释了那一声声抓挠声!

"胡勒达,"他问早晨进来给他送新鲜水并打开全部百叶窗的黑人女佣,"从你那儿看,天花板上那个雨水留下的印子像是什么?"

他想确认所见之物的性质,也许那不是自己的疯狂想象力受到这个地方的忧郁环境强化之后的产物。

"依我看,那最像是一只大手,戴维森先生,"胡勒达停下来,朝上看了一会儿说,"好像更像一个大拳头。我猜那水印子是昨晚的雨留下的。这个老房子守不了太久了,除非你赶快修整。是的,先生,那里是新的水印子,是昨夜才出现的。过去我从来没见过。"

然后,他想起那风暴来势之凶猛,问道:"胡勒达,你们这儿这样猛烈的风暴多吗?"

"我的天呐,戴维森先生,我们已有三年没见过这样的风暴了。我不知有多久没见过这样的闪电了。"

这不奇怪吗?这么多个夜晚,偏偏在他在这儿的时候下大雨?况且,三年没见过这样的风暴了!

胡勒达懒散地看着,一有机会就准备慢下来,休息一会儿,而他却变得烦躁起来。他觉得这些想法让他生气!总是去想蒙特奥特发生的那事!他为什么总忘不了呢?那难道不是默塞罗自己的错吗?要不是被逼得没办法,他绝对不会杀了那小子。

被这事弄得如此神魂不定,就像他当时想的,简直是大惊小怪!一定是他自己悲惨的胡思乱想在作祟——可是默塞罗在用恐吓的眼光看着他。他那眼光带有凶兆,看上去如此可怕。凶多吉少。

戴维森可能不愿去想这些,但他怎么能停下不想呢?默塞罗可能没法来伤害他了,至少没法在这个地球上伤害他了。但是,即便如此,他真的不会害他了吗?他那只手的出现似乎表明他还会伤害他。当然,他已死了。他的尸体,他的头颅都在那堆岩石下面,有些石头大得像洗衣盆。已过去两年了,为什么还担心这事呢？可是——

天花板上的那只手！

三 1905年12月

那么，再说就在那个时候（大约在前面的事件发生后一星期内）他在加特查德与普林格尔见面一事吧。那是因为戴维森的妹妹邀请普林格尔先生和太太于一天晚上来与他会面。

普林格尔谈到超人的视力，即能够看见肉眼看不见的东西；还有超人的听力，即能听见普通耳朵听不见的声音……他没完没了地说个不停。他，戴维森，本来是不想听他说的，只是不知为什么他对普林格尔说的亲身见闻入了迷。默塞罗也一定要对这事负责任。

无论如何，听完以后，他感到很后悔，因为普林格尔用足够的时间往他脑子里灌满了那些可怕的事实或念头。打那以后，那些东西便一直在骚扰他，所有那些有关醉鬼、堕落分子及弱势群体的事儿。总的来说，那些人被卑鄙、邪恶的鬼魂跟踪，而后被它利用在这个世界上实现邪恶的目的。真是可怕！

这是不是很可怕？普林格尔，此人大块头，多愁善感。他这样的人，一脸病态，就像无泉眼的水塘一样停滞不前。他坚持说，他曾经在街车和火车上，于晚间在邪恶的角落里见过这些鬼魂形成的云雾环绕着醉鬼和堕落之辈。

有一次，普林格尔宣称，他曾经看见多至五十个鬼魂围着一个在街上蹒跚的醉汉。它们都请求醉汉走进最近的一家酒馆，好让它们都能间接地重新享受喝醉酒的刺激，因为它们活着的时候曾在某个时候喝醉过，而且很享受那种经历！

当时，整个事情变得非常可怕，让人不安，特别是说到人会在别人的说服或影响之下去犯谋杀罪，他，戴维森，再也听不下去了。他站起来，便离开了。到了楼上他自己的房间里，他站在镜子前沉思起这事。他真希望能把这事忘了。忽然，当取下领子和领带时，他听到了奇怪的敲桌子声，一下，又一下，又是一下，敲在他梳妆台的上面或下面。照普林格尔的说法，鬼魂第一次敲桌子是要回答一个召唤，或警告别人它们的存在。

然后，传来一些话，清楚得几乎像是他听见了似的：

"是我，默塞罗，总算回来收拾你了！普林格尔不过是我的一个借口，让你知道我要来了。伊莎基那县的那个老房子里的手也是为了这个目的。那是我的手！从现在起我要跟着你。别认为我会离开你！"

这把他吓得半死，让他久久不能恢复正常。他第一次感到冷气顺着他的脊梁骨上下移动，使他毛骨悚然。他觉得有人在监视他，当然是默塞罗。不过，除去开始时听到的轻轻的一下敲声，而后略微响一点的敲声外，他什么也看不见，什么也听不着。他感到很生气，试图忘了那敲声。

这么说，人在死了之后，确实还活着，特别是邪恶的人，也许是那些比你强的人。如果他们不喜欢你对他们做的事，他们会有能力回来，不停地缠着你，骚扰你。毫无疑问，默塞罗就像普林格尔所描述的那个恶鬼紧跟着另一个人一样，正在紧紧地跟着他，希望能在这个世界以外的鬼魂世界报复他。

四　1906年2月

就说那只在柔软的面团和熟石膏里按印而成的手。描述那手的文章是他从洛杉矶帕萨迪纳的牙科诊所拿回来的。根据他的判断，那就是默塞罗的手。这是不是巧合？顺手拿起一本杂志，里面竟载有一篇让人心绪混乱的关于先发生在意大利，后来又发生在瑞士的伯尔尼（科学家们正汇集在那儿调查这类事件）的鬼魂显形案？而这事恰好发生在他要彻底抛弃这个荒诞的想法的时候！

据杂志上的那篇文章描述，意大利有些老妪召集了一群实验主义者或教授在撒丁海岸附近一个几乎荒无人烟的小岛上的一个被抛弃的房子里。他们在那儿做此类实验，即让一只手上的几个手指，或整个一只手或手臂，或是脸在一个装有煤灰的玻璃盘上出现。而那个盘子竟然是锁在一个小保险箱里，那保险箱就放在他们围坐着的桌子的中间！

在那杂志里有大约半打照片，有一只手、一个胳膊和脸（或脸的一部分）的照片的复印件。如果要说它们像什么，它们和默塞罗的这些部位一模一样！毫无疑问，这些手和这张脸的部分压印图全是默塞罗的。偌大的指关节！那个又长又重，有隆肉的鼻子及巨大的下颌！还会是谁的？当然都是默塞罗的。这些东西在意大利制作，就是为了让他，戴维森，之后在洛杉矶看。没错，就是这样的！看着杂志里那张复制的邪恶的脸就像听到默塞罗那又老又粗的声音在轻蔑地笑着说：

"看到了吧？你逃不出我的掌心！我这是在向你显示我在这儿活得好着呢，跟在地球上一样。即便我必须去比意大利更远的地方，我也能制住你！"

这事给他的震动很惊人！但最让他震惊的不是事情本身，而是在手这事上所表现出的不饶不让和锲而不舍。这会是什么意思？这真是默塞罗的手？至于那脸，虽然不全，只有下巴、嘴巴、面颊、左侧的太阳穴和局部的鼻子及眼睛，但千真万确，那的确是默塞罗。他确实去了意大利的什么地方，去了那个岛上的一个孤独的房子，并从那儿给戴维森发了这个表示永久仇恨的信息。要么，是不是因为戴维森现在如此神经质、敏感，那些鬼魂，邪恶的鬼魂决意要叫他不得安宁？

五 1906年10月

即便是拥挤的新酒店和新建筑都不像他起初希望的那样具有保护性了。就是在那儿你也不安全，不能避免像默塞罗那样的人的攻击。就说在洛杉矶，而后又在西雅图发生的事件吧，距今只有两个月。当时默塞罗制造了那个可怕的爆炸声或碰撞声，像是有人把一个装满气的巨大纸袋弄破，或者把放满玻璃器皿的瓷器陈列橱弄翻，打碎里面所有的瓷器。可实际上什么都没发生。那种事发生了两三次后，他惊恐万分，以为很可怕的事情发生了。直到发现没什么事（只不过是默塞罗），他便慢慢习惯了。可是，不幸的是，其他人还没习惯。

他（就像第一次这事发生时那样）静静地坐在自己的房间里，试图自娱自乐，或什么也不想时，突然响起一声可怕的碰撞声。让人震惊！当然其他人也听见了。洛杉矶的人也听见了。一个女仆和一个搬运工人急忙跑来询问发生了什么事，可他却不得不说他什么也没听见。起初他们不相信，跑到其他房间去查看。当这种事第二次发生时，酒店的经理抗议了，认为那是他开的玩笑。为了避免被戳穿，他就离开了那里。

打那之后，他不能长期雇用仆人或护士。当这种事不断发生时，仆人不愿留下，酒店的经理也不让他久留。但是，他又不能单独住在房子或公寓里，因为那里的噪音和周围的条件比什么时候都糟糕。

六　1907年6月

再说他上次在安·黑文住的（但不想再住的）老房子。在那儿他真正地看见了那只手。开始时像洗衣盆那么大，有点像一间黑房间里的烟或影子，不仅在床上出现，而且到处移动。然后，正当他躺在那儿，入迷似的盯着它看时，那手慢慢地浓缩起来，他开始能感到它的存在。这时那手的大小与正常的手一样，它无疑在这个世界存在。它软软地触摸着他，因为一只鬼魂的手必须如此。它没有实际的力气，但总是带着一种奇怪的、导电的、遮遮掩掩的感觉，似乎它不很自信，并且不是很肯定他确实在那儿。

那手，或者那似乎是手的东西（上帝啊！）慢慢地移上了他的脖子，并且（因为他躺着）开始抚摸他的颈部。他这才猜到默塞罗想要的是什么。

那正像是一只手，手指和拇指形成一个圈儿，压在他的喉咙上。开始时它只是温和地在他身上移动，因为没有实质性的力气，它确实不能做其他任何事。但是那企图！以及那与之相辅相成的残酷、野蛮的决心！

可是，如果有人因为这些情况去看神经科专家或医生（像他之后那样），那医生会怎么说？他试图描述自己如何在压力之下崩溃，如何因为那些经常出现的敲桌子声以及其他噪音吃不下，睡不着。但是，他刚要提起自己的经历，特别是那手或那些噪音，那医生便惊呼道："嗨，那纯粹是幻觉！你的神经崩溃了，那就是你的毛病。我应该说，你正处于恶性贫血的边缘。你一定要小心地遏制这个有关鬼魂的幻觉，把它从脑子里赶出去。这事没有一点道理！"

是不是这些精神专家都像这样，把自己锁在自己所知道的、看到的，或自以为看到的一孔之见中？

七 1907年11月

现在看看最近在巴特尔克里克的新发展。他去那儿是想要在饮食上得以康复。是不是默塞罗，那个死不悔改的魔鬼，发明了这个最新的花招，让他的食物的味道变得很怪，难以下咽或者吃到嘴里有种怪异的臭味？

他，戴维森，知道这是默塞罗干的，因为每当坐下就餐时他就感到默塞罗在他身边。此外，他似乎还能听见什么，他们管这叫作超人的听力。他知道自己现在也已开始有超人的听力了！当然，这是默塞罗用一种更像是对某种声音的记忆，而不是什么真实的声音——就像是你记忆中某个人十多年前的某种说话方式——说话：

"我已采取了措施，让你再也吃不下去东西，你——"

然后他说了一连串脏话，听着就让人作呕。

打那以后，不管他用什么办法让自己朝相反的方向去想，戴维森总是感到食物有种臭味，一种令他作呕的味道，尽管他知道实际上他的食物没有一点问题。无论他怎样设法去战胜那味道，他都无法取胜。酒店的经理向他保证食物没有任何问题，他自己也知道，但那只是对他人而言。他瞧着别人吃，自己却难以下咽，不得不站起来离去。就是他咽下去的那点食物，他也忍不住要吐出来。不过，那点食物也不足以让他活下去。上帝啊，这样他会死的！饿死，他现在正一步一步地朝那儿走去。

另外，默塞罗似乎总是在他身边。天呐，要不是架子上时常有的新鲜水果，还有面包店的橱窗里刚出炉的普通面包（他可迅速地买了吃掉），也许他根本就活不下来。事情就是到了这步田地！

八 1908年8月

尽管情况很糟，但还不是最糟。最糟的是在这般压力下，他的身体慢慢地，却毫无疑问地垮下来。最终默塞罗可能真会成功地把他赶出这里的生活，可到了那边会拿他怎么样呢？会怎么样呢？现在他已被一群恶鬼包围，它们住在那边，却仍在地球上阴魂不散。正如普林格尔所描述，它们是一群卑鄙、堕落的家伙。对它们，戴维森自己也已深有认识，他不仅对它们和它们的行径恐惧万分，而且还真的时常遇上它们。

因为他已变得如此虚弱、敏感，他自己也可以看穿它们。每当他碰巧独处黑暗之中时（好在这种情况不常有），它们这些卑鄙之徒就会在他眼前浮动。毫无疑问，它们是默塞罗的朋友，仅是想要帮他为非作歹而已。

很久以来，戴维森已习惯开着灯睡觉。不管他在哪里，眼睛上都要绑上一个手绢，以便挡上一些盯着他的目光。即便如此，他还能看见它们，那些奇怪的、变形的畜生。真让人恶心！

九　1908年10月

已取得这样的成就，默塞罗一定不会因为感到满足而放开他。戴维森对这点很清楚！如果愿意，当他独自一人，并确定没有旁人听见的时候，他现在偶尔可以与默塞罗谈话，或者至少能够听见他说话并给予回答。

如果戴维森愿意听他说（这种情况不太多），默塞罗总是说个不停，说是要整他，并要让他偿还损失，或要指控他作弊、谋杀。

"我要勒死你！"这些话像是从什么地方飘来的，好像他确实记起默塞罗有时曾用那气愤、野蛮的语调说过那些话。不是好像他听到过那些话，而是他确实听过那些话。

"我要勒死你！你逃不掉！可能你认为你会自然死，但是你不会的。所以，我在你的食物里下毒，让你的身体变弱。你逃不掉！不管你有病还是没病，我要在你无法自助的时候，在你睡觉时，把你弄死。我要把你勒死，就像你用那大棒把我打死一样。这就是为什么你总是看见并感觉到我的这只手！我并非只有一人。我已很多次差点抓到你，只是你总能设法跳起来，逃走。但是，总有一天你会逃不掉的——知道吗？到那时——"

那声音似乎时不时地变弱，有时竟在句子中间变弱。可是，在其他时候（常常如此），他可以听到完整的思想。有时他会转向那声音，回复道："啊，见鬼去吧！"或者"别老缠着我！"或者"住口！"——即便是在门户紧闭的房间里，而且房间里只有他自己，这些对鬼魂说的话在他听来也很奇怪。但是，他感到很生气，时常不能控制自己。只是他注意在旁边有人时不说话。

事态慢慢发展到精神院以外已不再有真正属于他的地方了。他经常半夜尖叫——他不得不如此，因为脖子被人卡得太紧了。无论他在哪儿，总是有个仆人赶快进来，询问是怎么回事。他不得不说是做了噩梦。只是酒店经理总是在这样的事发生两三次后或在爆炸发生了一两次之后要求他离开。这太可怕了！

像他这样有钱的人，现在真该申请去一家私人精神病院或疗养院，并且向他们说明他有幻觉——幻觉！想象一下！——并要求有专人看护。在那样的地方，他们不会因为他的行为而感到烦恼。他可以因为感觉到有人勒他的脖子（就像他所声称的）夜里跳起来尖叫，可以因为他吃不下东西而离开饭桌，也可以与默塞罗谈话。他不需要再怕他们偶尔听见他说话或在说话时发出响声了。

如果他愿意，他们可以给他专派一名护士，让他住一间特殊病房，只是他不想总是一人独处。他们可以把他交给一个能够理解这类情况并能够听他解释的人照看。他已不能再指望普通的人或普通的酒店去容纳他了。默塞罗和他的朋友们真把乱子捣大了。

他必须设法找个合适的住处，在那儿人们能理解这些事，或至少能接受他。经过解释，他们能理解这不过是一个疯子的幻觉。其实，他一点儿也不疯。一切都很真实，只是因为一般的人或所谓的正常人没能经历过他的经历，也就看不见，也听不懂他的所见所闻了。

十 1908年12月

"医生，问题在于戴维森先生有种幻觉，感到自己在被恶魔追赶。他到这儿来，没受到任何法庭的遣送，而是大约四个月前他主动来的。我们让他在这儿自由走动。可是随着时间的推移，他的情况好像越来越糟糕了。

"他最糟糕的幻觉，医生，是有个鬼魂要把他勒死。梅杰医生，我们的监管医生，说他的喉咙上有早期的结核，时常伴随着痉挛性的收缩。这里、那里有些小肿块或骨痂，像是由于外部的压力所造成，但我们的护士向我们保证没有这样的外部刺激。他不愿相信这一事实。可是每当他想要睡觉时，特别是在半夜，他就会跳起来，跑到大厅里，坚持说那些追踪他的鬼魂中的一个要把他勒死。他似乎真的相信这事，因为他出来时又是咳嗽，又是作被噎状。他用手抚摸着喉部，像是有人要勒死他。他总是向我解释这事完全是恶魔所为，并要我在他求助或按铃之前不要管他。所以除非他提出要求，我从不去多想这事。

"他的另一个想法是这些鬼魂还对他的食物做手脚——往里面放毒，或者让食物有臭味或不好的口感，让他无法下咽。当他真的发现什么可吃的东西时，他会一把抓住，几乎整个吞下，因为他说要赶在鬼魂有时间捣乱之前吃下去。他说他曾经重二百多磅，可现在他的体重只有一百二十磅。他的病真是太奇怪，太悲哀了，医生！

"梅杰医生坚持说这纯属幻觉。至于他被人勒喉咙之事，那是早期结核引起的，他胃部的毛病也出自同一病因。由于意念上的联想，或称幻觉，他认为有人想勒死他，并在他的食物里下毒。可事实完全不是如此。梅杰医生说他想象不出什么会引起这样的病症。他总是想与戴维森先生谈谈这事，可是每当他开始提问题时，戴维森先生就拒绝说话，站起身来就走。

"他关于会被勒死的想法有一点很怪，医生。那就是，有时他只是在打盹儿,但他总是能及时醒来,并且有能力逃脱。他声称在他醒着时或打盹时,那些鬼魂的力量比不过他,但是一旦他睡着了,它们的力量就变大了,甚至可能会把他打伤。有时,在他刚刚受到这样的惊吓之后,他会来到大厅,到大厅尽头我的办公桌旁,问我是否能让他坐在我身旁。他说这样可叫他冷静下来。我总是说可以,但不到五分钟,他就站起来要离开。他说因为在他身后或耳边有人说话,让他感到烦恼。如果继续待下去,他就不能自制了。

"他经常会说:'你听见了吗,利格特小姐?有时那人能说出如此低下、邪恶的话,真让人吃惊!'当我说:'不,我没听见。'他总是说:'你没听见,我真高兴!'"

"我猜想至今还没人试着用催眠术来治他这个毛病?"

"至少我还没听说,医生。梅杰医生可能试过。可我到这儿刚三个月。"

"正如梅杰医生所说,肺结核肯定是他喉咙问题的原因。至于胃的问题,原因同上,这在现在的情况下是很自然的。我们以后可能还得试试催眠术。再看吧。同时,你最好告诫所有将与他接触的人不要同情他,或相信他想象中的各种遭遇。那样,只能鼓励他有更多的幻想。要让他按时吃药。那些药治不好病,但会有帮助。梅杰医生要我对他的病情特别注意,所以我要尽可能让治疗条件完善。"

"好的,先生。"

十一 1909 年 1 月

这些医生的问题在于他们实际上只知道表面症状,除此之外，他们一概不知。他们从医学院或从实践中学到的那点东西主要是关于某些药物在他们的前辈尝试之后有什么性能。即便你试图告诉他们，他们还是没有一点想象力。

就拿刚到这里来的那个年轻人来说，他衣冠楚楚，还开着车，满脑子装着他称之为精神病学的知识。他使劲地往戴维森的眼睛里看，并按揉他的太阳穴和喉咙（他称之为按摩）。他说戴维森有早期喉部结核和胃部问题，却完全忽略他，戴维森，本人所能看见和听见的一切！想象一下，那老兄到了这么晚的阶段还在设法说服戴维森，说他唯一的问题就是肺结核，并说戴维森不可能看见有时默塞罗站在他身旁，弯下身子，举着那只手，并告诉他自己如何想整死他——因为那一切都只是幻觉！

想象一下，那医生说默塞罗实际上不可能在他睡着后或快睡着时勒住他的喉咙，而戴维森在事发之后从镜子里看到自己的喉咙上确实有手指印——默塞罗的手指印。不管怎么说，他的喉咙因为被勒过，又红又肿，因为默塞罗近来可以用手抓他了！那就是他会有那些肿块的原因。但是，照他们起初说的那样，那是戴维森自己用摩擦和抚摸自己喉咙的方法弄出的印子，并且那都是结核引起的！

这些理由是否足以叫人离开这里？要不是利格特小姐和戴维森的私人护士凯勒小姐全心全意的照顾，他是要离开的。那个凯勒小姐可真是金不换。她不仅关注戴维森的习惯，而且总是和蔼可亲，温和地应对他的困难。他要在遗嘱里写明，给她留些什么。

不过，除非戴维森能带上凯勒小姐，离开这里到别处去都是件蠢事。而且，说到底他又能到哪儿去呢？这里至少还有其他人，有像自己这样的病人，他们能理解并同情他，他们不像医生那样，一口咬定他的抱怨都只是幻觉。想想看！比如，律师老兰金曾多次受到活人（多数是政客）的迫害，他确信戴维森的忧患是真的，而且，像凯勒小姐一样，他也愿意听戴维森述说。这两人没有像其他医生那样认定他有慢性喉结核，并认为如果他愿意，是能够消除忧患，长期活下去的。不过，只是在默塞罗给他足够的安宁，让他愿与他人交往时，他俩才显得友好。

他唯一的真实问题是由于缺食少眠（他不能下咽敌人施过魔力的食物，也因为担心有人勒他的脖子而夜不能寐），他的生命已不能延续很久了。梅杰医生就他的病情请来会诊的这位新医生一口咬定除去喉咙问题，他还因为长期营养不良，患有急性贫血症，只有用士的宁溶剂进行静脉注射才会有帮助。至于默塞罗在食物里下毒一事，医生充耳不闻。并且，因为戴维森现在基本上已卧床不起，不能像过去那样一下子灵活地跳起来了，他在默塞罗手中遭受了一次名副其实的灾难性风暴。特别是在傍晚和清晨时分，他不仅可看见默塞罗像个黑影子一样在他周围飞翔（一个很大、很笨重的影子，轮廓上很像默塞罗），而且还能感到他敌人的手在他的头顶上移动。更糟糕的是，在默塞罗的后面或周围，他常常看见一堆由邪恶的鬼魂和默塞罗的朋友或工具组成的云。它们在那儿帮他，它们像鱼似的在黑暗的水里游泳，它们似乎很满意地看着这程序。

当食物（或迟或早，无论以什么形式）送到他面前时，默塞罗一伙总是在那儿，它们就在眼前，密密麻麻的像苍蝇一样，飞来飞去，显然是想在他能吃那食物以前搞破坏。对他而言，只要看到它们那个样子就等于食物已被下了毒。除此之外，他可以听到它们催着默塞罗下毒的声音。

"对的，下毒吧！"

"他是兔子尾巴长不了啦！"

"很快他就会弱得不行了。你一抓住他，他就会真的死去！"
它们就是这样谈话的，他可以听见它们说话。

半夜他还可以听见默塞罗反复用恶语中伤他，比如"谋杀犯""骗子"。因为灯还亮着，他可以看见多至七个黑色人影，很像是默塞罗的人。尽管他们各不相同，但都紧紧地围在他周围，像是在讨论。这些邪恶的人！他们有的坐在他床上，看上去像是正要帮助默塞罗把他干掉，用他们的手与他的手一道把他干掉。

在他们后面有一大群恶魔游来游去，它们长着红色、绿色的眼睛，一直在观望——可能是给默塞罗当帮手。其实，最近当它们都在那儿时，他感到那只手在他身上的压力更大了。只是就在他要晕过去之前（因为他再也跳不起来了），他总是要尖叫或者在被勒之后喘一口气，把手指放在能把凯勒小姐叫来的按钮上。然后她就会过来，把他抱起，把枕头弄平整。她还总是安慰他说这都是因为他的喉咙在发炎，因此她用酒精擦擦他的喉咙，并让他内服几滴什么药缓和一下。

这么长时间以后，不管他对他们说什么，他们依旧相信，或假装相信他得了肺结核。除此之外，其他都是幻觉，是精神不正常的一个阶段！

默塞罗的头还在蒙特奥特山上呢！

默塞罗的计划当然是在其他人的帮助下把他勒死，现在这点已显而易见了。但是，在他死后医生们还是会相信他死于喉结核。想想这事吧。

十二　1909年2月10日半夜

默塞罗的鬼魂（弯腰看着戴维森）：

"轻点声！轻点声！他差不多睡着了！他认为我们抓不住他，但我能抓住他！但这次，是的，凯勒小姐在大厅那头睡着了。而利格特小姐来不了，也听不见他。他现在太弱了，几乎动不了，甚至哼不出声了。你们给我的手增加些力量，好吗？这次我要把他抓得紧紧的，叫他无法再逃！这次他再叫也没用了！他不能像过去那样叫了！现在就干！现在！"

恶魔形成的云（游来游去）："对！对！好！好！现在就干！啊！"

戴维森（正醒来，感到被勒，尖叫，虚弱地反击）：

"救命！救命！救——命——啊！——小姐——小姐救——命——啊！"

利格特小姐（在椅子里沉沉地打着瞌睡）："一切静悄悄的。没人有问题。我可以睡一会儿了。"（她点着头打起盹来。）

恶魔形成的云："好！好！很好！总算拿到了他的灵魂！它这就过来了！他这次是逃不了了！啊！太好了！就在这儿了！"

默塞罗（对戴维森说）："你这个谋杀犯！终于落网了！终于逮到你了！"

十三　1909年2月17日清晨3点

凯勒小姐（在他床边，面色苍白，很忧伤）："医生，他一定是在一两点钟之间死去的。我一点钟离开他时，把他安排得尽可能舒服。他说自己感觉跟平常差不多。他这些天非常弱，只吃些稀糊。一点半到两点之间我认为我听到了什么声音，就过来看。他躺在这儿，就像你现在看见的这样，只是他的两只手放在喉咙处，好像那里疼或勒得慌。我把他的双手都放下，因为我怕等身体僵硬了就放不下来了。刚才我想再叫一个护士来帮忙，这才发现急救铃失灵了。但我知道我离开时那铃还工作正常，因为他总是要我试试铃的状况。这样看来，他也一定曾试着按铃了。"

梅杰医生（转过他的头，检查了喉部）："不得不说，看上去他这次相当紧地卡住了自己的喉部。这里是他拇指的印子，那边是他另外四个手指的印子。就他那点气力，手指印留得倒不浅。很奇怪，他竟然想象别人在试图勒死他，可他自己却总是压按自己的脖子！喉部结核有时是很疼的。这就解释了他想抓住自己喉咙的愿望。"

利格特小姐："他总认为有个恶魔想要勒死他，医生。"

梅杰医生："是的，我知道——那是意念的联想所致。我和斯凯恩医生在这点上意见一致。他患有严重的慢性喉部结核，（由于喉部对胃部的影响）伴随着营养不良。他所说的恶魔追踪并要勒死他的想象不过是头脑里下意识的联想，那是人的天生倾向，可以说是因疼痛而生。如果他有腿疾，他就会想象到恶魔要把他的腿锯掉，或做其他类似的事。同样，他喉咙的问题影响了他的胃，他就想象恶魔会在他的食物里下毒。去制作一份死亡证明，写明急性食管结核是死因，而受迫害幻觉是精神病因。既然我已来了，那就索性查看一下巴甫先生。"

梅江海 译

布登勃洛克一家

作者 | 托马斯·曼

托马斯·曼（Thomas Mann，1875—1955），德国作家，1929年获诺贝尔文学奖。

主要作品：《布登勃洛克一家》(Buddenbrooks: Verfall einer Familie)、《魔山》(Der Zauberberg)、《约瑟夫和他的兄弟们》(Joseph und seine Brüder Tetralogie)等。

本篇选自长篇小说《布登勃洛克一家》结尾,写作这部作品时作者只有二十五岁,作品远超作者预期,成为一部伟大作品,而不是经过经年累月的奋斗才取得成功——这样一篇作品能否对得起本书的标题,又能否与成熟的文学经典作品并驾齐驱?私下告诉你,这一章并非由我选定。我只提供了几条建议,结果编辑选定这篇。"许多读者,"他解释说,"都热衷于这部长篇小说,这一章非常出色,我们觉得它是极具代表性的一章。"我很高兴,不用亲自操刀从所有作品中挑选出所谓最好的作品,抑或挑出最能反映我的心声的作品。这些幽默的学校故事写作之际,我的有关生活记忆仍然历历在目,这些记忆是否既痛苦又好笑?我不这么想。故事敏感的主人公汉诺逃避到音乐世界,继而逃避地走向死亡,是否只是个序曲?对,这一点的可能性倒是更大。汉诺的悲剧经历对我而言依然十分亲近,我同意编辑选择这一篇,其中不乏对自身经历的反思。

年轻时写的一部令人忧伤的作品,一部将资产阶级因素融入音乐的作品,再次被列入选集,中间有很大偶然因素——或许不止偶然因素,换句话说,可能是命中注定。选集面世之时,正值我最近发表的一部长篇小说在英美出版,新作与《布登勃洛克一家》旗鼓相当,它讲述我们这个时代面临的各种恐惧。这部小说类似驱魔人浮士德博士这样的古老德国畅销故事书,故事将我们这个时代音乐的困境视作艺术危机,乃至整个文化危机的一个范例。经过五十年的时空穿梭,我又回到熟悉的德国场景——古老的德国城市与音乐,我愈发体会到,年轻时写下的这部作品,在许多方面并非没有思考。这部作品因为幽默的忧郁而走向世界。我想知道为什么?或许是因为——尽管它在艺术上显得比较稚嫩（作品并不排斥一些早熟的艺术策略）——它呈现了作者主观上没有考虑过的内容，超出了作者的规划。本来作品是要描写德国北部一个汉萨同盟家族，呈现"一个家族的衰落"，它采用的是自然主义长篇小说较新的技法，因此写作的时候必须努力把握才能运用得当。但巧合的是，这本书所描绘的形象、人物、情感和命运，让欧洲中产阶级看到了自身的形象，并反映了他们在世纪之交的精神状态，此时距离第一次世界大战爆发，世界革命[1]开始以及资产阶级时代结束只有十几年。

《布登勃洛克一家》是一部充满德国风情的作品，不仅作品故事发生的背景在德国，还充满德国底层人民的幽默，采用了理查德·瓦格纳经典的"母题"技巧。尽管这部作品有意取悦德国人敏感的神经，成为千家万户书架上的必备书，但它不乏强烈的欧化和文学世界主义倾向，从而与当时德国所谓的"乡土文学"大相径庭。在艺术态度方面，这部作品受到世界各地的影响：包括法国、英国、俄国、斯堪的纳维亚北方国家——年轻的作家积极学习和接受这些影响，认为这是文学作品不可分割的内容，认为文学最基本的关切是心理学，具体包括生活疲劳、精神修炼，以及伴随着生物衰变的审美陶醉。

我仍清楚地记得，我最初的构思只有敏感的富家子弟汉诺这个人物及其经历——也就是说，只有本章包含的内容，以及从鲜活的记忆和诗性的反省中写下的内容。总体而言，这比较符合我年轻时的经历和德国的文学传统，而德国文学传统中社会批评比较罕见。然而，既然我在本能的强烈驱使下从头开始，囊括之前

---

[1] 马克思主义关于以暴力革命推翻世界各国资本主义的思想。

的历史，最终我写下的不仅是有关青少年的短篇——不然与德国当代的其他短篇小说几无差别。我所写的是一部家族传奇形式的长篇社会小说，因此它更接近西欧长篇小说的类型。我所呈现的是一幅文化素描，以衰落思想为阴影进行构图，将批判的态度寄于幽默的形式之中，在描绘彼时德国高中的特征时，成为一篇谴责的讽刺作品。

此书编辑在选择我的这部早期小说时解释说："这一章讲述了年轻的布登勃洛克在学校的经历，在我看来，它代表了你思想和写作的一个阶段，也就是说，专制对内向和敏感个体的钳制。在外国人清醒认识到德国生活这一方面多年之前，这部作品就展示了一幅德国学校的图景。"——说得很好。但我听过年轻、有资历、有文才的英国人讲述在英国学校的遭遇——那些遭遇与汉诺·布登勃洛克的痛苦遭遇一样令人难忘。文学作品中也有对法国寄宿学校生活的描写，作者愤怒的批评与指责远超《布登勃洛克一家》。我个人期待的幸福而又成功的公立学校——说实话——还不存在！现在不存在，将来也不会存在。我年轻时在批评德国高中生活时就已经意识到这一点。这种批评是通过个人媒介展开的：例如，通过汉诺这个堕落少年的个人经历展开。这里无情和庸俗的学校生活彻底取代了生活本身，在子孙后代的心里布下恐惧——如此彻底，以至于它不可能教人向善。这篇讽刺作品也没有旗帜鲜明地主张进行学校改革。每次生活、现实和人类社会在艺术中受到批评的时候——不总是一个小小的汉诺在批评吗？

这个问题包含了针对精神的一切讽刺的根源——奇怪的是，这种讽刺既无损于精神上的自豪感，也无损于精神上隐秘的优越感。如果少了"内向和敏感"的一类人,少了令人气愤的软弱,少了道德上的吹毛求疵和痛苦的批评欲望,少了那种在大多数人安于天命的时候,仍然能够不安现状的脆弱——总而言之:自洪荒时代至今,如果少了小汉诺的堕落,人性也好,社会也罢,就不会有任何进步。生病让生命增强,因为它与精神紧密相连。

《布登勃洛克一家》年轻的作者从尼采那里学习了堕落心理。但他摒弃,或者说没有接受这位激情的活力论者的宣告,即:"从生活之外找不到一个固定的基础作为参照,用来反省生活;也找不到哪个权威,来决定生活过得是否惭愧。"这可能是德国思想,肯定不是欧洲的思想——不是我二十岁时,乃至我七十岁时的欧洲人文主义哲学。这个"固定的基础",这个"权威"的确存在,有些有精神追求的人与生俱来就有这种品质,有一种脆弱的人类敏感,他站在生活之外,站在生活之上,不安于生活本来的面貌,自由地对生活进行评价——即使他也免不了在生活中堕落。

此外,这种人类的敏感只是在这部自然主义的小说中沉沦,也有可能,生活会在生物学上欺骗一个人。"一个家族的堕落"是一个有用的经典题材,但在我们的资产阶级地位瓦解之后,我们这些布登勃洛克走向了更加广阔的天地,超越了我们尊敬的先辈,赋予了生活更多的意义。

托马斯·曼

布登勃洛克一家

闹钟残忍而轻快地响了。由于闹钟有了年头,它发出的不是丁零零的响声,而是沙哑的咔嗒声。但发条上足了劲,铃声响了许久,让人听得难受。

汉诺·布登勃洛克突然惊醒。每天早上他都被闹钟惊醒。面对放在耳边床头柜上这个无情而又忠诚的监视器,他的五脏六腑都发出抗议,整个人陷入愤怒、抵抗和绝望之中。然而,他并没有起床,甚至没有翻动一下身体。他只是告别凌晨的梦境,睁开了眼睛。

冬日的卧室漆黑一片。他什么都看不清,闹钟的指针也无法分辨。但他知道现在六点,昨晚他定了闹钟。昨晚——他躺在床上,听着刺耳的闹铃,挣扎着想要点灯起床,昨天心里想的事情渐渐进入脑海。

昨天是星期天。在被布雷希特先生连续虐待几天之后,作为奖赏,他被带去看了《罗恩格林》[1]演出。对于这个晚上,他已经兴奋地期待了一个星期,期间什么事都干不了。只可惜这种幸福

---

[1] 德国作曲家瓦格纳创作的一部三幕浪漫歌剧。

的期待，不得不在烦人的日常琐事中煎熬到最后一刻。星期六最终如约而至，一个星期的课上完了，布雷希特先生的小钻头在他嘴里钻了最后一次。现在一切都被抛之脑后——他铁了心要等到看完歌剧之后再准备星期一的作业。星期一对他来说算什么呢？星期一会来吗？对于一个星期天晚上要听《罗恩格林》的人来说，何必还理会星期一？他可以星期一早上起早一点儿，把讨厌的作业赶完——就这样。于是，他无忧无虑地沉浸在即将到来的喜悦之中，在钢琴旁痴想，忘记了一切烦恼。

随后梦想变成现实。歌剧的魅力与神圣，它的启示与震颤，它突如其来的内心情感，它奢华而强烈的震撼，令他如痴如醉。诚然，乐队中的小提琴过于廉价，序曲显得有些冗长。罗恩格林肥胖而又自负，一头枯黄色的头发，倒着乘小舟走上舞台。他的监护人史泰芬·基斯滕马赫先生坐在隔壁包厢，正在抱怨耽误了孩子做功课的时间，让孩子分心。但这音乐甜美而又高贵的气氛已经让他放飞自我。

歌剧终于结束。演唱结束，快乐终于平息下来。他激动地回到房间里，意识到在床上睡几个小时，就能逃离单调的日常琐事。突然，他感到一阵彻底的沮丧，这种沮丧简直再熟悉不过。他又体会到，美好的事物能像痛苦一样穿透人心，让人陷入羞耻和绝望，吞噬掉日常生活所需的勇气和精力。这种沮丧如大山压顶，他像往常一样告诉自己，这并不只是他个人软弱的负担——这是他从一开始就背负的灵魂负担，终有一天要让他沉沦。

他入睡之前定了闹钟，然后睡得很沉，希望永远不再醒来。此刻，星期一已经到来，他的作业还原封未动。

他坐起身，点亮床头的蜡烛。但胳膊和肩膀冻得难受，于是他又躺到床上,拉上被子。

指针指向六点十分。唉,现在起床真是太荒谬了!他根本来不及赶作业,因为每门课都有作业。他定的时间已经过去。而且,他昨天盘算拉丁课和化学课上他可能会被点名,真的会这样吗?应该会这样——不出任何意外的话,他会被点名。最近讲到奥维德[1]时花名册上排在最后的学生已经被点完,很可能从头开始点名。但是,话又说回来,没有什么事情是百分之百确定无疑——任何规则都有例外。他知道,有时偶然可以造就奇迹。他在这种虚幻而又不无道理的推理之中愈陷愈深,思绪变得凌乱——之后他又睡着了。

这是一间冰冷空旷的男孩卧室,静静地沐浴在烛光之中,床头挂着一幅西斯廷圣母铜版画,卧室中间是一张伸缩桌,还有一张凌乱的书架,一张直腿桃花心木书桌,一架小风琴,一个小洗脸架。卧室窗户上覆满冰晶,窗帘拉开了,以便早晨的阳光能照射进来。汉诺躺在床上,脸凑在枕头上,嘴唇紧闭,睫毛贴在脸颊上。他睡得很酣,柔软的淡褐色头发铺在两鬓。当灰褐色的晨光透过窗户玻璃上的冰花照进房间,蜡烛黄红色的光亮逐渐退去。

七点,他又从恐惧中惊醒。他必须起床,承受一天的重负。除此以外别无选择。现在距离上课还有不到一个小时。时间紧迫,现在已经无暇顾及作业。但他仍然躺着,他愤怒而又反感,不想在冰冷的早晨抛弃温暖的被窝,起床走进现实,与面目可憎且又毫不友好的人们交往。"再睡两分钟吧。"他温柔地对枕头祈求道。结果,纯粹出于反抗的心理,他又睡了五分钟,闭上眼

---

[1] 奥维德(前43—公元17),古罗马诗人,代表作包括《变形记》《爱的艺术》《爱情三论》等。一般认为,《变形记》代表其最高水平,全书用六音步诗行写成,共15卷,包含250个神话故事。

睛,时不时睁开一只眼睛绝望地盯着钟表,钟表依然在愚蠢、无情而又精准地走动。

七点十分,他将身子从床上拖起来,开始在房间里来回穿梭。他任由蜡烛点着,因为阳光依然微弱。他对着一枚冰花呼了一口气,看到窗外起了浓雾。

他感觉格外寒冷,禁不住浑身战栗。指尖变得僵痛,手指肿胀,已经无法操作指甲刷。他擦洗上身的时候,由于手太僵硬,毛巾掉在地上。他身体僵硬而无助地站在原地,身上像流汗的马儿一样冒出蒸汽。

他终于穿好衣服。他站在桌旁,目中无神,气喘吁吁,然后突然回过神来,迅速收拾今天可能会用到的书,嘴里一边痛苦地嘟囔着:"宗教、拉丁、化学。"一边抓起破烂不堪、布满墨迹的书本。

没错,他就是小约翰[1],个头挺高。他已经超过十五岁,不再穿水手服,穿着淡褐色西服,系着蓝白点阔领带,背心上挂着一根爷爷传下来的长金链。右手宽大而精致,无名指上戴着一枚绿宝石印章戒指,戒指现在归他所有。他披上沉重的冬季夹克,戴上帽子,抓起书包,吹灭蜡烛,冲到一楼,经过毛绒熊,走到右边的餐厅。

母亲新雇的勤杂工克莱门蒂娜小姐身材瘦削,卷头发,尖鼻子,近视眼,已经在餐桌旁坐下。

"多晚了?"他问道,其实他知道时间。

"八点差一刻。"克莱门蒂娜指着墙上的钟表说,她的一双

---

[1] 汉诺是小约翰·布登勃洛克的小名。

赢瘦的手冻得通红，像是患了风湿。"你得赶快，汉诺。"她给他倒上一杯热可可饮料，把面包、黄油、盐和蛋杯推到他面前。

他一言不发，抓起一块面包，站在那里，戴着帽子，胳膊下夹着书包，开始大口喝热饮。被布雷希特钻了孔的牙齿让热饮烫得生疼。他放下喝到一半的杯子，把鸡蛋推开，嘟囔一声再见便冲出屋子。

他经过花园，走出小别墅，走进冬天的街道，此时已经是八点差十分。还有十分钟，九分钟，八分钟。前面的路还很长。雾里什么都看不见。他瘦小的胸口将浓密而又冰冷的雾气吸进去，又呼出来。他用舌头咂了一下隐隐作痛的牙齿，用尽腿部肌肉的力量向前移动。他浑身是汗，四肢冻得僵硬，两肋传来一阵剧痛。大早上走这么一阵，开始觉得反胃——他感觉一阵恶心，心跳加速，浑身战栗，呼吸困难。

到了城堡门口——只是到了门口——已经是八点差四分！当他在疼痛、汗水、恶心交织之中气喘吁吁地走在街上时，他四下张望，寻找同学的身影。街上一个学生也没有，他们都到学校了——这时八点的钟声敲响。城中四处钟声回荡，圣玛丽的钟声响起，庆祝这一时刻："现在让我们感谢上帝。"乐队将一半的音符都演奏错了，他们根本没有节奏感，真得好好调整一下。汉诺简直对他们感到绝望。但这跟他有什么关系？他迟到了，这一点已经毫无疑问。学校的钟表略微慢了一点，尽管如此依然无济于事。他绝望地打量着行人的脸。人们正在去办公室的路上或者正在忙活各自的事，大家并不怎么慌张，没什么能威胁他们。有人看了一眼汉诺，看到他心不在焉和闷闷不乐的表情，脸上露出笑容。这些舒适安闲的人们在笑什么？他想对他们大喊，责备他们笑得很不体面。咒他们在学校关闭的大门前倒毙！

漫长而又刺耳的晨祷钟声传进他的耳朵，他距离红墙上的两扇铁门还有二十步远，铁门将校园和街道分隔开来。他感觉双腿已经无力前行。他任由身体向前倒，拖动双腿紧随其后，就这样蹒跚着挨到门口，这时，铃声已经停止。

身材臃肿、满脸胡须的门卫施莱米尔先生正要关门。"嘿！"他喊了一句，让布登勃洛克从门缝里溜了进去。或许，或许，他还有救！现在，他只需悄悄溜进教室，别让人发现，等到体育馆的晨祷结束，装作一切正常的样子。他喘着粗气，精疲力竭，冒着冷汗，偷偷摸摸地穿过院子，溜进装有玻璃窗户的折叠门。

学校的设施显得崭新、干净而充足。新的时代来临，这座古老的修道院学校灰色、倾颓的墙壁已经被推倒，建成了开阔通风的宏伟新楼。原来的建筑风格被整体保留，古老的哥特式拱顶下方的走廊和回廊原封不动。但照明和暖气设备，教室的通风系统，教师办公室的舒适设施，化学、物理和设计教学大厅里的设备等，都更换成现代设备，以便保证舒适和卫生。

精疲力竭的汉诺睁大眼睛，贴着墙根朝前走。感谢上天，走廊里空无一人。他远远地听到体育馆里传来师生的喧闹声，他们正在那里，为一周的辛劳接受一点儿精神鼓舞。但这里空无一人，铺了油毡的宽阔台阶空空如也。他踮起脚尖，屏住呼吸，小心翼翼走上台阶，竖起耳朵聆听上面的动静。他的班级是实科中学低二年级，教室位于二楼楼梯口对面，教室的门敞着。他蹲在楼梯顶端，瞄了一眼走廊，走廊两边是各个教室的门，门上挂着陶瓷标签。他又悄无声息地快速向前迈了三步，走进自己的教室。

教室里空无一人。三扇大窗户的窗帘仍然拉着，枝形吊灯里的瓦斯正在燃烧，发出柔和的嗞嗞声。绿色的灯罩在三排课桌上方投下柔和的灯光。每张桌子可以坐两名同学。课桌由浅色木头制成，与课桌相对的远处，是朴素庄严的讲台，讲台后面是黑板。墙壁下方装有一圈黄色的护墙板，上方是粉刷的墙壁，墙上挂着几张地图。老师的椅子旁还有一块黑板，立在架子上。

汉诺走到自己靠近教室中间的座位。他把书包塞进抽屉，一屁股坐到硬椅子上，把胳膊摊在倾斜的桌面上，头趴到胳膊上。他感到一种莫名的轻松。教室空荡荡的，了无生气，丑陋不堪，令人厌烦。还有一个前途未卜的上午等待着他，但现在他安全了，他逃过一劫，接下来就悉听尊便吧。第一堂是巴勒施泰特先生的宗教课，这节课相对保险。天花板上通风口边的小纸条正在抖动，看得出来暖气已经开启，燃烧的瓦斯也增添了教室的温度。他可以在这里舒展一下身体，感觉四肢逐渐解冻。热风吹到头上，感觉十分惬意，可惜对身体不好。他的耳朵嗡嗡作响，眼皮也感觉沉重不堪。

突然身后传来一声响，他讶异地转过头。他看到默尔恩伯爵凯的头和肩膀从最后一排探出来。他钻了出来，站起身，抖了抖身体，拍拍手上的灰尘，一脸高兴地走到汉诺面前。

"哎，是你呀，汉诺，"他说，"害得我钻到后面，还以为是老师来了呢。"

他的声音有些沙哑，他正在变声，汉诺还没开始变声。他的发育速度一直与汉诺保持一致，但他的外表一点没变，仍然穿一身肮脏的西装，说不清是什么颜色，衣服掉了一枚扣子，屁股上还有一块补丁。一双贵族般纤细的手，手指瘦长，指甲很尖。额头像雪花石膏一样纯，红黄色的头发梳得比较随意，晶莹闪亮的蓝色眼睛,眼神精明而又深邃。实际上,虽然不加修饰,他的纯种脸型却显得愈加突出,骨骼精致,轻微的鹰钩鼻,上唇稍短,少许胡须。

"哦,凯,"汉诺的表情啼笑皆非,他一只手放到胸口。"你吓死我了!你在这里干什么?你躲什么?你也迟到了吗?"

"哪里,没有,"凯说,"我来很久了。不过今天是星期一,我可不怎么想去那个老地方。这你是知道的,老伙计。我只是待在这里玩个游戏。这个'渊深'的家伙喜欢赶学生去做晨祷。好吧,我跟在他后面,他转身的时候,我也紧跟在他身后,这个神秘兮兮的老家伙!所以最后他走了,我就待在这里。你呢?"他同情地说,在汉诺身旁的板凳上坐下来。"你跑过来的,对吧?可怜的老伙计!看来你累得够呛!你的头发都粘到额头上了。"他从桌上拿起一把尺子,小心地帮汉诺梳理一下头发。"你睡过头了,对吧?看吧,"他转移话题,"我坐在神圣的班长座位上——这是阿道夫·托滕豪普特的座位!嗨,我看就坐一次也无妨。你睡过头了,对吧?"

汉诺又把头趴到胳膊上。"昨晚我去看剧了。"他长叹一口气说。

"对了——这我倒忘了。嗯,好看吗?"

汉诺没有回应。

"不管怎么说,你真是个幸运的家伙,"凯继续说,"我从没去过剧院,这辈子还一次都没去过,也根本不可能去——至少,多少年之内去不成。"

"如果不用付出代价就好了。"汉诺忧郁地说。

"第二天早上起来头痛吧——嗯,我知道这种感觉。"凯停了下来，他拿起朋友放在板凳上的外套和帽子，悄悄地拿到走廊上。

"我猜《变形记》里的诗歌你肯定还没有背诵吧？"他回来的时候问道。

"没有。"汉诺说。

"地理测验你准备了吗？"

"我什么都没准备，我什么都不知道。"汉诺说。

"化学和英语也没准备？太好了！我们真是一对难兄难弟。"凯的话中带有一种明显的感激语气。"我跟你在一条船上，"他得意扬扬地说，"我星期六没做作业，因为第二天是星期天；星期天也没做作业，因为那是星期天！说着玩的，主要是因为我还有更有趣的事情要做。"他突然一本正经地说，脸上泛起一丝红晕。"对，今天可有得好看了，汉诺。"

"如果我再得一个差，我就不能升级了，"汉诺说，"如果拉丁课老师点名，我肯定会得差分。接下来该点姓名首字母是 B 的学生，凯，所以肯定没救了。"

"走着瞧吧。恺撒怎么说的来着？'身后的危险可以威胁到我；但是当危险摆在我前面——'"

但凯没有说完。他自己觉得有点儿心情郁闷。他走到讲台上，在老师的座位上坐下，前后摇晃，脸色阴沉。于是两人沉默了一阵。

突然，远处传来一阵单调的嗡嗡声，继而变成一阵骚动，声音逐渐靠近。

"大伙儿来了，"凯烦恼地说，"天哪，他们真快。连十分钟都不到。"

他从讲台上下来，走到门口，准备混到人群中。汉诺只抬了一下头，抽动一下嘴巴，一动不动地坐在原地。

外面传来沉重的脚步声，混杂着男生的声音，有男高音也有假声，同学们蜂拥走上楼梯，进入走廊。教室里突然之间变得喧闹起来。这是实科学校低二年级，汉诺和凯班上有二十五名同学。他们手插在衣兜里，或者耷拉着胳膊，晃晃悠悠走到自己的位置，坐下来，翻开圣经。这些孩子有的面孔长得英俊、强壮而健康；有的则一脸苦相、尖嘴猴腮。这些同学中间有高个、肥胖、强壮的淘气鬼，他们很快就要出海或者从事贸易事业，对学校生活已经失去兴趣；有身材矮小、雄心勃勃的孩子，他们远远领先于自己的同龄人，专心学习各门功课，成绩优异。阿道夫·托滕豪普特是班长。他无所不知。他在学校从来没有被老师的问题难住。这一方面是因为他沉默寡言，在学习上热心勤奋，另一方面也因为老师们尽量不问他回答不上的问题。阿道夫·托滕豪普特回答不上来，会让他们感到痛苦和难堪，从而动摇他们对人类潜力的信仰。他头上到处是隆起，金色的头发梳理得油光可鉴，灰色的眼睛下布满黑眼圈，整洁的夹克袖子太短，露出一双修长的褐手。他在汉诺·布登勃洛克身边坐下，脸上露出温和而又诡秘的笑容，用一贯的方式向同桌问好，问候变成了随意的单音节词。然后，他开始一声不响地学习，他拿笔的方式无可挑剔，纤细的手指向外展开。在他身旁，同学们有的在打哈欠，有的在说笑，有的在做作业，有的在聊天。

两分钟后，门外传来脚步声。巴勒施泰特先生走进教室，将帽子挂在门上，走到讲台上。前排的同学站起身，一些后排的同学也跟着站起来，剩下的学生则根本没有理会。

他四十来岁,身材丰满可爱,头上秃了一大块,留着短须,面色红润,潮湿的嘴唇既润滑又性感。他掏出笔记本,轻声翻动。由于教室里的秩序还不尽如人意,他抬起头,伸出胳膊,用肥胖的白色拳头在空气中挥舞几下。他的脸渐渐变红——通红的脸上,胡须显得像是淡黄色。他嚅动嘴唇,仿佛痉挛一般,半分钟的时间里一句话也没说出来,最终只说了一个音节,一声短促、压抑的嘟哝,听起来像是:"好吧!"他仍然在挣扎,最后终于放弃,回到笔记本上,平静下来。巴勒施泰特先生一贯如此。

他本来想当牧师,但由于他患有口吃,又贪恋世俗之乐,最后当了老师。他还是个单身汉,手指上戴了一枚小钻石戒指,喜欢吃吃喝喝。他担任班主任,只在工作时间与其他班主任有联系。下班之后,他大部分时间在城里和单身的一帮人一起厮混——没错,还有守卫部队的军官们。他每天在最好的酒店里吃两顿饭,还是俱乐部的会员。如果深夜或者凌晨两三点钟他在街上遇到年级稍长的学生,他就会端出教室里的架子,说一句"早",双方对此都心照不宣。汉诺·布登勃洛克对这位老师并不害怕,几乎从来没有被他提问。巴勒施泰特先生经常与汉诺的叔叔克里斯蒂安有些人情关系,因此他可不想与汉诺在学业上发生冲突。

"好吧,"他说,再次看了一圈,挥舞着戴了戒指的肥胖拳头,然后看着自己的笔记本,"佩莱曼,你来背诵一下梗概。"

佩莱曼从同学们中间站起来。旁人根本看不出他站着。他是一名身材矮小、成绩优秀的学生。"梗概,"他温和而礼貌地说,脖子往前伸,脸上挂着紧张的笑容,"《约伯记》主要分为三个部分。第一部分,约伯受到上帝惩戒之前的状况:第一章,一到六节；第二部分，惩戒过程及其后果：第——"

"好，佩莱曼。"巴勒施泰特先生打断他，对他的诚实和礼貌十分感动。他在笔记本上画上一个优秀的标记。"你来继续，海因里克。"

海因里克是个淘气的高个学生，他属于那种什么都不操心的学生。他正在玩弄一把刀，这时他把刀塞进口袋，闹哄哄地站起来，耷拉着下嘴唇，粗哑地咳了一声。大家都不喜欢老师在提问完温和的佩莱曼之后提问他。学生们坐在温暖的教室里打瞌睡，瓦斯发出的响声令人舒适，有些人已经差点进入梦乡。经过两天周末，大家都精疲力竭。早上大家从温暖的被窝里爬出来，都被冻得牙齿直哆嗦，心里都在呻吟。他们都喜欢温和的佩莱曼喋喋不休地说下去，最好说到这堂课结束。几乎可以肯定海因里克会带来麻烦。

"上节课我没来。"他说，言语之中毫无敬意。

巴勒施泰特先生涨红了脸，挥舞着拳头，努力说话，皱起眉头盯着年轻的海因里克。他摇晃着脑袋，最终只憋出了一声"好吧"打破了沉默，但接下来他讲的一通话很流利。"你从来都说不出什么东西来，每次都有借口，海因里克。就算你上次课病了，你也可以把课上的内容补上。而且，如果第一部分讲的是受难之前，第二部分讲的是受难过程，你掰着手指头也能想到第三部分讲的是受难之后！可是你既不用功，又没兴趣。你这个可怜孩子，总是为自己的过错寻找借口。照这样下去，海因里克，你不会有一点长进，我把话说到这儿。坐下吧，海因里克。你来继续，瓦瑟福格尔。"

海因里克不知羞耻、一脸轻蔑，左摇右晃地坐下，对着同桌耳旁骂了句粗话，又掏出折叠刀继续玩耍。瓦瑟福格尔站起身，他眼睛红肿，塌鼻子，尖耳朵，指甲都被咬秃了。他哼哼唧唧背完了故事梗概，接着开始讲述乌斯地的约伯的故事。他直接翻开了圣经，摊在前桌身后，一脸无辜又正儿八经地看一眼，然后对着墙壁咳嗽一声，把看到的内容翻译成结巴拗口的现代德语。瓦瑟福格尔的行径令人反感，但巴勒施泰特先生对他大加赞赏。瓦瑟福格尔最擅长取悦老师。老师们表扬他，是为了证明他们不会因为学生长相丑陋就对他不公正。

课堂继续。许多学生被点名讲述来自乌斯地的约伯的故事。戈特洛布·卡斯鲍姆是不幸的商人菲利普·卡斯鲍姆之子，尽管他家道中落，还是得了个优秀，因为他记得约伯养了七千头羊、三千匹骆驼、五百头公牛、五百头驴和无数仆人。

然后，老师允许同学们翻开已经翻开的圣经，大家继续朗读。凡是巴勒施泰特先生认为需要解释的地方，他就涨红了脸，说一声"好吧"，对这一处内容进行讲解，有时还插上一些抽象的道德评判。没有一个学生在听讲。教室里昏昏沉沉，鸦雀无声。暖气接连不断吹进来，瓦斯灯依然在燃烧，教室里暖洋洋的，加上二十五个生龙活虎的年轻人，室内的空气污浊不堪。热气，加上瓦斯呜呜的声响，以及单调的读书声，让人昏昏欲睡。默尔恩伯爵凯在圣经里夹了一本埃德加·爱伦·坡的小说，一手撑着头，读着小说。汉诺·布登勃洛克身体后仰，瘫在座位上，张着嘴、目光游移地看着《约伯记》，一行行文字变得模糊不清。圣杯主题乐和婚礼进行曲时不时在他的脑海里回荡，他的眼皮耷拉下来，感到一阵轻松，然后他只盼着这平安祥和的上午时光能够永远持续下去。

然而，美好的时光告一段落，任何美好的时光都有结束之时。下课的铃声敲响，在走廊里回荡，将二十五颗昏昏欲睡的脑袋从睡梦中惊醒。

"课就上到这里。"巴勒施泰特先生说。班级日志被送到他手上，他在上面签了名，证明他履行了到课职责。

汉诺·布登勃洛克合上圣经，舒展一下身体，打起哈欠。这个哈欠打得很紧张。他放下胳膊放松四肢，深吸一口气，调整心脏的脉搏，心脏似乎有点儿不听使唤。下一堂是拉丁课。他用恳求的眼神打量了一下凯，只见他还在看爱伦·坡，似乎还没有意识到已经下课。然后，他掏出用大理石花纹纸包着的奥维德作品，翻开那些要求背诵的诗行。现在要把它们记下来简直是痴人说梦：这些诗行上满是铅笔标记，每段五行，满满一页，读来宛如天书。他根本不懂诗歌的意义，更不要说背诵一行了。今天要背的内容，他连第一句都背不上来。

"'deciderant, patula Jovis arbore glandes'[1] 是什么意思？"他转向正在填写班级日志的同桌阿道夫·托滕豪普特，绝望地问道。

"哪一句？"托滕豪普特一边问，一边填表。"意思是来自朱庇特之树——橡树的橡子；不对，我也不明白——"

"等老师提问我的时候，一定要提醒我一下啊，托滕豪普特？"汉诺乞求道，然后将书本推开。托滕豪普特心不在焉地点了一下头，算是对他的回答，汉诺怒视了他一眼，然后蹭到板凳一边，站了起来。

---

[1] 拉丁文，"朱庇特的大树上落下的橡子"。

这时讲台上的场景已经发生了变换。巴勒施泰特先生已经离开教室，取而代之的是一位个头矮小、身体虚弱的男老师，他笔直地站在讲台上，一脸严肃。几根稀疏的白须，清瘦的红色脖子，身穿窄翻领衣服，把帽子翻过来拿在手里，双手紧握帽子放在胸前，手上长满白色的汗毛。他是许克普教授，学生都叫他"蜘蛛"。他在休息期间负责教室和走廊的秩序。"关掉瓦斯！拉开窗帘！打开窗户！"他尽量用命令的口气说道，一边在空中笨拙而又剧烈地挥舞着小胳膊，仿佛是在摇动手柄。"大家都下楼，到外面去呼吸新鲜空气，快点！"

　　瓦斯被关掉，窗帘被拉开，灰黄的阳光洒满教室。冰冷的雾气从敞开的窗户钻进来，低二年级学生从许克普教授身边挤到出口。只有班长可以待在楼上。

　　汉诺和凯在门口遇见，一起下了楼梯，穿过门厅。两人一言不发。汉诺一副可怜巴巴的样子，凯则若有所思。两人来到院子，开始在湿润的红砖地面上来回穿梭，身边是来自不同年级的学生。

　　这里有一名年轻老师维持秩序，他修着尖尖的金色胡须：他是戈登纳博士，诨名"时尚达人"。他开办了寄宿学校，专门接受梅克伦堡和荷尔斯泰因两地的有钱地主，受到这些年轻贵族的影响，他的穿戴与其他老师明显不同。他戴着丝质围巾，穿着华丽的上衣，紧口灰色裤子，绣有花边的手帕洒了香水。他出身普通家庭，与这种文雅的装扮并不相配——比方说，他长一双大脚，脚上带扣的尖头靴子显得十分滑稽。他对自己一双通红的胖手十分得意，不断揉搓，扣在胸前，自我陶醉地不断欣赏。他喜欢把头仰到一边，不停地眨巴眼睛，皱着鼻子，半张着嘴，似乎要说："出什么事了？"尽管他模样甚是讲究，但对各种违规行为装作视而不见。有的学生把书本带到院子里来临阵磨枪，他视而不见；有一名寄宿学生把钱递给门卫施莱米尔先生，请他买油酥面团，他视而不见；有两名三年级学生要一决高下，结果一个把另一个给揍了，立即引起一群人围观，他视而不见；有一名学生因为作弊、胆小或者别的原因遭到同学们的厌恶，被带到水龙头旁教训一番，发出一阵喧闹，他视而不见。

这是一群精力旺盛但举止并不温柔的学生，汉诺和凯就在他们中间踱来踱去。胜利而又统一的德国标榜的是一种粗犷的男子气概，这些年轻人讲的是一套利落而又不堪的行话。最让人看不起的罪行就是软弱和时髦，最受推崇的美德就是吸烟喝酒、强身健体和运动技能。谁要是出门的时候将衣领翻上来，就要被浇冷水；谁要是被人看到在街上行走时拿着拐杖，铁定要在体育馆里当众受到严厉的羞辱和批评。

汉诺和凯聊天的方式与身边的同学们大相径庭。他们之间的友谊维持了很长一段时间，对此大家有目共睹。老师们对此颇有微词，怀疑他们是不是有什么阴谋诡计，将来会不会捅出娄子。同学们虽然心中不悦也不明白，但都习以为常，觉得这是两个异类，不必理睬。他们倒是晓得默尔恩伯爵凯的野性和不羁，并对此心悦诚服。至于汉诺·布登勃洛克嘛，大个头海因里克虽打遍天下无敌手，却从来不忍心动时髦和懦弱的汉诺一根手指头。他对汉诺柔软的头发，纤细的四肢，忧郁、腼腆而冷淡的眼神倒是无比敬重。

"我害怕。"汉诺对凯说。他靠在学校围墙上，裹紧了上衣，一边打哈欠一边瑟瑟发抖。"我真害怕，凯，感觉浑身难受。告诉我：曼特尔萨克先生可怕不可怕？请你告诉我！如果这讨厌的奥维德课结束了该多好！如果我不声不响地得个烂分，然后一切照常该多好！这我倒不害怕。我就怕课前这种紧张的气氛！"

凯依然在沉思。"这个罗德里克·厄舍[1]是我见过最精彩的人物，"他突然说道，"我读了整整一堂课。如果我能写出这样的故事该多好！"

凯沉浸在自己的写作梦里。他之前说，他有比做作业更有趣的事情要做，说的正是这个，汉诺对此十分理解。凯从小就喜欢讲故事，后来逐渐尝试写作。最近他刚写完一篇童话，这是一则充满幻想的冒险故事，故事发生在地底深处，那里有火热的金属和神秘的火焰，也是人类的灵魂归宿。这则故事中，原始的自然与灵魂的力量相互交织，相互转换，相互磨炼——整篇故事充满丰富而又感性的象征，富有激情与憧憬。

这个故事汉诺很熟悉，也很喜欢，但是此时此刻，他没有心情与凯讨论他的作品或者爱伦·坡的作品。他又打了一下哈欠，然后叹了口气，嘴里哼着他最近编的一首钢琴曲。这是他的习惯。他经常长叹一口气，深吸一口气，借此来平复心脏的波动。他习惯了在深呼吸的时候哼唱他自己或者别人创作的乐曲。

"看吧，上帝来了，"凯说，"他到他的花园里散步来啦。"

"花园不错。"汉诺说。他开始紧张地笑，笑得停不下来。他用手帕掩住嘴巴，抬头看着院子对面，看着凯所谓的"上帝"。

这是乌利克，学校校长，他来到院子里。他身材高大，头戴宽边软帽，留着短而浓密的胡子，腆着肚子，裤子太短，肮脏的

---

[1] 爱伦·坡的《厄舍古屋的倒塌》的主人公。

袖口呈漏斗状。他从石板路上走来，表情愤怒，仿佛十分痛苦，伸出胳膊指着水龙头。水正在哗哗流淌！一群学生冲到他前面，争先恐后去关龙头。然后他们站到一边，看看水龙头，又看看校长，一脸苦闷。这时，校长已经转向戈登纳博士，后者匆忙赶过来，满脸通红，用低沉而又空洞的声音跟他说话，激动得连话都说得吞吞吐吐。

这个乌利克校长简直恐怖。汉诺的父亲和叔叔读书的时候，校长是一位温和慈祥的老头儿。1871年老校长去世，乌利克接任校长职位。乌利克博士之前是普鲁士一所高中的教员，他来到这里之后，带来了全新的理念。过去，经典课程被视作教育的目的，由学生自由学习，颇有幸福和理想主义色彩。但是现在，主流的教育理念是权威、职责、权力、服务与事业，"我们的哲学家康德的绝对命令"更是成为乌利克博士每次正式演讲必须标榜的旗帜。学校成为国中之国，老师和学生都以官员自居，大家都关心前程进步，因此都对权威言听计从。新校长一上任就开始拆除旧校舍，新建的校舍卫生和审美原则均经过核准，建设工程顺利完工。问题是，老校舍虽然设施略显陈旧，但给人一种快乐、勇敢、美观和舒适的感受，与新校舍相比幸福感不是更强吗？

乌利克这个人与旧约圣经中的上帝一样神秘、奸诈、固执和善妒。他笑的时候跟生气的时候一样可怕。他手中掌握着大权，于是变得任性妄为、喜怒无常——他可以说笑话，然后对被逗笑的人大发雷霆。这些胆战心惊的小家伙们在他面前不知所措。大家发现最保险的做法就是放低姿态，对他敬若神明，以免在他的盛怒之下当了炮灰，被他正义的恼怒彻底摧毁。

凯给乌利克博士取的诨名只有他自己和汉诺知道，他们忍受了巨大的煎熬才没有告诉任何人,因为别人根本无法理解。这两个孩子与同学们根本没有任何共同点。甚至学校里流行的报复、"算账"这些套路对汉诺和凯而言都是陌生的。别人取的诨名他们倒一点都不感兴趣,因为他们觉得一点都不好笑。许克普教授的诨名"蜘蛛",巴勒施泰特先生的诨名"翘尾巴",显得缺乏创造力。这么评价他们为国家服务的义务很不到位!不,默尔恩伯爵凯可比这高明多了!他发明了一种方法,这方法只有他和汉诺理解,那就是在他们的姓后面加个称呼:巴勒施泰特"先生",许克普"先生"。这么称呼极具讽刺意义,显得疏远、讽刺,让他十分得意。他喜欢称呼这些人"教学人员",喜欢在休息时间将他们想象成奇形怪状的怪物。他们谈论"学校"的口气,仿佛那就是汉诺的叔叔克里斯蒂安所在的精神病院……

看到"上帝",凯的心情变得愉悦。"上帝"仍然在操场上巡视,指着操场上四处散落的面包纸大声咆哮,所到之处人人惊恐不已。上第二堂课的老师们开始走进教室,汉诺和凯走到一个门口。凯向眼睛通红、面色苍白、衣衫褴褛的神学院毕业生毕恭毕敬地鞠躬,这些人正朝后院六七年级的教室走去。白发苍苍的数学老师蒂特格先生走过来,身后拿着一摞书,手不停地颤抖,伛偻着腰,皮肤蜡黄,两只斗鸡眼,一边走路一边吐痰。凯喊道:"早上好,老不死。"他喊的声音很大,明亮犀利的眼睛盯着天空。

这时,铃声响了起来,学生开始走进教学楼。汉诺禁不住笑出来。他走到台阶上的时候还在大笑,同学们既好奇又冷漠地看着他和凯,对这种怪异的行为甚至有点反感。

当曼特尔萨克先生走进教室后,教室里变得鸦雀无声,所有人都站起来。他是主任教员,照例应当受到尊敬。他随手关上门,鞠了一躬,伸长脖子看了一圈,确保全班同学都站了起来,然后将帽子挂在钉子上,迅速走上讲台,走路的时候头上下摇晃。他站到讲台上,朝窗外看了一眼,戴着大印章戒指的食指梳理了一下衣领。他中等身材,一头稀疏的灰色头发,蓄着奥林匹亚式的胡须,一双宝石蓝色突出的近视眼,戴了眼镜。他身穿柔软灰色布料做成的敞口礼服,他总喜欢将布满皱纹的短手指叉在腰上。他的裤子与其他老师,甚至包括戈登纳博士一样,裤腿太短,露出一双宽大而闪亮的靴子。

他从窗户边转过头来,发出一声温和的叹息,对着几个同学笑了笑。显然他心情不错,教室里立即充盈着一阵放松的气氛。许多事情——实际上,一切——取决于曼特尔萨克先生的心情是否高兴!大家都知道,他是个性情中人,无论发生什么,他从不克制自己的脾气。论起不公正,他出类拔萃、毫无底线、任性胡为,他的脾气仿佛命运一样阴晴不定。他有一些喜欢的学生——有两三个——这些学生他只喊名字,这些学生就好像高居天堂。他们说话的时候几乎没有禁忌,课后曼特尔萨克博士会像正常人一样与他们聊天。但总有一天——或许是假期之后——在没有任何征兆的情况下,他们会被推下王座、流放、抛弃,别的学生又会取代他们的位置。对这些受宠的学生,无论作业多么糟糕,他都会认真细致地批改,改完之后仍然整洁美观;对于其他学生,他就用红笔无情地写画,任意涂抹,改完之后的模样惨不忍睹。他从来都不愿意费神数一下错误个数,只是根据红笔印迹的多少打分,因此那些受宠的学生在作业上总能拔尖。他丝毫没有意识到自己这种极端不公的行为。如果有人胆敢提醒他注意,那就永远也别想得宠,永远也不会被直呼名字。没有一个人愿意丢掉这样的机会。

这时,曼特尔萨克博士叉腿站着,开始翻动笔记本。汉诺·布登勃洛克在课桌底下绞动双手。接下来是B,字母B开头的学生。现在他将听到自己的名字,他会站起来,他一行也不会背,他将听到老师的咆哮,一场吵闹吓人的灾难——无论曼特尔萨克博士今天的心情多么愉悦。时间一分一秒地过去,每一秒都是煎熬。"布登勃洛克"——现在他会叫"布登勃洛克"。"埃德加。"曼特尔萨克博士合上笔记本,手指依然停在里面。他坐下来,仿佛一切秩序井然。

什么?谁?埃德加?是吕德斯,坐在窗户边上那个胖子。是字母L,老师的点名根本没按原来的顺序!没有!怎么可能?曼特尔萨克博士心情大好,他只挑选了一位受宠的学生,根本没管什么点名顺序。

吕德斯站起身。他的脸长得像哈巴狗,一双棕色眼睛无精打采。他的座位比较隐蔽,可以轻而易举瞟到课本,但他实在太懒。他在天堂里感觉十分安稳,因此只回答说:"我昨天头痛,没法学习。"

"噢,你真是让我为难,埃德加,"曼特尔萨克温和地责备道,"你背不出黄金时代这一部分吗?真是可惜呀,朋友!你头痛?你是不是该在上课之前告诉我呀,别等到我叫你起来才这么说。你最近犯了头痛吗,埃德加?你得治一下,不然你可能会不及格。蒂姆,你来回答吧?"

吕德斯坐下去。这时他已经成为全宇宙憎恨的对象。显然,老师的心情因为他而变得糟糕,或许下一堂课,老师就会做出改变,直呼他的姓。蒂姆从后排的一个座位上起身。他一副乡下男孩模样,一头金色头发,穿着浅棕色夹克,手指粗短。他把嘴巴张成漏斗状,迅速找到地方,一脸白痴的表情,看着前方。然后他低下头读起来,他拉长腔调,用单调、犹豫的声音朗读,像刚开始识字的孩子一样:"首先创立的是黄金时代!"

显然,曼特尔萨克博士在随机点名,没有按照姓名字母顺序。因此,汉诺不一定会被点到,当然,这也要看他的运气。他和凯交换了一下欣喜的眼神,心情稍微有所放松。

但是这时蒂姆被打断。到底是曼特尔萨克博士听不清楚,还是蒂姆的朗读还需要练习,不得而知。但他走下讲台,缓步走过来。他手里拿着书,在蒂姆身边停下来。蒂姆已经把课本藏了起来,但现在他彻底绝望。他漏斗状的嘴巴倒抽了一口气,诚实而又烦恼的蓝色眼睛看着老师,再也说不出一个字来。

"嗯,蒂姆,"曼特尔萨克博士说,"接着背呀?"

蒂姆皱起眉头,睁大眼睛,紧张地叹口气,茫然一笑:"我都记混了,博士先生,您站得太近了。"

曼特尔萨克博士也笑了。他得意地笑着说:"好吧,别紧张,继续背。"说着又回到讲台。

蒂姆镇静下来。他又掏出课本,打开来,同时保持镇定,盯着教室。然后低下头开始朗读。

"很好,"他背完之后老师说,"显然,你刻苦学习了。但你在节奏这一块把握不准,蒂姆。你理解了省音,但你根本没有读出六音步诗行的韵律。我感觉你像是在学散文。不过,我看你还算勤奋,已经尽了最大努力——只要尽了最大努力——请坐。"

蒂姆坐了下去,激动得眉开眼笑。曼特尔萨克博士在笔记本上给他画了个优。离奇的是，不仅老师，连蒂姆自己，甚至全班同学都真心感觉蒂姆是个勤奋的好学生，他得到优秀理所当然。汉诺·布登勃洛克也这么认为，尽管内心中有些不平。他紧张地听着下一个名字。

"穆默，"曼特尔萨克博士喊道，"你也背一遍：首先创立的——"

穆默！太好了！感谢上天！汉诺可能安全了。这几行诗不太可能提问三遍，在视读部分，字母 B 开头的学生已经提问过。

穆默站起来。他个头很高，面色苍白，一双手正不停颤抖，戴着一副硕大的圆眼镜。他严重近视，就算把书摊在桌上也看不清。他必须预习，他的确预习过。但是今天，他没有料到会被点名。而且，痛苦的是，他与天赋丝毫不沾边，才背了几个词就卡住。曼特尔萨克博士提醒他一遍，接着提高嗓门提醒他第二遍，提醒第三遍的时候已经变得极不耐烦。当穆默最后停下来的时候，老师已经怒不可遏。

"这样可不行，穆默。坐下。你这表现很丢脸，我告诉你。简直是个傻瓜！又蠢又懒——真是够呛。"

穆默痛苦不堪。他看起来就像灾难之子，此刻全班同学都在鄙视他。汉诺·布登勃洛克的喉咙里又涌起一阵反感，像是要吐的样子，与此同时，他仔细观察着事情的进展。曼特尔萨克博士在穆默的名字后面画上一个不详的记号，然后皱起眉头翻看笔记本。在愤怒之中，他开始查看今天该轮到谁。这一点毫无疑问。汉诺刚意识到这一点，他就听到老师叫他的名字——仿佛噩梦降临。

"布登勃洛克！"曼特尔萨克博士点的是"布登勃洛克"。

回声在空气中回荡。汉诺不敢相信自己的耳朵。他的耳朵里一阵嗡响。人仍然坐在那里。

"布登勃洛克先生！"曼特尔萨克博士喊道，他凸起的宝石蓝眼睛从眼镜后面盯着他，"能否请你回答？"

好吧。该来的终于来了。跟他预想的不一样，但还是来了。此时此刻，他整个人都蒙了。他竭力保持镇定。老师会不会暴跳如雷呀？他站起身，准备编个离奇荒谬的借口，说他"忘记"准备了，突然发现前桌翻开了课本。

这个男孩叫汉斯·赫尔曼·基利安，他身材矮小，棕色皮肤，头发油油的，肩膀宽阔。他决心当官，出于同胞情谊，尽管他不喜欢布登勃洛克，但在同学处于危难之际仍然没有选择袖手旁观。他用手指指出位置。

汉诺定睛一看，读了起来。他的声音颤颤巍巍，脸上表情复杂，开始朗读黄金时代，彼时真理与正义自然而然受到尊重，无需任何法律和强迫。"惩罚与恐惧都不存在，"他用拉丁语朗诵道，"铜版上并没有雕刻恐吓的条款，请愿的人并不畏惧法官的威严……"他充满恐惧，声音颤抖，故意读得磕磕绊绊，略去基利安用铅笔标记的一些省音，在朗诵的几行诗中穿插几处错误，故意吃力地读着，心想老师会发现他在作弊，对他发动袭击。偷看前桌课本让他既满足又愧疚，身上的皮肤有一种痒痒的感觉。与此同时，他感觉一阵恶心，故意读得磕磕巴巴，似乎这样一来欺骗的行为就不那么卑鄙。他读到最后，顿了一下，头也不敢抬一下。他觉得曼特尔萨克博士肯定已经洞悉一切，嘴唇变得惨白。但最后老师叹口气说：

"噢，布登勃洛克！毋宁你沉默！请原谅我用了这个古语的你字。知道你背得怎么样吗?你背得像个汪达尔人,像个野蛮人。你还真是滑稽,布登勃洛克,看你的表情就知道。我不知道你到底是在咳嗽,还是在背诵高贵的诗行。我看更像是在咳嗽。蒂姆缺乏节奏感,但他跟你比起来,简直就像天才,像是诗歌朗诵家!坐下吧,可怜的孩子!背倒是背下来了,这一点无法否认,还是给你记个优秀吧。你可能已经竭尽全力了。可,我不是听说你喜欢音乐,还会弹钢琴吗?这怎么可能?好吧,好吧,坐下。你已经尽力——这就够了。"

他在笔记本上画了个优秀,汉诺·布登勃洛克坐了下去。他跟诗歌朗诵家蒂姆之前的感觉一样——真觉得自己理所应当得到曼特尔萨克博士的赞扬。的确,此时此刻,他觉得自己尽管天赋不高,还算是个勤奋好学的学生,相对来说,这次背书的表现还赢得了荣誉。他心想,除了汉斯·赫尔曼·基利安之外,其他同学都这么想。同时,他又觉得有些恶心。他脸色苍白,浑身战栗,根本无力回想刚才发生的一切,只是闭上眼睛,陷入沉默。

然而,曼特尔萨克博士继续上课。他转到今天应该准备好的诗句上来,叫了彼得森的名字。彼得森站起身,他一副生气勃勃、信心满满的样子,显然有备而来。但是今天,他注定要碰壁。这一堂课注定不会安然过去,一定会发生比可怜的近视眼穆默的遭遇更加凄惨的灾祸。

彼得森嘴上在翻译,眼睛时不时瞟一眼书上原本是空白的那一页。他做得很聪明:装得好像那一页有什么东西让他分神——或许是一粒尘埃。他用手掸了一下,又用嘴吹口气。然而——接下来灾祸降临。

曼特尔萨克博士突然行动起来,彼得森也几乎同时突然行动起来。老师站起身，从讲台上冲下来，大踏步跑到彼得森面前。

"你的书里有小抄。"他走到跟前说。

"小抄——我——没有。"彼得森结结巴巴地说。他是个迷人的小伙儿，额头上一头金色的波浪卷，蓝色的眼睛十分可爱，这时他的眼神异常恐惧。

"你的书里没有小抄？"

"小抄？博士先生？没有，我真没有。您弄错了。您冤枉我了。"彼得森极不自然的话背叛了他，他想用这种话来镇住老师。"我没有骗您，"为了达到目的，他重复说道，"我是个有尊严的学生，向来是这样。"

但曼特尔萨克博士确信无疑。

"把书给我。"他冷冷地说。

彼得森紧紧抓着书。他双手把书举起来继续反抗。他结结巴巴，舌头仿佛打了卷。"相信我，博士先生。书里什么都没有——我没有小抄——我没有骗您——我一直是个有尊严的学生——"

"把书给我。"老师跺着脚重复道。

这时彼得森彻底崩溃，他的脸变得惨白。

"好吧，"他说着，把书递了过去。"给您。对，书里有小抄。您可以找找看，就在那儿。但我没有看。"他突然尖叫道。

曼特尔萨克博士没有理会他这个愚蠢的谎话，这是绝望之中的挣扎。他抽出小抄，表情厌恶地看了一眼，仿佛那是一块腐烂的动物内脏，他把小抄塞进口袋，不屑地把《奥维德》诗歌扔到彼得森的书桌上。

"把班级日志拿来。"他沉闷地说。

阿道夫·托滕豪普特乖乖地奉上班级日志，彼得森得到一个作弊的标记，复活节的时候升班的希望已然化为泡影。"你是全班的耻辱。"曼特尔萨克博士说。

彼得森坐了下去。他被诅咒了。左邻右座都敬而远之。大家都用同情、憎恶和恶心的眼神看着他。他彻彻底底崩塌了，因为他作弊被老师发现。大家对彼得森只剩下一个看法，事实也是如此——他是全班的耻辱。大家接受了他的崩塌，如同他们接受蒂姆和布登勃洛克的荣升，也接受穆默的不幸。彼得森也接受。

于是，在这二十五个身体健康、正准备面对生活挑战的年轻人中，大多数都接受了这个现实，此时此刻并没有觉得受到羞辱，抑或感到不安。对他们来说，似乎一切都很正常。但有一双眼睛，那就是汉诺的眼睛，沮丧地盯着汉斯·赫尔曼·基利安宽阔的后背。他的眼睛蓝色的阴影里，充满了憎恶、恐惧和恶心。课堂继续。曼特尔萨克博士一个接一个点名——他已经丧失了测验学生的所有欲望。接下来被点名的是阿道夫·托滕豪普特，他稍做了一些准备，但还是不知道"patula Jovis arbore"的意思，布登勃洛克只好替他回答这个问题。他回答的时候声音很小，头也没抬一下，因为曼特尔萨克博士提问过他，老师对他的答案点点头。

等到学生提问结束，这堂课已然失去了所有的兴味。曼特尔萨克博士让一个成绩较好的学生独自朗读，自己却与剩下的二十四名同学一样听得心不在焉，同学们已经开始为下节课做准备。实际上，这节课已经结束。老师不会再记录同学们的表现，同学们的兴趣和努力也不会得到评价。很快下课铃声就要响起。铃声真的响起。这铃声是为汉诺响起，他得到一次赞许。事实就是这样。

"好吧,"凯和汉诺与同学们一起进入走廊,去往化学教室的时候,凯对汉诺说,"现在恺撒的话你信了吧?你真是幸运呀!"

"我感觉很恶心,凯,"汉诺说,"我不喜欢这种幸运。我反而觉得难受。"凯明白,换作是他,也会有同样的感觉。

化学教室是一间有拱顶的房子,像露天圆形竞技场一样,座位呈阶梯形,室内有一张长条桌,用来做实验,还有两个玻璃药瓶。教室里十分闷热,刚完成的实验留下一股硫化氢的刺鼻气味。凯用力打开窗户,偷来阿道夫·托滕豪普特的作业本,开始飞快地抄写他的作业。汉诺和其他几个学生也如法炮制。课间休息就这样结束,铃声响起,马罗茨科博士走进教室。

这就是凯和汉诺所谓"渊深"的老师。他中等身材,脸色黝黑,黄皮肤,眉骨上长了两个肿块,僵硬的胡须脏兮兮的,头发也脏兮兮的。他总是不修边幅,蓬头垢面,但是外表只是表象。他教自然科学,但他的专业是数学,据说他在数学上很有创新思想。他喜欢滔滔不绝地谈论圣经中的玄学问题。当他心情高兴,或者不着边际地谈天说地的时候,他还喜欢跟一二年级学生讲到圣经里一些神秘的章节。他曾当过预备军官,对服役十分热心。作为退役军官,他跟乌利克校长关系很好。他定下的规矩比别的老师都多:他会用职业的眼神审视这群强壮的青少年,要求回答问题必须简洁明快。这种神秘和严肃总体来说不受学生欢迎。

同学们都翻开作业本,马罗茨科博士转了一圈,用手指点了一本作业。有些学生没做作业,干脆掏出其他作业充数,或者翻到之前布置的作业敷衍;他从来都没有发现。

然后，开始上课，二十五名男同学拿出勤奋和热情来学习硼酸、氯气、锶，就像他们之前拿出勤奋和热情学习奥维德一样。汉斯·赫尔曼·基利安受到表扬，因为他知道硫酸钡，也称重晶石，经常被拿来造假。毕竟，他是班上最优秀的同学，因为他想当军官。凯和汉诺一无所知，在马罗茨科的笔记本上得分非常糟糕。

等到实验、朗读和评分结束，化学课的兴味也消失殆尽。马罗茨科博士开始做实验；有爆裂的声音，有有色气体，但这只是为了耽搁时间。他留下课后作业；然后第三堂课随之结束。

这时大家的心情都十分愉悦——彼得森也是如此，尽管他刚刚经受了打击。接下来的一个小时很让人高兴。没有一个同学感到焦虑，这堂课有时还很好玩。这堂课是英语课，老师是试讲老师莫德松，一个年轻的语言学家，他还处在几个星期的试用期——正如默尔恩伯爵凯所说，他签的是短期合同。然而，学校与他续约的希望十分渺茫。他的课太有趣了。

有些同学继续待在实验室，其他同学则回到教室；大家都不必下楼到冰冷的院子里去，因为现在走廊里的秩序归莫德松负责，他从不敢让学生下去。而且，同学们还要准备他的课。

第四堂课的铃声响起，教室里的喧闹声丝毫未减。大家有说有笑，等待着享受快乐时光。默尔恩伯爵手捧着头，继续在读罗德里克·厄舍。汉诺则观察着周围的动静。有的同学在学动物的叫声；一个同学正在学公鸡打鸣；坐在后排的瓦瑟福格尔正模仿猪的哼哼声，但没人看得出声音从他身体哪个部位发出来。诗歌朗诵家蒂姆在黑板上画了巨幅粉笔漫画，画上有一双斜视的眼睛。莫德松先生走进教室的时候，门无论如何都关不上，门缝里被人塞了一颗冷杉秋果。阿道夫·托滕豪普特将它拿开。

试讲教师莫德松身材短小,相貌平平。他的脸上总是一副气急败坏的扭曲表情,走路的时候一边肩膀向前倾斜。他极其害羞,眨了眨眼睛,吸了一口气,张着嘴巴,想说话但又不知道该说什么。他从门口迈了三步,踩到一根质量极佳的爆竹上,发出类似硝化甘油爆炸的声响。他猛地一跳。然后,窘迫之中,他露出笑容,仿佛什么都没有发生一样。他走到教室中间的一条板凳边,像平常一样,俯下身子,一只手掌放在他面前的桌上。这是他一贯的姿势。有学生预先在恰当的地点洒了墨水,莫德松先生笨拙的手上沾满了墨渍。他故意装作没看见,把湿漉漉的黑手放到身后,眨了眨眼睛,温柔地说:"课堂秩序有待加强呀。"

此时此刻,汉诺·布登勃洛克喜欢上这位老师,他端端正正地坐着,看着老师焦虑而无助的脸。但瓦瑟福格尔学猪哼哼叫的声音越来越大。有同学对窗户撒了一把豌豆,豆子撞到玻璃弹了回来。

"下冰雹了。"有人大声喊道。莫德松似乎信以为真了,他立即走上讲台,拿来花名册。他得看着花名册点名,尽管这个班他已经教了五六个星期,同学们的名字他几乎一个也叫不上来。

"费德曼,"他叫道,"你能背诵一下这首诗吗?"

"没来。"大家异口同声地说。费德曼好端端地坐在那里,熟练而又准确地扔着豌豆。

莫德松先生又眨了眨眼睛,挑了另一个同学。"瓦瑟福格尔。"他叫道。

"死了。"彼德森冷酷而幽默地喊道。

大家众口一词的声音,猪哼声,鸡鸣声,再加上取笑的喊声,似乎表明瓦瑟福格尔确信无疑死了。

莫德松先生又眨了眨眼睛。他看了一圈,张开嘴巴,手指在花名册上又点了个名字。"佩莱曼。"他毫无信心地叫道。

"很不幸,他疯了。"默尔恩伯爵凯字正腔圆地说。同学们也众口一词这么说,教室里一阵喧哗。

这时莫德松先生站起身,对着喧哗的同学们喊道:"布登勃洛克,你给我背一百行。你再笑的话,我就记你名字。"

说完他又坐下去。汉诺确实笑了。他笑的声音不大,但笑得癫狂不止。他觉得凯说得特别好笑——尤其是"很不幸"这个词简直绝了。但是,莫德松先生警告他的时候,他安静下来,严肃地看着试讲老师的脸。他观察着这个男人脸上的每一处细节:看到他稀疏的胡须露出下面的皮肤,每一根毛发都看得清清楚楚;看到他空洞、忧郁的棕色眼睛;看到他好像戴了两副袖头,因为他的衬衫袖子太长;看到他那可怜而又软弱的模样。他还看出更多:他看到了这个男人的内心世界。汉诺·布登勃洛克是莫德松唯一叫得出姓名的学生,因此他不厌其烦地点他名字,对他不公,在他身上施展威风。他之所以这么对待布登勃洛克,是因为他外表看起来比较文静——他便拿他开刀,意图杀鸡儆猴,但他对真正调皮捣蛋的学生却无计可施。汉诺看着他,觉得莫德松人格缺失,根本不值得同情!"我不想欺负你,"他心里对试讲老师说,"我没有像别的学生一样——你是怎么回馈我的呢?但事情总是这样,任何时候、任何地方都是这样。"他心想。那种恐惧的感觉令人作呕。"最恐怖的事情是,我已经将你看穿了!"

最后,莫德松先生点了既没有死也没有疯的学生来背诵诗歌。这首诗的名字叫《猴子》,是一首非常幼稚的诗歌,背诵它的是这些已经有意经商、出海或者面对生活挑战的年轻人。

> 快乐的小猴儿，
>
> 你是自然的小丑……

诗歌很长——卡斯鲍姆直接照着课本念。大家根本不在意莫德松先生的看法。教室里的喧嚣声越来越大，同学们的脚在灰扑扑的地板上磨来蹭去，讲台下面还传来鸡鸣声、猪哼声，豌豆在空中飞来飞去。二十五名学生一片混乱。年轻人的本性从沉睡中醒来。他们在纸上画猥亵的画儿，传来递去，一边看一边发出嗤笑。

突然，全班同学安静下来。正在朗读的同学停了下来，甚至连莫德松先生也站起身聆听。他们听到一阵悦耳的声响：这是一种类似钟声的清脆的声音，从教室深处传来，声音流畅甜美，舒适惬意。有人把音乐盒带到教室里，在英语课堂上发出了"你，你对我很重要"的歌声。正在这时，歌声停了下来，令人恐怖的景象发生了。仿佛班上发生了一场暴风雨，令人猝不及防。它来势汹汹，势不可挡，令人惊愕。

教室的门突然打开，事先连一声敲门都没有——一个身影冲了进来，他身材高大，怒气冲冲，一个箭步走到同学们的课桌前。他就是"上帝"。

莫德松的脸色变得煞白，从讲台上搬了一张椅子，用手帕掸了掸上面的灰尘。同学们齐刷刷地站起身。他们双手紧紧贴在腿边，踮着脚尖站着，低着头，抿着嘴。教室里鸦雀无声。有人喘了口气——然后教室里又恢复了平静。

乌利克校长打量了一阵。他举起胳膊,露出肮脏的漏斗形袖口,然后手指张开着放下胳膊,像是在弹琴的样子。"坐下。"他用低沉的声音说。

同学们坐回去。莫德松先生用颤抖的手把椅子拉过去,校长在讲台旁坐下。"请继续。"他说。寥寥数字,听起来令人毛骨悚然,仿佛说的是"我看看,谁还敢——"

他来的原因再清楚不过。莫德松先生得证明他的教学能力,展示他上了六七堂课之后的效果。这关系到莫德松先生的生存和未来。这名试讲老师可怜巴巴地站在讲台上,又开始点学生背诵《猴子》。此前,接受考验的只是学生,此时老师也在接受考验。哎,双方的表现实在糟糕!乌利克校长先生的出现实在是出人意料,只有两三名学生做了准备。整整一堂课,莫德松先生不可能一直提问阿道夫·托滕豪普特;《猴子》背完之后,也不可能再提问一遍,因此课堂上的表现可谓凄凄惨惨戚戚。接下来朗读的是《艾凡赫》,只有年轻的默尔恩伯爵能翻译出来,这还是因为他个人对这部小说很感兴趣。其他都人支支吾吾,结结巴巴,听起来令人绝望。汉诺·布登勃洛克被点了名,但他一句也答不上来。乌利克校长嗓子里哼了一声,像是剧烈地拨响了超低音键,莫德松先生扭动着笨拙而又沾满墨渍的双手,哀怨地反复说道:"大家的表现本来还不错——大家的表现本来还不错!"

他一半是说给学生听,一半说给校长听。铃声响起,他还在重复这句话。但"上帝"站起身,双臂交叉放在前面,盯着同学们。然后,他命令把花名册拿来,把上午表现糟糕——甚至根本答不上来——的学生一个一个都写上懒惰——一股脑儿记下六七位同学。他无法给莫德松先生也记上一笔,但莫德松的表现比其他人更糟糕。他站在那里，脸色仿佛粉笔灰，整个人彻底崩溃。汉诺·布登勃洛克的名字也在其中。乌利克校长接着说："我要让你们的前途彻底完蛋。"说完走出教室。

铃声响起，下课了。一直都是这样。当你预备着迎接灾祸，它根本不会发生。当你以为一切已经结束，这时灾难突然降临。到复活节的时候，汉诺不可能升级了。他从座位上站起身，一声不响地走出教室，舌头不停地舔着依然疼痛的牙齿。

凯追上他，将胳膊搭在他的肩膀上。两人一起下楼走到院子里，身边是激动的同学们，大家都在谈论刚才发生的离奇一幕。他既关心又焦虑地看着汉诺的脸说："翻译的事，请你原谅，汉诺。我本来应该保持沉默，让他们把我也一并记下来。真是掉价——"

"我不是也解释了'patula Jovis arbore'的意思吗？"汉诺回答说，"没关系，凯。随它去吧。别放在心上。"

"是这样。'上帝'要毁掉你的前途。汉诺，如果'上帝'决心要这么做，你也只有听天由命。前途——这是多么美妙的字眼！莫德松先生的前途也彻底完蛋。他永远当不了正式老师，这个可怜的家伙！你知道，学校的老师有助理老师与正式老师之分，可就是没有纯纯粹粹的老师。年轻人永远也无法理解这其中的奥秘，只有成年人和深谙世故的人才能理解。一般人可能会说，要么是老师，要么不是老师，还有什么分别可言？我可以向'上帝'或者马罗茨科先生请教一下。但这么做有什么意义呢？他们会觉得这是对他们的侮辱，只会招来他们的惩罚——因为你比他们自己更清楚教育事业的意义！不，我们别谈论他们了——一帮厚颜无耻的家伙！"

他们围着院子散步，凯讲笑话逗汉诺开心，让他忘记记名这档子事儿，汉诺听得很开心。

"看吧，这里有扇门，通向学校外面。门开着，外面就是大街。我们到街上散散步怎么样？现在是课间休息，还有六分钟时间。我们可以及时回来。不过，这是不可能的。你懂我的意思吗？门就在这里。门开着，没有栅栏，什么都没有，也没人拦着。可是我们却一秒钟也出不去——甚至连这种想法都不能有。好了，别想了。再举个例子：我们不说现在是十二点半，我们只说：'现在差不多是上地理课的时间！'看到了吗？现在，我要问的是，这就是生活的模样吗？一切都是错误。噢，上帝呀，如果学校能对我们放手该多好！"

"放手又能怎么样？不，凯，就这样吧；在这里，至少有人照顾我们。我父亲去世以后，史泰芬·基斯滕马赫先生和普林斯海姆牧师就接替父亲，天天问我长大后想做什么。我不知道。我答不上来。我什么都做不了。我对一切都感到害怕——"

"你怎么说这么丧气的话？你的音乐呢？"

"你问我的音乐吗，凯？我的音乐无从谈起。难道我要四处游走，举办音乐会吗？首先，家里人不会允许；其次，我永远也达不到那个水平。我只是在孤独的时候自娱自乐罢了。再说，四处漂泊的日子想来也令人恐惧。你就不一样了。你有勇气。你总能一笑了之——能与之抗衡。你想写作，创作美妙的故事。嗯，这是条正路。你这么聪明，肯定能有所作为。关键是，你更活泼开朗。有时在课堂上我们彼此对视，就像大家都准备小抄、但彼得森被记名的时候一样。我们的想法很一致——但你只是做个鬼脸随它去！我就不能。我对这些事情已经深恶痛绝。我真想一觉睡去长眠不醒。我想死，凯！我真是没用。我对什么都提不起劲儿。我也不想出名。我害怕出名，仿佛出名也是一种错误。我没什么前途，这是肯定的。有一天，在坚信礼之后，我听到普林斯海姆牧师对人说，最好对我放弃希望，因为我来自一个没落的家庭。"

"他真这么说吗？"凯听得起劲。

"对。他指的是我的叔叔克里斯蒂安，叔叔在汉堡的精神病院里。大家必须对我放弃希望——噢，要是真这样就好了！我有太多的烦恼，什么事情对我来说都很艰难。如果我身上被划伤或者擦破皮，通常要一个月才能痊愈，换作别人一个星期就好了，我却会发炎、感染，发生各种各样的状况。布雷希特先生最近告诉我，我的牙都有问题——更不要说已经被拔掉的那些。照这么下去，等我到三四十岁的时候怎么了得？我真是绝望透顶了。"

"好了，"凯一边说，一边迈了一大步，"说说你的琴吧。我想写点儿好东西——或许从今天的美术课上就可以开始。你今天下午弹琴吗？"

汉诺一阵沉默。他的脸上泛起红晕，露出痛苦而疑惑的表情。

"对，我会弹——我想会吧——虽然我不应该这么做。我应该练习奏鸣曲、练习曲，然后停下。但我想我会弹。我只是情不自禁，尽管这样只会让事情越来越糟糕。"

"越来越糟糕？"

汉诺沉默不语。

"我知道你的意思。"凯过一会儿说道，然后两人都沉默下来。

两人都处在同样艰难的年纪。凯的脸红了，他低下头。汉诺的脸色苍白而严肃；他的眼神变得阴郁，不停地朝一边看。

这时铃声响起，两人向楼上走去。

接下来一堂是地理课，有一场重要测验，考的是黑森－拿骚[1]史。一位红胡子、身穿棕色燕尾服的男老师走进教室。他脸色苍白，双手毛孔张开，但手上一根汗毛都没有。这就是"聪明老师"，穆萨姆博士。他患有间歇性体内出血，说话总是特别好笑，他喜欢说俏皮话，又深受疾病折磨。他有一套关于海涅的藏品，包括这位愤世嫉俗、体弱多病的诗人大量文献和实物。他从挂在墙上的地图上标出黑森－拿骚的边界，然后面带忧郁、嘲弄的微笑问同学们，能否在书上划出这个国家的重要特征。他似乎是要捉弄学生，同时嘲笑黑森－拿骚；但这是一次重要测验，全班同学都感到害怕。

汉诺·布登勃洛克对黑森－拿骚史几乎一窍不通。他试图瞟阿道夫·托滕豪普特的课本；但"海因里希·海涅"尽管身体不行，看起来十分忧郁，却视力超群，立即扑向他说："布登勃洛克先生，我想请你合上课本，但我不知道你是否高兴让我这么做。继续吧。"

这句话有两处讽刺。第一，穆萨姆称呼汉诺"布登勃洛克先生"；第二，他提到了课本。汉诺心里一直想着课本的事情，几乎交了白卷，然后和凯一起走出去。

今天的挑战已经结束。没有被记名的幸运儿感觉浑身轻松，生活仿佛戏剧一般。他们坐在宽敞明亮的教室里，在德雷格穆勒先生的指导下画画。教室里摆满了古代人物石膏像，还有满满一

---

[1] 黑森－拿骚省是1868年至1918年间普鲁士的一个省份，之后亦成为普鲁士自由邦的一个省份，直至1944年。

柜子各式各样的木块和玩具家具作为道具。德雷格穆勒先生身材肥胖，胡须浓密，戴着廉价的棕色假发，后脑勺的地方露出本来的面貌。他有两副假发，一副是长发，另一副是短发。如果他把胡须剃得短一些，戴着短假发倒也搭配。他讲起话来滑稽可笑。比方说，他把铅笔叫"铅儿"。他身上散发出油腻和酒精的气味——据说他喝的是汽油。他最高兴的事就是在美术课之外代替别的老师上课。这时，他就大肆谈论俾斯麦的政策，从鼻子到肩膀都要做出各种动作。社会民主令他烦恼——一谈到这个他就觉得既恐惧又憎恶。"我们必须团结起来，"他曾抓住行为乖戾的学生们的胳膊说，"社会民主的时代就要来临了！"他会做出有些神经质的动作：在学生身边坐下，身上散发出刺鼻的酒精气味，用印章戒指敲学生的额头，喊出"透视！光影！铅儿！社会民主！团结！"这样单个的词来，然后突然走开。

美术课上，凯开始新的写作，汉诺则想象着指挥一个大乐队演奏序曲。之后，学校放学，同学们收拾东西，大门敞开，学生走出校门，放学回家。汉诺和凯胳膊下夹着书本，一路同行，一直到小红别墅。年轻的默尔恩伯爵到家之前还得走很远的路。他从不穿大衣。

早晨的雾现在已经换作雪，大片的雪花纷纷飘落。他们在布登勃洛克家门口分别，但汉诺走到花园中间时，凯又折回来，把胳膊搭在他脖子上。"别放弃——最好别弹琴了！"他温和地说。然后，这个瘦小而又单薄的身影就消失在大雪中。

汉诺把书本放在走廊上玩具熊的盘子里，然后走进客厅去找母亲。母亲坐在沙发上，捧着一本黄色封皮的书在阅读，他进屋后，母亲抬起头。她两只棕色的眼睛离得比较近，眼里布满蓝色的阴影;他站到她跟前,母亲双手抱着他的头,在眉心亲了一口。

他上了楼,克莱门蒂娜小姐为他准备了午餐,他洗了手脸开始吃饭。之后,他从桌屉里拿出俄国香烟抽了起来。现在,抽烟对他来说已经不是什么新鲜事了。然后他在风琴前坐了下来,弹奏了巴赫的作品:这是一首严肃而沉重的赋格曲。最后,他把双手扣到脑后,看着窗外的雪花无声地飘落。再也看不到别的景致;窗外美丽的花园和水花四溅的喷泉已经被大雪掩盖。远处的景色被邻居家别墅的灰色山墙挡住。

下午四点是晚餐时间。汉诺、母亲格尔达和克莱门蒂娜小姐一起就餐。之后,汉诺坐在客厅里做准备,在钢琴边等着母亲。他们演奏了贝多芬的第二十四奏鸣曲。小提琴演奏柔板时发出的声音仿佛天使的歌唱;但格尔达不满地将小提琴从下巴上放下,恼怒地看着它,说演奏得并不协调。她不再演奏,跑到楼上去休息。

汉诺继续待在客厅里。他走到通往小露台的玻璃门边,看着湿漉漉的花园。突然,他向后退了一步,将奶油色的门帘拉上,屋内顿时充满柔和的黄色光线。然后他回到钢琴边。立了一会儿,他目光呆滞地盯着远处,视线逐渐变得模糊起来。他在钢琴前坐下,开始即兴演奏。

他演奏的主题非常简单——这是一段残缺不全的旋律,只有一个半小节。起初,他用出乎意料的力量将低音弹奏出来:这是一个基调,是后续整段乐曲的源泉,听起来是一串小号奏出的威严的开场。这时,乐曲的旨趣尚不明确,但当他用乌银般的高音反复弹奏几遍之后,可以听得出来,这个主题总体上只包括一个解决[1]，一个不同调性的眷念的、痛苦的转换——这是一段短促而又粗浅的创作，却因其细腻而又严肃的弹奏收到了奇异、神秘而又庄重的效果。接下来是一段生动活泼的乐章，一段来去反复的切分音，似乎在寻觅、在彷徨，突然被几声惊叫撕裂，仿佛不安的灵魂正经受着折磨。它具备某种知识，又无法掩藏，必须用不同的和声来重复，质问、抱怨、反抗、渴求，然后声音逐渐减弱。切分音越来越强，时不时被三连音催促着，构成了旋律。这旋律主导了一段时间，像管乐器合奏的曲子一样，征服了无尽的拥挤、涌动、徘徊、消失的和声，并以明确的简单节奏膨胀起来——形成一首崩溃、稚气、威严、恳求的赞美诗，最后在一种教堂式的音乐声中告一段落。接下来是休止符，一段寂静。之后，节奏舒缓轻柔，在乌银的音色中，第一段主题再次响起，那是一处细小的创造，表现出一个令人厌烦或模糊的形象，一个甜蜜、伤感的变调。接着是一阵巨大的骚动，一阵疯狂的弹奏，不时有喇叭一样的音符，表现出暴力的决心。接下来是什么？催人奋进的长号再度响起，节奏变得紧凑、集中、坚定而强劲。这里出现新的调子，这是一处大胆的即兴演奏，一段活泼激烈的猎歌。这段猎歌并无快乐可言，音符之间充满了反抗的绝望。这其中发出了信号；不只是信号，还有恐惧的呐喊。与此同时，在整个过程中，在这扭曲、奇异的和声中，神秘的第一主题再次出现，在绝望中徘徊，甜蜜而又令人心痛。这时开始一阵令人费解的无休无止的快速演奏，一股永不停息的声音、节奏、和声的洪流，汉诺的手指快速挥动，声音不由自主地从键盘上涌出。他只

---

[1] 解决，音乐术语，指和声中不协和音或弦向协和音或弦的转向。

是根据自己的体验即兴弹奏,事先并没有做任何准备。他身体微倾在键盘上,嘴唇张开,眼睛凝视着远方,柔软的棕色卷发覆在额头上。他弹奏的乐曲是什么意思?这意象是不是克服了困难,穿越了火焰,游过了激流,摧毁了城堡,屠杀了恶龙?但最初的主题总是贯穿这一切——时而像大笑,时而像难以言状的甜蜜的承诺——那可怜的词句从一个音符融入另一个音符!这时,音乐似乎重新振作起来,焕发新的巨大力量;接着是一段狂热的八度音,听来像是尖叫;之后是一种不可抗拒的上升,一种向上的挣扎,一种狂野的、无情的渴望,突然被一种令人吃惊的、引人注目的弱音打断,仿佛脚下的土地骤然消失,或者突然被抛弃,沉入了绝望的深渊。有一刻,在遥远而轻柔的警告声中,响起了最初的恳求的祈祷声;但是那不断上升的不和谐的声音如潮水般涌来,将它们淹没,翻滚着、奔流着、攀附着、下沉着,又挣扎着爬了起来,它们继续缠斗,走向必将到来的终点,在这可怕的高潮,终点此刻必将到来——因为渴望的压力已经变得无法忍受。终点终于到来;再也无法阻止——这种渴望的痉挛无法持续延长下去。终点到来,仿佛窗帘被扯开,仿佛门被打开,仿佛荆棘篱笆裂开,仿佛火墙坍塌下来。决心、救赎、成就——一阵欢声笑语爆发,一切都归于和谐——而这种和谐,在甜蜜而缓慢的气氛中,立刻又归于另一种和谐。这就是主题,第一个主题!这时这个调子开始了一段节日、一段凯旋、一段无尽的狂欢,每一个八度音都展现出各式各样动感的色彩,在颤音中哭泣和颤抖,在欢欣中歌唱、高兴、呜咽,盛大的管弦乐队所有的爆炸声、叮当声、泡沫声、潺潺声一同响起。演奏者对这一段微不足道的旋律,一段只有一小节半长,短促、幼稚的和声创作的狂热崇拜,有一种愚蠢和粗俗的意味，同时又有一种禁欲和宗教的意味——一种包含着信仰和禁欲的本质意味。在这种欲望产生和陶醉的过程中，有一种反常的性质：有一种愤世嫉俗的绝望，有一种对快乐的渴望，对欲望的屈服，就像从旋律中抽出最后一滴甜蜜，直到疲惫、厌恶和满足交织在一起。然后，是终了。在终了部分，在过度劳累之中，传来了悠长、柔和的小调琶音，继而升了一个音调，转成大调，最后在悲伤的徘徊中逐渐停止。

汉诺静静地坐了一会儿，下巴搁在胸前，双手放在膝盖上。然后他站起来，合上琴盖。他脸色苍白，双膝无力，两眼发烫。他走进隔壁房间，躺在躺椅上，久久没有动弹。

之后是夜宵，他和母亲下了一盘象棋，双方不分胜负。但是直到午夜过后，他仍然坐在他的房间里，在他的风琴前演奏——只是在心里演奏，因为他不能发出任何声音。尽管他坚决想要第二天早上五点半起床，做些必须要做的功课，他依然这么坐着。

这就是小约翰一天的生活。

鄢宏福 译 [1]

---

[1] 译自 H.T. 洛-波特（H.T. Lowe-Porter）的英译本。原作为德语。——编者注

屠杀猪群

作者 | 厄普顿·辛克莱

厄普顿·辛克莱（Upton Sinclair Jr., 1878—1968），美国作家，1943年因小说《龙齿》（Dragon's Teeth）获普利策小说奖。

主要作品：《屠场》（The Jungle）、《煤炭大王》（King Coal）、《龙齿》等。

任何人读了下面这五千字[1]后都会感到自己的想象力受到激发,同情心变得宽阔,并对自己所生活的世界理解更深。至少,这是写此书的初衷。如果读后没有刚才提到的效果,不是你出了问题,就是作者有了毛病。

厄普顿·辛克莱

加利福尼亚州帕萨迪纳

---

1 以下篇目节选自小说《屠场》。——原书编者注

屠杀猪群

他们走过通往圈栏的街道，一路上甚是繁忙。清晨伊始，各项活动正处于高潮。雇员们正络绎不绝地从大门口涌进来。这个时间来的都是等级较高的雇员，诸如职员、速记员一类的。有双马拉的大车在等待女士们，人一坐满，马就快步离去。远处又听到牛叫声，那声音就像是遥远的大洋在召唤。这次，他们像孩子见到马戏团的动物笼子一样急切地跟着那声音，这两个场景确实很相像。他们穿过铁轨，便看到街两边都是装满牛的棚子。他们本想停下来看看，但乔库巴斯要他们快走，一直走到一个楼梯和一个高出地面的站台，从那儿什么都看得见。他们在那儿站着，眼睛瞪得大大的，吃惊得不能呼吸。

圈栏空场的面积有一平方英里多，一半以上是牛棚。从北到南眼睛所能看到之处有大海一般的牛棚。里面装满了牛——做梦都想不到世界上会有这么多的牛！红牛、黑牛、白牛、黄牛；老牛和小牛；会怒吼的大公牛和出生不到一个小时的小牛犊子；目光温顺的奶牛和凶猛的得克萨斯长角阉牛。它们在此处的叫声可谓集普天下之大全。如要数牛的头数，恐怕光数牛棚也要一整天。时常还会遇上长巷式的牛棚，隔一段用门堵上，乔库巴斯告诉他们这样的门共有两万五千个。乔库巴斯最近在报纸上读到一篇文章，里面全是这样的数据。他重复那些数据，并让参观者惊奇地叫起来时，他感到很自豪。朱尔吉斯也确实有点自豪感。他不是刚找到一份工作，成为这一活动的参与者，并且变成这部奇迹般的机器上的一个齿轮吗？

在长巷式牛棚附近常有人骑在马背上飞奔，他们穿着皮靴，手里拿着长鞭。这些人忙得很，互相大声打着招呼，也和赶牛的那些人打招呼。他们是从很远的州过来买卖牲口的商人和牲畜饲养人，还有中间商、代理商，以及所有牲畜屠宰加工厂的采购商。他们会时常停下来检验一群牛，而后会简短而又认真地谈判。采购商会点头或放下鞭子，这表示成交了。然后他会在自己的小本子里记下来，把这些与他当天早上做成的几百个交易记在一起。然后，乔库巴斯指出了统一给牛称体重的地方。这是台很大的秤，一下能称十几万磅并自动计数。那儿离东边入口很近，沿着圈栏空场的东部有铁轨，装满牛的列车直接开进去。运输牛的工作通宵进行，现在牛棚里已装满了。但到了晚上，牛棚就又空了，同样的程序周而复始。

"再往下这些牲口会怎么样？"特塔·埃尔兹别塔问道。

"到了今天晚上，"乔库巴斯答道，"它们都会被宰了，切成肉块。那边，在屠宰加工厂的另一边还有一些铁轨，从那儿火车会来把肉块运走。"

圈栏空场内有二百五十英里长的铁轨，他们的导游继续为他们解说。他们每天收进大约一万头牛，同等数量的猪，外加半数的羊——这就是说，每年八百万至一千万头活牲畜被加工成食品。如果你停下来看一会儿，便能渐渐地看清物流的走向，那是朝着牲畜屠宰加工厂的方向而去的。有几组牛被运上滑运道，即大约十五英尺宽的车道，高高地安装在牛棚上面。在这些滑运道里，牲畜的流量源源不断。看着它们被推向自己的命运，却毫无觉察，非常不可思议！这简直是条死亡之河。我们的朋友毫无诗意，这样的场景没有使他们想起这是人类命运的比喻；他们只想到这样做效率很高。猪群进入的滑运道爬坡很高，一直爬到遥远的建筑的最高处。乔库巴斯解释说猪靠着自己两条腿的力量爬上去，而后它们的体重又把它们带回来。在此期间，它们经过所有必要的程序，变成了猪肉。

"他们这里什么都不浪费，"那导游说，然后他笑了，加了一句打趣的话，"除了猪叫，猪身上的东西他们无所不用。"他很高兴那些见闻不广的朋友们认为那笑话是他自己独创的。在布朗公司的总办公大楼的前面有很小一片草地。你们可能会知道，这是食品加工城唯一的一小块绿色的东西。同样，那个有关猪和猪叫一类的导游俏皮话是你在此地所能找到的仅有的一丝幽默。

牛棚看够了之后，他们便沿街去看圈栏中心的一群建筑。这些建筑为砖质结构，外层粘着无数层食品加工城的烟色，上上下下布满了漆上去的广告。这才使参观者突然意识到他这是来到了生活中许多折磨人的商品的家。就是在这儿，工厂制造了那些产品，其惊人的特性让他走到哪儿，烦到哪儿。他不仅在旅游时因为这些商品的广告牌感到风景失色，而且还不得不盯着报纸和杂志里的商品广告看。他不得不去对付那些挥之不去、傻气十足的商品宣传配乐小调，还有那些躲在每个街道角落的俗不可耐的广告画。就是在这里，他们制作了布朗帝王牌火腿和培根肉，布朗牌纯牛肉，布朗牌精美香肠！这里是达勒姆牌纯猪板油、达勒姆牌早饭培根肉、达勒姆牌罐头牛肉、罐装火腿、辛辣鸡、无敌牌肥料的总部！

走进达勒姆公司的一座建筑，他们看见另有一些参观者在等待。没过多久，来了位导游，陪同他们参观这地方。他们把向来访者展示食品加工厂作为一大特色项目，因为这是一种很好的广告形式。但是，乔库巴斯先生不怀好意地低声说参观者只能看到食品加工厂想让他们看的东西。

他们爬上建筑外面的一系列长楼梯，到了五六层楼的楼顶。这里是滑运道，里面是猪之河，所有的猪都在耐心地向上爬。有一个地方让它们休息，让体温降下来。然后，它们通过另一个通道走进一个房间，至此这些猪就再无退路了。

那是一个长而窄的房间，旁边设有供参观者观看的长廊。在房间的一头有个大铁轮，圆周约二十英尺，周边每隔一段装有一个圆环。在这大轮子的两边都有个狭窄的空间，猪群最终走到这里来。这儿有个强壮的、袒露胳膊和胸脯的黑人站在猪群中间。因为工人正在做清理工作，大轮子已停下，眼下他正在休息。但是，一两分钟之后大轮子又慢慢转起来，两边的工人立即跳起来工作。他们用链子绑上靠得最近的那头猪的腿，把链子的另一头固定在轮子上的一个圆环里。这样，大轮子一转，那猪就突然被拽得站不住脚，腾空飞起。

与此同时，人的耳朵受到最可怕的尖叫的袭击。参观者开始惊恐，女士们脸色苍白，向后退却。接着，又传来一声尖叫，这次更响，更痛苦，因为只要走上这条路，猪就必死无疑了。一旦转到轮子的上方，那猪便被移到一辆车上，然后便顺顺当当地运行到房间的另一头。同时又上来一头猪,接着又是一头,又一头,直到形成双排。每头猪都是一只脚吊着,发疯似的乱踢,狂叫。那响声让人吃惊,对耳膜产生威胁。那叫喊声之响让人担心那房间会经受不住,墙壁会倒塌,天花板会崩裂。猪叫声有高频率的,也有低频率的,有低声呼噜,也有痛苦至极的尖声嚎叫。时不时会出现一时的平息,紧接着会又起一波,其响声空前绝后,迅速涨入震耳欲聋的高潮。有些参观者实在受不了了。男士们会相互对视,神经质地笑起来,而女士们则双手紧握,血液冲上面颊,眼睛里噙着眼泪。

这时,那些在经纪人席上的男士们对这一切置若罔闻,仍在大谈生意。无论是对猪叫还是对参观者的眼泪,他们都无动于衷。他们把猪一头一头地用钩子钩上,然后又一头头地,敏捷地把它们的喉咙割开。猪群排了一长队,猪叫和猪血都渐渐耗尽了。最后,一切又开始了,只听见它们一头头"扑通"一声消失在装满开水的巨大的缸里。

这一切看上去都很正规,参观者看着也很着迷。这是用机器制作猪肉,用应用数学来制作猪肉。可是,不知为什么,最实际的人总是不禁想起那些猪。它们如此天真无邪,如此充满信任;它们抗议时与人类如此相像,并且它们完全有权抗议!它们之前没做任何事应该受到这样的处罚。此处的所作所为无异于伤害之外又加侮辱,用如此冷血的、不通情理的方式来对待它们,毫无道歉之意,毫不尊重眼泪。当然,时常有参观的人为之动容。但是,不管有人参观或是没人参观,这架屠杀机器照常运转。这就像是在地牢里犯下残忍的罪,只要没人看见,无人注意,就可以眼不见心不烦地埋起来。

人不能过久地观看这样的场景而不变得富于哲理。他们会开始用象征和比喻来思考，并开始听见整个宇宙的猪叫。是否允许我们相信地上或天上没有猪的天堂，因此猪将无处因所受之苦得以补偿呢？这里的每头猪都是一个独立的个体。有些是白猪，有的很黑；有些是褐色的，有些皮肤上有斑；有些衰老，有些年轻；有些瘦而长，有些面相狰狞。并且，每头猪都有自己的个性、自己的意愿、自己的希望和心愿。每头猪都充满自信，有自尊，有尊严感。它充满信任，信仰坚定，专注于自己的事，全然不知会有一个黑影出现在头上，可怕的厄运会在半路对它设埋伏。忽然，那厄运向它俯冲下来，抓住它的腿。一切做得残酷无情，残忍无度。它抗议，大声喊叫，但无济于事。那厄运肆意向它施加强暴，好像它的愿望、它的感情根本就不存在。厄运切开它的喉管，眼睁睁地看着它咽气。现在是否有人要相信世上不存在猪的上帝——对这个上帝来说这个猪的个体很可贵，猪的尖叫和极度痛苦是有意义的，他会把猪抱在怀里，安慰它，因为它所做的出色工作而奖赏它，并且让它知道自己牺牲的意义。也许此刻谦恭的朱尔吉斯脑子里正转动着一些关于猪的想法。他正转身赶上团组里的其他人，嘟哝着说："上帝啊！但我真高兴我不是猪！"

机器把那头猪的躯体从大缸里取出，把它送往二楼，一路上经过一个了不起的机器，机器上装有许多刮刀。这些刮刀根据每头猪的大小、形状自行调整。经过处理，从机器另一头出来时，猪身上几乎所有的猪鬃都被清除光了。然后，那猪身子又被机器放进车里运走，经过守在两边的人——他们坐在高出地面的平台上。当猪身子到面前时，每个人只做一件事。一人刮猪腿外部的毛；另一人刮同条腿内侧的毛。一个人迅速地一下子割断喉咙；另一人迅速地两下子把头割下。头落在地上，掉进一个洞里消失。一个人在猪身上开了个口子；另一人把身上的口子开得更大；第三个人用锯子把胸骨锯开；第四个人把内脏扒开；第五个人把内脏拉出，也将其放进地板上的一个洞里扔掉。有人刮清两边，也有人刮清背后；有些人清理猪身子的内部，刮清并洗净。纵观这个房间，你可看见一排长一百码吊着的猪正慢慢地爬行。每隔一码，就有个人在工作，那紧张的样子像是魔鬼在追他。到了这头猪处理完的时候，它身上的每一英寸都已清理过好几遍。然后，它被推进冷藏室，在那儿停留二十四小时。在那里，一个不熟悉的人可能会在冻猪的森林里迷路。

然而，在进冷藏室之前，猪身子必须经过一个政府检查官的检查。他坐在门口，用手去触摸猪脖子上的体腺，检查是否有肺结核。这个政府检查官并没有拼命干活的神态。很明显，他没显露出对在给猪检查完毕前可能受传染一事有任何恐惧。如果你乐于社交，他很愿意和你交谈，并向你解释在患有肺结核的猪身上发现的尸毒的致命性。可是，在他与你谈话时，你很难不注意到十来个猪躯体他碰都没碰就从身边过去了，但对此你只能视而不见了。这检察官身上佩戴着一个庄严的银色徽章，他给现场带来了权威的气氛。并且，事实确实如此，他给达勒姆的营运活动盖上了官方批准的章印。

朱尔吉斯与其他参观者一道沿着流水线往下走。他们张着嘴，瞪大眼睛看着，惊奇得说不出话来。他自己曾在立陶宛的森林里清理过杀死的猪，但他万万没想到清理一头猪会需要几百人。对他来说,这就像一首优美的诗。他率真地全盘接受,包括引人注目的告示,诸如要雇员们一尘不染的卫生要求等。玩世不恭的乔库巴斯在翻译这些告示时发表了一些讥讽的评论(他提出要带他们去那些秘密的工作室,那是对变质的肉进行加工的地方),朱尔吉斯对此感到很恼火。

参观团来到下面一层楼,各类作废的猪杂件在这里得到加工。这儿是小肠,要刮清、洗净做香肠的肠衣。在这儿工作的男女职工都得忍受令人作呕的臭味。那气味也叫参观的人憋着气,快步走开。到了另一个房间,见到的是所有需要"处理"(意为用高温蒸煮和离心泵提炼油脂去做肥皂和猪油)的猪杂碎。他们从下面取走废物。这里也是参观者不愿驻足的一个区域。在其他一些地方,工人们忙着把从冷冻室里拿出的猪的躯体分切成块。首先,有"分体师"。他们是厂里技艺最高的专家,他们的工钱高达五十分钱一小时,每天除了把猪的躯体从中劈成两半,他们其他什么都不做。接下去,就是"大刀屠夫"了,他们是有铁一般的肌肉的巨人。每个屠夫有两个助手,帮助他挪动面前桌子上的半片猪身子,并在他分斩肉块时帮他按住猪的躯体,然后把每个肉块转个方向,让他再斩一次。他的屠夫刀的刀身约两英尺长,他从来就是一刀到底,而且下刀利落。他动作迅捷,不拖泥带水,用力恰到好处,一刀完事。通过地板上不同的洞,各种切片被分送到下面一层楼去:后腿被送到一个房间,前腿去另一个房间,肋肉送到另外一个房间。在这层楼还能去看腌制室——在那儿后腿正在入缸,还可看到装有密封的铁门的大烟熏房。还有其他一些房间,他们在那儿腌制咸肉。整个地窖都装满了咸肉,堆起来像很高的塔,一直堆到天花板。另外,在其他房间里,有人在把猪肉装进箱子和木桶,把火腿和培根肉用油纸包起来,而后把那些箱子和木桶封上、缝上,并在上面贴上标签。从这些房间的门里有人把装满的卡车开走,开到站台上,在那儿有货车在等着装货。到了那儿,你才猛然意识到总算来到了这座巨大的建筑的底层。

然后,参观团过街来到他们杀牛的地方,在那儿他们每小时要把四五百头牛变成牛肉。与他们刚才离开的地方不同的是,这里的活儿都是在同一层楼上完成的。这里不是让牲畜的躯体排成一队来到工人面前,而是把牛的躯体排成十五或二十队,工人轮流从一个队来到另一个队。这就形成了一个紧张工作的场景,成为一张表现人的力量的、鼓舞人心的图画。所有工作都在一个像马戏团的圆形剧场一样的很大的房间里进行,房间中部有个供参观者走动的游廊。

那房间的一边有个狭窄的长廊,距离工作场地仅有几英尺。工人用带电的刺棒把牛赶进那长廊。一旦挤进这里,牛就受到了监禁。每头牛被单独关在一个栏里,有个门可以关上,栏内没有转身的空间。那些牛站在栏里怒吼,向前猛冲。牛栏的顶部倚立着一名"抡锤手",他手里拿着一把大锤,等到时机成熟就去锤击牛头。那房间里回响着大锤连续重击的响声以及小公牛跺脚踢蹄的声音。一旦有牛倒下,那"锤手"便去锤击另一头牛。另一个工人向上提起一个控制杆,牛栏的一侧就会打开。那头被捶倒的牛仍在踢着蹄子拼命挣扎,它就此滑出牛栏,滑进"屠宰床"。在这儿,一个工人用镣铐绑住牛的一条腿,他按一下另一个控制杆,那牛的躯体就被弹到空中。一共有十五到二十个这样的牛栏,只需一两分钟就可以锤死十五到二十头牛,并让它们滑出牛栏。然后,门又一次打开,紧接着又奔进来一批牛。就这样,每个牛栏都连续不断地有被锤死的牛滑出来,然后工人们就把这些牛的躯体从屠宰床上全部搬走。

他们做接下来这一切时的方式可说是眼见一次,永世难忘。他们干活时显露出人发怒时的蛮劲,确实在跑着干——那速度只有足球比赛才可与之比拟。全都是高度专业化的劳动,每个人各司其职。一般说来,他们的工作只包括两到三种特别的切法,一个工人会遇上十五到二十头牛的躯体,在每个躯体上他们都实施这些切法。首先,是"屠夫"给它们放血。这需要迅速的一刀,这一刀的速度之快让人的眼睛难以捕捉。说时迟,那时快,刀光一闪,那人已去下一条工作线,鲜红的血流淌在地板上。尽管工人们尽力把血清扫到地上的洞里去,地板上的血也已有半英寸深。这一定使脚下很滑,但看着那些工人干活的样子,没人猜得出脚下很滑。

牛的躯体尚需挂上几分钟继续放血。但是,并未因此而耽搁时间。因为每条线上都有好几头牛挂着,总会有一头可以先处理。把这头牛放在地上后,便来了"刽子手"。他的任务是迅速地用两三刀把牛头砍下。接下来就是"剥皮师"的任务,他在牛皮上先开第一刀,再来一刀从中间把皮剥离,之后又一连串来了五六刀,完成剥皮的程序。他们的任务完成后,牛的躯体又被挂起来。与此同时,一个人用根棍子检查剥下的牛皮,保证皮没被割破。而后另一人把牛皮卷起来,把它扔进地板上一个无法回避的洞里,而牛肉的旅程仍在继续。有人要把牛身子切割开来,有人要将它分片,有人要把内脏掏空、洗净内部。还有人要用皮管子向躯体上喷射开水,另有人要切除牛蹄,完成最后的完善工作。最后,像处理猪肉一样,牛肉也被放进冷藏室,按预定时间加以冷藏。

参观团被带到那儿,观看了这一切。牛肉一排排整齐地挂着,明显地盖着政府检查官的大印。由于另外一些牛肉是用特殊程序宰杀的,躯体上注明犹太教教士的章印:"按犹太教规处理的食品",验明可出售给正统的犹太教信徒。然后,参观者又被带到该建筑的其他部分,去查看那些从地板上的洞里消失的作废部位的下落。他们还去了泡制室、腌制室、罐头制作室,以及包装室,在那儿精选的肉正在打包,准备装上冷冻列车运走,供文明世界各个角落的人们享用。然后,他们走到外面,到这些建筑的迷宫里转转。在这里,有人在做与这个伟大的事业有关的辅助工作。在达勒姆公司几乎没有一件公司营运需要的东西不是自己做的。有个很大的蒸汽机厂和一座发电厂。有一个木桶工厂、一个锅炉修理厂。有座建筑用管道运进动物脂肪,制造出肥皂和油脂;有个工厂制作油脂罐头盒,另一个制作肥皂盒;有座建筑里面洗涤并烘干猪鬃,制作猪鬃垫子等物品;还有座建筑把动物皮弄干后进行鞣革处理;另有座建筑把动物的头和脚制成胶水;还有座建筑把骨头制成肥料。在达勒姆公司,再小的有机物都要物尽其用。牛角做梳子、纽扣、发卡及仿象牙,小腿骨和其他的大骨头被切割成刀把、牙刷把,以及管道的口状物。用牛蹄制作发卡和纽扣之后,剩下的其他杂物用来制作胶水。用牛脚、膝关节、牛皮剪下的碎片及肌腱一类的部件可制成稀奇古怪的东西,诸如胶、鱼胶、磷、骨炭、鞋油及骨油。他们还用牛尾巴做需用卷毛的饰物,用羊皮做羊毛皮带盘。他们用猪胃生产胃蛋白酶,用猪血制作白蛋白，用气味难闻的猪肠子制作小提琴弦。如果有东西什么也做不成，他们就先将其放进一个池子，除去所有的脂肪和油脂后，做成肥料。所有这些工厂都设在附近的建筑里，与主楼之间用地下通道和铁路联系着。据估计，从达勒姆公司的上一辈或更早些时候建厂以来，他们处理了几乎二亿五千万头牲畜。如果算上其他大厂——其实它们现在已成为一个整体——乔库巴斯告诉他们，这个厂把劳力和资产聚集在一处，在这一方面，堪称有史以来第一家。它雇用了三万名工人，直接支持着周围的二十五万居民，并间接地支持着五十万人的生计！这个厂把产品发送到文明世界的每一个国家，并向不少于三千万人提供食品！

我们的朋友张嘴听着这一切。对他们来说，凡人能够完成这样惊人的成就实在让人难以相信。这就是为什么对朱尔吉斯来说，像乔库巴斯那样用怀疑的态度谈论这个地方几乎无异于亵渎神明。这个地方像宇宙一样巨大，这里事物运行的法则和方式也就像宇宙的法则一样，无需疑问或理解。在朱尔吉斯看来，一个凡人对这样的事物所能做的一切就是接受它原本的样子，听从指挥。能在这里得到一个就职机会，并参加其奇妙的活动是值得感谢的赐福，正像人要感谢阳光和雨水一样。朱尔吉斯甚至为自己没在求职成功之前就先来看这个地方而感到庆幸，因为他感觉到这个工厂的规模会让他深感自卑，但是现在他已被录用了——他已是这一切的成员之一了！他感到这个巨大的企业已把他置于其保护之下，并在为他的福利负责。可是，他为人率直，不了解这个公司的商业性质，他居然没意识到自己已成为布朗公司的雇员。整个世界都认为布朗和达勒姆是竞争上的死对头，甚至这个国家的法律也要求它们成为死对头,并且命令它们以罚款和监禁的惩罚为代价使对方破产。

梅江海 译

公爵夫人的晚礼服

作者 | 薇塔·萨克维尔-韦斯特

薇塔·萨克维尔-韦斯特（Vita Sackville-West，1892—1962），英国作家、诗人，1927年、1933年分别因《大地》(The Land)、《诗集》(Collected Poems)两度获霍桑顿文学奖。

主要作品：《爱德华时代》(The Edwardians)、《激情耗尽》(All Passion Spent)等。

亲爱的伯内特先生：

　　我手头没有美国版的《爱德华时代》，因此这里无法告知您确切的页码……但我建议节选其中《公爵夫人的晚礼服》这一部分。

您诚挚的，
薇塔·萨克维尔－韦斯特

公爵夫人的晚礼服

与洛翰普顿太太告别之后,露西回到自己房间。这所大房子安静下来。宾客们也都各自回房,等候晚餐时间。外面没什么人,只有女仆在拍打坐垫,男仆在清理废纸篓。走廊上,窗户都敞开着,因为这是一个温暖的七月傍晚,鸽子在墙垛上咕咕地叫着,仿佛灰色的石头发出的声音。露西匆匆穿过一间又一间空荡荡的房间。她讨厌孤独,哪怕是半个小时的孤独。因为长期有人陪伴——这简直不能称为陪伴——她已经不适应一个人独处,现在的她萎靡不振,感到孤独无助。她想,她应该到课室去看看,向穿着家居服、扎着辫子的维奥拉道声晚安,可是这个想法刚一出现,她就感到厌烦。她决定还是叫她最喜欢的塞巴斯蒂安过来好了。她回到房里,见女仆巴顿正在整理她的衣服,于是吩咐说:"巴顿,请转告少爷,我想让他来这里陪我一会儿。"

哎,生活真无聊,她在梳妆台前坐下时心想。这时她想起下午茶过后她带莱昂纳尔·安克蒂尔参观花园时,他看她的眼神,于是又略微燃起生活的激情。她坐在那里,垂下眼睛,脸上挂着微笑,脑子里想着莱昂纳尔·安克蒂尔,手指抚弄着梳妆台上的珠宝。最近她让卡地亚重新设计了家族珠宝,比起维多利亚时代沉重的镶金风格,她更喜欢时下的风尚。梳妆台上有一面玻璃镜,宝石在镜子的映照下熠熠生辉。今晚就戴红宝石首饰吧,她无聊地想,拿起一枚胸针,又把它放下。昨晚她戴的是绿宝石。想到有一天得把珠宝交给塞巴斯蒂安的妻子,她又变得沮丧起来。她可不甘心当个寡妇或祖母,她不想放弃舍夫龙别墅女主人的身份。奢华的别墅令她感到愉悦。也许在塞巴斯蒂安和他的新娘将她赶出去之前,她会嫁给亚当爵士。嫁个犹太人略微有失身份,而且亚当爵士的身材并不出众,但他的百万财富着实令人心动,她可以让他买一处跟舍夫龙一样气派的豪宅。或许不如舍夫龙风光旖旎,但可以一样气派。她的双手停在红宝石上。对,他还会花钱给她置办珠宝,这一回,珠宝属于她个人所有,可不是什么传家宝贝。而且,亚当爵士在国王面前颇受宠幸。要不是亚当爵士只是被她的美貌吸引,她或许真会认真考虑。

塞巴斯蒂安进来之后,露西又忙碌起来。"给我拿个披肩,巴顿。你可以开始给我做头发了。塞巴斯蒂安,把晚餐座席安排拿给我。在那边的桌子上。算了,孩子。巴顿,你去给少爷拿来。塞巴斯蒂安,我一边做头发,你一边读给我听。噢,乔治·洛翰普顿坐我旁边吗?他一定要陪我坐吗?这家伙无聊得要死。亚当爵士坐我另一边。别这样扯我头发,巴顿。真是的,从来没见过你这么笨的丫头。今天我的头会被你扯得疼上一晚上。小心点儿。哎,看来我今晚是过不安生了,我就知道:亚当爵士和乔治·洛翰普顿一边一个。不过,这在所难免。哦不,让我自己看看。这个韦斯小姐简直是个蠢货,她非得把宴会搞砸。拿过来我看看,塞巴斯蒂安。巴顿!你又扯我头发。我得跟你说多少次,你才能小心点儿?再这样,我要你好看。举高点儿,塞巴斯蒂安,我看不到。"

塞巴斯蒂安站在母亲身边,手里举着红色的皮质拍纸簿,上面有几条缝,插着客人的名片。他站在那里,一边举着拍纸簿,一边从镜子里观察母亲。她一头金发,生气勃勃的脸上几乎没有皱纹,与她的年龄相比,她看起来非常年轻,现在她正忙着涂抹面霜,用手帕从脸上拭去化妆品,同时,巴顿将衬垫从她头发下方拿开,放在梳妆台上。"发垫",她的孩子们这么称呼这些衬垫。它们令人反胃,就像去年的燕窝,戴起来感觉又热又闷,但这些东西必不可少,因为发型要在发垫上缠绕、固定起来,无数的发夹也要插在这些发垫上面。对女士来说,有一点很重要,那就是头发里不能露出一点衬垫。即使谈话正进行得如火如荼,她们也时不时试探性地伸手检查一下头发。她们脸上的表情,是只有那些用手指抚摸后脑勺的女人才会有的独特表情。这种梳头的场面塞巴斯蒂安已经见过不下百次,但现在从镜子里看,他又有了新的发现。他盯着母亲的影子——她面前放着一堆红宝石,还有不太受人欢迎的"发垫"——仿佛她是一个陌生人一样。他突然意识到在他们光鲜亮丽、充满活力的生活背后,他几乎对母亲一无所知。如果要他描述一下他的母亲,他一定会说:"她是一个有名的宴会东道,天生善于模仿,善于举办成功的宴会。她既迷人又活泼。私下里,她常常脾气暴躁,有时还不友善。她喜欢桥牌和赛马。她从不读书,受不了一个人待着。我根本不知道她究竟是个什么样的人。"还有一点他根本不知道,因此就不会这么说:她冷酷无情,欺凌弱小。

"你怎么这样看着我,塞巴斯蒂安?看得我都不好意思了。"她的头发已经散到肩膀上,巴顿正在操作卷发钳。她用酒精灯将卷发钳加热,小心翼翼地贴在自己脸颊上,确认是否够烫。"可怜的孩子,别人还以为他从来没见过我化妆呢。回到座席安排上来,没错,整个安排一塌糊涂。我就知道会一塌糊涂。她把大使忘得一干二净。巴顿,你可以叫韦斯小姐——不,塞巴斯蒂安,你去把她找来。别,还是按铃吧——我不想让你离开。为什么大家自己分内的事都做不好呢?我想知道,我一年花一百五请她来是干什么的?噢天哪,看看时间吧,晚餐我得迟到了。我觉得招待人真是令人兴致全无。我真觉得,一个人要想在生活中得到些纯粹的乐趣,实在有点儿困难。门口是谁?巴顿,你去看看。韦斯小姐必须马上过来。"

"维奥拉小姐问她能不能进来向您道一声晚安。"

"噢,难得这孩子——嗨,好吧,她要是愿意尽管来吧。巴顿,你弄完了没有?别这样把我的头发向后扯,笨蛋。把尾梳给我。你看不出来吗,侧面要丰满一些。说真的,巴顿,我本来以为你会成为理发专家。你真该庆幸你是个男孩,塞巴斯蒂安。成天摆弄头发,成天摆弄衣服!女人的时间全花在这上面了。哦,韦斯你来了。座席安排得一塌糊涂——真是没救了。我和洛翰普顿勋爵根本就说不到一块儿。把他换成大使怎么样?必须调整一下。就在这儿办,越快越好。让塞巴斯蒂安帮你。还有维奥拉。进来吧,维奥拉,别怕,孩子。我就受不了别人胆小。现在我要一个人进去盥洗。巴顿,我现在不用你,你让我紧张。我需要你的时候会叫你。把我的衣服准备好。孩子们,帮助韦斯小姐——你也去吧,维奥拉。是时候帮你们可怜的妈妈做点事了——你们三个一起吧,都动点儿脑筋。"

公爵夫人进了自己的更衣室,嘴里还一个劲地念叨。

"维奥拉,你真该好好注意一下你的形象。你今天午餐的时候一脸害怕的样子,我真为你感到难堪。你真得学着多说说话,别像个木偶一样坐在那里。你旁边是安克蒂尔先生,他很和善。你看起来简直像个十岁的孩子,哪像个十七岁的姑娘。我好意开始让你下楼来吃饭,你却摆出一副死气沉沉的样子。姑娘家真是让人操心——可怜的孩子哟,真拿她们没办法,简直让人头痛。别指望跟她们聊天;时时处处得小心她们。女人就应该结婚,哪怕是结了再离也好。我可不是有意说你呀,韦斯。我准备好了,巴顿。"

巴顿钻进更衣室,里面安静了一会儿,然后传出愤怒的感叹。塞巴斯蒂安并不知道母亲厕所里的秘密,但维奥拉很清楚:她母亲坐在里面,用焦躁不安但又十分熟练的手指拨弄着她的头发,巴顿跪在她面前,小心翼翼地将丝袜穿到她脚上,顺着腿往上拉。然后,母亲会站起身,穿着内衣站着,让女仆在臀部和苗条的身上罩上粉色人字斜纹布织成的宽大的撑条,反复调整后,从前面将支撑物系紧,然后将吊带别在长袜上。接下来是系带,在腰部上下穿梭,直到达到必要的比例。丝绸花边和标签在女仆灵巧的手指下飞出来,仿佛熟练的工人在修补渔网。然后再将粉红色的缎子垫拿过来,系在臀部和腋下,使腰部更加纤细。之后是内裤。然后将衬裙在地板上铺成一个圈,露西会穿着高跟鞋钻进去,让巴顿将它拉起来,绑好带子。随后巴顿又把家居服披在她的肩上——维奥拉对整个流程了如指掌。这时门开了,公爵夫人走了出来。

"嗨,座席安排好了吗?念给我听听。大声点。我听不清。对,这样好多了。抱歉,塞巴斯蒂安,你得再忍受一下老奥克塔维娅·赫尔。瞧我说的,她没喝醉的时候倒是有趣。今晚她不会喝醉,因为她担心晚饭后会在亚当爵士面前输太多钱。现在,韦斯,你去把桌上的席卡重摆一下。你也去吧,维奥拉。这房间里人太多了。噢,算了,你要是想留下来就等我穿完衣服吧。巴顿,我准备好穿衣服了。现在得小心点。别挂到我头发上的钩子。塞巴斯蒂安,现在你把身子转过去,我要脱下家居服了。来吧,巴顿。"

巴顿拿起可爱的塔夫绸和薄纱,打开胸衣,公爵夫人解开披肩,小心翼翼地跳入波浪形的裙摆中。维奥拉欣喜地望着母亲突然露出白皙的胳膊和肩膀。巴顿松了一口气,她开始扣后面数不清的钩子。可是露西一刻也闲不住,她在房间里到处乱窜,巴顿在后面一边追,一边扣扣子。"扣好了没有,巴顿?瞧我说的,还没扣紧呢。你接下来要说我太肥了。"露西对自己的纤腰十分自豪,她的腰着实苗条,从婚前到现在只是从十八英寸长到二十英寸。"只有您弯下腰的时候有一点……"巴顿抱歉地说,因为露西此刻正俯身对着镜子,将卷发弄得更加饱满一些。"好吧。"公爵夫人说着挺直身子,但还是僵硬地伸手去拿她那颗最大的红宝石,她先试着把它戴在肩膀上,最后却固定在腰间的一个结上。然后,她把由红宝石和钻石制作的高领项链围在脖子上,脖子后面用白色薄纱打了一个大蝴蝶结。"你可得找个能给这些珠宝增光的妻子呀,塞巴斯蒂安,"她说着戴上一只耳环,"因为,你可怜的老母亲总有一天要把所有的珠宝都留给她儿媳妇,我们不会高兴的——嗯,巴顿?"——现在她心情好多了,而且穿戴得十分整齐——"不过我们还是容忍一下吧,看新娘来到舍夫龙——呃,巴顿,呃,韦斯?哦,不,韦斯去收拾桌子了——而你和我，巴顿，要搬到老宅里去，下半生过着简陋的生活，也许大人会邀请我们去参加游园会——嗯，塞巴斯蒂安，你这个混账？——如果你妻子允许，你愿意邀请我们吗？"露西又恢复了正常，她在整理衣服，扣上手镯，往脖子里上施粉——长辈们并不赞成，但她依然用粉——除了塞巴斯蒂安，大家都面带微笑，容光焕发。她用手绢轻轻拂过塞巴斯蒂安的嘴唇。"看你这生气的样子！但是西尔维娅·洛翰普顿说你生气的时候比和蔼可亲的时候更有魅力，看来我真得相信她说的话。维奥拉，亲爱的，我得走了。亲我一下，晚安吧。赶紧上床睡觉。我看起来漂亮吗？"

"噢，妈，你太漂亮了。"

"好吧。"露西对别人的赞赏照单全收，"你赶紧去睡觉，好吧？天哪！我真羡慕你，安安静静地待在课室里，不必去吵吵闹闹的餐厅。你羡慕不羡慕，塞巴斯蒂安？晚安，亲爱的。来吧，塞巴斯蒂安。我要你来牵着我，巴顿。塞巴斯蒂安，你走前面，给我开门。亲爱的，亲爱的，你们这些孩子害我耽搁这么晚。塞巴斯蒂安，席上你必须向老奥克塔维娅道个歉，就说都是你的错。我的扇子呢，巴顿！天哪，你这个蠢丫头，要你有什么用？什么事都得自己操心。"

鄢宏福 译

邻居罗西基

作者 | 薇拉·凯瑟

薇拉·凯瑟（Willa Cather，1873—1947），美国作家，1923年因小说《我们的一员》(*One of Ours*) 获普利策小说奖。

主要作品：《啊，拓荒者！》(*O Pioneers!*)、《我的安东妮亚》(*My Antonia*) 等。

薇拉·凯瑟是美国最著名的小说作家之一，但她鲜有闲暇对自己的作品进行评论。即便是在《这是我最好的作品》这样的选集中，凯瑟小姐依然主张让作品自身来说话。因此，作家未对《邻居罗西基》进行任何介绍。这篇作品篇幅较长，首次发表于1932年。

惠特·伯内特

邻居罗西基

一

当医生伯利告诉邻居罗西基他的心脏有问题时,罗西基显然无法接受。

"真的吗?不可能,我心脏一直很好。可能有点儿哮喘。去年我在叉干草的时候感觉喘不上气,就介样[1]。"

"嗨,罗西基,你要是比我还专业,还来找我干啥?喘不上气就是心脏的问题,告诉你。你已经六十五啦,辛苦了一辈子,心脏该休息啦。从今往后你要注意,重活儿不能干了。是时候让儿子们干了。"

老农抬起一双奇怪的三角眼,用滑稽的眼神看着医生。他眼睛硕大,目光炯炯有神,但眼皮中间神奇地拱起,变成了三角眼。他看起来不像有病的样子。棕色的脸膛布满细纹,但还没有形成褶皱。脸上刮得很干净,面色和嘴唇十分红润,棕色胡须修得挺长。耳根的头发略显稀疏,但还没有几根白发。额头比较高,上面有几条深深的皱纹,一直延伸到尖尖的头顶。罗西基脸上总是一副对什么事情都很感兴趣的表情——而不是严肃的表

---

[1] "就这样"的意思,有口音。

情，说明他过得心满意足，而且善于思考。这显露出他超然物外的态度。

"好吧，恐怕你也没有药治心脏病吧，埃德医生。我猜唯一的办法就是换一颗新的。"

伯利医生转动了一下办公椅，皱着眉头看着老农。"我要是你的话，罗西基，还是照顾好这颗老心脏吧。"

罗西基耸耸肩。"我还真不知道怎么办。你是不是让我别喝咖啡了？"

"咖啡我倒是不强迫你。不过你要是自己能禁得住就最好。波希米亚人喝咖啡和抽烟，我可从来都阻止不了。我现在已经彻底放弃了。但是有一点，农场上的活儿你肯定不能干了。你可以喂喂牲口，在畜棚里帮帮忙，但地里的活儿铁定不能干，否则你会喘不上气。"

"剥玉米呢？"

"肯定不行！"

罗西基皱起眉头沉思着。

"心脏要停工我也没办法，对吧，埃德医生？"

"我看，你要是不干重活儿，活个五六年应该没问题，也许更长。待在家里，给玛丽帮帮忙。我要是像你有这么好的妻子，我倒宁愿待在家里。"

病人笑了。"男人怎么待在家里哟。我可不想成天待在厨房里。我老婆干得很卖力呢。"

"那就是了。你可以帮帮她。天哪，罗西基，像你这样能享清福的人还真不多。你生性是个乐天派，家里和和睦睦的，儿女们又都孝顺。你就尽情享受天伦之乐吧。"

"噢，孩子们倒是不孬。"罗西基同意地说。

医生一边开处方，一边询问他大儿子鲁道夫的情况。鲁道夫今年春天刚结婚。鲁道夫租了一块地，刚分家单干。"波莉怎么样？恐怕玛丽和美国媳妇处不来吧？但是看起来倒还好。"

"对，波莉人不错。那个寡妇把孩子养得不错。波莉很有勇气，也很有个性。年轻人有个性是好事。"罗西基不住地点头。他说话的口气，再加上脸上的笑容说明他对这个儿媳妇赞赏有加。

"要下雪了，你最好赶快回家。你进城开车了吗？"伯利医生站起身。

"没有，赶马车来的。五个孩子，一辆福特根本轮不到我开。再说我也不怎么喜欢开汽车。"

"嗯，你回去的路还好，但马车太颠，你得少坐。更不能坐马拉干草耙，记住！"

罗西基体面地把诊疗费放在办公桌上的电话后面，放的时候故意看着别的地方，动作做得格外自然。他戴上长绒帽，穿上羊皮领子灯芯绒夹克，走出诊室。

医生收起听诊器，皱着眉头看了一阵，似乎听诊器很让人生气的样子。他真希望他诊断的是别的老人，随便哪个看他的眼神不像这么亲切的人，或者不是以一双如此温暖的棕色大手与他握手道别的人。伯利医生上医学校之前是个贫苦的乡下孩子，他从记事起就认识罗西基了。他对罗西基太太深感同情。

就在去年冬天，当他感到饥寒交迫时，他还在罗西基家里吃了一顿丰盛的早餐。他因为一名孕妇分娩难产，出了一晚上诊，去的是汤姆·马歇尔家——这是一家富裕的农场，农场里牲口成群、饲料成堆,各种昂贵的新式农用机械应有尽有,可农场一点都不舒适。女人养了一堆孩子,活儿太多,她管不过来。最终,孩子生了下来,医生将孩子递给在一旁帮忙的女邻居,产妇得到适当照顾,伯利拒绝在这家人邋遢的房子里吃早餐,于是驾着轻便马车——雪太厚,汽车没法开——行驶了八英里,来到安东·罗西基家。除了罗西基家,没有第二家会如此热情地欢迎他,并给他准备加香浓奶油的浓咖啡。难怪这个老家伙撇不下咖啡!

他到的时候,孩子们刚从畜棚回来,正在洗手准备吃早饭。长条桌上铺着鲜艳的油布,早餐已经端上餐桌,温暖的厨房里飘来咖啡、热饼干和香肠的香味。五个帅气的男孩,年龄从十二岁到二十岁,用伯利的话说,都是天生知书达理——他们身上一点儿也没有伯利年少时身上那种羞涩。一个孩子跑来牵他的马,另一个帮他脱去外套并挂到衣架上。年龄最小也是唯一的女孩约瑟芬则按照母亲的吩咐添了一张凳子。

对玛丽来说,喂养是她表达爱意的最自然的方式——她喂养小鸡,喂养小牛,喂养孩子。她分外高兴能够"喂养"一个他不经常见到的年轻男子,她为他感到自豪,就像对待自己的孩子一般。换作是别的农村妇女,见客人来了必定会在油布上铺一层白布,或者将厚重的杯盘换成上好的瓷器,将木柄餐刀换成镀银的餐刀。但玛丽并没有这么做。

"我们就不把你当外人了,埃德医生。我要是事先知道你要来,就做点准备,但我很高兴你能随时过来。"

他知道她很高兴——她回过头说话,仿佛在向整片草原演讲。罗西基什么都没说,他只是面带微笑,往火上添了些煤块,回自己房间从玻璃杯里给医生倒了点酒。大家都坐下来之后,罗西基看着妻子的脸用捷克语跟她说了些什么。然后，出于礼貌——他从来不会失礼，他转向医生，偷偷地说："我告诉她，在你吃饭之前先不要问马歇尔夫人的情况。我老婆就喜欢打破砂锅问到底。"

孩子们都笑了，玛丽也笑了。他看着医生一阵狼吞虎咽吃完饼干和香肠，她自己激动得什么都没吃。她一边喝咖啡，一边打量着客人的一举一动。从他还是个可怜的乡下孩子开始她就认识他，对他取得的成就感到十分自豪，她总喜欢说："既然州里有最好的医生，大家还去奥马哈干什么？"玛丽要是喜欢谁，看着他就特别顺眼，总是为他的好运感到由衷的高兴。

医生吃饱喝足之后，自然而然就讲起马歇尔太太的情况，他发现孩子们对邻居的事情也十分热心。

年龄最大的鲁道夫（那时他还在家里住）说："上次我去她家的时候，看到她正在搬运沉甸甸的牛奶桶，我就知道她不该干这种重活儿。"

"对，鲁道夫回来的时候把这事对我说了，我说不能这样，"玛丽热心地说，"我干活干惯了，倒是无所谓，我身体结实，但那个女人身子太弱了。你看她能养得过来吗，埃德？"她有时会忘记用她引以为傲的头衔称呼他。"想想吧，你忙活了一晚上，连顿像样的早饭都吃不上！真不知道这些人是怎么回事。"

"哎，妈，"一个男孩说，"埃德医生要是吃了早饭，我们可就看不到他了。所以，您应该高兴才对。"

"他知道他来我会很高兴，约翰。但我对这个可怜的女人感到难过，大冷天的，医生没吃早饭就走了，她心里得多内疚。"

"我真希望这几个小朋友出生的时候我就当了医生。"医生看着旁边挤成一排的孩子们说,"我错过了多少顿丰盛的早餐哪。"

男孩们哈哈大笑,他们的母亲则羞红了脸,但她站在原地,抬起头来。"我不管,我肯定不会让你饿着肚子从家里离开。没有哪个医生饿着肚子从我家里离开。我可以先把饭做好,让安东给你热一下。"

孩子们笑得更欢了,大家七嘴八舌地说:"老妈肯定会这么做!""这就是老妈的风格!"

"爸爸,我们出生的时候,你给医生做饭了吗?"

"做了,他还经常给我做早饭呢。我总是感觉饿得慌!"玛丽略带羞愧地笑了。

孩子们出去帮医生牵马的当儿,医生走到窗边,看着家里的绿植。"你这天竺葵是怎么养的,整个冬天都开花,玛丽?我每次从你家门前路过都看到窗户里面在开花。"

她摘下一朵暗红色的花,花下面有羽状的新叶。她将花插在医生的扣眼里。"嗯,好看极了。你这个年轻人,看起来太严肃了,埃德。你怎么还不讨个老婆?我都开始替你担心了。你吃早餐的时候,我仔细看了,你已经有白头发了。"

"嗯,对!是有白头发了。没准儿结了婚头发白得更快。"

"可别这么说。你成天在饭店吃饭,对身体可不好。要是你娶了老婆,我就给他送好吃的坚果面包。我可不想看到年轻人长白头发。我告诉你,埃德,你可以泡点浓烈的红茶,盛在碗里,每天早上用它梳头,这样就不会长白头发了。我就是这么干的!"

有时医生在药店里会听到人们的闲言碎语,他不明白罗西基为什么没有发大财。他干活勤快,孩子们也很勤快,但他们活得自在,并不是那种野心勃勃的人,他们也不总是那么决策英明。

他们过得舒适惬意，没有债务，但也没有发财。或许，伯利医生心想，像罗西基一家这样慷慨、热心、有爱的人永远也发不了财：你不可能一边享受生活，一边还拥有存款。

二

罗西基从伯利医生的办公室出来以后，走进农具商店，点上烟斗，戴上眼镜，打开玛丽列的购物清单，然后去了隔壁的百货商店，一直等到一个修了眉毛的美丽女孩腾出空来。每次都是她为他服务。这两道描过的眉毛总是让他觉得好笑，因为他知道这孩子之前的眉毛长什么样子。罗西基经常讲些笑话，耽搁一些时间，女孩也知道这个老家伙喜欢她，她也喜欢跟他打趣。

"你好像每隔一个星期就要买一次条纹棉布，罗西基先生，总挑最好的买。"她一边说，一边丈量红色的条纹布。

"你知道吗，我老婆成天做鹅毛枕头，布料薄了根本装不住绒毛。"

"那你家里的鹅毛枕头肯定很多吧。"

"那是。她还做鹅毛被子。睡起来舒服。现在她要给儿媳妇做一床鹅毛被。你认识波莉吧，鲁道夫的媳妇。多少钱，珀尔小姐？"

"八块八毛五。"

"就算九块吧，再给女人们买些糖果。"

"跟平时一样。我从没看到哪个男人给老婆买这么多糖果。你要知道，吃多了会长胖的。"

"胖点儿好。我可不喜欢现在流行的瘦个儿。"

"这一颗是给我的吧，东欧先生！"珀尔抽了一下鼻子，扬起眉毛说。

罗西基走出商店上了马车时,天开始下雪——这是今冬的第一场雪,他喜出望外。他一路颠簸出了城,循着大路往回走,沿途是美丽的乡村风光,这里是县里最肥沃的农场。他喜欢大家都称作"高原"的地方,喜欢驾着马车从中间穿过。他自己的农场土地略微贫瘠一些,土壤里有一些黏土,不那么肥沃。他买那块地的时候,没钱买"高原",所以当孩子们抱怨的时候,他就对孩子们讲,如果土里没有这些黏土,那他们可就压根儿买不起喽。不管怎样,他喜欢欣赏这些肥沃的农场,就像他喜欢欣赏拿来当奖品的公牛一样。

他赶了八英里路之后,来到一片墓地,墓地就在他自己的干草地边缘。这时,他停下马车,静静地坐在车上,欣赏周围的雪景。山丘远处可以看到他家的房子。房子匍匐在那里,屋后是果园,屋前是风车。沿着平缓的山坡,一排排淡金色的玉米秆在白色的田野映衬下格外醒目。雪不停地落在玉米田、牧场和干草地上,几乎没有风——一场漂亮的干雪。墓地周围只有一道薄薄的铁丝网,又长又红的草从里面长出来。细雪落在红色的草地、几棵矮小的冬青和墓碑上,异常美丽。罗西基心想,这是一块不错的墓地,像家一样舒适,既不拥挤,也不悲伤——四周是一块缓坡,一个人躺在长满深草的地里,可以看到头顶上的整个天空,可以听到马车驶过的声音;夏天,割草机嘎嘎直响,一直开到铁丝网边。这里离家很近。玉米地那边就是自己家——他觉得屋顶和风车看起来格外养眼,令他愿意听医生的话,照顾好自己。

他承认,他非常留恋这个地方。他还不着急离开。想到他百年之后只需来到自家草地的边缘,他感到十分欣慰。墓地里躺着的都是老邻居，其中大部分是朋友，不会让人感到不自在或者尴尬。罗西基最不喜欢的感觉就是尴尬。他通常不会感到尴尬——只有跟不认识的人在一起才会有这种感觉。

瑞雪兆丰年。雪花安静而优雅地飘落在广阔的原野上，真是一幅美丽的景象。雪花落到他的帽子和肩膀上，落在马背和鬃毛上，轻盈、精致、神秘。空气中飘着一种干爽的香味。下雪意味着草木、人、牲口，乃至土地本身，都能得到休憩；下雪意味着漫长的夜晚，悠闲的早餐，以及炉火旁的宁静。罗西基心里想的远不止这些，但他只是告诉自己冬天来了，对马呵斥一声，继续赶路。

他回到家时，最小的男孩约翰跑出来给他牵马，玛丽正从室外的地窖里走过来，围裙里装满了胡萝卜。他们一起进了屋。桌上铺着油布，上面点缀着一串串蓝色葡萄。他闻到一股热咖啡蛋糕的香味。安东从不在城里吃午饭，他觉得太奢侈，而且他也不喜欢城里的食物。所以玛丽总是为他准备好午饭。

他在椅子上坐下之后，开始搅拌一大杯咖啡。玛丽从烤箱里端出一盘杏子馅饼，焦急地检查杏子是否太干，放在他的盘子旁边，然后在他对面坐下来。

罗西基用捷克语问她喝不喝咖啡。

她用英语回答，因为英语适合谈论正事："埃德医生怎么说，安东？你实话实说。"

"他让我向你问好，不过原话我不记得了。"罗西基的眼睛闪着光。

"我说的是你呢。他说你的气喘是怎么回事？"

"他说我没有气喘。"罗西基用他那宽大的棕色手指拿起一个小饼。右手拇指浑厚的指甲诉说着他过去的经历。

"哎,到底怎么了?别跟我打马虎眼。"

"他没说什么,只说我上了年纪,心脏不像以前那么好了。"

玛丽吓了一跳,双手将头发从太阳穴往后梳,好像有点糊涂。从她怒目而视的样子看,她可能是在生他的气。

"他说你心脏出了问题?埃德医生是这么说的?"

"玛丽,别对我大吼大叫,好像我是园子里的猪一样。你知道我一直喜欢听女人温柔地说话。他没说我的心脏有什么问题,只是它不像以前那么年轻了,他还叫我不要叉干草,也不要开脱粒机。"

玛丽想跳起来,但她一动不动地坐着。她很欣赏丈夫在任何情况下从不提高嗓门或说粗话。他是城里长大的,她是乡下长大的。她经常说,希望儿子们能像他们的爸爸一样有涵养。

"你心脏从来都不疼,对吧?是你的呼吸和胃出了问题。除了埃德医生我谁也不相信。我想我还是自己去看他吧。他有什么嘱咐吗?"

"只说让我放松一下,这个冬天就待在家里。我猜你有些木工活要我做。我可以给你做一些新架子——既然时间这么长,我想在男孩们的房间里做个壁橱,让这两个小家伙把衣服挂起来。"

罗西基一边思考,一边喝着咖啡。他的胡子又长又软,耷拉在嘴边,仿佛耙在一捆干草上的耙齿。每次他放下杯子,就用蓝手帕擦拭一下嘴唇。当他喝水的时候,就会用手背优雅地擦拭。

玛丽坐在那里目不转睛地看着他,想从他脸上看出什么变化。要想从一个几乎变成你身体一部分的人身上看到任何变化,的确很难。是的,他的头发变得稀疏,高高的前额上,深深的皱纹从左到右。除了在最繁忙的季节之外,他的脖子总是刮得干干净净,没有松弛下垂。脖子晒成深红棕色,上面有很深的褶痕,但看上去很结实,气血充足。他双颊红润,嘴巴两边各有一个半月形伸展到整个脸颊,这不是皱纹,而是由于他惯常的表情形成的两条印迹。与结婚的时候相比,他的身材变得矮胖一些,脊背更宽,还有些驼背,仿佛老乌龟的背一样,胳膊和腿很短。

他比玛丽大十五岁,但她以前很少考虑这个问题。他是她的男人,是她喜欢的类型。她性格粗鲁,他性格温和——他是城里长大的孩子,她总这么说。他们是艰难航行中同船的旅伴,在困难时期彼此相依。夫妻两个生活和睦,因为从根本上说,他们对生活的看法基本相同。对于什么重要,什么不重要,他们无需讨论就能达成一致。他们也不经常交换意见,甚至不用捷克语交换意见,就好像他们心有灵犀。这样艰难的生活中,他们不得不牺牲许多东西,将它们扔出船舷,对于需要舍弃的东西他们从未产生分歧。生活中既有艰难困苦,也有喜乐甘甜。这个矮个、宽背、三角眼,额头一直延伸到头顶的男人一点都不粗鲁。他是个城里人,是个绅士,他娶了一个粗野的农家姑娘,但从未对她动过粗。

他们一致同意不要匆匆忙忙地度过一生,不要总是贪婪吝啬、守财如命。他们看到邻居购买了更多的土地,喂养了更多牲畜,心中并无任何嫉妒。有一次,奶油店的经纪人来到罗西基家劝他们出售奶油,告诉他们最近的邻居法斯勒两口子去年卖奶油赚了多少钱。

"好吧,"玛丽说,"看看法斯勒家的孩子吧!个个面黄肌瘦,就像脱了脂的牛奶一样。我宁愿孩子们长得面色红润,也不要省钱存到银行。"

经纪人耸耸肩,向安东求救。

"我看就听她的吧。"罗西基说。

三

玛丽很快就进城去找埃德医生,回来以后她和孩子们谈了谈,让大家看住罗西基。就连最小的约翰心里也关注着父亲。如果罗西基上阁楼去叉干草,一个男孩就跑上梯子,从他手里抢过叉子。他有时抱怨说,他确实是个老头子,但还不是个老太婆。

那年冬天,每天下午他待在家里做木工,或者坐在摆满绿植的窗户与放着两桶饮用水的木凳之间的椅子上。这地方被称作"父亲之角",尽管这里并不是角落。在这里放有一个架子,架子上放着他的波希米亚报纸、烟斗和烟草,还有剪刀、针线和顶针。他年轻时当过裁缝,不忍心看到女人给他和孩子们缝补衣服。他喜欢裁缝,总是缝补各种大衣、夹克和工作服。偶尔,他会把大孩子的一条长裤改给小家伙穿。

他一边缝补,一边回想年轻时的往事。他的阅历实在丰富,说真的。他辗转了三个国家。他最不堪回首的一段经历便是在伦敦度过的两年时光,当时他在齐普赛街给一个穷困潦倒的德国裁缝干活。那些日子他总是食不果腹、衣不蔽体,人们说着让他疑惑的陌生语言。这些都成了他记忆之中永远的伤疤,经不起触碰。

他到达纽约城堡公园时只有二十岁,一个保护人在华盛顿市场附近维塞街的一家裁缝店给他找了份工作。这段日子过得十分惬意。他成为一名出色的裁缝,工作勤劳,工资不断上涨。他专心做工，并不艳羡别人的财富。他参加了夜校，学会了英语。他经常加班，加班工资比较优厚，但他并没有存下什么钱。朋友向他借钱时，他总是来者不拒，自己的日子也过得比较放纵。他喜欢晚餐吃得像模像样，喝点啤酒，抽点烟，在女孩儿身上也花费不少。他星期六晚上经常看戏——他可以买一美元一张的站票。那是纽约戏剧繁荣的时代，一个星期看一场戏，整个星期都回味无穷。他耳朵灵敏，对舞台艺术有孩子般的热爱，舞台上的场景、服装和芭蕾舞令他如痴如醉。他常常和伙伴同去，演出结束之后再找地方喝点啤酒，吃个生蚝。那时的生活有滋有味，头五年的生活过得无比满足。他丝毫没有感受到饥饿、寒冷或者邋遢。哪里发生火灾啦，街上狗打架呀，游行呀，暴风雪呀，坐轮渡呀——这些日常琐事对他而言也不乏乐趣。他觉得纽约是世界上最繁华、最富庶、最友好的城市。

而且，他还享受了所谓的幸福家庭生活。裁缝店旁边有家小型家具厂，一个澳大利亚老头莱夫勒雇佣了一群技艺非凡的人，专门为市中心有钱的德国家庭主妇定制特别家具。莱夫勒五层高的厂房顶层是公寓，公寓里面放着他精心挑选的木材和一些珍藏的奇异家具。他雇佣的一个年轻人是捷克人，这人跟罗西基成了好朋友。他们劝说莱夫勒让他们在公寓一个角落里辟出一间卧室。他们置办了舒适的床铺、床上用品，家具就随手从身边挑选。公寓不高，但四周都是窗户，采光和通风都很好，周围的优质木材散发出芳香的气味。老莱夫勒经常到码头上从来自南非和远东的船长手中购买木材。这两个年轻人像新婚夫妇一样，不太擅长理家。年轻的家具木匠齐切克会打造各种家具，罗西基则会缝制衣服。到了晚上或者星期天，这里异常安静。夏日的夜晚，海风会吹拂进来。晚上齐切克经常练习他的长笛。两人都喜欢音乐，一起去看戏。罗西基感觉他想一直像这样活下去。

但随着时间的推移，日子并没有多少变化，他开始变得躁动起来。春天来了，他感到焦躁不安，开始喝酒：星期六晚上经常喝得酩酊大醉；星期天则昏昏沉沉，久睡不醒；星期一又投入紧张的工作。所以他根本没有时间思考自己烦恼的根源所在，但他也知道这背后必有原因。当公园广场的草地变成绿色，三一教堂墓地后面的丁香盛开，他就有了一种逃离的欲望。这就是他酗酒的原因所在：在那短暂的时间内，他要体验那自由自在和广阔无垠的幻想。

罗西基，如今垂垂老矣的罗西基依然能够清晰地记得，仿佛一切就发生在昨天一样——当时年轻的罗西基发现了自己身上的问题所在。那是七月四日下午，他坐在公园广场的阳光里。纽约下游地区空无一人。华尔街、自由街、百老汇这些地方都是空荡荡的。到处是石头和沥青，却无人通行。到处是空荡荡的窗户。这种空荡令人震惊，就像一家巨大的工厂里机器停止轰鸣，传送带停止运作。这种变化过于突然，令人喘不过气来。这些空荡荡的建筑，少了川流不息的人群，变成了空落落的监狱。罗西基突然感到大城市的病症就在这里：它们将你和土地隔离开来，用水泥将你与地面的接触彻底阻绝。你住在一个不自然的世界里，就像鱼缸里的鱼儿，尽管鱼缸里的环境比大海更加舒适。

就在这一天，他开始认真思考他在波西米亚报纸上读到的报道，报道里描述了美国西部捷克人农场上欣欣向荣的景象。他想去西部当农民。要拥有自己的土地几乎是天方夜谭——他的同胞们大多是工人出身；他的父亲和爷爷都在商店里打工；他外公外婆住在农村，但他们的农场是租来的，日子过得捉襟见肘。他的家族中还不曾有人拥有土地——那种生活根本无法想象。安东的母亲在他小的时候就去世了，他被送到乡下的外公外婆身边。他在那里待到十二岁，在此期间与土地和农场上的动物结下了深厚的感情，这种感情只有童年的时候能够结下。外公去世之后，他被送回父亲和继母身边，但继母待他十分刻薄，于是父亲设法将他送到了伦敦。

自从七月四日在公园广场待了一会儿之后，回到乡村的愿望就挥之不去。他只想在别人的农场上工作，看着日出日落，种下庄稼，等待成长。他是个简单的人。他就像一棵没有许多旁根的树，只有一根直根，但它深深地扎入泥土。他订了一份在芝加哥印刷的波西米亚报纸，然后订了一份在奥马哈印刷的报纸。他的心越来越被西部吸引。他开始存下一些钱，准备赎回自己的自由。三十五岁那年，位于纽约的波西米亚运动协会召开了一次大型会议，罗西基离开裁缝店，跟随奥马哈代表团去了西部，准备在另一方世界里碰一下运气。

四

或许是因为他自己的青春在开始成家之前就已经结束了，罗西基对儿子们十分宠爱。他对孩子们几乎有一种爷爷式的纵容。他从来不用为哪个孩子担心——不过，现在，他有点为鲁道夫担心。

每逢星期六晚上，孩子们总是挤进福特汽车，带着小约瑟芬到城里去看电影。一个星期六早上，他们在早餐桌上商量着当晚早点出发，这样就有一个小时左右的时间在演出开始前看看商店里的圣诞商品。罗西基看了看坐在桌边的大伙儿。

"希望你们不要介意,但是我今晚想用车。或许你们有人可以坐邻居的车去城里。"

孩子们的脸色顿时阴暗下来。他们辛辛苦苦干了一个星期活儿,他们不过都是孩子。面对一把新的折叠刀或一盒糖果,年长的孩子和小家伙一样高兴。

"如果您和妈妈要去城里,"弗兰克说,"或许你们可以带几个人去。"

"不,我想把车开到鲁道夫那里去,让他和波莉去看电影。波莉不经常去城里,我担心她一个人觉得闷,鲁道夫现在还买不起汽车。"

事情就这么定了。孩子们的梦想破灭。父亲又吃了一口苹果蛋糕,继续说道:"或许下个星期六晚上鲁道夫他们俩可以带大家一起去。"

"哦,鲁道夫每个星期六晚上都要用车吗?"

罗西基没有立马回答。随后他严肃地说:"听着,孩子们,波莉看起来不快乐。我不想看到任何人不开心。城里女孩嫁到乡下不容易。一旦她开始烦闷,就很难挽救。美国姑娘需要时间适应我们的生活方式。我想告诉波莉,她和鲁道夫在新年之前每个周六都可以用我的汽车,希望你们不要介意。"

"当然,没问题,"玛丽插话说,"你想得很周到。城里女孩与乡下女孩不同。有时候我晚上老是睡不安稳,担心她在鲁道夫面前对农场生活发牢骚。"

孩子们尽量摆出大度的模样。他们当然也憧憬着周六晚上城里的美好时光。那天晚上,罗西基开了半英里路来到鲁道夫新盖的小房子。

波莉身上穿着短袖格子布连衣裙,正在收拾餐桌。她身材娇小苗条,一双蓝色眼睛,一头黄色短发,眉毛修成两道细弯,跟珀尔小姐的眉毛一样。

"晚上好,罗西基先生。我想,鲁道夫去畜棚了。"她从来不叫他父亲,也不叫玛丽母亲。她对嫁给外国人比较敏感。要不是鲁道夫人长得帅气,口才出众而且对她痴情的话,她根本不可能嫁给外国人。他们是同班同学,一起从城里的高中毕业,两人的友谊从九年级开始。

罗西基问都没问,直接进了屋。"孩子们今晚不去城里,我把车给你们开来了,你们可以去城里看电影。"

波莉正端着盘子往水池走,她转过头。"谢谢您。但我干了一天活儿,累坏了。或许鲁道夫可以跟您一起去。"

"哦,我才不看电影呢!我已经是个老古董了。你出去兜兜风就不会这么累了。今晚天气很好,一点儿不冷。你赶快准备一下,我帮你洗碗收拾屋子。"

波莉羞红了脸,甩了一下头发。"不能让您费力,罗西基先生。这可不行。"

罗西基什么都没说。他从厨房门后的钉子上取下一件围裙。他把裙子从头上套下去,拽着波莉的胳膊肘,把她推到她的房门口。"有时候孩子们生病什么的,我经常帮老婆洗刷。你去打扮一下。我要看到你进城的时候比所有的城里姑娘都漂亮。年轻人就得找点乐子,这里就交给我吧,波莉。"

老人家拽她胳膊时的温柔,还有那滑稽而又明亮的眼神,让波莉有了把头埋进他肩膀的冲动。她没有这么做,但她在房门口迟疑了一刻，泪眼蒙眬地说："您年轻的时候一直住在城里，对吧？您住在这里会觉得憋闷吗？"

她朝他转过身，她的手自然地落入他手里，他站在那里，握住她的手，面带微笑，那是一种会心、慈祥的笑容，毫无责备的神色。"大城市是富人的天堂，是穷人的地狱。"

"我不知道。有时我倒想去碰碰运气。您在纽约生活过，对吧？"

"我在纽约和伦敦都生活过。伦敦比纽约还大。我在那里学的手艺。鲁道夫回来了，你得赶紧。"

"您能不能抽时间给我讲讲伦敦的经历？"

"应该可以吧。只是我这个人不善讲故事。赶快去打扮一下吧。"

她进了卧室，关上门。鲁道夫从外面回来，一脸焦虑。他看到了那辆车，对他的家人这个时候过来有些歉疚。晚餐吃得并不愉快。他在门口停下，看到父亲在厨房里穿着围裙，把盘子端到水槽里。他的脸羞得通红，眼睛里闪出一道泪花。罗西基举起一根手指提醒他。

"我把车开过来了，你和波莉可以去看电影，我跟她说我来洗刷收拾屋子，这样你们就不会迟到。你去换一件干净衬衫，赶快！"

"可是弟弟妹妹们不是要用车吗，爸？"

"今晚他们不用。"罗西基在围裙下面翻了一阵，摸到了裤兜。他掏出一块银圆，低声说："你晚上给这姑娘买根像样的冰淇淋，再买些糖果，就像恋爱的时候一样。她和我相处得很好。"

过了一会儿，一对年轻人走了出来，身上穿得干净整洁，不过显得有些拘谨。罗西基催他们赶快，然后他不慌不忙地洗刷碗碟。他把锅碗瓢盆擦得锃亮，把牛奶收拾起来，打扫了厨房。他在炉子里添了些煤块，关上风口，以使他们晚上回来家里暖暖和和的。然后他坐下来，抽起烟斗，听着钟表发出滴答滴答的响声。

一般来说，娶美国女孩有很大风险。捷克人就应该娶捷克人。所幸波莉的母亲是个寡妇——鲁道夫自尊心很强，如果女方家人很多很强势，这个家就没法过了。波莉姊妹四个，都在打工：一个在银行里当簿记员，一个教音乐，波莉和妹妹曾经都是职员，跟珀尔小姐一样。四个人都有些音乐天赋，嗓子都很好，都加入了由大姐负责的卫理公会歌唱队。

波莉想念在商店里当职员时的社交生活。她想念歌唱队，想念姐妹们的陪伴。她并不讨厌做家务，但也不喜欢一直做家务。罗西基对这两口子有些担心。他担心波莉过得不遂心，最后鲁道夫会抛弃农场回奥马哈的工厂里上班。两年前，他在那里干了一个冬天，存钱结婚。他干得不错，那儿的牲畜围场随时接受他回去。但对罗西基来说，这样一来，他的儿子将一无所有。失去土地就会变成打工人，变成奴隶，一辈子不得翻身——变得一无所有，一无是处。

罗西基心想，过了新年，他要过来给波莉做点儿家具。他想，儿媳妇需要一点儿乐子。鲁道夫太严肃，在爱情上严肃，在工作上也严肃。

罗西基磕了磕烟斗，穿过田野走回家。前方，厨房窗户透出灯光。想想，如果他还在维塞街上的裁缝店，几个面色苍白、身材瘦弱的儿子们在机器旁工作，回到家里个个精疲力竭，挤在当厨房又当客厅的地方吃晚饭。升降机对面，就是另外一户拥挤不堪、经常争吵的家庭，窗户边上就是吱嘎作响的滑轮，肮脏的绳子上挂着肮脏的衣物，楼下院子里塞满破旧的扫帚、拖把和垃圾桶……

他在风车边停下，抬头仰望冬日的繁星，进屋前深吸了一口气。他喜爱厨房闪耀着灯光的窗户，更喜爱那沉睡的田野，明亮的星光，以及那肃穆的暗夜。

五

圣诞节前一天，天气异常寒冷，没有下雪，但是刮了风，凛冽的寒风在平坦的大地上呼号，吹在脸上像刀割一样。罗西基家的厨房里一整天都在烤东西，罗西基坐在家里，把艾伯特穿不下的大衣改给约翰。玛丽为圣诞节准备了一株红色的大天竺葵，还有一排耶路撒冷樱桃树，树上结满了浆果。这是她第一次种这些，埃德医生去奥马哈开医学会议的时候给她带回了种子。这些绿植让罗西基想起他在伦敦见过的绿植，整个下午，罗西基一边缝衣服，一边回想在伦敦的两年生活，尽管时间已经过去这么久，他仍然难以忘怀。

他到伦敦的时候只有十八岁，身无分文，举目无亲，只有一个堂兄的地址，据说堂兄在一家糕点店上班。他到糕点店之后发现，堂兄已经去了美国。安东在街上流浪了几天，晚上在别人的门廊或者河堤上过夜，那情景真是令人绝望。他不懂英语，身边的人们说着令他疑惑的奇怪语言。偶然之间，他遇到一个贫穷的德国裁缝，刚从维也纳学艺归来，他会说一点捷克语。这个裁缝名叫利夫什尼茨，在齐普赛街一家鞋店的地下室开了间补衣店。裁缝并不需要学徒，但看这孩子可怜，就收了他，没给他开工钱，但是照管他的饮食起居。另外，他如果给客人跑腿，也能挣点外快：就是把衣服送到顾客手上，顾客可能会赏几个铜板。但大多数顾客都是自己来取衣服，因此安东能得到的铜板少之又少。不过，他总算有了容身之所。裁缝一家住在楼上，有三个房间，包括一间厨房，一间卧室——卧室里住着利夫什尼茨夫妇和五个孩子，外加一间客厅。客厅两个角落用帘子遮挡起来给房客住，罗西基就睡其中一个角落的马鬃沙发，盖一床绒毛被。另一个角落住的是一个可怜又邋遢的男孩，他正在学小提琴。他就在客厅里练习小提琴。罗西基也很邋遢。这实在是没办法。利夫什尼茨太太要下四层楼才能到院子里打水上来洗衣烧饭。尽管这个可怜的女人已经竭尽全力，屋子里依然到处都是臭虫和跳蚤。罗西基知道，她经常饿着肚子，以便省出一个土豆或一勺烤油给寄住在家的这两个饿得面黄肌瘦的男孩。他曾想，他永远也无法摆脱这里，永远也不可能穿上干净衣服。他曾担心，如果他身上的衣服烂到再也无法缝补，真不知道该怎么办。

天时尚早，老农放下缝补的衣服，思绪从记忆回到现实。这一整天天空都灰蒙蒙的，丝毫不见一点阳光，四点钟天就暗了下来。趁火鸡放进烤炉的当儿，他刮了胡子，换上衬衫。鲁道夫和波莉晚上会来吃晚餐。

晚餐之后，一家人坐在厨房，孩子们都感叹今天没下雪实在很可惜。大家都很遗憾。他们希望下一场厚实的大雪，给麦子保暖，雪化了之后还能灌溉土地。

"是啊！"鲁道夫突然说，"要是再像去年那么旱，国家可就要遭难了。"

罗西基装上烟斗。"你们这些孩子哪知道什么叫遭难。你们不欠人家，不缺吃，不少穿，有干净的水喝。有这些，就不算遭难。"

鲁道夫皱起眉头，右手张开又攥紧，握着拳头放在膝盖上。"我可不能落魄到那种程度，爸爸，不然我就不能在农场上这样赌下去了。我到铁路公司，或者食品加工厂上班，肯定能挣到钱。"

"可能吧。"父亲冷淡地说。

玛丽刚从食品贮藏室回来，她在手巾上擦了擦手，感觉鲁迪[1]和他爸爸谈论的话题太过严肃。她把针线篮拿过来，在大伙儿身边坐下。

"我可不怕遭难，鲁迪，"她语重心长地说，"我们遭过多少回难，每次都能平安度过。你父亲从来都不怕困难，再苦的日子也不怕。我给你们讲讲他的故事吧。你们恐怕不记得，有一年我们经历了热风，七月四日那天所有的庄稼都旱死了。玉米也好，别的也罢，都颗粒无收。那时候，我们还没有种苜蓿——苜蓿可能还没发现呢。

"哎，你们的父亲每天去玉米地干活，我就在厨房里做李子酱。那年我们收了不少李子。那天我感觉天气热得吓人，但是做李子酱的时候厨房里本来就热。下午三点安东从地里回来，我问他怎么了。

"'没什么，'他说，'天太热了，我今天还是不干了。'他在旁边站了一会儿，然后说：'你干完了没？我想让你晚上做一顿像样的晚餐。今天是国庆节呀。'

---

[1] 鲁道夫的小名。

"我跟他说,我正在做东西,晚餐就随便对付一下吧,以后在热饼干上加点儿李子酱才美味呢。'我还要吃炸鸡呢。'他说着,就去杀了几只鸡。你们三个男孩还小,一起在外面玩,个个热得满头大汗。你们的父亲带着你们去风车旁边马儿喝水的水槽边,脱掉你们的衣服,把你们扔了进去。那时,这两棵白蜡槭还小,但是正好在水槽上面遮阴。然后他脱掉自己的衣服,进去跟你们一起玩。他正和你们玩得高兴,牧师开车来到我们家,说邻居们当晚要在学校开会,商量祷告求雨的事。牧师一直把车开到风车边上,你们的父亲和你们三个一丝不挂。我站在厨房门口,看到那情景笑得要死,牧师不知如何是好,好像从来没看到别人赤裸身体一样。他很尴尬,你们的父亲又没法起来穿衣服——他的衣服湿透了,正晾在风车上。于是,他躺在水槽里,一边抱起一个孩子来盖在身上,一边跟牧师说话。

"你们玩够了之后,他给你们穿上衣服,自己也换上干净的衬衫,这时我已经开始做晚饭。他说:'厨房太热,我们到果园里去野炊吧。我们可以到桑树篱笆后面的椴树下面吃。'

"于是他把晚饭搬了过去,开了一瓶我酿的野葡萄酒,我跟你们说,那顿饭真是吃得津津有味。太阳落山了,天气凉快下来,外面十分舒适,但我发现椴树叶子都打了卷儿。我就问他,刮了一整天热风,地里的玉米没事吧。

"'没事,'他说,'哪里还有玉米。'

"'你说什么?'我问他,'我们不是种了四十英亩[1]玉米吗?'

"'颗粒无收,'他说,'今年谁家也收不上一根玉米。今天

---

[1] 面积单位,1英亩约合0.4公顷。

下午三点,全国的玉米都被烤熟了,跟烤箱里烤的一样。'

"'你是说今年的玉米绝收了?'我问他。我简直不敢相信,他可是付出了这么多血汗。

"'今年绝收了,'他说,'所以我们要野炊。好好享受一下手头的存粮吧。'

"你们的父亲就这德性,邻居们个个愁眉不展,见面都不敢正眼看人。我们那一年照样穷开心,邻居们整天愁眉苦脸也不见得有个什么好结果。有些愁得消化不良,家里有粮食也吃不下去。"

年幼的孩子们都觉得父亲英明。但鲁道夫觉得,打那以后,十五年过去,邻居们都发了财,父亲的思路肯定有问题。他希望父亲明白波莉的想法。他知道波莉喜欢他父亲,但他也知道,她有些担心。母亲送咖啡蛋糕、梅子馅饼或者新鲜面包来的时候,波莉的态度似乎有些怀疑。当她称赞他的兄弟们都很有教养时,说话的口气似乎在说这很不一般。在他母亲面前,波莉显得拘谨又警惕。玛丽的坦率和幽默让她觉得拘谨。波莉害怕自己显得与众不同或者工于心计,害怕妈妈说她"俗气"!

玛丽讲完之后,罗西基把烟斗放到一边。

"你们这些孩子不是总想让我讲讲在伦敦受过的苦日子吗?"他来了劲,坐在那里,用手揉了揉额头上的褶子。用英语来讲一大段故事很吃力(他平时喜欢跟孩子们说捷克语),但他想把这个故事讲给波莉听。

"哎,你们知道我在伦敦干过活儿的那家裁缝店吧?我在那里过了一个终生难忘的圣诞节。那一年圣诞节前的日子实在难熬,老板没有接到什么活儿,房租很难应付。要我说,穷人在伦敦那样的大城市生活，一点都不好玩！商店里摆满各种美食，街上人们的推车里都装满了商品，你一直闻着那味道，但你身无分文，没钱购买。我倒是不怕冷，尽管我没有大衣，只有一件早就不合身了的短夹克，手冻得不像样子。但你们都知道，我一向嘴馋，看到猪肉馅饼我简直无法忍受！

"那年圣诞节前夕伦敦下了大雾，雾气侵入骨髓，感觉浑身潮湿。晚餐利夫什尼茨太太只给我们吃了一点儿面包和烤油，因为她想省着点，圣诞节给我们准备一顿像样的正餐。晚饭之后，老板说我可以放松一下，于是我到街上去听别人唱圣诞颂歌。人们演奏音乐，唱了许多老歌，我跟着他们走了很远，最后饿得不行。我想，如果我回到家里，一觉睡到天亮，就能忘记饥饿。

"我悄悄回到我的角落，钻进绒毛被里。但是我的头还没钻进去，就闻到了香味。香味似乎越来越浓，我根本睡不着觉。我不知道香味从哪里来。楼下院子里有一盏气灯，光亮从窗户照进来。我起来找了找，在角落里找到一个用来当凳子的木箱，因为我没有椅子。我打开木箱，发现里面的大盘子上放着一只烧鹅！我简直不敢相信自己的眼睛。我把烧鹅端到窗户边上明亮的地方，摸了摸，闻了闻，尝了一口。我心想，我只吃一小块，然后就去睡觉，明天我就不吃烧鹅了。可是，孩子们，告诉你们，等我停下来的时候，那只烧鹅已经少了一半！"

故事家低下头，孩子们惊叫起来。小约瑟芬从他的椅子后面溜过来，在他耳朵下面脖子上亲了一口。

"可怜的爸爸，我不想让他挨饿！"

"那是很久以前的事了，孩子。自从有了你妈妈给我做饭，我就再也没有挨过饿。"

"请接着讲完吧。"波莉说。

"哎,当然,当我意识到我的所作所为之后,我很难受。肚子里舒服了,可是心里难受。我坐在床上,盘子放在膝盖上,心里想了很多。那个可怜的女人省吃俭用那么长时间才买一只烧鹅,她家没有多少柴火,还是找邻居帮她烤好的。她将烧鹅放在我住的角落里,就是为了防止饥饿的孩子们偷吃。我住的那个角落挂了一块破毯子做了隔断,他们不允许孩子们到那里去。我知道,她把烧鹅放在我那儿,是因为她对我比对那个拉小提琴的男孩更信任。我毁了那个圣诞节,我根本没脸见她。于是我穿上鞋进了城。我心想,我最好跳到河里一死了之,可我又不是那样的人。

"那时已经晚上十二点多了,外面冷得出奇,我整个晚上都在伦敦城里转悠。我沿着河边走,河边有许多喝醉的男男女女。我离巡逻的警察远远的,先到了河岸街,然后走到新牛津街。一楼有家豪华的德国饭店,窗户很大,能看到里面的人们在聚会。我正往里看的时候,两对男女有说有笑走出来,显然他们吃喝得心满意足。他们说的是捷克语——口音不像是奥地利人,就像我们老家人说话的口音。

"我想我是疯了,我干了从来不曾干过的事情。我径直走到这群开心的人身边,开始求他们:'老乡,看在上帝的分上,请施舍些钱给我买只烧鹅吧!'

"当然,他们笑了,但女士们对我很好,她们把我带回饭店,给我叫了咖啡和蛋糕,问我怎么到的伦敦,现在做什么。她们在纸上记下我的名字和上班的地点,两位女士每人给了我十先令。

"柯芬园市场离得不远,那时市场已经开门。我到了那里,买了一只大鹅,一些猪肉馅饼,还买了土豆、洋葱,又给孩子们买了蛋糕和橘子——我能背多少就买多少!我回到家里的时候,大家都还在床上睡觉。我把买的东西都堆在厨房的桌上,回去躺到床上,直到听到那个女人进了厨房尖叫起来我才起床。天哪,她那个惊喜劲儿哟!她又哭又笑,抱了我,然后把孩子们都叫起来。她根本顾不上做早餐了,早上就把正餐准备好,一家人坐下来,饱饱吃了一顿。我从来没见那个拉小提琴的男孩吃那么多东西。

"两三天之后,那两个男人过来找我,他们向老板打听我的情况,老板对我赞不绝口,说我诚实可靠。其中一个波西米亚人很精明,在纽约开办了一份波西米亚报纸,年长一些的是个富商,从事进口生意。他们一起来到伦敦。他们告诉我说,纽约的生活相对容易一些,等他们坐船回去的时候可以帮我付路费。我的老板对我说:'你就去吧。你在这里一点机会也没有,我希望你有个好前程,我老婆一直觉得你是个好孩子,谢谢你送给大家令人难忘的圣诞节大餐。'就这样我去了纽约。"

那天晚上,鲁道夫和波莉胳膊挽着胳膊,背对着凛冽的寒风,穿过田野往回跑。当波莉说她想请家人新年前夕到家里吃晚饭的时候,鲁道夫心里别提有多高兴了。"我们准备一顿丰盛的晚餐,一点儿都别让你妈妈帮忙,让她当一回客人。"

"你真好,波莉。"鲁道夫腼腆地说。他是个很单纯、诚实的年轻人,他隐约觉得波莉有几个姊妹,所以为人处世方面比他们更加成熟持重。

六

事实表明,这个冬天对农民来说是个不祥的冬天。天气异常寒冷,圣诞节前下了一场小雪,此后一直没有下雪——也没有下雨。三月与二月一样寒冷。寒风惩罚着这个国家的这些日子里,罗西基坐在窗边。秋天他和孩子们种下麦子,但现在种子在地下冻住。所有土地必须重新翻整一遍,然后种上玉米。这种情形此前也出现过,但那时他年轻力壮,一点都不担心。他对自己和玛丽很有信心,他知道,他们能够经受这样的考验,总有办法度过磨难。但是现在,他对年轻人并不放心,鲁道夫和波莉一开始就遭受这样的打击,他心里很不是滋味。

坐在摆满花盆的窗前,听着窗户啪啪作响,风从门缝里吹进屋,罗西基陷入深思。从很久以前在纽约家具厂阁楼上度过的那些星期天以来,他还没有这样深思过。那时,他思考的是他这辈子想要什么样的生活,现在他思考的是他想让孩子过什么样的生活,思考为何他觉得他百年之后孩子们应该待在这里,在这片土地上劳作。

在农场里,他们必须辛勤劳作,或许他们顶多只能挣个生计。但是他觉得只要孩子们拥有土地,就不必担心他们会遭罪。辛苦嘛,那是肯定的。比方说,种子撒得太浅麦子就会冻死;饲料不够就得卖掉牲畜。但年份好的时候会一切顺利,就能弥补上一年的不顺。一分耕耘一分收获。不用夹在老板和工会之间左右为难;不必和尔虞我诈、蛇蝎心肠的人打交道——他一生最担心和害怕的就是这些;不必面对投机取巧、工于心计的男人,以及狡诈贪婪的女人异样的眼神。

在乡下,如果邻居比较乖戾,你可以远离他的土地,也让他离你远远的。但在城里，邻居们的卑鄙、痛苦与残忍都将成为你生活的一部分。他流浪了大半个世界，途中遇到最糟糕的事情就是人——那些道德败坏、邪恶不堪的人们。直到今天，他还清楚记得伦敦街上那些令人恐怖的面孔。当然，坏人哪里都有，甚至同胞们建立的这座镇上也有这种人。但他们不像城里那些奸诈之徒一样圆滑世故、经验老到、尖酸刻薄，压榨、欺骗和毒害他们的同胞。他干裁缝的时候帮忙埋葬了两个同行，他对大城市里程式化的殡葬流程并不信任。在这里，病了有埃德医生照顾你，死了有世界上最善良的人——胖子海科克先生将你安埋。

对罗西基来说，孩子们在农场上干得再不济也比在城里强。如果他生了个不孝子，比方说，哪个孩子只走歪门邪道，为人尖酸刻薄，只占其他兄弟的便宜，那最好让他去城里。但孩子们都不是这种人。就拿心有不满的鲁道夫来说，如果别人在他面前哭穷，他恨不得把身上的衣服脱给人家穿。罗西基真正的目的，就是想让孩子们尽量少体验人世间的残忍。"我和他们的母亲根本没有教他们圆滑世故。"他有时自言自语说。

想到这些，他就觉得分外满足。毫无疑问，他有幸从贫穷中逃脱！当年，他不得不从一个饥饿的男孩手中接过缝补衣服的费用，因为那是男孩欠老板的钱。这么多年来，他再也没有从可怜的人手中拿过一分一毫——再也不用看着女人的脸变得像是饿狼一样。每次想起这些事情，罗西基就会戴上帽子，穿上夹克，溜进畜棚给马儿添些燕麦，让它们从他手上舔食。这就是他表达感情的方式，这让他由衷地感到高兴，不免会心一笑。

春天来了，天气温暖，晴空万里，但是天气异常干燥。孩子们开始翻麦地，种上玉米。罗西基站在围栏一角里看着他们。土壤十分干燥，风儿吹过，扬起满天尘土，马儿、双铧犁和赶马的人都看不见了。这可不是好兆头。

罗西基家和鲁道夫家之间的一大片苜蓿地已经泛青，但罗西基有些担心，由于冬天风大，地里生了许多杂草。他一直催促孩子们将草耙掉，他担心杂草生根，会"欺死苜蓿"。鲁道夫说这是瞎话。孩子们正卖力地种玉米，父亲不好意思再催他们拔草，但杂草的事让他很揪心。这些饲料是家里的指望——还有一层更深的原因，虽则微妙，但又很强烈——这片神奇的绿色激起了老罗西基年轻时的回忆，他儿时在故乡的回忆。他还是个孩子的时候，经常在这种深蓝绿色的田野里尽情玩耍。

一天早上，鲁道夫开车进了城，留下几头干活的牲口在畜棚里闲着。罗西基走到儿子家，给马儿套上草耙，不声不响地耙起草来。他偷偷摸摸，小心翼翼地耙草，心里窃喜能暂时忽略埃德医生的警告。埃德医生现在在芝加哥，这是他从医七年来第一次休假。罗西基将草耙起来，但并没有留下来将草烧掉。那要等上一会儿，但他有点儿喘不上气，感觉最好将马儿赶回畜棚。

他走进畜棚，将马儿带回原位，还没等他卸下马具，他的胸口突然出现一阵剧烈的疼痛。他朝屋里走，每走一步腰都弯得更低。胸口的悸痛仿佛刀割一般。他走到风车旁，身体晃了一下，抓住了楼梯。他看到波莉走下山坡，像灰狗一样迅速地跑过来。转瞬之间，她用肩膀撑在他胳膊底下。

"靠着我，爸爸，使劲靠！别担心。我们一定能回到屋里。"

尽管罗西基疼得睁不开眼，他们还是坚持往前挪动。他能够站立，但无法行走。接下来他只知道他躺在波莉的床上，波莉弯着腰，将热水浸湿的浴巾拧干，敷在他胸口上。她只抽了个空往炉子里添了些煤块,其余时间一直在忙活着茶壶和水壶。她用热毛巾给他敷了近一个小时,后来她说,在这段时间里,他全身僵硬,脸色铁青,汗流浃背。

随着疼痛逐渐减轻,他的下巴不再僵硬,眼睛周围的黑眼圈消失了,脸上也恢复了气色。最后,当儿媳把他衬衫扣子扣上时,他叹了口气。

"我现在感觉好些了,波莉。这一阵子可真吓人,抱歉给你添麻烦了。"

波莉脸红了,心情十分激动。"真的没事了吗?我离开一下给您家里打个电话可以吗?"

罗西基眨了眨眼睛。"别打电话,波莉。没必要让我老婆担心。这里很好,很安静,如果不是太麻烦你的话,就让我在这里再躺一会儿。我现在感觉胸口不疼了。还好。"

波莉弯下腰,擦了擦他额头的汗珠。"真高兴,您挺过来了!"她激动地说,"爸爸,看到您挣扎的样子,真是让人难受。"

罗西基示意她坐在之前放着茶壶的椅子上,抬起慈祥而明亮的眼睛看着她。"你对我这么好,我永远也不会忘记。我真不想给你添这么多麻烦。我在畜棚里还一个劲说,这姑娘年轻,没怎么见过病人,我可别吓着她,或许她已经怀上了孩子。"

波莉抓起他的手。他专注、慈爱而坚定地看着她。他的眼神似乎在抚摸她的脸庞,露出喜悦。她皱起两道有趣的眉毛,对他回以微笑。

"我猜真有可能怀上了孩子。但我还没告诉任何人,包括妈妈和鲁道夫。您是第一个知道消息的人。"

他按了按她的手。她留意到父亲的手又暖和过来。他黄褐色的眼睛又出现了闪光。

"我真想看到小家伙出生，波莉。"他说。然后他闭上眼睛，面带微笑躺着。但波莉静静地坐在那里，陷入了沉思。她突然觉得，这个世界上没有谁像罗西基一样爱她，包括她母亲和鲁道夫在内。这让她很疑惑。她皱着眉头坐在那里，试图寻找答案。罗西基似乎天生有一种爱护别人的禀赋，这种禀赋就像有的人对音乐或者色彩的天赋一样。这种天赋非常隐秘，很不起眼，但它就在那里。你能从他的眼睛里看出来——或许这就是为什么他的眼神充满欢乐。你也能从他的双手感觉到。他睡着后，她坐在那里，握着他褐色的手，这只手温暖、宽阔、灵活。她想知道这是不是吉卜赛人的那种手，它是那么有生气，那么敏捷、那么轻盈——这对一个农民来说十分奇特。她认识的农民几乎个个拳头大得像槌子一样，要么就是瘦骨嶙峋，手指僵硬，看上去很不舒服。但是罗西基的手像水银一样，柔韧、结实，颜色宛如淡淡的雪茄，手掌上有深深的纹路。他的手并不紧张，也不粗笨，是一双温暖的褐色的手，灵巧而慷慨，还有一种波莉只能称之为"吉卜赛式"的东西，一种动物特有的灵巧、活泼和可靠。

此后很久波莉一直记得这一个小时发生的事，仿佛她突然领悟到某种东西。她从罗西基的手上学到许多人生道理，此前她从没有过这种经历。这双手让她清醒过来，它传递了某种直接而又难以描述的信息。

当她听到鲁道夫开车回来，她赶紧冲了出去。

"噢，鲁迪，你爸爸刚才病得很重！他一直担心杂草的事，所以他去耙草了，之后他回不来了。他心脏病发作，我担心他要死了。"

鲁道夫跳到地上。"人在哪儿？"

"在床上。他睡着了。我吓得不轻，你知道的，我很喜欢你爸爸。"她把胳膊塞到他的胳膊底下，两人一起进了屋。那天下午他们把罗西基送回家里，将他扶到床上，但罗西基说他没事。

第二天早上，罗西基起床、穿衣服，和家人一起吃早饭。他告诉玛丽说咖啡的味道比平时更醇，他警告孩子们，埃德医生回来时不要对他的病情多嘴多舌。吃完早饭，他坐在窗户边上，补了会儿衣服，请玛丽出去喂鸡之前帮他穿针——她的眼睛比他的好使，她的手也更沉稳。他点燃烟斗，拿起约翰的大衣。玛丽一早上都在焦急地观察他，她提着一桶剩饭出门的时候，他还对她笑。的确，他在想波莉，要不是他发了病，他永远也不会知道她心肠这么善良。现如今许多年轻姑娘都没这么好的心肠。但现在他知道，等到波莉不再胡思乱想之后，她会成为一个好媳妇。一个女人有没有这种心肠，从外表上根本看不出来，但如果女人心肠好，家庭就会一帆风顺。

他缝了一阵之后，胸口又是一阵绞痛，跟昨天一样。他小心翼翼地将烟斗放到窗台上，弯下腰试图减轻疼痛。没用——他最好试试看能不能躺到床上。他站起身，摸索着在熟悉的地板上挪动，这时地板就像船甲板一样上下颠簸。他在门口摔倒在地。玛丽进屋时，看到他躺在地上，一摸就知道人已经走了。

罗西基去世的时候埃德医生不在，他回来的头几个星期一直很忙。每天他都提醒自己，一定要去看看这家人，他们失去了一位父亲。初夏的一个柔和温暖的月夜，他开车去了农场。他心里想着别的事情，直到经过墓地才意识到，罗西基并不在山上红色灯光闪耀的地方，他就长眠在这里，在这月光之下。他停下车，熄了火，在原地坐了一阵。

他的灵魂突然安静下来。这里的一切似乎都格外令人感动，显得意义非凡，尽管具体的意义他无从琢磨。罗西基的割草机停在铁丝网旁，当天下午一个儿子在那里割草。罗西基的马在那里来回穿梭。新割的干草在夜风中散发着香气。月光将墓地里遮盖住篱笆的草丛染成了银色，几株黝黑的小冬青树格外突出，仿佛水池里的黑影。天空蓝蓝的，分外柔和，星光略显黯淡，因为天上悬着一轮满月。

埃德医生第一次发现这块墓地如此美丽。他想起了城里的墓地——成片的灌木和沉重的石头，整齐排列，显得孤零零的，与尘世中的一切大相径庭。那真可谓死人的城市，被遗忘的城市，被"搁置"的城市。但这里开放而自由，这一小片草丛永远在风中拂动。这里只有头顶上的天空，以及色彩斑斓的田野，一直延伸到天际。马儿夏天在这里劳作，邻居们进城路上从这里经过。那边是玉米地，冬天来临时罗西基的牛在那里吃饲料。这里毫无死亡气息。对于一个曾经在大城市里挥洒血汗，一直渴望回归广阔乡村并最终如愿以偿的人来说，没有哪里比这里更加合适。在他看来，罗西基的生活完美无缺。

鄢宏福 译

夕阳西下

作者 | 威廉 · 福克纳

威廉·福克纳（William Faulkner，1897—1962），美国作家，1949年获诺贝尔奖，1951年、1963年分别因小说《寓言》(A Fable)、《掠夺者》(The Reivers)两度获普利策小说奖。

主要作品：《喧哗与骚动》(The Sound and the Fury)、《我弥留之际》(As I Lay Dying)、《押沙龙，押沙龙！》(Absalom, Absalom!)等。

亲爱的伯内特先生:

我的作品任你挑选,这样方便。

威廉·福克纳
密西西比州牛津

夕阳西下

一

如今的杰斐逊镇[1]，星期一与其他工作日相比已没什么两样。路面上铺了沥青，电话和电力公司在加力砍伐水橡、枫树、洋槐、榆树等绿荫树，好给那些结着一串串臃肿诡异、毫无血色的瓷葡萄的铁电线杆腾地方。我们有了一家市立洗衣店，星期一早晨会按线路收集一捆捆衣服，扔进色彩绚丽的特制汽车里。整整一周的脏衣服会像鬼魂似的藏在机警而刺耳的电喇叭声后面逃出去，留下一阵渐渐弱去、橡胶摩擦沥青的撕绸子般的噪音。开汽车收送衣物的是那些仍然按照旧习惯为白人洗衣服的黑女人。

而十五年前的星期一早晨，那些安静阴凉、尘土飞扬的街道上总是挤满了黑女人。她们头上包着头巾，头巾上稳稳地放着用床单捆起的一卷卷衣服，衣服卷差不多有棉花捆那么大[2]。她们不用手扶，就这样头顶着衣服卷往来于白人家的厨房与黑人洼小木屋门外发黑的洗衣盆之间。

南希把衣服卷顶在头上，又将冬夏常戴的黑色水手草帽放在衣服卷上边。她是个高个子，有一张麻木悲伤的脸，牙齿缺失处

---

[1] 杰斐逊镇是福克纳小说中常用的一个虚构的小镇，位于美国密西西比州一个虚构的约克纳帕陶发郡。
[2] 一个棉花捆重约170千克，可见有多大。

的面颊有些凹陷下去。有时我们会跟她一块儿沿着小路走一段，穿过草场，看着她平稳的衣服卷和草帽纹丝不动，即使在走下大沟又爬上来，俯身钻过围栏时也不例外。她会双手双膝着地，爬过围栏下面的缝隙，头挺得笔直，微微上仰，那衣服卷四平八稳，在她头上稳如磐石又轻若气球。然后她站起来接着往前走。

有时，洗衣女的丈夫们会来帮着收送衣服，但朱巴[1]从未帮助南希做过此事。即使在父亲叫他远离我们家之前，即使在迪尔西生病、南希过来为我们做饭时也是如此。

要南希来做饭，若干次中差不多有一半情况是我们不得不沿着小路去南希家，叫她来做早饭。我们会在大沟边止步，因为父亲不让我们与朱巴接触。朱巴是个矮个子黑人，脸上有一道竖着的剃刀伤疤。我们会向南希的房子扔石子，直到她出现在门口，脑袋靠在门上，赤身裸体。

"你们什么意思啊？砸我的房子。"南希说，"你们这些小鬼想干什么？"

"爸爸说叫你来做早饭。"卡迪说，"爸爸说你已经晚了半个小时了，必须马上过来。"

"我不想做早饭。"南希说，"我得先把觉睡足。"

"我敢打赌你喝醉了。"贾森说，"爸爸说你喝醉了。你喝醉了吗，南希？"

"谁说我喝醉了？"南希说，"我觉没睡够，不想做什么早饭。"

过了一会儿，我们不再砸她房子，转身回家。等她终于到来时，我上学已经来不及了。我们一直以为这都是威士忌在作怪。

---

[1] 朱巴是南希的丈夫，有些版本中他的名字是耶稣，改为朱巴可能是为了应对文字检查。

直到有一天，她又一次被抓，在被押往监狱的路上，碰上了斯托瓦尔先生。他是银行的出纳，也是浸信教会的执事。南希开口说：

"你个白佬，什么时候付我钱？你个白佬，什么时候付我钱？自从上次你给了一个子儿，已经来了三回了……"斯托瓦尔先生将她打倒，但她继续说："你什么时候付我钱？你个白佬。你已经来了三回了，自从……"直到斯托瓦尔先生的脚跟踹到她嘴上，她才住口。警察将斯托瓦尔先生拖住。南希躺在街上，大笑。她把头一转，吐出一些鲜血和牙齿，说："自从上次他付给我一丁点儿钱，已经来了三回了。"

她的牙就是这么掉的。整整一天，人们都在谈论南希和斯托瓦尔先生；整整一晚，路过监狱的人都能听到南希在唱、在喊。人们能看到她双手紧紧抓住窗户上的铁条。很多人停在围栏边，听她唱和喊，听狱卒试图让她闭嘴。她没闭嘴，一直闹到黎明前后。这时，狱卒听到楼上有碰撞和切刮的声音。他上楼发现南希吊在窗口的铁条上。他说这回是可卡因，不是威士忌。因为除非吸了一肚子可卡因，否则黑人是不会企图自杀的，而吸了一肚子可卡因的黑人就不再是黑人了。

狱卒割断上吊索，把她放下来，将她救醒，然后打她，用鞭子抽她。她是用自己的连衣裙上吊的，安排得不错。但他们逮捕她时，除了连衣裙，她没穿其他东西，这样她就没有东西可以用来绑住自己的双手。她的双手紧紧扒在窗沿上，不敢松开。当狱卒听到声音，跑上楼时，发现南希吊在窗户上，一丝不挂。

当迪尔西生病在家，南希为我们做饭时，我们看到她的围裙鼓出来了。这还是在父亲告诉朱巴离我们家远点儿之前。当时朱巴也在厨房里。他坐在炉子后面，黑脸上那道剃刀伤疤像一段脏兮兮的绳索。他说南希衣服下盖的是个西瓜，而那时正值冬季。

"大冬天你从哪儿弄来个西瓜啊？"卡迪说。

"我没弄，"朱巴说，"给她西瓜的不是我。不过我可以把它切下来，就像是我给她的一样。"

"你干吗要在这些孩子面前这么说？"南希说，"你怎么不去干活儿？你行啊！你想让贾森先生[1]抓住你在他厨房里鬼混，在这些孩子面前那样说话吗？"

"怎样说话？"卡迪说。

"我不能在白人厨房里鬼混，"朱巴说，"白人却可以在我的厨房里鬼混。白人可以来我家，我却不能阻止他。白人要来我家，我就没有了家。我无法不让他来，但他也不能把我踢出去。他不能这么做。"

迪尔西仍然生病在家。父亲告诉朱巴离我家远点儿。迪尔西还在生病，病的时间很长。

晚饭后，我们在书房里。

"南希的活还没干完吗？"母亲说，"我觉得她早该洗完碗碟了。"

"让昆廷去看看。"父亲说，"昆廷，去看看南希活儿干完了没有。告诉她，她可以回家了。"

我走进厨房，南希已经干完了。碗碟已经收放好，火也灭掉了。南希坐在一把椅子上，紧挨着没了热气的炉子。她看着我。

"妈妈想知道你干完了没有。"我说。

"干完了。"南希说。她看着我。"我干完了。"她依然看着我。

---

[1] 文中父亲的名字也叫贾森。

"怎么了?"我说,"你怎么了?"

"我什么都不是,只是个黑人。这不是我的错。"

她坐在冷炉子前的椅子上,头上戴着那顶水手帽,看着我。我返回书房——完全是因为那冰冷的炉子什么的。人们脑海中的厨房是温暖、忙碌、有生气的,可现在这里炉子冰凉,杯盘尽藏,也没人想在这个钟点吃饭。

"她干完了吗?"母亲说。

"干完了。"我说。

"她现在在干什么?"母亲说。

"什么都没干。她干完了。"

"我过去看看。"父亲说。

"也许她在等朱巴来带她回家。"卡迪说。

"朱巴走了。"我说。南希告诉过我们她如何在一天早晨醒来后发现朱巴已经不在了。

"他不要我了。"南希说,"我想他是去了孟菲斯。我想他是为了逃避镇里的警察,去躲一阵子。"

"他走了才好,"父亲说,"但愿他留在那儿别回来。"

"南希怕黑。"贾森说。

"你也怕。"卡迪说。

"我不怕。"贾森说。

"胆小猫。"卡迪说。

"我不是。"贾森说。

"够了,坎德斯[1]!"母亲说。父亲回来了。

---

1 坎德斯是卡迪的大名,卡迪是昵称。

"我要沿小路送送南希。"他说,"她说朱巴回来了。"

"她看见他了吗?"母亲说。

"没有。有黑人给她带话说他已经回到镇里。我不会离开太久的。"

"你要把我单独留在这儿去送南希回家?"母亲说,"对你来说,她的安全比我的更宝贵?"

"我不会离开太久的。"父亲说。

"那个黑人就在附近,你要让孩子们无人保护吗?"

"我也去。"卡迪说,"爸爸,让我也去吧。"

"他能把孩子们怎么样?要是真被他们缠上,算他倒霉。"父亲说。

"我也要去。"贾森说。

"贾森!"母亲说。她这是对父亲说的,一听口气就知道:像是觉得父亲整天都在想方设法做她最不喜欢的事情;像是她早就知道他会时不时地这样想。我没开口,因为我和父亲都知道,如果母亲能及时想到,她会要他把我留下来陪她。所以父亲没有看我。我是老大,当时九岁;卡迪七岁;贾森五岁。

"别胡说,"父亲说,"我们不会离开太久的。"

南希已经戴好帽子。我们走上小路。"朱巴对我一直很好,"南希说,"他只要有两块钱,其中一块就是我的。"我们在小路上走着。"只要走过这条小路,"南希说,"我就没事了。"

小路总是很黑。"万圣节贾森就是在这儿害怕的。"卡迪说。

"我没害怕。"贾森说。

"雷切尔姨姨[1]就不能对他做点什么吗?"父亲说。雷切尔姨姨老了。她孤身一人住在南希家过去一点儿的一个小木屋里。她满头白发,整天坐在门口抽烟斗。她已经不再工作。人们说她是朱巴的母亲。她有时候说自己是,有时候又说自己跟朱巴非亲非故。

"你害怕了,"卡迪说,"你比弗罗尼还要怕,甚至比 T. P.[2] 还害怕。比黑人还要怕。"

"谁拿他都没办法,"南希说,"他说我唤醒了他心中的魔鬼,只有一件事能让那魔鬼平息。"

"好在他已经走了,"父亲说,"现在你没什么可怕的了。只要别去招惹那些白男人。"

"别去招惹什么白男人?"卡迪说,"怎样才算不招惹他们?"

"他哪儿都没去,"南希说,"我能感觉到他。我现在就能感觉到他就在这条小路上,在听我们说话,能听到每一个字。他藏在一个地方,等在那儿。我没见到他,也不会再见到他。不过还是得再见他一次,连同他那把剃刀,那把他用绳子系在衬衣里面的剃刀。完事后,我就不会再受惊吓了。"

"我没害怕。"贾森说。

"你要是听话,本来是可以置身事外的。"父亲说,"不过现在没事了。这会儿他可能在圣路易斯,恐怕另搞了个老婆,把你全忘了。"

"他要是真这样,最好别让我发现。"南希说,"我会站在那儿,他每次拥抱她,我就会砍下那条胳膊。我会砍下他的脑袋,

---

[1] 姨姨是对老年黑人妇女的一般称谓。
[2] 弗罗尼和 T. P. 都是迪尔西的孩子。

划开她的肚皮。我会塞……"

"别说了。"父亲说。

"划开谁的肚皮，南希？"卡迪说。

"我没害怕。"贾森说，"我可以一个人走过这条小路。"

"得了吧，"卡迪说，"要不是我们和你在一起，你都不敢踏上这条小路。"

二

迪尔西还在生病。于是我们每天晚上送南希回家，直到母亲说："这还要持续多久？你们为了送一个被吓坏了的黑人回家而把我一个人留在这座大房子里？"

我们在厨房为南希铺了个床垫。一天晚上，我们被一个声音惊醒：不是唱，也不是哭，顺着漆黑的楼梯传上来。母亲屋里有一点灯光。我们听见父亲穿过走廊，走下后楼梯。我和卡迪走进走廊。地板很凉。我们把脚趾头缩起来，缩离地板，听着那声音：它像唱，又不像唱，就像黑人发出的那种声音。

这时，声音停止了。我们听见父亲走下后楼梯。我们走到后楼梯口。这时那个声音又开始了，就在楼梯上，不很响。我们能看见南希的眼睛，在楼梯一半处，挨着墙，像猫的眼睛。她像一只大猫靠在墙边，看着我们。等我们下楼梯到了她所在的地方时，她再次停止发出那个声音。我们站在那儿，直到父亲从厨房回到楼梯上，手中握着他的手枪。他重又和南希走下楼梯。他们拿回了南希的床垫。

我们把床垫铺在我们的房间里。母亲屋里的灯光熄灭后，我们又可以看见南希的眼睛。"南希，"卡迪悄声说，"南希，你睡着了吗？"

南希悄声说了些什么，可能是"唔"或"不"，我也搞不清楚。好像没人出声，好像那声音来无影去无踪，直到后来好像南希根本不在那儿了；好像我在楼梯上看她眼睛时看得太用力，以致那双眼睛印在了我的眼皮上——就像太阳玩儿的那个鬼把戏，等你闭上眼，太阳就没了。"耶稣，"南希悄声说，"耶稣。"

"是朱巴吗？"卡迪悄声说，"是他企图进厨房吗？"

"耶稣，"南希说，音拖得很长，"耶耶耶耶耶耶耶稣。"声音像火柴或蜡烛那样逐渐熄灭。

"你看得见我们吗，南希？"卡迪悄声说，"你也能看见我们的眼睛，是吗？""我不过是个黑人，"南希说，"上帝知道。上帝知道啊。"

"你在厨房里看到了什么？"卡迪悄声说，"是什么想要进厨房？"

"上帝知道。"南希说，我们可以看见她的眼睛，"上帝知道啊。"

迪尔西的病好了。她做了正餐。"你最好在床上再躺一两天。"父亲说。

"为什么？"迪尔西说，"我要是再晚来一天，这个地方就完蛋了。你们都出去，让我把我的厨房重新收拾出来。"

迪尔西也做了晚饭。那天晚上，在天全部黑下来之前，南希走进厨房。

"你怎么知道他回来了？"迪尔西说，"你又没看见他。"

"朱巴是黑人。"贾森说。

"我能感觉到他。"南希说，"我能感觉到他就躺在那边的大沟里。"

"今天晚上？"迪尔西说，"今晚他在那儿吗？"

"迪尔西也是黑人。"贾森说。

"你得吃点东西。"迪尔西说。

"我什么都不想吃。"南希说。

"我不是黑人。"贾森说。

"喝点咖啡。"迪尔西说。她为南希倒了杯咖啡。"你知道今晚他会在那儿？你怎么知道是今天晚上？"

"我知道，"南希说，"他在那儿等着。我知道。我跟他一起生活得太久了，他要干什么我比他先知道。"

"喝点咖啡。"迪尔西说。南希把杯子端到嘴边，朝杯中吹气。她的嘴巴噘起来就像猪鼻蛇的嘴，像一个橡皮嘴，似乎吹咖啡吹掉了她嘴唇的全部颜色。

"我不是黑人。"贾森说，"南希，你是黑人吗？"

"我来自地狱，孩子，"南希，"什么都不是，不久就会消失，哪儿来哪儿去。"

三

她开始喝咖啡，边喝边用双手捧着咖啡杯，又开始发出那个声音。她把那声音注入咖啡杯，咖啡从杯中溅到她的手和裙子上。她的眼睛看着我们，坐在那里，两肘放在膝盖上，双手捧着咖啡杯。她越过溅湿了的咖啡杯看着我们，发出那个声音。

"看南希，"贾森说，"她现在不能为我们做饭了。迪尔西的病好了。"

"你闭嘴。"迪尔西说。南希双手捧着杯子，看着我们，发出那个声音。好像有两个她：一个在看着我们，另一个在发出那个声音。"你为什么不让贾森先生给警察打电话？"迪尔西说。南希止住发声，用褐色的长手捧着杯子。她又一次试图喝点咖啡，但咖啡从杯中溅出，溅在她的手和裙子上。她放下咖啡杯。贾森看着她。

"我咽不下去。"南希说，"我咽了，但咖啡不下去。"

"你到小木屋去，"迪尔西说，"弗罗尼会给你铺张床垫。我一会儿就过去。"

"没有黑人能拦住他。"南希说。

"我不是黑人。"贾森说，"迪尔西，我是黑人吗？"

"我看也拦不住。"迪尔西说，她看着南希，"看来拦是拦不住了，那你怎么办？"

南希看着我们。她的目光一扫而过，好像担心没时间细看似的，眼睛几乎没有动。她望着我们，同时望着我们三个。"你们还记得那天晚上我睡在你们房间里吗？"她说。她讲起第二天早晨我们如何很早就醒来，如何玩耍。我们只能在她的床垫上静静地玩儿，直到父亲醒来，她下楼做早饭。"去跟你妈说，让我今晚住在这儿。"南希说，"我不需要床垫。我们可以再玩一玩。"她说。

卡迪去问了母亲。贾森也去了。"我不能让黑人睡在这所房子里。"母亲说。贾森哭起来，一直哭到母亲说他要是再不停下来，就三天不让他吃甜点。于是贾森说如果迪尔西能做个巧克力蛋糕，他就停下不哭。父亲当时也在场。

"你为什么不对此采取行动？"母亲说，"咱们要警察干什么？"

"南希为什么怕朱巴？"卡迪说，"妈妈，你怕爸爸吗？"

"警察又能怎么样？"父亲说，"如果南希没看见，警察怎么能找到他呢？"

"那她为什么要害怕？"母亲说。

"她说他在那儿。她说她知道今晚他在那儿。"

"我们是交了税的。"母亲说，"你们去送一个黑女人回家，我就必须孤身一人等在这所大房子里。"

"你知道我没拿把剃刀躺在外面。"父亲说。

"要是迪尔西能做一个巧克力蛋糕，我就停下来不哭。"贾森说。母亲叫我们出去。父亲说他不知道贾森能否得到巧克力蛋糕，但他知道一分钟后贾森要是不出来一定会得到什么。我们回到厨房，告知南希。

"爸爸说让你回家，锁上门，就没事了。"卡迪说，"南希，什么叫就没事儿了？朱巴生你气了吗？"南希双手捧着咖啡杯，两肘放在膝盖上。双手捧着的咖啡杯夹在两膝之间。她的目光集中在杯子里面。"你做了什么让朱巴生气了？"卡迪说。南希手中的咖啡杯滑落在地上，杯子没有破，但咖啡洒了一地。南希坐在那儿，双手呈杯子状，又开始发出那个声音，不太响，不是唱，也不是不唱。我们看着她。

"好啦，"迪尔西说，"你现在止住那个声音，控制好自己，在这儿等着。我去让佛什陪你回家。"迪尔西走出去。

我们看着南希。她的双肩抖个不停，但已不再发出那个声音。我们注视着她。"朱巴能把你怎么样？"卡迪说，"他已经走了。"

南希看着我们："我住在你们房间里的那天晚上很好玩儿，

是不是？"

"我没觉得好玩儿，"贾森说，"一点儿乐趣都没有。"

"你去睡觉了，"卡迪说，"你没在那儿。"

"咱们去我家再好好玩一玩。"南希说。

"妈妈不会让我们去的。"我说，"现在太晚了。"

"别去打扰她，"南希说，"我们可以到早晨再告诉她，她不会介意的。"

"她不会让我们去的。"我说。

"现在别去问她。"南希说，"现在别去打扰她。"

"他们也没说我们不能去啊？"卡迪说。

"那是因为我们没有问。"我说。

"你们要是去，我就告状。"贾森说。

"我们会玩得很高兴的，"南希说，"他们不会介意的。不就是去我家嘛，我已经给你家干了这么久，他们不会介意的。"

"我不害怕去，"卡迪说，"是贾森会害怕，他会去告状。"

"我不会害怕。"贾森说。

"你就是会害怕，"卡迪说，"你会去告状。"

"我不会去告状。"贾森说，"我不害怕。"

"跟我去贾森不害怕，"南希说，"是吧，贾森？"

"贾森会告状。"卡迪说。

小路很黑。我们穿过草场大门。"我敢打赌，要是有东西从大门后跳出来，贾森一定会鬼哭狼嚎。"

"我不会。"贾森说。我们沿小路走下去，南希大声说着话。

"南希，你说话声音怎么这么大？"卡迪说。

"谁？我？"南希说，"听听，昆廷、卡迪和贾森说我说话声音太大。"

"你说话的声音好像是对四个人,"卡迪说,"好像爸爸也在这儿似的。"

"谁?我说话声音太大,贾森先生?"南希说。

"南希管贾森叫先生。"卡迪说。

"听听卡迪、昆廷和贾森怎么说话呢。"南希说。

"我们说话声音不大,"卡迪说,"就你说话的声音才好像父亲也在……"

"闭嘴,"南希说,"闭嘴,贾森先生。"

"南希又管贾森叫先生……"

"闭嘴。"南希说。在我们越过大沟,俯身钻过她曾经头顶衣服、俯身爬过的围栏时,南希一直在大声说话。我们来到她家,看来我们走得挺快。她打开房门。房子的气味就像那盏灯,南希的气味就像那灯芯:它们似乎在相互等待,共同散发出同一种气味。她点亮灯,关好门,插上门闩。

她不再大声说话,注视着我们。

"咱们干点儿什么呢?"卡迪说。

"你们都想干什么呢?"南希说。

"你说我们来这儿会很好玩的。"卡迪说。

南希家有什么东西,能够闻得出来。就连贾森都闻到了。"我不想待在这儿,"他说,"我想回家。"

"那你回啊。"卡迪说。

"我不想一个人走。"贾森说。

"我们会玩得很高兴的。"南希说。

"怎么玩儿啊?"卡迪说。

南希站在门边,瞧着我们。只是她的眼睛似乎空空如也。她好像不再使用眼睛。

"你们想干些什么?"她说。

"给我们讲个故事。"卡迪说,"你会讲故事吗?"

"会。"南希说。

"那就讲一个。"卡迪说。我们看着南希。"你什么故事都不知道。"卡迪说。

"我知道,"南希说,"真的,我会讲。"

她过来坐在火塘前的椅子上。火塘里本来有火,她把火拢旺了些,已经发热了。其实不需要生火。火苗很旺。她讲了个故事。讲故事时,她好像又用眼睛看了。但她看我们的眼睛和对我们说话的声音似乎都不属于她。她仿佛生活在另一个地方、等在另一个地方;她似乎在房子外面。她的嗓音在那儿;她那个能够四平八稳地头顶大捆衣服,如同头顶毫无分量的气球一般俯身钻过围栏的南希的身形在那儿。不过仅此而已。"于是这个女王朝那条大沟走去,那个坏人就藏在那儿。她朝大沟走去。她说'但愿我能走过这条大沟'。她就是这么说的……"

"什么大沟?"卡迪说,"像外面那条一样的大沟吗?女王为什么要走进大沟?"

"为了回家。"南希说。她看着我们。"她必须越过那条大沟才能到家。"

"她为什么要回家?"卡迪说。

四

南希看着我们。她不再说话。她看着我们。贾森的两腿从裤腿中伸出来,因为他小。

"这个故事不好听,"他说,"我要回家。"

"我们恐怕最好回家。"卡迪说,她从地上站起来,"我敢打赌,他们现在正找我们呢。"她朝房门走去。

"别,"南希说,"别开门。"她一下子站起来,赶过卡迪,没去碰房门和门闩。

"干吗不开门?"卡迪说。

"回到油灯那儿去,"南希说,"我们有好玩的。你现在不是非走不可。"

"我们该走了。"卡迪说,"除非特别好玩儿。"她和南希回到灯火边。

"我要回家,"贾森说,"我会去告状。"

"我还有一个故事。"南希说。她站在油灯旁,看着卡迪,就像用双眼看着平衡在自己鼻子上的小木棍那样。她得朝下才能看到卡迪,可她的眼睛就是那样向上看的,就像看平衡在鼻子上的小木棍。

"我不要听你的故事,"贾森说,"我会使劲跺地板。"

"这个故事好,"南希说,"比刚才那个好。"

"这个故事讲的是什么?"卡迪说。南希站在油灯旁,手放在油灯上,灯光照着那只长长的、褐色的手。

"你把手放在滚烫的灯罩上了,"卡迪说,"你不觉得它烫手吗?"

南希看着自己那只放在灯罩上的手,慢慢将它拿开。她站在那儿看着卡迪,拧着自己那只长手,好像这只手是被一条线绳绑在她的手腕上。

"咱们玩儿点别的吧。"卡迪说。

"我要回家。"贾森说。

"我这儿有爆玉米花。"南希说。她看着卡迪,然后看着贾森,然后看着我,然后又看着卡迪:"我这儿有爆玉米花。"

"我不喜欢爆玉米花,"贾森说,"我更喜欢吃糖果。"

南希看着贾森:"可以让你拿着爆米花机。"她还在拧那只长长的、疲软的、褐色的手。

"好吧,"贾森说,"要是能这样,我就再待会儿。不能让卡迪拿爆米花机。要是让卡迪拿爆米花机,我就要回家。"

南希用手拢了拢火。"瞧南希,她把手放在火里了。"卡迪说,"你怎么啦,南希?"

"我这儿有爆玉米花,"南希说,"我有一些爆玉米花。"她从床底下取出爆米花机。机子是坏的。贾森开始哭起来。

"我们吃不成爆玉米花了。"他说。

"反正我们也该回家了,"卡迪说,"走吧,昆廷。"

"等一下,"南希说,"等一下,我可以修好它。你们不想帮我修好它吗?"

"我不想吃爆玉米花了,"卡迪说,"现在太晚了。"

"贾森,你来帮我。"南希说,"你不想帮帮我吗?"

"我不想,"贾森说,"我要回家。"

"闭嘴,"南希说,"闭嘴。瞧,瞧我的。我可以把它修好。这样贾森就可以拿着爆米花机爆玉米了。"她拿出一截铁丝,将爆米花机绑好。

"用它是绑不牢的。"卡迪说。

"绑得牢。"南希说,"你们瞧着吧。大家都来帮我剥玉米。"

玉米也在床底下。我们把玉米粒儿剥入爆米花机。南希帮助贾森拿着爆米花机，放在火上。

"它不爆啊，"贾森说，"我要回家。"

"你等一会儿，"南希说，"它会开始爆的，会很好玩的。"她坐在火边。灯芯调得那么高，已经开始冒黑烟了。

"你为什么不把灯调得低一点儿？"我说。

"没事儿的，"南希说，"我会把它弄干净的。你们都等一下，一分钟后玉米粒儿就会开始爆。"

"我不认为它会开始爆。"卡迪说，"反正我们得回家了。他们会担心的。"

"别走，"南希说，"它会爆的。迪尔西会告诉他们你们都和我在一起。我已经为你们家干了很久了。他们是不会介意你们在我家的。你们再等等，一分钟后它准开始爆。"

这时，贾森的眼睛被烟熏着了，他哭起来，手中的爆米花机掉入火中。南希拿了块湿抹布为贾森擦脸，可他没有停止哭。

"闭嘴，"她说，"别哭了。"他没闭嘴。卡迪从火中取出爆米花机。

"玉米粒儿烧糊了，"她说，"南希，你得再拿出些玉米。"

"你把玉米粒儿全放进去啦？"南希说。

"是啊。"卡迪说。南希看看卡迪，然后拿过爆米花机，把它打开，把焦黑的玉米花倒进围裙，开始捡玉米粒儿。她的手很长，是褐色的。我们注视着她。

"你还有玉米吗？"卡迪说。

"有，"南希说，"有。你看这些还没烧糊。我们要做的是……"

"我要回家，"贾森说，"我要告状。"

"嘘！"卡迪说。我们都侧耳倾听。南希的头已经转向插着门闩的房门，眼中充满了红色的灯光。"有人来了。"卡迪说。

这时，南希又开始发出那个声音，音量不大。她坐在火边，长长的手在两膝间无力地摆动。突然，大颗的水珠开始从她脸上冒出来，顺着脸颊往下流，每颗水珠都载着一小点转动的火光，直到从她的下巴处滴落。

"她不是在哭。"我说。

"我没在哭，"南希说，闭着眼睛，"我没在哭。是谁来了？"

"我不知道。"卡迪。她走向房门，向外看去。"我们现在必须回家了，"她说，"父亲来了。"

"我要告状。"贾森说，"都是你们让我来的。"

水珠依然顺着南希的脸往下流。她在椅子上扭动了一下。"听我说，告诉他，告诉他我们玩得很好；告诉他我在好好照顾你们每一个人，一直到早晨；告诉他让我跟你们一块儿回家，我睡地板就行；告诉他，我不需要床垫。我们会玩得很高兴的。你们还记得上次我们玩得多高兴吗？"

"我一点儿都不高兴。"贾森说，"你弄伤了我。你让烟熏了我眼睛。"

五

父亲走进屋。他看着我们。南希没有起身。

"告诉他。"她说。

"是卡迪让我们来的，"贾森说，"我没想来。"

父亲走到火边。南希抬头看着他。"你就不能到雷切尔姨姨那儿去住？"他说。南希抬头看着父亲，双手放在两膝之间。

"他不在这儿,"父亲说,"要是在,我会看到的。周围连个鬼影子都没有。"

"他在大沟里,"南希说,"他就等在那边的大沟里。"

"胡说。"父亲说,他看着南希,"你确实知道他在那儿吗?"

"我看到信号了。"南希说。

"什么信号?"

"我看到信号了。我进屋时信号就摆在桌子上:一根猪骨头,上面还有血淋淋的肉。就放在油灯旁。他在那儿。你们出门后,我就完蛋了。"

"南希,谁会完蛋?"卡迪说。

"我不是告密者。"贾森说。

"别胡说。"父亲说。

"他在那儿。"南希说,"他现在正透过窗户往里看。等你们全走了,我就完蛋了。"

"胡说。"父亲说,"你把门锁上,我们送你去雷切尔姨姨家。"

"那没有用。"南希说。此时她没在看父亲,但父亲在低头看着她,看着她长长的、疲软的、盲动着的手。

"拖是拖不过去的。"

"那你想怎么办?"父亲说。

"我不知道。"南希说,"我什么也干不了,只能拖。但拖是拖不过去的。我想这就是我的命,一切都是命中注定的。"

"什么命?"卡迪说,"注定什么?"

"没什么。"父亲说,"你们都该睡觉了。"

"是卡迪让我来的。"贾森说。

"到雷切尔姨姨那儿去。"父亲说。

"那没用。"南希说。她坐在火堆前,双肘放在膝盖上,长长的手夹在两膝之间。

"现在连在你家的厨房里都没用。我就是睡在你的孩子们屋里的地板上,第二天早晨还是会浑身是血……"

"闭嘴,"父亲说,"把门锁上,把灯灭掉,上床睡觉。"

"我怕黑,"南希说,"我害怕事情发生在黑暗中。"

"你是说你就这样坐在这儿,亮着灯?"父亲说。这时南希又开始发出那个声音。她坐在火堆前,长长的双手夹在两膝之间。"啊,命运呐!"父亲说,"走吧,孩子们,该睡觉了。"

"等你们都走了,我就完蛋了。"南希说,"我明天就会死。我已经在勒夫雷迪先生那儿存够了棺材钱。"

勒夫雷迪先生是个矮个子脏男人。他收取黑人们的保险金。每个星期六上午,他会到小木屋和厨房来收缴那十五美分。他和他妻子住在一家旅馆里。一天早晨,他妻子自杀了。他们有一个孩子,一个小女孩。他妻子自杀后,勒夫雷迪先生和那孩子就离开了。过了一段时间,勒夫雷迪先生又回来了。我们可以看到他每个星期六上午走过条条小路。他属于浸信教会。

父亲背着贾森。我们走出南希的家门。她仍旧坐在炉火前。"过来把门闩插上。"父亲说。南希没有动。她没再看我们。我们把她留在了那儿。房门开着,她坐在火堆前。这样事情就不会发生在黑暗之中了。

"爸爸,"卡迪说,"南希为什么怕朱巴?朱巴会把她怎么样?"

"朱巴不在那儿。"贾森说。

"不错,"父亲说,"他不在那儿。他已经离开了。"

"那是谁等在大沟里?"卡迪说。我们看着大沟。我们走到大沟前：在这里，小道下行进入密密的野藤，随后又向上延伸开去。

梅江中 译

致 读 者

尊敬的读者：

  作为专业翻译，我们受后浪出版公司的委托，完成了《这是我最好的作品（虚构篇）》的翻译工作。在翻译这些作品时，我们严格遵循合同的要求，努力使译文文字通畅，条理清晰。我们的译作不仅力求符合信、达、雅的准则，而且争取保持并反映其英文文稿的原汁原味。

  本选集收录了二十世纪不包括东方文学在内的世界文学瑰宝。许多作者是诺贝尔文学奖或其他文学名奖的得主，近半数的作品出自非英语作家之手。换言之，选集中不少作品在以汉译本出现在读者手中时已经过二次翻译。基于对完成一次翻译的前辈们的信任和对可行性的实际考虑，我们按业内惯例完成了力所能及的工作：我们的汉译完全根据署名译者对作品原用语言的英译。借此机会，我们恳请广大读者的谅解，并且声明我们对用非英文写成的原文所应该享有的免责特权。同时，我们将对由于我们的才学疏漏而导致的误解和差错负全部责任。

译者